Der Prüfstein der Drachen

IRENE RADFORD

DER PRÜFSTEIN DER DRACHEN

ROMAN

Aus dem Amerikanischen
von Edda Petri

Weltbild

Die amerikanische Originalausgabe erschien 1997 unter dem Titel
The Dragon's Touchstone – The Dragon Nimbus History 1
bei DAW BOOKS INC., New York.

Besuchen Sie uns im Internet:
www.weltbild.de

Genehmigte Lizenzausgabe für Verlagsgruppe Weltbild GmbH,
Steinerne Furt, 86167 Augsburg

Published by arrangement
with DAW BOOKS INC., New York.

Übersetzung: Edda Petri
Umschlaggestaltung: Johannes Frick, Augsburg
Umschlagmotiv: © Edwards Les / Edwards / Bildagentur Schlück
Gesamtherstellung: CPI Moravia Books, s.r.o., Pohorelice
Printed in the EU
ISBN 978-3-8289-8926-9

2012 2011 2010 2009
Die letzte Jahreszahl gibt die aktuelle Lizenzausgabe an.

Prolog

Shayla erwischte einen herrlichen warmen Aufwind, als sie zum letzten Mal von den Bergen zur Großen Bucht flog. Hundert Drachenlängen unter ihr tanzten die weißen Gischtkämme im Frühlingswind. Das Sonnenlicht glänzte in tausend leuchtenden Scherben auf dem Wasser und prunkte mit Regenbögen von ihren nahezu durchsichtigen Flügeln.

Delphine sprangen aus dem Wasser und spielten Fangen miteinander. Ein junger Bursche schnellte durch einen Regenbogen und lachte.

Komm, mach mit, du haariger Drache! Spiel mit uns, rief der Delphin. Drachen werfen interessante Schatten und bieten uns neue Hürden, über die wir springen oder durch die wir tauchen können. Sie sind so interessant, weil sie fast unsichtbar sind.

(Danke, Freunde. Heute nicht.) Shayla lehnte ab. Ihr Lager war noch weit weg und sie wollte die zwanzig Babys, die in ihr heranwuchsen, nicht gefährden. Heute würde sie sich mit einer fetten Kuh stärken und sodann ein Nest bauen. In den nächsten Monden würden ihre fünf Partner sie füttern und verwöhnen, da sie nicht mehr fliegen konnte. Abgesehen von der Paarungszeit duldete sie keinen männlichen Partner innerhalb ihres Jagdgebiets. Von jenen duldete ebenfalls keiner einen Rivalen, abgesehen von der Zeit, in der sie gemeinsam die schwangere Partnerin unterstützen mussten.

Fünf Väter für ihren ersten Wurf von zwanzig kleinen Drachen. Sie war von Stolz erfüllt. Je mehr Väter, desto größer und stärker der Wurf.

Sie erweiterte den Kreis ins Land hinein und genoss die unterschiedlichen Temperaturen an den Flügeln. Die Große Bucht wich einer Inselkette, die in ihren Augen zu einer festen Landmasse gerann, die lediglich durch den mächtigen Fluss geteilt wurde.

Neugier schärfte ihre Fernsicht, um die Menschen insgeheim zu beobachten, welche dieses Land bewohnten. Auf einem offenen Platz schien sich etwas Ungewöhnliches abzuspielen. Das erweckte ihre Aufmerksamkeit. Sie flog niedriger, um die eigenartige, wenngleich intelligente Rasse in Augenschein zu nehmen, die leider so furchtbar unreif war, obwohl sie vor etlichen Jahrtausenden diesen Planeten erobert hatte.

Einer der Menschen warf eine magische Leuchtkugel über das Feld. Die Kugel flog in hohem Bogen und zerbarst in Tausende glitzernder Splitter.

Plötzlich schoss ein brennender Schmerz von Shaylas Schwanz in ihre Lenden und lähmte dabei die Muskeln. Ohne den Schwanz zur Steuerung fiel sie nach unten. Sie war so verblüfft, dass sie nicht sofort mit ausgestreckten Flügeln und Gliedmaßen den Sturz abfing.

Zu spät! Ein neuer Schmerz erfasste ihr linkes Hinterbein. Muskeln zuckten, ohne dass sie diese hätte kontrollieren können. Sie verlor ein weiteres Dutzend Drachenlängen an Höhe.

Gefährlich niedrig! Zu niedrig. Sie konnte die Menschen ohne ihre Fernsicht deutlich erkennen. Eine Wolke von zurückgebliebener Magie hing über ihnen. Als ihr diese Tatsache bewusst wurde, blitzte weitere Magie über dem Feld auf und hinterließ noch mehr Rückstände. Nur um Haaresbreite entging die Drachin einer Feuerkugel, welche in hohem Bogen über das Feld sauste.

Ein magisches Duell! Wie konnten diese winzigen Menschlein es wagen, mit Kräften zu kämpfen, die sie nicht kontrollieren konnten!

Vor Wut spie Shayla Flammen und setzte wieder ihre Fernsicht ein, um ein Opfer zu wählen, an dem sie sich für diesen Angriff auf sie und die Naturgewalten rächen konnte.

Zauber von wechselnder Stärke und Kompliziertheit flogen hin und her. Niemand schaute zu ihr empor, um zu sehen, woher die Flammen stammten. Sie ignorierten ihre faire Warnung.

Erneute Schmerzen erinnerten sie drastisch an das Gewicht in ihrem Schoß. Nein! Noch waren die Kleinen nicht so weit, herauszukommen. Das Nest wartete auf sie in ihrer fernen Höhle.

Ein neuer Zauber flog in die Höhe. Sie wich scharf nach rechts aus. Wieder spuckte sie Feuergarben vor Empörung. Dann legte sie die Flügel an und ging in einen Sturzflug über.

Erst in letzter Sekunde entfalteten sich die feinen Membranen ihrer Flügel und fingen den Sturz ab. Sogleich gewann sie wieder an Höhe. Ihre Flammen versengten das Feld und verwandelten eine gesamte Armee, Stoppeln und Bäume in der Nähe in Asche. Doch kein Triumphgefühl stellte sich bei ihr ein, nachdem sie die Bedrohung aus der Welt geschafft hatte. Die Schmerzen in ihrem Schoß erfüllten all ihre Gedanken.

Shayla schwang sich langsam und schwerfällig empor. Gierige Flammen vom Schlachtfeld versengten ihren Bauch. Die Babys drängten sich zum Ausgang.

Noch nicht. Nicht, ehe sie einen sicheren Zufluchtsort gefunden hatte.

Wo? Wohin konnte sie fliegen? Blieb sie so lange in der Leere, bis sie in ihre eigene Höhle gelangte, würden die Kleinen die Geburt nie und nimmer überleben. Die Leere zwischen den Existenzebenen würde ihr und den Babys die lebenswichtige Luft, das Licht und die Wärme rauben.

Wer konnte ihr Unterschlupf bieten? Keiner der Partner. Sie lebten in kleinen Höhlen, kaum groß genug für einen einzigen Drachen, außerdem waren alle zu weit entfernt.

(Ich komme), rief ihr die Stimme eines uralten Drachen zu.

Iianthe. Der älteste Drache von allen und der einzige mit purpurnen Flügelspitzen, der angeblich je gelebt hatte.

Unter der Führung der telepathischen Stimme streckte Shayla die Flügel noch etwas weiter aus, aber sie sank dennoch tiefer. Trotzdem war sie ein Stück nach Osten geflogen, wo die Berge ans Meer grenzten. Iianthes Höhle war riesig und wie geschaffen, um eine große Brut Drachenbabys zu beherbergen.

Dicht über den Baumwipfeln zwang sich Shayla, die Flügel weiterzuschlagen. Obwohl sich bei jedem Schlag ihr Schoß verkrampfte.

Da erschien Iianthe unter ihr. Mit dem rechten Flügel unterstützte er das lahme Hinterbein, das sie beim Fliegen so behinderte, weil sie das Gleichgewicht nicht halten konnte. Jetzt konnten sie gemeinsam an Höhe gewinnen.

Die immerblauen Bäume wichen unter ihnen zurück. Erst eine Drachenlänge, dann zwei und drei. Sie erwischten einen warmen Aufwind, der sie nach Osten in Sicherheit trug.

Das Plateau vor Iianthes Höhle kam in Sicht. Mit letzter Kraft landete sie dort auf den lahmen Hinterbeinen und steckte die Schnauze in die Quelle neben dem Höhleneingang. Erschöpft blieb sie liegen und wünschte, sie besäße wie Menschen die Gabe des Weinens.

Iianthe landete neben ihr. Der uralte Drache war beinahe so erschöpft wie sie. Er näherte sich dem Ende dieses Lebens. Er hatte länger gelebt, als sich irgendein Drache erinnern konnte. Ohne sich zu rühren stimmte er ein Heillied an, das nur Shayla hören konnte.

Dann schleppte sie sich in die Höhle, wo sie ein Nest aus Laub und weicher Schafswolle erwartete. Hatte Iianthe gewusst, dass sie ein Nest brauchte?

Doch das spielte jetzt keine Rolle. Sie sank auf dem Bett nieder und sogleich bahnte sich das erste Drachenkind den Weg aus dem Schutz ihres Schoßes hinaus in die Welt. Es war zinngrau und schien nur aus einem Knäuel Gliedmaßen zu bestehen. Doch dann sah die Drachin den Hauch von Rot an den Flügelspitzen und den Hornansätzen. Ein Junge. Er lebte und verlangte bereits nach Nahrung.

Shayla leckte die Reste der Nachgeburt vom feinen Fell ihres Jungen. Dann machte sie eine Pause und atmete im Rhythmus ihrer Wehen. Das Wunder eines neuen Lebens erfüllte sie mit Ehrfurcht. Sie betrachtete das kleine Wunder im Nest.

Die beiden nächsten Drachenkinder drängten fast gleichzeitig heraus. Zwillinge mit purpurnen Flügelspitzen. Purpurdrachen! Die seltenste Farbe und nur für Drachen mit großer Macht oder Weisheit bestimmt. Welch eigenartiges Omen zeigte ihre Geburt an?

Die Krämpfe ließen nicht nach.

(Mein Ersatz wurde geboren. Jetzt muss ich sterben. Es kann nur einen einzigen lebenden Drachen mit Purpurspitzen geben), sagte Iianthe vom Höhleneingang her.

Shayla wartete noch die Geburt zweier weiterer Jungen ab, ehe sie antwortete.

(Flieg noch nicht in die Leere, du Weiser. Wir brauchen deinen Rat. Die Menschen müssen bestraft werden.)

(Deine Partner dürfen sich nicht einmischen. Das ist nicht ihre Aufgabe. Diese Angelegenheit muss zwischen deiner Brut und den menschlichen Magiern erledigt werden.) Iianthe seufzte tief. (Meine nächste Existenz wartet auf mich. Ich muss den beginnenden Ort der Magie bewachen. Die Menschen werden ihn innerhalb eines Jahrhunderts entdecken. Doch nur diejenigen, welche der Macht wert sind, dürfen ihn finden.)

(Die Invasoren sind zu mächtig geworden, und es mangelt ihnen an der Reife der Jahrhunderte, welche sie leiten sollte. Sie wirken Magie, die sie nicht kontrollieren können), erinnerte Shayla ihn. (Der beginnende Ort braucht einen mächtigen Wächter, bis die Menschen die Magie richtig gebrauchen können.)

(Das wurde schon vor langer Zeit von Purpurdrachen vorausgesagt, welche viel weiser als ich waren. Deine Kinder müssen die Menschen lehren, was sie wissen müssen.) Ianthes Stimme verklang, als er vom Höhleneingang fortging.

(Aber es sind Zwillinge. Welcher nimmt deinen Platz ein, und welcher muss vernichtet werden?) Shayla war in Panik. Ihre Brut war zu klein und konnte ihr Geschick nicht begreifen. Wer sollte die Aufgabe übernehmen und das eine Junge mit den purpurnen Flügelspitzen von der Leere in die Große Bucht werfen – wo das Schicksal entscheiden würde, ob es lebte oder starb?

(Suche die Antworten in der Leere. Bis du das Schicksal beider kennst, tue gar nichts. Vielleicht hat das Schicksal sie gewählt, um das Problem mit den Menschen zu lösen.) Ianthe sammelte seine letzte Energie, entfaltete die Flügel und entschwand in die Leere. (Jetzt kann ich sterben, Shayla. Die Höhle gehört dir.)

Ianthes Stimme verhallte.

Shayla sah noch den Hauch eines amethystfarbenen Lichtes in der Schwärze, welche sich vor ihr auftat, doch sie nicht berührte.

Shayla legte schützend ihre Flügel über die sechs zinnfarbenen kleinen Drachen, welche überlebten. Vier Männchen und die asexuellen Zwillinge mit den Purpurspitzen. Keine Weibchen. Vierzehn tote Babys schob sie beiseite. Mehr kamen nicht. Sie spürte einen neuen Schmerz und stieß einen Klageschrei aus, welcher die Stille durchbrach und durch die Berge von Kardia Hodos hallte. Das Echo hörten alle Drachen und waren ebenfalls traurig. Die Zukunft sah in der Tat düster aus.

Zu viele Drachen wurden Opfer der wilden und aggressiven Menschen, die alles hassten und fürchteten, was sie nicht begriffen.

Shayla leckte ihre sechs Kinder und wünschte ihnen, dass sie wachsen und gedeihen mochten. Die Zeit drängte nicht, eine Entscheidung wegen der Zwillinge zu fällen. Ihr blieb genügend Zeit, um eine Möglichkeit zu finden, beide zu retten. Zeit, in welcher sie planen und diskutieren konnte, ehe die Drachengemeinschaft zu drastischen Maßnahmen griff.

1

Achtzehn Jahre später

»Mach das nicht, Keegan! Versuche diesen Zauber nicht, Junge!«, rief Nimbulan über das Schlachtfeld hinweg. Mittels Magie übertönte seine Stimme den Lärm von Tod und Vernichtung.

Keegan, Nimbulans ehemaliger Lehrling, ignorierte den Befehl, als habe er ihn gar nicht gehört. Der junge Mann stand auf einer leichten Anhöhe auf der gegenüberliegenden Seite des Schlachtfelds und machte mit seinen Händen stilisierte und komplizierte Gesten.

»Dieser Zauber zieht seine Symmetrie von den Sternen, welche um Mitternacht untergehen! Die Morgenröte ist nur wenige Herzschläge entfernt.« Nimbulan warnte seinen Gegner nochmals. Er kletterte auf einen Baumstumpf, welcher wegen fehlgeschlagener Magie fast zwanzig Jahre vor dieser Schlacht am selben Ort in Flammen aufgegangen war. Damals hatte niemand die Feuersbrunst überlebt. Und heute niemand Keegans Zauber.

Die Anzeichen des anbrechenden Morgens waren bereits am Horizont zu erkennen, trotz des magischen Lichts, welches die beiden Armeen bei dieser Schlacht zwischen den Magiern beschien. Wenn Keegan seine Magie auch nur einen einzigen Herzschlag nach Sonnenaufgang ausübte, würde der Zauber sich verkehren und in eine Katastrophe führen.

Keegans Zauberspruch war jetzt ein rhythmischer Gesang,

der sich in den Klang der Waffen und das Geschrei der erfahrenen Krieger mischte, welche sich bekämpften. Nimbulan schaute zu, wie Lord Hanics Männer ihre Waffen im Einklang mit dem Zauberlied Keegans führten. Dic Frontlinie von Lord Kammeryls Soldaten brach ein und wich zurück – ebenfalls im selben Rhythmus. Wütend überlegte Nimbulan, wie er Kammeryls Männer schützen konnte. Er musste Keegans Zauber Einhalt gebieten, ehe er zu viel Kraft aus der Sonne sog, statt aus dem Gleichgewicht von Mond und Sternen.

Die Schlacht tobte schon einen Tag und den Großteil der Nacht. Keegans Zauber war der verzweifelte Versuch, die Waagschale zu seinen Gunsten zu neigen. Nimbulan rief sich die Worte des Zaubers in der Erinnerung zurück. Keegan hatte sie korrekt gesagt. Der Zauber würde wie geplant beginnen. Keegan wollte Nimbulan und dessen Armee in eine Stase versetzen, in welcher sie erstarrten und sich weder rühren noch schützen konnten. Lord Hanics kleinere Armee konnte dann Lord Kammeryls Truppen nach Lust und Laune abschlachten. Sofern der Zauber funktionierte.

Denn da das Licht der Sonne so viel stärker war als das des Mondes und der Sterne, würde sich Keegans Magie verkehren und alle vernichten.

»Nein, Keegan, nein.«

Nimbulan stöhnte.

Das Stasefeld würde das gesamte Leben im Umkreis von zehn Meilen erstarren lassen, auch das Gras, die Luft und den Fluss. Nimbulan lief es eiskalt über den Rücken, als er sich vorstellte, wie die Winde aus ganz Kardia Hodos herbeistürmten, um das Vakuum zu füllen, welches der Zauber geschaffen hatte. Tornados, trockene Hurrikane, alle möglichen katastrophalen Stürme würden auf dem halben Planeten für Verwüstungen sorgen.

Keegan war zu jung und bildete sich auf sein Talent zu viel ein, um die Gefahren seiner Handlungen zu begreifen. Er wollte nur die Schlacht gewinnen.

»Ich kann dich das nicht tun lassen, Keegan«, murmelte Nimbulan und rammte seinen Stab in die Kardia, um seinen Zauber zu verstärken. Dann hob er die linke Hand. Die Handfläche nach oben und die Finger leicht gekrümmt, um die Energie der Kardia zu empfangen. Magische Kraft kam tröpfchenweise durch den krummen Stab in seine Hand. Das reichte nicht. Die Kraftlinien, welche seine Magie nährten, waren leer. Er brauchte Nahrung für das ihm angeborene magische Talent.

Ungeduldig schnippte Nimbulan mit den Fingern. Ein dickes grünes Blatt mit rosa Adern erschien in seiner Hand. Ein Blatt des magischen Tambootie-Baums. Er leckte die kraftspendenden Öle von den Adern und Rippen, während er im Kopf die Worte und die Bilder einer Mauer formte, welche Keegan umgab.

Feuer brach auf Nimbulans Zunge aus. Gierig kaute er auf dem Blatt herum. Farben schossen in seine Augen und sein Blut. Der hässliche Schlachtenlärm wurde leiser, das Tambootie ergriff Besitz von ihm. Seine erhobene Handfläche kribbelte, bereit, die Magie in einem Schutzzauber zu wirken.

Keegan beendete gerade seine Gesten und das Lied. Es blieb in der Luft, doch so, dass man es nicht mehr hören konnte.

In Nimbulan vibrierte die Kraft. Die Zeit verstrich langsamer.

Keegan knüllte seinen Zauber zu einem Bausch und zog die Hand zurück, um die Magie mit aller Kraft seiner Jugend loszuschleudern.

Nimbulans unsichtbare Mauer stieg aus den Tiefen Kardias auf.

Keegans Zauber prallte gegen diesen Schild. Die Kraft verkehrte sich, überall sausten blitzende Teilchen umher.

Donner grollte. Blitze zuckten. Ein Netz wurde auf der magischen Wand sichtbar. Das Zentrum war der blaue Punkt, an dem Keegans Zauber ihn getroffen hatte. Natürliches grünes Feuer, unheiliges Rot, magisches Blau und blendendes Gelb folgten den Netzlinien und sprühten in Keegans Augen. Auf dem beschädigten Schild wurde für einen Sekundenbruchteil das Bild eines Drachen sichtbar, der Feuer spuckte. Dann war das Bild verschwunden, das Feuer ebenso.

»Ein Drache! Wir wurden von einem Drachen verflucht!«, schrien Männer in beiden Armeen, warfen die Waffen zu Boden und flohen.

Keegan schrie vor Schmerzen laut auf, als sein eigener Zauber sich gegen ihn kehrte und lähmte.

Die Schlacht war vorüber. Beide Armeen standen nur da, vor Ehrfucht und Angst erstarrt.

Nimbulan bedeckte die Ohren. Die Schreie seines Lehrlings hallten tief in seinem Kopf nach.

*

Die Schreie weckten die Erinnerung an eine längst vergangene Zeit, als er einen anderen Lehrling vor Schmerzen und Verzweiflung hatte schreien hören.

Damals war er dreizehn gewesen und gerade Geselle geworden. Die meisten Jungen schafften es nicht, die unterschiedlichen magischen Aufgaben zu bewältigen, die Druulin verlangte, ehe sie Gesellen wurden. Er war eigentlich noch viel zu jung. Ackerly, sein bester Freund und ebenfalls Lehrling, war zum dritten Mal bei Druulins Test durchgefallen.

Schon zuvor hatte er Prügel bezogen.

Druulins Wutausbrüche und Prügel waren ein gewohnter Teil im Leben des Jungen. Der heißblütige und oft irrationale Meistermagier behauptete, seinen Lehrlingen Verteidungsmechanismen beizubringen, indem er sie mit unterschiedlichen magischen Foltermethoden quälte.

An jenem Tag, als Ackerly zum letzten Mal den Test nicht bestand, nahm Druulin eine ganz irdische Peitsche und zerfetzte dem Jungen damit den Rücken.

Sieben entsetzte Lehrlinge und Gesellen wurden der Brutalität gewahr, mit der Druulin vorging. Einzig Nimbulan brachte genügend Mut auf, um Ackerly einen magischen Schutzpanzer zu legen und Druulins rechte Hand in der Luft erstarren zu lassen.

»Ein paar Tage im Verlies ohne Essen und Licht werden euch von eurer Unverschämtheit heilen!«, stieß Druulin zwischen zusammengebissenen Zähnen hervor. Seine Augen verengten sich, um den genauen Moment abzupassen, in dem Nimbulan müde wurde. Dann brach er schnell den Zauber und wirkte einen anderen, mit dem er Nimbulan und Ackerly zwang, ihm zu gehorchen.

Er stieß die Jungen mit dem Peitschenstiel vor sich her die Wendeltreppe hinab. Dann marschierten sie von Druulins privatem Arbeitszimmer vorbei am gemeinschaftlichen Arbeitsraum und dem Schlafsaal noch ein Stockwerk tiefer. Dort wehte ihnen aus der Küche der verlockende Duft des Abendessens entgegen.

Nimbulan lief das Wasser im Mund zusammen, wenn er an frisches Brot und Fleisch dachte. Die beiden Zauber, die er ohne Vorbereitung gewirkt hatte, waren sehr kräftezehrend gewesen. Er brauchte etwas zu essen und Ruhe, um seine Magie wieder aufzufüllen. Ihm wurden die Knie weich, als sie noch eine Treppe hinunterstiegen, wo sich die Vorratsräume befanden.

Druulin zauberte sich eine magische Lichtkugel, um nicht auf den feuchten Steinstufen auszurutschen. Das Hexenlicht half allerdings Nimbulan und Ackerly nicht.

Nimbulan setzte vorsichtig einen Fuß vor den anderen. Wenn er auf der schlüpfrigen Treppe stürzte, konnte er sich dabei sämtliche Knochen brechen.

Ackerly schwankte und suchte Halt an der Wand. Sein Gesicht war aschfahl. Sein Rücken blutete durch die zerfetzte Toga hindurch. Eine Nacht im feuchten Verlies würde gewiss dazu führen, dass seine Wunden sich infizierten.

Nimbulan tat der Freund unendlich leid. Aber er wagte nicht, den Tränen freien Lauf zu lassen, die bereits hinter seinen Augen brannten, und dem Schluchzen nachzugeben, das in seiner Kehle schwärte.

Endlich taumelten sie über die letzten Stufen in die Finsternis – so schwarz wie die Leere, abgesehen von Druulins schwachem magischem Licht. Der alte Magier stieß die Jungen in eine winzige Zelle, knallte die schwere Tür zu und sprach einen Bannzauber.

»Denkt über eure Verbrechen gegen mich nach, ihr ehrgeizigen kleinen Emporkömmlinge! Wenn ihr so hungrig und krank seid, dass ihr mich um Verzeihung bitten wollt, werde ich über ein wenig Licht und Essen nachdenken.«

Damit war das magische Lichtlein verschwunden. Eine Reihe nichts Gutes verheißender Klicklaute aus der Richtung des Türschlosses deuteten auf einen besonders starken Bannzauber hin. Danach verklangen Druulins Schritte schnell.

Ackerly ließ sich auf ein Bündel schmutziger Kleider in einer Ecke fallen. Er stöhnte und weinte. Nimbulan legte die Hand auf die Stirn des Freundes. Noch kein Fieber. »Wir müssen dich von hier fortschaffen, Acker.«

»Noch nicht. Erst wenn Druulin sich abends mit seinem alkoholischen Schlaftrunk zurückgezogen hat.« Trotz der

Schmerzen und der Schande dachte Ackerly weiter voraus als Nimbulan.

»Gut, allerdings bezweifle ich, selbst heute Abend genügend Kraft zu haben, um diesen Bannzauber zu brechen.« Mit einem Fingerschnippen brachte Nimbulan ein kleines magisches Licht hervor und unterzog das Schloss einer genauen Betrachtung. Nein, den verwendeten Zauber kannte er nicht. Schnell löschte er das Licht, als sich ihm vor Hunger der Magen umdrehte.

»Ruh dich erst mal aus, Lan. Dann öffnest du die Tür mit deiner Magie und wir schleichen uns hinaus und stehlen etwas zu essen. Dann kehren wir zurück und verschließen die Tür wieder. Druulin wird überhaupt nichts merken.«

»Wir stehlen auch Medizin. Deine Wunden dürfen sich nicht entzünden.« Nimbulan wischte sich mit dem Ärmel über die Augen und die laufende Nase. Das Verlies war kälter und feuchter als in seiner Erinnerung. Dabei war er bereits mehrmals hier unten bestraft worden. Er wünschte, er beherrschte einige Heilzauber. Ackerly brauchte dringend Hilfe.

Er hatte noch nicht erlebt, dass Druulin so völlig die Kontrolle über sich verloren hatte.

»Vielleicht sollten wir weglaufen, wenn wir hier raus sind?«, meinte Nimbulan. Die Hoffnung, Druulins Schreckensherrschaft zu entfliehen, füllte ihn mit wohliger Wärme.

»Wohin können wir gehen? Da uns unsere Eltern Druulin übergeben haben, wird uns kein anderer Magier annehmen. Selbst Meister in anderen Gewerben würden uns nicht nehmen, ehe Druulin uns offiziell entlässt. Und dich lässt er nie und nimmer gehen, Lan. Du bist ein zu guter Magier. Er braucht dich, um seine Fehler auszubügeln«, erklärte Ackerly zwischen lautem Schluchzen.

»Dann muss ich eben für dich sorgen. Du könntest dich in

der Nähe niederlassen – aber nicht so, dass Druulin dich finden kann«, schlug Nimbulan vor. Die Hoffnung in seinem Bauch verwandelte sich in einen Eisklumpen aus Angst. Keiner der beiden würde je von Druulin wegkommen. Der alte Mann schüchterte die Menschen meilenweit ein. Sie würden Ackerly mit Sicherheit verraten.

»Was soll ich tun? Magie ist das Einzige, was ich gelernt habe, und sogar darin bin ich nicht gut«, sagte Ackerly.

»Du weißt wirklich viel, Acker«, tröstete Nimbulan den Freund. »Du denkst voraus und planst viel besser als jeder andere von uns.«

»Was bringt das, ohne dass ich große Magie wirken kann? Die braucht man schließlich, wenn man Schlachtenmagier werden will«, protestierte Ackerly. »Deshalb wurde Druulin so wütend, als ich die Tests nicht bestand. Er braucht stärkere Lehrlinge, um seine Fehler auszubügeln. Er wird zu alt, um es selbst zu schaffen.«

»Nur wenn Lehrlinge und Gesellen dem Obersten Magier helfen, kann dieser ein Schlachtenmagier sein. Niemals ein Mann allein.« Nimbulan dachte kurz nach. »Wenn ich ein richtiger Schlachtenmagier bin, mache ich dich zu meinem Assistenten, Acker. Wir werden ein Team sein. Genau wie immer. Erinnere dich an die Zeit, als Boojlin und Caasser sich gegen uns verschworen hatten und uns auf dem Weg von der Küche in den Keller mit faulen Eiern bewarfen! Du hattest die Idee mit den Eimern voll Wasser über der Tür. Als sie die Tür aufmachten, ergoss sich das Wasser auf sie. Die beiden sind beinahe ertrunken ...« Die Jungen mussten lachen, als sie an die beiden Raufbolde dachten, die prusteten und fluchten, als die Wasserkaskaden über sie strömten.

Druulin hatte die Sauerei entdeckt und befohlen, dass alle vier sauber machten und am nächsten Morgen kein Frühstück bekamen, weil sie Wasser und Magie verschwendet hatten.

»Wir wären niemals Boojlin und Caasser entkommen, wenn du nicht an den Wassereimer gedacht hättest«, sagte Nimbulan

»Aber du hast genug Magie gehabt, um den Eimer mit dem Wasser über der Tür zu halten und für Wassernachschub zu sorgen«, erinnerte ihn Ackerly.

»Siehst du, was ich meine. Wir sind ein Team und wir werden immer ein Team bleiben. Und jetzt hilf mir herauszufinden, wie ich diesen Bannzauber lösen kann.«

Sechsunddreißig Jahre später war Ackerly immer noch Nimbulans erster Assistent, aber sie schlugen die Lehrlinge nie oder ließen sie hungern. Weshalb war Keegan weggelaufen? Warum hatte der Junge unbedingt beweisen wollen, dass er der bessere Schlachtenmagier sei als Nimbulan, noch ehe er richtig ausgebildet war?

Schuldgefühle legten sich auf die Last von Nimbulans Trauer.

*

»Warum, Junge? Warum hast du mich gezwungen, dich zu töten?«

Nimbulan schauderte es in dem kalten Nebel, der sich über das jetzt stille Schlachtfeld gelegt hatte. Die ersten Strahlen des Morgenlichts durchdrangen das schwindende schwache Zauberlicht. Zusammengeballte Tropfen glitzerten im goldenen Licht wie die Geister der Toten, welche auf diesem unglückseligen Weizenfeld lagen. Würden die Sieger dieser Schlacht den Ort auch in zukünftigen Generationen heimsuchen?

Vor nahezu zwanzig Jahren hatten auf diesem Feld zwei Armeen gekämpft. Wahllose und unkontrollierte Magie hatte alle getötet. Soldaten, Lords, Magier und Tross – alle in einem

Moment zu Asche geworden. Der Baumstumpf, auf dem er jetzt stand, war eine uralte Ulme, so dick, dass drei Männer sie nicht umspannen konnten. Auch sie war bei jener Magie umgestürzt und verbrannt. An jenem Tag hatte ein glücklicher Zufall ihn und Ackerly woanders hingeführt. Heute hatten sie dieses Glück nicht gehabt.

Druulin, Boojlin und Caasser waren unter den Tausenden gewesen, die damals vor achtzehn Jahren gestorben waren.

Heute war Nimbulan gezwungen gewesen, mit seiner Magie seinen vielversprechendsten Lehrling zu töten, um die wenigen Männer zu retten, die am Ende der Schlacht noch lebten.

Ab tausende weiterer Toter würden von Stund an dieses Feld heimsuchen.

Soweit Nimbulan schauen konnte, bewegte sich nichts. Niemand rief um Hilfe oder bat um Trost. Ein einzelner Aschenhaufen auf der Anhöhe gegenüber zog ihn magisch näher.

Asche, die einst Keegan gewesen war.

»Ich habe dich ›Sohn‹ genannt.« Seine Wort wurden vom kalten flussseitigen Wind in den Nebel getragen.

Die einzige Antwort war ein Stöhnen ewigen Schmerzes, das in der Asche gefangen war.

»Ich werde nie einen leiblichen Sohn haben, Keegan. Du hättest dieses Loch in meinem Leben füllen können.«

Er musste den Geist erlösen. Die Vaterspflicht. Niemand außer ihm war anwesend. Der Geist des Jungen, gefangen in der Leere zwischen den Existenzen, flehte ihn an, ihn zu erlösen.

Nimbulan stützte sich schwer auf seinen Stab. Er fühlte sich doppelt so alt wie die neunundvierzig Jahre, die er auf dem Buckel hatte. Er war erschöpft.

Viele Männer waren auf beiden Seiten in dieser Schlacht

gefallen. Noch mehr hatten Wunden erlitten, die so schwer waren, dass sie nicht überleben würden. Seit beinahe drei Jahrzehnten war Nimbulan Schlachtenmagier, aber heute machte er sich zum ersten Mal Gedanken darüber, ob der Sieg, den Kriegslord Kammeryl davongetragen hatte, die Kosten wert war.

Keegan war tot. »Du hättest mein Nachfolger werden sollen, mein Junge. Nicht mein Feind. Was hat dich verlockt, dich als Schlachtenmagier anheuern zu lassen, ehe deine Ausbildung abgeschlossen war?«

Müde schritt Nimbulan über das Feld zu der gegenüberliegenden Anhöhe. Er musste die Augen von dem Blutbad um sich herum abwenden. Wenn er den Leichnam eines Freundes entdeckte, könnte ihn das von seiner Mission ablenken. Viele Soldaten waren einen ehrenvollen Tod durch Feindeshand gestorben. Aber viele waren auch unter dem Beschuss von Magie gestorben, die von den Magiern hin- und hergeschleudert worden war. Er war ebenso schuldig an deren Tod wie Keegan. Die Lords hatten zwar die Männer in die Schlacht gerufen, aber die Magier, die im Hintergrund arbeiteten, bestimmten, wer siegte und wer verlor, wer liebte und wer starb.

Nimbulan stolperte und wäre nahezu über einen Toten gefallen. Blut und Schlamm überkrusteten die Kennzeichen an der Uniform oder den Abzeichen.

»Keegan und ich haben dir das angetan.« Er legte die ausgestreckten Arme des Toten über die Brust. »Geh hin in Frieden. Finde deine nächste Existenz und Glück«, murmelte er. Dann schloss er noch ein Todesgebet an, zu schwach, um mehr zu tun.

Er unterstützte Lord Kammeryl d'Astrismos, den einzigen Lord, der – vielleicht – Coronnan einen konnte. Immer wieder hatten die rivalisierenden Lords bewiesen, dass Friede nur mittels der ungeheuren Kosten eines Krieges erzielt werden konnte. Er bemühte sich, das Mäntelchen der Rechtfertigung über seine Gefühle zu legen, doch so recht gelang ihm das nicht.

Er stieg die Anhöhe hinauf, auf der Keegan gestanden hatte. »Die Sternengötter werden es mir nie verzeihen, dass ich dich so leiden ließ, indem ich deinen Zauber gegen dich gelenkt habe, Sohn.« Nimbulan seufzte und stellte seinen Stab neben den Aschenhaufen. »Ich selbst kann es mir nie verzeihen.«

Gespenstische rote Flammen loderten aus dem immer noch rauchenden Aschenhaufen empor. Funken versuchten aus den Resten Leben zu erwecken. Immer wenn Keegan einen Anker fand, erstickte ihn sein eigener letzter Zauber.

Schreie der Qual hallten durch die Luft.

Nimbulan streckte die Hand aus, mit der Handfläche der Asche zugewandt, die Finger leicht gekrümmt, als wolle er die Essenz Keegans einfangen, welche diesem Gefängnis entfliehen wollte.

Er verfügte nicht mehr über die Kraft, Magie aus den Tiefen Kardia Hodos zu holen, um diesen letzten Zauber zu wirken. Nimbulans Verbindung mit den vier Elementen – Kardia, Luft, Feuer und Wasser –, welche mit den Hauptrichtungen die *gaia* formten, war mit diesem vielfachen Tod und der Vernichtung während des letzten Tages geschrumpft.

Der Geist in der Asche zuckte wieder. Nimbulans sensible Nerven spürten Wärme. Er widerstand dem Wunsch, sich mit Wasser abzukühlen.

»Es würde keinen von uns beiden trösten.«

»Komm, Lan, iss und ruh dich aus, ehe du diese letzte Pflicht erfüllst.« Eine neue Stimme drang ins Bewusstsein des müden Magiers. »Vielleicht sollte ich ein paar Tambootie-

Blätter in dein Abendessen mischen, damit du dich besser fühlst.«

»Ich habe von dem Zeug heute schon zu viel gegessen, Ackerly«, erklärte Nimbulan seinem Assistenten. »Ich brauche normales Essen und Schlaf, keine Drogen. Wenn dieser Zauber endlich vorbei ist, werde ich Ruhe finden.«

»Warte wenigstens eine Zeitlang, bis du den Zauber wirkst. Der Geist des Jungen verdient es, noch ein wenig länger die Qualen zu erleiden. Vielleicht wird er in der nächsten Existenz nicht so ungeduldig nach Macht streben, wenn er aufgrund seines eigenen Verschuldens hier noch ein bisschen länger in der Hölle schmort.«

»Es ist eine Hölle, welche ich verschuldet habe! Ich wünsche niemandem dieses Schicksal.« Und dich, Keegan, habe ich geliebt.

»Hätte er gewartet, bis seine Kräfte voll entwickelt waren, hättest du ihn nicht besiegt. Wir werden beide alt.« Ackerly seufzte. »Wir werden alt und verlieren unsere Kraft. Dieser undankbare Bursche hätte seine Kräfte nicht erschöpft, um dich aus der Asche zu erlösen.« Ackerly stieß mit dem Fuß in das Aschenhäufchen.

»Nein!« Nimbulan schob ihn beiseite, damit er nicht Keegans Seele zu dünn verstreute, sodass man sie nicht mehr befreien konnte.

»Ich stelle mir lieber vor, dass mein Lehrling mir ebenfalls diesen letzten Dienst erwiesen hätte. Ich habe mich bemüht, ihn Ehrfurcht zu lehren – vor anderen und vor der Kraft, die in uns steckt.«

»Er wollte nur die Zaubersprüche lernen, nicht die richtige Art und Weise, sie anzuwenden«, stieß Ackerly wütend hervor. »Geh zurück in dein Zelt, Nimbulan! Lass mich diese Aufgabe erledigen! Ich bin vielleicht kein großer Magier, der die Kardia in seine Zaubersprüche hineinweben kann, aber ich kann diesen undankbaren Mistkerl dorthin schicken, wo er hingehört.«

»Es ist meine Verantwortung. Ich bin schuld, dass sich sein letzter Zauber ins Gegenteil verkehrte.« Nimbulan raffte all seine Willenskraft zusammen. Ackerlys Art ließ auf eine Feindschaft zwischen ihm und Keegan schließen, die einem ordnungsgemäßen Zauber im Wege stehen würde. Nimbulan hätte Ackerlys wahre Beweggründe und den Grund seiner Traurigkeit aus dessen Gedanken lesen können, doch tat er es nicht.

»Ich beschleunige den Weg dieses Jungen in die nächste Existenz. Druulin hätte sich nie die Mühe gemacht. Du weißt so gut wie ich, dass ich es tun muss.«

2

Nimbulan suchte in den Taschen seiner Roben nach einem kleinen Zauberstab aus Tambootie-Holz, der oben einen Kristall mit perfekten Facetten trug.

Traurig betrachtete er durch den Kristall das Häuflein Asche und begann zu singen:

»Geh mit mir, Sohn, den ich gelehrt,
Geh mit mir, ein letztes Mal,
Geh mit mir die Pfade des Lebens,
Geh mit mir zum Ort deines Begehrens.«

»Dieser ehrgeizige Kerl verdient das alles gar nicht«, stieß Ackerly leise aus und entfernte sich ein paar Schritte.

Nimbulan ignorierten den Gefährten, als seine Gedanken innigeren Kontakt mit der Lebenskraft seines Lehrlings suchten. Leuchtend grüne Flammen und brennende Schmerzen drangen vom Kristall in seine müden Augen.

Ein tiefer Atemzug, anhalten, bis drei zählen und ausatmen. Dann füllte ein zweiter Atemzug seine Lunge und entwich. Nach dem dritten Atemzug fand er Zugang zur Leere zwischen den Ebenen der Existenzen. Sein Geist verließ den erschöpften Körper und fand Trost im schwarzen Nichts. Neben ihm stand eine zweite Seele, ein ungeformter Schemen.

Plötzlich sah er die pulsierenden farbenprächtigen Lebensstränge, welche die Leben all jener Seelen repräsentierten, die Nimbulan während seiner fast fünfzig Jahre in dieser Existenz getroffen hatte. Ein silberner Strang, mit einem Hauch von Blau, symbolisierte sein eigenes Leben. Er verschwand irgendwo in einem Knäuel vieler Lebensstränge.

Es war leicht, die anderen zu sehen, weil diese durch symbolische Farben repräsentiert wurden. Nur ein einziges Mal hatte Nimbulan sein ganzes Leben und seine Aura sehen können – das war während des Tages und der Nacht seiner Initiation in die Welt der Erwachsenen. Am Abend seines zwölften Geburtstages hatte sein Lehrer ihn in ein fensterloses Gelass geschickt. Außer den dicken Mauern gab es nur ein Feuer aus Tambootie für Licht und Wärme. Der Rauch versetzte ihn in eine tiefe Trance. Nach sechsunddreißig Jahren als Magier verstand er immer noch nicht die Reflexionen der Realität, welche er gesehen hatte. Doch immer danach kannte er die wahren Farben seines pulsierenden Lebensstrangs in der Leere. Eine seltene Leistung.

Jetzt, bei seiner traurigsten Reise in die Leere, sah er kristallklare Lebensformen, welche alle Farben reflektierten und um ihn herum tanzten. Das Kristall dominierte das Knäuel der symbolischen Leben. Nie zuvor hatte er sie gesehen – wusste auch nicht, wen sie repräsentierten.

Der Schemen neben ihm entschwebte langsam. Die rote Nabelschnur färbte sich grau.

Nimbulan musste Keegans Lebenskraft in das Knäuel der Stränge hineinweben, sonst würde er für immer verloren sein und seine nächste Existenz nie erreichen.

»Geh mit mir, Sohn, den ich gelehrt,
Ewige Pein hast du nicht verdient.
Meinen silbernen Pfad will ich dir leihen.
Geh mit mir einen Pfad, den wir verdienen.

Geh mit mir, Sohn, den ich gelehrt,
Geh mit mir ein letztes Mal,

Finde mit mir die Pfade des Lebens,
Geh mit mir, bis enden die Jahreszeiten.«

Ein starkes Zittern überfiel Nimbulan. Der rote Strang neben ihm nahm wieder seine Farbe an und begann zu pulsieren. Dann rollte er sich um Nimbulans silberblauen Strang. All ihr Wissen vereinte sich, ebenso wie sich ihre Erinnerungen verflochten. Die Geheimnisse enthüllten sich. Sie waren ein Mann, eine Lebenskraft, ein Verstand.

Das riesige Geflecht der Lebenskräfte veränderte sich und bot die Bilder von Menschen, von Generationen, welche sich in komplizierten Mustern bewegten, zuweilen friedlich, manchmal einander bekämpfend. Magier gaben Anweisungen, wie die komplizierten Muster ausgeführt werden sollten. Nimbulan wurde ein Teil der Vision und manipulierte die Lords, welche Widerstand leisteten. Die Muster wurden gewalttätig, wurden zu der Schlacht, in der er gerade gekämpft hatte, aber auch zu Dutzenden anderer Kämpfe, alle voneinander nicht zu unterscheiden. Schlacht auf Schlacht warf er willkürlich Zauber hinein. Tod und Vernichtung schickten Wellen des Abscheus durch ihn. Dennoch schickte er weiter mit seiner Magie Männer in den Tod.

Vor seinen Augen wollten Männer sich aus der Schlacht lösen und wieder tanzen. Nimbulan hätte sich gern zu ihnen gesellt, aber er wurde wieder zurück in die asymmetrische Gewalttätigkeit gezogen ...

Keegans Lebenskraft löste sich von seinem Mentor, vereinigte sich mit dem Knoten der pulsierenden Leben und ließ Nimbulan allein zurück. Jetzt hatte er nur noch zu seinen eigenen Gedanken und Erinnerungen Zugang. Die Vision wurde schwächer.

Ein roter Strang wickelte sich um Nimbulan und zog ihn tiefer in die Leere.

Symmetrische Muster. Gleichgewicht. Harmonie.

Keegan winkte. Nimbulan sollte neben ihm gehen, in der intimen Beziehung zwischen Vater und Sohn, bis die Jahreszeiten aufhörten zu wechseln.

Nimbulan fühlte sich hingezogen und wollte sich ebenfalls mit den anderen Lebenssträngen verbinden.

Einheit. Friede. Aber …

Eine unsichtbare Barriere fiel vor ihm nieder und blockierte die verlockende Vision.

(Geh zurück, Mensch. Deine Zeit ist noch nicht gekommen!) Unbekannte Stimmen ertönten in der ewigen Finsternis. (Vorzeitiges Eingehen in die Leere ist verboten. Geh jetzt zurück, damit deine unsterbliche Seele dir nicht herausgerissen und weggeworfen wird!)

Nimbulan fiel etwas tolpatschig zurück in seinen Körper. Seine Glieder taten noch weh, aber seine Seele fühlte sich erleichtert.

»Ich hoffe, ich muss das nie wieder tun, Ackerly. Etwas geschah in der Leere – etwas, was für uns alle wichtig ist. Aber ich vermochte es nicht so ganz zu begreifen. Beinahe wäre ich Keegan in meine nächste Existenz gefolgt.«

»Das darfst du nicht einmal denken, Meister. Was würde Lord Kammeryl ohne dich anfangen?«

»Er würde einen anderen Magier finden. Ja, ja, ich weiß, Selbstmord ist verboten, Ackerly.« Die Sternengötter hatten ihn deutlich daran erinnert. »Aber in der Leere gibt es Wissen. Eine Vision umgab mich und flehte mich an zu lernen. Ich hatte nur die Zeit, einen flüchtigen Blick auf die Lektion zu werfen.«

»Was? Was haben die Sternengötter dir gezeigt?« Ackerly beugte sich vorwärts.

»Ich bin nicht sicher. Ich brauche Zeit und Abgeschiedenheit, um zu meditieren.«

»Zu beidem dürftest du kaum Zeit haben. Lord Kammeryl kommt.« Ackerly deutete auf einen breitschultrigen Mann mit dem rötlichen Schimmer der Sternengötter im Haar. Ihr Auftraggeber schritt zielbewusst über das Feld zu ihnen.

»Ist das Quinnault de Tanos, der Friedensstifter, hinter ihm?« Nimbulan schöpfte Hoffnung beim Anblick der hochgewachsenen Gestalt, welche Kammeryl d'Astrismos auf den Fersen folgte. De Tanos' blondes Haar glänzte im Sonnenschein wie eine goldene Aura purer Energie. Dieser Lord nahm einen niedrigeren Rang ein und hatte studiert, um Priester zu werden, bis er die Verantwortung für seinen Clan übernehmen musste. Er war wegen seiner Weisheit bekannt und konnte Nimbulan möglicherweise helfen, seine Vision in der Leere zu verstehen.

»Aufdringlicher Priester. Warum bleibt de Tanos nicht in seinem Kloster und zählt die Sterne?«, beschwerte sich Ackerly. »Wir brauchen seine Version von Frieden nicht, um den Krieg zu gewinnen.«

»Er ist kein Priester mehr, sondern ein gesalbter Lord«, widersprach Nimbulan.

»Lord einer elenden Inselkette im Fluss und mit einem Stammsitz auf dem Festland, der nicht einmal eine richtige Festung ist. Er befehligt keine Armee und führt keine Männer. Niemand respektiert sein Einmischen im Namen des Friedens.« Ackerly spuckte neben seinem Stiefel auf den Boden. »Kompromisse und Verträge bringen uns keinen neuen König. Nur ein Kriegsherr, der alle Rivalen besiegt, kann Coronnan unter einer Krone einigen.«

»Das habe ich früher auch geglaubt«, sagte Nimbulan leise. Er musste nachdenken, angestrengt nachdenken.

»Geh zurück in dein Zelt, Lan! Iss und ruhe dich aus, während ich Lord Kammeryl und seinen Priester ablenke.«

»Such für Kammeryl ein Weib«, schlug Nimbulan vor.

Die Aura ihres Auftraggebers näherte sich wie eine wilde Sturmwolke – wic die Muster der Männer, welche in der Leere tanzten, als sie ihre Formation verließen und gewalttätig wurden … Schwarze Flecken verunstalteten die Lagen aus orangeroter, grüner und gelber Energie, welche d'Astrismos umhüllte. So war es immer vor und nach einer Schlacht. Nur Marketenderinnen vermochten die gewaltsam ausströmende Energie in seinen Gedanken und seinem Körper zu besänftigen.

»Aber sorge dafür, dass die Frau willig ist. Kein junges Mädchen unter Zwang«, fügte Nimbulan hinzu.

»Ihm sind aber junge Mädchen lieber. Mit ihnen befasst er sich länger, außerdem kosten sie weniger.«

»Eine Frau, Ackerly. Finde eine Marketenderin, die sich mit dem Preis auskennt und im Voraus kassiert.«

Dann zog sich Nimbulan hinter dem Trugbild von Rauchschwaden der Scheiterhaufen für die Toten zurück.

»Sternengötter! Helft mir, die Vision richtig zu deuten!«

*

Eine kalte nasse Schnauze berührte Myrilandels Wange. Sie öffnete ein Auge. Es war noch vor Sonnenaufgang und ziemlich kalt. Ihr Traum, hoch über der Großen Bucht dahinzufliegen, verschwand und hinterließ eine eigenartige Leere in ihr.

»Guten Morgen, Frau Dachs«, sagte sie, als das Tier sie ein zweites Mal mit der Schnauze anstieß. »Danke, dass ich deinen Bau benutzen durfte. Jetzt muss ich weiter.« Sie rieb sich den Schlaf aus den Augen und kroch aus dem engen Dachsbau heraus.

Die Freude, den neuen Morgen zu begrüßen, füllte die Leere. Sie war aufgeregt, einen neuen Tag zu erleben, ein neues Abenteuer.

»Grrr«, sagte Frau Dachs und trieb Myri zur Eile an. Der Morgen graute, und die Dachsin wollte endlich schlafen.

»Noch einen Moment.« Myri hockte vor der Höhlenöffnung und griff nach innen, um ihr Bündel zu holen, ehe Frau Dachs in ihr Bett eilen konnte.

Amaranth, der Flugflipper, beäugte Myri durch seine Schlitzaugen und streckte die Krallen aus, um das Gleichgewicht zu halten. Automatisch entfaltete er aus seinem schwarzen Fell die gefiederten Flügel, als Myri tolpatschig in die Höhle griff.

»Kratz nicht, Amaranth!« Myri schlug ihm auf die Krallen. Halb Katze, halb Falke zeigte Amaranth für gewöhnlich die besten Eigenschaften beider Tiere. Doch so kurz nach dem Aufwachen war er missmutig wie die alte Hexe Magretha, die beide aufgezogen hatte.

Myri setzte Amaranth außerhalb der Reichweite der Dachsin. Er begann mit seiner Morgenwäsche und ignorierte sie völlig. Die Dachsin watschelte zu ihrem Bett, ohne sich umzublicken.

»Nochmals vielen Dank, Frau Dachs. Es war das heimeligste Nest, das ich bisher auf meiner Mission hatte.« Zu lang schon war sie unterwegs, aber ihre Magie zerrte sie an einen fernen Ort. Anonyme Stimmen in ihrem Kopf führten sie. (Osten), sagten sie. (Im Osten wirst du ein sicheres Heim finden.)

Sie wischte sich Erde und Zweige von ihrem laubgrünen Übergewand. Die Finger waren der einzige Kamm für das silberblonde Haar. Aus langer Gewohnheit flocht sie es zu einem dicken Zopf und rollte ihn auf. Darüber band sie ein Kopftuch. Die Leute akzeptierten sie bereitwilliger, wenn sie nicht gleich die außergewöhnliche Haarfarbe sahen.

Das Gefühl, dass etwas nicht stimmte, schwirrte wie eine Biene um sie herum. Sie rollte die Schultern und hielt die

Hände ausgestreckt, um den Wind in den Ärmeln zu fangen. Die Magie in ihr rollte sich zusammen und war bereit zu heilen. Langsam schritt sie im Kreis und wartete darauf, dass ihre Magie ihr die Richtung angab. Nordost – nicht genau nach Osten lautete der Befehl. Er war stärker als die Stimmen. Etwas Schreckliches erwartete sie. Ganz in der Nähe.

Ein eisiger Wind und ihr ungutes Gefühl bereiteten ihr eine Gänsehaut auf dem Rücken. »Mein Umhang!«

Nach einer Heilung war sie immer sehr erschöpft. Sie wagte nicht, einen Zauber ohne den Umhang zu wirken, mit dem sie sich danach wärmen konnte. Sie griff zurück in den Dachsbau, um das wollene Kleidungsstück zu holen. Doch gerade wollte die Dachsin damit ihr Nest polstern.

Myri zerrte. Die Dachsin hielt den Preis mit den Krallen fest. »Ich kann es mir nicht leisten, ihn dir zu schenken.« Myri zog kräftiger. Sie hörte Stoff reißen. Ihr Herz stockte. »Ich kann ihn nicht ersetzen, Frau Dachs. Und ich habe nicht Euren dicken Pelz, um mich zu wärmen.«

Dann hatte sie den Umhang herausgezogen. Sie untersuchte den Stoff und fand einen kleinen Riss beim Saum. Ansonsten war der Umhang unbeschädigt.

Schnell wandte sie das Gesicht in die aufgehende Sonne. Es war die Tagundnachtgleiche. Das Gefühl kommenden Unheils wurde stärker und störte ihre Freude, den Morgen zu begrüßen.

Gleich hinter dem nächsten Hügel, nach Norden, lag ein Dorf. Der dreifache Wendeturm genau im Zentrum des Dorfs wartete darauf, mit Blumen und Früchten geschmückt zu werden. Ganz Coronnan feierte heute den Wechsel der Jahreszeiten. Tanzen. Feiern. Spiele. Besonders Tanzen. Männer und Frauen tanzten komplizierte Reigen um den Turm und folgten uralten Riten, in welchen sie den Sternengöttern für die Ernte dankten und um einen milden Winter beteten.

Myri und Amaranth waren in jedem Frühjahr und Herbst Magrethas wachsamen Augen entflohen, solang sie sich erinnern konnte, um die Tänze zu sehen und mitzumachen.

Musste sie im Dorf jemanden heilen?

(Osten! Geh nach Osten! Wir geben dir Sicherheit und Ruhe. Weiche nicht vom Weg ab.)

»Ich will ins Dorf gehen«, antwortete Myri den Stimmen. »Vielleicht braucht man mich dort.« Warum sollte sie von ihrer Mission nicht für ein paar Stunden abweichen? Seit über einem Monat folgte sie dem Befehl, nach Osten zu marschieren. Was immer dort auf sie wartete, konnte gewiss noch ein wenig länger warten. Zumindest einen Tanz lang.

Allerdings bezweifelte sie, dass man sie in diesem Dorf mittanzen ließ. Zum Ritual gehörte die gleiche Zahl an Männern und Frauen, um das Gleichgewicht der Natur darzustellen. Im Gegensatz zum Fest des Frühlingsäquinoktiums waren die Partner für das Herbstfest lange zuvor festgelegt. Aber Myri wollte wenigstens die Musik hören und mit den Fußspitzen im Takt wippen und singen.

Myri rannte den Hügel hinauf, um die Menschen zu sehen, die aus ihren Häusern kamen, wenn die Sonne den Horizont überquerte.

Der Wind heulte und zerrte sie wieder nach Ost-Südost. Gänsehaut bildete sich auf ihren Armen. Wortlos flehten Stimmen sie an, ihnen ohne Zögern zu folgen.

Ihr magisches Talent drohte sie schneller geradewegs nach Norden zu treiben, als sie laufen konnte.

(Bewahre deine Kraft! Leg dein Talent beiseite, bis du mehr Training hast. Geh nach Osten. Nach Osten und ein wenig nach Süden, meide den Norden!) Die Stimmen flehten. (Bleib nicht in dieser Gegend. Hier droht dir Gefahr.)

Aus Protest setzte sie sich ins Gras. Ihr Talent und die anonymen inneren Stimmen bekämpften einander jedes Mal, wenn sie Menschen traf, welche ihre Heilkunst brauchten. Sie hatte es satt, dass dieser Zwang stets ihren Weg wählte.

»Ich möchte ein paar Augenblicke beim Tanz zuschauen.«

Der Wind legte sich. Ihr Talent streckte sich aus und spürte Schmerzen und Leiden, aber es zog sie nicht mehr in seine Richtung. Auch die Stimmen blieben stumm.

Sie zupfte ihre Röcke zurecht und legte den Umhang über die Schultern. Dann breitete sie die Arme aus, dass sich der Umhang hinter ihr wie ein riesiger Flügel blähte.

»Komm, Amaranth. Vielleicht bekommen wir ein Stück frisches Brot und einen Becher Most.«

Ihr lief das Wasser im Mund zusammen. Der trockene Proviant und das Wasser aus dem Bach waren kärglich. Ihr Magen knurrte zustimmend.

Eine ferne Trommel schlug den Rhythmus des Pulses – anfangs leise, dann mit jedem Schlag schneller und lauter. Myri lief über den Hügel. Sie wollte keinen Moment des ersten Tanzes beim Dankfest versäumen. Seit vier Jahren nahm sie nun immer am Tanz teil, wo Magretha gerade für beide ein Heim gefunden hatte. Die rituelle Darbringung der ersten und besten Erntegaben von allen, welche an die Sternengötter glaubten, war äußerst wichtig. Frühlingsfeste, mit ihrer Betonung der Fruchtbarkeit, waren meist wilde Feiern, wo viel getrunken wurde. Die Rituale im Herbst zeigten die Dankbarkeit und Ehrfurcht für die Ernte.

Myri erhob ihre Stimme in dem Lied, welches dem Rhythmus der Trommel folgte.

Die Kardia pulsierte unter ihren bloßen Füßen im Einklang mit ihrem Lied und der Trommel. Frauenstimmen aus dem Dorf stimmten in ihr Lied ein, als die Menschen in ihren neuesten und buntesten Kleidern aus den Häusern liefen.

»Miau?«, fragte Amaranth mit seiner Katzenstimme. Er webte ein Schutzband um und zwischen ihren Fußknöcheln. Eine Flügelspitze lugte aus dem Fell hervor. Seine Flugbereitschaft signalisierte, wie aufgeregt und besorgt er war.

Myri blieb abrupt am Rand des Dorfangers stehen.

»Ja, Amaranth, etwas stimmt hier nicht.« Sie beugte sich hinunter und kraulte ihn hinter den Ohren. Sie spürte seinen leichten Schutzzauber. Der festgetretene Lehmkreis um den Wendeturm zeugte, dass viele Generationen zur Tagundnachtgleiche hier getanzt hatten. Neun Männer, neun Frauen, neun Trommler und neun Kinder mussten um den geschmückten dreifachen Turm herumtanzen. Nur gesunde Menschen, erfüllt von Leben und Freude, sollten am Tanz teilnehmen. Neun, die heilige Zahl der Sternengötter. Immer neun und immer ein Gleichgewicht von Männern und Frauen.

Doch hier tanzte nur ein Mann mit den Frauen, und er war ein halber Krüppel. Bartlose Jungen mit konzentrierten Gesichtern nahmen die Positionen der anderen Männer ein. Eine einzige uralte Frau, viel zu alt, um noch ein Kind zu gebären, hielt einen gepolsterten Stock über die einzige Trommel. Die jungen Frauen schienen irgendwie fehl am Platz zu sein. Keine schien vom Fruchtbarkeitsritual des Frühlingsäquinoktiums schwanger zu sein.

Keine einzige.

Weil es keine Männer gab.

»Wohin waren alle gegangen? Es ist noch keine Jagdsaison. Und keine Seuche würde nur Männer töten.« Myri suchte nach einer Erklärung für das Ungleichgewicht der Tanzenden.

Der Rhythmus der Trommel wurde langsamer. Alle Gesichter wandten sich Myri und ihrem schwarzen Kater zu. Schweigen legte sich über das Dorf, bis die Hügel darum baten, dass die Trommel wieder ertönen möge. Schmerzen füllten die Augen der Tanzenden. Sie wussten, dass sie nicht im Gleichgewicht tanzten. Dann schlug die uralte Frau wieder mit dem Stock gegen das Trommelfell. Der Rhythmus kehrte zurück. Eine Flöte gesellte sich dazu. Die Tanzenden bewegten sich im uralten Muster.

Schritt, hopp, klack, hopp. Drei Mal im Kreis stampfen. Zusammengehen. Schritt, hopp, klapp, klapp, klapp.

Die Stimmen wurden leiser. Einige weinten unverhohlen. Dennoch tanzten sie weiter. Schritt, hopp, klack, hopp.

»Wo sind Danksagung und Freude?«, fragte Myri den leeren Himmel. »Wo sind die Männer?«

(Die Seuche, die sie dahingerafft hat, heißt Krieg), sagten die Stimmen in ihrem Kopf. (Geh schnell fort, ehe die Seuche auch dich ergreift! Du darfst nicht länger bleiben. Geh nach Osten! Wir schützen dich vor dem Krieg.)

Myri wandte sich von dem traurigen Anblick des Äquinoktiumsrituals ab und lief wahllos in eine Richtung. Der Rhythmus der Trommel hallte in ihrem Kopf nach. Keine Männer mehr. Keine Männer mehr. Einen Hügel hinauf, dann noch einen und noch einen. Sie rannte und versuchte verzweifelt, dem Grauen des Dorfes ohne Männer zu entkommen. Männer, welche pflügten, säten, jagten und neue Kinder zeugten.

Keine Männer mehr. Keine Männer mehr.

Die Trommel schien ihr zu folgen. Sie wurde lauter und lauter. Ihr Herz schlug beim Laufen in diesem Rhythmus. Die Trommel beschleunigte das Tempo.

(Nein, nein, lauf nach Osten und Süden!), flehten die Stimmen. (Du läufst in die falsche Richtung!)

Sie hielt sich die Ohren zu. Das Pochen wurde lauter, ebenso die Stimmen. Je weiter sie lief, desto näher kam sie zum

Ursprung des Pochens. Amaranth kreiste über ihrem Kopf und miaute besorgt.

Auf dem dritten Hügel landete Amaranth abrupt, weil er den Anblick ebenso wie sie nicht fassen konnte.

Myri stolperte über einen Toten. Leere Augen starrten sie an, das Gesicht von Schmerz verzerrt. Blut bedeckte seinen Oberkörper. Der Schwertstreich hatte ihn nahezu entzweigeschlagen.

Nicht die Trommel war ihr gefolgt. Sie war vor dem vergeblichen Versuch davongerannt, das Leben zu feiern, direkt hinein in Tod und Verderben.

»Geh in Frieden in deine nächste Existenz.« Sie schloss ihm die Augen mit der linken Hand und bekreuzigte sich mit der rechten.

Unter ihr lagen auf einer weiten Wiese neben dem Fluss Tausende von Männern, Tote und Sterbende, grauenvoll Verwundete, welche ihrer Hilfe bedurften.

Zwei Generationen von Männern sinnlos geopfert.

Der Zwang zu heilen lenkte ihre Füße zum Schlachtfeld.

(Lauf fort, ehe du so tief dem Zauber verfällst, dass wir dich nicht mehr herausholen können. Rette dich! Du brauchst mehr Übung. Mehr Reife und Weisheit!)

»Ich kann von diesen Männern nicht fortlaufen. Sie brauchen mich!«

Normalerweise kostete sie ein einziger Heilungszauber so viel seelische Kraft, dass sie einen gesamten Tag Ruhe und Einsamkeit brauchte, um sich zu erholen. Vor ihr lagen Tausende von Männern, die sie brauchten.

Die Trommel dröhnte weiter in ihren Ohren. Keine Männer mehr. Keine Männer mehr.

Sie musste wenigstens ein paar retten. Einige wenige mussten doch zurück ins Dorf.

Keine Männer mehr.

Das Heilen entzog ihr Leben und flößte es ihren Patienten ein.

»Ich muss sie heilen. Zumindest muss ich es versuchen. Wozu bin ich da, wenn ich mein Talent nicht denen gebe, die es brauchen?«

(Du wirst sterben.)

»Lieber will ich jetzt sterben als später. Ich muss es tun.«

3

Myri schritt durch die Nebelschwaden und den über dem Schlachtfeld liegenden Rauch, direkt zum Zentrum der Schmerzen, welche sie riefen. Das intensive Leiden vor ihr zog ihre heilenden Kräfte unwiderstehlich zu sich, ohne ihr Zeit zur Vorbereitung zu lassen. Sie sammelte alle ihre Kräfte in sich.

Schreie durchbohrten ihr Herz. Der Gestank von Blut und Angst umfing sie und zog sie tiefer hinein in die Aura der Schmerzen und des Todeskampfes. Überall noch mehr Schmerzen und Horror.

(Widerstehe dem Ruf! Bewahre deine Kraft! Geh fort, ehe die Schmerzen dich ganz und gar verschlingen. Wir werden dich schützen und dir ein Heim geben. Du musst sofort nach Osten gehen!)

»Ich kann sie nicht verlassen. Sie brauchen mich.« Schnell lief sie durch die Reihen der Toten und Sterbenden. Ihre flüchtige Berührung würde die Schmerzen nur für kurze Zeit betäuben, nicht aber heilen. Viel zu schnell würden ihre Kräfte erschöpft sein.

Vor dem Lazarettzelt betrachtete ein junger Soldat gelähmt vor Entsetzen die vielen Verwundeten, für die Heiler so dringend benötigt wurden. Myri zupfte ihn am Ärmel, um ihn aus der Erstarrung zu reißen. Sein Haar war kurz geschnitten, damit es unter einen Helm passte. Das wies ihn als gemeinen Soldaten aus. Er war kein Offizier oder Adliger. Er musste etwas tun.

»Heißes Wasser, viel heißes Wasser. Und Verbandszeug.

Deine Kameraden sollen saubere Hemden und Unterwäsche in Streifen reißen«, befahl sie ihm.

Als er sich nicht regte, schlug Myri dem jungen Mann ins Gesicht. »Beweg dich! Jetzt!« Damit riss sie ihn endlich aus seiner Trance.

»Jawohl.« Er hob die Hand und salutierte beinahe vor ihr. »Viel heißes Wasser und Verbandszeug«, wiederholte er.

»Und hol ein paar Freunde, um diese Männer zu waschen. Ich kann sie nicht heilen, wenn ich nicht die Wunden unter dem Schlamm und den Blutkrusten sehe.« Die Patienten würden sich besser fühlen, wenn man ihnen Aufmerksamkeit schenkte, bis sie die Zeit hatte, sich mit ihnen zu befassen.

Der junge Soldat rannte los.

Drei in Grau gekleidete Heiler, zwei Männer und eine Frau, gingen zwischen den stöhnenden Männern umher. Die Frau trug eine Schürze, um ihr Heilergewand vor Blut und Dreck zu schützen. Sie hatte die weiten Ärmel bis zu den Schultern hinaufgerollt und dort mit schwarzen Bändern befestigt.

Müdigkeit zeichnete sich auf den Gesichtern aller drei Heiler ab. Die Frau hatte aus Bequemlichkeit das Haar kurz geschnitten, Schweiß glänzte auf ihrer Stirn ebenso wie bei den Männern. Offensichtlich arbeiteten sie, seit die Schlacht begonnen hatte. Wie lange schon?

Myri begann ihre Arbeit in der von den Heilern am weitesten entfernten Ecke. Was nützte es, wenn sie die warnenden Stimmen ignorierte, um dann als nicht ausgebildete Wichtigtuerin hinausgeworfen zu werden? Hätte Magretha sie zu einem anerkannten Magier als Schülerin gegeben, könnte sie jetzt eine Heilerin sein. Doch ohne die formale Ausbildung würde sie es nie weiter als bis zu einer Hexe bringen – welche die Menschen fürchteten und ihr Schlechtes nachsagten und die ausgebildete Heiler für Kurpfuscher hielten.

Eine Kopfwunde links von ihr erforderte nur eine leichte Berührung, um den Druck zu lindern, sodass der Mann aus tiefer Bewusstlosigkeit erwachte. Sie schickte ihn mit Kopfschmerzen weiter, befahl ihm, sich einen oder zwei Tage auszuruhen.

Sie behandelte gebrochene Beine, Schnittwunden und andere nicht tödliche Wunden. Diese Patienten gingen hinaus und schafften Platz für diejenigen, die schon warteten. Myri holte eine Hand voll Nüsse und getrocknete Beeren aus dem Bündel, um die Energie zu ersetzen, die sie aufgewendet hatte. Ihr Magen konnte den Geschmack von Fleisch in dieser blutigen Umgebung nicht ertragen. Aber sie sehnte sich nach dem Eiweiß im Fleisch. Wenn sie nur etwas Käse hätte.

Hinter ihr durchstöberte Amaranth die Reihen und suchte die Verwundeten heraus, die Myra am dringendsten brauchten.

Sein klägliches Miauen rief sie in die Mitte des Zelts.

Dort standen bereits der Heiler, die Heilerin und ein Priester in rotem Gewand – aufgrund der Farbe vermutete sie, dass er ein Priester sei – um einen bewusstlosen Mann, dessen rechter Arm herabbaumelte. Man sah einen Knochensplitter und eine weiße Sehne. Magie umgab die Heiler, welche sich bemühten, das Leben des Mannes zu retten. Aber das Lebensblut des Soldaten floss ständig weiter heraus.

Myri gehorchte dem starken Druck ihrer Heilergabe, obwohl sie sich bewusst war, dass der Priester sie deshalb verurteilen würde.

Ein Lied der Heilung kam über ihre Lippen. Dabei holte sie Heilkräuter und Moos aus ihrem Bündel. Sie schob den älteren grauen Heiler beiseite, der hilflos am Kopf des Patienten stand.

Einatmen, halten, ausatmen, halten. Ihr Kopf wurde klar, und Magie stieg in ihr auf. Ein zweiter tiefer Atemzug, dann halten. Die Kraft kribbelte in ihren Fingerspitzen, bereit das Versprechen der Heilung zu erfüllen.

»Halte seinen Arm an die richtige Stelle«, flüsterte sie der Heilerin zu. Diese nickte, zu müde und zu benommen, um nicht zu gehorchen.

»Magie reicht nicht aus für eine so schwere Verletzung«, sagte der ältere Heiler. »Der einzige Weg, den Arm zu retten, ist die Blutgefäße und Muskelschichten zusammenzunähen. Aber das dauert zu lang. Wir müssen amputieren und den Stumpf veröden, um die Blutung zu stoppen.«

»Bitte, lasst es mich versuchen«, bat Myri und weichte die Kräuter in einem Eimer sauberen Wassers ein.

»Du kannst ihn nicht retten. Ich spüre bereits, wie sein Geist in die Leere eingeht.« Der Priester packte ihre Hände. Knochige, gichtige, peinlich saubere Hände, sogar unter den Fingernägeln gereinigt. An der Basis des rechten Daumens war eine halbmondförmige Narbe, die offensichtlich von menschlichen Zähnen stammte. »Ich kann nicht zulassen, dass du verhinderst, dass ein Mann in seine nächste Existenz eingeht.« Seine Stimme klang weich, fast liebevoll. Ein unvorsichtiger Mensch konnte leicht dem Zauber dieser Stimme verfallen.

Doch Myri war auf der Hut. Sie bemerkte die Flicken und dünnen Stellen an den Ellbogen seines verblassten Gewandes. Sie blickte ins Gesicht des Priesters und wusste, dass sie in seinen schwarzen Augen Hass und Furcht lesen würde. Sie hatte dieses Gewand zuvor gesehen. Sie hatte ihm die Wunde am Daumen zugefügt, als er versucht hatte, ihr das erste Mal die Heilung zu verbieten – ehe sie genügend wusste, um ihn zu fürchten.

»Moncriith«, flüsterte sie. Kein Priester. Ein Blutmagier,

der seine Kräfte durch Blut und Schmerzen nährte, während er gegen Dämonen predigte, die nur er allein sehen konnte. Wenn er hier war, würden seine Anhänger nicht weit sein. Wie viele hundert warteten auf seinen Befehl, alle zu verbrennen, die sich den Wünschen des Blutmagiers widersetzten?

»Die Hexe Myrilandel.« Er riss seine Hände von ihr zurück.

»Lasst mich diesen Mann retten, bitte.« Sie presste ihre Hände auf den Arm des Verwundeten und befahl mittels ihrer Willenskraft den Blutgefäßen zu heilen, ehe Moncriith sie aufhalten konnte. Sein Rachefeldzug gegen alle Hexen als Werkzeuge der Dämonen war in jedem Dorf berüchtigt, in dem sie mit Magretha Zuflucht gesucht hatte. Hunderte von Frauen wanderten durch Coronnan, obdachlos und verleumdet, weil Moncriith sie zu Hexen erklärt hatte – ganz gleich, ob sie über magische Talente verfügten oder nicht.

»Deinetwegen geht jetzt ein Mann ohne Seele durchs Leben«, klagte Moncriith. Er hob die Hände zu den Sternengöttern und verkündete mit so lauter Stimme, dass sie im ganzen Zelt gehört wurde: »Vor fünf Jahren hast du mit deinen von Dämonen stammenden Zaubersprüchen das Eingehen eines Mannes in seine nächste Existenz verhindert.«

Etwas abseits berührte ein Soldat Kopf, Herz und beide Schultern, das Schutzzeichen der Sternengötter gegen das Böse. Dann überkreuzte er die Handgelenke und machte mit den Händen flatternde Bewegungen, ein noch älteres Schutzritual. Amaranth rieb den Kopf am Bein des Soldaten und schnurrte, um ihn zu beruhigen. Aber der Soldat sprang von der Katze weg, als hätte sie ihn verbrannt.

»Der Mann verlor beinahe sein Leben, weil Ihr Euch weigertet, ihn mit einem einfachen Zauber zu heilen«, hielt Myri Moncriith vor. »Jessup wäre vorzeitig gestorben. Seine schwangere Frau und seine kleinen Kinder konnten kein

Holz fällen und den Lebensunterhalt verdienen, um ihnen das Dach über dem Kopf und etwas zu essen zu sichern. Weil ich Jessup gerettet habe, geht es der Familie gut.«

Myri fuhr mit ihrem Heilzauber fort und betete, dass sie nicht in tiefere Trance gehen müsse, um die Lebenskraft des Patienten wiederherzustellen. Schon jetzt schwächte Moncriiths Protest ihre Heilkraft.

Was sah er in ihr und den anderen Frauen, das so böse war? Nie klagte er die Frauen mächtiger Männer an, auch nie Männer – nur Frauen, die allein lebten ohne den Schutz eines Vaters, Gatten oder Sohns.

»Bei dem Holzfäller, den du geheilt hast, sieht man deutlich, dass er seine Seele in der Leere gelassen hat, als du ihn zurück in diese Existenz gezerrt hast. Noch ein seelenloser Dämon, der dir bei deinen Übeltaten hilft.« Moncriiths Stimme klang selbstgerecht.

Schweigen breitete sich im Lazarettzelt aus. Selbst die Schreie der Sterbenden verstummten.

Myri senkte den Kopf, damit niemand ihre Tränen sah. Ihr Talent kam tief aus ihrem Inneren ohne ihre bewusste Kontrolle. Stammte es von Dämonen?

Sie konnte sich gegen Moncriiths Anklagen nicht verteidigen.

Die drei Heiler betrachteten Myri und Amaranth misstrauisch. Der Kater strich jetzt um den Verwundeten auf der Bahre herum. Blaues Licht schien unter ihren Händen, wo der leblose Arm sich wieder an den Körper fügen wollte.

Sie musste sich gegen Moncriith wehren, ehe das blaue Licht ihre Gedanken und ihren Körper ganz einhüllte.

»Diese Hexe ist von Dämonen besessen. Verbrennt sie, ehe sie diesen tapferen Soldaten zu einem seelenlosen Leben verdammt!«, rief Moncriith und streckte die Hände nach Myris Schultern aus. Doch dann zuckte er zurück. Ihr Talent hatte eine Schutzbarriere um sie gelegt, als es sie tiefer in Trance versetzte.

Unter ihren Fingern pulsierte das Leben in den Arm. Der Soldat stöhnte und ballte eine Faust. Dann sank er wieder in Bewusstlosigkeit.

»Sternengötter!«, flüsterten die Männer im Zelt. Viele machten Schutzgesten gegen das Böse.

Die Heiler kamen näher, um Myris Werk zu betrachten. Behutsam nahm die Frau, welche den verletzten Arm hielt, die Finger von der Wunde. Sie sah mit ihren Augen, was Myri geistig sah. Die Muskeln verbanden sich, ebenso die Knochen. Die Blutung hatte aufgehört.

»Es ist ein Wunder der Sternengötter!«, flüsterte ein Heiler.

»Oder ein Trick Simurghs, des Königs aller Dämonen«, widersprach Moncriith.

Myri atmete tief durch und bemühte sich verzweifelt, wach zu bleiben. Wenn sie das Bewusstsein verlor und vollständig in Trance verfiel, wie ihre Magie es verlangte, würde Moncriith sie wegschaffen und verurteilen lassen. Er hatte es zuvor getan. Nur Magrethas guter Ruf im Dorf hatte sie gerettet. Aber Magretha war vor zwei Jahren gestorben.

Kraft floss aus ihr. Ihre zitternden Beine konnten sie nicht mehr tragen. Sie sank zu Boden, hielt aber immer noch den verletzten Arm. Sie wollte sich und ihr Talent vom Heilen lösen. Aber der Zauber hielt sie fest wie ein lebendiges Wesen und nährte sich von ihrer Kraft.

»Seht nur, wie schwarz ihre Aura ist!«, rief Moncriith. »Dämonen haben Besitz von ihr ergriffen. Sie schadet uns allen mit ihren Dämonen. Es ist besser, gesegnet zu sterben, als besessen zu leben.«

»Ich weiß nichts von Dämonen«, flüsterte Myri. Dann nahm die Leere sie auf.

*

Nimbulan lauschte dem Wind, der um sein Zelt pfiff. Die nassen Zeltbahnen blähten sich nach innen und seufzten leise. Die Kerzenflammen in dem Dutzend Laternen flackerten hinter ihren Gneisscheiben im Rhythmus des Sturms.

Lord Kammeryl d'Astrismos und Lord Quinnault de Tanos stritten heftig. Sie liefen auf und ab und schrien einander an, während Nimbulan fast schweigend sein Mahl einnahm und die beiden beobachtete.

Nimbulan hatte die Schultern wegen des kalten Luftstroms hochgezogen, der auf dem mit Teppichen belegten Zeltboden dahinzog. Sein wollener Schlafrock mit dem Steppfutter aus Seide reichte nicht, um ihn nach dem stundenlangen Kampf der Magie zu erwärmen. Der erste Herbststurm hatte gerade so lang gewartet, bis Kammeryl und sein Feind die Schlacht beendet hatten. Jetzt konnten die Armeen sich zurückziehen, ausruhen und während des Winters neue Vorräte und Verstärkung heranschaffen.

Das Kohlebecken zu Nimbulans Füßen half ein wenig gegen die Kälte. Vier Stunden Schlaf und ein halbes Mahl hatten ihm keineswegs genügend Kraft zurückgebracht. Aber die beiden Lords hatten ihn aus dem tiefsten Schlaf geweckt, weil sie seinen Rat suchten. Allerdings vernahm er seit der gleichen Zeit auch das Knurren seines Magens. Er hatte seine ranghöchsten Lehrlinge, Rollett, Jaanus und Gilby, hinten im Zelt schlafen lassen. Sie brauchten mehr Ruhe als er. Er wusste nicht, wo Maalin und Bessel waren. Vielleicht schliefen sie in Ackerlys Zelt, das neben seinem großen Prachtzelt stand.

Er holte sich noch einen Streifen Fleisch aus der salzigen Brühe und beobachtete weiter den Kriegsherrn und den Friedensstifter. Die Jungen mussten auch essen, aber jetzt hatten sie Schlaf nötiger ... nicht so wie in seinen Lehrlingsjahren bei Druulin, als es nie genug zu essen gab, um die knurrenden Mägen zu füllen.

»Ihr müsst Frieden schließen, Lord Kammeryl. Das Wetter hat sich gegen Euch gewandt«, sagte Quinnault de Tanos ruhig. Er trank einen Schluck aus dem Humpen mit Würzwein.

Nimbulan suchte nach Hinweisen auf Quinnaults Stimmung und Gedanken, aber der Friedensstifter hatte seine Aura, seine Gedanken und sein Gesicht hervorragend unter Kontrolle. Selbst seine Hand am Humpen war ruhig und entspannt.

»Warum sollte ich nach Frieden streben?«, brüllte Kammeryl aufgebracht. Der tapfere Anführer verfügte über unterschiedliche Grade des Gebrülls. Leise hingegen sprach er nie. Seine Aura zeigte ein Gleichgewicht der Farben, als er in Nimbulans Zelt umherlief. »Nicht ich habe diese Fehde mit dem Baron von Hanic angefangen. Sein Großvater hat vor fünfzig Jahren meine Großmutter entführt und vergewaltigt. Ich lasse es nicht zu, dass irgendwelche Hanic-Bastarde sich als Rivalen um meine Krone aufspielen, wenn ich König bin. Ich werde sie verfolgen, sobald der Sturm ein wenig nachlässt.«

»Fünfzig Jahre sind eine lange Zeit. Ehrenwunden sollten heilen, wenn die Teilnehmer eines natürlichen Todes gestorben sind.« De Tanos hob eine Braue und legte den Kopf schief. Einen Moment lang warfen die tanzenden Schatten des Feuerlichts ein anderes Bild Quinnaults an die Zeltwand. Irgendwie war er größer und seine Knochen verlängert, nicht menschlich.

Ein Hauch von Tambootie lag in der Luft. Es war eher der Duft der süßen Blüten des Tambootie im Frühling, nicht der moschusähnliche Geruch der öligen Blätter oder der Rinde.

Nimbulan lief es kalt über den Rücken. Er widerstand dem Drang, sich zu bekreuzigen gegen das Böse – gegen den unerwünschten Geruch des Tambootie zur falschen Jahreszeit und gegen die bizarren Schatten, die er nicht kannte. Doch er drehte nur die Handflächen nach oben. Sie juckten, aber anders als bei irgendeiner Magie, welche er kannte. Er drehte das Handgelenk. Sofort verschwand das eigenartige Jucken.

»Die Bastarde, die meine Großmutter Hanic gebären musste, regieren jetzt diesen Clan und beanspruchen meine Ländereien.« Kammeryls Gebrüll ließ die Becher auf dem Zelttisch erbeben.

»Bastarde? Mehr als einer? Vielleicht war es keine Entführung, sondern die beiden sind durchgebrannt«, sagte de Tanos ruhig. Etwas zu ruhig. Die Andeutung eines Lächelns spielte um seine Mundwinkel. Nimbulan erwiderte das Lächeln. Es wäre weder das erste noch das letzte Mal, dass eine adlige Braut die Liebe einer politischen Heirat vorzog. Quinnault verbarg seine Gefühle wieder im Schatten.

Ohne den Genuss von Tambootie vermochte Nimbulan die Geheimnisse hinter diesen Schatten nicht zu durchdringen. Aber er hatte schon zu viel von diesem Zeug gegessen. Er wollte nicht abhängig werden.

Die Leere entfernte ebenso Lug und Trug und legte die Seele offen. Nimbulan rief sich die Vision in Erinnerung zurück, wie er in der Leere die Lords hatte tanzen sehen – in Harmonie. Hatte er in diesen Mustern das eigentliche Wesen de Tanos' gesehen, es aber nicht erkannt? Er schüttelte den Kopf, um die rätselhafte Vision loszuwerden. Er musste sich auf die Gegenwart konzentrieren.

»Ihr beschmutzt die Ehre meiner Großmutter, einer Königin, welche von den Sternengöttern abstammte!« Kammeryls Wutschrei wurde vom Sturmgeheul übertönt.

»Das Land, um das Ihr gestern gekämpft habt, war die Mitgift Eurer Großmutter. Sie vererbte es ihrem Sohn, den sie von Hanic empfangen hatte, ein Symbol, dass sie diesen Jungen beschützen wollte. Ihr Sohn von d'Astrismos beansprucht es für sich, aufgrund ihrer ersten rechtmäßigen Ehe mit Eurem Großvater. Wäre es nicht an der Zeit, dass Ihr und Euer Vetter Euch zusammensetzt und diesen Punkt klärt?« Quinnault stellte den Humpen ab. Er verzog nicht das Gesicht, doch Nimbulan spürte, dass der Wein sauer geworden war. Der Wein oder Kammeryls Gesellschaft?

»Die Zeit ist reif, Mylord«, mischte sich Nimbulan ins Gespräch. Das Brot war gegessen, ebenso die Suppe und der Yampudding. Die Süße lag ihm noch auf der Zunge. Er hätte gern noch mehr von diesen süßen Rüben in Sahne und Eiern mit viel Zucker verzehrt – es war eine besonders leckere Speise, die Druulin stets für sich reserviert hatte.

Nimbulan brauchte noch mehr Nahrung für seinen Körper. Die beiden Lords würden ihm nicht genügend Ruhe lassen, bis sie ihren Streit geschlichtet oder sich an einen anderen Ort verzogen hatten.

»Überlegt doch«, fuhr Nimbulan fort und hob die Hand. »Hanics Heer war in Auflösung begriffen und ist geflohen. Seine Armee hat große Verluste erlitten. Er verfügt über keinerlei Nachschub, um seine Festung zu verteidigen. Einem Bluteid von Euch, ihn jetzt in diesem Moment der Schwäche nicht zu verfolgen und zu vernichten, müsste er zustimmen. Was kann er Euch noch geben außer dem Titel über das strittige Stück Land, mit Blut unterschrieben? Er könnte auch sämtliche Ansprüche auf die Königsherrschaft aufgeben und Euch einen Schritt näher dazu bringen, diesen unseligen Krieg ein für alle Mal zu beenden.« Er trank einen Schluck Wein darauf. Dieser war in der Tat sauer geworden.

»Ein anderer Magier dürfte Hanic bereits ins Ohr flüstern,

wie er diese Niederlage in einen Sieg verkehren kann«, protestierte Kammeryl. »Ich möchte nicht schwach erscheinen, indem ich Frieden anbiete, wenn ich stattdessen Hanic vernichten und seinen gesamten Besitz bekommen kann.«

»Hanic hat den Rückzug angetreten. Das berechtigt Euch, den Sieg für Euch zu beanspruchen. Bedenkt die Kosten! Eure Armee ist auf zwei Bataillone reduziert.« Quinnault stieß einen Klappstuhl um und begann umherzulaufen. »Dieser Sieg hat mehr Blut vergossen, als die drei letzten Schlachten zusammengenommen. Die Heiler sind vollkommen erschöpft und haben eine Hexe aus der Gegend herbeigerufen, um ihnen zu helfen – mich schaudert, wenn ich daran denke, was ihr unausgebildetes Talent unseren Verwundeten antut. Haben die Toten und Verwundeten etwas gewonnen? Was ist mit den Menschen, die in ihren ausgeplünderten Häusern hausen und nicht wissen, wie sie über den Winter kommen sollen, nachdem zwei Armeen ihnen sämtliche Vorräte weggenommen haben? Und lasst uns nicht die Steuern vergessen, welche sie Euch für einen neuen Treueeid schulden.« Er schüttelte den Kopf. »Niemand hat diese Schlacht gewonnen, Lord Kammeryl. Niemand gewinnt wirklich in einem Krieg«, endete de Tanos und seufzte.

Der süße Duft des Tambootie verstärkte sich und wurde zum üblichen Geruch der Blätter und der aromatischen Rinde.

Nimbulans Körper verlangte schmerzlich nach der Stärkung des Tambootie. Doch widerstand er dem Verlangen.

»Mein Magier hat gewonnen.« Kammeryl funkelte den Friedensstifter wütend an. Auf seiner Aura zeigten sich schwarze Flecken. Das Gleichgewicht war gestört.

Trauer stieg in Nimbulan auf und löste das Verlangen nach Tambootie ab. »Ich habe gewonnen, weil ich meinen besten und vielversprechendsten Lehrling geopfert habe, um das

Blutvergießen zu beenden. Das ist kein Sieg, wenn wir einander umbringen müssen, um Eure Schlachten zu gewinnen. Bald werden keine Magier mehr übrig sein. Neue Magier sind schwer zu finden und nur sehr selten zeugen wir Kinder, um unsere Talente zu vererben.«

Nie würde er einen Sohn oder eine Tochter haben, welche Keegan ersetzen konnten, nur andere Lehrlinge. Er musste die Jungen, welche jetzt bei ihm waren, eng an sich binden, sie lieben und ernähren, nicht nur ausbilden.

»Nimbulan hat mehr als nur einen treulosen Lehrling verloren«, fügte Quinnault hinzu. »Schaut Euren Magier an, Kammeryl, wie hager und erschöpft er ist. In der vergangenen Stunde hat er drei Mahlzeiten gegessen, hat aber immer noch Hunger. Seine Knochen ragen fast aus der Haut hervor. Wie lang ist es her, seit er eine Nacht durchgeschlafen hat? Er kann sich nicht ausruhen, weil Ihr Lords wetteifert, den mächtigsten Schlachtenmagier zu finden. Ich flehe Euch an, Kammeryl, ergreift die Gelegenheit und trefft mit Hanic ein Abkommen. Gewährt Eurer Armee, Euren Leuten, Eurem Land und Euren Magiern eine Erholungspause.«

»Friede ist sinnlos. Die anderen Lords sehen Friede als Schwäche an. Sie werden mir einen Dolch in den Rücken stoßen.« Kammeryl tat den Rat des Magiers mit einer unwirschen Handbewegung ab.

»Was ist denn noch übrig, mit dem Ihr kämpfen könnt?« Quinnault ließ dem Kriegsherrn keine Ruhe.

»Mein Magier. Der beste Magier in ganz Kardia Hodos. Er garantiert mir den Sieg, ganz gleich, was dieser kostet. Er wird mir die Trugbilder von Truppen heraufbeschwören.«

»Wenn Nimbulan sein feierliches Abkommen mit den Sterngöttern bricht, um einen derart unnatürlichen Zauber zu wirken, muss Hanic einen Magier aus dem Ausland nehmen, um sich zu verteidigen – vielleicht nimmt er Moncriith, den

Blutmagier, dessen Talent verlangt, dass er seine Kraft aus dem Tod und den Schmerzen anderer Menschen bezieht.« Quinnault ließ traurig die Schultern hängen, als alle drei Männer sich mit dem Zeichen der Sternengötter gegen das Böse bekreuzigten. »Sind die Blutkräfte erst angezapft, wird es niemals Friede geben.«

»Was ist, wenn alle Magier sich weigern, Eure Schlachten zu führen?«, fragte Nimbulan. Ein Hoffnungsschimmer leuchtete ihm wie ein roter Kristall in der Leere. Menschen bewegten sich in harmonischen Mustern, bis sie zu Gewalttätigkeit manipuliert wurden von ...

»Genauso gut kannst du dir Drachen und Flugflippers wünschen«, meinte Kammeryl verächtlich. »Magier werden sich nie vereinigen. Sie bewachen ihre Geheimnisse zu gut. Zu eifersüchtig.«

»So ist es bisher. Aber wenn sich alle Magier zusammentäten und sich weigerten, Krieg zu führen?«, fragte Nimbulan.

Quinnault musterte ihn scharf. In seinen Augen schienen Ideen zu entstehen. Nimbulan nickte ihm zu und versuchte, ihm Mut zu machen. Doch die festen mentalen Barrieren des Friedensstifters gestatteten derartige Kommunikation nicht.

»Aber ... ich ... äh ...«, stammelte Kammeryl. Zum ersten Mal erlebte Nimbulan, dass er nach Worten rang.

»Ihr solltet Euch beeilen, einen Vertrag zu schließen«, drang Quinnault in ihn. »Es duldet keinen Aufschub, da Krieg zu teuer ist.«

»Darüber brauche ich nicht nachzudenken. Magier können während Friedenszeiten keinen Erfolg haben. Sie sind doch nur dazu nütze, für Lords wie mich Schlachten zu schlagen.«

Ackerly hatte die gleiche Frage vor Jahren gestellt, als ihm klar geworden war, dass sein Talent nie so bedeutend wie das Nimbulans sein würde. Keinem der beiden war ein Beruf eingefallen, den Ackerly erlernen könnte. Es blieb nur der des Magiers.

Nimbulan sah Kammeryl nach, als dieser hastig das Zelt verließ. Die kerzengerade Haltung und die steifen Knie des Lords verhalfen ihm zu einem würdigen Abgang. Aber seine Aura wechselte von Orange zu Purpur und die schwarzen Flecken wurden zahlreicher. Nimbulan hoffte, Ackerly hatte dem Kriegsherrn noch mehr Frauen besorgt.

Wie durch Gedanken herbeigerufen, erschien Nimbulans Assistent im Zelt. »Nimbulan, bitte, komm! Das Lazarett. Schrecklich. Ein Fremder hat einen heftigen Streit im Lazarett angezettelt.« Ackerly rang die Hände.

»Im Lazarett?« Nimbulan zog die schmutzigen Stiefel über seine Hausschuhe. »Warum macht jemand Ärger bei den Verwundeten?« Seine Robe war seit der Schlacht noch nicht gereinigt, aber er wagte nicht, in seinem geschwächten Zustand im Regen ohne den Umhang durchs Lager zu gehen. Schnell überprüfte er, dass er in den Taschen den Zauberstab, das Glas und andere magische Gerätschaften hatte. Das Rascheln von dürren Blättern erinnerte ihn daran, dass er während der Schlacht Tambootie-Blätter eingesteckt hatte. Er warf sie aufs Kohlebecken, anstatt sie zu essen. Er hatte schon zu viel davon genommen.

»Ich glaube, es ist der Blutmagier Moncriith. Er verlangt, dass eine Hexe mit der Gabe zu heilen wegen Umgangs mit Dämonen vor Gericht gebracht wird.«

Beide Männer dachten keinen Moment daran, die Angelegenheit Kammeryl zu übergeben. Streitigkeiten im Lager unterstanden der Gerichtsbarkeit des Kriegsherrn. Aber Kammeryl d'Astrismos war durchaus imstande, den Streit im Lazarettzelt mit Fäusten zu schlichten.

»Bitte, wartet auf meine Rückkehr, Lord Quinnault. Wir führen das Gespräch bei einem guten Mahl weiter. Es gibt noch viele Punkte, welche gelöst werden müssen.« Nimbulan schritt hinaus in den Sturm.

»Sternengötter! Hat es heute nicht schon genug Tote gegeben?« Quinnault hob frustriert die Hände. »Dieser fanatische Moncriith wird erst dann zufrieden sein, wenn er die einzige lebendige Seele in Coronnan ist.«

4

Magisches Licht leuchtete durch die Schutzblase um und über dem Lazarettzelt. Nimbulan blickte durch die Blase empor. Regentropfen verzischten, wenn sie den Schild trafen. Der Wind pfiff darum herum und suchte heulend neue Ziele, als er das Zelt nicht angreifen konnte. Nimbulan schauderte es vor Kälte, als einige Tropfen durch den Schutzschild drangen und auf seine Robe aus geöltem blauem Wollstoff fielen.

Etwas schwächte den Schutzschild.

Vor dem Zelt warteten Verwundete reihenweise im Schutz der Blase darauf, dass sie endlich bei den Heilern an die Reihe kamen. Eigenartigerweise kümmerten sich die eigenen Kameraden, die von der Schlacht erschöpft waren und sich eigentlich ausruhen sollten, um die Verwundeten und wuschen sie. Diese Tätigkeit oblag normalerweise nur den heilenden Magiern.

Wütendes Geschrei störte die Aura des Friedens, welche das Lazarett hätte umgeben müssen. Nimbulan bekam eine Gänsehaut auf dem Rücken, als zwei weitere Tropfen ihm auf den Kopf fielen.

Der Streit im Zelt schwächte offensichtlich den Schutzschild.

Gleichzeitig mit Nimbulan trafen bewaffnete Wachen am Zelteingang ein.

»Lasst mich versuchen, die Gemüter zu beruhigen, ehe ihr dem Streit ein Ende setzt.« Er bedeutete den Soldaten zurückzubleiben.

Ein Sergeant hielt die Zeltklappe für ihn auf. Gespenstisch blaues Licht umgab die Bahre im Zentrum des Zelts. Das Blau war blasser als Nimbulans Robe, welche der Signaturfarbe seiner Magie entsprach. Wer immer im Kern dieses Lichts war, gehörte nicht zu seinen Magiern.

Verwundete lagen reihenweise auf Bahren und Pritschen um das blaue Licht herum. Drei Heiler in grauen Gewändern standen beim blauen Licht Wache, drehten ihm aber den Rücken zu. Sie hielten Skalpelle, Sägen und andere chirurgische Instrumente wie Waffen. Sie schienen bereit, sich damit gegen die schreienden Männer zu verteidigen, die zum blauen Licht drängten.

»Nur verbrennen hilft, wenn jemand von Dämonen besessen ist. Wir müssen das Mädchen zu den Scheiterhaufen für die Toten bringen und in die reinigenden Flammen werfen«, schrie Moncriith. Der Blutmagier war nur mittelgroß, aber er dominierte die Menge der größeren Männer. Sein verblasstes rotes Gewand hatte noch immer die Farbe alten Bluts – ein deutlicher Hinweis auf seine pervertierte Magie.

Nimbulan beschlich ein ungutes Gefühl. Moncriiths Stimme wurde noch schriller, um die Zuhörer in seinen Bann zu ziehen, damit sie seine Meinung teilten, ganz gleich, ob diese richtig oder falsch war.

»Zerstört ihre Magie!«, rief ein verwundeter Soldat auf einer Bahre. »Ich habe sie in der Schlacht gesehen, sie und ihren bösen Begleiter. Sie haben den Drachen gerufen, der mich mit seinen Flammen und Klauen beinahe getötet hätte.« Er hob eine Hand, die vom magischen Feuer verbrannt war und in die Klauen lange Furchen gezogen hatten. Wahrscheinlich hatte er sich selbst diese Risswunden zugefügt, um einen magischen Feuerball abzuwehren, den Nimbulan oder Keegan während der Schlacht geschleudert hatten.

»Das habe ich auch gesehen!«, rief ein anderer Mann. Seine Wunden waren nicht sichtbar.

»Drachendung!«, rief Nimbulan und versuchte, die anderen zu übertönen. Doch niemand schenkte ihm Gehör.

»Sie hat mir und drei Kameraden das Leben gerettet.« Ein Soldat mit blutigem Kopfverband stellte sich zu den Heilern, um die blaue Bahre zu verteidigen.

»Seht, was sie für Sergeant Kennyth tut! Er hat seinen Arm verloren, als er mich gerettet hat.« Noch ein Soldat sprang neben den Mann mit der Kopfwunde. »Die Hexe hat nicht nur sein Leben gerettet, sondern ihm auch seinen Arm erhalten. Wir schulden ihr etwas. Kennyth ist der beste Sergeant in der ganzen s'murghin Armee.«

Moncriith näherte sich dem Licht. »Myrilandel handelt im Auftrag der Dämonen. Kein Heiler, der von den Sternengöttern gesegnet ist, kann das tun, was sie vollbringt. Ihr Tun ist übel von Grund auf. Die Dämonen, die von ihrem Körper Besitz ergriffen haben, werden uns alle angreifen. Kennyth' Seele ist bereits auf eine andere Existenzebene gegangen. Trotzdem lebt sein Körper. Er wird ihr untoter Diener werden.«

»Das reicht!«, rief Nimbulan. Das Zelt erbebte bei seiner kraftvollen Stimme.

Alle schwiegen plötzlich und schauten den Obersten Magier an. Moncriith drehte sich langsam um, beinahe verächtlich.

»So, bist du mal wieder aus deinem Bau gekrochen, Nimbulan«, sagte Moncriith von oben herab.

»Du bist hier nicht willkommen, Moncriith.« Nimbulan trat zwei Schritte näher zum blauen Licht und bemühte sich, einen Blick um die Heiler und Moncriith herum zu werfen.

Er sah in der Aura zwei Gestalten. Eine kniende Frau lag zusammengebrochen über einem Mann. Ihre Hände umklammerten seinen Unterarm an dem Ursprung des blauen Lichts.

»Meine Mission ist, der Ausbreitung der Dämonen im Herzen Coronnans Einhalt zu gebieten. Meine Anhänger sind bereit, diese Hexe nötigenfalls mit Gewalt zu ergreifen. Meine Leute sind frisch, deine von der Schlacht erschöpft, Nimbulan. Willst du sie gegen meine Leute wegen einer von Dämonen besessenen Hexe einsetzen?« Moncriith hob die Stimme, als halte er eine Predigt.

Der Gedanke an einen neuen Kampf quälte Nimbulan. Wann würde das endlich aufhören?

Wenn die Harmonie der tanzenden Lords nicht mehr von selbstsüchtigen Magiern gestört wird, dachte er. Moncriith brach jetzt die Harmonie. Wo waren die Anhänger des Blutmagiers? Gewiss nicht im Lazarettzelt.

»Du wagst es, eine Heilerin zu verdammen? Du, der du Leben nimmst, um deine Magie zu nähren, wagst es, Heiler zu verurteilen? Wissen deine Anhänger, woher du die Kraft deiner Magie beziehst?« Nimbulan zielte mit seinen Worten mehr auf die Verwundeten ab als auf Moncriith.

Ein Flackern der blauen Aura lenkte Nimbulans Aufmerksamkeit ab. Etwas Wichtiges ereignete sich, und er musste dieses Phänomen studieren. Er brauchte Ackerly als Rückendeckung, um ihn vor Feinden zu warnen.

»Ich verberge nicht, was ich bin, hinter leerem Geschwätz. Ich nehme nur mein eigenes Blut und das meiner Feinde in mich auf. Ich nähre mich nie von unschuldigen Leben wie du!« Ein eigenartiges Glitzern leuchtete in Moncriiths Augen, als er seine gesamte Aufmerksamkeit Nimbulan zuwandte.

Nimbulan bekam Angst vor Moncriiths Fanatismus. Dieser Mann vermochte mit seiner abartigen Auffassung von Magie halb Coronnan zu verzaubern.

»Heiler helfen allen, die zu ihnen kommen und Hilfe brauchen. Ganz gleich, welchem Lord sie dienen.« Nimbulan kämpfte gegen den Impuls, vor Moncriith zurückzuweichen.

»In Coronnan ist jeder wahre Heiler allein mit den Armeen beschäftigt, Nimbulan. Das einfache Volk hat niemanden, an den es sich wenden kann, außer an die von Dämonen besessenen Hexen. Deine Heiler flicken nur versklavte Soldaten zusammen, damit Schlachtenmagier wie du sie wieder in den Krieg schicken können. Endlose Kriege. Nutzlose Kriege.«

Nimbulans Vision, wie Magier die Lords manipulierten, stieg wieder vor ihm auf.

»Ohne Heiler wären der Tod und das Gemetzel noch viel schlimmer.« Nimbulan ignorierte die Vorstellung, dass Soldaten Sklaven der Lords waren, welche sie – zuweilen mit Zwang – rekrutierten. »Männer werden kämpfen – mit oder ohne Hilfe von Magiern. Du drohst, wegen einer Hexe den Kampf wieder aufzunehmen? Du bist nicht anders als jeder andere Schlachtenmagier, Moncriith«, sagte er und glaubte halb selbst, was er sagte. Die andere Hälfte schwebte in der Leere mit der Vision von Symmetrie und Frieden – Magier hielten sich fern vom politischen Tanz der Lords.

»Da jeder wahre Heiler für die Armeen arbeiten muss, verdammst du die Unschuldigen in Coronnan dazu, sich an die dämonischen Kräfte der Hexen zu wenden«, erklärte Moncriith. »Gefährliche Kräfte, welche die unsterblichen Seelen von uns allen gefährden. Diese Hexe hier, Myrilandel geheißen, ist als Dämonin geboren worden und führt ihre Schwestern in diesen Schandtaten. Nur ich vermag euch, die Menschen Coronnans, vor ihr zu schützen.«

Zum ersten Mal sah Nimbulan die junge Frau im blauen Licht. Die Macht, über welche sie gebot, erreichte die seine und flehte ihn an, ihren Heilzauber zu verstärken.

Er sammelte seine gesamte Magie in sich eng zusammen, damit sie diese nicht beschmutzen oder von ihr lernen könnte.

Plötzlich wurde ihm die Wahrheit von Kammeryls Erklärung klar, dass Magier niemals zusammenarbeiten würden.

»Es gibt keine Dämonen. Das sind nur Produkte deiner überspannten Fantasie«, wies Nimbulan Moncriiths letzte Behauptung zurück. Alle anderen Verteidigungen seines Berufs oder seiner Kollegen waren durch die Ereignisse der letzten Stunden bis ins Mark erschüttert worden.

»Du schließt die Augen und weigerst dich, die Existenz von Dämonen wahrzunehmen, weil du von ihr verhext bist. Ich sehe, wie deine Augen sich an ihrer trügerischen Schönheit laben. Wenn du, Nimbulan, und deine Art mehr könntet, als unschuldige Männer in die Schlacht zu führen, würdest du die Dämonen verjagen und daran hindern, Seelen zu vernichten. Du, Nimbulan, bist verantwortlich für dieses Blutvergießen und die Perversion von Magie.«

*

Myri erwachte aus der Trance und spürte sofort, welche Gefahr ihr von Moncriith drohte. Noch lag sie auf einer weichen Matratze und nicht auf einem Scheiterhaufen. Keine Flammen loderten um sie empor. Aber sie konnte sich nicht unter den warmen Pelzdecken entspannen, welche die Kälte abhielten, die durch die Zeltwände hereindrang. Sie traute diesem Gefühl nicht, dass jemand sie beschützte. Sie wusste, dass Moncriith sie mit irgendwelchen Tricks dazu verleiten würde, ihre Beziehung zu Dämonen zu gestehen.

Wenn sie sich nur an ihre Kindheit oder ihre Eltern erinnern könnte, würde sie wissen, ob er die Wahrheit über sie gesprochen hatte. Sie vermochte aber die Bilder ihres Lebens höchstens für einen oder zwei Tage zu behalten. Nur Amaranth war immer da. In seiner reinen Katzengestalt schnurrte er liebevoll, während er auf ihrer Brust lag.

Jemand bewegte sich in der Nähe. Sie hörte Schritte auf dem Teppich. Durch fast geschlossene Lider sah sie Licht. Dieses Licht würde sie blenden, solange sie unter den Kopfschmerzen litt, die jeder Heilung folgten. Aber sie musste wissen, wer sie so beschützte.

»Wer bist du, Myrilandel?«, fragte ein Mann freundlich. Es war nicht Moncriith.

Wenn sie die Antwort wüsste, würde sie es ihm sagen.

»Wenn man zu viel Magie ausübt, kann man dabei leicht den Verstand verlieren. Sobald sich dein Talent und dein Körper erholt haben, wirst du wieder wissen, wer du bist. Vielleicht sollte ich fragen, woher du kommst?«

Er nahm das Tuch von Myris Stirn und ersetzte es mit einem kühlen. Wunderbar kühl. Das Pochen in ihrem Kopf ließ etwas nach.

»Ich komme von nirgendwo«, antwortete sie. Ihre Stimme war heiser.

»Ich habe nie gehört, dass ein erschöpftes Talent auch das Gedächtnis verliert. Vielleicht brauchst du das Ritual mit dem Rauch des Tambootie.«

Ritual! Rauch! Mit Sicherheit war dieser Mann ein Anhänger Moncriiths und sollte sich nur in ihr Vertrauen schleichen.

Sie hatte an vielen Orten gelebt – keiner davon war ihr Zuhause. Sie hatte keine Erinnerungen an ihre Eltern, die sie ihm hätte erzählen können. Magretha war der einzige Mensch, an den sie sich an Eltern statt erinnern konnte. Diese hatte ein abgeschiedenes Leben am Rand der Gesellschaft gewählt, als jemand Myri im Wald nur unter der Obhut von Amaranth ausgesetzt hatte. Die Hexe brauchte eine Nachfolgerin für ihre Arbeit und eine gesunde junge Frau, welche sie im Alter pflegte. Ihr Zuhause war eine lange Reihe von ärmlichen Katen oder Höhlen gewesen. Jedes Mal, wenn die

Dorfbewohner einer alten hässlichen Frau und ihrem eigenartigen Pflegekind für jedes Übel, das das Leben ihnen bescherte, die Schuld gaben, waren sie geflohen.

Myri hatte wenig eigene Erinnerungen an diese frühen Jahre, nur das, was Magretha ihr im Winter beim Feuer erzählt hatte. In der Tat begannen ihre Erinnerungen eigentlich erst mit Magrethas Tod.

Plötzlich war das tröstliche Gewicht ihrer Gefährtin nicht mehr da. Seit wann? »Wo ist Amaranth?« Er half ihr immer, sich nach einer Heilung zu erholen. Er warnte sie vor Gefahren – vor Moncriith.

»Wer ist Amaranth?« Der Mann setzte sich auf die Bettkante. Das Schaukeln der Matratze verursachte ihr Übelkeit und vertrieb das bisschen innere Gleichgewicht, das sie inzwischen gewonnen hatte.

»Miauuu!« Amaranth fauchte den Mann an und kratzte ihn.

»He, du Mistvieh, ich tue ihr kein Leid an!« Der Mann sprang fluchend auf. Wieder Bewegung. Dann landete der Kater auf ihrer Brust.

Amaranth streckte seinen warmen Körper über Myri aus und rieb den Kopf an ihrem Kinn. Sie kraulte ihn hinter den Ohren. Sie biss die Zähne zusammen. Die Kopfschmerzen waren immer noch sehr stark. Aber Amaranth war wieder da, wo er hingehörte. Ansonsten war nichts wichtig. Sein Schnurren beruhigte ihren Magen.

Mit neuem Mut öffnete Myri ein Auge. Ein hochgewachsener hagerer Mann saugte an der Hand, wo Amaranth ihn gekratzt hatte.

»Ihr seid ein Magier«, sagte sie. Nur der eigenartige Kult der Männer, welche die Kräfte der Natur kontrollierten, schnitt das Haar so seltsam gerade an den Schultern und hatte hinten einen Zopf. Durch die rotbraune Mähne des Mannes zogen sich bereits silberne Strähnen. Statt einer Tunika und Beinkleidern trug er die offizielle blaue Robe, die normalerweise für Besuche bei hochgestellten Personen angelegt wurde. Der blaue Umhang trug dazu bei, dass er noch größer wirkte.

»Und wer bist du, Myrilandel? Du hast ein großes Talent zu heilen, das einem Wunder gleichkommt. Kennyths Arm wird schwach sein, aber du hast ihn ihm erhalten und ihm das Leben gerettet. Dennoch bist du so schlecht ausgebildet, dass du dich von der Magie kontrollieren lässt. Wir haben dich von der Schwelle des Todes zurückholen müssen.« Er streckte die Hand aus und krümmte die Finger so, dass sein kleiner Finger fast die Handfläche berührte. Eine seltsame Geste.

»Moncriith hat erlaubt, dass Ihr mir helft? Wahrscheinlich, damit er das Spektakel genießen kann, mich verbrennen zu sehen.« Moncriith hatte vor Vergnügen gejauchzt, als er eine Hexe auf dem Scheiterhaufen brennen sah. Myri hatte diese Gelegenheit benutzt, aus dem Dorf zu fliehen.

»Ich habe Soldaten Befehl gegeben, Moncriith und seine Anhänger aus dem Lager zu schaffen. Er wird dir keinen Ärger mehr machen. Lord Kammeryl d'Astrismos hat meinen Befehl gebilligt.« Der Mann lächelte sie freundlich an.

»Ich mag unter Eurem Schutz sicher sein, doch was geschieht, wenn ich fortgehe?« Sie unterbrach den Augenkontakt. Die Stimmen hatten ihr ein Heim im Osten versprochen. Wie weit musste sie noch gehen, um es zu finden?

Sie rollte auf die Seite und wollte sich aufsetzen, um aufstehen zu können. Amaranth protestierte gegen die heftige Bewegung mit verärgertem Knurren. Ihr Magen empörte sich und sie hatte einen schmerzhaften Stich zwischen den Augen.

»Eine Weile gehst du nirgendwohin«, erklärte der Magier

und drückte sie zurück aufs Bett. Die Festigkeit seines Griffs schenkte ihr den Glauben, den sie seinen Worten nicht entgegenbrachte. »Ich schätze, du brauchst eine Woche, um dich so weit zu erholen, dass du das Bett verlassen kannst. In einem Monat oder so werden wir über deine Heimreise sprechen – sofern die Straßen noch passierbar sind.« Seine grünen Augen baten sie um ihre Zustimmung.

»Nein, ich muss noch heute fort, ehe die Nacht anbricht.« Wieder wollte sie sich aufrichten, aber sie konnte den Kopf nicht vom weichen Kissen heben. Diesmal brach sie nicht den Augenkontakt mit ihm.

Obgleich sie in Trance gewesen war und nicht reagieren konnte, hatte sie den Streit dieses Mannes mit Moncriith gehört. Nimbulan, der Oberste Schlachtenmagier des Lords. Er und seine Gefährten hatten die Schlacht gelenkt und entschieden, wer starb und wer nicht. Viele Verletzungen im Lazarett rührten von Magie. Sie hatte sich von diesen Männern ferngehalten, weil sie nicht wusste, wie sie ihnen hätte helfen können. Sie konnte nur gewöhnliche Wunden heilen.

»Ich glaube, du wirst bleiben, Myrilandel. Ich werde dich lehren, dein Talent richtig einzusetzen. Coronnan braucht Heiler.« Er trat hinter eine Laterne zurück. Sein Gesicht und seine Aura blieben im Schatten verborgen. »Ich muss mich jetzt um dringende Angelegenheiten kümmern. Ich habe dir etwas Brühe und einen kleinen Krug Wein gebracht. Trink nicht zu schnell. Ich komme später wieder, um nach dir zu schauen. Wenn du dich ausgeruht hast, bring ich dir auch feste Nahrung. Vielleicht ein Stück Yampudding?« Er lächelte wie ein kleiner Junge, der den Eltern Süßigkeiten abschmeicheln will.

Myri wollte ihn anlächeln. Der süße Pudding aus Yamwurzeln mit Ziegenmilch und Eiern war eine ihrer Lieblingsspeisen.

Als sie den Kopf hob, um ihm nachzublicken, wurde ihr wieder schwindlig. Es war der gleiche Schwindel, unter dem sie gelitten hatte, als sie vom Dorf aufs Schlachtfeld gelaufen war. Der Anblick der Frauen, die um den Wendeturm nur mit einem Greis und Kindern zum Klang einer einzigen Trommel tanzten, hatte sie nicht losgelassen.

»Magier«, rief sie. »Ihr habt nicht gefragt, weshalb ich hergekommen bin, nur woher.«

»Weshalb bist du gerade zu diesem Schlachtfeld gekommen, obwohl wir seit drei Generationen Krieg haben?« Nimbulan trat zurück ins Licht. Wieder hob er die Hand, als würde er damit Informationen sammeln. Seine Aura leuchtete aus ehrlicher Sorge um sie blau. Sie wollte ihm trauen, wagte es aber nicht.

»Ich wurde geschickt.« Sie musste ihre Botschaft abliefern und dann gehen. Die Stimmen würden sie zu einem Heim führen, wo sie vor Moncriith und anderen, die ihr Leid antun wollten, sicher war.

»Wer hat dich geschickt?« Er ballte die Hand zur Faust, dann öffnete er sie wieder – als hätte er einen Krampf gehabt.

»Ich hatte eine Vision. Ich wurde hergeschickt, um Euch an die Kosten dieser Schlachten zu erinnern. In dem Dorf, das hinter drei Hügeln von hier nach Süden liegt, müssen die Frauen das Äquinoktium mit ungleicher Zahl feiern. Sie haben keine Partner mehr. Keine Männer, welche neue Leben zeugen oder pflügen oder säen oder jagen oder fischen können. Keine Männer mehr. Alle sind in Euren Schlachten ums Leben gekommen.«

»Sternengötter! Die Sternengötter haben dich geschickt!« Er bekreuzigte sich in der bekannten Art und schloss die Augen wie zum Gebet.

»Ich glaube, dass Ihr als Magier, als ein Mann, der Rituale

braucht, um Magie zu wirken, der Richtige seid, dem ich diese schreckliche Perversion der Natur melden muss. Ihr kennt Rituale, welche richtig oder gar nicht durchgeführt werden müssen. Das Ungleichgewicht von Tanzenden und Trommlern bedeutet, das kommende Jahr wird für alle eine Hungersnot bringen, auch für Eure kostbare Armee.«

»Diese Neuigkeiten bereiten mir große Sorge. Ich muss darüber nachdenken.« Wortlos drehte der Magier sich um und verschwand in der Dunkelheit. Ein Luftzug vom Eingang verriet ihr, dass er das Zelt verlassen hatte.

Erleichtert über seine Abwesenheit lösten sich ihre verkrampften Fäuste und Nackenmuskeln. Was für ein Mann, so voll Leben! Seine Aura füllte das Zelt und ließ ihrer keinen Raum. Dennoch fühlte sie nach seinem Weggehen eine eigenartige Leere. Einsamkeit. Sie wollte wieder in diese grünen Augen blicken und deren Geheimnisse ergründen.

»Jetzt esse ich und ruhe mich aus, aber dann müssen wir fort, Amaranth.« Sie strich dem Kater übers Fell und vergewisserte sich, dass seine Flügel verborgen waren. »Du musst unterwegs für mich auf die Jagd gehen. Ich bin noch nicht kräftig genug, um für mich zu sorgen. Moncriith kann zurückkommen. Nimbulan und seine Schlachtenmagier können mein Talent nicht zähmen. Wenn ich bleibe, werden sie verlangen, dass ich mein Leben ändere, um die Männer in den Schlachten zu heilen, die sie für mich aussuchen.«

5

Nimbulan blieb vor seinem Zelt stehen. Die Worte der jungen Hexe beunruhigten ihn. Er brauchte Zeit und Ruhe, um über alles nachzudenken, was seit Keegans Tod geschehen war.

»Was würde es mich kosten, Euch als persönlichen Magier und Ratgeber in meine Dienste zu nehmen?«, fragte ihn Quinnault de Tanos ohne Umschweife.

»Ich bin nicht wie andere Magier, die sich einem Lord verkaufen, wenn der Preis stimmt.« Nimbulan lenkte die Aufmerksamkeit fort vom Problem eines Dämonen jagenden Blutmagiers und der geheimnisvollen jungen Hexe, welche über mehr Magie verfügte als drei seiner Assistenten zusammen.

Gemeinsame Magie. Wenn nur . . . nein. Es war unmöglich. Oder doch nicht? Er starrte an de Tanos vorbei auf die Wasseruhr. Seine Vision in der Leere stieg wieder vor ihm auf. Die kristallinen Lebensstränge mit allen und keinen Farben erinnerten ihn an Myrilandels weißblondes Haar, das er erst gesehen hatte, nachdem er ihr das Kopftuch abgenommen hatte . . . Solche Lebensstränge hatte er noch nie zuvor gesehen. Sowohl die pulsierenden Symbole des Lebens als auch Myrilandels Haar erinnerten ihn an Quinnaults Farbe, wenngleich das Haar des Lords etwas krauser und dunkler war. Aber im flackernden Kerzenlicht sah man den Unterschied kaum.

»Ich habe vor achtzehn Jahren dem Clan von Astrismos die Treue geschworen. Mein Eid ist mir heilig«, erklärte Nimbulan, ohne seine Spekulationen zu äußern. Er ließ sich in den gut gepolsterten Klappstuhl sinken. Jemand, wahrscheinlich Ackerly, hatte warmen Flanell als Rückenkissen hineingelegt. Genau das, was sein schmerzender Rücken brauchte. Jetzt noch die Kopfschmerzen mit einer Meditation lindern.

»Ich glaube nicht, dass Kammeryl d'Astrismos Eure Loyalität verdient«, sagte Quinnault.

»Er ist die beste Wahl unter vielen schlechten, um ein vereinigtes Coronnan zu führen. Er ist fair zu seinen Anhängern und gnadenlos denen gegenüber, die ihn verraten. Stark angesichts der Feinde. Die Menschen strömen ihm zu ...«

»Um Schutz zu suchen, weil er stark ist«, unterbrach ihn de Tanos. »Nicht, weil sie ihn lieben. Was für ein Führer wird er sein, wenn es keine Kriege mehr gibt?«

»Es wird immer Kriege geben.« Nimbulan seufzte tief. Seit drei Generationen regierte Krieg Coronnan. Er kannte überhaupt kein Leben ohne Krieg. »Wenn wir nicht gegen andere Armeen kämpfen, kämpfen wir gegen das Wetter, Hungersnot oder Seuchen.«

Wenn die Zahl der Tanzenden und Trommler aus dem Gleichgewicht geraten ist, wird es eine Hungersnot geben, hatte die junge Frau gesagt. Keine Männer mehr. Die Kopfschmerzen hämmerten im Rhythmus dieser drei Worte. Keine Männer mehr.

Würden die ihm verbliebenen Lehrlinge die Chance bekommen, zu Männern heranzuwachsen?

»Da wir gerade von Hungersnot sprechen – ich muss essen und etwas schlafen.«

Der Friedensstifter schien den deutlichen Hinweis nicht zu verstehen. Nimbulan überlegte, ob er so unhöflich sein sollte und Lord Quinnault zu bitten, endlich zu gehen. Er musste unbedingt die Geschehnisse dieses Tages überdenken. Außerdem musste er nach den Lehrlingen sehen und sich davon überzeugen, dass alle sicher in ihren Betten schliefen.

»Ihr habt vorgeschlagen, dass sich alle Magier zusammentun und sich weigern, Krieg zu führen.« Quinnault de Tanos beugte sich vor. Der Puls in seiner Halsschlagader verriet seinen Eifer, das Thema zu vertiefen.

»Das war nur eine Idee, keineswegs bis zum Ende durchdacht.« Nimbulans Kopfschmerzen wurden schlimmer. Keine Männer mehr. Rituale nicht im Gleichgewicht.

»Denkt laut, Nimbulan. Euer Ruf für Weisheit ist beinahe so legendär wie Eure magischen Fähigkeiten. Coronnan braucht jede auch noch so geringe Chance zum Frieden, die Ihr bieten könnt.«

»Ich möchte lieber nichts sagen, bis ich die Ideen durchdacht habe. Vielleicht werde ich Euch morgen etwas offerieren können.« Wieder blickte er auf die Uhr. Unwillkürlich hob er die Handflächen, um sie für neue Gedanken zu öffnen. Er nahm die Realität kaum noch wahr. Er sah nur noch die Symmetrie und die Bewegung der Wasseruhr.

Symmetrische Rituale. Magier lockten Lords, die perfekt im Gleichgewicht tanzten, fort zu ihren chaotischen Mustern und zu Gewalttätigkeit ... Tänze beim Äquinoktium gerieten aus dem Gleichgewicht, weil es keine Männer mehr gab ...

»Zwei Mal hat man mich während der letzten Stunde beschuldigt, die Kriege fortführen zu wollen«, flüsterte er. »Von Moncriith und der jungen Frau. Haben sie Recht?«

»Ich reite noch heute Abend. Wir müssen jetzt sprechen«, unterbrach Quinnault seine Überlegung.

Nimbulan blinzelte und bemühte sich, aus seiner Vision in die Realität zurückzufinden. »Bei diesem Sturm? Euer Pferd wird im Schlamm stecken, ehe Ihr eine Meile weit gekommen seid. Ich brauche nicht durch mein Glas zu schauen, um eine gefährliche Erkältung am Ende einer derartigen Reise zu sehen. Falls Ihr sie überhaupt lebend übersteht.«

Wenn du wegreiten kannst, kann auch die Hexe weg. Ehe sie alle meine Fragen beantwortet hat.

»D'Astrismos wird keinen Friedensvertrag diskutieren. Vielleicht aber Hanic, wenn ich ihn erwische, ehe er sich für den Winter in seiner Festung verschanzt.«

Nimbulan betrachtete den anderen aufmerksam. Wenn er nur etwas von dessen Aura sehen könnte ... doch dem war nicht so. Er musste auf anderen Informationen Vertrauen aufbauen. Der gute Ruf und das kurze heutige Gespräch.

Er gab sich einen Ruck und beschloss, sich Quinnault anzuvertrauen. Die Geschehnisse des heutigen Tages waren zu beunruhigend, als dass er sie allein bewältigen konnte. »Als Ihr für das Priesteramt studiert habt, ehe Eure Familie starb und Ihr die Lordschaft angenommen habt, habt Ihr da genügend Magie besessen, um in die Leere vorzudringen?«

»Nur indem ich mich an die Aura meines Tutors klammerte. Nie aus eigener Kraft.«

Eine vorsichtige Antwort. Jeder Priester der Sternengötter musste zumindest ein wenig magisches Talent besitzen, um sich zu qualifizieren. Wenige große Magier – die Unterstützung aus den Kraftlinien ziehen konnten, die dem Kern Kardia Hodos entsprangen – blieben in der Priesterschaft. Spirituelle Eide banden allerdings ihre Macht so sehr, dass sie unzufrieden waren. Weniger bedeutende Magier wurden ihre Assistenten, so wie Ackerly Nimbulans, oder sie wurden Priester. War Quinnault de Tanos ein starker Magier, der jedoch nur insgeheim praktizierte, oder verfügte er lediglich über ein unbedeutendes Talent, sodass er gern das Studium verlassen hatte, um die Lordschaft über seinen Clan zu übernehmen, wie er behauptete?

Die junge Frau sprach die Wahrheit. Wir haben Generationen von Männern in diesen Kriegen verheizt. Wenn es Friede geben soll, muss ich die Gelegenheit ergreifen, solange ich sie habe. Irgendwie sind die junge Frau und dieser Lord miteinander verbunden. Sind es ihre Vergangenheiten oder ihre Geschicke?

»Lord Quinnault, Ihr habt in der Leere gesehen, wie Vergangenheit, Gegenwart und Zukunft eins werden. Ihr habt Eure Seele ohne jede Maske gesehen, sodass jeder Gedanke und Plan offenbart waren, selbst solche, von denen Ihr nicht wusstet, dass Ihr sie habt.«

Quinnault nickte. Er hatte die Mundwinkel herabgezogen. Seine Augen funkelten hart. Offenbar war seine Erfahrung mit den symbolischen Lebenspfaden nicht sehr erfreulich gewesen. Schatten umspielten seinen kantigen Schädel und verliehen ihm wieder ein übernatürliches Aussehen. War sein Lebensstrang ein Kristall und schillernd, oder hatte er eine natürlichere Farbe?

Nimbulan wünschte sich die Kraft, Quinnault in die Leere zu schicken und selbst zu sehen, wer und was der Lord war. Doch bis sein Körper wieder zu Kräften gekommen war, musste er sich auf Worte und Instinkt verlassen. Er konnte auch Myrilandel nicht helfen, bis er seine Reserven wieder aufgefüllt hatte.

»Als ich Keegans Seele befreite, entdeckte ich sehr beunruhigende Symbole – wie man eben das Leben in der Leere sieht. Ich glaube, Hanic war bereit, sich auf Friedensverhandlungen einzulassen.« Die Gestalt, die nur widerwillig aus dem Tanz herausgeholt wurde und immer wieder die symmetrischen Muster tanzen wollte, hatte Hanics Farben getragen. Der Magier, der ihn aus der Harmonie herausholte, war jung und übereifrig gewesen. »Keegan hat diese letzte Schlacht angestiftet, um seine Überlegenheit über mich, seinen Lehrer, zu beweisen.«

Wo hatte er bei Keegans Ausbildung Fehler gemacht? Trauer erschwerten die nächsten Worte. »Die meisten von Hanics Truppen waren Trugbilder. Sehr gute Trugbilder, welche Blutmagie erschaffen hatte. Moncriith, der Blutmagier, war erst am Schluss anwesend. Nur Keegan konnte diese Truppen heraufbeschworen haben. Ich habe meinen Lehrling gut unterwiesen, wie man Zauber wirkt, aber Ethik, Ehre und Disziplin bedeuteten ihm gar nichts.«

»Es ist nicht ungewöhnlich, dass ein Lord dem Rat eines Magiers mehr Gehör schenkt als seinem gesunden Menschenverstand. Wir müssen Hanic jetzt Vernunft beibringen.« De Tanos runzelte die Stirn.

»Ja, das müssen wir.« Der Bürgerkrieg dauerte nun bereits drei Generationen und länger an. Magier leiteten die Lords bei jedem Schritt – anfangs bei der Suche, den besten Lord zu finden, welcher die Nachfolge des Königs antreten konnte, nachdem dieser ohne Erben gestorben war. Später organisierten sie die Schlachten und beeinflussten die Stärke und das Ergebnis mit ihren übernatürlichen Gaben. Die Vision der Leere wurde deutlicher. Der Symbolismus verschwand und enthüllte die darunter liegende Wahrheit.

»Wir müssen diese Kriege beenden, ehe Coronnan völlig zerstört ist und gierige Nachbarn das Land überrennen«, sagte Lord Quinnault und erhob sich, als wolle er gehen. Seine Schultern sackten durch, als könne sein kräftiger Körper ihn nicht mehr tragen.

»Was ist, wenn zwei oder mehr Magier, welche denselben Traum vom Frieden teilen, eine Möglichkeit fänden, ihre Magie zu kombinieren, um andere Magier zu besiegen?«

»Leider weiß ich genug über Magie, dass ich das für unmöglich halte, aber sollte es doch geschehen, könnten die Magier kontrolliert werden und der Ausgang der Schlachten würde allein von der Überlegenheit der Soldaten, Waffen und Taktik abhängen. Lords wären dann vorsichtiger, einen Kampf zu beginnen. Vielleicht würden sie sogar zu Friedensverhandlungen bereit sein. Ein paar haben schon auf mich gehört, aber sie werden von stärkeren Lords wie Kammeryl und Hanic eingeschüchtert.« Quinnault seufzte, dann straffte er entschlossen die Schultern. »Aber Magier können ihre Kräfte nicht kombinieren. Wie Lord Kammeryl sagte, wir könnten uns ebensogut Drachen und Flugflippers wünschen. Friede muss auf andere Art und Weise geschaffen werden.«

»Einige Männer glaubten über dem Schlachtfeld einen Drachen gesehen zu haben. Vielleicht finde ich Flugflippers, die sich in den Wolken verstecken.« Nimbulan lachte kurz.

»Habt Ihr mit dem Kombinieren von Magie Erfahrungen gesammelt?« Quinnault beugte sich über Nimbulans Stuhl. Aufregung hatte die Erschöpfung und Sorge in seinem Gesicht ausgelöscht. Er war jünger, als Nimbulan gedacht hatte.

»Die Kriege müssen für den Winter enden. Ich habe ungefähr fünf Monate, um zu experimentieren. Ich brauche einen sicheren Ort, an dem ich meine Lehrlinge ausbilden und andere Magier hinzuziehen kann, die kriegsmüde sind ...«

»Wechselt Euer Bündnis und kommt zu mir, Nimbulan. Ich gebe Euch eine meiner Inseln. Ein uraltes Kloster, das schon vor dem Anfang der Kriege verlassen wurde, hält den Unbilden der Witterung und der Zeit stand. Dort seid Ihr in Sicherheit und habt Eure Ruhe.«

»Ist der Friede für ganz Coronnan nicht wert, mir diese Insel zu leihen, ohne dass ich meine früheren Eide unehrenhaft breche?«

Quinnault lächelte. Die Kerzen leuchteten heller und wärmer.

»Hättet Ihr mir eine andere Antwort gegeben, Meister Nimbulan, hätte ich immer Eure Loyalität angezweifelt. Die

Insel gehört Euch, solang Ihr sie braucht. Sucht Euch Schüler und beginnt mit Euren Experimenten.«

*

Moncriith betrachtete Ackerly, den kleinen Assistenten Nimbulans, durch Schlitzaugen. Keine Aura von großer Macht umgab diesen vierschrötigen Mann, dennoch pflegte er mit den Schlachtenmagiern lockeren Umgang.

»Nehmt den Proviant, Moncriith. Ich biete ihn Euch ohne Verpflichtung an.« Ackerly hielt ihm eine pralle Satteltasche hin. »Es ist nicht viel, aber es dürfte bis zur nächsten Festung oder Dorf reichen.«

»Danke.« Moncriith neigte den Kopf. Diese Geste erlaubte ihm, Ackerly durch die Wimpern zu beobachten.

Ackerly schien etwas nervös zu sein. Moncriith verkniff sich ein Lächeln.

»Ich nehme Eure Gabe gern an. Aber ich verstehe nicht, weshalb Ihr mir helft, wenn Ihr Nimbulan dient, dem Mann, der mich aus dem Lazarett und meiner rechtmäßigen Aufgabe so unsanft entfernen ließ.«

Der Soldat neben Moncriith räusperte sich lautstark. Er wollte Moncriith und dessen Anhänger so schnell wie möglich zwei Meilen aus dem Umkreis des Lagers schaffen. Fünf weitere schwer bewaffnete Männer bildeten einen Kreis um Moncriith und seine zwei Dutzend ziemlich abgerissen aussehenden Anhänger.

Moncriith warf dem ungeduldigen Soldaten einen warnenden Blick zu. Der blickte ausdruckslos ins Leere, aber deshalb waren seine Ohren nicht verschlossen. In der Armee musste jeder Mann seinem Vorgesetzten Meldung machen. Viele Männer standen in der Befehlskette zwischen einem Sergeant und dem Obersten Schlachtenmagier, Nimbulan.

Moncriith fragte sich, was und wie bald der Mann Meldung machen würde.

»Niemand sollte in diesen Sturm ohne Proviant reiten. Mir ist es gleich, ob der Kriegsherr und sein Magier Euren Ansichten beipflichten. Ihr seid ein Magier und solltet respektiert werden.« Ackerly trat nicht mehr von einem Fuß auf den anderen, sondern stand still.

Moncriith musterte ihn verdrossen. »Die Priester haben meine Vision der Sternengötter zurückgewiesen. Dämonen sind in die heiligen Tempel eingedrungen. Die Priester und ihre Marionettenmagier haben mich davongejagt, anstatt sich den Dämonen zu stellen, welche ihre Magie pervertieren. Laut denen schuldet Ihr mir nichts.« Jedes Mal, wenn er an die Erniedrigung dachte, welche die aufgeblasenen Vorsteher des Tempels auf seinen Kopf geladen hatten, kochte er vor Wut. Das Blut stieg ihm in den Hals und ins Gesicht. Sein Herz raste, während er keuchte und die Lunge mit Luft überfüllt war.

Ackerly blickte ihm direkt in die Augen. »Ihr und ich haben eine Menge gemein, Moncriith. Keiner von uns beiden vermag die Magie der Kardia in unsere Zauber hineinzuweben. Deshalb sind wir auf untergeordnete Positionen beschränkt und dienen jenen, die dazu imstande sind. Und nur weil uns dieses eine Talent fehlt, sprechen uns alle Intelligenz oder andere Fähigkeiten ab. Ihr seid aus der Form ausgebrochen, welche die Welt für Euch gegossen hatte, und habt einen anderen Weg gefunden, Eure Magie zu wirken. Das bewundere ich. Ich habe nie den Mut, etwas zu tun, was Nimbulan mir nicht befiehlt.«

»In einer perfekten Welt würden die normalen Sterblichen, welche die Magier tausend zu eins an Zahl übertreffen, regieren. Magier sollten Diener sein, keine Befehlshaber«, erklärte Moncriith. »Unser Talent ist eine Gabe. Aber jetzt kontrollieren Dämonen Coronnan, nicht normale Sterbliche. Dämonen, welche Myrilandel anführt!« Uns Magier können sie mit Stumpf und Stiel vertilgen und das anschließende Chaos in Ordnung verwandeln. Und ich bin der einzige Magier, der dieses Problem sehen kann.

»Wenn Ihr noch länger bei der Armee bleibt, wird man Euch töten. Nehmt den Proviant und sucht nach mehr Anhängern, welche nicht von den Magiern und ihren Tricks geblendet sind.«

»Ich danke Euch nochmals, Ackerly. Nur Mut. Eines Tages werden unsere anderen Talente mehr geschätzt als unser Unvermögen, große Magier zu sein.«

»Wohin werdet Ihr gehen? Vielleicht kann ich Euch später noch mehr Proviant schicken.«

»Geld wüsste ich zu schätzen. Wir brauchen Kleidung für den Winter und ein Obdach. Diese Dinge sind ohne Geld schwer zu bekommen.«

Ackerly zuckte bei der Erwähnung von Geld sichtbar zusammen. Moncriith grinste innerlich. Er hatte die Schwäche des Mannes erkannt.

»Wir sind auf dem Weg nach Osten. Der Ursprung des Bösen, das Coronnan verdirbt, liegt in dieser Richtung. Ich werde die Dämonen und ihre Anhänger dort vernichten, wo sie geboren werden. Ich habe Berichte gehört, dass Drachen über die Ostflanke der Berge im Süden fliegen. Sobald ich sie vernichtet habe, kehre ich zurück.«

*

Nimbulan zog mühsam die Stiefel aus dem schmutzigen Wasser, das ständig im Kiel der Boote plätscherte. Gerade erst hatte er mit Quinnault de Tanos das Regenwasser herausgeschöpft. Sie waren auf dem letzten Stück des Wegs zu den Inseln. Vom Armeelager hatte sie die starke Strömung in weniger als einer Stunde flussabwärts bis hierher getrieben. Zu Fuß oder zu Pferd hätten sie vier Mal so lang gebraucht. Und jeder Schritt durch schweren schlammigen Boden.

Nimbulan legte die Füße auf Kanten des schwankenden Ruderboots. Zum Glück hatte der Regen von gestern Abend endlich aufgehört. Sie hatten das Boot seit dem Verlassen des Lagers nur zwei Mal ausschöpfen müssen.

Aber der Sturm hatte Baumstämme und dicke Äste abgerissen, die jetzt im Fluss trieben. Schwarzgraue Gegenstände auf dem bräunlichen schlammigen Wasser, im nebelverhangenen Sonnenaufgang kaum sichtbar. Die Umrisse waren verzerrt und wirkten gefährlich.

Quinnault de Tanos legte sich kräftig in die Ruder. »Heute ist die Strömung reißend. Wir werden schon bald die Insel erreichen. Bei Sonnenuntergang seid Ihr zurück in Eurem Zelt.« Er lachte und trieb das Boot in Richtung der Großen Bucht. Für Nimbulans Magen etwas zu schnell.

»Ich würde mich sicherer fühlen, wenn Ihr ein wenig Abstand zu dem Baumstamm hieltet.« Nimbulan deutete auf einen Baum, der mit dichter Krone direkt auf das schwankende Schifflein zutrieb. »Wir hätten mit dem Besuch der Insel einen Tag warten sollen, bis das Wetter besser und das Wasser ruhiger ist«, sagte er.

Hätten sie gewartet, hätte Nimbulan Gelegenheit gehabt, mit der niedlichen jungen Hexe zu plaudern. Seine Gedanken drehten sich um den Plan, das Mädchen auszubilden, nicht so sehr um das Boot.

»Je früher Ihr mit Euren Experimenten anfangt und Lehrlinge rekrutiert, desto schneller können wir diese elenden Kriege beenden«, meinte de Tanos und legte sich noch mehr in die Ruder.

»Wer seid Ihr, Quinnault de Tanos? Ihr seid ein Rätsel und überhaupt nicht wie Eure Standesgenossen.«

»Ich bin der jüngste Lord, der nie plante, den Titel oder die Verantwortung eines Clanführers zu übernehmen. Ich hatte drei Brüder und zwei Schwestern. Die Kriege und die anschließende Seuche rafften alle viel zu früh dahin. Jetzt bin ich der Letzte der Familie. Ich kann nicht zurück und wieder Priester sein. Meine Leute verlassen sich auf mich als ihren Lord. Ich möchte, dass meine Söhne und Töchter, sollte ich je welche bekommen, heiraten und Kinder zeugen. Dann haben sie die Wahl, welche mir versagt blieb.«

»Magier haben selten eigene Kinder. Aber ich habe Lehrlinge. Diese Jungen und Mädchen, kommen als Kinder zu mir – üblicherweise sind sie zwischen zehn und zwölf. Ich fühle mich, als sei ich für sie ebenso ein Vater wie ihr leiblicher. Ich möchte, dass ihnen erlaubt ist, Magie für Frieden und Wohlstand einzusetzen.«

»Dann sind wir Verbündete mit derselben Mission.« Quinnault lächelte Nimbulan an, als er geschickt Schlingpflanzen von einem Ruderblatt löste.

»Wie weit hat diese Mission Euch gebracht, Quinnault de Tanos? Man nennt Euch jetzt bereits drei Jahre den ›Friedensstifter‹.«

»Ich habe Versprechen von vier Lords, nicht gemeinsame Sache mit Kammeryl, Hanic oder Sauria bei einer Schlacht zu machen, wenn – und das Wenn ist ein Knackpunkt – ich diese Lords davon abhalten kann, ihrerseits wegen der Weigerung anzugreifen.«

»Was ist mit Baathalzan?«, fragte Nimbulan. Baathalzan war sein Vetter und Lord seiner Heimatprovinz.

»Er weigert sich, mit irgendjemandem zu sprechen. Könntet Ihr ihn überreden?«

»Wahrscheinlich nicht. Er fürchtet, seine Verwandten würden ihm noch lieber als die anderen Lords seine Titel und Ländereien wegnehmen. Mein Vetter ist kein entschlossener

Führer. Aber vier von dreizehn Lords ist ein guter Anfang. Sie beherrschen eine Menge Land und haben relativ viele Soldaten. Verbündet könnten sie eine durchaus beachtliche Verteidigung aufbieten. Warum habt Ihr sie nicht in diese Richtung gedrängt, Quinnault?«

»Sie wollten mich zum König machen.«

»Und Ihr habt die Verantwortung gescheut?«

»Ich fühle mich kaum als Lord meines Clans wohl. Ich würde einen sehr armseligen und schwachen König abgeben. Coronnan braucht einen besseren Mann als mich. Ich will im Grunde nur Priester sein.«

Schweigen breitete sich wie ein lebendes Wesen zwischen ihnen aus und wartete darauf, weggeschoben zu werden. Doch keiner der beiden Männer hatte etwas zu sagen.

»Ist dieses verlassene Gebäude groß genug, um für Frauen eigene Räume zu haben? Es wollen fast ebenso viele Mädchen wie Jungen die Magie erlernen«, sagte Nimbulan schließlich. Myrilandel musste ihren eigenen Raum haben. Er konnte ihr enormes Talent nicht unentwickelt lassen.

»Ich glaube schon. Allerdings habe ich seit mehreren Jahren das Kloster nicht mehr genau inspiziert. Wie viele Leute wollt Ihr dort unterbringen?«

»Anfangs ungefähr ein Dutzend. Wenn nötig, hole ich noch mehr. Im Augenblick sind Ackerly und ich die einzigen ausgebildeten Magier, denen ich trauen kann.« Keegan war weggelaufen und hatte ihn verraten.

Eine Stromschnelle erfasste das kleine Boot und trieb es gefährlich nahe an einen Baumstamm. Blitzschnell, mit wenigen Ruderschlägen, wich de Tanos dem Hindernis aus.

»Ihr habt viel Zeit auf dem Wasser verbracht«, sagte Nimbulan und stieß den Stamm mit seinem Stab weiter fort.

»Ich hatte mein erstes Boot schon, da konnte ich kaum laufen. Für Menschen, die auf Inseln leben, sind Boote lebensnotwendig. Wir haben auf den Inseln nicht viel Land, das wir bebauen können. Wir verdienen unseren Lebensunterhalt mit Fischen und dem Transport von Waren und Menschen flussaufund flussabwärts. Die Kriege gefährden unsere Lebensgrundlage ernsthaft. Ich fühle mich auf allen möglichen Booten wohler als auf Pferden.«

De Tanos schaute über die Schulter zum steilen Flussufer, das etwa eine Viertelmeile weit entfernt war. Wellen schlugen gegen die roten Klippen, beinahe so heftig wie in der Großen Bucht.

»Weder Ihr noch Euer Vater unterhält eine Armee.« Nimbulan wechselte das Thema, um nicht an das vom Wind aufgepeitschte Wasser um ihn herum und an den nächsten Stamm, der es auf ihren Kiel abgesehen hatte, zu denken. »Trotzdem wurden Eure Herrenhäuser nicht überrannt, was in diesen schwierigen Zeiten selten ist.«

»Der Fluss ist ein natürlicher Burggraben. Im vorigen Frühling haben wir eine Belagerung überstanden, weil meine Leute mit jedem Boot aus zehn Meilen auf die Inseln geflohen sind. Insgeheim versorgten sie das Herrenhaus auf dem Festland durch das Flusstor. Lord Sauria bombardierte uns mit Felsbrocken und schaffte es beinahe, an etlichen Stellen eine Bresche in die Mauer zu schlagen. Er hat die Stallungen erobert und meine besten Zuchtpferde gestohlen. Um Haaresbreite hätten wir uns ergeben, doch dann entschied er, dass mein bescheidenes Anwesen ihm doch nicht den strategischen Vorteil brächte, den er sich erhofft hatte. Er gab den Zugang zur Großen Bucht damit auf, weil er nicht vorausgedacht und eigene Boote gebracht hatte.«

»Dann müsst Ihr die Verteidigungsanlagen für Euren Besitz verstärken. Sauria lässt nicht locker. Er wird im Frühling zurückkehren – mit Booten.«

»Allerdings.« De Tanos biss die Zähne zusammen und legte

sich wieder in die Ruder. »Ich mache bereits Pläne. Keine Arbeit, die mir Freude bereitet.«

»Wie weit ist es noch?« Nimbulan stellte die Füße wieder ins Boot. Ihm missfiel, dass der Fluss immer mehr Trümmer führte. Er bekreuzigte sich zwei Mal.

Sturmböen wirbelten das Wasser auf. Vor dem Boot schien sich eine Wand aus Stämmen und Ästen aufzutürmen.

»Ich habe noch nicht genügend Kraft sammeln können, um mit meiner Magie zu helfen, aber vielleicht kann ich den Wind und die Strömung ablenken, um dieses Hindernis herum.«

»Das Wetter zu ändern ist verboten. Wir dürfen das Gleichgewicht der Natur nicht stören.« Die hervortretenden Muskeln an Quinnaults Hals zeigten, welche Kraftanstrengung er leistete.

Nimbulan zog den Kopf ein, als ein dicker Ast direkt vor ihm aus dem Wasser hochschoss. Ein Wasserschwall folgte dem Ast.

»Ich kann nicht schwimmen!«

6

Myri kroch unter der Außenwand des Zelts hinaus, als der erste verschlafene Vogel seine Fragen bei Tagesanbruch hinauszwitscherte. Sie lauschte, als weitere Vögel einstimmten. Ein wortloses Lied fiel ihr ein. Sie lächelte. Jeder Teil ihres Körpers war müde. Aber sie durfte nicht länger verweilen.

Sie stand ganz still. Ihr Umhang hatte ungefähr die gleiche Farbe wie das Zelt und verbarg ihre Anwesenheit.

Der Sonnenaufgang war nicht besonders spektakulär. Langsam wurde es heller. Die Sonne verbarg sich hinter den Wolken. Gut. Dann würde sie keine Schatten werfen, wenn sie durchs Lager schlich.

Die Wachposten vor dem Zelteingang patrouillierten hin und her. Sie hatte gehört, wie Nimbulan gestern Abend den Befehl gegeben hatte, dafür zu sorgen, dass sie sicher im Zelt bliebe. Diesen Wachen zu entfliehen war ein Kinderspiel.

Eigentlich hatte sie um Mitternacht aus dem Zelt kriechen wollen, aber da hatte sie die gedämpften Stimmen von Nimbulans Assistent und Moncriith gehört. Sicher im Zelt hatte sie Moncriiths Pläne belauscht. Er wollte nach Osten. Dieselbe Richtung, in welche die Stimmen sie trieben. Sie wollte lieber warten, bis er einen gewissen Vorsprung hatte. Es war besser, ihm zu folgen, als ständig fürchten zu müssen, dass er sich von hinten anschlich.

Wachen kontrollierten auch die Lagergrenzen. Ihre Schultern hingen herab. Männer in Bettrollen auf dem nassen Boden schliefen oder gähnten. Im Dämmerlicht des Morgengrauens schlich sie sich von einer Deckung zur nächsten. Sie hatte die Kapuze ihres Umhangs tief ins Gesicht gezogen. Langsam näherte sie sich der Lagergrenze. Sie hatte dieses Spiel schon früher gespielt. Doch damals war sie die Bäume hochgeklettert, weil niemand daran dachte, nach oben zu blicken. Immer schauten sie geradeaus oder nach unten.

Amaranth protestierte, weil er unter dem Umhang getragen wurde.

»Tut mir leid«, flüsterte sie dem Kater zu. »Aber wir müssen uns verstecken, bis wir aus dem Lager sind. Außerdem hast du nicht gern nasse Pfoten.«

Der schwarze Flugflipper kuschelte sich in ihre Armbeuge. Er schlug mit dem Schwanz.

»Zuerst etwas zu essen.« Myri folgte ihrer Nase zu den Kochfeuern. Dabei hielt sie sich im Schatten, um nicht gesehen zu werden.

Ein schläfriger Koch rührte in einem großen Kessel Brei um. Ein verschlafener Junge kümmerte sich um das Feuer darunter. Ein Zeltdach mit roten, grünen und weißen Streifen schützte sie vor dem Regen. Es gab keine Seitenwände, wo Myri sich hätte verstecken können. Außerdem konnte sie keinen heißen Brei in die Tasche stecken und mitnehmen. Sie brauchte Dörrfleisch, Brot und getrocknetes Obst.

Vorsichtig spähte sie umher und suchte nach einem Vorratszelt oder einem Planwagen. Der Koch musste doch seine Vorräte in der Nähe haben.

Ah, dort drüben! Ein niedriges viereckiges Zelt, vor dem Wachen standen – sowohl vorn als auch hinten. Die Zeltwände waren prall. Konnte sie unten hindurchkriechen, ohne die Wände so zu erschüttern, dass die Wachen ihre Anwesenheit entdeckten?

Als Kind hatte sie schon gelernt, sich im Wald lautlos zu bewegen. Auf der anderen Seite des Vorratszelts bot ein

Wagen mit Töpfen und anderen Küchengeräten ein wenig Deckung. Das Geschirr für das Gespann lag auf zwei Kisten und bildete eine kleine Höhle. Ein ideales Versteck. Eine starke Windbö mit Regen lenkte die Wachen lang genug ab, dass sie in ihre Höhle huschen konnte.

»Bleib hier«, flüsterte sie Amaranth zu. Dann schlich sie zum Zelt und schlitzte mit dem Messer aus ihrem Gürtel die Zeltbahn auf. Gleich darauf kroch sie durch den Schlitz hinein.

Atemlos lag sie da und rührte sich nicht, um herauszufinden, wo genau die Wachen waren. Diese waren laut und benahmen sich wie Kinder. Langsam, ganz langsam stand sie auf, sobald sich ihre Augen an das Dämmerlicht gewöhnt hatten. Rechts waren Kisten, links Säcke. Getreide? Sie ertastete einen Zipfel eines Sacks. Dann hielt sie ihre Tasche darunter und schlitzte den Sack auf. Langsam rieselte das Getreide in ihre Tasche.

»Was hast du hier drin zu schaffen, Soldat?«, rief Myri eine raue Männerstimme vom Zelteingang zu. »Für ehrliche Menschen gibt es draußen genügend zu essen. Willst du etwa desertieren?«

Keine Zeit zu streiten. Keine Zeit, nach mehr Proviant zu suchen. Myri lief zur Öffnung, aber da packte jemand ihren Fußknöchel. Sie trat mit dem anderen Fuß zurück.

»S'murghit, du kleine Dämonenbrut!«, fluchte der Mann und ließ sie los.

Komm!, befahl sie Amaranth mental. Sie verließ die Deckung des Planwagens und rannte los. Amaranth flatterte mit den schwarzen Flügeln und schwang sich in die Lüfte.

»Ein Drache. Die Drachen sind zurückgekommen!«, schrie ein Soldat.

»Los, fangt sie! Die Magier zahlen viel für einen echten Drachen.«

»Das ist kein Drache. Zu klein. Vielleicht ein Flugflipper.«

»Für die zahlen sie noch mehr.«

Myri entfloh, während die Männer stritten. Sie musste weglaufen, denn sonst würde Nimbulan sie als Gefangene halten und sie als Sklavin im Lazarett arbeiten lassen. Sie hatte getan, was sie konnte, für die Verwundeten. Jetzt musste sie ihr eigenes Ziel, ein Heim, verfolgen – eine sichere Zuflucht.

Bitte, helft mir!, flehte sie die geheimnisvollen Stimmen an.

Keine Antwort.

Hoffentlich hatte sie die Stimmen nicht verärgert, weil sie von ihrem Weg abgewichen war, um den Verwundeten zu helfen.

Über ihr kreiste Amaranth und miaute besorgt.

»Bleib stehen, du Diebin!« Schwere Stiefelschritte hinter ihr.

»Zur Hölle mit der Diebin, fangt lieber den Flugflipper!«, rief ein anderer Wachposten.

Myri rannte und presste die Tasche mit dem kostbaren Getreide an die Brust. Sie wünschte, sie könnte die Arme ausbreiten und wie Amaranth fliegen, aber sie musste ihren Proviant schützen.

Bitte, rettet mich vor den Magiern, die mich nur versklaven wollen, und vor Moncriith, der mich verbrennen will. Ich gehe jetzt nach Osten, genau wie ihr es befohlen habt.

Keine Antwort.

»Wo ist der verfluchte Flugflipper?«

»Kann ihn nicht sehen. Aber er wird der Diebin folgen. Wenn wir die fangen, haben wir auch den Flugflipper.« Die Verfolger kamen näher.

Myri rannte schneller. Den ersten Hügel hinauf. Dann den

Steilhang hinunter. Sie rutschte auf dem nassen Gras aus. Aber die Männer rutschten ebenfalls aus, fielen hin und behinderten sich gegenseitig. Schließlich rollten alle drei Wachposten den Hang hinunter.

Myri kam schnell wieder auf die Beine und sprang auf Steinen durch den Fluss. Dann rollte sie sich am anderen Ufer hinter einem großen Findling zusammen.

»He, wo ist das kleine Luder? Niemand kann einfach so verschwinden!«, sagte der jüngste Soldat.

»Sie ist eine Hexe. Was erwartest du?«

»Wahrscheinlich war das nur eine große Krähe, die rumgeflogen ist«, meinte sein Kamerad.

»Diese widerlichen Vögel sind eine Plage und fressen einem alles weg, wenn man nicht aufpasst«, kommentierte ein anderer.

»Meint ihr, wir könnten eine Krähe fangen und sie wie einen Flugflipper zurechtmachen?«, überlegte der Jüngste laut.

Die Männer gingen wieder zurück zum Lager, allerdings langsam. Obwohl sie direkt zu Myri schauten, sahen sie sie nicht. Sobald sie außer Sicht waren, rannte Myri weiter.

Wieder über einen Hügel, dann noch über den dritten. Ein Handelsweg durchzog das dahinter liegende Tal. Wo ein Weg war, würde es auch Dörfer geben.

Vor wenigen Tagen waren zwei Armeen hier hindurchmarschiert. Wahrscheinlich hatten die Kriegsherren auch die Männer eingezogen, sodass es in diesen Dörfern keine Männer mehr gab. Vielleicht würden die übrigen Bewohner sie freundlicher aufnehmen, weil sie keine Soldaten mitbrachte.

Myri atmete ruhiger und ging langsamer.

Amaranth, wo bist du? Ein dunkler Schatten kreiste über ihrem Kopf.

»Jetzt sind wir in Sicherheit, Amaranth. Komm herunter. Komm zu mir.« Sie tippte sich einladend auf die Schulter.

Schnell flog der Schatten tiefer. Das Sonnenlicht zauberte purpurne Lichter auf sein schwarzes Fell und die Federn.

Myri streckte den Arm aus. Amaranth landete mit ausgebreiteten Flügeln. Schnell faltete er die Flügel zusammen und legte den Schwanz um Myris Hals, um das Gleichgewicht zu halten.

»Bereit?«

(Ja.)

Myri marschierte um die nächste Biegung und kam in ein stilles Dorf.

Aus der ersten Hütte kam eine Frau, die einen Eimer mit Wasser trug. Ihre Nachbarin erschien mit einem Korb, um Eier zu sammeln. Gemeinsam blieben sie stehen und schauten Myri entgegen.

»Habt Ihr ein Obdach für eine müde Reisende?«, fragte Myri mit ritueller Demut.

»Du bist sehr früh unterwegs. Oder bist du die ganze Nacht marschiert?«, erkundigte sich die Frau mit dem Eimer. »Das ist nicht richtig für eine junge Frau, die ganze Nacht allein zu gehen – oder zu jeder anderen Zeit.«

»Wir schulden ihr Gastfreundschaft, wie jedem anderen Reisenden«, sagte die Frau mit dem Korb.

»Sie könnte eine Spionin für die Armee sein. Sie stehlen, was uns noch geblieben ist. Wenn sie uns die Ernte wegnehmen, können wir den Winter nicht überleben.«

»Wenn man das überhaupt eine Ernte nennen kann«, meinte die Frau mit dem Korb.

»Ich habe ein wenig Getreide, das ich mit euch teilen kann.« Myri bot ihre halbvolle Tasche an.

»Der mit der roten Robe hat uns vor Spionen gewarnt, die Geschenke bringen.«

»Ein gutes Frühstück wird den Hunger kurz stillen, und dieser Priester weiß auch nicht alles. Willkommen, Fremde.« Die Frau mit dem Korb bat Myri in ihre Hütte einzutreten. »Die Hühner legen noch, und ich habe ein Stück Wurst.«

Myri lief das Wasser im Mund zusammen. Ihr knurrte der Magen. »Was für ein Priester?«, fragte sie. Amaranth drückte warnend seine Krallen in ihren Umhang.

Die Frauen schauten einander an, sagten aber nichts.

Myri setzte Amaranth auf die Erde und fragte wieder: »Was für ein Priester?«

»Moncriith«, antwortete die Frau mit dem Korb ruhig.

»Sieur Moncriith hat uns vor Hexen und ihren dämonischen Begleitern gewarnt.« Die Frau mit dem Eimer gab dem Mann seinen Priestertitel und wich vor Amaranth zurück. »Sieur sagt, wir sollen niemandem Obdach geben. Ich respektiere die Worte eines Priesters. Nur Dämonen verlassen in diesen Zeiten ihr Heim.« Sie stellte den Eimer ab, kreuzte die Handgelenke und flatterte mit den Händen. Die Hände symbolisierten den uralten Dämonengott Simurgh. Das Überkreuzen sollte vor ihm schützen.

Die Sonne schob die Wolken beiseite und schickte einen Lichtstrahl direkt ins Zentrum des Dorfs zum Wendeturm. Sein Ernteschmuck war schon etwas verwelkt, leuchtete aber, als stehe er in Flammen. Myri scheute vor diesem Omen eines Scheiterhaufens zurück.

»Ich wusste, dass die Sternengötter dich zurück zu mir schicken würden, Myrilandel.« Moncriith tauchte aus der ersten Hütte auf. Seine geflickte rote Robe schien zu glühen. Rot als Zeichen seiner Priesterschaft oder Rot als Zeichen des Blutes, welches er vergoss, um seine Magie zu nähren? »Es ist an der Zeit, dass du dich der Gerechtigkeit stellst! Meine Leute lagern in der Nähe. Ich werde sie herbeirufen, um mit den Dorfältesten über dich und deine dämonischen Verbrechen zu urteilen.«

Amaranth suchte Zuflucht hinter einem Holzstapel beim Haus. Myri ließ die Tasche mit dem Getreide fallen und wollte fliehen.

Moncriith packte sie um die Taille, ehe sie zwei Schritte weit gekommen war. »Nochmal entkommst du mir nicht, Myrilandel, Tochter von Dämonen.«

7

Myri kratzte Moncriiths Hände, aber er hielt mit seiner kräftigen Hand beide Handgelenke von ihr.

Verzweifelt suchte sie den Bildern von lodernden Flammen in ihrem Kopf zu entrinnen. Sie trat mit bloßen Füßen gegen seine Stiefel, doch damit tat sie nur sich selbst weh.

Sie musste sich aber befreien, ehe seine Anhänger kamen und sie einsperrten.

Moncriith lachte. Seine Gedanken wurden von Myris dafür empfänglichem Verstand aufgefangen. Entsetzt sah sie sich nackt inmitten eines brennenden Scheiterhaufens.

Myris Fantasie fügte noch weitere schmerzliche Details hinzu. Grüne Flammen fraßen gierig an ihren Gliedmaßen. Sie rang nach Luft, weil der Rauch, der nur in Moncriiths Vorstellung existierte, sie zu ersticken drohte.

Oder war es ihre Erinnerung?

Sie erinnerte sich, wie sie Magretha aus einer brennenden Hütte geschleppt hatte. Die Flammen hatten an ihren Händen geleckt und ihr Haar versengt, als sie mit ihrer kindlichen Kraft die ohnmächtige Frau ins Freie zerrte.

Diese Erinnerung vertrieb die Panik aus ihrem Kopf. Kraft floss zurück in Hände und Füße. Sie konzentrierte sich auf Moncriiths Denkweise. Was würde er als Nächstes tun? Obgleich sie fast so groß wie er war, hatte er den Vorteil schwerer und kräftiger zu sein. Mit aller Kraft rammte sie ihrem Peiniger den Ellbogen in den rundlichen Bauch.

»Au!« Luft entwich seiner Lunge. Aber er lockerte nicht den Griff an ihren Handgelenken.

»Moncriith, lasst sie los!«, befahl die Frau mit dem Korb. »Ich habe ihr Gastfreundschaft angeboten und Ihr werdet keinen Fluch über das Dorf bringen, indem Ihr ihre Rechte als eingeladener Gast missachtet.«

»Sie hat keine Rechte. Dieses Weib ist kein Mensch, nicht wie wir. Sie wurde von Dämonen geboren und hat diesen Körper einem menschlichen Kind gestohlen. Sie ist ein Wechselbalg, der eure Seelen stehlen und eure Körper für üble Praktiken haben will. Gestern hat sie an einem tapferen Soldaten ihre Hexenkunst gewirkt und seine Seele zwischen den Ebenen der Existenzen gelassen, während sie seinen Körper heilte. Vielleicht war er einer der Männer aus diesem Dorf. Einer der Männer, die ihr folgen werden, anstatt hierher zurückzukehren.«

»Woher ... woher wisst Ihr all das, Moncriith?«, fragte die Frau mit dem Korb. Offensichtlich war sie verunsichert. Moncriith hätte keine schlimmeren Anklagen vorbringen können, als dieses Dorf noch weiterer Männer zu berauben.

»Ich wurde von den Sternengöttern mit einer Vision dieser Frau in ihrer wahren Gestalt gesegnet. Ich trage das rote Gewand eines Priesters. Wagst du meine Worte zu bezweifeln?«

»Ich bin kein Dämon, das schwöre ich. Ich bin keiner«, flehte Myri die Frau an.

»Miau!« Amaranth stieß plötzlich vom Himmel herab. Er hatte die Krallen ausgefahren, fletschte die Zähne und zielte direkt auf Moncriiths Augen.

»Neiiiin!«, kreischte Moncriith, stieß Myri beiseite und hob die Arme, um sein Gesicht vor dem Flugflipper zu schützen.

»Mögen die Sternengötter uns beistehen!«, betete die Frau mit dem Eimer; sie überkreuzte die Handgelenke und flatterte mit den Händen. Dann berührte sie schnell Stirn, Brust und beide Schultern. »Ich widersage dem Bösen in Gedanken, im Herzen und mit der Stärke meiner Schultern.«

»Dämonen! Dämonen vom Himmel!« Die Frau mit dem Korb verbarg das Gesicht hinter der Schürze und rannte in ihre Hütte.

Amaranth stieß zu und zerrte mit den Krallen an Moncriiths Haaren. Der Blutmagier schlug nach der geflügelten Katze und versuchte, den Kopf im roten Gewand zu verstecken. Amaranth kratzte unbeirrt weiter.

Myri rannte hinter den Holzstoß. Ihre Zehen beschwerten sich bei jedem Schritt. Aber sie ignorierte den Protest und lief so schnell sie konnte den Weg, der sie nach Osten und Süden zu den Bergen führte. Etwas rief sie nach Osten. Der Wind frischte stark auf und schob sie in diese Richtung. Sie breitete die Arme aus und fing mit dem Umhang den Wind wie mit einem Segel ein. Dadurch wurde sie noch schneller.

Aber auch Moncriith war auf dem Weg nach Osten, um dort die Geburtsstätten der Dämonen zu suchen und zu vernichten. Myri kämpfte gegen den Wind und wandte sich nach Westen und Norden, zu dem Dorf, wo Magretha sie groß gezogen hatte. Aber der eisige Sturmwind trieb sie nach Osten.

(Osten.) Die Stimmen füllten ihren Kopf und verdrängten jeden anderen Gedanken. (Osten. Heim. Sicherheit.)

Myri fügte sich dem Wind. Nach ungefähr einer Meile winkte ihr ein Eichenwäldchen. Eiche mit den schützenden Mistelzweigen. Dicke Büschel hingen an den oberen Ästen. Ein Versteck. Sie konnte von oben Moncriith beobachten, wenn er vorbeiging, und ihm einen Vorsprung geben. Es war sicherer, hinter ihm zu gehen, als von ihm verfolgt zu werden.

(Ja, versteck dich. Jetzt.)

Sie verließ den Weg und vertuschte ihre Spuren mit Magie. Amaranth würde sie finden, aber Moncriith nicht. Sie betete zu den Sternengöttern und den inneren Stimmen, dass Moncriith sie nicht finden möge.

*

Nimbulan hustete und stapfte durch das schlammige Wasser. Dann kroch er das Ufer empor. Er schleppte seinen schweren Stab mit sich, weil dieser wie Arme und Beine ein Teil von ihm war. Jeder Atemzug erforderte Konzentration und endete mit einem Hustenanfall. Schließlich fiel er mit dem Gesicht nach unten in den Schlamm.

Irgendeine ihm unbekannte Macht zwang ihn auf den festen Boden. Wasser lief aus seinem Haar, der Kleidung, vom Himmel ... Alles war so nass wie der Fluss. Warum gab er nicht einfach auf und ertrank?

»Die erste Lektion, die Ihr Euren Lehrlingen erteilen müsst, ist, dass sie schwimmen lernen«, empfahl Quinnault de Tanos. »Ich möchte nicht, dass meine Leute jedes Mal ihren Hals riskieren, wenn sich eine Landratte in den Fluss wirft. Den Göttern sei Dank, dass Ihr eine Tunika und Beinkleider tragt und nicht diese langen Gewänder, die Magier meist bevorzugen. Bei dem Gewicht der schweren nassen Wolle hätte ich Euch nie aus dem Wasser schleppen können.«

»Ich habe mich nicht in den Fluss gestürzt. Der Fluss hat sich auf mich geworfen«, verteidigte sich Nimbulan.

Quinnault packte Nimbulan am Hemd und zog ihn auf die Beine.

»Atme, Nimbulan. Deine Lunge arbeitet wieder.« Quinnault klopfte dem Magier kräftig auf den Rücken. Beinahe zu kräftig. Etwas zwischen Nimbulans Rippen knackte.

Dann hustete er stark und spuckte weitere Flüssigkeit aus. Nach diesem Anfall fiel ihm das Atmen leichter.

Sofort erinnerte er sich an Druulins Turm. Boojlin und Caasser hatten den Mund prostestierend aufgerissen, als das kalte Wasser von Nimbulans Falle sich über sie ergoss. Beide Burschen atmeten zu schnell und bekamen Wasser in Nase und Luftröhre. Sie husteten und hatten das Gefühl zu ersticken. Caassers Gesicht lief komisch graurosa an.

Nimbulan tat es sofort leid, und er schlug Caasser auf den Rücken, damit dieser das Wasser ausspuckte.

»Nicht so hart, Lan. Du brichst ihm ja alle Rippen«, hatte Ackerly ihn gewarnt. Dabei hatten er und Nimbulan unter den Raufbolden sehr zu leiden gehabt. Eigentlich empfanden sie es jetzt als Genugtuung, dass auch die anderen Schmerzen und Erniedrigung erleiden mussten.

Nimbulan packte Caassers Ellbogen und hob sie über den Kopf. Das machte das Atmen leichter. Nimbulan wartete, bis Caasser einigermaßen gleichmäßig atmete. Ein Teil in ihm wollte die Arme noch länger zurückbiegen, um die Schmerzen zu verlängern, aus Rache für die üblen Streiche, die er Nimbulan und Ackerly gespielt hatte.

Aber dann besann er sich auf seine Verantwortung. Wenn er das tat, würde er sich einen Feind fürs Leben machen.

Er ließ Caasser los und massierte ihm den Rücken und die Schultern, um das Atmen zu erleichtern. Die üblen Streiche hörten wahrscheinlich nicht auf, aber Nimbulan hatte sich Caassers Vertrauen erworben.

Im Lauf waren sie Freunde und Schlachtengefährten geworden. Bis dann jener schicksalhafte Tag kam, als Nimbulan und Ackerly nicht Druulin und seine Assistenten in ihrer letzten Schlacht unterstützt hatten.

Der ältere und erfahrenere Nimbulan erkannte, wie verletzlich er war, während er keuchte und nach Luft rang. Dann rollte er die Schultern, um den Schaden festzustellen. Nichts Bleibendes, höchstens ein paar blaue Flecken.

»Vielen Dank.« Nimbulan wischte sich das Wasser aus den Augen.

»Kommt jetzt, Nimbulan. Wir müssen eine ganze Insel inspizieren.« De Tanos marschierte los. Mit seinen langen Beinen schritt er mühelos durchs Unterholz.

»Wir müssen ein Feuer machen und trocken werden, sonst holen wir uns die Lungenpest.« Nimbulan bemühte sich, Schritt zu halten. Bei der geringsten Anstrengung kratzte es ihn in der Brust. Er schluckte und ging weiter.

»Nichts ist trocken genug, um zu brennen, höchstens alte Möbel im Kloster. Habt Ihr einen Feuerstein mitgebracht?«

»Ich bin ein Magier und brauche keinen Feuerstein, um ein Feuer zu entfachen. Sogar wenn ich erschöpft und halb ertrunken bin, kann ich ein Feuer machen, wenn ich nur an Flammen denke.«

»Dann suchen wir uns Deckung und trocknen. Die Sonne kommt heraus, aber sie ist zu dieser späten Jahreszeit zu schwach, um zu helfen. Braucht Ihr etwas zu trinken? Ihr klingt heiser.«

»Nein, ich will nichts trinken. Ich habe schon den halben Fluss geschluckt.«

»Im Kloster gibt es eine Quelle. Wir müssen das Wasser probieren, ob es noch süß ist.«

»Also, ich jedenfalls werde es nicht probieren. So viel steht fest.«

»Hört auf zu klagen, alter Mann. Das ist der Anfang eines wirklich großen Abenteuers, das die Geschichte Coronnans verändern könnte.« Quinnault hüpfte fast über das unebene Gelände.

»Ich bin ein alternder Magier, kein alter Mann. Das gibt mir das Recht, so kauzig zu sein, wie ich will.«

Quinnault blieb stehen und schaute den Gefährten an. »Kauzig, ja. Aber kein Klotz am Bein und Nichteinmischer. Ich hoffe, Ihr habt klare Pläne für Eure Experimente. Coronnan braucht eine Erneuerung. Und zwar bald.«

»Hmmm.« Nimbulan schnaubte, als er am Lord auf dem schmalen Pfad vorbeiging. Dann sah er einen steinernen Bau im dichten Unterholz. Die kleinen Wehwechen waren vergessen. Er drängte vorwärts.

Ein Sonnenstrahl brach durch die Wolken. Auf den Pflastersteinen vor dem alten Kloster leuchteten Strahlen blauen magischen Lichts auf.

»Sternengötter! Was ist das?«, rief Quinnault und bekreuzigte sich. Nach kurzer Pause bekreuzigte er sich nochmals.

»Etwas ganz Besonderes. Etwas sehr Mächtiges«, stieß Nimbulan hervor. »Nur Kraftlinien leuchten in diesem Blau.« Er lief weiter, um den Ursprung dieses seltsamen Lichts zu finden.

»Halt, Mann! Das könnte gefährlich sein. Es gibt auf der Insel Gerüchte über Geister und Dämonen.« Quinnault hielt Nimbulan am Ärmel zurück.

»Ich schütze uns mit Magie, Junge.« Durch Nimbulans Stiefelsohlen drang pricklende Kraft in seine Füße. Er spürte den Drang, vorwärts zu eilen. Energie floss durch seine Beine in den Bauch und die Brust. Sein Stab vibrierte und stand ohne Hilfe aufrecht da. Das Herz schlug heftig in seiner Brust, jeglicher Hustenreiz war verschwunden. Sein Blick war ungewöhnlich geschärft.

Er sah, wie der Saft aus den Blättern zurück in den Stamm floss, sah einzelne Tropfen in der Luft, kannte jeden Stein, aus dem das Pflaster bestand.

Neue Klänge drangen in seine Ohren. Vögel sangen in der Ferne, das Plätschern der Wellen des Flusses ans Ufer, Würmer, die unter der Oberfläche von Kardia Hodos umherkrochen. Mond und Sterne tanzten durch das Universum und luden ihn ein, bei ihren harmonischen Bewegungen mitzumachen.

Wieder hatte er die Vision in der Leere, doch diesmal traten die Magier zurück und schauten nur zu, ohne die Muster zu stören und zu verzerren. Die Lords tanzten in Harmonie mit dem Großen Rad der Sonne, des Mondes und der Sterne …

»Das ist besser als eine starke Dosis Tambootie«, flüsterte er ergriffen.

»Was seht Ihr?«, fragte Quinnault hinter ihm und blickte aufgeregt nach rechts und links.

»Ich sehe den Ursprung all dieser Magie. Kommt, lasst uns herausfinden, welche weiteren Wunder dieses verlassene Kloster birgt.«

»Langsam, Nimbulan. Wir wissen nicht, welche geheimen Fallen es gibt und was die letzten Bewohner vertrieben hat.«

Nimbulan nickte. »Ihr geht nach links, ich nach rechts, aber wir halten Blickkontakt.« Er deutete mit dem Stab in die angegebenen Richtungen, aber dieser zuckte zurück zum blauen Licht.

»Wir bleiben zusammen oder gehen überhaupt nicht.«

»Nun gut.« Nimbulan trat auf eine dicke Kraftlinie rechts von ihm und folgte ihr zu dem Teich mit leuchtendem Blau. Bei jedem Schritt spürte er, wie die Kraft der Linie stärker wurde. Die Linie verbreiterte sich. Jetzt konnte er die Füße nebeneinander stellen und sah immer noch das schimmernde Blau. »Sternengötter! Ich habe schmalere Wehrgänge im Schloss gesehen, wo sich d'Astrismos jeden Winter verschanzt. Kraftlinien sollen so dünn wie Spinnweben sein.«

»Ich habe noch nie eine Kraftlinie gesehen«, gestand

Quinnault und starrte bewundernd auf das leuchtende Blau unter der Oberfläche der Kardia.

»Könnt Ihr davon Kraft aufnehmen, de Tanos?« Nimbulans Haut kribbelte von der noch nicht freigesetzten Magie. Sein Stab leuchtete grell. Hier gab es so viel Zauberkraft.

»Meine Füße und Finger kribbeln. Ist das die Magie?«

»Ja, ja. Versucht irgendetwas, Quinnault. Einen kleinen Zauber. Irgendwas. Stellt fest, ob die Masse der Magie hier Euer Talent mehr stärkt als die feinen Linien sonstwo.«

»Mir fällt nichts ein.«

»Etwas Sinnvolles. Bewegt diese Büsche beiseite und schafft einen Pfad.«

Quinnault schloss die Augen und konzentrierte sich.

Nimbulan betrachtete die Büsche vor ihnen. Keiner bewegte sich. »Öffnet die Augen, de Tanos. Starrt auf die Fasern jeder Pflanze und versetzt sie in Gedanken an einen anderen Ort.«

»Ich ... ich konnte noch nie etwas bewegen. Nicht mal einen leichten Gegenstand.«

»Haltet Ihr immer die Augen geschlossen, wenn Ihr einen Zauber versucht?«

»Ja, es fällt mir dann leichter, mich zu konzentrieren.«

»Dann versucht es jetzt mit offenen Augen.«

Der junge Lord starrte ein Grasbüschel an. Dabei ballte und öffnete er rhythmisch die Hände. Die Grashalme wiegten sich hin und her, aber das Büschel rührte sich nicht von der Stelle.

»Nochmal. Ihr müsst es schaffen, dass die Lebenskraft der Pflanze auf Euch hört. Seid überzeugender. Holt die Kraft durch Euren Körper in Eure Hand. Zeigt auf das Gras.«

Quinnault hob langsam die linke Hand und deutete mit dem Zeigefinger auf das Grasbüschel. Wieder neigten sich die Halme und richteten sich wieder auf.

Nimbulan widerstand dem Drang, dem Lord zu helfen. Er musste wissen, ob die riesigen Kraftreserven dieser Insel geringe Talente in größere verwandeln konnten. Nachdem de Tanos eine so dicke Kraftlinie gespürt hatte, müsste er auch dünnere an anderen Orten finden.

Und wenn sein Talent erst richtig geweckt war, konnte er vielleicht lernen, seine Kraft mit der anderer zu kombinieren.

»Ich glaube nicht, dass ich das schaffe.« Quinnault stützte die Hände auf die Knie und keuchte vor Anstrengung.

»Vielleicht denkt Ihr zu viel.«

»Es ist, als ob eine Mauer zwischen mir und dem Gras stünde.«

»Ich habe von Lehrlingen im ersten Jahr schon bessere Entschuldigungen gehört. Wir versuchen es später nochmal, nachdem wir die Quelle dieser Kraftlinien und das Kloster genau besichtigt haben. Ich hoffe, das Dach ist dicht.« Aber wenn nicht, konnte er leicht mit dieser Kraft in sich jede undichte Stelle sofort schließen.

Zusammen gingen sie weiter. Nimbulan schritt mit jugendlicher Energie beschwingt dahin. Am liebsten hätte er getanzt. Er fühlte sich so jung wie Quinnault. Jünger. So jung wie Myrilandel.

»Plötzlich habe ich großen Hunger. Meint Ihr, dass noch ein paar Brombeeren übrig sind?« Quinnault blieb bei einem Brombeerbusch stehen. Zwei überreife Beeren fielen ihm in die Hand.

»Ihr habt Hunger, weil Ihr sehr viel Energie verbraucht habt, um das Grasbüschel zu transportieren. Geht auf der Kraftlinie, die wird Euch stärken.«

»Ich sehe keine mehr. Das Blau ist weg.«

»Nein, ist es nicht. Die Linie ist ganz dick.«

»Ich kann sie nicht sehen … oder irgendwo Kraft spüren.«

Ein Schatten flog über die wässrige Sonne. Beide Männer schauten empor. Die Wolken teilten sich und enthüllten einen farbenprächtigen Regenbogen. Er bewegte sich so, dass er schließlich direkt im Zentrum des Teichs der blauen Kraftlinien endete. Funken stoben empor, um das farbige Licht zu begrüßen.

»Noch nie habe ich gesehen, dass sich ein Regenbogen bewegt hat.« Nimbulan lief vorwärts, um das Phänomen zu betrachten. Große Findlinge und kleine Bäche lenkten seinen Weg nach Osten. Das niedrige Gebäude war an drei Seiten um den Teich gebaut und versperrte ihm den Blick.

Eine Art Pfad führte ihn zu einer Tür in der Mitte der Südmauer des Klosters. Mit dem nächsten Schritt wurde er rücklings in Disteln geschleudert. Die Pflanzen stachen ihn überall, sogar durch die Kleidung. Sein Stab lag zehn Fuß entfernt von ihm.

Welche Kraft war so stark, ihn von seinem Stab zu trennen?

»Nimbulan?« Quinnault half ihm auf die Beine. »Was ist geschehen?«

»Ich ... ich weiß ... nicht.« Nimbulan presste eine Hand an die Schläfe, damit die Welt sich nicht wild drehend von ihm entfernte. Die andere Hand hielt er offen hoch, um Kraft jeglicher Art zu sammeln. »Ich stand auf festem Boden und im nächsten Moment flog ich durch die Luft.«

(Du hast einen Ort betreten, an dem du nicht willkommen bist.) Zwischen den beiden Männern und dem Kloster stieg ein Nebelschleier auf.

»Wer bist du?«, fragte Quinnault den Nebel. »Ich bin der Lord dieser Insel. Das ist mein Land und ich kann hier gehen, wo ich will. Zeig dich deinem rechtmäßigen Lord!«

(Ich erkenne keinen Lord an. Ich bin der Wächter des beginnenden Ortes.) Der Nebelschleier mit einem Hauch von Grau und Purpur formte die vagen Umrisse eines Mannes, doppelt so groß wie ein gewöhnlicher Mann. (Ich bewache diesen heiligen Boden gegen alle, welche die Macht missbrauchen würden, die hier beginnt und endet. Die Sternengötter haben diese Macht den Bewohnern Kardia Hodos zum Geschenk gemacht, damit sie dem Wohl aller diene. Ich bewache sie gegen Missbrauch – absichtlich oder zufällig. Hebt Euch hinweg!)

Ein Wirbelsturm hüllte Nimbulan und Quinnault de Tanos ein und trieb sie zurück auf dem Weg, auf dem sie gekommen waren. Zurück zum reißenden Fluss, wo sie ertrinken würden.

Nimbulan bekämpfte den Sturm mit einem Bild der Stille in seinen Gedanken. Doch der Tornado wütete gegen seine Verteidigung. Er stemmte die Fersen in den Boden. Der Schemen schleuderte Schindeln vom Dach auf ihn. Nimbulan legte den stärksten magischen Schutzpanzer um sich und de Tanos.

Allmählich wurde der Angriff schwächer. Nimbulan spürte, dass der Wächter des Klosters lediglich Energie für die nächste Attacke sammelte, um die Insel von der Anwesenheit des Lords und des Magiers zu befreien.

Nimbulan fasste seine Bitte in Versform, als sei sie ein Zauberspruch. Da das Wesen aus Magie zu bestehen schien, sprach er es als Magie an.

»Frieden wir suchen,
Hier und jetzt,
Für alle Starken und Schwachen
Nur Frieden wir suchen
Und wollen besiegeln diesen mit einem Kuss.«

Der Geist legte eine Pause ein. Kannte er die Sitte der Menschen, mittels eines Friedenskusses ein Abkommen zu besiegeln und vergangene Kämpfe zu verzeihen?

»Wir kommen in Frieden. Ich suche nach einer Möglichkeit, in das Wirken von Magie wieder Ehre zu bringen und sie zum Wohl des Volks einzusetzen«, rief er in die vier Hauptrichtungen zu den vier Elementen. Geistig sah er vor sich, wie die gesamte Menschheit, Magier und gewöhnliche Sterbliche, in Harmonie vereint war. Plötzlich war sein Stab wieder in seiner Hand.

Der Wind wurde schwächer. (Wie kann ich dir glauben?) Der Geist schwebte direkt vor Nimbulan. Er wirkte nicht mehr bedrohlich. (Du hast diesem ehrenwerten Lord befohlen, mittels Magie einen Pfad zu klären, wenn er doch nur hinschauen musste, um den bestehenden Pfad zu sehen.)

»Ich wollte seine Kraft testen, so wie ich viele Dinge testen muss, ehe ich eine Möglichkeit finde, diese Kriege zu beenden, die Coronnan zerstören.«

(Du suchst den Frieden, wenn alle um dich einzig und allein Krieg kennen?)

»Wir suchen Frieden. Wir wollen weder dir noch den Mächten, welche du so gewissenhaft bewachst, etwas antun. Wir bitten nur um Zeit, um mit der Kraft zu experimentieren – einen Weg zu finden, um Magier zu einem neutralen Bund zusammenzuschließen. Erst dann können wir Ehre, Ethik und Ausbildung zu unseren Hauptzielen machen und nicht den Krieg.«

»Miau! Miau!« Ein Flügelwesen kreiste über ihren Köpfen.

»Was für ein seltsamer Ruf. Zu groß für einen Vogel. So schwarz, dass es das Licht aufzusaugen scheint.« Quinnault legte die Hand über die Augen und schaute nach oben. »Was für eine Kreatur hast du uns geschickt, Geist?«

(Zuerst werdet ihr euch einem Test unterziehen. Nur wer für würdig befunden wird, darf diesen Ort benutzen.)

Das Tier und der Nebel prallten aufeinander. Eine Feuersäule stieg auf. Die Flammen drehten sich im Kreis und sausten dann direkt auf Nimbulan zu.

8

Die Feuersäule hüllte Nimbulan in eine Explosion magischer Energie ein. Blaue Funken drangen in seine Augen. Jeder trug mit sich die Erinnerung an eine schlechte Tat, Lügen und leichtfertige Worte, die andere verletzt hatten.

Er erinnerte sich an die Zeit, als er und Ackerly sich ins Dorf auf den Marktplatz gewagt hatten. Druulin hatte ihnen streng verboten, den Turm zu verlassen, ehe sie eine lange und langweilige Reihe von Arbeiten beendet hätten. Aber sie hatten sich vorzeitig davongeschlichen.

Eine Bande Rover sollte angeblich die Bauern und Schafhirten unterhalten. Die Rover hatten auch ihre Rennpferde mitgebracht. Jeder Mann mit einem Pferd hatte sich für eine Reihe von Rennen gemeldet. Die Wetten standen gut für die einheimischen Pferde, die als Sieger berühmt waren.

»Wir können hier Geld machen, Lan. Dann kaufen wir uns was Richtiges zu essen auf dem Markt«, bedrängte Ackerly den Freund.

»Ich weiß nicht, Acker. Eine imaginäre Münze in einem Rennen zu wetten, das wir selbst manipulieren ...« Nimbulan zögerte.

»Was ist denn so schlimm, wenn man einem Ackergaul einredet, faul und voll zu sein, sodass er nicht rennen mag? Ich sage, das ist eine todsichere Sache.«

In diesem Moment knurrte Nimbulans Magen und erinnerte ihn daran, dass Druulin vergessen hatte, Mehl für Brot zu kaufen. Keiner der Lehrlinge hatte ein Frühstück bekommen.

»Vielleicht machen wir so viel, dass wir uns noch einen warmen Umhang oder eine zweite Decke kaufen können«, sagte Ackerly. »Das ist doch ein Kinderspiel, Lan. Niemand wird es herausfinden.«

»Wenn es so leicht ist – warum machst du es dann nicht allein?« Nimbulan wollte sicher sein, dass sein Freund mitmachte. Er war erst zehn und Ackerly zwei Jahre älter, zwei Jahre weiser und erfahrener, obwohl sie beide in Druulins Turm waren. Ackerly sollte eigentlich seine eigenen Pläne durchführen und für die Konsequenzen einstehen, falls etwas schiefging. »Was ist, wenn man uns erwischt?«

»Wir werden nicht erwischt! Wer merkt schon, dass du Magie benutzt hast? Keiner dieser normalen Sterblichen hat genug Fantasie sich vorzustellen, dass wir das Rennen manipulieren.«

Mitten im Rennen hob ein Pferd plötzlich den Schweif und erleichterte sich. Die stinkenden Äpfel auf der Wiese lösten schallendes Gelächter bei den Zuschauern aus. Der Bauer, dem das Pferd gehörte, schlug auf das Tier mit Fäusten ein, doch vergebens. Der Hengst krönte den Haufen Pferdeäpfel mit einem dicken Strahl Urin.

Dann sah der Bauer, wie die beiden Magierlehrlinge sich freuten, als das Pferd eines Rover über die Ziellinie schoss. Er sah auch, wie die beiden Burschen eine stattliche Zahl von Münzen von den Einheimischen kassierten. Er nahm eine Peitsche und lief den beiden Burschen hinterher. Männer, die gutes Geld verloren hatten, beteiligten sich schreiend an der Verfolgung. Ackerly steckte die Münzen in die Tasche und verschwand blitzschnell in einem Bordellzelt. Einige der Frauen dort kreischten.

Nimbulan hatte nicht den Mut, in dieses Zelt hineinzuschauen. Er versteckte sich hinter einem Stapel Kürbisse. Schnell färbte er seine Haut ein wenig orange, um wie ein

Kürbis auszusehen. Doch dann wollte der Händler seinen Kopf von den Schultern nehmen, um ihn Druulan zu verkaufen …

Bei der Erinnerung lief es ihm immer noch kalt über den Rücken. Andere Schandtaten liefen vor seinem geistigen Auge ab. Schuldgefühle trieben ihm Tränen in die Augen. Aber die Trauer über Keegans Tod überwog alles andere.

Die Funken wurden zu einem heilenden Grün. Seine Selbstvorwürfe schwanden. Druulins Unaufmerksamkeit und Grausamkeit hatte seine Lehrlinge dazu getrieben, woanders Essen und warme Kleidung zu suchen – auf jede ihnen mögliche Art. Nimbulans Trauer um den verlorenen Lehrling blieb. Er war für die Erziehung des Jungen verantwortlich. Er hätte Keegans ungezügelten Ehrgeiz und seine brennende Ungeduld sehen müssen.

Die winzigen Flämmchen um ihn wurden schneller und schneller, genährt von seinen Schuldgefühlen. Plötzlich stand er im Mittelpunkt eines Wirbelsturms aus Flammen. Der Feuersturm drohte ihm die Gliedmaßen vom Körper zu reißen.

Er schrie in psychischem Schmerz.

Ein Schlag traf ihn gegen das Kinn, sodass er nach hinten flog.

Der Wirbelsturm war ebenso unvermittelt verschwunden, wie er gekommen war.

Er landete auf dem Rücken, bekam kaum Luft und war wie betäubt.

Von den Flammen blieb nur ein Aschenhaufen. Nirgends sah er dieses fliegende schwarze Wesen oder den Geist. War es erst gestern gewesen, dass er Keegan ebenso hatte sterben sehen? Er schluckte schnell.

»Was ist geschehen?« Quinnault schüttelte den Kopf. »Ist alles in Ordnung mit Euch?« Er reichte Nimbulan die Hand und half ihm auf die Beine.

»Keine Ahnung. Was war das für eine Kreatur?«

»Der Wächter oder der Flugflipper?«

»Flugflipper?« Unwillkürlich musste Nimbulan lächeln.

»Eine fliegende schwarze Katze. Wie sollte ich sie sonst nennen? Sie klang, als riefe sie um Hilfe. ›Miau.‹ Hilfe?« Quinnault schaute in die Richtung, aus der das Wesen gekommen war.

»Wer weiß, was für seltsame Laute ein solches Geschöpf von sich gibt!« Nimbulan überlegte.

»Ich bin sicher, dass es um Hilfe gerufen hat, Nimbulan. Der Blick in den Augen, ehe es sich auf den Wächter stürzte, war eindeutig ein Hilferuf.«

»Selbstverständlich brauchte es Hilfe. Ich hatte die Kontrolle über seine Flugroute verloren. Wenn mir nicht jedes Gelenk meines Körpers wehtun würde, würde ich lachen. Erst gestern sagte Lord Kammeryl, dass eine Zusammenarbeit von Magiern ebenso unwahrscheinlich sei, wie wenn man sich Flugflippers und Drachen wünschte. Die Männer auf dem Schlachtfeld haben behauptet, einen Drachen gesehen zu haben. Ihr habt hier einen Flugflipper gesehen. Welche weiteren Wunder erwarten uns?«

Wahrscheinlich ist der Flugflipper nur ein junger Drache. Vielleicht auch ein Khamsin-Adler, der die Wüste und seine Eltern verlassen hat, redete er sich ein. Sollten sich doch andere in Aberglauben und Omen stürzen, er musste ein Königreich retten und das System der Magie umschreiben.

»Ich weiß nicht, ob es ein Wunder war oder nicht. Mir ist immer noch von dem Wirbelwind schwindlig und dem Schlag des Wächters.« Quinnault schüttelte wieder den Kopf und drückte die Finger gegen die Schläfen. Langsam begann er wieder klar zu sehen.

»Mir geht's ebenso.« Nimbulan streckte jeden Muskel und rollte mit den Schultern. »Nichts gebrochen. Aber ich bin ziemlich durchgerüttelt und mir tut alles weh. Wie geht's Euch?«

»Ich glaube, ich bin unverletzt – nur an einigen Stellen tut es weh. Aber meine Füße sind eigenartig gefühllos.«

»Meine auch, jetzt, wo Ihr es erwähnt.« Nimbulan blickte auf seine Stiefel. Ein Miasma aus Asche schien ungefähr eine Handbreit über dem Boden in einem perfekten Kreis zu schweben. Zwei große Männer konnten mit ausgestreckten Armen den Durchmesser zeigen. Er rührte mit der Fußspitze in der Asche. Ein bitterer Geruch stieg auf. Er rümpfte die Nase. Dann merkte er, dass er nur mit Mühe den Fuß aus der Asche ziehen konnte. Sie klebte wie eine dicke Lehmschicht an seiner Sohle.

Einen Sekundenbruchteil lang sah er die blaue Linie unter der Asche, die er hochgehoben hatte. Er stellte den Fuß wieder hin, konnte aber die Aschenschicht nicht durchdringen. Er verlegte das Gewicht und hob den anderen Fuß. Wieder dieser flüchtige Blick auf die blauen Kraftlinien. Doch dieser wunderschöne Anblick war verschwunden, sobald sein Fuß sich von der Aschenschicht löste.

Als er den zweiten Fuß wieder hinstellte, hatte er wieder Gefühl in beiden Füßen.

Nimbulan blickte umher, ehe er aus dem grauen Kreis hinauslief. »Schnell, lauft hinaus, Quinnault!« Die Asche unter ihm wurde schnell fest. Der junge Lord sprang rechtzeitig hinaus, ehe die Aschenschicht sich in festen Mörtel verwandelte.

»Wie kommen wir in den Innenhof des Klosters?« Nimbulan suchte nach einer Stelle, wo die Asche sich nicht verhärtete, aber alles glich einer riesigen Schieferplatte.

»Ich glaube, die Explosion hat Euch hierher geschleudert. Ich bin Euch sogleich gefolgt, als die Flammen es zuließen.«

Auf drei Seiten standen niedrige Gebäude aus Stein mit spitzen Dächern. Die vierte Seite des Platzes führte zu einem schmalen Damm, welcher die Insel mit einer größeren Landmasse – etwa dreihundert Schritte weit entfernt – verband. Der Fluss Coronnan strömte reißend durch diese Passage und fraß an der natürlichen Brücke.

»Ich muss über diese Ereignisse nachdenken, Mylord. Doch zuvor müssen wir die Gebäude in Augenschein nehmen. Der Wächter scheint uns den Zugang zum Kloster gelassen zu haben, aber nicht den zu den Kraftlinien.« Erst jetzt bemerkte er, dass die Energie nicht mehr so stark durch seinen Körper strömte. Er konnte nicht mal eine Spur der Linien des blauen Spinnennetzes sehen, welche normalerweise den Rest Coronnans durchzogen.

(Du musst eine neue Quelle für deine Magie finden, ehe Friede möglich ist) sagte der Wächter tief im Inneren Nimbulans. Ansonsten war von dem Geist nichts zu sehen.

*

Ackerly sah eine Gruppe aufgeregter Soldaten, Offiziere und Marketenderinnen, die sich innerhalb des Lagers zum Magierplatz bewegten. Drei Männer in Uniform schienen die Prozession anzuführen. Das Stimmengewirr reichte von tiefem Bass bis zu hohen Stimmen, welche offenbar noch nicht den Stimmbruch hinter sich hatten. Er zog seinen magischen Schutzschild um sich. Der Lärm tat seinen Ohren weh. Ackerly konnte zwar keine großen Schlachtenzauber wirken, aber für den Schutzschild reichte sein Talent aus.

Dann versuchte er die Wortfetzen aus der Gruppe zu verstehen. Während Nimbulan mit Lord Quinnault in einer privaten Mission die Flussinseln erforschte, musste er sich hier mit diesen Bittstellern herumschlagen.

»Ich hab's gesehen. Ich schwöre es.« Ein blonder junger Soldat übertönte die anderen. Er war offenbar der mit dem Stimmbruch.

»Habt ihr drei wieder Dünnbier aus den Vorräten des Kochs gestohlen?«, rief ein ergrauter Sergeant. »Ich habe gehört, dass heute Morgen ins Küchenzelt eingebrochen worden ist.«

»Wir haben den Einbruch untersucht! Wir haben die Diebin gejagt.« Ein Hüne mit schwarzen Haaren, die Hände in die Hüften gestemmt, trat vor die beiden anderen. Niemand bezweifelte sein Wort, vor allem, weil er die meisten anderen um Haupteslänge überragte. Die breiten Schultern und die Oberarme sprachen für seine Kraft. Ackerly fragte sich, ob sein Verstand ebenso scharf war wie sein Körper muskulös.

Die Menge schob sich bis zur Grenze des Bezirks der Magier vor. Die Männer blieben zwischen dem Lazarett und dem Vorratszelt stehen. Ohne Aufforderung wagten sie nicht weiterzugehen.

Ackerly wartete, ob jemand es dennoch wagen würde.

Einige Soldaten schoben den jungen Soldaten im Stimmbruch und seinen kaum älteren Kameraden vorwärts. Nachdem die beiden die unsichtbare Grenze überschritten hatten, blickten sie ängstlich nach rechts und links. Dann gesellte sich der Riese zu ihnen. Alle anderen blieben jenseits der unsichtbaren Trennlinie.

Ganz kurz schwoll Ackerlys Brust vor Stolz. Die anderen Magier schauten auf ihn herab wegen seines sehr begrenzten Talents, aber diese Menschen hier respektierten ihn, weil er überhaupt Talent hatte.

»Was habt ihr gesehen, dass ihr in solcher Zahl in den privaten Bezirk der Magier vordringt?« Ackerly bemühte sich, dass seine Stimme möglichst weit über das Lager hinwegdröhnte.

Schweigen breitete sich in der Menge aus. Viele waren so geschockt von seinen Worten, dass sie sich schnell bekreuzten und ihn mit offenem Mund anstarrten.

Vielleicht bin ich kein großer Magier, aber zumindest stehe ich weit über diesen armseligen Erdlingen.

»Tretet vor, meine Söhne.« Er winkte den drei Soldaten. »Berichtet mir eure Geschichte. Die Wahrheit hat noch nie jemandem geschadet.«

»Wir haben die Hexe erwischt, wie sie Proviant gestohlen hat«, antwortete der Soldat in der Mitte. Er hob stolz, beinahe trotzig, den Kopf.

»Diebstahl ist Sache deines Sergeanten.«

»Aber sie ist eine Hexe, eine von Euch.«

»In der Tat. Und was habt ihr getan, nachdem ihr sie beim Diebstahl erwischt habt?«

»Wir haben sie verfolgt.« Der Soldat in der Mitte sprach weiter. Offenbar sahen der Junge und der Hüne in ihm eine Art Anführer.

»Und ...?« Ackerly färbte seine Aura einen Hauch Rosa, um Vertrauen auszustrahlen.

»Diese schwarze Katze von ihr ... die hat Flügel ausgebreitet und ist losgeflogen.«

»Das habe ich auch gesehen«, erklärte der Junge.

Der Hüne nickte eifrig.

»Katzen können nicht fliegen«, erklärte Ackerly.

»Diese konnte.«

»Flugflipper sind Geschöpfe aus den Legenden.« Ein Flugflipper! Ein ungemein bedeutendes Omen für die Ereignisse, die folgen würden. Ackerly dachte bereits an das Geld, das er mit einem Flugflipper machen konnte. Vor Aufregung wäre er am liebsten in die Luft gesprungen. In den alten Büchern, in denen er gelesen hatte, um Nimbulan zu helfen, Zaubersprüche zu finden, hatte viel von Flugflippern und anderen geflügelten Wesen gestanden, die jedoch alle ausgestorben waren. Ein Flugflipper! Drei Mann hatten ihn gesehen. Daran bestand kein Zweifel.

Wenn Moncriith davon hörte, würde er für eine Menge Unruhe sorgen. Normale Sterbliche zahlten immer gern und viel, damit Magier das Chaos beseitigten.

»Drachen sind ebenfalls mythische Wesen, aber gestern haben wir einen auf dem Schlachtfeld gesehen.« Die Menge pflichtete dem Jungen lautstark bei.

»Wir werden sehen, ob ihr die Wahrheit sprecht. Das Beobachten einer magischen Kreatur kann nur mittels Magie bestätigt werden.« Ackerly bemühte sich um eine würdevolle Haltung.

Dramatisch breitete er die Arme etwas über Schulterhöhe aus. Mit einem Wimpernschlag und starker Konzentration beförderte er seinen Stab in die rechte Hand. Die Menge starrte ehrfürchtig.

Gut! Sollten doch alle glauben, dass er über ebenso viel Magie verfügte wie Nimbulan und nicht nur dessen Botenjunge war. Dann würden sie ihn mit mehr Respekt behandeln, wenn er etwas verlangte.

»Wer behauptet, diese magischen Kreaturen gesehen zu haben, soll vortreten! Alle anderen zurückgehen.« Seine Stimme war so laut, wie man es kaum für menschenmöglich halten würde. Keiner der Zuschauer wusste, wie sehr ihm der Rücken und die Schenkelmuskeln wehtaten. Trance war für ihn nicht leicht.

Nimbulan hätte keine Magie damit verschwendet, diese Aufgabe zu lösen. Ein paar Tricks, die Augen gekreuzt und schon hätte der Schlachtenmagier die drei Männer dazu gebracht, alles auszuplaudern.

Ackerly wollte, dass die Magie bewies, ob die drei Betrüger waren oder die Wahrheit sagten. Er verfügte über so wenig

Magie, dass er sich keine Gelegenheit entgehen lassen konnte, sie auch einzusetzen.

In der Trance sammelte Ackerly genügend Magie im Bauch, bis diese durch den Arm in den Stab floss. Die Holzmaserung leuchtete blau mit hellen grünen Funken darin. Sein Stab richtete sich von ganz allein auf die drei Männer.

Schweiß stand auf Ackerlys Stirn. Sein Schultern zitterten unter der Anstrengung, den Kraftfluss zu halten. Er vermochte nicht eine Kraftlinie im Boden anzuzapfen, um seine Magie zu nähren. Er musste seine gesamte Kraft aufwenden, um diesen Akt zu Ende zu bringen.

Er wünschte, Tambootie würde ihm helfen. Er konnte jede Art von Verstärkung brauchen.

Mehr Magie in den Stab. Das Holz glühte vor Hitze und versengte ihm die Hand. Noch mehr Magie, und das blaue Licht entlud sich in einer Wolke, deren glitzernder Staub sich auf die drei Soldaten legte. Alle konnten die strahlende blaue Aura um ihre Köpfe sehen.

»Oh!«, rief eine Marketenderin in grünem Kleid und bekreuzigte sich.

Ackerly senkte den Stab und stützte sich darauf. Arme und Beine zitterten vor Erschöpfung.

»Hätte einer von euch gelogen, hätte der Wahrheitszauber die rote Farbe gezeigt und euch verbrannt, bis nur noch das Skelett übrig geblieben wäre«, verkündete er laut. Eine Übertreibung, gewiss, aber derartige Vorführungen sorgten dafür, dass das Volk ehrlich blieb. Keiner im Lager würde wagen, Ackerly anzulügen. Vielleicht würden sie ihm sogar Geld bieten, um herauszufinden, ob ein Kamerad gelogen hatte. Das war die Erschöpfung wert und die pochenden Kopfschmerzen.

»Was sollen wir wegen des Flugflippers machen?«, fragte der Sergeant, der sich jetzt neben seine Männer stellte, da diese nachweislich nicht gelogen hatten.

»Habt ihr die Hexe gefangen?«, fragte Ackerly.

»Nein. Sie ist spurlos verschwunden.«

»In welche Richtung?«

»Nach Osten.«

Moncriith war auf dem Weg nach Osten. Wenn einer die Hexe und ihre fliegende Katze fand, dann der Blutmagier. Er würde sie in jedem Versteck aufspüren. Wie konnte er Moncriith dazu bringen, ihn für diese Information zu bezahlen?

»Schickt eine kleine Patrouille mit Hunden in diese Richtung. Wenn ihr etwas findet, meldet es mir. Wenn ihr nichts findet, kehrt um und seid morgen um diese Stunde wieder hier. Ich muss das mit den anderen Magiern besprechen.« Er verneigte sich tief und ging zurück zum Zelt. Er wünschte, er könne einfach wie Nimbulan in den Schatten verblassen und verschwinden. So wie es offenbar der Hexe gelungen war.

Aber das konnte er nicht. Er konnte nur wie ein ganz gewöhnlicher Sterblicher zurück ins Zelt gehen.

9

»Warum warten wir nicht auf Fackeln und Helfer?«

Quinnault de Tanos hielt sich drei Schritte hinter Nimbulan, als der Magier den langen Korridor mit Schritten ausmaß. Blasses gelbes Sonnenlicht fiel in Streifen durch die schmalen Fenster.

»Ich kann bestens sehen«, erwiderte Nimbulan. »Siebenundsechzig ... achtundsechzig ... neunundsechzig. Ich möchte die Küche finden. Vielleicht hat jemand etwas zu essen zurückgelassen. Siebzig ... einundsiebzig ... zweiundsiebzig Schritte«, sagte er.

Sie hatten eine von Motten zerfressene Decke auf einem Steinbett gefunden, das in eine kleine Zelle eingemeißelt war. Nimbulan war in einer Badestube über eine zerrissene Sandale gestolpert. Ansonsten war nichts mehr da. Keine Möbel, keine Kleidung, kein Bettzeug oder Dekorationen. Nichts.

»Wie lange steht das Kloster schon leer?«, fragte Nimbulan, als er einen Türriegel in der Mitte des langen Korridors probierte. Der Riegel rührte sich nicht von der Stelle. Er fragte sich kurz, ob er mittels Magie den Rost der Jahre vom Mechanismus entfernen sollte.

»Mein Vater hat das Kloster als Junge erforscht. Mein Großvater erwähnte einmal, dass er sich wohl an jemanden erinnerte, der hier lebte, als mein Großvater noch ein Kind war. Verwalter, Herumtreiber, Priester. Keine Ahnung.« De Tanos betrachtete das Mauerwerk und die Aussicht durch die schmalen Fenster. Selbst die Sturmläden waren entfernt.

»Helft mir bitte mit dieser Tür.« Nimbulan richtete sich auf und massierte sich die Schulter, mit der er sich gegen die Holztür gestemmt hatte.

Gemeinsam drückten sie gegen die Tür, während Nimbulan mit einem Zauber den Riegel löste. Der Riegel ließ sich hochschieben, doch die Tür blieb verschlossen.

»Wir kommen später mit Männern und Werkzeug zurück, Nimbulan«, sagte Quinnault. »Die Küche dürfte in einem Seitenflügel sein, am Ende, nicht in der Mitte. Wenn ein Kochfeuer außer Kontrolle gerät, soll doch nicht das ganze Gebäude in Flammen aufgehen.«

»Ja, logisch. Aber diese verschlossene Tür gibt mir Rätsel auf. Jede andere Tür steht den Elementen und dem Wind weit offen. Das Mauerwerk unter jedem Fenster ist von Regen und Sonne ernsthaft beschädigt. Was ist so Besonderes hinter dieser Tür, dass sie verschlossen und geschützt ist?« Er starrte die Tür an und versuchte, dem Holz das Rätsel zu entlocken.

Doch keinerlei Bilder beflügelten seine Fantasie.

Sie gingen zum anderen Ende des Korridors. Zweiundsiebzig Schritte. Der verschlossene Raum befand sich genau im Zentrum des Klosters.

»Hat jemand irgendwann einen Grund genannt, aus dem die Mönche das Kloster verließen?«

Nimbulan eilte Quinnault hinterher, der in den Ostflügel eingebogen war. Nur der Zentralbau der U-förmigen Klosteranlage hatte ein Obergeschoss. Sie hatten noch keinen Zugang zu einem Keller entdeckt. Vielleicht war auf diesen Inseln das Grundwasser so hoch, dass man keine tiefen Keller ausheben konnte.

»Ich habe nur Gerüchte über Spuk gehört. War der Wächter ein Geist?« Quinnault steckte den Kopf in einen anderen leeren Raum. Dieser war größer als die Einzelzellen. Vielleicht das Refektorium?

»Wie ein Geist hat er sich nicht benommen. Die meisten Geister sind tot und verwirrt und suchen nach jemandem, der sie in die Leere zwischen den Existenzebenen führt.«

Keegan wäre ohne Nimbulans Hilfe ein solcher Geist. Warum, Keegan? Warum hast du mich gezwungen, dich zu töten? Der Schmerz war noch zu frisch, um ihn wegzuschieben. Der Wächter hatte seine anderen kleinen Vergehen von ihm genommen, aber diese Tat nicht. Er musste etwas falsch gemacht haben, als er diesen Jungen großzog.

»Zur Küche geht es hier durch«, sagte Quinnault und führte ihn durch einen engen Eingang am Ende des Korridors.

Im Geiste zählte Nimbulan die Länge des Korridors mit. Achtundvierzig Schritte. Die Ost- und Westflügel waren gleich groß. Der südliche zentrale Flügel war fast doppelt so lang und doppelt hoch.

Drei enge Stufen führten ihn in einen Raum, der den halben Flügel einnahm. Zwei große Feuerstellen. An den Mauern waren deutlich Rußspuren zu sehen. Die Asche war weggefegt, aber kein Schrubben konnte Rußflecken entfernen. Holz lag feinsäuberlich aufgestapelt neben den Feuerstellen. Man konnte jederzeit ein Feuer anfachen. Lange saubere Arbeitstische standen in der Mitte des Raumes. Auch die Spülstellen waren sauber und leer.

Jemand hatte sich die Zeit genommen, alles peinlich sauber zu machen – als wollte man nicht für den nächsten Koch Schmutz hinterlassen.

Quinnaults Schritte hallten gespenstisch auf dem Steinboden. Nimbulan bemühte sich, leiser zu gehen. Die extreme Leere im Kloster wurde ihm plötzlich bewusst. Jegliches Geräusch schien unangebracht zu sein.

Nimbulan zwang sich, mit normaler Stimme zu sprechen

und nicht zu flüstern. In dieser Leere stellten sich ihm plötzlich die Nackenhaare auf.

War der Wächter zurückgekehrt?

Er schaute umher. Nirgendwo wabernde Nebelschwaden.

»Man hat die letzten Bewohner nicht angegriffen und vertrieben, sonst hätten sie nicht die Zeit gehabt, die Küche sauber zu machen. Vielleicht hat eine Seuche ihre Zahl vermindert und sie haben beschlossen, sich einem anderen Kloster anzuschließen.«

Quinnault öffnete die Wandschränke. Auch alles leer.

»Ein heißer feuchter Sommer könnte bei den Teichen auf diesen Inseln zu allen möglichen Seuchen führen.« Nimbulan ging zu den Speise- und Vorratskammern am westlichen Ende der Küche.

»Meine Leute haben noch nie unter einer Seuche zu leiden gehabt. Jedenfalls nicht diejenigen, die nah am Ufer oder auf den Inseln leben. Die Sommer sind entweder heiß und trocken oder kühl und feucht. Aber der Fluss bleibt konstant. Die Tide von der Großen Bucht hält den Wasserstand ziemlich gleichmäßig, ganz gleich, ob Schneeschmelze oder heftige Regengüsse.«

»Wir müssen weiter nach Antworten suchen. Vielleicht hat ein anderes Kloster Unterlagen. De Tanos, könnt Ihr das Feuer anzünden, nachdem man uns so freundlich Holz zurückgelassen hat? Mir ist immer noch kalt.«

»Nicht ohne Feuerstein und Zunder. Meine Magie ist zu gering, um Flammen zu entfachen.«

»Was könnt Ihr überhaupt? Das ist der erste Zauber, den ich gelernt habe.« Nimbulan stapfte zurück zur Feuerstelle. Vor seinem geistigen Auge zuckten Flammen auf. Mit einem Fingerschnipsen und zwei Zauberworten überführte er das Bild auf die Realität der Feuerstelle.

Schnell leckten Flammen am trockenen Holz.

»Ich wollte nie ein Magier sein, nur ein Priester. Wenn ich mich sehr anstrenge, kann ich die Gedanken anderer Menschen lesen. Aber es ist so schwierig für mich, dass ich es nicht mehr getan habe, seit ich die Anfangsexamen abgelegt habe.« Quinnault senkte keineswegs schamhaft den Kopf wegen seines Unvermögens.

Ackerly hätte das getan.

Nimbulan lächelte über den Vergleich. Erfolgreiche Magie war auch eine Sache der Einstellung, nicht nur des Talents. De Tanos wäre gewiss ein sehr guter Priester geworden, und seine Magie, die Fähigkeit, den Menschen zuzuhören, wenn sie mit ihren Problemen zu ihm kamen, und ihnen zu helfen, wäre damit gewachsen. Ackerly hatte zwar mehr Talent als der Lord, aber in dreißig Jahren ständiger Praxis hatte er es nicht verbessert, weil er zwar mehr haben, aber nicht an sich arbeiten wollte.

Schade, dass Ackerly für sein Talent als Verwalter keinen größeren Respekt aufbrachte. Nimbulan und seine Lehrlinge brauchten ihn fast täglich.

»Ihr könntet Holz nachlegen, während ich mich ein wenig in der Speisekammer umschaue, Quinnault.«

Die Tür zur Speisekammer öffnete sich ebenso leicht wie alle anderen Türen, abgesehen von dem Raum im Zentrum. Wieder fand Nimbulan alle Regale und Schränke peinlich sauber und leer.

»Wisst Ihr, was hier fehlt? Spinnweben und Mäusekot. Es ist fast, als würde jemand alles von oben bis unten ständig reinigen.«

»Vielleicht hat der Wächter auch das Ungeziefer verscheucht, nicht nur Menschen.« De Tanos lehnte an der Tür zur Speisekammer und blockte das wenige Licht, das aus der Küche kam. Die drei hohen Fenster an der Außenmauer boten wenig Helligkeit.

»Möglich. Oder ...« Nimbulan schnupperte und stampfte mit dem Fuß auf. »Ich wünschte, dieser Teich der Kraftlinien wäre nicht versiegelt worden. Ich spüre irgendwelche Magie, aber ich vermag die Art der Quelle nicht zu bestimmen. Vielleicht gibt es im Kloster einen Stasis-Zauber. Nichts ändert sich, bis jemand diesen Zauber bricht.

»In diesem Fall könnte unser Kommen und das Verschwinden des Wächters das magische Feld so gestört haben, dass der Zauber nicht mehr existiert. Stürzen die Mauern ein, sobald der Zauber nicht mehr wirksam ist?« Quinnault schaute besorgt auf die dicken Mauern.

»Ich bezweifle, dass der Mörtel so schnell bröckelt. Was macht das Feuer?«

»Es brennt gut. Habt Ihr hier etwas gefunden?«

Nimbulan hielt die linke Handfläche hoch und sah einen Hauch von Magie. Dann nahmen die Schatten Gestalt an, immer noch Schwarz auf Grau, aber mit Umrissen.

Auf dem Regal in der Mitte lag ein Bündel. Vorsichtig näherte er sich.

»Was seht Ihr?« De Tanos trat ein.

»Vielleicht eine Falle. Ich weiß es nicht. Ich bin misstrauisch, wenn etwas in einem ansonsten völlig leeren Gebäude liegt.« Nimbulan hielt die Hand über das Bündel. Er spürte magische Strahlen, die aus seinen Fingerspitzen ins Bündel drangen und nach einer Antwort suchten.

Er wechselte den Blick. Grün umgab das Bündel. Ein Zeichen für Wärme. Die Temperatur unter seinen Fingerspitzen änderte sich aber nicht.

Im Bündel zitterte etwas. Die Reaktion auf seine magische Suche. Nimbulan zog die Umrisse dieser schwachen Vibrationen nach. Ein dünner Faden magischer Kraft ging vom Kern des Bündels aus. Als er ihn berührte, erschien vor ihm das Bild der verschlossenen Tür im verlassenen Kloster.

»Eine Falle oder ein Hinweis. Ich bin nicht sicher.« Er folgte dem leuchtenden grünen Faden zur Tür der Speisekammer. Im ausgestreckten Zeigefinger spürte er etwas, als würde ein Wesen aus langem Schlaf erwachen.

Quinnault ging zwei Schritte hinter ihm. Der Lord hielt eine Hand am Schwertgriff.

Die Magie führte sie von der Küche die drei Stufen hinauf in den Korridor und dann in die Haupthalle. Das Bild der verschlossenen Tür wurde deutlicher.

»Seltsam! Ich habe noch nie einen so subtilen Zauber erlebt.«

»Ist der Wächter im Zauber anwesend?«, fragte Quinnault und blickte umher. Doch da war kein Nebel.

»Ich kann das genaue Muster nicht identifizieren. Nur die Anwesenheit von etwas, das lang gewartet hat.« Nimbulan blieb vor der verschlossenen Tür stehen. Die Magie führte durchs Schlüsselloch. Er berührte das Schloss mit dem Zeigefinger.

Das Bündel tauchte vor seinem geistigen Auge auf. Diesmal war das Bild innen im Schloss.

Unter Nimbulans Fingern erwärmte sich der Metallriegel. »Ich folge allen Hinweisen genau. Wir müssen das Bündel herschaffen.«

»Es könnte eine Falle sein.«

»Könnte es, aber ich glaube es nicht. In dieser Magie gibt es keinen Hinweis auf etwas Boshaftes.«

»Aber Ihr habt gesagt, der Zauber sei sehr subtil. Vielleicht ist die Gewalttätigkeit unter ablenkendem Zauber verborgen.«

»Ihr habt die Theorie der Magie hervorragend erlernt, Quinnault de Tanos«, sagte Nimbulan. »Aber ich bin ein Schlachtenmagier. Ich bin mit jeglicher Form von destruktiver Magie sehr vertraut. Nein. Dieser Zauber birgt Neugier, Intelligenz und die Suche nach Wissen.«

»Warum warten wir nicht noch einen Tag, bis wir die Hilfe Eurer Assistenten und Lehrlinge haben?«, meinte de Tanos. »Es ist schon spät. Wenn wir heute noch von dieser Insel wegfahren wollen, müssen wir aufbrechen.«

»Wie? Unser Boot ist gesunken.«

»Der Damm ist bei Ebbe sicher. Es gibt Höfe und mein Heim auf der nächsten Insel. Ich habe andere Boote, um Euch zum Lager zurückzubringen.«

»Warum habt Ihr das nicht gesagt? Ich dachte, wie seien hier gestrandet und müssten nach Einbruch der Dunkelheit einen Fischer mit einem Feuer zu Hilfe rufen.«

»Höchstwahrscheinlich würde jeder Fischer das Feuer als Beweis für spukende Geister sehen und wegbleiben.«

»Wie lange ist der Damm sicher? Ich möchte dieses Rätsel untersuchen, solange wir hier sind.«

»Mehrere Stunden. Wenn der Mond im Frühling und Herbst voll ist, haben wir Flut. Zu diesen Zeiten kann der Damm gefährlich sein, heute nicht.«

»Gut. Kommt mit. Wir holen das Bündel zur Tür. Aber es darf nicht von dem Pfad der Magie abweichen, dem ich hierher gefolgt bin.«

Gleich darauf hielt Nimbulan das Bündel neben das Schloss. Langsam drückte er das alte Leder an den Riegel. Ein leises Summen ertönte.

»Was? Wo?« Quinnault wirbelte herum und zückte den Dolch aus seinem Gürtel. Woher kam dieses Geräusch, das langsam lauter wurde?

Plötzlich tanzten grüne, blaue und unheimliche rote Hexenlichtkugeln im Korridor.

Nimbulan ließ das Bündel fallen und presste die Hände auf die Ohren. Er wagte nicht, die Augen zu schließen. Er hatte das Gefühl, dass das Hexenfeuer ihn nicht angreifen würde, solange er es im Auge behielt.

Quinnault wich einer blauen Kugel aus und schlug mit der Klinge dagegen. Der Lärm wurde unerträglich. Er ließ den Dolch fallen und hielt sich auch die Ohren zu. Das Klirren des Metalls auf dem Steinboden war bei dem Lärm kaum zu vernehmen.

Unvermittelt flammte das Hexenfeuer auf und verlosch. Auch der Lärm verstummte.

Die Stille klang in Nimbulans Ohren.

Lautlos öffnete sich die Tür.

Er blickte vom Riegel auf das Lederbündel auf dem Boden. Trockenfleisch und Trockenobst waren aus dem Bündel gefallen. Er bückte sich, um den Proviant zu berühren. Die Dinge schienen real zu sein.

Er schob die Tür auf. Die Angeln quietschten nicht. Kein Staub stieg ihm in die Nase.

Er schaute genauer hin. Licht drang um den Rand der geschlossenen Fensterläden in den Raum. Wärme und ein Gefühl, willkommen zu sein, schlugen ihm entgegen. Er schnupperte, ob Magie anwesend war, roch aber nur Pergament und Leder.

»Bücher! Jede Menge Bücher!« Er lief zu einem Fenster und stieß die Läden auf. Auch diese öffneten sich ohne Protest und lautlos.

Langsam drehte er sich um und hielt erwartungsvoll den Atem an. Auf ihn warteten Bücher an sämtlichen Wänden.

10

»Endlich bist du wieder zurück!« Ackerly warf Nimbulan einen finsteren Blick zu. Jener hatte zwar versprochen, bei Sonnenuntergang zurück zu sein, es aber nur knapp geschafft. Ackerly war das Warten wie eine Ewigkeit vorgekommen. Deshalb war er jetzt so verärgert.

»Du ahnst ja nicht, welche Abenteuer ich heute erlebt habe, Ackerly! Lord Quinnault und ich haben unglaubliche Schätze gefunden.« Der Schlachtenmagier stürmte an seinem Assistenten vorbei ins Zelt. Der Schein der untergehenden Sonne folgte ihm.

Ackerly scheute vor der Energie zurück, die sein Freund ausstrahlte. Dessen goldene Aura ließ Ackerly Abstand davon nehmen, Nimbulans Begeisterung und Gedanken zu teilen.

»Lord Kammeryl sucht dich schon den ganzen Tag. Auch hier haben sich erstaunliche Dinge ereignet. Lan, hör mir nur einen Moment lang zu. Vielleicht brauchst du etwas Tambootie, um dich zu beruhigen.«

»Ich habe mich noch nie besser gefühlt, Acker. Schick einen Pagen zu Lord Kammeryl. Ich muss ihm sagen, dass du, ich und die Lehrlinge den Winter nicht in seiner Festung verbringen werden. Wir brechen kurz nach Sonnenaufgang auf, sobald Lord Quinnault uns ein größeres Boot für unsere Bücher und Ausrüstung schickt. Bücher ...« Er versank in eine Art Tagtraum. Seine Aura wurde noch größer, falls das möglich war.

»Wir können Lord Kammeryl d'Astrismos nicht verlassen! Er verlässt sich auf deinen Schutz. Er ist es, der uns bezahlt.«

Ackers Abendbrot formte einen Klumpen in seinem Bauch. Wie sollte er etwas zu essen und ein Bett finden, wenn nicht in der Feste des Lords? Die Vorstellung, die Winterstürme außerhalb seines gemütlich warmen Zimmers in der Nähe der Küche verbringen zu müssen, erfüllte ihn mit Abscheu. Keine Leckerbissen mehr, die ihm das Küchenmädchen heimlich zusteckte. Keine heimlichen Küsse und schnelle Liebe in der Waffenkammer. Kein Gold in jedem Monat.

»Ich nehme Urlaub von Lord Kammeryl, um zu studieren und zu experimentieren, Ackerly. Lord Quinnault zeigte mir heute ein verlassenes Kloster. Ein ganz erstaunlicher Ort. Völlig intakt. Gutes Dach. Kein Zeichen von Verfall. Nicht mal Spinnweben.« Nimbulan warf Bücher und andere magische Geräte in einen großen Sack, ohne sich um deren Zerbrechlichkeit zu kümmern. »Rollett, hast du meinen Eichenstab mit dem Flussedelstein gesehen?«

»Deine Aufmerksamkeit wird hier gebraucht, Nimbulan. Drei Männer haben die Sichtung eines Flugflippers gemeldet. Drei bestätigte Sichtungen. Ist dir die Bedeutung bewusst?«

»Ja, ja, ich habe ihn auch gesehen. Ein wunderbares Omen, dass ich in dieses Kloster gehöre. Der Ort ist für meine Experimente perfekt. Wir müssen neue Lehrlinge suchen und eine offene Einladung an alle ausgebildeten Magier schicken, die ehrlich Frieden wollen. Wir werden eine Möglichkeit finden, diese Kriege zu beenden, Ackerly. Das spüre ich in meinen Knochen.« Er kratzte sich die linke Handfläche, welche er bei einem Zauber auszustrecken pflegte. Dann stopfte er weitere Gegenstände in den großen Sack.

»Die Männer schwören, dass der Flugflipper der Vertraute der Hexe war.« Ackerly senkte die Stimme. Er war neugierig, wie sein Gefährte auf diese Neuigkeit reagierte.

Nimbulan schaute auf. Er suchte hektisch Spiegel, Pulver und astronomische Tafeln zusammen. »Unmöglich. Myrilandel hat eine schwarze Katze. Ich habe sie selbst gesehen. Sie nennt das Vieh Amaranth, und es hatte weder Flügel noch Schnabel. Im Gegensatz zu dem Geschöpf, das wir heute gesehen haben. Das war in der Tat ein Omen der Sternengötter.«

»Und was ist, wenn die Männer doch einen echten Flugflipper sahen? Und wenn die Schatten, welche die Männer gestern gemeldet haben, von einem Drachen stammten?«

»Trugbilder«, erklärte Nimbulan kategorisch. »Die Männer waren von der Schlacht erschöpft. Also, wo habe ich die Khamsin-Adlerfeder hingetan? Das ist meine Lieblingsfeder.«

Acker senkte enttäuscht den Kopf. Für gewöhnlich hörte ihm Nimbulan zu. Heute war er zu voll mit eigenen Plänen. Nichts anderes interessierte ihn. Ackerly nahm sich vor, heute Abend in Nimbulans Abendessen eine kräftigere Dosis Tambootie zu tun als sonst. Vielleicht würde ihm der Schlachtenmagier danach zuhören.

»Maalin«, rief Ackerly einem dunkelhaarigen jungen Mann zu, der neben dem kleinen Zweimannzelt neben Nimbulans großem stand. »Maalin, melde Mylord Kammeryl, dass Nimbulan und ich ihn schon bald aufsuchen werden.«

Der Lehrling nickte und lief auf die andere Seite des Lagers.

»Wir haben keine Zeit zu verschwenden, um über Kammeryls neueste Geliebte zu reden. Und du weißt, dass wir nichts anderes besprechen können, bis er uns in sämtlichen Einzelheiten seine letzte Bettgeschichte erzählt hat.« Nimbulan schüttelte sich angewidert.

Ackerly war nicht so leicht zu erschüttern. Beide kannten die Vorlieben – besser gesagt, den schlechten Geschmack – ihres Lords. Sie stillten Kammeryl d'Astrismos' Sucht nach hübschen Jungfrauen, weil er sich dann wie ein Gott fühlte und empfänglicher für die Beeinflussung seitens der Magier war. Ackerly brauchte Kammeryl in einem Nebel sexueller Befriedigung, damit seine Schatztruhe geöffnet war.

»Schick einfach eine Nachricht an Lord Kammeryl. Schreib, was du willst. Sind alle Bücher über Geschichte und die Mondphasen in der Kiste?« Nimbulan wandte sich wieder dem Packen zu, ohne auf Antwort zu warten.

»Was soll ich unserem Lord mitteilen?« Ackerly biss die Zähne zusammen. Nimbulan hörte ihm überhaupt nicht zu. In seinem Kopf schwirrten ganz andere Gedanken.

»Sag ihm irgendwas. Du bist der bessere Diplomat von uns beiden. Ach ja, und sag Myrilandel, sie soll sich bereit machen, mit uns zu kommen. Ich freue mich schon darauf, sie auszubilden. Sie hat ein erstaunliches Talent.«

»Die Hexe ist geflohen.«

»Was meinst du mit ›geflohen‹? Sie konnte nicht fliehen. Sie war keine Gefangene.«

»Sie ist weg. Ohne ein Wort. Und sie hat versucht, Proviant zu stehlen. Dabei haben die Wachen den Flugflipper gesichtet. Und sie ist nach Westen gelaufen, genau wie Moncriith.« Er lächelte insgeheim, weil er die falsche Richtung genannt hatte. Nimbulan würde weder Moncriith noch Myrilandel finden, sollte er sie suchen. Moncriith konnte tun und lassen, was er wollte, nachdem er die Information von Ackerly bekommen hatte. Und Nimbulan würde sich nicht in diese junge Hexe verlieben.

»Ich muss sie aufhalten. Sie braucht meine Hilfe.« Nimbulan rannte zum Eingang.

Ackerly hielt ihn zurück. »Nein. Wir müssen mit Lord Kammeryl über seine Pläne sprechen, Lord Hanics Armee zu folgen. Wir müssen das Gerücht verbreiten, dass der Flugflipper eine Botschaft der Sternengötter war, das Haus d'Astrismos möge über ganz Coronnan herrschen.«

»Geh mir aus dem Weg, Ackerly! Ich habe wichtigere Dinge zu erledigen, als dem Volk Kammeryl als Kandidaten der Götter vorzugaukeln.«

»Was ist wichtiger, als jenen Mann bei guter Laune zu halten, der uns Essen, Kleidung und einen Arbeitsplatz gibt? Ganz zu schweigen von einem großzügigen Gehalt? Was ist wichtiger als seine Pläne für Coronnan?«

»Friede.« Nimbulan schob Ackerly beiseite.

»Friede bedeutet das Ende für uns«, murmelte Ackerly. »Und das Ende für unser Geld.«

Nimbulan hatte kein Wort gehört, das er gesagt hatte. Niemand hörte ihm je zu. Seit er dreizehn war und zum zweiten Mal bei dem Examen zum Gesellen durchgefallen war, hörte ihm niemand mehr zu.

»Zwei linke Daumen, ja?«, hatte Boojlin Ackerly geneckt, als sie aus Meister Druulins privatem Arbeitszimmer gegangen waren. Boojlin hatte die erste Prüfung bestanden. Erfolgreich hatte er eine Kugel Hexenfeuer aus dem Fenster geworfen und damit eine Krähe auf dem Maisfeld in Brand gesteckt.

Druulin und Boojlin hatten über die hektischen Versuche des Bauern gelacht, als dieser das Feuer löschte, damit nicht sein ganzes Feld abbrannte.

Ackerly war durchgefallen. Er konnte mit seiner Magie nichts »werfen«. Er konnte persönliche Gegenstände herbeiholen, die er gut kannte, wie seinen Stab, aber er schaffte es nicht, etwas zu werfen.

»Wie kannst du erwarten, ein Schlachtenmagier zu sein, wenn du nicht einmal etwas so Simples wie ein Hexenfeuer werfen kannst?«, hatte Boojlin ihn weiter geneckt. »Du bist ein tolpatschiger Halbirdischer und wirst nie etwas anderes werden.«

»So viel besser warst du nicht, Boojlin. Du hast die zweite

Hälfte der Prüfung auch nicht geschafft«, hatte Ackerly entgegnet. Boojlin war nicht imstande gewesen, das Hexenfeuer zu löschen, das er entfacht hatte. Der Bauer hatte fast einen halben Morgen verloren, ehe Druulin eingriff und die Flammen mit einem Gegenzauber auslöschte.

»Ich werde ein besserer Schlachtenmagier werden als du. Wenn ich den Zauber beherrsche, dann den ganzen Zauber, nicht nur den lustigen Teil.«

»Wirst du nicht!« Boojlin warf eine Fackel nach Ackerly. Dieser wich aus und lief fort.

Boojlin warf ihm alles hinterher, was seiner Magie in die Hände fiel. Ackerly rannte, bis er die Küche im Erdgeschoss des hohen Turms erreichte. Sein Peiniger lachte über Ackerlys Feigheit so laut, dass es durch die Wendeltreppe bis nach unten schallte.

Dann rannte er auch nach unten und direkt in einen Yampudding, der in Augenhöhe hinter der Küchentür schwebte.

»Ich kann zwar nicht werfen, aber ich kann vorausdenken, Boojie.« Ackerly wischte mit dem Zeigefinger das süße Zeug von Boojlins Gesicht und grinste, als er den Pudding ableckte. »Sieht so aus, als würdest du heute Abend keinen Nachtisch bekommen. Du hast es für uns alle ruiniert. Ich muss Druulin ganz genau erklären, warum er heute seinen Lieblingspudding nicht bekommt.«

Caasser und Lan hatten über den Streich gelacht, auch noch, als Druulin Ackerly zwang, die ganze Küche sauber zu machen, weil er den Pudding vergeudet hatte. Aber Ackerly vergaß nie, dass er nur den Pudding bis zum letzten Moment in den Händen halten musste, ehe Boojlin hineinrannte, weil er nicht genügend Magie hatte, um ihn länger in der Schwebe zu halten. Nie vergaß er, wie alle anderen die Prüfungen irgendwann bestanden und es Ackerly überließen, den Dreck wegzumachen, den sie hinterließen.

»Du schätzt mich auch nicht mehr als Druulin, Nimbulan. Ich muss immer noch deinen Dreck wegmachen.«

*

»Verzeihung.« Ein kleiner, weißhaariger Mann unbestimmten Alters vertrat Nimbulan den Weg vor seinem Zelt. »Ich hörte, Ihr suchtet Kollegen, welche Euch beim nächsten Unterfangen eine hilfreiche Hand reichen.« Der Mann verbeugte sich aus der Hüfte heraus. Ein Zeichen von Achtung für einen Gleichgestellten.

Er trug gewöhnliche schwarze Beinkleider und eine Tunika, aber den schwarzen Umhang eines Rover über dem Arm. Seine Haut war mit dem Alter gelb geworden. Er hatte unzählige Fältchen, einige davon Lachfalten um Mund und Augen. Letztere waren so hellblau, dass sie fast farblos erschienen, und blitzten verschmitzt.

Wie Myrilandels Haare und Augen.

Die junge Hexe war fort, aus eigenem Antrieb geflohen. Nimbulan musste sie zurückholen ...

Doch jetzt konnte er damit keine Zeit verschwenden.

Auch wenn ihm ihre Abwesenheit leid tat.

»Woher wisst Ihr von diesem Unterfangen?«, fragte Nimbulan den Alten misstrauisch.

»Unter Magiern reisen Neuigkeiten wie Gedanken.« Der Alte lächelte geheimnisvoll.

»Verzeihung, Meister Nimbulan, ich habe sehr viel Arbeit.« Ackerly ging an dem Fremden vorbei. »Wir sehen uns dann in ein paar Minuten in Lord Kammeryls Zelt.«

»Ja, ich komme dorthin.« Nimbulan ließ den Fremden nicht aus den Augen. »In der Tat scheinen Neuigkeiten sich unter einigen Magiern wie ein Lauffeuer zu verbreiten. Noch vor wenigen Stunden hatte ich den Entschluss noch nicht gefasst und ihn soeben erst meinem Assistenten mitgeteilt.«

»Ah, aber Euer Entzücken über das Projekt gleicht einem psychischen Freudenschrei, der sich über den ganzen Himmel zieht. Ich konnte nicht umhin, ihn zu hören, und beschloss, Euch der Mühe zu entheben, zu mir zu kommen.« Wieder verneigte der Alte sich.

»Ihr müsst in der Nähe gewesen sein.«

»Näher, als Ihr glaubt.«

»Habt Ihr auch einen Namen?«

»Gewiss. In dieser Existenz nennt man mich Lyman.«

»Eine eigenartige Art, einen Namen zu erfahren. Verfügt Ihr etwa über die einzigartige Fähigkeit, Euch an Eure vorigen Existenzen zu erinnern oder wisst Ihr etwas über die zukünftigen?« Misstrauen ließ Nimbulans Haut jucken. Der Drang sich zu kratzen war ebenso stark wie der nach Tambootie.

»In der Leere vermag man alles zu finden, sofern man genügend Wissen mitbringt, wie und wo man schauen muss, Nimbulan. Würdet Ihr mich dorthin bringen, um zu sehen, was ich zu sein scheine?«

»Und was scheint Ihr zu sein?« Vielleicht hätte er fragen sollen, was der Alte vortäuschen wollte.

»Ich bin nur ein alter Magier und des Krieges müde – ebenso wie Ihr. Ich werde die mir verbleibenden Jahre dazu einsetzen, Frieden zu suchen. Ich möchte an Eurer Mission teilhaben. Ich glaube, dass Ihr über die Antworten verfügt, obgleich Ihr es jetzt noch nicht wisst.«

Nimbulans Misstrauen löste sich auf, als hätte er Wasser mit Weizenkleie auf die Haut aufgetragen. »Warum traue ich Euch, Lyman?«

»Weil keines meiner Worte die Wahrheit verletzt. Erledigt Eure Geschäfte hier. Ich werde morgen auf der Insel zu Euch stoßen.« Wieder verneigte Lyman sich.

Nimbulan fühlte sich verpflichtet, die Geste des Respekts zu erwidern.

Dann trat der Alte zurück und löste sich in einem Nebelschleier auf.

»Das ist mein Trick, Alter! Wo habt Ihr ihn gelernt?«

Ein leises Lachen aus der Ferne war die einzige Antwort.

*

Staubkörnchen in einem Sonnenstrahl drangen in Myris Bewusstsein. Sie versuchte sich zu erinnern.

»Wo bin ich?«, fragte sie den Sonnenstrahl. »Weshalb bin ich hierher gekommen?« Dann erinnerte sie sich, wie sie gerannt war. Weggerannt vor ... etwas Schrecklichem. Warum konnte sie sich nicht erinnern, was ihr passiert war? Sie war nicht daheim. Das wusste sie genau. Ein schemenhaftes Bild der alten Magretha tauchte vor ihr auf. Ihr Heim war eine Hütte im Wald. Da war ein vages Versprechen von Stimmen im Wind. Diese Unterkunft ... wo war sie?

Hinter dem Lichtstrahl sah sie eine Mauer. Aber nicht die behauenen Quader für eine Festung, sondern Naturgestein. Gelbe und graue Schichten in unregelmäßiger Dicke. Links hell, rechts dunkel. Und in der Mitte ein heller Schein.

Dann sah sie eine Feuerstelle, und darüber brutzelte an einem Stock ein frischer Fisch. Ihr knurrte der Magen. Jetzt erinnerte sie sich, dass sie den Fisch gefangen hatte. Sie hatte sich in diese Höhle über einer Bucht zurückgezogen, um hier zu überwintern. Vom sandigen Strand aus sah man die Höhle fast nicht. Sie war vor etwas in diese Zuflucht an der Küste geflohen.

Das Plätschern der Wellen am Ufer rundete das Bild ihres Winterlagers ab.

Lagerfeuer?

Dutzende von Feuern für mehrere hundert Mann.

Eine Armee.

Das Gesicht eines Schlachtenmagiers, der sehr freundlich zu ihr war. Seine grünen Augen versprachen Schutz.

Sie war aber vom Lager fortgelaufen. Direkt hinein in ... Gefahr.

Doch diese Gefahr war vorüber.

»Wie lang bin ich schon hier?« Der Klang ihrer Stimme hallte in der Höhle und versicherte ihr, dass sie noch lebte und nicht in einem von der Leere verursachten Traum schwebte.

Keine Erinnerung beantwortete ihre Frage. Nur das Gefühl der Gefahr und des Fliehens. Schnell durchsuchte sie die Höhle. Nein, sie war allein.

Etwas fehlte. In ihrem Herzen spürte sie eine gewisse Leere.

»Wer?«

Sie breitete die Arme aus und erwartete, dass der Wind vom Eingang sie hochheben würde. Doch sie flog nicht.

»Ich kann es nicht. Ich bin auf Kardia verhaftet. Amaranth. Amaranth fliegt. Wo ist er?«

Schatten tanzten im Sonnenlicht. Myri schaute aus dem Eingang der Höhle aus grauer Vorzeit. Möwen kreisten. Eine stieß ins Wasser und tauchte mit einem Fisch im Schnabel wieder auf.

Myri suchte den Himmel ab. Nur die weißen kleinen Vögel, kein größeres schwarzes Geschöpf. Sie lauschte angestrengt.

»Miau!« In weiter Ferne. Schwach und aufgeregt. (Wir haben ihn auf die Probe gestellt und für würdig befunden.)

»Wer? Wer hat wen auf die Probe gestellt und würdig für was?« Das alles ergab keinen Sinn. »Wo warst du, Amaranth?«

Sie schickte ihre Gedanken auf einer geraden Linie hinaus zu Amaranth. Sie wurde eins mit ihm und fand die Freiheit des Fliegens, von der sie so oft geträumt hatte. Empor durch die Wolken. Empor zur Sonne. Der Wind trieb sie. Es roch nach Salz. Unter ihr braute sich ein Sturm zusammen, um die Große Bucht zu überfallen. Sie flog hoch über ihm und suchte. Stets auf der Suche.

Sie band ihn mit ihrer Liebe an sich. Wir sind jetzt zusammen. Komm zu mir, Amaranth! Du fehlst mir. Ich brauche dich, Amaranth.

Sie war sich im Flug ihres auf Kardia zurückgebliebenen Körpers bewusst. Endlich sah sie mit ihren physischen Augen einen schwarzen Punkt im Nordwesten.

Komm, lieber Amaranth! Komm und erzähle mir von deinen Abenteuern, der Prüfung und wer dich für würdig hält!

Langsam wurde der Punkt größer. Jetzt ähnelte er einem Falken, doch statt des Krummschnabels hatte das Geschöpf eine weiche Katzenschnauze und Barthaare.

»Amaranth.« Myri seufzte erleichtert. Die einzige Konstante ihres Lebens. Ganz gleich, was sie vergaß oder wie viele Tage sie in der Leere verloren war – Amaranth kehrte immer wieder zu ihr zurück.

»Miau!« Der Flugflipper flog tiefer. Durch seine Augen sah Myri die glitzernden Fische in den Wellen. Extremer Hunger überfiel beide. Gemeinsam tauchten sie nach unten, um die verlockende Mahlzeit zu fangen.

Die Vision der Fische verschwand und wurde durch das Netz eines Fischers verdrängt. »Nach oben, Amaranth.« Angst packte sie. Sie schickte ihm mental Kraft. »Breite die Flügel aus, Amaranth, lass dich vom Wind emportragen. Schnell!«

Amaranth wollte einen nicht vorhandenen Fisch krallen, blieb aber mit den Hinterbeinen im Netz hängen, das ihn nach unten in die Wellen zog.

Dann sah Myri entsetzt, wie sich das symmetrische nasse Geflecht auch um seine Vorderpfoten legte.

Er kämpfte, biss um sich und versuchte verzweifelt, an Höhe zu gewinnen.

»Komm ans Ufer, schnell!« Myri betete inständig, er möge genug Kraft haben, um dieses Stück zu fliegen.

»Miau!«, rief er in normalem Ton. Er streckte den Hals vorwärts, in Richtung des Strands, und kämpfte immer noch mit dem Netz.

Myri kletterte von der Höhle die Klippen hinunter.

Amaranth streckte die Krallen aus und schlug mit den Flügeln, um zu landen. Doch da erwischte das Netz eine Flügelspitze und zerrte ihn nach unten.

Myri stockte der Atem. Doch dann stürzte der Flugflipper unvermittelt auf den Strand.

11

»Amaranth!« Myri rannte zum Rand des Meeres, wo der Flugflipper im Sand mit den Flügeln schlug und sich immer mehr im Netz verfing.

Frustriert miaute er kläglich. Offensichtlich hatte er auch Schmerzen.

»Bleib ruhig, Amaranth. Ich komme.« Sie rutschte das letzte Stück hinunter und landete auf den Knien.

Dann war sie bei ihm und berührte mit dem Zeigefinger seinen Flügel.

Er fauchte als Warnung, weil ihm die Berührung starke Schmerzen bereitete.

»Warum musstest du diesen Fisch fangen, mein Schatz? Du brauchtest nur zu warten. Ich teile meinen mit dir«, sagte sie leise.

(Ich musste. Mein Hunger wollte nicht warten.) Der Flugflipper wurde ruhiger, als er ihre Stimme hörte, und zog die Krallen ein. Doch sie sah den Schmerz in seinen Augen.

Die Erinnerung an den Hunger, den sie im Moment seines Sturzflugs gespürt hatte, gab ihr zu denken. Direkt zuvor hatte sie keinerlei Hunger gespürt, nur Amaranths Aufregung.

»Du weißt, dass ich dir nie wehtun würde, Amaranth«, sagte sie und legte die Hand auf seine Verletzung. Blaues Licht leuchtete unter ihrer Handfläche. Ihr Talent zog sie zum Ursprung der Schmerzen und stieß sie gleichzeitig zurück. Aus ihrem Arm floss Energie in den Flugflipper, ohne dass sie eine Heilwirkung spürte.

Mit eisernem Willen zügelte Myri ihre Magie, ehe sie vollends erschöpft war. Das blaue Licht wurde schwächer. »Das ist noch nie zuvor geschehen. Warum nimmst du die Heilung nicht an?«

(Deine Heilkraft liegt in der Kardia. Ich bin ein Geschöpf der Luft. Die Heilung muss von denen kommen, die fliegen.)

Myri löste das Netz. Jetzt war es schlaff, doch einen Moment vorher schien es zu leben und sich immer enger um Amaranth zu schlingen.

»Du hast nur eine leichte Verrenkung und bist erschöpft.« Sie lächelte Amaranth an. »Zeit und Ruhe werden mehr für dich tun, als ich jetzt kann. Aber du darfst deinen Flügel nicht benutzen, bis er völlig geheilt ist. Ich glaube, am meisten ist dein Stolz beschädigt.«

Amaranth setzte sich empört auf und peitschte mit dem Schwanz. Dann hielt er den verletzten Flügel halb gefaltet und begann mit seiner Wäsche, wobei er sie sichtlich ignorierte.

»Wenn du nicht weiter weißt, wäschst du dich.« Myri lachte. »Danach fühlst du dich besser.« Das galt auch für sie. Sie konnte sich nicht erinnern, wann sie das letzte Mal Gelegenheit zu einem Bad gehabt hatte. »Ob die Bucht warm genug ist zum Schwimmen?«

»Nicht um diese Jahreszeit«, antwortete eine tiefe Männerstimme.

»Wer seid Ihr?« Myri sprang auf und blickte ängstlich in der halbmondförmigen Bucht umher. Feinde?

Ein einzelner Mann stand ungefähr zehn Armlängen entfernt. Er hatte einen schwarzen Bart. Die Fältchen um die Augen und die wettergegerbte Haut ließen vermuten, dass er etwa zehn Jahre älter war als sie.

»Du bist ein Rover«, vermutete sie. Nur diese Nomaden trugen die leuchtende Farbenmischung von schwarzen Beinkleidern, einer bestickten Weste, einem roten Hemd, einem grünen Halstuch. Dazu ein breitrandiger schwarzer Filzhut, welcher die Augen beschattete. Darunter sah man noch das lila Kopftuch. Kein Mann, der in Coronnan geboren war, würde sich mit dem großen Ohrring im linken Ohr erwischen lassen. Außerdem klingelten am Gürtel Münzen aus unterschiedlichen Ländern.

»Du kennst mich nicht. Doch jede schöne Frau in dieser Gegend kennt Televarn, manche nur dem Hörensagen nach, andere in Fleisch und Blut.« Er zog den Hut und hielt ihn über sein Herz. Bei jeder Bewegung sah man das Muskelspiel unter dem engen Hemd und den Beinkleidern. Seine Gliedmaßen waren in perfekter Proportion zu seinem übrigen Körper. Er bewegte sich ungemein anmutig. Selbst wenn er still stand, schien er sich im Tanz zu wiegen.

Myri hätte ihn am liebsten nur angestarrt.

Ihre Finger kribbelten. Sie wollte ihm durchs Haar fahren und die prächtigen Muskeln streicheln.

(Er wird dir nie die Wahrheit sagen, wenn er eine Lüge für interessanter hält.) Amaranths Stimme unterbrach ihren mentalen Nebelschleier.

Sie hatte keine Erinnerung an diesen Mann. Das war nicht ungewöhnlich. Die meisten Erinnerungen aus den letzten Monaten hatten sich verflüchtigt. Plötzlich fühlte sie sich furchtbar einsam.

Dann erwachte ihr Misstrauen. Nur Amaranth blieb eine Konstante in ihrem Leben und ihren Erinnerungen. Sie traute nur Amaranth.

»Woher kommt Ihr, Televarn?« Myri trat vor und stellte sich zwischen Amaranth und den schönen Fremden.

»Aus der nächsten Bucht.« Er deutete über die Schulter, ohne sie aus den Augen zu lassen. Sie fand jede seiner Bewegungen faszinierend. »Wir überwintern immer dort.«

»Wir? Wie viele?« Ihr Herz schlug laut. Der Gedanke, gemütlich den Winter in ihrer Höhle oben in den Klippen zu verbringen, war wie weggeblasen. Ein Stamm Rover so nah ... Ihr stockte der Atem bei der Vorstellung, dass so viele Menschen in ihr Privatleben eindringen könnten. Ständig würden sie verlangen, von allen möglichen Krankheiten geheilt zu werden. Ihr Talent würde sie zwingen, ihnen jedes Mal zu helfen, bis einer einen tödlichen Unfall hatte oder an Altersschwäche starb – oder an einer Krankheit, die sie nicht heilen konnte. Dann würde man sie des Mordes beschuldigen und bedrohen, bis sie floh, um ihr Leben zu retten.

Das Lebensmuster von Hexen war immer gleich. Im Lauf der Jahre hatten sie und Magretha viele solche Frauen getroffen. Alle ständig auf der Flucht. »Im nächsten Dorf sind sie freundlicher«, sagten sie. »Wenn nicht in dem Dorf, dann im nächsten.« Aber selten verbrachte eine mehr als ein paar Jahreszeiten in einem Dorf.

Sie hatte mit Magretha fast zwei Jahre im letzten Dorf gelebt. Zwei Jahre gute Nachbarschaft und gegenseitige Hilfsbereitschaft, ehe die Dorfbewohner sie verjagt hatten.

»Nur meine Familie. So ungefähr ein Dutzend.« Televarn schnippte verächtlich mit den Fingern, weil die Zahl so klein war. »Darf ich mal die Verletzung deines Lieblings ansehen, Hexe?« Er kam näher. Seine Aura leuchtete vor warmem Charme.

»Warum nennt Ihr mich so?« Misstrauen flackerte in ihr auf. Er war zu schön. Sie blieb stehen, um Amaranth zu beschützen. Nervös glättete sie ihre Röcke und hoffte, der Flugflipper würde seinen Flügel weggesteckt haben, ehe der Rover ihn genauer betrachtete.

»Wer außer einer Hexe würde einen Flugflipper als Haustier halten? Ihr scheint beide einfach im Morgenschatten zu verschwinden. Ist etwas nicht in Ordnung, Hexe?«

»Ihr irrt Euch. Mein Kater ist nur ein Kater. Er war neugierig und hat sich im Netz verfangen. Vielleicht in Eurem Netz?« Ein schneller Blick zeigte ihr, dass Amaranth seinen Flügel unter der Hautfalte versteckt hatte.

»Nur alte Frauen und unerfahrene Jungen benutzen Netze. Ich zwinge die Fische mit meinem Charme an den Haken und hole sie dutzendweise aus dem Wasser. Und das ist tatsächlich nur ein Kater?« Er kam wieder einen Schritt näher.

»Bleibt, wo Ihr seid.« Schnell schützte sie sich und Amaranth mit einem Schild.

»Eine Hexe hat die Pflicht, alle Arten von Beschwerden zu lindern. Und mich juckt es hier. Ich muss unbedingt gekratzt werden.« Er berührte aufreizend sein Geschlechtsteil.

»Nur eine Hexe mit wenig magischer Kraft erkauft sich die Loyalität von Männern mit ihrem Körper.« Am liebsten wäre sie weggerannt. Aber Amaranth war noch zu geschwächt, um ihr zu folgen.

»Aber ich liebe alle Frauen und könnte niemals eine verraten.« Televarn hielt die Arme vom Körper entfernt, als wolle er ihr zeigen, dass er keine versteckten Waffen hatte.

»Eure Frauen werden immer auf Eure Huren eifersüchtig sein. Sie vergiften die Gedanken anderer Männer gegen diejenigen, welche sie mögen oder nicht. Ihre Einflüsterungen machen eine Frau zu einer Hexe, obgleich sie gar keine ist. Dann können die Männer die Hexe verbrennen lassen – nur um ihren Ehefrauen einen Gefallen zu tun.« Myri spuckte beinahe auf seine glänzenden Stiefel, um ihn fernzuhalten.

Ein anderer Mann wollte sie verbrennen. Das wusste sie. Vage Erinnerung an einen Mann in verblasstem rotem Gewand, mit durchdringendem Blick und liebreizender Stimme stieg vor ihr auf. Wenn dieser Mann an die Küste kam, würden die Rover ihm mit Sicherheit ihren Aufenthaltsort verkaufen. Rover verkauften alles und stahlen alles.

Myri verstärkte den Schutzschild um sich und Amaranth. In den richtigen Kreisen würde ein Flugflipper einen hohen Preis erzielen.

Welche Kreise? Jemand wollte ein Vermögen für einen Flugflipper ausgeben und hatte versucht, Amaranth zu fangen. Wer? Keinerlei Erinnerung, auch keine anderen Bilder. Sie wollte weglaufen – weit, weit weg.

Aber sie konnte nicht weglaufen. Amaranth brauchte ihren Schutz. Er konnte noch nicht fliegen.

»Rover ehren Hexen wegen ihrer Talente. Du brauchst nicht eifersüchtig zu sein, wenn du hörst, dass ich ein paar Bastarde auf meinen Wanderungen gezeugt habe. Das beweist nur, dass ich auch mit dir Kinder haben kann. Du siehst reif genug für eine Mutterschaft aus, Hexe.« Televarn musterte sie abschätzend von Kopf bis Fuß. Mit Frauen schien er sich bestens auszukennen. Dann streckte er ihr die offene Hand entgegen und forderte sie stumm auf, zu ihm zu kommen.

Sie hatte gesehen, wie ein anderer Mann mit einer ähnlichen Geste Magie gewirkt hatte. Ein Mann in Blau.

»Ich schätze die Gesellschaft anderer Menschen nicht, und schon gar nicht die der Rover. Die Höhle oben gehört mir. Geht sofort zurück zu Eurem Lager und kehrt nie wieder zurück.« Sie hob Amaranth hoch und setzte ihn auf ihre Schulter. Sie brauchte unbedingt während des Winters einen Platz, wo sie ungestört war, Essen und ein Dach über dem Kopf hatte – und deshalb musste sie sich von Menschen fernhalten.

Sie hatte es satt, stets auf der Flucht zu sein.

»Die Tide hat sich gewendet. Mein Weg zu meiner Bucht ist abgeschnitten.« Televarn kam näher. Seine Lider senkten sich, während er sie lüstern betrachtete. »Du hast mich so fasziniert, dass ich die Zeit für einen sicheren Rückweg vergessen habe.«

»Dann klettert doch über die Klippen.« Myri hoffte, ihr magischer Schutzschild schützte sie vor seiner Berührung.

»Eine steile Klippe. Ein sehr gefährlicher Aufstieg. Ich bleibe bei dir, bis die Gezeiten sich ändern. Eigentlich willst du doch, dass ich bleibe. Nur Eifersucht könnte mich fortschicken.« Er blickte sie an. Entzücken und ein bisschen Bosheit glitzerten darin. Offenbar kannte er das Spiel.

Myri sehnte sich danach, ihn zu berühren und von ihm berührt zu werden. Sie blieb stehen, obwohl sie wusste, dass sie weglaufen sollte.

Aber seine Augen hielten sie in Bann. Eine Frau konnte sich in diesen Augen mit den dichten langen schwarzen Wimpern verlieren. Seine Stimme wirkte auf sie wie warmer Honig. Weshalb hatte sie gewollt, dass er ging? Er war einfach schön.

So lange schon war sie allein.

Die Berührung eines Mannes kannte sie. Vier Jahre lang hatte sie beim heiligen Ritual zu Anfang des Frühlings um den Wendeturm mitgetanzt. Jedes Jahr hatte sie sich mit einem anderen Mann gepaart. Zwei waren tolpatschige ältere Männer, der vierte ein unerfahrener Jüngling. Der eine Ältere, ein Witwer, hatte eine neue Frau gesucht, aber da sie nie schwanger gewesen war, hatten ihre Partner beim Äquinoktium sie nie gebeten, ihr Leben – oder ihr Bett – noch einmal zu teilen.

Wenn sie Televarn fortschickte, würde sie vielleicht nie wieder mit einem Mann das Lager teilen.

Magretha war zornig gewesen, weil Myri das Frühlingsfest und die Männer genossen hatte. Die alte Hexe behauptete, die Loyalität eines Mannes beruhte darauf, sein Jucken zu lindern, aber er würde nie einer einzigen Frau treu sein. Magretha war von einem Mann betrogen worden, ehe ein Feuer ihr Gesicht und Rücken verbrannte.

Wenn sie ein paar Stunden mit diesem Mann verbrachte und seinen herrlichen Körper näher kennen lernte, würde das nicht schlimm sein. Hexen wurden nie schwanger. Televarn würde sie nicht besitzen, obwohl sie ihn begehrte.

Es hatte einen anderen Mann gegeben, der sie begehrt hatte. Groß, schlank, älter, in der blauen Robe eines Magiers. Aber er hatte ihr Talent gewollt, nicht ihren Körper.

Der Mann in der roten Robe hingegen wollte ihre Seele besitzen, ihren Körper aber dem Feuer überantworten. Bei dieser Erinnerung schauderte sie.

Dieser Rover wollte ihren Flugflipper haben – und ihren Körper.

Gab es denn niemanden, der sie wollte, als Ganzes, wie sie war, und nichts sonst?

Ihr wurde bewusst, dass ihre Sehnsucht, ihn zu lieben, nur Magie war, welche von ihm stammte. Er begehrte sie eigentlich nicht. Sobald sie das erkannte, war sein Zauber gebrochen. Sie schloss die Augen und drehte ihm den Rücken zu.

»Ihr hättet an Euren Heimweg denken müssen, ehe Ihr Euch so weit vom Lager entfernt habt. Verlasst sofort meinen Strand. Es ist mir gleich, ob Ihr abstürzt oder Eure Kleidung beschmutzt. Ich will allein sein.« Sie ging in Richtung Klippe und ihrer Höhle, so schnell sie im Sand konnte.

Amaranth saß immer noch auf ihrer linken Schulter. Sie streichelte ihn kurz, dann begann sie mit dem Aufstieg. Ihre Finger suchten an Vorsprüngen Halt. Strecken, festhalten, hochziehen. Langsam aber sicher erstieg sie die steile Klippenwand. Sie zwang sich, nicht mehr an die schönen Augen des Rover zu denken, sondern sich aufs Klettern zu konzentrieren und auf den leckeren Fisch, der langsam über der Glut garte.

Dann hörte sie kleine Steine aus der Wand der Klippe herunterfallen. Sie hielt inne, nahm ihren Mut zusammen und wagte einen Blick nach rechts unten. Televarn kletterte ebenfalls die Klippe herauf, aber bei einem vulkanischen Vorsprung, der über der Bucht herausragte. Der Aufstieg war dort leichter als auf der glatten Sandsteinwand, in der sich Myris Höhle befand.

Der Rover schaute zu ihr auf und grinste. Seine weißen Zähne hoben sich stark von dem gebräunten Gesicht und dem schwarzen Bart ab. Er hatte seinen Hut verwegen aufgesetzt und durch eine Schnur um den Hals gesichert.

S'murghit, sah er gut aus!

»Ich komme wieder, hübsche Hexe. Wenn du einen Mann brauchst, rufe meinen Namen in den Wind.« Er winkte ihr zu.

Das bröckelige Lavagestein unter seiner anderen Hand zerfiel. Er verlor den Halt und segelte mit ausgebreiteten Armen hinunter auf den Strand, wo Kiesel und Sand warteten.

Die einlaufende Flut überspülte seinen reglosen Körper.

»Jetzt muss ich ihn retten.« Myri seufzte. »Ich werde ihn nie loswerden.« Sie wusste, dass sie ihn nicht im Stich lassen konnte. Ihre Gabe zu heilen gestattete ihr nicht, jemanden zu ignorieren, der ihrer Heilkunst bedurfte.

12

»Warum müssen wir einen sauberen Boden fegen?«, fragte Powwell, der neueste Lehrling, und schaute Nimbulan missmutig an.

»Weil wir uns keine Dienerschaft leisten können. Es war nicht nötig, einem Zwölfjährigen zu erklären, dass das Fegen ihres neuen Heims ein Test war. Er musste herausfinden, wann die drei Rekruten gelernt hatten, den Besen mittels Magie zu steuern. Alle konnten Feuer entfachen, wenn sie sich konzentrierten. Diese Fähigkeit bewies ihr angeborenes Talent und hatte ihnen einen Platz als Lehrling verschafft. Doch noch konnte keiner Gegenstände mit der Kraft der Gedanken bewegen.

Ebenso verschlossen war für sie die Kunst des Lesens und Entschlüsselns. Laut Gesetz und Tradition war es nur Magiern erlaubt, das geheime Wissen, das in Buchstaben und Ziffern steckte, zu verwenden. Die neuesten Lehrlinge hielten sich dieser Geheimwissenschaft noch nicht für würdig.

Nimbulan verbrachte fast seine gesamte Zeit damit, die Jungen anzuspornen zu lernen. Während der letzten Wochen hatte er des Öfteren bereut, Lehrlinge so hastig aufgenommen zu haben, ebenso, dass er so schnell ins alte Kloster gegangen war. Er brauchte mehr Hilfe, als Ackerly, Lyman und die älteren Lehrlinge ihm geben konnten. Hätte er mehr Lehrer für die Jungen, könnte er mehr Zeit mit seinen Experimenten und dem Katalogisieren der Bibliothek verbringen.

»Aber warum müssen wir überhaupt diesen Boden fegen?

Ist er nicht schon sauber?« Der Junge schaute Nimbulan an. In seinen grauen Augen war der Wunsch deutlich zu erkennen, mehr zu wissen. Er hatte die Schultern entschlossen gestrafft.

Sonnenlicht floss durch die schmalen Fenster und fügte dunkelrote Lichter zu seinem braunen Haar. Sehr oft begleitete ein Hauch von roten Haaren wahres magisches Talent.

Tief im Hirn dieses sturen Burschen steckte Intelligenz, denn sonst hätte er nicht so schnell herausgefunden, dass er auf Befehl hin ein Feuer entfachen konnte, nicht nur durch Zufall. Nimbulan musste die Neugier des Jungen stimulieren, ohne jede Frage zu beantworten.

Powwell nahm Ackerlys Haltung ein, wenn er von Nimbulan eine Antwort verlangte und dieser gedankenverloren war. Beinahe hätte Nimbulan gelacht, weil der Junge als Lehrling das sofort gelernt hatte.

Nimbulan biss sich auf die Unterlippe und verschluckte die Worte: »Weil ich es sage!« Während seiner eigenen Ausbildung hatte er diesen Satz zu oft gehört und wichtigen Unterricht versäumt, weil er seinen Tutor und diesen Satz bekämpft hatte. Er hatte nie aufgegeben, sich dem alten Druulin zu widersetzen – in all den Jahren, in denen er dem jähzornigen Magier gedient hatte. Bis zu dem Tag, als Druulin zusammen mit Boojlin, Caasser und zwei Armeen auf dem Schlachtfeld gestorben war. Alle waren zu Asche geworden, weil die Magie fehlerhaft angewendet worden war. Nimbulan und Ackerly hatten in der Nacht vor der Schlacht fliehen können, weil es ihnen endlich gelungen war, den Bannzauber zu brechen, den Druulin über Ackerly verhängt hatte. Sie waren der Tyrannei des alten Mannes entkommen und hatten sich einen neuen Arbeitsplatz gesucht.

»Powwell, der Boden muss jeden Tag gefegt werden, damit kein Staub von unseren Schuhen oder unserer Kleidung die empfindlichen Instrumente beschmutzt oder unsere Experimente stört«, erklärte er geduldig.

Er konnte mit den Experimenten nicht beginnen, bis die drei neuen Lehrlinge genügend ausgebildet waren, um Magier in tiefer Trance zu wecken, wenn nötig. Zuweilen verstärkte das Tambootie das magische Bewusstsein in der Leere, dass der Magier verlockt war, dort zu bleiben. Nur ein ausgebildeter Magier, der zumindest die zweite Stufe als Lehrling erklommen hatte, konnte einen anderen Magier aus der Leere zurückholen, ohne dass dieser Schaden an Leib und Seele nahm. Jaanus und Rollett waren fast so weit. Die beiden waren am weitesten fortgeschritten und konnten bei den Experimenten eingesetzt werden. Gilby, Bessel und Naalin waren nicht viel schlechter.

Die neuen Jungen hatten noch einen langen Weg vor sich, ehe Nimbulan sie einsetzen konnte bei seinem großen Plan, Magie für Frieden zu bündeln.

Nimbulan wünschte sich sehnlichst, mehr Zeit in der Bibliothek verbringen zu können und mit Lyman und den älteren Lehrlingen nach magischen Hinweisen zu suchen, statt die jüngeren Burschen auszubilden. Am vergangenen Abend hatte er einen Text über die Kultur der Rover studiert. Da gab es faszinierende Hinweise auf deren Rituale und kombinierte Magie. Aber dann konnte er nicht weiterlesen. Keine Zeit. Bibliothek und Rover-Legenden mussten warten.

»Mit Wasser kann man den Staub besser beseitigen«, sagte Powwell nachdenklich. »Wir sollten Wasser über die Steinplatten schütten und danach fegen. Und jeder sollte morgens seine Kleidung sorgfältig abbürsten. Auf diese Weise müssten wir nicht jeden Tag nach dem Unterricht fegen. Falls es Euch nur um Staub geht.« Er hob die Augen und blickte seinen Meister herausfordernd an.

Nimbulan unterdrückte ein Lächeln. Der Junge hatte blitzschnell eine Möglichkeit gefunden, weniger zu arbeiten. Hoffentlich würde sich sein Talent ebenso schnell entwickeln. Nimbulan hatte die Erfahrung, dass die besten Magier auch besonders intelligent waren.

»Gut, Powwell, so werden wir es halten. Und informiere auch deine Kameraden.« Drei Jungen. In so kurzer Zeit hatten sie nur drei Jungen rekrutieren können, mit ihnen auf die Insel zu kommen. Keine weiblichen Wesen. Keine hübsche Hexe, deren Haar mit Mondlicht durchzogen war.

Nimbulan fragte sich, ob die dunklen Schatten unter Myrilandels Augen von Erschöpfung oder von falsch angewendeter Magie herrührten.

Dann riss er sich zusammen. Er hatte keine Zeit, über Myrilandel nachzudenken und weshalb sie vor der Chance, von einem Schlachtenmagier ausgebildet zu werden, davongelaufen war.

»Sie schlagen mich tot, wenn ich ihnen sage, dass sie noch mehr niedrige Arbeiten verrichten müssen, Sir!« Powwell verzog das Gesicht. Eigentlich war er zu hübsch für einen Jungen auf der Schwelle zur Mannbarkeit.

Ich muss dafür sorgen, dass Kammeryl ihn nie sieht«, dachte Nimbulan. Allerdings hatte der Lord noch nie einen Fuß auf die Insel gesetzt, seit Nimbulan ihn von seinen Winterplänen unterrichtet hatte. Kammeryl d'Astrismos hatte zwei Tage getobt, nachdem er diese Neuigkeiten gehört hatte. Dann hatte er sämtliche Magier und Heiler aus seiner Armee hinausgeworfen und geschworen, sie alle zu ersetzen.

Nimbulan fragte sich, ob Kammeryl schon bald Boten aussenden würde, die um seine Rückkehr bitten sollten. Es gab nur wenig erfahrene Schlachtenmagier. Vor allem nach Keegans Tod.

Nie wieder!, schwor er sich und ballte aus Trauer und Empörung die Faust.

Powwell wich vor ihm zurück.

»Ich werde dich nicht schlagen, Powwell. Auch Zane und Haakkon nicht, wenn du herausfindest, welche Lektion in deiner Tätigkeit steckt. Denk dran, jede Aufgabe, die ich euch stelle, ganz gleich wie niedrig oder lächerlich sie erscheinen mag, soll euch etwas lehren. Und jetzt beeil dich mit dem Fegen.«

Danach ging Nimbulan in die Küche, um Zane zu überprüfen. Der älteste seiner Lehrlinge, der in wenigen Tagen vierzehn werden würde, saß mit dem Rücken an der Außenmauer und streckte die Beine aus. Sein mit Sommersprossen übersätes Gesicht war finster. Sein Besen lehnte an der Mauer.

Nimbulan vermutete, Zane versuchte, seinen Besen dazu zu bringen, die Arbeit für ihn zu erledigen. Es fiel ihm auf, dass der Lehrling sich an die Stelle der Außenmauer gesetzt hatte, die dem Teich der Kraftlinien im Innenhof am nächsten war. Wie viel Kraft vermochte er zu empfinden?

Der Wächter hatte den Quell magischer Energie so wirksam verschlossen, dass Meister wie Nimbulan nur ganz gewöhnliche Verstärkung aus den Kraftlinien gewinnen konnten.

Nimbulan betrachtete den Jungen eine Zeitlang und betete, dass dieser einer der wenigen Magier sein möge, der die Kardia in seine Magie miteinbeziehen könne.

Der Besen zitterte. Zane sprang auf und stieß einen Triumphschrei aus. Dann schloss er wieder die Augen und ballte die Fäuste. Seine Schultern berührten fast die Ohren, so konzentrierte er sich auf die Trägheit des Besens.

Unvermittelt fiel der Besen um und weigerte sich, etwas zu tun.

Zane rieb sich die Schläfen. Ein deutliches Zeichen für Kopfschmerzen. Außerdem hatte er ein irrsinniges Verlangen nach Süßigkeiten. Auch Nimbulan lief das Wasser im Munde zusammen, wenn er an die kandierten Wurzeln dachte, die Quinnaults Koch ihm am Morgen geschickt hatte. Wenn die Jungen vor dem Abendessen eine Pause einlegten, würde er ihnen von diesen Leckerbissen ein paar zukommen lassen.

Eines Tages würden die Jungen erkennen, dass Magie mehr Anstrengung erforderte, als den Boden zu fegen. Aber wie die meisten Heranwachsenden in der Pubertät würden die geistigen Fähigkeiten mit den körperlichen Veränderungen nicht mithalten können. Das führte zu einer eigenartigen Mischung aus Neugier und Faulheit. Beides machte Zane reif, viele Dinge über Magie zu entdecken. Powwell war ihm auf den Fersen.

Nimbulan ging wieder in den Flügel mit der Bibliothek, um zu sehen, dass Haakkon seine Arbeiten ordentlich erledigte. Der Junge lehnte an der Tür zur Bibliothek und lauschte angestrengt. Sein Besen lag neben ihm auf dem Boden.

Gedämpfte Stimmen waren im Korridor zu hören. Nimbulan holte sich ein wenig Kraft, um die Stimmen zu verstehen.

»Ihr müsst die Bücher nach Autor und Titel auflisten, aber es ist euch nicht gestattet, darin zu lesen.« Ackerlys Stimme drang durch die Tür auf den Korridor.

Warum war er nicht auf dem Markt und suchte nach einem Koch?

»Dieser Text widerspricht ganz klar der akzeptierten Magietheorie. Es wird darin behauptet, dass bei Ritualen der Rover die Kräfte aller, die an der Zeremonie teilnehmen, gebündelt und einem einzigen Magier verliehen werden können«, erklärte Quinnault de Tanos. »Ich halte ihn für so wichtig, dass wir ihn näher studieren sollten.«

Ah, der Lord hatte denselben Text gefunden, in dem Nimbulan am vergangenen Abend gelesen hatte!

Quinnault de Tanos half tagsüber in Nimbulans Schule

etliche Stunden aus. Leider konnte er nicht einmal einen kleinen Zauber wirken und dem Jungen keinen Unterricht in Magie geben. Er hatte auch vom Kochen keine Ahnung. Aber er kannte die alten Sprachen und konnte die Theorien der Magie fließend vortragen.

Nimbulan wünschte sich, er könne seine Nachmittagsstunden über Büchern verbringen und mit de Tanos über alte und neue Praktiken diskutieren. Vielleicht konnte er sich in ein paar Monaten, wenn alles lief und andere Magier lehrten und seine Lehrlinge im Auge behielten, die Zeit nehmen und nachmittags etliche Stunden in der Bibliothek verbringen.

Lyman und die fünf älteren Jungen waren qualifiziert für die gigantische Aufgabe, die Bücher zu katalogisieren und zu ordnen. Nur Nimbulan vermochte bei den Jungen zu erkennen, ob sie über ein magisches Talent verfügten oder nicht. Die Fähigkeit, Kardia in ihren Zauber einzubeziehen, kam erst nach der Pubertät und der Initiation mit Tambootie-Rauch. Bis dahin war ihre Magie unregelmäßig.

»Und, hörst du etwas Interessantes?«, flüsterte Nimbulan Haakkon zu.

Der Junge sprang erschrocken auf.

»Wenn du mittels Magie andere Menschen belauschen kannst, musst du es nicht mehr so auffällig machen. Magie erfordert allerdings große Anstrengung und die normale Methode funktioniert genauso gut – solange die Tür geschlossen ist.« Nimbulan presste ein Ohr gegen die Tür.

Die Stimmen drangen etwas gedämpft durch das Holz, aber er konnte Ackerlys Worte gut verstehen. »Es bleibt genügend Zeit, um die Texte zu studieren, nachdem wir alles geordnet und das Unwichtige vom Wichtigen getrennt haben.«

Dann hörte er, wie ein Buch auf den Tisch geknallt wurde.

Nimbulan sah förmlich, wie sein Assistent die Zähne zusammenbiss und die Lippen ganz schmal waren. Nie würde Ackerly sich zu einem Wutausbruch hinreißen lassen, wenn ein gesalbter Lord anwesend war. Aber Nimbulan hörte seine Verärgerung. Zeit einzuschreiten.

»Ackerly, ich brauche dich einen Moment.« Nimbulan hatte die Tür nur einen Spalt breit aufgemacht, sodass er seinen Kopf hineinstecken konnte.

Haakkon lief schnell davon. Ein Schatten verbarg den Lehrling.

Gut, er hatte herausgefunden, wie man Magie für einfache Dinge einsetzen konnte. Später würde ihm die Magie ebenso gehorchen wie sein Instinkt. Dann wandte er seine Aufmerksamkeit wieder den beiden Streithähnen in der Bibliothek zu.

»Ackerly, ich stehe kurz davor, mit den Experimenten zu beginnen. Aber ich mache mir Sorgen wegen des Vorrats an Tambootie.«

»Um diese Jahreszeit kann ich keine Blätter sammeln, aber Holz, das wir verbrennen können.«

»Mein persönlicher Vorrat an Blättern ist gefährlich niedrig, und es ist an der Zeit, dass wir dem Most für die Lehrlinge eine kleine Dosis hinzufügen. Das Einatmen von Tambootie-Rauch ist zu intensiv. Zuvor müssen sie sich an kleine Mengen gewöhnen. Wir müssen uns bald Blätter beschaffen.« Nimbulan klang beunruhigt. Er verbarg seine Sorge, indem er hustete.

»Du hattest fünf Pfund getrocknete Blätter, Nimbulan. Das ist fast die gesamte Ernte von einem Baum und alle sorgfältig in der Sonne getrocknet. Das kannst du doch unmöglich schon aufgebraucht haben.«

»Ich ... ich weiß nicht.« Natürlich wusste er es. Er hatte immer größere Mengen für seine Magie gebraucht. Allerdings hier auf der Insel weniger. Vielleicht hatte Lyman sich bei seinem Tambootie bedient? Ackerly nahm es nie.

»Wir müssen uns mehr verschaffen. Bald.« Ackerly zupfte an seiner Unterlippe und dachte nach. »Lord Kammeryl d'Astrismos hat ein Wäldchen mit Tambootie-Bäumen keine zwei Meilen von seiner Festung entfernt. Vielleicht können wir einige Blätter sammeln, die noch an den Ästen sind oder welche, die auf dem Boden liegen.«

»Aber Kammeryl hat uns strengstens verboten, sein Land wieder zu betreten. Er nennt uns Deserteure und verzeiht uns nie, dass wir ihm nicht die Treue gehalten haben.«

»Du brauchst Tambootie, Nimbulan. Ich werde dir etwas besorgen.«

*

Myri fuhr mit ihren sensiblen Fingerspitzen durch den dunklen Haarschopf des Rovers. Dann tastete sie den Nacken und die Wirbelsäule ab, um festzustellen, ob er verletzt war. Wie er so dalag, war er noch schöner als zuvor.

Diese langen Wimpern auf den Wangen, die unter der Sonnenbräune unnatürlich fahl waren.

Eine kalte Welle spülte über ihre Füße und den Kopf Televarns. Er stöhnte. Das kalte Wasser hatte ihn aus der Bewusstlosigkeit gerissen.

Schnell strich Myri mit ihrer heilenden Hand über seinen Nacken. Der weiche Sand hatte den Sturz gemildert. Keine gebrochenen Knochen. Sie konnte ihn bedenkenlos weiter ans Ufer ziehen. Entschlossen packte sie ihn an den Knöcheln.

Doch die nächste Welle wollte ihn zurückziehen. Myri stemmte die Fersen ein und zog noch kräftiger. Diesmal gelang es ihr, ihn vor der nächsten Welle ans trockene Ufer zu ziehen.

»Ich ... ich kann ... gehen.« Televarns Worte waren noch undeutlich und langsam.

Myri ließ die Knöchel los und stellte sich hinter ihn, um ihm auf die Beine zu helfen. Sie schob ihre Arme unter seine Achseln und versuchte ihn hochzuheben. Aber seine Gliedmaßen schienen nicht zu seinem Körper zu gehören. Es war sehr mühsam, bis er endlich stand. Seine Knie zitterten. Er presste die rechte Hand an die rechte Schläfe. »Wwwas ... was ist passiert?« Er schwankte, ging jedoch keinen Schritt weiter.

Wieder schlug eine Welle gegen Myris Knöchel.

»Ihr seid abgestürzt. Geht jetzt weiter.«

»Abgestürzt? Wann? Warum?«

»Nun geht schon, Televarn. Reden könnt Ihr später, wenn Ihr nicht mehr ertrinken könnt.«

»Wer ist Televarn?«

»Offenbar habt Ihr Euren Kopf stärker aufgeschlagen, als ich dachte.« Was sollte sie jetzt mit ihm machen? In seinem Zustand konnte er unmöglich zu ihrer Höhle hinaufklettern. »Ich bringe Euch an eine Stelle der Klippe, wo Ihr vor dem Wind geschützt seid, und mache ein Feuer an. Wenn Ihr Euch ein wenig ausgeruht habt, werdet Ihr auch wieder klar denken können.«

Das hoffte sie. Bis dahin wollte sie ihn nicht an der Steilwand haben, die zu ihrer Höhle hinaufführte.

»Ich glaube, ich kenne dich«, sagte Televarn und blieb stehen. Zärtlich tastete er ihr Gesicht ab. »Ich spüre, dass wir zusammengehören. Sind wir ein Paar?«

Myri rang nach Luft, nicht wegen der Frage, sondern weil seine Berührung sie so verwirrt hatte. »Nein, wir sind kein Paar.«

»Dann werden wir es bald sein.« Er legte die Hand unter ihr Kinn und beugte sich hinunter. Dann legte er seine Lippen auf ihren Mund.

In Myris Brust explodierte etwas. Ihre Lippen wurden weicher und feucht. Sie öffnete sie, weil es sie verlangte, seine Zunge in sich zu spüren. Sie würde auch bereitwillig die Schenkel öffnen.

Televarn schloss sie fest in die Arme und presste sie an sich. Sie stellte sich auf Zehenspitzen und fuhr mit den Fingern durch sein lockiges Haar. Bei dem Sturz hatte er das Kopftuch verloren. Sie konnte sich nicht erinnern, wann ihres weggeblasen worden war. Dann legte er eine Hand auf ihr Hinterteil und zog sie noch enger an seinen herrlichen Körper.

Ihre Träume von einem Heim und Familie nahmen eine feste Gestalt an, als sie sich an ihn schmiegte.

(Du musst nach Osten gehen. Dort findest du ein Heim und Sicherheit.)

Bei seinem leidenschaflichen Kuss wurden ihre Knie weich. Ich werde eine Zeitlang bei ihm bleiben, bis er ganz ausgeheilt ist.

Eine eiskalte Welle brachte beide in die Realität zurück.

»Du wirst meine Geliebte, sobald ich es einrichten kann, cherbein«, flüsterte Televarn und knabberte an ihrem Ohr. »Wir sind dazu bestimmt, auf ewig vereint zu sein.«

Das fremdartige Kosewort klang in Myris Ohr harsch. »Ich habe Euch bis heute noch nie gesehen. Wir können erst beim nächsten Frühlingsäquinoktium heiraten – nachdem wir als Paar getanzt haben. Diese Sitte ist so alt, dass sie Gesetz geworden ist.«

»So lang kann ich nicht warten, cherbein. Heute noch wirst du mir gehören. Heute und für immer.« Wieder küsste er sie leidenschaftlich.

Seine ungezügelte Leidenschaft entfachte auch in Myris Schoß Verlangen. Ihr Instinkt verlangte, dass sie sich ihm in einem Ritual hingeben sollte, das älter als jenes Gesetz war. Gleich hier auf dem Sand.

(Vergiss ihn. Er lügt. Komm in den Osten. Jetzt.) Er ist verletzt. Ich muss ihm einen Unterschlupf bauen und ein Feuer anzünden. Ich kann ihn nicht liegen lassen.

13

Moncriith zitterte in dem armseligen Unterschlupf. Dem ersten Herbststurm waren klarer Himmel und eisige Fröste gefolgt. Er wagte nicht ein Feuer anzuzünden, um die Schmerzen in den Knochen zu lindern. Die Hexe würde beim ersten Hinweis auf seine Anwesenheit fliehen.

Im Dorf war sie ihm entwischt. Er durfte sie nicht frei umherlaufen lassen. Hexen waren Gift für Coronnan. Erst wenn sie und alle von Dämonen besessenen Magier in Coronnan ausgemerzt waren, würde er sicher sein.

Sie musste hierher kommen. Dämonen und ihre Magier brauchten Tambootie. Und dieses Wäldchen bot die einzigen giftigen Tambootie-Bäume zwischen dem Fluss Coronnan und den Ausläufern der Berge im Süden. Moncriith und seine Anhänger rotteten diese bösen Bäume aus, wenn sie jedes Jahr im Frühjahr und Sommer durchs Land zogen. Wenn sie den Dämonen die Nahrung entzogen, würden diese schwächer und leichter zu verwunden sein.

Myrilandel musste herkommen, um ihre dämonischen Kräfte zu nähren.

Er betrachtete sein kleines Messer für Rituale. Vom Feuer gereinigt, steckte es in einer Scheide aus Seide. Dieses Messer war sein magisches Instrument, um Myrilandel und ihre dämonischen Helfer genau zu diesem Ort zu führen. Er überdachte seine Wahl. Wenn er mit dem Messer einem kleinen Tier die Kehle durchschnitt, würde der Tod dieses Tiers Myrilandel noch schneller anlocken. Doch wenn er sich selbst schnitt, würde durch sein Blut der Zauber noch stärker wirken.

Ohne lang zu überlegen, setzte er die scharfe Klinge an die Wange und schnitt. Er genoss die Schmerzen und den Kraftstoß durch den ganzen Körper, der stets den Schmerzen folgte. Erst sah er nur undeutlich, aber dann war alles viel klarer. Er drückte die Wunde mit den Fingern zusammen. Warmes Blut tropfte vom Unterkiefer. Vorsichtig fing er die Tropfen mit einem frischen Tambootie-Blatt auf. Dann beugte er sich und fügte das Blatt der Mischung aus Kräutern und magischem Pulver hinzu.

Sein Blut vermischte sich mit den anderen magischen Zutaten für den Zauber. Beißende Dämpfe stiegen auf und füllten seinen Kopf mit den Bildern der Dinge, die er brauchte, um den Zauber zu vollenden.

»Bring Myrilandel, gehorsam und gefügig, damit ich das Urteil über sie fälle.«

Kalter Schweiß bildete sich auf seiner Stirn, die Schmerzen wurden stärker. Er stillte die Blutung mit einem weißen Leinentuch, das er zuvor in ein besonderes Pulver getaucht hatte. Abschließend legte er das Tambootie-Blatt auf das Tuch.

Mit einem Stock aus Tambootie-Holz zog er immer enger werdende Kreise um die Mischung. Jedes Mal, wenn er einen Kreis gezogen hatte, ritzte er eine besondere Rune in die Erde, die Myrilandel dazu bringen sollte, herzukommen. Er wusste, dass der Zauber erst wirken würde, wenn sie bereits auf dem Weg zum Wäldchen war. Aber sie musste herkommen, weil sie das Tambootie zur Nahrung brauchte.

Energie strömte aus seinem Stock in die Hand und den Arm. Seine sämtlichen Sinne waren jetzt geschärft. Er sah genau die Umrisse aller Bäume, Äste, Blätter. Der Geruch von nasser Erde und fauligem Laub stieg ihm in die Nase. Er hörte die Geräusche der kleinen Nachttiere und den Wind in den Wipfeln.

Ein Funken Hexenfeuer setzte seine Mischung in Brand. Grell schossen die Flammen empor. Auch die Kreise entzündeten sich. Flammen näherten sich immer mehr dem Kern des Zaubers. Die Runen glühten grün.

So unvermittelt wie die Flammen aus seinen Fingerspitzen gekommen waren, so schnell erloschen sie wieder. Es herrschte Stille. Er erwartete Myrilandel zwischen den äußeren Kreisen zu sehen.

»S'murghit!«, fluchte er. »Wo steckt sie?« Er hatte immer noch den geschärften Blick. Niemand außer ihm war im Wäldchen.

Gut, er würde eine Stunde warten, dann ein Feuer anmachen und sich in seine Decken wickeln und schlafen. Vielleicht kam sie morgen. Morgen war der Mond schwarz, und sein Zauber würde noch stärker sein. Myrilandel konnte ihm unmöglich widerstehen.

Nebelschwaden zogen sich durch die Bäume. Er schauderte. Eiskalte Geisterhände fuhren über seinen Rücken. Er schickte sie fort. Die umherirrenden Geister der Toten konnten ihm nichts anhaben.

Er konzentrierte seine Sehkraft auf ein Coronnan, in dem es keine Hexen und Magier gab, die ihre Körper an Dämonen ausliehen. Das Feuer dieser Vorstellung ersetzte das Lagerfeuer, das er gegen die Kälte hatte anzünden wollen. Seine Füße waren schon eiskalt. Als die Kraft aus seinem Körper strömte, spürte er wieder die nächtliche Kälte.

Keiner seiner Anhänger hatte die Scheune oder Herberge verlassen, wo sie Unterkunft für den Winter gefunden hatten, um ihm bei seinem Ritual zu helfen. Missmutig erkannte er, dass deren Begeisterung für ein Coronnan ohne Dämonen nicht so stark wie seine war.

Die dünne Mondsichel stieg höher am Nachthimmel. Er wartete, bis die Kälte die brennenden Schmerzen auf der

Wange betäubte. Er klapperte mit den Zähnen. Nein, er konnte diese Kälte nicht länger ertragen. Deshalb stand er auf, um ein Feuer anzuzünden.

Da hörte er schlurfende Schritte von Menschen links von ihm. Er straffte jeden Muskel.

Der Zauber hat also gewirkt!

Geduldig wartete er, bis sein hektischer Herzschlag ruhiger war. Dann holte er ein größeres Messer heraus. Er musste die Hexe schnell töten, ehe sie ihre Dämonen rufen konnte, welche seine Seele zerfetzen und sich seines Körpers bemächtigen würden. Es war niemand da, um die Dämonen abzulenken. Er hätte mit Freuden einen seiner Anhänger geopfert, um Myrilandels Tyrannei ein für alle Mal zu beenden.

»S'murghit!«, fluchte ein Mann.

Ein Mann? Welchen Mann hatte Myrilandel verführt, dass er ihr blind folgte, um von den giftigen Bäumen zu essen? Er hatte nicht den geringsten Zweifel, dass sie unschuldige Männer verführte. Magretha hatte jeden Geliebten betrogen, bis sie endlich wegen ihrer Verbrechen an den Menschen starb.

Etwas Schweres fiel auf den Boden. Die dicken, öligen Tambootie-Blätter verrotteten zu einer schleimigen Schicht, auf der man leicht ausrutschte. Außerdem gedieh unter einem Tambootie-Baum nur Tambootie-Samen. Nicht so wie bei ehrlichen Bäumen, deren Laub sich in guten fruchtbaren Kompost verwandelte.

Die Schritte kamen näher. Gedämpfte Flüche. Das waren mehrere Männer, die Stiefel trugen, keine Hexe, die selbst bis zum tiefsten Winter barfuß lief. Er aktivierte seinen scharfen Blick, aber von Myrilandel war keine Spur zu entdecken. Nur zwei Männer. Lord Kammeryls Männer?

Nein. Sie würden Fackeln oder Laternen haben. Die Eindringlinge mussten Magier sein, die kein Licht brauchten, um Tambootie zu stehlen. Magier, welche nicht in Lord Kammeryls Diensten standen, denn dann müssten sie kein Tambootie stehlen.

Moncriith machte sich kampfbereit. Der Tod eines ihrer Gefährten würde Myrilandel schnell herholen.

Ein hinterhältiges Lächeln zog einen Mundwinkel nach unten. Sollte er ins nächste Dorf eilen und einen Boten zu Lord Kammeryl senden? Der Kriegsherr war mit Sicherheit interessiert zu hören, wer sich nachts auf seinem Land herumtrieb. Kammeryl d'Astrismos bewachte seinen Besitz sehr scharf. Die gefangenen Magier würden sterben, doch zuvor unter der Folter alles gestehen. Moncriith würde von den Schmerzen und dem Blut viel Kraft schöpfen.

Lord Kammeryl würde vielleicht so dankbar für diese Information sein, dass er ihm gestattete in seiner Festung oder in einem seiner Dörfer zu überwintern.

»Es gibt nur wenige Blätter. Und etwas Timboor. Die Beeren enthalten fast ebenso viel Öl wie die Blätter.« Die ruhige Stimme durchbrach die nächtliche Stille.

»Nur die Blätter enthalten genügend makellose Kraft für meine Experimente. Wir müssen die Körbe mit Blättern füllen. Das Timboor holen wir später.« Diese Stimme klang ungeduldig – oder verzweifelt?

Moncriith vermochte sein Glück kaum zu fassen. Jetzt erkannte er die beiden Männer. Nimbulan und Ackerly. Nimbulan, der ihn aus dem Armeelager hatte werfen lassen, um Myrilandel zu schützen. Ackerly, der ihm entgegen des Befehls Proviant gegeben hatte.

Wo war Myrilandel jetzt? Warum bestahl Nimbulan seinen eigenen Lord?

Später würde er die Antworten schon bekommen. Die Gelegenheit, Coronnan von einem Gefährten Myrilandels zu befreien, durfte er keinesfalls ungenutzt verstreichen lassen.

Nimbulans Tod schwächte ihre Kraft und machte sie verletzbarer, wenn sie im Wäldchen auftauchte, um vom Tambootie zu essen.

Moncriith richtete sich auf. Das Messer lag perfekt in seiner Hand. Mit dem schweren Griff konnte er jeden niederschlagen.

Blut würde eine Horde Dämonen anlocken. Er konnte aus Nimbulans Schmerzen und Tod Kraft ziehen, aber er war nicht sicher, ob diese Kraft ausreichte, um mehr als einen Dämon zu vernichten, bis Myrilandel tot war.

Ja, er musste Nimbulan hier und jetzt töten. Wenn er ihn nur bewusstlos schlug und an Lord Kammeryl auslieferte?

»Lauf, Ackerly. Da ist wieder dieser verrückte Blutmagier. Er hat ein Messer!«, schrie Nimbulan.

Moncriith folgte den beiden, die sehr schnell liefen. Aber Moncriiths Magie wurde durch Nimbulans Angst gestärkt.

*

Ackerly schlug sich gleich in die Büsche neben dem schmalen Pfad, hockte sich hinter einen dicken Stamm und hoffte, sein dunkler Umhang würde ihn tarnen.

»Du kannst mir nicht entkommen, Nimbulan.« Moncriith rannte an ihm vorbei. Das Messer hielt er mit dem Griff nach vorn.

Verblüfft vergaß Ackerly seine Vorsichtsmaßnahmen. Da Moncriith das Messer verkehrt herum hielt, wollte er offenbar sein Opfer nur betäuben. Wollte er danach Nimbulans bewusstlosen Körper den Flammen übergeben? Beim Gedanken an diesen schrecklichen schmerzhaften Tod lief es Ackerly kalt über den Rücken.

»Ich kenne den Dämon, der dich führt. Ich kenne alle ihre Tricks«, kreischte Moncriith. Seine Wut war so groß, dass Funken aus den Fingerspitzen sprühten und aus den Fersen, wenn diese den Boden berührten.

Ackerly prägte sich jedes Detail über Moncriith genau ein. Der Wutanfall des Blutmagiers trübte dessen Urteilsvermögen. Außerdem verkündete er gern der gesamten Welt, was er alles tun wolle, noch ehe er damit begonnen hatte. Im Laufe der Jahre hatte Ackerly einen großen Vorrat an Informationen seinem Gedächtnis eingeprägt. Die richtige Information war so gut wie Gold. Wer würde zahlen, um Moncriiths Schwächen zu erfahren?

Er hatte nie genügend Gold.

Dann hörte er, wie das Messer an einem Baumstamm zerbrach. Ackerly verwendete so viel Magie, wie er hatte, um zu sehen, was im Tambootie-Wäldchen geschehen war.

Moncriith stand zitternd ein Dutzend Schritte entfernt. Sein Messer war in der Tat zersprungen. Die Teile lagen zu seinen Füßen. Er massierte sich den Arm, der nach dem Aufprall schmerzte. Dann schüttelte er den Kopf, als wolle er die Wut daraus vertreiben, um wieder klar denken zu können. Schnell hob er einen Ast auf und wog ihn in der Hand.

Wo war Nimbulan? Ackerly ließ seine Augen durch die Nacht schweifen. Links, dicht hinter Moncriith, sah er eine dunkle Gestalt.

Ackerly adjustierte seinen magischen Blick. Sein ältester Freund schien unverletzt zu sein. Allerdings zitterte er vor Angst und dem Mangel an Tambootie. Nimbulan brauchte dringend eine frische Dosis der Droge. Seine Magie stützte sich jeden Tag mehr auf diese künstliche Verstärkung. Ackerly sorgte dafür, dass er die täglich größeren Mengen bekam, um seine Sucht zu stillen. Selbst wenn Nimbulan vergaß, es zu verlangen.

Ackerly dankte den Sternengöttern, dass er niemals der

Versuchung des Tambootie erlegen war. Nach seiner Initiation mit dem Rauch – damals war er dreizehn gewesen – hatte er erkannt, dass er niemals die Kardia in seine Zauber einbringen konnte und Tambootie seine Magie auch nicht stärker machte.

Nimbulan war inzwischen nicht nur wegen seiner Magie von der Droge abhängig. Während der Schlachten war er oft am Rand seiner Kräfte gewesen und allein das Tambootie hatte seine Magie am Leben erhalten, und nur so war er während der Schlacht und hinterher sicher.

Das Tambootie bewirkte auch, dass Nimbulan sich um die Kosten der Verpflegung nicht kümmerte. Wenn der Schlachtenmagier die Münzen nicht nachzählte, verriet Ackerly ihm auch nicht, wie viel er für sich abzweigte.

Als Ackerly Nimbulan neben dem Blutmagier kauern sah, statt den Feind mit Magie zu bekämpfen, war ihm klar, dass sein Freund ohne Tambootie äußerst verletzbar war.

»Nimbulan, wo bist du? Alles in Ordnung? Ich kann dich nicht finden.« Ackerly trat auf der Stelle und schickte seine Stimme zehn Schritt vor Moncriith. Ein Trick, der nach Magie aussah, es aber nicht war.

Moncriith ließ sich ablenken und eilte fort von Nimbulan. Lautlos kroch Ackerly an Nimbulans Seite.

Da erhob sich Nimbulan und wollte mit erhobener linker Hand einen Zauber gegen Moncriith wirken. Ackerly packte den Obersten Magier bei den Schultern. Nimbulan blickte ihn lediglich verständnislos an.

Ackerly legte einen Finger auf die Lippen, damit Nimbulan schwieg. Dann führte er den größeren Mann fort von Moncriith und dessen schwerem Ast.

Nimbulan stolperte über ein Hindernis. Lächelnd legte Ackerly ihm einen Arm um die Mitte, um ihn zu stützen. Eigentlich war es ganz gut, wenn der Oberste Magier sich für schwächer hielt, als er tatsächlich war. Gemeinsam gingen sie durch den Wald zurück zu ihren Pferden.

Plötzlich hörten sie jemanden rennen und blieben stehen.

»Komm zurück, du feiger Magier! Ich muss dich von dem Dämon befreien, von dem du besessen bist!«, schrie Moncriith. »Stell dich dem Zorn der Sternengötter und erkenne die Wahrheit! Dämonen führen dich in die Schlacht. Dämonen geleiten jeden deiner Schritte. Dämonen beherrschen Coronnan.« Seine Worte hallten von den Stämmen des Tambootie zurück.

In der Nähe brannte ein kleines Lagerfeuer. Männer rannten auf Moncriith zu.

»Was ist? Wer seid ihr?« Die Männer trugen die leichte Rüstung und die Farben Lord Kammeryl d'Astrismos', Dunkelgrün und Kastanienbraun. Sie hielten die Fackeln hoch, um zu sehen, woher diese Störung kam.

»Komm zurück, Nimbulan! Wir sind noch lange nicht fertig miteinander!«, rief Moncriith. Dann schrie er einen Soldaten an. »Lass mich sofort los! Er entkommt. Er hat vom Land Eures Lords Tambootie gestohlen.«

»Hier ist niemand, verrückter Priester. Ihr habt Schatten gejagt. Jetzt kommt mit, um Lord Kammeryl Meldung zu machen.«

»Wir haben keine Zeit. Dämonen verbergen Nimbulan vor unseren Augen und helfen ihm zu fliehen.«

»Ihr seid noch verrückter, als ich gedacht habe. Also, kommt Ihr friedlich mit oder müssen wir Euch an Händen und Füßen fesseln und in Lord Kammeryls Verlies schaffen?«

Ackerly hörte Kampfgeräusche, dann Stöhnen. Ein schwerer Körper fiel zu Boden. Er wollte so schnell wie möglich zu den Pferden.

Er zählte einen Offizier und zehn Mann. Genügend, um Moncriith festzunehmen.

»Wir sind jetzt sicher, Nimbulan«, sagte Ackerly, als sie ihre Pferde stumm fast eine Meile am Halfter geführt hatten. Erst dann schwang er sich in den Sattel.

Nimbulan stand schwankend neben seinem Pferd und sagte kein Wort – Unsicherheit, Erschöpfung?

»Ich besorge dir Tambootie. In Sambal können wir es auf dem Markt kaufen. Dann kannst du deine Experimente durchführen.« Er half dem Freund in den Sattel.

»Kaufen? Ich habe fast mein ganzes Gold für Möbel und Vorräte für die Schule ausgegeben.« Nimbulan blickte Ackerly unsicher an.

»Ich finde einen Weg, dir Tambootie zu bringen. Überlass das ruhig mir.«

*

»Ich dachte, Ihr wirkt eine verdammt konventionelle Magie, Moncriith. Dennoch seid Ihr in meinen Tambootie-Wald eingedrungen – zu den Bäumen, welche Magiern Kraft geben«, sagte Lord Kammeryl d'Astrismos so leise, dass die sieben Männer, die hinter seinem Sessel standen, ihn kaum verstanden. »Meine Männer haben Euer Lager gefunden. Offenbar seid Ihr dort schon geraume Zeit. Da Ihr Tambootie als Dämonennahrung verflucht, hätte ich erwartet, dass Ihr die Bäume fällt, nicht inmitten von ihnen lebt.

Die Wachen, die Moncriith festgenommen hatten, hatten den Lord aus dem Bett geholt, damit er über die Verbrechen von unbefugtem Eindringen und Widerstand gegen den Arrest urteilte.

Moncriith stand ungebeugt vor dem Lord. Die schweren Fesseln um Hände und Füße waren unnötig. Er hatte nicht die Absicht, Schloss Krej, den Stammsitz Kammeryls, bis zum Frühling zu verlassen.

Der Lord schaute ihn unter schweren Lidern an. Er trug nur seinen Morgenmantel aus schwerem rotgoldenem Brokat, das farblich genau zu seinen Haaren passte – zu perfekt. Er saß in seinem Sessel und hatte die Beine übereinander geschlagen. Sein nacktes Bein konnte man bis zum Ende des Oberschenkels sehen. Er trug keine Unterwäsche.

Ein hübscher Junge, etwa zwölf Jahre alt, stand rechts von Kammeryl. Sein Arm lag auf der Sessellehne. Seine blonden Locken fielen ihm bis auf die Schultern. Er trug nur ein übergroßes Hemd, das ihm über die Knie reichte. Die Ärmel waren ebenfalls zu lang. Es sah so aus, als habe er Lord Kammeryls Hemd angezogen, nicht seins. Der Lord liebkoste die weiche Haut des Jungen und wartete auf eine Erklärung.

Moncriith hatte keine Lust, eine Erklärung abzugeben. Sollten doch die Wachen sprechen, die ihn festgenommen hatten. Er brauchte seine gesamte Energie dazu, das Zittern zu unterdrücken. Außerdem tat die linke Wange sehr weh. Die Schmerzen zogen sich nun vom Scheitel bis zum Schlüsselbein. Leider konnte er aus diesen Nachschmerzen nicht genügend Energie ziehen, um einen guten Zauber zu wirken.

»Es waren noch andere im Wald«, erklärte einer der Wachen, der höchstens siebzehn war. »Ich glaube, es waren Dämonen auf der Suche nach Tambootie. Sie sind in einer Rauchwolke verschwunden, als seien sie nie dort gewesen.« Der junge Soldat bekreuzigte sich und flatterte mit den Händen. Seine Wangen waren hochrot.

Moncriith unterdrückte ein Lächeln. Offensichtlich hatte der Soldat keine Ahnung, dass niemand, weder ein Magier noch ein Dämon, ein lebendiges Wesen sicher von einem Ort an einen anderen schaffen konnte. Nur leblose Dinge überstanden das Trauma eines solchen Zaubers. Der Aberglauben und die Furcht des jungen Manns kam Moncriith zugute. Er konnte ihre Fantasie mit Horrorgeschichten darüber füllen, was Dämonen der Seele eines Menschen antaten. Wenn er einen Winter im Schloss zubrachte, würde er viele als Anhänger im nächsten Frühjahr gewinnen.

Moncriith schaute Kammeryl an. »Ich finde es eigenartig, dass Euer Schlachtenmagier von Euch Tambootie stehlen muss, Sire.« Er fügte den königlichen Titel hinzu, um den Ehrgeiz des Lords anzustacheln. »Wenn Ihr das Tambootie nicht Nimbulan und seinem Assistenten gegeben habt, ist Euch vielleicht klar geworden, wie viel Böses in diesen Bäumen steckt, welche Dämonen nähren.«

Lord Kammeryl warf den Kopf zurück und lachte schallend. »Also muss Nimbulan das Tambootie stehlen, um seine magischen Kräfte zu stärken. Ich glaube, ich bin ihn noch rechtzeitig losgeworden. Er wird alt. Seine Fähigkeiten als Magier lassen spürbar nach. Wenn das Tambootie ihn umbringt, muss ich seinem Nachfolger nicht den Auftrag zum Meuchelmord geben.«

»Wenn ich seinen Platz als Magier einnehme, kann ich Eurer Armee und Eurem Haushalt die Dämonen austreiben, welche von Nimbulan Besitz ergriffen haben. Ihr könnt nicht über ein geeintes Coronnan herrschen, solange die Dämonen nicht ausgerottet sind.« Moncriith gab sich Mühe, demütig und beruhigend zu klingen. Wenn man ihm Zeit ließ, würde er den Lord dazu bringen, dass dieser die Hexenjagd auf Myrilandel und ihre dämonischen Begleiter für seine eigene Idee hielt und nicht für die Moncriiths.

»Den Winter könnt Ihr hier verbringen und ein paar Zauber wirken, welche ich zur Kommunikation und gegen Seuchen brauche. Im Frühling ist immer noch Zeit, einen besseren Magier zu finden. Ich werde über ein geeintes

Coronnan herrschen – mit oder ohne Dämonen.« Kammeryl gähnte und erhob sich und strich liebevoll mit der Hand über die Locken seines Favoriten. Danach liebkoste er dessen Schulter. Seine Hand wanderte weiter über den schönen Knabenkörper, als beide den Audienzsaal durch die Hintertür verließen.

»Eine Mahlzeit und ein Bett wären sehr willkommen, Brüder«, meinte Moncriith, als die Wachen ihm die Ketten abnahmen. Man sah deutlich die Spuren von Hunger und Erschöpfung auf seinem Gesicht, Als er auf seine abgetragene rote Robe blickte, welche die gleiche Farbe und Form hatte wie die eines Priesters.

Seine Anhänger brauchten nicht zu wissen, dass er vom Tempel verbannt wurde, weil er seine Magie nur mit Blut nähren konnte. Auf den ersten Blick brachten ihm die Menschen den Respekt entgegen, der seinen Gewändern gebührte, und lauschten ihm aufmerksam. Wenn seine Anhänger erfahren hatten, dass die Priester und Magier im Tempel Dämonen wie Myrilandel Schutz gewährten, wendeten sie sich sogleich vom Tempel ab.

»In der Küche ist immer ein Topf warme Suppe und Brot.« Der junge Soldat zeigte auf eine Tür, welche zum Küchentrakt führte.

Diese Soldaten unterschieden sich nicht von den gewöhnlichen Bauern, mit denen es Moncriith normalerweise zu tun hatte. Morgen würde er sich beim Haushofmeister einschmeicheln, der die Dienerschaft beaufsichtigte. Heute Abend jedoch musste er genau überlegen, wie Nimbulan getötet werden konnte, ohne dass die Schuld auf jemanden fiel, der für Moncriith nützlich sein könnte.

14

Timboor sang in Nimbulans Blut. Die Frucht des Tambootie-Baums verlieh der Aura jedes hölzernen Möbelstücks im Raum ein Glitzern wie von Kristall. Die schlichten Umrisse des Betts, der Truhe und des Tisches funkelten.

Die Nervenenden in Fingern und Zehen prickelten mit frischer Sensibilität. Er sog aus Holz, Stoff und Stein Energie auf. Es war eine andere Macht als die aus den Tambootie-Blättern, aber es war Macht.

Er streichelte die Aura des Arbeitstisches. Die gelbweiße Energie nährte ihn, wie es keine anderen Speisen vermochten.

Mehr brauchte er nicht. Den Sternengöttern sei Dank, dass Ackerly neulich nachts die Taschen mit Timboor gefüllt hatte. Vielleicht war diese Art magischer Energie, die ihn alles so klar sehen ließ, der Schlüssel zur Bündelung von Magie. Wenn er die einzelnen Komponenten einer Aura sehen oder – noch besser – wenn er seine Gedanken mit denen eines anderen präzise verknüpfen konnte, müsste es möglich sein, auch ihre magischen Kräfte zu vereinigen und damit zu vergrößern.

Sorgfältig stellte Nimbulan das Kraftfeld um ihn herum auf Lauschen um. Die Gedanken Haakkons, Powwells und Zanes zischten mit der Lichtgeschwindigkeit der Jugend durch seinen Kopf. Gedanken an Arbeit, Studium, die Geheimnisse der Frauen und die gemischten Gefühle, Achtung und Ablehnung, ihren Meistern gegenüber. Sie stellten sich Fragen über die Magie und das Leben.

Zu unausgegoren und unerfahren. Die jungen Burschen konnten ihm nicht helfen.

Nimbulan schickte seinen Zauber tiefer in das alte Kloster. Er suchte Maalin und Jaanus, die beiden Lehrlinge in der Bibliothek. Ihre Gedanken drehten sich um den Duft frisch gebackenen Brots und die Bücherstapel, die noch katalogisiert werden mussten.

Diesmal war Quinnault de Tanos nicht bei ihnen.

Er suchte die farbenfrohen Gedanken des Mannes, dessen Großzügigkeit diese Schule ermöglichte.

Bisher war es ihm nie gelungen, in die Gedanken de Tanos' einzudringen, wenn dieser anwesend war. Wenn er mit Hilfe des Timboor die natürliche Schutzhülle des Lords durchbrechen konnte, würde er die Gedanken eines jeden Menschen lesen können. Er hielt das Lesen der Gedanken – eigentlich eher die Vermengung von Gedanken und Auren – für unabdingbar, um Magie zu bündeln. Doch Quinnaults Gedanken blieben ihm unzugänglich.

Er brauchte Nähe. Ackerly. Sein ältester Freund. Sie hatten zusammen studiert und gearbeitet, seit Nimbulan zehn und Ackerly zwölf Jahre alt war. Ackerlys Gedanken waren Nimbulan fast so vertraut wie seine eigenen.

Hinaus aus dem Klosterbau über den großen Innenhof zu dem viel begangenen Pfad auf dem Damm, der die beiden Inseln verband. Es herrschte Flut und die Kette der Findlinge war von Wasser bedeckt. Doch derartige Hindernisse vermochten Nimbulans Magie nicht aufzuhalten. Er flog zur großen Insel, auf der de Tanos inmitten von Feldern und Höfen seinen Herrensitz hatte.

Dann wanderte er von der großen Insel den Fluss Coronnan hinauf. Er erspürte jede Biegung und Strömung des Flusses, als schwebe er tatsächlich über den tosenden Wassermassen. Über das Schlachtfeld hinweg, wo er Keegan hatte töten müssen, um zwei Armeen zu retten. Diese Wunde schmerzte immer noch sehr, mehr als das schlechte Gewissen gegenüber Druulin, Boojlin und Caasser, die vor achtzehn Jahren auf demselben Schlachtfeld gestorben waren. Hätten er und Ackerly damals eine Möglichkeit gefunden, den schrecklichen Zauber aufzuheben, der alles vernichtete, was sich ihm in den Weg stellte? Oder wären auch sie schreiend im Todeskampf gestorben?

Von den Generationen, die auf dem Schlachtfeld spukten, erhielt er keine Antworten. Er flog weiter flussaufwärts.

Nach vielen Meilen hielt Nimbulan beim Flussportal Sambols inne. Sambol lag am Fuß des Bergpasses, Ab hier war der Coronnan schiffbar. Sambol spielte eine wichtige Rolle, da sich hier Handelswege kreuzten. Kaufleute aus aller Welt trafen sich hier. An den Marktständen der Stadt konnte man alles kaufen, sei es legal, moralisch oder nicht.

Dorthin war Ackerly gegangen, um für Nimbulan und seine Schüler einen neuen Vorrat an Tambootie zu kaufen.

Nimbulan lauschte in den unzähligen Köpfen nach vertrautem Satzbau und Akzent. Er hörte Juweliere aus Jehab, Spitzenhändler aus SeLenicca, Söldnerführer aus Rossemeyer und Gewürzhändler aus Varnicia. Endlich fing er die gebildete Sprache eines Magiers auf, der in einer Bude neben einer düsteren Seitengasse mit einem Töpfer feilschte. In diesen Gefäßen konnte alles und jedes enthalten sein, darunter auch das kostbare Tambootie.

Ackerly beendete das Feilschen, holte fünf Goldstücke aus dem Beutel, den Nimbulan ihm gegeben hatte, und legte sie widerwillig vor den Händler hin. Man sah, dass ihn jede Münze schmerzte. Es war auch der Rest von Nimbulans Vermögen. Nimbulan schaute zu, wie sein Assistent sich nach jeder Münze übers Gesicht fuhr, als wolle er eine lästige Fliege verscheuchen. Nachdem Ackerly dem Händler die letzte Münze hingelegt hatte, klopfte er seine Taschen ab, als suche er etwas. Entsetzen breitete sich auf seinem Gesicht aus.

Nimbulan lachte insgeheim. Ackerly war offenbar dabei, mittels eines Tricks eine oder mehrere Münzen zurückzugewinnen. Geld und Feilschen waren für Nimbulan stets Geheimnisse geblieben. Doch Ackerly war darin hervorragend. Ihm war zu danken, dass er für sie beide und die Lehrlinge bei dem kärglichen Haushaltsgeld, das Nimbulan zahlte, stets ein Dach über dem Kopf und etwas zu essen beschafft hatte. Die Münzen hatte Ackerly verdient, als sie vor vielen Jahren ein Pferderennen manipuliert hatten. Mit dem Geld waren sie etliche Jahre ausgekommen. Sie hatten sich zusätzlich etwas zu essen und wärmere Kleidung auf den Märkten gekauft, welche sie mit Druulin besucht hatten, nachdem dieser sie auf seine Wanderungen mitgenommen hatte.

Nimbulan war sicher, dass der geizige Ackerly möglichst günstig eingekauft hatte. Deshalb kehrte er zum Fluss zurück und ließ sich in Gedanken gemächlich zurück zu den Inseln an der Flussmündung treiben.

Er kreiste noch kurz über den Gebäuden auf der großen Insel. Wenn er Ackerly so weit entfernt fand, müsste er Quinnault schon längst aufspüren können. Die mentale Rüstung des Lords war vielleicht unbewusst, aber sie hatte ein bestimmtes Muster aus Hell und Dunkel, das sich verwirrend drehte.

Nimbulan traf nur auf Menschen mit schlichten Sorgen um Arbeiten auf dem Feld oder im Haushalt. Er flog in Gedanken die einzige Treppe der Festung hinauf. Oben zögerte er. War der Lord rechts im Empfangsraum für die Öffentlichkeit oder in seinen Privatgemächern links?

Nimbulan lauschte nach links. Quinnaults gleichmäßiger Atem verriet seine Anwesenheit. Schnell schlich sich der Magier in die Gedanken seines Gönners. Nur eine dünne Barriere hatte den Zugang blockiert, welche er beiseite schieben konnte.

Jetzt war vor seinen Augen ein altes Pergament, über und über von Zahlen bedeckt. Einzelne Stellen waren abgeschabt und überschrieben worden. Zahlenkolonnen, die irgendwie alle einen Sinn ergaben. Nimbulan sah alles durch Quinnaults Augen!

Er spürte die Schreibfeder des Lords in seinen Händen. Er hörte, wie die Feder übers Pergament kratzte, spürte jeden Atemzug der Lunge des Jüngeren, rhythmisch und kräftiger als seine eigenen.

Dann wurde ihm schwarz vor den Augen. Er sah die Zahlen nicht mehr, hatte keinerlei Gefühl mehr.

Wo war er? Wer war er? Endlose Dunkelheit erstreckte sich vor ihm. Kein Licht. Kein Laut. Kein Körper, um etwas zu empfinden.

*

Ackerly schlug verärgert um sich. Diese s'murghin Fliegen! Heute war die Plage in der Stadt besonders schlimm. Bei seinen früheren Besuchen in Sambol hatten sie ihn nicht so geplagt.

Er bemühte sich, das Summen neben seiner Schläfe zu ignorieren. Er hatte wichtigere Geschäfte in Sambol zu erledigen, als Fliegen zu erschlagen.

Zögernd holte er die fünfte Münze aus dem Beutel und legte sie in die ausgestreckte Hand des Töpfers, ehe er das lästige Insekt verscheuchte.

Stumm betrachtete er die im Beutel verbliebenen Münzen. Nimbulan hatte ihm zwanzig Goldmünzen gegeben, mit der Anweisung, alle auszugeben, falls es nötig sei, um genügend Tambootie zu kaufen. Die Überdosen der Droge hatten den Verstand des Schlachtenmagiers geschädigt. Tambootie kostete selten mehr als drei Münzen, niemals mehr als acht.

Selbst wenn Kriege und Handelssperren die Preise hochtrieben und die einzige Bezugsquelle der schwarze Markt war, konnte Ackerly immer einen vernünftigen Preis heraushandeln. Wer wollte es schon haben, abgesehen von der stetig abnehmenden Zahl der großen Magier?

Nimbulan dachte wegen der Droge nicht mehr logisch. Doch es half Ackerly, dass der Magier keine Ahnung von Preisen hatte. Die fehlenden Münzen würde er nie vermissen.

Nun, vielleicht würde er es merken, wenn fünfzehn Münzen fehlten, doch keine fünf oder acht. Oder zehn.

Hätte Nimbulan Geld sparen wollen, hätte er ihm Kupfer und Blei geben müssen. Diese Metalle waren zum Ausgeben, Gold jedoch, um es zu horten. Gold polierte man und zählte es.

Ackerly nahm von Kammeryl d'Astrismos das Honorar in Gold, gab es jedoch nie aus. Er gab Nimbulans Geld aus und fügte ein paar Münzen zu seinem Schatz, als Kommission für gutes Feilschen. Sein eigenes Geld gab er nie aus.

Es widerstrebte ihm zutiefst, überhaupt Münzen zurückzugeben, die er nicht ausgegeben hatte. Aber es musste sein, um den Verdacht von sich abzulenken und Nimbulan im Glauben zu lassen, dass er in seinem Interesse gut feilschte.

Wieder summte die Fliege. Doch diesmal erkannte Ackerly im Summen einen Ruf, nicht nur das Geräusch irgendeines Insekts. Er berührte sein Glas in der Tasche. Es blieb ruhig. Dann berührte er sämtliche anderen Taschen, um sicher zu sein, dass er nicht zufällig irgendwelche magischen Geräte eingesteckt hatte, die einen fehlgeleiteten Zauber anzogen. Nichts.

Der alte Töpfer holte einen mittelgroßen Krug hinten aus seiner Bude und reichte ihn Ackerly. Der alte Mann tat so, als sei der Krug sehr schwer. Ackerly war verblüfft, wie leicht er war.

Vorsichtig hob er den Deckel. Der Duft getrockneter Tambootie-Blätter stieg ihm in die Nase. Der Alte hatte ihn nicht betrogen. Das waren erstklassige Blätter, in einem Brennofen getrocknet, während sie noch frisch waren und das wichtige Öl enthielten. Dieser Krug mit den Blättern war für einen nach dieser Droge süchtigen Magier viel mehr wert als fünf Münzen. Ackerly lächelte und war mit sich zufrieden, als er den schweren Geldbeutel in der Tasche seiner Tunika fühlte.

Wieder spürte er das Kribbeln eines magischen Rufs, der sein Ziel verfehlt hatte und nun jeden Magier absuchte. Doch da verstummte das Summen. War Nimbulans Magie so geschwächt, dass er nicht einmal einen schlichten Ruf versenden konnte?

Ackerly hielt den Krug mit dem kostbaren Tambootie fest im Arm und holte aus einer Tasche sein Glas, das leicht in eine Handfläche passte. Er zögerte, es in der Öffentlichkeit zu zeigen. Klares Glas war so selten und so schwer zu bekommen, dass nur Magier es besaßen. Wenn die Menge das Glas in seiner Hand sah, würde er entweder zur Zielscheibe von Hassreden kriegsmüder Menschen werden oder Söldner würden den Magier entführen, um ihn an den höchsten Bieter zu verkaufen. Allerdings würde man für Ackerly keinen sehr hohen Preis erzielen, da er nur Assistent eines Magiers war und keine Schlachtenzauber schleudern konnte.

Beinahe hätte er das Glas tollkühn offen gezeigt. Aber dann gewann sein Sinn für die Realität die Oberhand.

Er suchte die nächste offene Flamme, um durch sein Glas den Ruf zu empfangen. Er lächelte die junge Frau an, die über einem kleinen Kohlebecken Kastanien röstete. Sie lächelte zurück und bot ihm eine geschälte Kastanie an. Vielleicht konnte er die junge Frau überreden, seine Nüsse im Bett zu wärmen, nachdem er seinen Ruf empfangen hatte.

Ihm waren Frauen vom Land lieber als die abgebrühten

Marketenderinnen in einem Armeelager. Diese Dorfschönen brachten unschuldiges Vergnügen mit ins Bett. Ackerly wurde ganz warm bei dem Gedanken, das Mieder der jungen Frau aufzuschnüren. Sie hatte es ordentlich von oben nach unten verschnürt. Er leckte sich die Lippen in Vorfreude, sie dazu zu überzeugen, ihr Mieder abzulegen. Nur Huren schnürten ihr Mieder von unten nach oben, um es den Männer leichter zu machen.

Doch zuvor musste er den Ruf erwidern. Er kniete sich neben dem Kohlebecken nieder, als wolle er sich die Hände wärmen. Er hielt das Glas vor sich, das die winzige Flamme aus der Glut vergrößerte.

Dann leerte er den Kopf, um die Nachricht vom Absender zu empfangen. Er erwartete Nimbulan zu sehen. Doch das kostbare Glas blieb leer. Er spürte keine Vibration in den Fingerspitzen.

Hatte der Magier aufgegeben, der den Ruf ausgeschickt hatte? Nimbulan wusste, dass er geschäftlich unterwegs war und ihm vielleicht nicht sofort antworten konnte. Aber wer sonst würde ihn rufen?

Verstohlen blickte er umher. Was war, wenn Kammeryl d'Astrismos einen neuen Schlachtenmagier eingestellt hatte, der Nimbulan neutralisieren sollte? Wahrscheinlich würde der neue Magier versuchen, den Assistenten und die Lehrlinge des alten Magiers wegzulocken, um etwas über Nimbulans Tricks und Zauber zu erfahren.

Ackerly gab den Gedanken, die Kastanienverkäuferin zu verführen auf, und ging durch die verwinkelten Straßen Sambols zurück zu seiner Herberge. Jemand mit Magie beobachtete ihn. Er musste sein Gold verstecken, ehe dieser Magier ihn ausgespäht hatte.

*

Myri blieb einen Moment in dem Unterstand stehen, den sie an der Klippe als Regenschutz für sich und Televarn gebaut hatte. Jeglicher Gedanke an ein Essen war ihr vergangen. Sie vergaß, dass sie drei Fische in den Korb gelegt hatte.

Sie beobachtete, wie eine dunkle Linie über der Gischt am Strand tanzte. Eisengraue Wolken spielten mit dem graugrünen Wasser. Die Wellen türmten sich auf, bildeten cremefarbene Schaumkronen und stürzten dann in die unergründliche Tiefe. Sie spürte poetische Magie in ihrer Seele. Am liebsten hätte sie diese Bilder zu einem unauslöschlichen Lied geformt.

(Komm in die trockene Höhle, ehe du dich erkältest!), sagte Amaranth auf einem Felsvorsprung oben in der Klippe. (Wir haben Herbst. Der Regen ist kalt.)

Sie drehte eine Pirouette, aus purer Freude am Leben zu sein, einen kostbaren Flugflipper als Begleiter zu haben und Televarns Liebe zu kennen.

Vielleicht sollte sie zur Höhle hinaufklettern und ein wenig Zeit mit Amaranth verbringen, ehe sie zu Televarn zurückkehrte. Amaranth konnte wegen seines verstauchten Flügels noch nicht fliegen. Ein Fisch in ihrem Korb war für ihn.

Ich muss bei Televarn bleiben. Dieser Gedanke beherrschte sie so stark, dass sie die Idee aufgab, zu Amaranth hinaufzuklettern.

(Er lügt dich an. Er ist deiner nicht wert), warnte Amaranth.

»Komm zu mir, Amaranth. Wir tanzen zusammen im Regen. Ich bringe dich zu Televarn.« Sie streckte die Arme für den Flugflipper aus. Allerdings wusste sie eigentlich nicht, weshalb es jetzt so wichtig war, dass Amaranth in Televarns Armen sein sollte.

(Ich traue ihm nicht.) Der Flugflipper drehte ihr den Rücken zu und zog sich tiefer in die Höhle zurück.

Myri hielt einen Fisch hoch, um ihren Liebling anzulocken. Plötzlich war es für sie ungemein wichtig, Amaranth bei sich zu haben. Komm zu Televarn.

Amaranth ignorierte den Fisch.

Eine Kältewelle schlug Myri ins Gesicht und verkündete eine große Welle. Schnell lief sie zu Televarn in den Unterstand.

Amaranths starrsinnige Ablehnung ihres Geliebten verdüsterte ihre Stimmung. Televarn versprach ihr ein Heim und eine Familie. Die Stimmen, die sie nach Osten geschickt hatten, versprachen nur ein Heim. Konnte Amaranth nicht sehen, wie wichtig dieser wunderschöne Mann für sie war – für sie beide?

Ich muss Televarn lieben. Sie konnte das tiefe Verlangen nach Liebe nicht verleugnen.

Ihr Magen knurrte. Darüber musste sie lachen.

»Komm aus dem Regen, cherbein.« Televarn zog sie am Ärmel in den Unterstand, den sie aus Treibholz gebaut hatte. Amaranths Höhle war hoch über ihnen. Von dort aus sah man nicht nur die gesamte Bucht, sondern auch ein Stück des Festlands.

Im Unterstand brannte hinten an der Felswand ein kleines Feuer. Davor hatten sie aus Moos und Gras ein Bett gemacht, das sie einlud, sich neben Televarn zu legen.

Als er sie in seine Arme schloss, fühlte sie sich unsagbar glücklich. Sie zog mit den Fingern die Stickereien an seiner Weste nach und erfreute sich an dem symmetrischen Muster. Die Silber- und Goldfäden wirkten auf dem schwarzen Samt wunderschön. Vor Freude lachte sie.

»Ich verstehe dich nicht, Myri. Du lachst über alles. Ich dachte, Hexen müssten stets ernst sein und düstere Prophezeiungen von sich geben.« Er ließ ihre Hand fallen und zog sich ans warme Feuer zurück.

Die Trennung raubte ihr etwas von der Freude. Wäre sie zur Höhle hinaufgeklettert, hätte Amaranth sich an sie geschmiegt und sie gewärmt.

Denk nicht daran, Televarn jemals zu verlassen!

»Hexen sind in erster Linie Frauen. Wir lachen. Wir weinen und lieben – wie andere Frauen.« Sie stellte den Korb mit den Fischen neben den Eingang und kniete vor ihm nieder. »Am meisten lieben wir das Leben und die Männer, die es bedeutungsvoll machen.« Sie küsste ihn auf den Hals.

Er nahm sie in die Arme. Die Grobheit des Griffs überraschte sie. Für gewöhnlich war er viel behutsamer und zärtlicher.

»Was würde ich ohne dich tun, Myrilandel? Mein Leben begann in dem Moment, als ich die Augen aufschlug und dich sah – mit einer schwarzen Katze auf der Schulter.« Er zog sie noch näher an sich. »Mein gesamtes vorhergehendes Leben, meine Familie, meine Wanderungen, meine anderen Geliebten sind alle bedeutungslos.«

Myrilandel konnte sich nicht lang still verhalten. »Ich muss jetzt den Fisch braten. Hast du Wellenknollen gefunden, die ich dazu machen kann?«

Televarn entließ sie nur ungern aus den Armen. »Ich habe es satt. Immer nur Fisch und Wellenknollen. Seit Wochen haben wir nichts anderes gegessen.« Er seufzte und griff nach seinem Binsenkorb. »Mir läuft das Wasser im Mund zusammen, wenn ich an frisches Brot, Fleisch und Yamwurzeln denke.«

Myri untersuchte die fünf Wellenknollen in seinem Korb und untersuchte sie nach faulen Stellen. Alle fünf Knollen waren frisch und reif. Sie hatten dicke Haut, die ganz zart wurde, wenn man sie über dem Feuer briet. Die Flüssigkeit im Inneren schmeckte bitter, wenn man sie frisch trank, wurde aber süßer, wenn man sie kochte. Getrocknet oder frisch verhinderten die langen flachen Blätter dieser Seepflanze viele

Krankheiten und verliehen den Speisen einen leicht salzigen Geschmack. Auch sie hätte gern etwas anderes gegessen, verdrängte aber den Wunsch. Ihr Leben war jetzt hier – in der Bucht mit Televarn.

»Wir können nur essen, was das Meer uns gibt, Liebster. Die Flutwellen waren so hoch, dass wir nicht zum Festland gehen und Wege ins Inland suchen konnten«, hielt sie ihm vor. Eigentlich wollte sie seinen Rover-Clan in der nächsten Bucht nicht kennen lernen. Sie konnte die steile Klippe in der Nähe der Höhle, wo Amaranth schmollte, hinaufklettern, aber sie wollte nicht ohne Televarn gehen. Aber seine Kletterkünste waren eher bescheiden.

»Du fühlst dich besser, nachdem wir gegessen haben.« Sie nahm die Fische aus und spießte sie auf, dann wickelte sie die Knollen in feuchte Blätter und legte sie ins Feuer.

»Ich liebe dich wirklich, Myrilandel, aber ich fühle mich einsam. Selbst deine Katze kommt nicht, um die Eintönigkeit in diesem Loch zu unterbrechen. Ich war immer mit Menschen zusammen. Ich muss wissen, ob meine Familie sicher ist.« Er schlug mit der Faust gegen einen Stützbalken. Rindenstücke flatterten herab.

Myri schaute zu, wie die kleinen Stücke aufflammten und sich zu Aschespiralen drehten. Ihre Gedanken zogen mit dem Rauch nach draußen.

»Hörst du mir zu, Myrilandel? Warum mag deine Katze mich nicht? Der Kater lässt sich nicht einmal anfassen. Es ist, als hätte er Angst vor mir.«

»Amaranth hat sich in einem Netz verfangen und sich wehgetan. Das war kurz, ehe wir uns getroffen haben. Er will nicht, dass jemand seine Seite oder seinen Rücken berührt, ehe er wieder ganz gesund ist.« Ihre drei Heilversuche waren an Amaranth abgeglitten und waren nicht zum Kern des Schmerzes vorgedrungen. Er brauchte eine andere Art Heilen, eine, die sie nicht beherrschte. Ansonsten würde es vielleicht den ganzen Winter dauern, ehe sein Flügel geheilt war.

Das gefährliche Netz war mit Sicherheit von einem Rover gekommen. Aber weshalb hatte es sich so hartnäckig um den Flugflipper gewickelt?

Televarn erwähnte nie ihre erste Begegnung. Er behauptete, beim Sturz von der Klippe das Gedächtnis verloren zu haben. Wenn das stimmte, wusste er nicht, dass Amaranth fliegen konnte.

»Die Heilung der Katze braucht offenbar sehr lange.« Er blickte auf die Messerkerben, die er in einen dicken Ast schlug. Eine Kerbe für jeden Tag, den sie gemeinsam verbracht hatten. Myri konnte ihre zehn Finger drei Mal auf die Kerben legen. Dann blieben noch drei. »Du magst eine gute Hexe sein, aber ich schlage vor, dass ein anderer Heiler sich die Katze anschaut. Wir brauchen außerdem eine bessere Unterkunft, ehe der Winter so richtig einsetzt.«

»Amaranth braucht keinen anderen Heiler. Er braucht Zeit und mich.« Eine Art Panik drückte ihr die Luft ab.

Vertrau Televarn. Myri blickte ihren Geliebten forschend an und fragte sich, ob er diesen Gedanken in ihren Kopf geschickt hatte oder ob er von ihr selbst stammte.

»Du willst nicht sehen, dass Amaranth einen anderen Heiler braucht, weil du ihn so sehr liebst, dass du ihn nie in Gefahr bringen würdest. Heute ist der Mond dunkel. Die Tide morgen müsste so niedrig sein, dass wir zum Festland gehen können. Dort haben wir vielleicht die Chance, einen anderen Heiler für ihn zu finden. Außerdem können wir zu meiner Familie in der nächsten Bucht gehen. Siehst du nicht ein, Myrilandel, dass wir fort müssen. Wir bringen Amaranth zu meiner Familie.«

Du musst mich lieben – jetzt und für immer! Vertrau mir, ohne Fragen zu stellen, Myrilandel.

15

»Meister!«

Nimbulan hörte die Stimme aus der Ferne. Die orientierungslose, die Sinne beraubende Dunkelheit wich plötzlich von ihm, und er erkannte, dass er mit dem Gesicht nach unten auf einer harten Oberfläche lag.

»Meister, was ist geschehen?« Die Stimme – Stimmen? – ertönten aus allen Richtungen. Immer noch hatte er keine Orientierung.

Als Nächstes überfiel ihn der Schmerz. Nicht allzu schlimm. Es waren sein Rücken und das Genick. Auch an den Knien – wo er mit Stein Kontakt hatte.

»Meister, wacht auf!«

Jetzt drangen die Schmerzen auch in die Arme und Hände vor.

»Grrrr.« Was war das für eine Stimme?

»Den Sternengöttern sei Dank. Er lebt. Helft mir, ihn umzudrehen.«

Mehrere Hände hoben ihn hoch. Es waren mindestens drei Personen. Er hatte das Gefühl zu schweben.

»Ähh!« Diesmal war ihm bewusst, dass der Laut aus seiner Kehle kam. Das Pochen im Kopf wurde stärker.

»Öffnet die Augen, Meister. Bitte.«

Also deshalb konnte er nichts sehen. Mit großer Willenskraft öffnete er die Augen einen winzigen Spalt. Die Anstrengung raubte ihm fast wieder das Bewusstsein.

»Zündet die Laterne an. Hier ist es zu dunkel, um zu sehen, ob er verletzt ist.«

Es wurde heller.

Die Stimme klang vertraut. Er wagte nicht, die Augen nochmals zu öffnen. Er sollte den Sprecher kennen. Jung, kräftig, vom Lande. Ah, Haakkon!

Kichern. Das waren Powwell und Zane. Keiner der neuen Lehrlinge hatte schon den Stimmbruch durchgemacht.

Was war so komisch, wenn der Meister ohnmächtig auf dem kalten Steinboden seines Zimmers lag? Warum lachten sie über die Schmerzen, welche ihm nach seinem astralen Flug mit Hilfe des Timbootie geblieben waren?

Ah, der Flug! Er hatte eine Möglichkeit gefunden, seine Gedanken und Aura mit einem anderen zu vermengen. Doch waren die Kosten ungeheuerlich. Kein Magier würde freiwillig diese Nachwehen erdulden, nur um seine Magie mit der eines anderen zu vereinen.

Sämtliche Schmerzen hatten ihr Zentrum in seinen Lenden. Er musste unbedingt die Blase entleeren. Sogleich. Aber es plagte ihn ein noch größeres Verlangen. Er brauchte eine Frau. Irgendeine Frau. Marketenderin, Aristokratin oder Bäuerin. Es war ihm gleich. Er musste den sexuellen Druck loswerden.

Doch auf der Insel lebten nur die Dienerinnen Quinnaults, von denen die meisten verheiratet waren. Selbst sein überwältigendes Bedürfnis würde ihn nie so tief sinken lassen, mit der Frau eines anderen zu schlafen

Vor ihm tauchte das Bild Myrilandels auf. Die helle Haut, das silberblonde Haar. Er streckte die Hand aus, um sie zu liebkosen, um ihre sanfte heilende Hand auf seinem intimsten Körperteil zu spüren.

Myrilandel war weggelaufen. Nie würde sie seine Geliebte oder Schülerin werden.

Nimbulan versuchte die Augen zu öffnen. Drei besorgte jugendliche Gesichter schauten ihn an.

Dann stöhnte er wieder laut.

»Schnell, hol den Nachttopf! Ihm wird gleich wieder schlecht.« Haakkon hob den Oberkörper des Meisters hoch, damit dieser nicht an seinem Erbrochenen erstickte.

»Kalt«, stieß Nimbulan zwischen zusammengebissenen Zähnen hervor.

»Ich weiß, dass Euch kalt ist, Meister. Aber Ihr fühlt Euch gleich besser, wenn Ihr das ausgespuckt habt, was Euch krank macht.«

»Kaltes Wasser. Handtücher. Ich brauche Kaltes.« Eigentlich musste er den Druck seiner Lenden loswerden. Da keine Frau zur Verfügung war, half vielleicht ein Sprung ins kalte Wasser des Flusses.

Powwell verließ den Raum und kehrte mit mehreren dicken Tüchern zurück. Er hinterließ eine Reihe kleiner Pfützen.

Herrliche Kälte hüllte Nimbulans Gesicht ein. Das Pochen im Kopf hörte auf. Ein zweites nasses Tuch hielt er um den Nacken und auf die Brust. Seine Hände fühlten sich an, als habe er sie in einen Schneehaufen gesteckt. Die Kälte drang in seinen Körper ein und reduzierte die Schwellung.

Erleichtert seufzte er und betrachtete seine kalten Hände. Nicht nur sein Geschlecht war durch die Überdosis Tambootie angeschwollen. Seine Finger waren doppelt so dick wie sonst. Auf den Armen hatte er rote Flecken. Er vermutete, dass sie auch auf Gesicht und Brust waren.

»Danke, Jungs«, sagte Nimbulan und drückte wieder das nasse Tuch über die Augen. »Eure schnelle Hilfe hat mir vielleicht das Leben gerettet. Noch zwei Aufgaben habe ich für euch. Danach könnt ihr mich ruhig hier liegen lassen. Ich erhole mich von alleine.« Dann habe ich endlich Ruhe vor diesen neugierigen Augen und kann diese quälende Schwellung beseitigen.

»Alles, was Ihr wollt, Meister«, sagte Zane. Die beiden anderen nickten.

»Erstens, sagt dem Koch, er soll für das Abendessen einen süßen Yampudding machen. Der Zucker in den Wurzeln bringt viel von der Energie zurück, die Magie frisst. Prägt euch das ein. Es ist ein Teil eures Unterrichts in Magie. Auch kandierte Tannenzapfen als Nachtisch helfen gut.«

»Und die zweite Aufgabe, Meister?«, fragte Powwell und leckte sich die Lippen.

»Die zweite Lektion ist weitaus wichtiger. Der Korb in der Ecke ist voll von Beeren. Grüngelb gestreift, ölige Beeren des Tambootie-Baums. Studiert sie sorgfältig, damit ihr sie in jeglicher Form wiedererkennt. Dann werft sie in den Fluss und nehmt nie wieder eine Beere in die Hand.« Das Tambootie der Beere war zu stark. Es hatte auf den Körper eine nicht vorhersehbare Wirkung. Im Öl lag ungeheure Kraft, die von Sterblichen nicht kontrolliert werden konnte. Er musste eine andere Möglichkeit finden, Gedanken und Kräfte anderer Magier zu vereinen. Zumindest kannte er die ersten Schritte auf dem Weg zur Bündelung ihrer Magie.

»Aber Tambootie verstärkt doch angeblich Magie«, widersprach Powwell und rollte eine Beere zwischen den Fingerspitzen.

»Als ich ein kleiner Junge war, jünger als ihr drei, sagte meine Großtante, dass nur Drachen Timboor essen und überleben könnten.«

»Dann folgt daraus, dass Ihr teilweise ein Drache seid, Nimbulan. Ihr habt von den Beeren gegessen und überlebt, um die Jungen davor zu warnen.« Der alte Lyman stand mit verschränkten Armen auf der Schwelle und blickte ihn tadelnd an. »Ihr drei! Raus jetzt! Euer Meister braucht Ruhe.« Damit scheuchte er die Lehrlinge aus dem Raum.

»Teilweise Drache, in der Tat«, meinte Nimbulan sarkastisch. Er hielt sich am Stuhl fest und ging auf die Knie.

»Habt Ihr eine bessere Erklärung dafür, dass Ihr die tödliche Dosis überlebt habt? Ich hatte Euch nicht für so töricht gehalten, überhaupt von diesen Beeren zu essen. Vielleicht hätte ich Euch in die Leere mitnehmen sollen, damit Ihr Eure vergangenen Existenzen hättet sehen können.« Lyman legte den Kopf schief, als lausche er auf eine Stimme aus weiter Ferne. Dann kratzte er sich am Hals. Seine Finger waren übernatürlich lang und die Spitzen purpurfarben. »Jetzt geht zum Abort, selbst wenn Ihr kriechen müsst. Danach sprechen wir über Eure Erfahrung.« Lyman packte Nimbulans Arm und zog ihn hoch.

*

Myri beäugte die schnell steigenden Wellen misstrauisch. Amaranth versuchte verzweifelt, vor der aufsteigenden Nässe zu fliehen. Sie hielt ihn fest. Der Mond hatte die Flut auf den niedrigsten Stand seit Wochen gebracht. Aber ein Sturm am Horizont schickte hohe Wellen.

Wenn sie und Televarn sich beeilten und auf den glitschigen Steinen nicht ausrutschten, konnten sie es mit heiler Haut zur nächsten Bucht schaffen.

Vielleicht.

Jedes Mal, wenn eine Welle ans Ufer schlug, warnte ein dumpfes Grollen sie vor der Gefahr. Sie zählte die Wellen. Jede Welle ein Schritt weiter auf den Steinen. Dann überspülte eine neunte Welle ihre Köpfe.

Die neunte Welle in dieser Höhe zeigte den Wechsel der Gezeiten an. Ihnen blieb nicht viel Zeit.

Amaranth miaute kläglich und steckte den Kopf unter ihren Arm. Sein nasser Schwanz schlug gegen ihre Seite.

Sie riskierte diesen Weg zur nächsten Bucht und zu den Rovern nur, um einen anderen Heiler wegen des Katers zu befragen. Myri hatte dem Flugflipper strenge mentale Befehle erteilt, die Flügel verborgen zu halten. Sie hatte ihr Misstrauen gegen die Rover überwinden müssen, weil Amaranth Hilfe brauchte. Inzwischen müsste seine Verletzung längst ausgeheilt sein – mit oder ohne ihre Hilfe.

(Du nährst deine Magie aus der Kardia. Ich brauche Heilmagie aus der Luft, erklärte ihr Amaranth. Das behauptete er schon einen Monat lang. Myri hatte nicht begriffen, was er meinte.

Vielleicht hätte sie ihm helfen können, wenn sie mehr Zeit mit ihm als in Televarns Armen verbracht hätte. Sie streichelte das Fell des Flugflippers und hatte ein schlechtes Gewissen, weil sie ihn vernachlässigt hatte. Aber ...

Weshalb misstraute Amaranth Televarn so? Der Rover versprach ihr alles, was sie sich im Leben wünschen konnte – ein Heim, eine Familie, Menschen zu lieben und geliebt zu werden.

In diesem Moment beunruhigte sie Televarns großes Interesse für Amaranth und dessen Flügel, das er vor seinem Sturz gezeigt hatte. Einen Monat lang hatte sie gar nicht mehr daran gedacht.

An wie viel erinnerte er sich tatsächlich?

Dann verdrängte sie diesen Gedanken. Ich liebe Televarn.

(Du liebst seinen Körper und die sanfte Art, wie er dich liebt), sagten die Stimmen in ihrem Inneren. Seit sie die Höhle gefunden hatte, hatten diese Stimmen geschwiegen – sie für den Winter dort gelassen. Warum quälten sie sie jetzt mit diesen Zweifeln?

»Alberne Katze. Wenn du den Kopf wegsteckst, bleibst du dennoch nicht trocken.« Televarn strich mit der Hand über Amaranths Rücken.

Amaranth fauchte und schlug mit ausgefahrenen Krallen nach dem Rover.

»Drachenbrut!« Televarn hob die zerkratzte Hand, um zurückzuschlagen.

Myri wich erschrocken zurück und presste sich an einen Felsvorsprung. Die Wellen schlugen weiterhin ans Ufer.

Mitten in der Bewegung hielt Televarn inne. Er verengte die Augen und presste den Handrücken gegen den Mund. Er saugte an den blutigen Kratzern, ließ dabei Amaranth nicht aus den Augen.

»Er hat Schmerzen. Kein Wunder, dass er kratzt. Myrilandel pass auf, dass du nicht auf den Wellenknollen vor dir ausrutscht.« Ein berechnendes Lächeln erhellte sein Gesicht, nicht aber seine Augen.

Myri hatte unbewusst die Wellen weitergezählt. Jetzt war sie bei acht. Sie mussten schnell weiter, sonst versanken sie in der Flut. Amaranth brauchte einen anderen Heiler. Sie musste Televarns wahre Motive ergründen. Sie hatte sich nie auf ihr eigenes Urteil verlassen, sondern immer auf die Stimmen, die sie führten.

Ich muss stark genug werden, um eigenständig zu denken.

Wollte Televarn wirklich nur aus Besorgnis um Amaranth zurück zu seinen Leuten? Oder hatte er sie mit seinem Charme verführt, damit er ihren Flugflipper stehlen konnte?

Das konnten nicht ihre eigenen Gedanken sein. Sie mussten anderswo herkommen.

Amaranth miaute wieder und erinnerte sie an die bedrohlich steigende Flut.

Televarn versperrte ihr den Rückweg in ihre Höhle. Nie würde sie inmitten der Felsen und tosenden Wogen zurückschwimmen können. Sie musste vorwärts gehen.

Eine neunte Welle schlug zwei Finger breit unterhalb ihrer

Füße an die Felsen. Sie hatte die Winterstiefel um den Hals gebunden, weil sie mit bloßen Füßen besser klettern konnte. Sie spürte Salz und Gischt auf dem Gesicht. Die nächste neunte Welle würde sie mit ins Meer reißen oder gegen die Felsen schmettern.

Schnell stapfte sie zwischen den nächsten Felsbrocken durch den Sand. Der Wind flaute ab, nachdem sie die Klippe umrundet hatten. Vor ihr lag ein Sandstrand. Das Ende war in Sicht.

Aber scharfe Spitzen des vulkanischen Gesteins ritzten ihre Fußsohlen, als sie schnell weiterlief. Wegen der Kälte spürte sie die Verletzungen kaum. Ihr graugrüner Umhang flatterte im Wind. Televarn drückte seine Hände in ihren Rücken und trieb sie zur Eile an.

Fort vom Meer. Schnell zu den Rovern. Rover verdienten ihren Lebensunterhalt nie mit ehrlicher Arbeit, sondern stahlen und betrogen.

Amaranth war ein seltenes Beutestück. Wie viele Goldstücke würde ein Magier wie Nimbulan für einen echten Flugflipper zahlen?

(Nimbulan würde einen Flugflipper als Wunder verehren. Die Rover wollen Amaranth nur teuer verkaufen), sagten die vertrauten Stimmen in ihrem Kopf.

Tränen füllten Myris Augen. Sie drehte sich zu ihrem Geliebten um. Sie musste unbedingt seine wahren Motive erfahren, ehe sie seinen Clan kennen lernte. Warum hatte sie nicht auf ihre Zweifel gehört, ehe sie sich hierher aufs gefährliche Festland gewagt hatte?

Sie setzte ihre Gabe der Empathie ein, womit sie seine Gefühle zu den ihren machte – bisher hatte sie das nur für eine Heilung getan.

Eine eiskalte Woge von Geldgier schlug ihr entgegen, kälter und heftiger als irgendein Sturm über der Großen

Bucht hätte aufpeitschen können. Sie zitterte am ganzen Leib.

Vorwärts, s'murghit! Ich will nicht sterben, ehe ich eine Chance hatte, das Gold auszugeben.

Seine Gedanken waren für sie so deutlich, als hätte er sie laut ausgesprochen.

Er drückte sie in den Rücken. Um das Gleichgewicht zu wahren, streckte sie einen Arm aus. Der Wind verfing sich in ihrem Umhang und blähte ihn.

Amaranth sprang aus ihrer Umarmung auf einen Felsvorsprung und kletterte wendiger als eine normale Katze die Klippen hinauf.

»Du hast mich belogen, Televarn«, sagte Myri ruhig.

»Nicht jetzt, cherbein. Die Flut holt uns gleich. Erzähle mir von all deinen Zweifeln später, wenn wir trocken und in Sicherheit sind.« Er schob sie an den Schultern weiter voran.

»Du hast deine Gedanken nicht gegen mich geschützt, Televarn. Ich kenne deinen schurkischen Plan. Und deine Lügen. Du hast mich zur Liebe verführt, damit du meinen Begleiter fangen und verkaufen kannst. Das Netz, in dem er sich verfing, war deines!« Sie schüttelte seine Hände ab.

»Myrilandel, jetzt ist dafür keine Zeit. Ich weiß, du hast Hemmungen, Fremde kennen zu lernen, aber wir müssen fort von hier. Die Flut kommt.« Er packte sie am Arm. Seine Finger drückten sich durch den dicken Umhang tief in ihr Fleisch.

»Fass mich nicht an!« Sie wollte sich losreißen, aber sein Griff war wie ein Schraubstock. Sie spürte bereits die Schmerzen der Schwellung.

Eine Welle umspülte ihre Füße. Das war die sechste – ihrer Zählung nach.

Myri zerrte mit der anderen Hand an seinen Fingern. »Lass mich los!«

»Wenn wir sicher in der Bucht sind. Jetzt ruf den Flugflipper her und geh weiter!« Er schob sie vorwärts.

»Ich gehe nicht mit.« Sie kratzte ihn, wo Amaranth ihn schon gekratzt hatte.

Schnell zog er die Hand zurück.

Die achte Welle schlug an die Felswand. Das Wasser ging bis an ihre Knie.

Myri griff nach oben und suchte einen Halt in der Klippe.

»Endlich bist du wieder da, Televarn. Wir haben uns schon gefragt, wie lange du deiner neuen Geliebten erlauben wirst, dich abzulenken«, sagte ein Mann hinter Myri. Fremde Hände schlossen sich um ihre Schultern.

Erschrocken erstarrte sie und suchte nicht mehr nach einem Halt, um hinaufzuklettern.

»Komm, wir tragen dich. Wir haben in den Höhlen Feuer und trockene Decken. Dort kannst du dich aufwärmen und bist in Sicherheit. Unser Heiler wird sich um die Wunden in deinen Füßen kümmern.« Der Sprecher hob sie hoch.

Myris Kapuze fiel ihr über die Augen, sodass sie nicht sehen konnte, wer sie aus der Brandung trug.

Oder Televarn bei seinem Verrat half.

Sie schlug die Kapuze zurück und sah einen älteren Mann mit ebenso intensiven dunklen Augen wie Televarn. Er lächelte sie an. Sie wollte abgesetzt werden, doch er presste sie dichter an sich und eilte mit großen Schritten über den Sand.

»Ganz ruhig, hübsche Lady. Wir sorgen für dich.«

Seine Stimme klang beruhigend. Sie entspannte sich unwillkürlich. Ihr Verstand trieb sie an, gegen diese Ruhe anzukämpfen.

»Kümmere dich nicht um sie!«, rief Televarn hinter ihnen. »Hol lieber den Flugflipper aus der Wand.«

»Die Kreatur kommt zu ihr, wenn sie dazu bereit ist. Wir können den ganzen Winter warten.«

»Lasst mich los!« Myri wehrte sich und wollte abgesetzt werden. »Ich will nicht mit Lügnern und Dieben leben.«

»Ich habe dir ein Heim und eine Familie versprochen, Myrilandel. Jetzt gehörst du zu uns, und wir behalten immer, was wir einmal haben. Für immer, cherbein. Du und dein Flugflipper, ihr gehört jetzt zu meinem Clan der Rover.«

16

Nimbulan lauschte dem Tosen des Windes, der um seine neue Schule für Magier wehte. So nannten die Einheimischen das alte Kloster mittlerweile. Diese Einheimischen waren der Schule gegenüber viel aufgeschlossener als die Menschen, die in der Umgebung von Druulins Turm gelebt hatten. Aber Nimbulan und seine Schüler halfen den Einheimischen beim Bau oder Reparieren ihrer Häuser. Sie heilten auch kleinere Verletzungen. Keiner seiner Schüler würde auf die Idee kommen, nur wegen eines Experiments die Felder oder Häuser in Brand zu stecken.

Er zitterte nicht nur wegen der Erinnerungen, sondern auch weil es im Kloster so kalt war. Jeder Windstoß fand eine neue Spalte, um einzudringen. Die alte Kälte durchdrang das Gemäuer seit Generationen, in denen das Kloster leer gestanden hatte, und beherrschte auch jetzt noch jede Ecke. Die Feuer in den großen Kaminen vermochten die Kälte nur wenig zu vertreiben.

»Ich finde, hier ist es kälter als in einem Zelt bei einer Winterkampagne«, sagte Nimbulan zu seinen Lehrlingen, die sich um ihn geschart hatten. Sie saßen in einer Ecke der Küche und hielten Becher mit heißem Most in den Händen. Sie hatten alles, was sie an Decken gefunden hatten, um sich gewickelt. Jeden Tag kamen neue Flüchtlinge auf die Insel und Lord Quinnaults Ländereien und suchten Hilfe wegen der Hungersnot und den Seuchen, welche durch die nun schon über Generationen geführten Kriege entstanden waren.

Viele Siedler hatten in der Armee eines Lords gedient. Sie waren bereit, ihre neuen Heimstätten zu verteidigen. Nimbulan fragte sich, ob der Zustrom der Siedler Teil des Plans Quinnaults war, die Lords zu einem Verteidigungsbund gegen die Angriffe der Kriegsherren zu einen.

Was auch immer die Pläne des Lords sein mochten, Nimbulan und seine Schüler waren jetzt ein Bestandteil der Inselgemeinde. Sie waren wie eine echte Familie. Der alte Druulin hatte nie abends mit einem Becher Most mit seinen Lehrlingen an einem warmen Feuer gesessen, ehe er ins Bett ging. Nimbulan bedeutete dieses Zusammensein sehr viel. Die Jungen teilten mit ihm ihre kleinen Triumphe und frustrierenden Niederlagen. Auch ihre Träume und Hoffnungen. Er sprach vom Frieden und seinem eigenen Traum von einer Kommune von Magiern.

Sollte er morgen sterben, würde einer oder mehrere seiner Lehrlinge – wahrscheinlich von Rollett geführt – diesen Traum aufnehmen und weiterführen. Er konnte sich nichts Besseres wünschen. Sie waren wie seine leiblichen Söhne.

Lyman hatte es heute Abend vorgezogen, in der Bibliothek zu bleiben. Er bezog Wärme aus den unzähligen Büchern, die noch nicht katalogisiert waren. Die anderen kriegsmüden Magier, die hergekommen waren, um zu unterrichten, hatten sich schon früh in ihre Räume zurückgezogen. Sie waren nicht nur kriegsmüde, sondern auch des Lebens müde, deshalb verschliefen sie den Großteil ihrer restlichen Jahre. Diesen Meistermagiern war das Gemeinschaftsgefühl, das Nimbulan mit seinen Schülern aufgebaut hatte, ebenso fremd, wie es Druulin gewesen wäre.

Nimbulan blies den Dampf von seinem Becher. Ihm war es ebenso wichtig, die Finger zu erwärmen, wie das gewürzte Gebräu zu trinken.

Er hatte die letzte Portion Most mit den wenigen Tambootie-Blättern gewürzt, die er aus den Falten eines Beutels hatte herauskratzen können. Die Jungen mussten sich an die Wirkung des magischen Baums auf ihren Körper und Verstand gewöhnen, ehe sie stärkere Dosen nahmen, um ihre Magie zu verstärken.

Er musste die richtige Dosierung und Kombination finden, um das Verflechten der Gedanken zu wiederholen, das er mit dem Timboor erlebt hatte.

Ein Schluck von dem Most hatte in Nimbulan das heftige Verlangen nach Timbootie ausgelöst. Hoffentlich kam Ackerly bald zurück.

»Diese Feuchtigkeit ist schuld, dass man die Kälte heftiger empfindet.« Rollett, der älteste der acht Lehrlinge, der kurz vor seiner Aufnahme als Geselle stand, stierte die Glut in dem kleinen Backofen mit einem eisernen Schürhaken. Die große offene Feuerstelle hatten sie verschlossen, damit sie keine Wärme verloren.

»Mein Da wurde nicht weit von hier geboren. Er hat immer gesagt, der Flussnebel kühlt die Knochen bis ins Mark, dass man den ganzen Sommer braucht, um wieder warm zu werden.« Traurigkeit stand in seinen Augen. »Da hat auch immer gesagt, dass die Feuchtigkeit ihn umbringen wird. Er hatte nicht Recht. Die Kriege haben ihn umgebracht.«

Nimbulan erinnerte sich an Rolletts Vater. Ein Mann mit hängenden Schultern und Gicht in den Gelenken, obwohl er noch ziemlich jung war. Nur widerwillig hatte er seinen jüngsten Sohn vor sieben Jahren dem Magier zur Ausbildung überlassen. Nimbulan hatte den Jungen mit bescheidenem magischem Talent nicht so sehr aufgenommen, weil er einen zusätzlichen Lehrling brauchte, sondern weil dann die Familie einen Mund weniger zu stopfen hatte. Dann aber hatte Rollett immer wieder bewiesen, was er wert war. Er wollte lernen und dem Meister Freude machen. Im Nu hatte er seine

Lektionen gelernt und sein Talent um das Zehnfache vervielfältigt. Der junge Bursche hatte schon nach wenigen Wochen, ehe der Wächtergeist die Quelle verschloss, die Kraftlinien angezapft.

Nimbulan hatte erwartet, dass Rollett es nicht viel weiter als Ackerly bringen würde, der einen Zauber zusammenhalten und Nimbulan stärken, aber nichts schweben lassen konnte, das schwerer als ein Blatt Pergament war. Er vermochte auch nur ein winziges Flämmchen herbeizuzaubern.

Im vergangenen Frühjahr hatte Rollett seine Studien unterbrochen, um heimzukehren und endlich die Familie wiederzusehen. Er hoffte, er könne mit seiner Magie ein wenig beim Pflügen oder bei der Reparatur des Hauses helfen. Er konnte einen Firstbalken dank seiner Magie allein hinaufheben, was selbst für zehn Männer Schwerstarbeit war.

Aber die Vorhut irgendeiner Armee hatte sein Vaterhaus niedergebrannt und die Leichen der Familie im Regen liegen lassen, wo sie verfaulten.

Nimbulan teilte Rolletts Schmerz. In seinem Fall war er tatsächlich der Ersatzvater. Nach diesem Schicksalsschlag hatte er viele Abende mit Rollett verbracht, um ihm Trost zu spenden. Die schrecklichen Erlebnisse des Jungen waren das erste Mal, dass Nimbulan zuließ, dass die endlosen Kriege ihn persönlich berührten. Damit hatte sein langer Weg zum Frieden begonnen. Keegans Tod war schließlich der Katalysator geworden, welcher ihn zu Lord Quinnault de Tanos und dem verlassenen uralten Kloster geführt hatte, wo er jetzt mit Ackerly, dem alten Lyman, einigen kriegsmüden Meistermagiern und acht Lehrlingen lebte.

»Da kommt jemand«, sagte Zane und schnupperte.

»Ein Mann mit schweren Schritten, offenbar sehr müde«, fügte Powwell hinzu und drehte ein Ohr zur Tür. »Zwei Männer. Einer ist jünger und kräftiger als der andere.«

»Ackerly.« Haakkon schloss die Augen und konzentrierte sich. »Er denkt an Essen und Dünnbier und Gold. Hinter ihm geht ein Schiffer mit schwerem Gepäck.«

Nimbulan hatte Ackerly bereits vor zwei Tagen zurückerwartet, ehe die letzten Winterstürme den Fluss zu einem brodelnden Kessel machten.

»Ihr drei zusammen ergebt einen starken Magier«, lobte Nimbulan die Lehrlinge. »Und wer von euch ist nun imstande, in dem Moment für Ackerly die Tür zu öffnen, wenn er nach dem Riegel greift?«

Die drei Jungen schauten sich an. Zane lächelte verschmitzt, schüttelte die Decken ab und ging zur Küchentür.

»Ich habe gemeint, mittels Magie!«

»Aber gestern habt Ihr uns gesagt, wir sollten unsere Energie nicht mit frivolen magischen Experimenten verschwenden«, hielt Haakkon dem Meister vor.

»Da keiner von euch die Levitation präzise beherrscht, ist das ein Test und keine Verschwendung. Zane, setz dich wieder. Und keine Hilfe von den anderen Lehrlingen.« Nimbulan blickte die fünf älteren Schüler streng an.

Lyman wanderte wortlos in die Küche und wärmte sich die Hände am Feuer. Er betrachtete die Jungen amüsiert und neugierig.

Zane wickelte sich wieder in die Decken. Die drei neuen Lehrlinge starrten konzentriert auf die Tür. Eine blaue Aura erschien um jeden Lehrling. Haakkons Aura zeigte gleich darauf einen Hauch von Rot und Purpur, die Farben würden im Laufe der Zeit seine magische Signatur werden. Zanes gelbe und dunkelrote Aura war nicht so ausgeprägt, aber sichtbar.

Nimbulan blickte tiefer in Powwells Aura. Waren da noch weitere Farben? Das Blau vom Anfang verblasste, verlor die Form und schickte Tentakel aus. Wie der Flussnebel schwebten diese magischen Energiestrahlen mit dem Luftstrom, ohne klares Ziel.

Plötzlich flammte Powwells blassblaue Aura auf, wurde grell weiß und nahm die beiden anderen Auren in sich auf. Die Farben wirbelten durcheinander und wurden zu einem Regenbogen von Energie. In dem Buch in der Bibliothek stand, dass die Rover ihre Auren vereinen konnten und somit auch ihre Magie!

Die Tür flog auf. Ein Windstoß drang herein und löschte beinahe das Feuer.

Ackerly stand auf der Schwelle. Er hielt die Hand ausgestreckt, als wolle er den Riegel hochheben. Der Schiffer stellte die Truhe ab, die er auf der Schulter getragen hatte und starrte mit großen Augen auf die Tür, die plötzlich aufging, ohne dass eine menschliche Hand sie berührt hatte. Er hatte noch etliche Bündel bei sich.

*

Myri lag zusammengerollt ganz hinten in der Höhle der Rover, wo Televarns Onkel sie sang- und klanglos abgeladen hatte. Seine Augen hatten vor Goldgier gefunkelt, als er ihr den Rücken zudrehte. Niemand hatte ihr etwas von dem gemeinsamen Mahl angeboten, auch keine Decke oder frische Kleidung. All diese Annehmlichkeiten waren für Televarn reserviert, der sie ebenfalls ignorierte.

Einmal hatte sie versucht davonzulaufen, aber fünf kräftige junge Männer versperrten den Höhleneingang. Sie hatte in ihrer Verzweiflung Schlafzauber und Unsichtbarkeitszauber gewirkt, doch alle waren an den Männern abgeprallt und zehnfach zu ihr zurückgekehrt. Jetzt lag sie erschöpft und gedemütigt im Sand. Wie konnte sie nur so naiv sein und Televarns Charme erliegen?

Sie verfiel in einen traumlosen Schlaf. Als sie etliche Stunden später aufwachte, war sie nicht gestärkt. Die Decken, die sie sich genommen hatte, rochen nach Televarn. Erwartete er etwa, dass sie nach seinem Verrat weiterhin seine Geliebte blieb?

Sie fror und schaute hungrig zu den zwanzig Mitgliedern von Televarns Clan, die in einem engen Kreis um das flackernde Feuer standen. Sie hielten sich an den Händen, ihre Körper wiegten sich im Takt des Liedes, das eine alte Frau sang.

Televarn stand neben der alten Frau, welche den Clan in dieser Zeremonie führte. Es war ein Wechselgesang. Myri spürte, dass die Worte, die sie nicht verstand, eine Danksagung für die Rückkehr Televarns waren – und für noch etwas.

Mit den Flammen stieg ungeheure Kraft zur Höhlendecke empor. Jedes Wort, jede Bewegung verstärkte den Zauber, den sie wirkten.

Der Gesang wurde lauter. Die Rover lösten die Hände und begannen zu tanzen. Es waren komplizierte Schritte, stets um das Feuer herum. In die eine Richtung, dann zurück in die andere Richtung.

Myri schob sich ein wenig näher. Sie wurde von der gebündelten Magie angezogen. Sie musste alles genau sehen, musste dann ein Teil werden. Erinnerungen an Tänze bei den Äquinoktien legten sich über die Gegenwart. Was sah sie wirklich? Vergangenheit oder Gegenwart?

Ihre Füße und Hände zuckten und wollten beim Tanz mitmachen, ein Teil dieses mächtigen Zaubers werden. Sie streckte die Hand nach Televarn aus, als dieser bei ihr vorbeikam. Aus ihrer Hand strömte Energie. Doch Televarn ignorierte sie. Seine Augen waren leer, er war in Trance, herbeigeführt vom Tanz und dem Gesang.

Energiefäden hielten den Clan zusammen. Das feine Netz schien bei Televarn anzufangen und aufzuhören. Weil er fort war und sie ihn jetzt begrüßten? Myri schüttelte den Kopf, um den Drang loszuwerden, ihre eigene Lebensenergie mit der der Rover zu vereinen. Aber ihr Drang mitzumachen wurde stärker.

Das Energienetz vereinigte sich mit dem Mondlicht, das in die Höhle drang, und wurde zu einer Kuppel, welche sich über die Rover stülpte, Myri aber draußen ließ.

Plötzlich sah sie eine Bewegung am Höhleneingang.

Amaranth schlich herein. Er suchte sie.

Die Angst um den geliebten Gefährten drang in ihren Kopf und Körper ein und wehrte sich gegen den Drang des Zaubers, der sie ins Herz des Rover-Clans zog. Sie widerstand der Versuchung, weil sie erkannte, dass dieser Zauber ebenso unecht war wie Televarns Liebeszauber. Trotzdem verzehrte sie die Sehnsucht, Teil der Rover-Zeremonie zu sein.

Sand, Muscheln und Fetzen von Schlingpflanzen wirbelten am Rand der Magie umher. Der Zauber sog alles in seine Mitte. Die Rover tanzten jetzt entgegen dem Lauf der Sonne auf dem Pfad des Mondes. Myri wehrte sich gegen den Drang, sich ihnen anzuschließen.

Amaranth kroch näher an die tanzenden Rover. Sein Bauch schleifte fast über den Boden. Er miaute und kratzte an der unsichtbaren Schutzmauer der Rover.

Bunte Lichter verliefen in einer Zickzacklinie über die Barriere. Amaranths Pfote war Anfang und Ende dieses Regenbogens. Purpur und Lavendel leuchteten am stärksten. Die Barriere öffnete sich einen Spalt, gerade groß genug, um einen Flugflipper hineinzulassen.

Myri versuchte mit den Händen und ihrer Magie, den Spalt zu erweitern. Doch brennende Energie traf ihre Hand und stieß sie heftig zurück. Sand wirbelte auf und wurde zu einem

Schauer aus wunderschönen roten, grünen und blauen Funken.

Nur Amaranth war der Zutritt zum inneren Kreis gestattet. Der Zauber rief eindeutig nur ihn. Amaranth, der seltene Flugflipper, der dem Rover-Clan Gold, Prestige und Ehre bringen würde.

Myri musste den Gefährten vor dem Ritual schützen und mit ihm fliehen, ohne dass die Rover es bemerkten. In diesem Augenblick waren ihr Verstand und ihre Augen klar und frei vom Einfluss der Magie.

Amaranth machte einen Schritt auf die Öffnung zu.

»Nein!«, schrie Myri. Ihr Schrei prallte an der Barriere ab und hallte durch die Höhle.

Amaranth ließ sich von ihrem Schrei keineswegs beirren, sondern wagte noch einen Schritt vorwärts.

Wieder öffnete Myri den Mund. Ihre gesamte angeborene Magie musste jetzt zur Rettung Amaranths, ihres einzigen Freundes, ihrer Familie, eingesetzt werden. Magretha hatte sie vor den Rovern und deren Ritualen eindringlich gewarnt.

Myri stimmt ein wortloses Lied an, dessen Töne so hoch waren, dass menschliche Ohren sie kaum hören konnten. Sie sang von ihrer Liebe zu dem schwarzen Kater. Sie sang von der Freiheit am Himmel in den Wolken, welche er so genoss. Sie sang von ihrem gemeinsamen Leben, nur sie beide gegen den Rest der Welt. Dann sang sie von der Macht der Liebe und erinnerte ihn, dass sie nie getrennt waren und nie sein sollten.

Amaranth hielt inne. Eine Pfote hatte er bereits gehoben, um den nächsten Schritt zu tun. Das Loch in der Barriere der Rover begann sich zu schließen. Der Tanz innerhalb des magischen Kreises erstarrte. Die Tänzer verharrten in der Stellung, in der Myris Lied sie erwischt hatte.

Immer noch singend packte sie Amaranth und zog an ihm. Die Magie zog ihn vorwärts zu den Rovern, Myri legte die Hände um seinen Brustkorb und hielt ihn fest.

In diesem Moment löste sich die alte Rover-Frau, die den Tanz und Gesang geleitet hatte, aus Myris Zauberlied. Ihre schwarzen Augen, die Televarns in Form, Farbe und Goldgier glichen, bohrten sich in Myris. Wieder spürte Myri die magische Verlockung, sich in den Kreis einzureihen.

Amaranth und ihre eigene Magie wehrten sich gegen diesen Zwang.

Myri schloss die Augen und sang leise weiter, um Amaranth zu überzeugen, dass sie für sie beide nur das Beste wollte.

Der Flugflipper verlor in ihren Händen das Bewusstsein. Schnell nahm ihn Myri auf die Arme und rannte aus der Höhle.

»Haltet sie auf!«, schrie die alte Frau.

»Sie hat den Flugflipper«, rief Televarn.

Vor der Höhle peitschten Wind und Regen Myri ins Gesicht. Ihre Finger wurden taub. Wellen schlugen fast bis an den Eingang der Höhle. Der Fluchtweg über das Festland war blockiert. Die einzige Möglichkeit war, die Klippen hinaufzuklettern.

Rechts von ihr waren Stufen roh aus dem Fels gehauen. Dieser Fluchtweg führte zu einem mit Gras bewachsenen Plateau, wo die Rover sie und Amaranth leicht einholen konnten.

»Kannst du fliegen?«, fragte sie den Kater.

(Nein.) Er zitterte am ganzen Leib, nachdem er aus dem Zauber der Rover gerissen worden war.

»Halt dich fest«, sagte sie und legte ihn auf die Schulter. Dann kletterte sie die Felswand empor. Sie sah fast nichts. Aber sie musste es schaffte. Von oben konnte sie das Gelände überblicken. Ganz oben, wohin die Rover ihr nicht folgen konnten.

»Myri, komm herunter. Du stürzt gleich ab!« Televarns Stimme klang verführerisch liebevoll. Doch Myri war jetzt immun dagegen. Er hatte sie verraten.

Der Rover folgte ihr. Er kam näher. Zu nah.

Sie kletterte schnell höher und nutzte jede Spalte. Amaranth miaute aufmunternd.

»Myri!« Televarns Stimme klang jetzt leicht verzweifelt. »Myri, ich liebe dich. Komm zurück zu mir.«

»Du liebst nur das Gold, das mein Begleiter dir einbringen soll«, rief sie zurück. Tränen wegen eines verlorenen Traums und einer zerbrochenen Liebe füllten ihre Augen, sodass sie kaum weiterklettern konnte.

»Ich liebe dich, Myri. Wir sind für einander bestimmt«, flehte Televarn.

»Du hast mich benutzt. Du hast mich mittels Magie gezwungen, dich zu lieben, damit du Amaranth entführen konntest. Du weißt nicht, was wahre Liebe ist.« Sie fand einen Halt und zog sich hoch.

»Ich liebe dich, Myri, und ich lasse dich nie gehen. Nie. Du gehörst jetzt mir. Mir und nur mir allein«, erklärte Televarn, der plötzlich hervorragend klettern konnte und ihr bedrohlich nahe war.

Rechts hörte sie noch andere Schritte. Mit aller Kraft zog sie sich auf den nächsten Felsvorsprung. Wenn sie weiter steil nach oben kletterte, würde sie oberhalb des Plateaus sein, über den Rovern und ihrem Verrat.

»Myri, hilf mir. Ich kann mich nicht mehr halten!« Ein Schrei folgte Televarns Ruf.

Sie blickte kurz nach unten. Eine dunkle Gestalt lag auf dem Rücken am Strand. Gischt spülte über den ganzen Körper.

Sie kämpfte gegen die Mächte in ihr. Ein Drang, der stärker war als das Verlangen mit den Rovern zu tanzen, zog sie zurück in die Höhle und an den Strand. Zurück zu Verrat und Gefahr.

»Nein! Ich kann nicht riskieren, dass Amaranth in die Hände eines schurkischen Heilers der Rover fällt.« Schnell kletterte sie das letzte Stück der Felswand empor. Sie war schneller als die Männer, welche die Steinstufen genommen hatten.

»Wird es mir je vergönnt sein, nicht vor denen, die ich liebe, davonlaufen zu müssen?«, rief sie verzweifelt unter Tränen. Ein Heim und eine Familie waren jetzt weiter entfernt als je zuvor.

Nur der Wind beantwortete ihre Frage mit wehklagendem Heulen.

17

Ackerly starrte auf die Versammlung in der Küche. Die fünf älteren Lehrlinge standen mit offenem Mund staunend da. Die drei jüngeren sahen einander verblüfft an. Sie ließen die Arme mit den leeren Bechern hängen, als hätten sie nicht die Kraft, sie hochzuhalten. Sie schienen weiche Knie zu haben und konnten kaum stehen.

Nimbulan sprang aus seinem bequemen Sessel auf und verspritzte Most auf seinem Gewand. Wieder ein Fleck, den Ackerly beseitigen musste!

»Ihr habt es geschafft, Jungs! Ihr habt die Tür mit Hilfe von Magie geöffnet.« Der Oberste Magier klopfte den Lehrlingen begeistert auf den Rücken.

Ackerly ließ den Blick durch die Küche schweifen, ehe er etwas sagte. Die Tür mittels Magie zu öffnen, sollte eigentlich keine solche Aufregung verursachen. Eine Reihe einfacher Levitationsübungen öffneten jedes Schloss. Mit Mühe schaffte sogar Ackerly das. Was sollte diese Begeisterung über die Leistung der Lehrlinge? Und warum alle drei und nicht einer?

»Komm herein, Ackerly. Steh nicht so da. Wir haben Grund zu feiern. Hast du das Tambootie mitgebracht? Selbstverständlich hast du. In welchem Packen ist es? Wir müssen einen neuen Versuch wagen.« Nimbulan beäugte die Bündel, welche der Schiffer auf den Boden gelegt hatte. »Es ist verblüffend. Ich frage mich nur, ob es die Kombination von Tambootie und Most war oder die Freundschaft zwischen den drei Jungen. Alle stammen aus derselben Gegend.«

Unbeirrt öffnete Nimbulan das Bündel mit Ackerlys schmutziger Wäsche, in die jedoch der Krug mit den getrockneten Tambootie-Blättern eingewickelt war.

»Vielleicht war es das Alter des Tambootie. Die wichtigsten Öle haben den Stoff des Beutels getränkt und die wenigen Blätter haben sie aufgesogen und waren daher ungewöhnlich stark.« Nimbulan merkte gar nicht, was für einen Unsinn er da redete.

»Was ist geschehen, Nimbulan? Worüber bist du so aufgeregt?«, fragte Ackerly und legte beruhigend die Hand auf die Schulter des Freundes. Er hatte ihn nie so gesehen, nicht mal, als sie noch Lehrlinge waren. Selbst als sie ihren ersten Fruchtbarkeitszauber einem Paar in mittleren Jahren verkauft hatten. Die beiden hatten ihr einziges Kind verloren und wollten verzweifelt wieder eines bekommen. Nimbulan war so begeistert gewesen, als er hörte, dass der Zauber gewirkt hatte, dass er nicht beachtete, wie viele Goldmünzen Ackerly verlangt und in die Tasche gesteckt hatte.

Ackerly betete jetzt, Nimbulan möge ebenso vergesslich wegen der Goldmünzen sein, die er nach dem Kauf des Tambootie noch hatte. Das Gold war der einzige Triumph, der Ackerly geblieben war. Nimbulan hatte die ganze Magie. Warum sollte sein armer Assistent nicht das Gold behalten?

»Sie haben es geschafft. Die drei Jungen hatten ihre Magie vereint und so die Tür geöffnet. Ich habe es in ihren Auren gesehen. Ist das das ganze Tambootie, das du für die fünf Goldstücke gekauft hast? Ich hatte keine Ahnung, dass das Kraut so teuer geworden ist.« Nimbulan hielt den Krug hoch.

Woher wusste Nimbulan den genauen Kaufpreis für das Tambootie?

Nimbulan war der Magier gewesen, der ihm in Sambol nachspioniert hatte. Irgendwie hatte Nimbulan gesehen, dass er fünf Goldstücke bezahlt hatte. Jetzt wussten beide, wie viele übrig waren und er zurückgeben musste.

Ackerly bekam Magenschmerzen. Die drei Goldstücke, die er in seinem Stiefel versteckt hatte, würde er nicht hergeben. Auch nicht die fünf, die er im Futter seines Umhangs versteckt hatte. Die gehörten ihm. Er hatte sie sich verdient! Nimbulan hätte die gesamten zwanzig Goldstücke für das Tambootie bezahlt. Jeden Preis, um die Droge zu bekommen, nach der er so süchtig war. Er würde es Ackerly gewiss nicht übelnehmen, wenn er eine geringe Kommission für sich beanspruchte, nachdem er ihm so viel erspart hatte.

»Dieser Krug mit Tambootie wird nicht lange reichen. Du hättest mehr kaufen sollen. Wir haben sehr viele Experimente vor uns, Jungs. Los, fangen wir an.« Nimbulan wandte sich dem Backofen zu. »Wir brauchen mehr Most und ein stärkeres Feuer. Nichts geht über eine große Flamme als Fokus, um sich in Trance zu begeben. Lyman, würdet Ihr Euch bitte um den Most kümmern. Ihr habt ein besonderes Händchen für die Gewürze.«

Ackerly sah jetzt erst den alten Mann beim Ofen. Er hätte schwören können, dass Lyman nicht dort gewesen war, als er hereinkam. Und Nimbulan hatte den Alten höflich gebeten, den heißen Most zu machen. Kein Befehl. Eine Bitte. Und er hatte sogar »bitte« gesagt. Zu Ackerly sagte Nimbulan schon längst nicht mehr »bitte«.

»Warte eine Minute, Nimbulan.« Ackerly hielt den Obersten Magier am Ärmel zurück. »Willst du damit sagen, dass du den Jungen schon Tambootie in den Most getan hast?«

»Selbstverständlich. Sie müssen sich an die Nebenwirkungen gewöhnen, ehe sie sich dem Ritual mit dem Rauch unterziehen.«

»Aber das ist zu gefährlich. Das darfst du nicht. Sie sind zu jung.« Ackerly überlegte hektisch, wie er die neuen Experimente verschieben konnte. Er musste herausfinden, wie viel Nimbulan über das Gold wusste, ehe eine durch die Droge bewirkte Trance den Meister in die Leere trug, wo für diejenigen, die wussten, wo und nach was Ausschau zu halten war, alles Wissen bereitstand.

Heute Abend würde nur die Sorge um die Jungen Nimbulan von der Droge abhalten können. Ackerly war es eigentlich völlig egal, ob alle süchtig und in ihrer Entwicklung behindert wurden. Er brauchte Zeit, um das Gold in ein sichereres Versteck zu schaffen. Vielleicht eine Geschichte über Banditen. Diese durchstreiften das ganze Land.

»Du hast natürlich Recht, Ackerly. Ich war zu begeistert darüber, wie die drei ihre Magie bündelten. Wir sind alle müde und verfroren. Morgen ist genügend Zeit, um die Bedeutung dieses Zaubers zu besprechen. Los ins Bett, Jungs. Wir brauchen alle eine Nacht Schlaf.«

Die drei Jungen sahen hundemüde aus und konnten sich kaum auf den Beinen halten. Der Zauber, den sie gewirkt hatten, war sehr kräftezehrend gewesen. Sie konnten kaum noch die Augen offen halten.

»Rollett.« Ackerly rief den ältesten Lehrling. »Sorge dafür, dass sie sich waschen und Kleidung und Stiefel ausziehen, ehe sie ins Bett fallen. Wir brauchen euch alle morgen früh. Wer hat Küchendienst?«

Powwell hielt die Hand hoch.

»Vergiss es, Powwell. Ich übernehme das.« Dann gab Ackerly dem Schiffer barsch die Anweisung, bei Tagesanbruch auch Küchenhilfen mitzubringen, wenn er den neuen Koch vom Festland übersetzte. In wenigen Minuten hatte er das Chaos, das Nimbulan geschaffen hatte, bereinigt. In letzter Zeit war das immer öfter geschehen. Als beide Lehrlinge waren, war Nimbulan für seine Ordnungsliebe berühmt gewesen. Aber jetzt? Dieses Durcheinander war eindeutig der

Beweis, dass das Tambootie, mit dem Ackerly stets Nimbulans Speisen versetzte, sein Urteilsvermögen stark getrübt hatte.

Etwas musste geschehen, ehe Nimbulan herausfand, wohin sein Gold verschwunden war. Etwas Drastisches.

»Ist dir beim Aufräumen meine Hilfestellung nicht unerwünscht, Ackerly?«, fragte der alte Lyman und zog eine Braue hoch. »Große Sorgen furchen dein Gesicht. Begehrst du darüber zu sprechen?«

Bestimmt nicht mit dir, Alter! Du hast so eine Art, Geheimnisse herauszukitzeln, die ich nicht preisgeben will, dachte er. Dann lächelte er und sagte: »Heute nicht. Ich muss es erst durchdenken. Nehmt einen heißen Ziegelstein mit ins Bett, Meister Lyman. Mit warmen Füßen schlaft Ihr besser.«

*

Nimbulan saß zusammengesunken mit untergeschlagenen Beinen da. Seine Schultern berührten beinahe die Knie. Aufgrund der Müdigkeit nach der langen Sitzung in der Leere mit den Jungs war ihm schwindlig und übel. Aber die Freude über den kleinen Erfolg ließ sein Herz schneller schlagen.

Es war möglich, Magie zu vereinen. Er hatte es gestern Abend selbst gesehen, als die drei die Tür geöffnet hatten. Heute hatte er sie mit einem ähnlichen Zauber einen Sessel zwei Handbreit verrücken lassen.

Ich hätte es selbst mit weit weniger Mühe geschafft, dachte er. Woher kommt nur diese ungeheure Müdigkeit? Rover würden ihre Kräfte nicht bündeln, wenn sie hinterher immer so erschöpft waren. Lag es an ihren Ritualen?

Die absichtliche verschwommene Beschreibung im Buch in der Bibliothek irritierte ihn, faszinierte ihn aber auch.

Er richtete sich auf, um zu sehen, wie es den Lehrlingen ging. Wenn sie nach diesem kleinen Erfolg ebenso erschöpft wie er waren, musste er sie essen und schlafen lassen. Er brauchte sogar eine weitere kräftige Mahlzeit, obgleich er bei Tagesanbruch gut gefrühstückt hatte. Die Wasseruhr zeigte an, dass seitdem nur eine Stunde vergangen war.

Der Arbeitsraum drehte sich um ihn. Die drei Lehrlinge sah er nur verschwommen. Schnell senkte er wieder den Kopf. Der flüchtige Blick auf die Jungs hatte ihm gezeigt, dass sie in ähnlichem Zustand wie er auf dem Boden zusammengebrochen waren.

»Essen, Ackerly. Wir müssen essen«, sagte er leise. Er hatte keinen Zweifel, dass der stets getreue Ackerly in der Nähe war und seine Bedürfnisse stillen würde.

Unter seiner Nase erschienen eine Schüssel mit warmer Brühe und ein Krug mit eiskaltem Most. Zweifellos von Ackerly beschafft. Vorsichtig trank er einen kleinen Schluck, aber dann rebellierte sein Magen.

Er blickte zu den Jungen. Auch sie erholten sich, hielten jedoch die Köpfe noch gesenkt.

»Hier, Meister, ich glaube, das ist gut für Euch.« Rollett reichte ihm einen Teller mit einer dicken Scheibe Brot, Fleisch, Käse und einen Krug mit kühlem frischem Wasser.

»Wo ist Ackerly?«, fragte Nimbulan und trank gierig das Wasser. Wenn er Tambootie genommen hatte, hatte er hinterher stets einen gewaltigen Durst und er musste die Blase entleeren. Es war, als entziehe die Droge seinem Körper die ganze Flüssigkeit.

»Er hat gesagt, er müsse auf der großen Insel etwas erledigen, Sir. Gleich nach dem Frühstück ist er mit Lyman über den Damm fortgegangen. Er hinterließ aber Anweisungen, dass Ihr unbedingt alles aufessen und das Wasser austrinken sollt. Lord Quinnault war hier, während Ihr in Trance wart. Er kommt später wieder. Ach ja, ein Bote von Lord Kammeryl kam auch. Er wartet auf Euch im Innenhof. Er wollte das

Gebäude nicht betreten, weil es dort spuke. Das hat er jedenfalls behauptet.«

Nimbulan lachte. Vom Wächtergeist des Klosters hatten sie nichts mehr gesehen oder gehört, seit dieser vor zwei Monaten die Kraftquelle versiegelt hatte. Sollte er zurückkehren, musste er durch den Innenhof gehen, wo der Bote wartete.

»Sonst noch etwas, Sohn?« Das Essen schmeckte irgendwie eigenartig. Wahrscheinlich eine Nachwirkung des Tambootie. Er hatte am Morgen eine große Dosis genommen. Er nahm einen tiefen Schluck Wasser. Der bittere Nachgeschmack blieb.

»Ganz früh kam ein anderer Bote von Lord Kammeryl und hat das für Euch hinterlassen.« Rollett legte ein zusammengerolltes Pergament in Nimbulans Hand. »Er ließ ausrichten, es sei dringend, aber er hat nicht auf Antwort gewartet. Er meinte, Ihr wüsstet schon, was zu tun sei, nachdem Ihr das gelesen hättet.«

Nimbulan entrollte die Botschaft. Seine Handflächen wurden feucht und begannen zu jucken. Er rieb sie an den Beinkleidern und blickte dabei auf die eigenartig große verschnörkelte Handschrift, die ihm fremd war. Lord Kammeryl konnte weder lesen noch schreiben. Trotzdem war er ein brillanter Stratege und konnte Landkarten deuten. Wahrscheinlich hatte irgendein neuer Schreiber die Botschaft verfasst.

Doch dann tanzten die Buchstaben vor seinen Augen über das Pergament und weigerten sich, Wörter zu formen. Nimbulan schloss die Augen und schüttelte den Kopf, um ihn zu klären. Wieder griff er nach dem Wasser. Inzwischen sollte sein System längst die Nachwirkungen des Tambootie verarbeitet haben. Nie hatte er bisher die legendären Kater gehabt, unter denen etliche Magier litten.

Er legte das Pergament hin und rieb sich die Augen. Als er sie wieder öffnete, vermochte er alles scharf zu sehen. Die blassen Gesichter seiner drei Lehrlinge. Powwells Wangen zeigten einen Hauch von Rot, aber blaue Venen pulsierten sichtbar unter der dünnen Haut der Hände und am Hals. Den beiden anderen erging es nicht besser.

»Ihr Jungs seid nicht an die Leere gewöhnt.« Plötzlich traf das Problem des Zaubers Nimbulan wie ein Sandsack zwischen die Augen. »Ich habe euch selbst durch die Leere geschleppt und den Zauber zusammengehalten. Rollett, bring die Jungs für ein paar Stunden Schlaf ins Bett. Dann hol deine Klassenkameraden und auch Ackerly und den alten Lyman hierher. Ihr alle verfügt über einige Erfahrung in der Leere. Wenn einer von euch eigenständig in die Leere gelangt, ohne meine Hilfe, befördere ich ihn auf der Stelle zum Gesellen.«

»Wird auch Zeit«, murmelte Rollett, als er die drei Lehrlinge aus dem fensterlosen Arbeitsraum führte.

Ein paar Minuten später wies Rollett Maalin, Bessel, Jaanus und Gilby an, sich im Kreis auf den Boden zu setzen, sodass sie sich an den Händen halten konnten. Er nahm seinen Platz rechts von Nimbulan ein. Er lächelte zuversichtlich. »Noch ehe eine Stunde vergeht, bin ich Geselle«, erklärte er.

»Ich auch«, sagte Bessel. »Ich habe geübt und mir wird vom Tambootie nicht schlecht wie Maalin und Jaanus.«

»Sollte ich nicht lieber Wache halten?« Gilby blickte nervös zur Tür. »Meister Ackerly und der alte Lyman sind noch nicht zurück von der großen Insel. Sollte etwas schiefgehen, kann niemand Euch zurückbringen. Ihr habt uns immer eingeschärft, nie in die Leere ohne einen Anker zu gehen, der uns heimholt.«

»Völlig richtig, Gilby.« Nimbulan nahm noch einen Schluck Wasser. Seine Zunge fühlte sich geschwollen an. Aber er war so erpicht darauf, das Experiment zu Ende zu bringen, dass die Müdigkeit verflogen war. »Verlass den Kreis und pass aufs Feuer auf. Versuch eine leichte Trance auch ohne Tambootie zu erreichen. Beim ersten Anzeichen von Schwierigkeiten holst du als Erstes mich und Rollett heraus. Wir sind die kräftigsten und können helfen, die anderen zurückzuziehen. Aber ich rechne nicht mit irgendwelchen Schwierigkeiten. Wir haben den gleichen Zauber schon heute Morgen ausgeführt. Nur die Unerfahrenheit der Lehrlinge hat uns aufgehalten.«

Er schnippte mit den Fingern. Vor jedem Lehrling erschien ein Becher mit heißem Wasser, in dem Tambootie-Blätter aufgebrüht wurden.

»Trinkt aus, Jungs. Ich kann es kaum erwarten zu sehen, wie diese Prozedur abläuft.«

Alle setzten den Tambootie-Tee an die Lippen und tranken das bittere Gebräu.

»Einatmen, eins, zwei, drei«, befahl Gilby.

Die Realität verschwand um Nimbulan. Menschen und Gegenstände wurden von den Rändern her undeutlich. Sein Herz schlug vor Aufregung schneller. Endlich würde er beweisen, dass Magie gebündelt werden und damit jeden Magier besiegen konnte, der ganz allein arbeitete. Kein Schlachtenmagier vermochte allein gegen die vereinte Macht Nimbulans und seiner Helfer etwas auszurichten. Erst dann konnten sich Magie und die Magier aus den Kriegen und der Politik heraushalten und neutrale Diener für alle Menschen Coronnans werden.

»Einatmen, eins, zwei, drei«, befahl Gilby.

Die Leere lockte Nimbulan zu sich. Noch nie war er so leicht ins schwarze Nichts eingedrungen. Er schaute zu den Jungen. Alle vier saßen noch im Kreis und hielten einander bei der Hand, aber jede Aura suchte individuell nach der Leere.

»Einatmen . . .«

Nimbulan hörte Gilbys Anweisungen nicht mehr, als die

Schwärze ihn vollends einhüllte. Er blickte suchend umher. Wo waren seine Lehrlinge?

Nichts. Keiner.

Die Schwärze raubte ihm die Fähigkeit zu sehen, zu hören, zu riechen und zu berühren. Nur der bittere Nachgeschmack des Timboor war geblieben.

Timboor! Giftiger Timboor, nicht der nützliche Tambootie.

18

Ackerly beugte sich über Nimbulans zusammengekrümmten Körper. Er lauschte angestrengt mit Ohren und Magie nach Herzschlag oder Atem.

Nichts.

Er holte sein Glas aus der Tasche und hielt es dem Obersten Magier unter die Nase. Keine Wolke trübte den klaren Kristall.

Im Leben war der Mann groß und dünn gewesen, dem er gedient hatte, seit sie beide Knaben gewesen waren. Jetzt im Tode schien er geschrumpft zu sein.

»Am Ende sind wir alle auf so ein Häuflein Elend reduziert, ohne Rücksicht auf das Talent«, flüsterte er vor sich hin. »Wie viel Tambootie hat er genommen?«, fragte er die versammelten Lehrlinge. Alle acht schauten jetzt zu ihm auf. Jetzt war er ihr Führer und Lehrmeister.

Vor Aufregung schlug sein Herz jetzt höher.

Trauere, sagte er sich. Du musst trauern. Aber endlich kann ich aus dieser Schule etwas machen. Etwas Wichtiges. Etwas, was Profit einbringt.

»Er hat die Standarddosis genommen, wie wir alle auch«, erklärte Rollett unter Tränen.

»Der Zauber war ein Erfolg, aber er war danach völlig erschöpft. Nachdem er gegessen und getrunken hatte, hat er wieder die Standarddosis eingenommen, wie die älteren Lehrlinge«, berichtete Gilby. Er war vor Schock und Schuldbewusstsein aschfahl im Gesicht. Seine Schultern bebten. »Ich habe versucht, ihn aus der Leere herauszuziehen. Ihn und Rollett als Erste, wie er gesagt hatte, aber seine Seele wollte nicht in den Körper zurückkehren.«

»Wir sind ihm in die Trance gefolgt wie immer. Aber als wir in die Leere gelangten, war er nicht dort. Ich habe die anderen gesehen, aber ihn nicht!«, fügte Jaanus hinzu. »Er war nicht da.«

Die anderen Lehrlinge nickten zustimmend. Zwischen der ersten und der zweiten Einnahme des Tambootie war irgendetwas völlig schiefgelaufen. Aber vielleicht hatten auch all die Jahre der Sucht seinen Tod bewirkt.

Ackerly blickte auf Nimbulans Leichnam. Er suchte nach irgendwelchen Anzeichen, weshalb er gestorben war. Neben ihm lag ein zerknittertes Pergament. Vor seinen Augen begannen die Buchstaben zu tanzen. Er griff danach, zog aber schnell die Hand zurück.

»Euch trifft keinerlei Schuld, Jungs«, sagte er und starrte auf das Pergament. »Woher ist das gekommen?« Er deutete auf die Botschaft.

»Ein Kurier von Lord Kammeryl d'Astrismos«, antwortete Rollett und musterte ebenfalls das Pergament misstrauisch. »Er sagte, es sei sehr dringend, aber er hat nicht auf Antwort gewartet.«

Seine Augen wurden groß, als er begriff, dass dieses Pergament einen Zauber enthielt.

»Maalin, du bist doch gut mit Feuer. Sobald wir den Raum verlassen haben, verbrenn dieses Ding, aber berühre es nicht. Blut und Gift sind darin enthalten. Ich fühle das Blut in der Tinte – das Werk eines Blutmagiers!« Ackerly schloss die Augen und senkte den Kopf. »Ich hätte hier sein müssen, um den Zauber zu entkräften. Ich hätte die Botschaft abgefangen und Nimbulan zurückgehalten, so bald nach dem ersten Zauber wieder in die Leere zu gehen. Hätte er gewartet, hätte das Gift dieses Pergaments ihn vielleicht nicht so stark geschädigt.«

Powwell schluchzte unverhohlen. Zane und Haakkon waren auch den Tränen nahe.

Plötzlich irritierte die Liebe zu Nimbulan Ackerly. Mich lieben sie nicht! Aber er sorgte dafür, dass sie etwas zu essen und Decken hatten, außerdem für Feuerholz, um die Winterkälte abzuwehren. Er machte die ganze Arbeit.

Doch jetzt unterdrückte er seinen Ärger. Nachdem Nimbulan bestattet war, konnte er diesen undankbaren Burschen zeigen, wo ihre Loyalität sein sollte.

Seine Gedanken drehten sich um die Möglichkeiten in der Zukunft, nachdem Nimbulan ihn mit seinen Idealen nicht mehr behinderte.

»Wir müssen ihm die zeremoniellen Gewänder für die Bestattung anlegen. Es bringt nichts zu warten. Unter der Kapelle ist eine Krypta. Ich kann mir keinen passenderen Ort für seine ewige Ruhe vorstellen. Wir werden ihn bei Sonnenuntergang bestatten.« Abrupt machte er auf dem Absatz kehrt und verließ den Raum, ehe er einen Freudenschrei ausstieß.

Frei! Endlich bin ich frei! Er würde die zeremoniellen Gewänder einfach über Nimbulans Alltagskleidung ziehen. Dann musste er den Frauen aus dem Dorf nichts dafür zahlen, den Leichnam zu waschen und vorzubereiten. Ein kleiner Trugzauber würde den Jungen vormachen, er hätte den Leichnam eng in teure Leinenstreifen gewickelt, dabei hatte er nur ein altes Leintuch zerrissen. Es war doch sinnlos, für den Toten mehr Geld auszugeben, als unbedingt nötig war. Niemand würde den Unterschied bemerken.

Nur kurz wunderte er sich, dass der seit fünf Stunden Tote noch so warm war.

*

Ein Knäuel leuchtender Lebensstränge zerrte Nimbulan so schnell durch die Leere, dass er die Farben seines Ziels gar nicht klar erkennen konnte. Er spürte ein Ziel oder ein Muster in den symbolischen Lebenskräften, selbst wenn er es nicht sehen konnte. Alles schien aus schimmerndem Kristall zu bestehen, mit nur einem Hauch Farbe. Abgesehen von dem Strang im Zentrum, der alle mitriss. Er zeigte sämtliche Farben des Spektrums, allerdings so schnell wechselnd, dass es überhaupt keine Farbe zu sein schien.

In seinem Bewusstsein formte sich ein Gedanke, der heraus wollte. Diese seltsamen Lebensstränge führten ihn offenbar in seine nächste Existenz. Eine Existenz ohne die Sucht nach Tambootie. Die Droge war notwendig, um das angeborene Talent für Magie zu verstärken. Leider hatte sie ihn vorzeitig in seine nächste Existenz getrieben. Eine Existenz, die er sich noch nicht vorstellen konnte, aber erreichen wollte. Jetzt. Ohne Verzögerung. Ehe er es bedauerte, Coronnan und seine Arbeit unfertig zurückgelassen zu haben.

(Die Zeit ist noch nicht reif. Du kannst dein Geschick noch nicht zurücklassen.) Die leuchtenden Lebenskräfte wickelten sich enger um ihn und rissen ihn tiefer in die Leere – oder aus ihr heraus? Er vermochte es nicht zu bestimmen, da er keinen Körper hatte, der eine Richtung erkennen konnte.

Schon einmal hatte diese Stimme ihn aus der Leere hinausgeführt. Wer? Was?

Seine Fragen verflüchtigten sich. Die Anstrengung, sich zu erinnern, war zu viel für ihn. Lieber mit den farbenprächtigen Lebenskräften treiben lassen. Rot und Blau, Grün und Gelb. Rot für Keegan. Blau für sich selbst. Gelb für Ackerly. Grün für die vereinten Auren der Lehrlinge. Der Kristall, der in allen und keinen Farben schimmerte, erinnerte ihn an Myrilandel mit dem silbrigen Haar und der dünnen Haut, durch die man die pulsierenden Blutgefäße sehen konnte.

(Geh zurück, Nimbulan!)

Warum?

(Unverschämtheit von einem Sterblichen wird nicht geduldet!)

Lachte die Stimme? Nimbulan kämpfte gegen die Lethargie der Sinne raubenden Leere. Lachen. Humor. Ironie. Das waren Lebensqualitäten. Qualitäten, die er schmerzlich vermisste, weil er sie in den letzten Jahren viel zu wenig erlebt hatte. So viele seiner Freunde und Bekannten waren gestorben. Wir hätten die Welt mit Lachen erkunden sollen, statt uns bis auf den Tod zu bekämpfen. Er dachte an seine gefallenen Kameraden.

Ironie des Schicksals, dass er in der unendlichen Leere das Lachen fand, nicht aber in seinem körperlichen Dasein. Er lachte mit den Stimmen, die das Leben liebten und daraus das Beste machen wollten.

Was war sein Leben? Die letzten Jahre hatte er nur die quälende Suche nach neuer Magie gekannt, nach besserer Magie, um seinen Lord zu schützen. Der einzige Lord, der fähig war, die flatterhaften Parteien Coronnans zusammenzuhalten und die Kriege zu beenden.

Diesen Lord unterstützte er – wie lautete sein Name? – und auch dessen Vater, seit nahezu zwanzig Jahren. Während dieser Zeit hatte aber keiner der beiden wirklich etwas zustande gebracht.

Kein Lord hatte das geschafft.

(Lord Quinnault de Tanos wagt von Frieden zu träumen. Die anderen sind zu kurzsichtig, um weiter als bis zur nächsten Schlacht zu denken.)

Oder an den nächsten Geliebten, fügte Nimbulan hinzu und dachte an Lord Kammeryl d'Astrismos, dessen Bettgenossen immer jünger wurden. Abscheu überflutete sein Bewusstsein.

(Zeigt dir deine Reaktion auf diesen Mann den Wert deiner Loyalität ihm gegenüber?)

Die Frage war zu gewichtig. Die strahlenden Lebenskräfte, die um ihn wirbelten, waren voll Freude, Lachen und Liebe.

Lachen. Er würde das Lachen vermissen, wenn seine nächste Existenz ebenso erfüllt von Krieg und Verantwortung wie die letzte war.

(Dein letztes Leben muss nicht enden. Du kannst es mit Liebe und Lachen füllen, mit Familie und Freunden. Du musst nicht die ganze Zeit grimmig und traurig sein, wenn du deine Loyalität diesmal richtig einsetzt. Wenn deine Loyalität dem Frieden gehört und nicht dem Mann, der dich betrügt, wirst du das Leben in vollen Zügen auskosten. Friede. Liebe Frieden. Liebe Leben. Liebe den, der dich zurück nach Coronnan zieht ...)

Das Gefühl zu sinken. Schmerzen. Kälte. Hände und Füße, die vor Schwäche und Kälte zittern. Die harte Unterlage, die gegen den schmerzenden Rücken drückt.

»Ich lebe. Ich habe einen Körper«, flüsterte Nimbulan durch steife und ausgetrocknete Lippen. »Ich habe Hunger und Durst.« Laute hallten in seinen Ohren wieder. Es war, als prallten sie an dicken Mauern ab.

Er versuchte die Augen zu öffnen. Er dachte, sie seien offen. Aber immer noch hüllte ihn Schwärze ein. Aber es war eine andere Schwärze als die in der Leere, wo er aller Sinne beraubt war. Hier spürte er sie. Alle Spuren des Katers nach dem Timbootie waren verflogen.

Er hörte Wasser tropfen, gleichmäßig rhythmisch. Dann roch er Moder.

Er schnippte mit den Fingern der rechten Hand, war aber so kraftlos, dass er die Hand nur um Fingerbreite über der Brust halten konnte. Ein winziges Hexenlicht erschien auf dem Zeigefinger. Nicht viel, aber es reichte. Er lag auf einer

Steinplatte in einer Mauernische – rechts von ihm offen, links, oben und unten massives Gestein.

Das Hexenlicht verlosch. Aber er hatte genug gesehen. Nur die Wände der Krypta hatten offene Nischen, in die ein Mensch hineinpasste.

Er versuchte, die verkrampften Knie gerade zu strecken. Diese Grabkammer war für einen kleineren Mann bestimmt.

In früheren Jahrhunderten waren die Menschen kleiner.

Eine alte Krypta. Sehr feucht und ungepflegt. Offenbar hatten Ackerly und die Lehrlinge ihn unter der Kapelle in der Krypta bestattet. Sie mussten ihn für tot gehalten haben. Vielleicht war er eine Zeitlang tot gewesen, während er mit den farbenprächtigen Lebenssträngen durch die Leere gewandert war.

Einen Moment lang wünschte er sich nichts mehr, als wieder ein Teil dieses Tanzes zu sein, der ein Leben darstellte, ohne ein Leben zu sein.

Mächte jenseits seiner Erfahrung hatten ihm das Leben wiedergegeben. Das Geschick, das die Sternengötter für ihn geplant hatten, war noch nicht erfüllt.

Aber die Leere war so wunderschön gewesen, so friedlich …

»Reiß dich los!«, befahl er sich. Die Sternengötter hatten ihn aus einem bestimmten Grund zurück in seinen Körper geschickt.

Vorsichtig wandte er sich der offenen Seite zu und zauberte wieder eine kleine Hexenkugel mit Licht. In einigen anderen Nischen lagen Skelette. Die meisten Menschen mieden diese alten Krypten, weil sie so viele Generationen von Toten nicht sehen wollten. Niemand würde Blumen zu seinem Grabe bringen und ihn retten.

Er musste selbst einen Weg nach draußen finden. Nur eine Nische lag zwischen ihm und dem Steinboden. Er zog die

Knie an und schob sich zum Rand. Dann wollte er ein Bein herausschwingen, aber da stellte er fest, dass seine Beine mit Stoffstreifen des Leichentuchs zusammengebunden waren. Die gleichen Streifen hielten seine Hände über der Brust. Aber alles war schlampig durchgeführt. Wer immer ihn für die Bestattung hergerichtet hatte, hatte nur so viel Stoff benutzt, wie unbedingt nötig war.

Da er die Fesseln um seine Gliedmaßen nicht zerreißen konnte, musste er sich aus der Nische rollen und hoffen, dass er sich bei dem Sturz nicht sämtliche Knochen brach.

Als er sich bewegte, rissen die Streifen über seiner Brust. Man hatte ein altes Laken zerrissen, nicht neues Leinen. Es gelang ihm, den rechten Arm frei zu machen. Er betastete den Rand. Dort war ein niedriger Wulst, an dem er sich festhalten konnte, um den Sturz zu mildern. Ehe er den Fall in die Tiefe wagte, wunderte er sich, dass man ihn nicht von Kopf bis Fuß in mit Konservierungsstoffen getränkte Leinenstreifen gewickelt hatte. Ackerly hatte mit Sicherheit Zugriff auf diese Dinge, die für eine würdige Bestattung nötig waren. Lord Quinnault de Tanos hätte gewiss ein neues Leichentuch und Diener beschafft, um den Leichnam zu waschen und für die Bestattung vorzubereiten.

Wenn Ackerly ihn gefragt hätte! Wenn Ackerly jemanden über Nimbulans »Tod« informiert hätte, hätten Lords und andere Menschen bemerkt, dass die würdige Kleidung und Kräuter fehlten.

»Ich habe dich für meinen Freund gehalten, Ackerly. Konntest du nicht wenigstens ein bisschen Geld für die Frauen ausgeben, welche die Toten herrichten? Hattest du nicht so viel Achtung für mich, dass du eine ordentliche Bestattung mit Priester und Trauernden ausgerichtet hast?« Der Ärger erhitzte Nimbulans Wangen. Das Adrenalin schoss in seine verkrampften Muskeln und trieb ihn vorwärts.

Mit einer Hand hielt er sich an dem Wulst, dann glitt er über die Kante und landete sicher unterhalb seiner »letzten« Ruhestätte.

»Warum hast du es so eilig?«, fragte er sich, als er sich die Stoffstreifen abnahm. Er war entsetzt, dass er unter den zeremoniellen Gewändern seine Alltagskleidung trug – und die zudem ungewaschen.

Warum?

(Wer?)

Nimbulan blickte umher. Woher kam die Stimme? Hatte er sie tatsächlich gehört oder war es ein Echo seiner spirituellen Reise in der Leere? Er erhielt keine Antwort. Dann leuchtete er mit dem Hexenlicht zu der wackligen Leiter, die zu einer Falltür nach oben führte.

(Eile nicht von einem Tod in den nächsten!)

Nimbulan setzte seine letzten Kräfte ein, um die gesamte Krypta auszuleuchten.

»Bist du ein Geist? Vielleicht der Wächtergeist, der zurückgekehrt ist?«

Keine Antwort. Nur das Echo seiner eigenen geflüsterten Worte.

Eile nicht von einem Tod in den nächsten, hallte es in seinem Kopf nach.

Wer wollte seinen Tod? Wer hätte das arrangieren können?

Wieder hatte er den Nachgeschmack des Timboor im Mund. Timboor. Eine Überdosis dieser giftigen Beeren zusätzlich zu dem Tambootie, das er für die Experimente zu sich genommen hatte.

Aber er hatte doch nach seiner schlechten Erfahrung den gesamten Vorrat an Timboor vernichten lassen, als Ackerly in Sambol war. Kein Lehrling würde es wagen, sich seinem Befehl zu widersetzen und ihm ein paar Beeren ins Essen zu tun.

Keegan hatte ihn verlassen, als Nimbulan den Jungen für loyal hielt.

Nein! Rollett und die anderen waren nicht so zynisch und nicht so ehrgeizig wie Keegan. Sie vertrauten ihm.

Vertrauten sie ihm wirklich?

Wer? Wer war an jenem Tag ständig in seiner Nähe? Er hatte keine Ahnung, wie lange dieser Tag zurücklag. Ein paar Stunden, vielleicht einige Tage? Er hatte so großen Hunger, dass mehrere Tage möglich waren. Ein Meuchelmörder konnte das Timboor in die Tambootie-Blätter geschmuggelt und dann die Insel verlassen haben, ehe man Nimbulan für tot erklärte.

Jemand mit einem Boot. Zwei Boten waren von Lord Kammeryl d'Astrismos eingetroffen. Einer hatte gewartet, einer hatte das Pergament zurückgelassen. Die Worte auf dem Pergament hatten getanzt, als seien sie ein magischer Code. Dann erinnerte er sich, dass die Buchstaben einen Vers, vielleicht einen Zauberspruch ergeben hatten. Konnte man das Timboor ins Pergament reiben und mit einem Zauberspruch vergiften? Er war gerade erst aus einer Timbootie-Trance erwacht. Sein System war für alle Arten des Giftes dieses Baums empfänglich gewesen. Vielleicht hatte seine Haut das Gift aufgenommen.

Oder das Gift war bereits in seinem Körper gewesen und deshalb hatten die Buchstaben gewabert.

Er hatte keine Ahnung. Wenn jemand versucht hatte, ihn zu ermorden, würde er es wieder versuchen.

Er brauchte mehr Informationen.

Er brauchte einen Plan und ein Versteck, bis er wusste, wer ihn hatte vergiften wollen, und sich dagegen schützen konnte.

Wer? Wer? Wer? Die Frage ging ihm nicht aus dem Kopf.

Ein Versteck. Nein, nicht auf der Insel.

Wie kam er aus der Krypta heraus? Er musste die Falltür heben und herausfinden, welche Tageszeit es war. Nachts, wenn alle schliefen, konnte er fliehen.

Er musste von der Insel fliehen, ohne dass jemand es bemerkte.

19

Nimbulan zog das kleine Ruderboot aufs trockene Land hinter den Sümpfen und Schlammflächen der Großen Bucht. Im Winter war das Strandgras spärlich und spröde. Ein steifer Wind vom Meer brachte den Duft von Salz. Ein Sturm zog über dem östlichen Horizont herauf. Er musste schnell ein Dach über dem Kopf finden.

Die Nacht war klar und eiskalt. Sternenlicht und die Mondsichel erhellten seinen Weg. Er zog den dicken Winterumhang dichter um sich und schwang das Bündel mit dem Proviant über die Schulter.

Es war überraschend leicht gewesen, die Küche und die Vorratskammer zu plündern. Beinahe, als hätte jemand erwartet, dass er von den Toten auferstünde und aus dem alten Kloster fliehen wollte. Er hatte es nicht gewagt, aus seinen Privaträumen den Stab und das Glas zu holen. Vielleicht sollte er beides mittels Magie herschaffen. Nein. Jemand könnte das Verschwinden bemerken und die Spur verfolgen.

Für sein neues Leben würde er sich einen neuen Stab schneiden. Was war mit dem Glas, das teuer und nur schwierig zu ersetzen war? So viele Zauber hingen von einem perfekt klaren Glas ab, um zu wirken. Er musste mit einem klaren Teich improvisieren.

Kurz fiel ihm der Abschied von seinen Jungs schwer. Aber er hatte Vertrauen in sie. Er hatte sie gut ausgebildet und sie Ehre und Respekt gelehrt. Er konnte sich vorstellen, dass Rollett spät abends die Lehrlinge im Schlafsaal versammelte und ihnen Geschichten erzählte und damit die Botschaft vom

Frieden weitergab. Nimbulans Traum würde so ein wenig länger leben. Zumindest bis er mit den Geheimnissen der Rover und neuen Zauber zurückkam, um den Traum in die Tat umzusetzen.

Welche Richtung?

(Ost), schien der kalte Wind zu raunen.

Die Rover lebten meist im Süden. Ein Rover-Zauberspruch gab ihm vielleicht den entscheidenden Hinweis, wie er Magie kombinieren konnte. Wegen der Krümmung der Großen Bucht war der Weg nach Osten die schnellste Verbindung zu den Gebieten im Süden Coronnans. Sobald er herausbekommen hatte, wie die Rover ihre Magie gemeinsam ausführten, würde er zur Schule zurückkehren und sein Ziel weiter verfolgen: Magie aus Politik und Schlachten herauszuholen. Und den Mann zu finden, der versucht hatte, ihn zu ermorden.

(Ost.) Warum nicht? Er sammelte seine Magie und konzentrierte sie auf den Süden, den nächsten magnetischen Pol. Die linke Hand mit der Handfläche nach oben ausgestreckt, drehte er sich langsam im Kreis. Ein plötzlicher Stich der Erkenntnis traf die Handfläche. Süden lag hinter dieser Düne und zwanzig Grad nach rechts. Offenbar war er in die Krümmung der Großen Bucht abgetrieben. Wenn er diese Richtung einschlug, halb zwischen Ost und Süd, würde er in einer oder zwei Meilen auf die Handelsstraße gelangen. Rover nahmen diese Route.

Die sehr belebte Straße zog sich durch die Dörfer und bot den Rovern zahllose Möglichkeiten, ihre Metallarbeiten zu verkaufen und gegen ein kleines Entgelt die Einheimischen mit Musik und Tänzen zu unterhalten. Die Straße überquerte die Berge im Süden an einem Punkt, der fast genau östlich von den Inseln Quinnault de Tanos' lag. Danach führte sie nach Rossemeyer. Nimbulan verspürte kein Verlangen, die

Hochebene dieses verarmten Königreichs zu erkunden. Schon vor dem Bergpass zweigten viele andere Wege von der Straße ab.

Viele Orte. Viele Möglichkeiten. Er hatte die freie Wahl. Die plötzliche Freiheit überwältigte ihn. Seine Freunde und Schüler hielten ihn für tot. Er hatte keinerlei Verpflichtungen. Keine Erwartungen.

Zum ersten Mal in den neunundvierzig Jahren konnte er hingehen, wohin er wollte, tun, was er wollte, ohne Terminplan. Er lachte vor Glück und sank auf die Knie.

»Ich bin frei?«, rief er in den Wind. Hörte er Lachen als Antwort?

Nimbulan starrte auf den Baum auf der Klippe über dem Strand. Nur ein ganz normaler Baum. Er versuchte sich zu erinnern, wann er zum letzten Mal einen Baum so intensiv betrachtet hatte, ohne dass es einen praktischen Grund dafür gab. Während der letzten dreißig Jahre hatte er Bäume danach betrachtet, wie viel Feuerholz sie für die Lagerfeuer auf dem Schlachtfeld ergeben würden, oder ob sie dicht genug standen, dass Männer sich dahinter verstecken konnten.

»Du bist der schönste Baum, den ich je gesehen habe!«, rief er so laut er konnte und breitete die Arme aus, als wolle er die ganze Welt umarmen. »Du bist wunderschön, weil du nur ein Baum bist.«

Er sog die Ruhe dieses Augenblicks ein. Dann erinnerte die kalte Winterluft ihn daran, dass er weitermarschieren musste.

Plötzlich bekam er ein schlechtes Gewissen und wäre beinahe zurück zu den Inseln gegangen. Er hatte die Schule für Magier gegründet, um zu versuchen, die Lords zum Frieden in Coronnan zu zwingen. Aber die Lords wollten keinen Frieden. Er hatte sich bemüht. Konnten sie mehr von ihm verlangen?

(Erfolg.)

Seine einzige Chance auf Erfolg lag bei den Rovern auf dem Handelsweg nach Osten. Er machte sich auf den Weg. Im Osten würde er die Antworten finden. Vielleicht würde er dort auch sein Leben finden.

*

»Würdet Ihr einer einsamen Wanderin Gastfreundschaft gewähren?«, fragte Myrilandel die stämmige Frau, die am Eingang einer alten Höhle am Meer stand. Vor vielen Generationen war der Meeresspiegel viel höher gewesen und hatte ungefähr dreißig Meter über dem jetzigen Strand eine Höhle hinterlassen. Vor der Höhle war eine Ebene und dort war im Laufe der Jahre ein Dorf entstanden. Ein Fischerdorf, wie man an den Netzen erkannte, die zum Trocknen aufgespannt waren. Außerdem hatte man Boote für die Winterreparatur heraufgeholt.

»Ein bisschen zu jung, um allein herumzuwandern, Mädchen. Woher kommst du?« Die Frau stemmte die Hände in die Hüften und blockierte den Eingang zur Höhle. Raue Stimmen und der Geruch verschütteten Dünnbiers drangen hinter der Frau ins Freie und verrieten Myri, dass sich in der Höhle eine Schenke befand.

»Ich bin vor der großen Schlacht weggelaufen. Die Kriege haben mir alles genommen – mein Heim, meine Familie ...« Myri drückte Amaranth eng vors Gesicht, als wolle sie die Tränen verbergen. Sie hatte in den vergangenen Wochen, als sie vor Televarn und seinen Rovern geflohen war, gelernt, die Wahrheit ein wenig zu verbiegen und Gefühle vorzutäuschen, die sie nicht so empfand. Aber damit hatte sie meist ein Dach über dem Kopf gefunden. Die Dorfbewohner hatten Mitleid mit jemandem, den der Krieg aus der Bahn geworfen hatte. Davor hatten alle Angst. Wenige trauten ziellos umherwandernden Fremden. Rover, Diebe und plündernde Soldaten hatten sie vorsichtig gemacht.

Deshalb erzählte Myri den Leuten, was diese hören wollten. Die Stimmen und der Wind, der Myri nach Osten trieb, hatten keine Einwände gegen ihre Halbwahrheiten und Schauspielerei. Sie konnte jetzt nicht weiter nach Osten, ohne ans Meer zu gelangen.

Wenn sie nur Televarn und die Schmerzen, die er in ihrem Herzen hinterlassen hatte, vergessen könnte. Sie vergaß so viele Dinge, warum nicht diesen verlogenen Rover?

»Wahrscheinlich werden wir noch mehr von deiner Sorte sehen. Vorige Woche war eine ganze Familie hier. Sie wollen lieber ihr Glück in Hanassa versuchen, als hier die Kriege ertragen. Mit Gesetzlosen und Dieben in dem Loch in den Bergen zu leben, kann nicht schlimmer sein, als hier, wo Armeen ständig die Felder zertrampeln und alles plündern, was sie mitnehmen können.« Die Frau ließ die Arme sinken, bewegte sich aber nicht.

»Ich habe großen Hunger.« Myris Magen knurrte laut.

»Die Katze bestimmt auch. Ich kann es mir nicht leisten, allen etwas zu essen zu geben. Du musst dafür arbeiten. Aber du siehst mir nicht kräftig genug aus, um in der Schenke zu bedienen.«

»Ich kenne mich mit Kräutern und der Heilkunst aus. Ich kann schales Dünnbier wieder frisch werden lassen und Euer Brot so leicht machen, dass man es nicht ins Dünnbier tauchen muss, um es zu kauen.«

»Heilkunst? Bist du eine Zauberin?« Jetzt schaute die Frau misstrauisch drein. Heiler gehörten zu den Armeen, welche für alle eine Plage waren. »Wir haben keine Verwendung für diese Mistkerle. Stehlen unsere Ernte und unsere jungen Frauen. Und wenn wir ihnen nicht alles schnell geben, brennen sie uns alles nieder.« Die Frau verschränkte die Arme vor der üppigen Brust und blickte Myri durchbohrend an.

»Ich bin nur eine Hexe. Ich habe nie Magie studiert und würde es auch nicht tun, selbst wenn man es mir anbieten würde. Aber ich weiß, bei welchen Mondphasen man Hexenkraut sammeln soll.« Myri schaute die Frau bittend an.

»Wenn man eine Geburt beschleunigen will ...«

»Pflück die frischesten Blätter des Hexenkrauts bei Vollmond und brühe sofort eine Infusion auf«, beantwortete Myri die Frage.

»Das weiß jede Frau. Was kann man sonst noch mit Hexenkraut machen?«

»Pflück die Blüten bei Neumond und trockne sie, bis sie zerkrümeln. Dann streu sie drei Morgen hintereinander auf den Brei, dann wird deine Regel wieder regelmäßig kommen.« Oder ein unerwünschtes Kind abtreiben.

»Ich habe gehört, man muss das fünf Tage lang machen.«

»Nur wenn man einen Monat über der Zeit ist.«

Die Frau nickte zustimmend. »Ich habe eine große pochende Beule unterm Arm. Damit kann ich kaum den Arm heben oder etwas Schwereres als meine Unterhosen halten. Deshalb kann ich auch nicht schlafen. Die ganzen Umschläge von Großma Katia haben nicht geholfen. Ich schätze, es kann nicht schaden, wenn du das Ding aufschneidest und ausdrückst. Aber mach es ordentlich. Ich will nicht, dass die Entzündung sich ausbreitet. Wenn du das schaffst, kannst du bleiben. Ich heiße Karry, das ist die Kurzform von Katareena. Hast du auch einen Namen?« Endlich trat die Frau beiseite und gab den Eingang frei, sodass Myri eintreten konnte.

Wärme und Lärm schlugen Myri entgegen, sobald sie die Schwelle überschritten hatte. Der Geruch ungewaschener Männerkörper war stärker als der Duft des frischen Brots. Amaranth versteckte schnell den Kopf unter Myris Arm.

Die Männer hörten auf zu singen und zu essen und starrten sie an.

»Sie ist eine Heilerin, Männer, keine Hure. Trinkt ruhig weiter«, erklärte Karry so laut, dass alle sie hören konnten, selbst in den hintersten Ecken der Schenke.

»Was ist der Unterschied zwischen Heilerin und Hure?«, rief ein Kerl mit Zahnlücken und langen dicken Narben auf den Armen.

»Wie viel nimmt sie denn?«, rief ein anderer Mann. »Huren sind bestimmt billiger.«

»Frag deine Frau, was der Unterschied ist, wenn sie eine Hebamme braucht, Timmon. Sie reißt dir den Kopf ab, wenn du eine andere Frau anschaust, nachdem du sie zum neunten Mal geschwängert hast«, sagte ein Mann und drohte dem mit den Zahnlücken mit dem Finger.

»Vielleicht wäre ihr eine andere Frau ganz recht, wenn sie dann nach dem neunten Kind vor ihm Ruhe hat«, meinte Timmons Saufkumpan und schlug ihm lachend auf den Rücken.

»Kümmere dich nicht um sie, Mädchen. Es ist Winter, und sie langweilen sich, weil sie nicht mit den Booten rausfahren können. Wenn sich der Wind gegen Morgen legt, sind sie den ganzen Tag draußen und morgen Abend zu müde, um zu wissen, wie sie heißen, ganz zu schweigen, dich zu belästigen. Allerdings mit dem hellen Haar und der zarten Haut solltest du dich lieber fernhalten. Vor allem musst du auf die Stillen im Land aufpassen. Die Lauten hören sich gern selbst reden, tun aber meist nichts. Hast du auch einen Namen, Mädchen?«

»Myrilandel und mein Kater heißt Amaranth.« Myri folgte ihrer Gastgeberin durch die Tische zu einem Vorhang, der hinten ein Zimmer abteilte. Kein Mann berührte sie, obwohl sie einigen sehr nah kam. Offensichtlich waren die Worte der Wirtin hier Gesetz.

»Mich nennt man Karry, obwohl ich als Katareena geboren wurde, wie meine Ma und die Ma vor ihr. Hab ich dir das schon gesagt? Der Name ist fast so alt wie diese Höhle und die Schenke. Es hat immer Katareenas hier gegeben und wahrscheinlich wird es auch immer so bleiben. Meine Tochter heißt auch so und wenn das Kind, das sie unterm Herzen trägt, ein Mädchen wird, heißt es auch Katareena. Sie hat schon drei Jungen, aber dieses Kind liegt anders. Hoffentlich ist es ein Mädchen. Wir brauchen die nächste Katareena, um die Tradition fortzusetzen.«

»Hat sie Probleme mit dem Kind?« Myris Heilinstinkte waren geweckt, nachdem sie wochenlang geschlafen hatten. Sie hatte sich nicht erlaubt, etwas für die Menschen zu »fühlen«, die sie unterwegs mit Kräutern geheilt hatte.

Plötzlich fühlte sie sich in dem kleinen Dorf zu Hause. Man brauchte sie hier. Und hatte sie willkommen geheißen – in gewisser Weise. Einige Dorfbewohner unterwegs hatten ihr das Brot und den Käse nicht gegönnt, den man ihr gab. Sie hatte vor dem Haus essen müssen, weil sie vor einer Fremden in ihrer Mitte Angst hatten. Karry hatte sie aber eingeladen. Nun gut, man erwartete, dass sie für ihren Lebensunterhalt arbeitete. Das war besser, als wenn man ihr den Zutritt verweigerte, nur weil sie eine Fremde war.

Myri war wohl so weit nach Osten und Süden marschiert, dass die Kriege nur eine ferne Gefahr waren, nicht unmittelbar vor der Haustür.

Ist das das Heim, das ihr mir versprochen habt?, fragte sie die Stimmen.

Niemand antwortete ihr, aber das wohlig warme Gefühl blieb.

»Nein bei meiner Katey ist alles in Ordnung, aber sie trägt das Kind sehr hoch und vorn. Von hinten sieht man nicht, dass sie schon im achten Monat ist. Die ganze Zeit ist sie müde und ihre Füße schwellen an, aber das ist nicht ungewöhnlich, vor allem wenn drei Jungen mit mehr Energie als Verstand sie den ganzen Tag auf Trab halten.« Karry lachte und zog den Vorhang beiseite. Dahinter war ein großer Raum, der als Warenlager für die Schenke und als Wohnraum diente.

»Habt Ihr die Beule schon lang?«, fragte Myri und setzte Amaranth auf ein Bierfass. Neugierig schnupperte er am Fass. Dann sprang er herunter und untersuchte das Fass, das daneben stand. Er hielt klugerweise seine Flügel gut versteckt. Seit er sich in Televarns Netz verfangen hatte, war er nicht mehr geflogen. Sie hoffte, sein Flügel sei ausgeheilt, aber sie war nicht sicher.

»Die Beule hat mit einem kleinen Pickel vor zwei Wochen angefangen. Was brauchst du, Mädchen? Heißes Wasser? Senf? Spinnennetz als Verband?«

»Legt Euch hin und lasst mich erst mal sehen. Zwei Wochen ist lang. Ich hoffe, ich muss Euch nur wegen der Beule behandeln und nicht wegen einer Entzündung.«

Karry legte sich auf das Bett rechts. Sie löste die Bänder ihres Gewands, bis sie den linken Arm und die Brust freigelegt hatte. Ihr muskulöser Arm sah in dem schummrigen Licht rosig aus. Ein bösartiger roter Klumpen, so groß wie Myris Daumennagel, war unter dem Arm. Rote Streifen zogen sich bereits wie ein Spinnennetz zum Rücken.

Myri ging sogleich ans Werk. Sie reinigte ihr Messer und die Beule. Dann zwei schnelle kreuzweise Schnitte mit dem kleinsten und schärfsten Messer.

Mit der Klinge drückte sie gegen die Beule, fing den Eiter mit einem sauberen Tuch auf, bis die Wunde nur noch blutete. Sauberes rotes Blut, ohne Entzündung.

Sollte sie ein bisschen von ihrer eigenen Heilkunst anwenden? Keine vollständige Trance. Dabei würde sie die Kontrolle verlieren und zu viel Energie verschwenden. Nur ein Hauch, um sicher zu sein, dass die Entzündung tatsächlich beseitigt war.

»Miau.« Amaranth rieb sich an ihren Beinen. (Vertrau ihr. Hilf ihr mit deiner Magie.)

Myri leitete ein wenig Energie durch ihre Hand in die Wunde.

»Bist du fertig?«, fragte Karry ungeduldig. »Ich muss zurück zu meinen Gästen, ehe sie sich wegschleichen, ohne zu bezahlen. Ich schätze, du hast dir eine gute Mahlzeit und einen Platz zum Schlafen verdient. Bleib hier. Niemand wird dich belästigen.«

»Ich bin fertig, Karry.« Myri drückte noch eine Kompresse aus warmen Kräutern auf die Wunde, damit sie offen blieb. »Ihr müsst diese Kompresse ein paar Stunden drauflassen. Habt Ihr einen Verband?«

»Mein Kleid ist eng genug. Da kann nichts verrutschen.« Karry stand auf, zog ihr Gewand hoch und prüfte, ob die Kompresse an der richtigen Stelle lag. »Die Sternengötter mögen mir helfen, aber ich werde schneller dicker, als ich neue Kleider nähen kann.«

»Ihr arbeitet auch hart. Und Euer Körper ist gesund.« Sonst hätte sich die Beule nicht so leicht reinigen lassen. Bei einer zarteren Person hätte sich die giftige Entzündung viel schneller ausgebreitet.

»Na ja, den Männern macht es nichts aus, wenn sie es brauchen und ich Zeit habe. Und ich bin stark genug, um die Fässer zu heben, wenn ich muss. Ich brauche keinen Mann, der mir hilft, wie die meisten Frauen. Die Katareenas waren immer unabhängig. ›Luder‹ haben uns manche Männer genannt, wenn wir uns nicht schwach und hilflos benehmen. Aber sie haben gelernt, uns zu respektieren.«

»Äh, Karry ... ich glaube, Ihr solltet eine Zeitlang nicht

mit einem Mann schlafen. Nicht, bis die Wunde sich geschlossen hat.«

»Willst du freiwillig meinen Platz einnehmen, Mädchen? Männer werden wütend, wenn keine Frau in der Nähe ist, um ihre Wünsche zu erfüllen. Viele Ehefrauen sind zu schwanger, um mit ihren Männern zu schlafen. Wir hatten ein ertragreiches Äquinoktium-Fest im Frühling.«

Televarns schöner Körper stieg in Myris Erinnerung auf. Sie hatte großes Vergnügen und Befriedigung gefunden, wenn sie sich liebten. Keiner der Männer, die sie in der Schenke gesehen hatte, konnte es mit dem gut aussehenden Rover aufnehmen. Aber sie wären trotz ihrer Treuelosigkeit ehrlicher.

Myri wollte keine schnelle Paarung. Sie wollte einen Ehemann oder gar nicht.

»Vielleicht hat einer von ihnen Euch die Entzündung beschert, welche die Beule verursacht hat. Ich weiß, dass Männer ihren Frauen alle möglichen Krankheiten beschert haben.«

»Nicht meine Männer.« Karry legte den Kopf zurück und lachte. »Die sind sauber und ich nehme keine Fremden. Viele kommen allerdings nicht hierher. Moncriith ist der einzige Besucher, den wir bekommen. Er würde sich nie eine hässliche Krankheit holen.«

»Moncriith?« Myri erstarrte, ihre Sinne waren hellwach. Automatisch stellte sie sich auf Zehen, um sofort fliehen zu können.

»Ach, du kennst ihn?« Karry Augen verengten sich. »Dann bist du die Hexe, die er verfolgt.«

Myri wollte schnell Amaranth auf die Arme nehmen, aber der Flugflipper entkam ihr. Er schaute sie so entrüstet an, wie es nur Katzen können.

»Mach dir wegen Moncriith keine Sorgen. Er hat zwar

Honig auf der Zunge, aber die Leute hier mögen ihn nicht besonders. Er möchte, dass sie alles aufgeben und ihm ans Ende der Kardia folgen, um Dämonen zu jagen. Niemand in diesem Dorf hat die Zeit oder das Geld, Herd und Heim zu verlassen, um mit ihm auf eine sinnlose Suche zu gehen. Wen schert es, ob Magier bei den Armeen im Norden allen möglichen Ärger machen? Das heißt noch lange nicht, dass Dämonen in ihnen leben. Keiner von denen kommt je her, um uns zu stören. Die einzige Magie, die wir sehen, ist, wenn ab und zu eine Hexe ein neues Heim sucht. Oder vielleicht ein Rover. Aber wir sind nicht wichtig genug, dass man sich um uns kümmert.«

»Rover kommen auch her?« Myri schluckte. Am liebsten wäre sie davongerannt und weitergelaufen, bis ... Was? Hier ist es am meisten wie ein Heim für mich. Ich muss einfach eine Zeitlang bleiben, um herauszufinden, ob es wirklich ein Heim ist.

»Ach, wegen Moncriith mach dir keine Sorgen. Er kommt nicht, bis es Sommer ist. Inzwischen haben wir uns etwas ausgedacht, wie wir dich verkleiden oder verstecken können. Wenn du als Hebamme so gut wie als Heilerin bist – und das glaube ich –, dann braucht dich das Dorf. Wir lassen nicht zu, dass dich ein verrückter Blutmagier wegschleppt. Wer sagt eigentlich, dass er tatsächlich ein Priester ist, wie er behauptet? Yoshi!«, rief sie.

Ein junger Mann mit einem Mondgesicht, fast farblosen Augen und dunklen Haaren lugte um den Vorhang. »Ja?«

»Yoshi, bring Myri etwas Warmes zu essen und eine saubere Decke und mach ihr ein Bett. Dann gibst du der Katze etwas Milch und von dem Fisch, den wir gestern hatten. Die beiden bleiben eine Weile bei mir.«

20

Nimbulan zitterte leicht, als der Regen wieder durch seine Kapuze und den Umhang drang. Heute Abend würde er in einem Dorf um Gastfreundschaft bitten. Wenn er eines fand. Seit mehreren Wochen hatte er sich von Menschen ferngehalten, damit ihn keiner erkannte. Er war mehr oder weniger immer nach Süden marschiert, fort von den Schlachtfeldern und den Gegenden, in denen man die Männer rekrutierte.

Vielleicht hatte sein Wunsch nach einer warmen Hütte und fröhlichem Feuer mit einem Braten darüber, ihm den Duft frisch gebackenen Brots beschert. Jetzt lief ihm das Wasser im Mund zusammen. Essen. Wärme. Menschen, mit denen er Essen und das Feuer teilen konnte. Ein Schlafplatz im Trockenen, nicht im Regen. Magie, Lords, Schlachten und Schulen hatten jetzt keinen Platz in seinem Leben.

Er folgte dem verlockenden Duft und gelangte zu einer Straße. Er hörte das Klappern von Pferdehufen auf dem fest getretenen Lehm. Der Regen hatte den Boden noch nicht in Schlamm verwandelt. Nimbulan zählte die Hufschläge. Es waren mehrere Wagen, die gemächlich dahintrotteten. Er vermutete, dass es nur Zugpferde waren und keine Reiter.

Eine Stimme in seinem Inneren warnte ihn. Er versteckte sich neben der Straße hinter einem Baum und wartete.

Stimmen. Unverständliche Sprache. Entweder waren die Reisenden weiter weg, als er gedacht hatte, oder sie benutzten eine Sprache, die er nicht kannte. Neugier kämpfte gegen Vorsicht.

Dann tauchten vier Wagen auf der Straße auf. Bunt bemalte Aufbauten auf den Wagen. Aus dem letzten Wagen stieg eine Rauchsäule aus einer Metallröhre auf – der Ursprung des Brotbackens. Jeweils zwei Pferde zogen einen Wagen. Sie waren kleiner als die üblichen schweren Rösser, die schwere Lasten oder Armeevorräte zogen. Dunkelhaarige Männer schritten neben den Gespannen. Keiner hatte die lange Peitsche, die Karawanentreiber zu benutzen pflegten. Hinter den Wagen marschierte eine große Gruppe. Alte, junge, Männer und Frauen. Alle mit dunklen Haaren und olivfarbener Haut. Sie trugen Schwarz, aber bunte Halstücher, Westen, Schärpen oder Unterröcke. Die Kleidung war reich bestickt.

Er hatte einen Rover-Clan gefunden. Alte Legenden und ängstlicher Klatsch stiegen aus seiner Erinnerung herauf. Einem Rover darf man nie trauen. Er stiehlt. Aber niemand verarbeitet Metall so kunstvoll. Rover stehlen kleine Kinder. Wilde Tiere lieben Rover und gehorchen ihnen, ohne dass sie abgerichtet sind. Rover-Frauen haben keine Moral und stehlen deine Seele. Rover-Frauen kennen Tricks, die dir im Bett die höchsten Wonnen bescheren, sodass du noch tagelang lächelst.

Die alten Einflüsterungen blieben haften, vor allem die letzte.

Ein älterer Mann stimmte ein Lied an.

Nimbulan verstand den Text nicht. Eindeutig eine fremde Sprache. Aber die Melodie riss ihn mit. Am liebsten wäre er mit diesen Menschen im Rhythmus des Liedes mitmarschiert.

Die Frauen sangen mit, die Kinder den Refrain. Männer summten eine Hintergrundmelodie in drei Teilen. Nimbulan hatte so etwas noch nie gehört. Der Rhythmus packte ihn. Er tippte mit den Füßen im Takt und wünschte sich sehnlichst mitzusingen.

Aber er widerstand der Verlockung. Er war nicht sicher, ob er seine Anwesenheit preisgeben sollte. Er summte nur leise mit. Die Musik vibrierte durch seinen ganzen Körper und erwärmte seinen leeren Bauch. Ein Hauch von Magie schwang in diesem Lied mit. Der gesamte Clan sang einen Freudenzauber.

Nimbulan lachte leise. Obgleich er die Worte nicht verstand, begriff er den Inhalt. Vermeide Ärger, indem du denen, die Ärger machen wollen, diese Absicht raubst.

»Warum marschierst du nicht mit uns, Fremder?«, fragte der Führer der Karawane ohne anzuhalten.

Nimbulan trat aus dem Schatten. Ihm war bewusst, dass das Lied ihm Misstrauen und Vorsicht geraubt hatte. Es war ihm gleichgültig.

»Wohin fahrt ihr?«, fragte er und marschierte im Gleichschritt mit dem jungen Mann. Sein Gesicht war jung, aber Fältchen um die schwarzen Augen zeugten von Reife.

»Wir fahren, wohin die Straße uns führt, es sei denn, wir finden eine bessere Richtung.« Der Mann stieß einen grellen Pfiff aus, weil die Pferde langsamer geworden waren. Sofort trotteten die Rösser schneller.

»Die Straße sieht für mich gut aus. Mir wäre für eine Weile Gesellschaft recht willkommen.« Nimbulan ließ den Blick über den Clan hinter den Wagen schweifen. Eine vage Ähnlichkeit bei den Nasen und dem Kinn verriet ihm, dass alle wirklich ein Clan waren und nicht eine Horde zusammengewürfelter Gesetzloser. Zu welchen Verbrechen wäre so eine Horde fähig, wenn sogar Rover sie nicht bei sich haben wollten?

»Rover sind selten allein und niemals einsam. Hast du einen Namen, Fremder?«

»Lan.« Nimbulan gab die Kurzform aus der Kindheit an. Rover bereisten das ganze Land. Wahrscheinlich hatten sie von Nimbulan, dem Schlachtenmagier, gehört.

»Lan.« Der Rover rollte den Namen auf der Zunge, als würde er den Geschmack testen. »Ein guter, einfacher Name. Leicht auszusprechen und leicht zu behalten. Du bist klug, nicht deinen richtigen Namen zu nennen. »Der Besitz des wahren Namens verleiht einem Magier Macht über den Menschen.« Der Rover musterte ihn von Kopf bis Fuß. »Falls du über Magie verfügst, hältst du sie gut verborgen, Lan.«

Jetzt fiel Nimbulan die Stickerei auf der Weste des Mannes auf. Winzige Stiche in Silber und Gold stellten uralte Buchstaben dar. Die gesprochene Sprache war vor Jahrhunderten ausgestorben. Einige Magier verwendeten noch die Bilderschrift, um ihre Zauber zu verbergen. Jedes Bildsymbol war ein Zeichen der Macht.

»Wenn ich Magie besäße, würde ich davor fortlaufen. Heutzutage sind Magier in Coronnan nicht sehr beliebt. Man gibt ...«, beinahe hätte er »uns« gesagt, »... Magiern die Schuld, wenn Schlachten gewonnen oder verloren werden. Wer auch immer den Sieg davonträgt – die einfachen Soldaten und ihre Familien verlieren.«

»So ist es.« Der Rover pfiff wieder die Pferde an.

»Hast du auch einen Namen, mein Weggenosse?«, fragte Nimbulan.

Eine hübsche Frau, Mitte zwanzig, mit einem Kleinkind auf dem Arm trat zu ihnen, ehe der Rover antworten konnte. Neben ihrem Mund hatte sie rechts einen süßen Leberfleck. Sie senkte verführerisch die langen Wimpern über den leuchtenden dunklen Augen, als sie Nimbulan betrachtete. Bei jedem Schritt sprangen die prallen Brüste fast aus dem Mieder. Sie hatte von unten nach oben geschnürt. Wahrscheinlich, um das Kind leichter stillen zu können.

Im Allgemeinen schnürten die Frauen das Mieder von oben nach unten, um anzuzeigen, dass sie nicht leicht zu haben waren.

»Die Kinder frieren und haben Hunger. Können wir nicht eine Pause machen und essen und uns ausruhen?« Sie lächelte Nimbulan verführerisch an, während sie mit dem Clanführer sprach.

Nimbulan blickte sie verlangend an, vor allem die Brüste.

»Nun gut«, antwortete der Rover-Anführer. »Nach der nächsten Biegung. Dort fließt ein sauberer Bach.« Er schien die Sinnlichkeit der Frau nicht zu bemerken.

Sie schwenkte einladend die Hüften, als sie zurück zum Clan hinter den Wagen ging. Nimbulan leckte sich die plötzlich trockenen Lippen. Er hatte seit vielen Monaten keine Frau mehr gehabt. Vielleicht seit einem Jahr. Frauen raubten dem Mann die Energie, die er für die Magie brauchte. Schlachtenmagier benutzten für gewöhnlich Marketenderinnen, wenn sie den Druck ablassen wollten. So eine Frau erwartete nicht, dass man ihr den Hof machte oder eine längere Beziehung einging. Sie verlangten keine Aufmerksamkeit, die besser für den Sieg einer Armee eingesetzt werden musste.

Nie hatte er Ackerlys Vorliebe für Frauen vom Land verstanden, die sich an ihn klammerten und ihn anflehten, zurückzukehren und sich in ihrem Dorf niederzulassen.

Er war kein Schlachtenmagier mehr. Wenn er sein Ziel erreichte, würde es keine Schlachtenmagier mehr geben. Er konnte sich die Zeit nehmen und die Energie verschwenden, einer Frau den Hof zu machen, sie näher kennen zu lernen und dann mit ihr zu schlafen ...

»Sag mir, Führer dieses Clans – ich nehme an, du bist der Führer, nachdem die Frau um deine Erlaubnis gebeten hat, eine Rast einzulegen – ist es mir verboten, dieser Frau nachzustellen?« Nimbulan ließ die Frau nicht aus den Augen und hoffte, dass er ihre Einladung richtig verstanden hatte.

»Maias Mann ist im vergangenen Frühjahr gestorben. Er hat den Fehler gemacht, bei einem Unwetter Schutz unter einem Baum zu suchen. Der Blitz hat ihn und den Baum getötet. Ich hoffe, du bist klüger.«

»Ist das eine Erlaubnis, mich auf ihre Annäherungsversuche einzulassen?«

»Sie ist frei. Ich nehme an, du ebenfalls, sonst würdest du nicht allein durch Coronnan wandern.« Der Rover zuckte mit den Schultern.

»Ich habe kein Weib, das mich an Haus und Hof bindet.« Das Bild von Myrilandels silberblondem Haar und ihrer zarten Haut stieg plötzlich vor ihm auf. Dann Bilder der Lehrlinge, die an seinem Herz zerrten, damit er zu den Inseln und zur Schule zurückkehre.

»Ich habe mich auch nie von einem Weib festbinden lassen.« Der Rover blickte beiseite, als sei ihm das peinlich. »Mein Geschmack sind Frauen mit hellerer Haut und Haaren als Maia. Meine Instinkte sagen mir, ich soll meinen Samen außerhalb des Clans verbreiten. Wir würden sonst zu schnell zur Inzucht neigen. Aus diesem Grund heiße ich deinen Samen willkommen. Such dir eine unter denen aus, die dir schöne Augen machen.«

Nimbulan beschloss, das Thema nicht zu vertiefen. Die Gefühle in den Augen des Rover konnten leicht zu Wut oder zu Tränen führen.

»Wenn ich eine Zeitlang bei euch bleibe, muss ich wissen, wie ich dich nennen soll.«

»Televarn. Ich bin der König dieses Clans und habe keine Angst, meinen wahren Namen der ganzen Welt zu verkünden.«

»Televarn.« Nimbulan ließ sich den Namen auf der Zunge zergehen, wie es der Rover bei seinem Namen gemacht hatte. »Ein ungewöhnlicher Name. Televarn, der zu den Varns spricht – mysteriösen Wesen, die in unseren Häfen seit über einem Jahrhundert nur Diamanten für große Mengen Getreide eintauschen. Sie zeigen nie ihr Gesicht oder die Hände. Sie sind von Kopf bis Fuß in Schleier gehüllt, die in allen Farben des Regenbogens schimmern. Du musst ein sehr einflussreicher Mann sein, wenn du das Privileg hast, mit diesen Wesen zu sprechen.«

»Ich habe mehr Macht, als du träumen kannst, Lan. Du magst ein umherziehender Magier sein oder ein Mann, der alles in den Kriegen verloren hat. Allerdings wirkst du nicht von Gram gebeugt. Mir ist es gleich, was du bist, solange du beim Lagerfeuer eine gute Geschichte erzählst und keines unserer Gesetze brichst.«

*

»Ich habe nur noch wenige Betten übrig.« Ackerly machte eine besorgte Miene und bemühte sich, nicht auf die Münzen zu schauen, welche die Flüchtlingsfamilie in der Hand hielt. »Leider suchen viele Familien einen sicheren Zufluchtsort für ihre Kinder. Ich kann nur die akzeptieren, die wirklich Talent haben.« Er seufzte. Die Münzen waren nicht viel wert und konnten ignoriert werden.

»Aber ... Kalen verfügt über sehr starke Magie. Seit sie die Milchzähne verlor, mussten wir keinen Feuerstein mehr benutzen, um das Feuer anzuzünden.« Die Mutter, eine verhärmte Frau, von Hunger und Geburten ausgezehrt, streckte bittend die Hand aus. Plötzlich glänzte eine einzige Goldmünze in ihrer Hand. Ihr Mann hielt die fünf minderwertigeren Münzen fest in der Hand.

»Feuer ist ein frühes Zeichen für Talent. Sagt mir, was hat das Mädchen noch getan?« Ackerly leckte sich geistig die Lippen aus Vorfreude auf das Gold. Er hatte in den Wochen, seit

Nimbulan gestorben war, zwanzig Goldstücke eingenommen. Er hatte im Land verbreiten lassen, dass die Schule für Magier neuen Lehrlingen einen sicheren Ort bot, wo sie den Beruf erlernen konnten, welcher ihrer Familie ein garantiertes Einkommen und einen gewissen Schutz gegen Plünderer bot.

Das alte Kloster war fast überschwemmt von jungen Leuten und fünf weiteren müden Schlachtenmagiern, die alle versuchten, ein ruhiges Plätzchen zu finden.

»Zeig's ihm, Kalen«, befahl der Vater und steckte die Münzen aus Blei und Kupfer ein. Seine Frau hielt aber Ackerly das Goldstück verlockend unter die Nase.

Der Vater war ein Kaufmann in Baria an der Nordküste gewesen, ehe Lord Hanic die Stadt in Schutt und Asche gelegt hatte. Die früher teure Kleidung der Familie war jetzt schäbig geworden. Sie waren schon eine ganze Zeit unterwegs. Das Gold war wohl das letzte ihres einstigen Reichtums. Sie mussten verzweifelt sein, um sich davon zu trennen.

Kalen schüttelte den Kopf und versuchte, sich hinter den Röcken ihrer Mutter zu verstecken. Noch nicht zehn Jahre alt, würde sie noch ein oder zwei Jahre haben, bis sie in die Pubertät kam. Wenn ihr Talent sich als echt erwies, ehe ihr Körper herangereift war, würde sie eine große Magierin werden. Die meisten Lehrlinge zeigten keine Spur von Talent, bis sie kurz vor der Pubertät standen. Nur die großen, die Männer und Frauen, die Kraftlinien anzapfen und so mächtig wie Nimbulan werden konnten, zeigten ihr Talent früher.

Selbstverständlich weigerten sich einige große Magier ihr Talent anzuerkennen, bis in der Pubertät ihre Gefühle die Oberhand gewonnen und sie das Geheimnis nicht länger wahren konnten. Kleine Magier wie er selbst zeigten ihr Talent erst während oder nach der Pubertät.

»Was kannst du mir denn zeigen, Kalen?« Ackerly ging vor

ihr in die Hocke, damit er auf Augenhöhe mit ihr war. Sie durfte nicht eingeschüchtert werden, sonst verbarg sie ihr Talent ganz und gar. Das hatte er bei den neuen Lehrlingen in den vergangenen Monaten gelernt.

Aus der Hocke hob er die Augen ein wenig und blickte die Mutter an. Bis jetzt hatte die Mutter den Kopf gesenkt gehalten, sodass ihr Gesicht im Schatten lag.

Als ihre Augen sich trafen, öffnete die Mutter den Mund.

»Du?«, stieß sie fast lautlos hervor. Dann befeuchtete sie die Lippen und nahm wieder die untertänige Haltung ein. Der Funke des Erkennens war so schnell verschwunden, wie er gekommen war.

Ackerly zuckte mit den Schultern und wandte seine Aufmerksamkeit wieder dem kleinen Mädchen zu. Die Mutter sah irgendwie vertraut aus. Vielleicht hatte er sie in den vielen Jahren mal getroffen, in denen er mit Druulin und dann mit Nimbulan durchs Land gezogen war.

»Es ist ein besonderes Geheimnis«, flüsterte Kalen. Sie lispelte ein wenig. Deshalb mied sie Fremde.

»Etwas Besonderes? Ich kann auch Feuer machen. Bin ich dann auch so etwas Besonderes wie du?« Ackerly schnippte mit den Fingern und blinzelte. Ein kleines Flämmchen erschien am Ende seines Zeigefingers. Schnell löschte er es und schüttelte die Hand, als hätte das Hexenfeuer ihn verbrannt. Dann steckte er den Finger in den Mund und machte ein trauriges Gesicht.

Kalen kicherte. »Ich verbrenne mich nicht«, erklärte sie stolz und machte den Trick nach. Sie hielt die Flamme viel länger als Ackerly.

Er betrachtete sie genau und suchte nach Anzeichen von Erschöpfung. Ihre grauen Augen blieben ruhig und glänzend. Er wäre längst von der Anstrengung, den Zauber zu halten, zusammengebrochen.

»Das ist ein sehr schönes Feuer, Kalen. Kannst du noch etwas?«

»Sieur Moncriith sagt, ich darf es nicht tun. Er sagt, die Sternengötter wollen nicht, dass Dämonen mich finden, weil ich Magie kann.«

Verflucht sei dieser herumziehende Mistkerl! Das war nicht der erste vielversprechende Lehrling, dem dieser Wanderprediger solche Angst eingeflößt hatte. Ackerly sympathisierte mit Moncriith, wenn ihn das nichts kostete und einen Verbündeten einbrachte. Aber jetzt stand der Blutmagier zwischen ihm und dem Gold.

»Die Sternengötter werden nur zornig, wenn du Magie für schlechte Dinge benutzt, zum Beispiel um deine Katze zu quälen oder dass deine Brüder wie Idioten dastehen. Er schadet gewiss nicht, wenn du mir dein besonderes Geheimnis zeigst.« Ackerly machte große Augen und versuchte, das Kind mit seiner Willenskraft zu zwingen, ihm zu trauen.

»Aber es ist ein Geheimnis«, protestierte Kalen und schaute zu ihrer Mutter auf. Die Frau strich ihr beruhigend übers Haar. Der Vater blickte sie finster an.

»Vielleicht kannst du es mir auf dem Korridor zeigen, wo niemand uns sehen kann?« Ackerly hielt ihr die Hand entgegen.

Die Mutter schob das Mädchen vorwärts. »Schon gut, Kalen. Er tut dir nicht weh, und wir werden es Sieur Moncriith nicht erzählen, wenn wir ihn sehen.«

Scheu legte Kalen ihre Hand in Ackerlys. Ackerly ging mit ihr durch die offene Tür in sein Arbeitszimmer. Noch vor wenigen Wochen war der Raum Nimbulans privates Arbeitszimmer gewesen. Es war nur eines der Dinge, die Ackerly als sein Erbe vom früheren Meister für sich beansprucht hatte.

Jetzt war er der Meister der Schule für Magier. Er verstand es, eine Schule so zu führen, dass sie Geld einbrachte und nicht aus Nimbulans Börse finanziert wurde. Wenn er ein wirklich begabtes Kind einfing, würde das seine Schatztruhe noch schneller füllen.

Der lange Korridor war leer, in dem sonst Bittsteller warteten. Kalens Eltern waren die Letzten gewesen. Niemand war jetzt zu sehen. Ackerly setzte sich auf eine Bank.

Kalen setzte sich neben ihn. Sie saß da, die Hände in den Schoß gelegt, und baumelte mit den Beinen. Sie schaute durch das schmale Fenster hinaus in den Innenhof, statt Ackerly anzublicken.

»Willst du mir jetzt zeigen, was du kannst, Kalen?«

Jede Tür auf dem Korridor knallte lautstark zu, ohne die Hilfe menschlicher Hände.

Ackerly zuckte bei dem Knall zusammen. »Sehr gut, Kalen. Kannst du sie auch öffnen?«

Sie nickte, und jede Tür öffnete sich, eine nach der anderen. Ein Lächeln umspielte ihre Mundwinkel. »Möchtet Ihr noch mehr sehen?« Jetzt lispelte sie nicht.

Ackerly nickte und bemühte sich, nicht zu zeigen, wie tief beeindruckt er von der Stärke ihres Talents war. Er wunderte sich auch nicht über das plötzliche Vertrauen. Telekinese und Feuer, und sie war noch nicht mal zehn Jahre alt! Sie würde Nimbulans mächtige Magie erreichen, wenn sie diszipliniert trainierte.

Kalen schloss die Augen und konzentrierte sich. Ackerly sah, wie sich ihr kleines Gesicht verkrampfte. Sie wurde blass unter den braunen Haaren und den Sommersprossen auf der Nase. War das ein Hauch von Kastanienrot in ihrem Haar? Für gewöhnlich begleitete rotes Haar ein magisches Talent, das von den Sternengöttern geerbt war. Aber bei ihren Eltern war kein Hauch von Rot zu sehen.

Plötzlich hatte er die Verbindung zur Kardia verloren. Ihm wurde schwindlig, alles drehte sich um ihn. Sein Magen verkrampfte sich. Doch die Übelkeit ging schnell vorbei. Er blickte nach unten. Die Bank schwebte um Armeslänge über dem Fußboden. Langsam drehte Kalen die Bank, auf der sie saßen, und setzte sie behutsam wieder auf.

»Sehr gut, Kalen. Ich bin sicher, dass wir für dich einen Platz in der Schule haben.« Ackerly sprang von der Bank, ehe diese wieder hochflog.

Wenn sich ihr Kommunikationstalent ebenso entwickelte, konnte sie für ihn Verbindung mit den letzten Ecken Coronnans und darüber hinaus aufnehmen.

Visionen von Goldbergen stiegen vor ihm auf, wenn er die Schlachtenmagier von der Schule aus manipulieren konnte. Diese Vorstellung versetzte ihn fast in sexuelle Ekstase. Lords würden zu ihm kommen, um Zugang zu einem Magier zu erlangen.

»Bei ihrem Talent braucht Ihr gewiss nicht so viel Geld«, meinte der Vater. Er stand auf der Schwelle. Seine braunen Augen waren kalt und berechnend. »Ihr könntet Kalens Dienste früher verkaufen als die anderer Lehrlinge. Ihr solltet uns für das Privileg, sie ausbilden zu dürfen, bezahlen.«

Auch in der Hand der Mutter, die jetzt neben dem Vater stand, blitzte kein Gold mehr. Sie hielt immer noch die Augen gesenkt. Ihre Haltung erinnerte ihn an jemanden ... der Name »Guillia« fiel ihm plötzlich ein. Er fragte sich, woher er das wusste.

Ackerly schluckte und dachte nicht weiter darüber nach. Er brauchte das Gold, keine verschwommenen Erinnerungen an ein schnelles Vergnügen im Heu auf irgendeiner Wanderung. »Die Ausbildung ist sehr teuer. Kalen braucht Bücher, Ausrüstung und mehrere Lehrer, die bezahlt werden müssen. Dazu kommt noch Miete und Essen und Feuerholz.«

Kalens Vater hob protestierend die Hand, um Ackerly

Schweigen zu gebieten. »Vielleicht können wir uns ja einigen. Ihr braucht einen Verwalter, jemand, der sich um die Bittsteller kümmert. Jemand, der reisen und Bücher und Ausrüstungsgegenstände beschaffen kann. Dabei kann er auch neue Schüler rekrutieren, welche Gold für ihre Ausbildung haben. Eltern zahlen mehr, wenn Ihr jemanden habt, der die Ausbildung Eurer Schüler in den Gebieten beaufsichtigt, die nichts mit Magie zu tun haben. Schließlich brauchen alle diese Kinder Eltern. Meine Frau ist eine hervorragende Köchin. Unsere anderen Kinder könnten Botengänge für Euch erledigen. Nehmt die ganze Familie auf, dann müsst Ihr nicht Lord Quinnault um Diener und Vorräte bemühen. Ihr seid niemandem verantwortlich und niemand außer Euch kann die Dienste der Magier an den verkaufen, der am meisten bietet, nicht an den, welchen der Lord wünscht, dem Ihr Euren Lebensunterhalt verdankt.«

»Ich kann nur wenig zahlen. Die Schule ist noch nicht groß und wirft im Grunde keinen Profit ab«, sagte Ackerly zögernd.

»Fürs Erste begnügen wir uns mit Essen und einem Dach über dem Kopf. In ein paar Monaten, wenn wir uns eingerichtet haben, können wir über mein Gehalt sprechen. Vielleicht ein prozentualer Anteil des Profits.«

21

Nimbulan beobachtete Erda, die uralte Hexe des Rover-Clans, die leise auf der Laute spielte. Die sanften Noten schwebten durch die große Hütte, wo die gesamte Familie den Winter gemeinsam verbrachte. Neben der zentralen Feuerstelle ergänzte Maia die Melodie mit ihrer Holzflöte. Ihr grünes Mieder und gelbes Kopftuch spielten mit den Flammen. Bronzelichter malten auf ihr Gesicht verführerische Schatten.

Ah, Maia. Nimbulan lächelte und dachte an ihre geschickten Finger, welche feurige Musik durch seine Venen jagten, wenn sie nachts unter den warmen Fellen lagen.

Anfangs hatte er gezögert, sich an ihrem weichen üppigen Körper zu erfreuen, aber in diesem Clan gab es so etwas wie Privatleben nicht. Man ignorierte sich, wenn es nicht passte. Seine Scheu war schnell verflogen, nachdem er beim Einschlafen die Geräusche anderer Paare gehört hatte, die sich unverhohlen liebten.

Die Melodie wurde rhythmischer und verlockender. Seine Zehen juckten. Auf der anderen Seite des Feuers begannen eine Frau in mittleren Jahren und ihr Mann zu tanzen. Sie stampften mit den Füßen im Kontrapunkt zur Flöte. Sie schwenkte ihre Röcke und zeigte die wohlgeformten Waden und Knie. Ihre Hüften berührten sich und prallten ab. Er klatschte mit den Händen über dem Kopf. Eine blitzschnelle Bewegung, dann lösten seine Finger die Verschnürung ihres Mieders. Jemand schlug einen neuen Rhythmus auf einer Trommel. Andere gesellten sich zu ihnen und tanzten auch den Hüftentanz.

Nimbulan richtete sich auf. Aus Bündeln hatte er sich eine provisorische Lehne gebaut. Maia lächelte und zwinkerte ihm zu. Ihre Augen funkelten verschmitzt. Das Muttermal neben ihrem Mund übte einen unwiderstehlichen Reiz auf ihn aus. Er zwinkerte zurück. Er wusste, welches Entzücken sie ihm für später versprach.

Wie hatte er nur glauben können, mit dem halbzölibatären Leben zufrieden gewesen zu sein, ehe er die Rover traf? Für diese war Sex eine offene und freudenvolle Bestätigung des Lebens, nicht eine verstohlene Vereinigung in der Dunkelheit, für die man zahlte und sie dann schnell vergaß.

Er lehnte sich wieder zurück und schaute den Tänzern zu. Dieser Clan schaffte sich sein eigenes Vergnügen. Jeden Abend fanden sie etwas Neues, um die langen Stunden der Dunkelheit im Winter zu verkürzen. Musik dominierte ihre Abende und ihre Tage. Alle arbeiteten schwer bei den ihnen zugewiesenen Aufgaben. Den Rest der Zeit verbrachten sie mit Vergnügungen. Er war erstaunt, wie viele Stunden er jeden Tag für Kontemplation und Vergnügen hatte.

Bei diesen Menschen gab es kein Murren oder die Verweigerung, Verantwortung zu übernehmen. Die Autorität wurde nie in Frage gestellt. Alle wussten, wer sie führte und welche Rolle sie im Clan spielten. Zuweilen fragte Nimbulan sich, ob alle miteinander so verbunden waren, dass sie wortlos Gedanken austauschen konnten.

Was für eine interessante Idee! Wenn er herausfand, wie sie das machten, konnte seine Schule Magier lehren, tatsächlich als Gemeinschaft zu arbeiten, selbst wenn sie nie lernen würden, ihre Magie zu bündeln.

Plötzlich hatte er einen Kloß im Hals. Er vermisste die Jungs. Aber noch konnte er nicht zu ihnen zurückkehren. Er musste noch Geheimnisse lernen.

Jemand hatte versucht ihn zu ermorden, um ihn daran zu

hindern, sein Ziel zu erreichen, alle Magier zu vereinen. Er musste vorsichtig sein.

Vor ihm tauchte das Bild von Powwells Gesicht auf, mit den Sommersprossen, die dunkel wurden, wenn er sich auf einen Zauber konzentrierte. Plötzlich fühlte er sich unendlich einsam. Er sah, wie Powwell die grauen Augen auf ihn heftete und um eine Antwort flehte.

Und Rollett, der Waisenknabe, der in der Schlacht an seiner Seite gestanden hatte. Ohne seine gute Beobachtung aller Vorgänge während der Schlacht wären vielleicht einige von Nimbulans Zauber fehlgeschlagen. Rollett, der in ihm den Vater sah …

Er schluckte und schob die Erinnerungen beiseite. Jetzt führte er als Wanderer ein faules Leben. Die Rover hatten ihn als einen der ihren angenommen – zum Großteil. Er brauchte ihr vollständiges Vertrauen, ehe sie ihm die Geheimnisse ihrer Rituale preisgaben.

»Meine Familie arbeitet hervorragend zusammen, nicht wahr, Lan?« Televarn setzte sich neben ihn.

»Du bewegst dich so lautlos wie eine Katze.« Nimbulan atmete tief durch, um sein zu schnell schlagendes Herz zu beruhigen. Ehe er den Clan getroffen hatte, hatte ihn niemand so überrumpelt. Seine Magie hatte ihn stets gewarnt, wenn sich jemand näherte. Wie vermied Televarn dieses Alarmsystem? Er vermochte keinen Gegenzauber zu entdecken.

Wie konnte der Rover seine Gedanken so genau lesen?

»Warum sollten wir unser Kommen ankündigen? Feinde könnten ebenso leicht gewarnt werden wie die Familie.«

Ohne dieses Gefühl der Wachsamkeit würde Nimbulan nie wirklich zu den Rovern gehören. Ein wenig Wärme verließ die Hütte und sein Leben. Seine Sehnsucht nach den Jungen und der Schule kehrte verstärkt zurück. Er gehörte dorthin.

»Es gibt Möglichkeiten, dass du an unserer Kardiagenea teilnimmst, Freund«, sagte Televarn und schaute die Tänzer an, nicht Nimbulan.

»Kardiagenea«, murmelte Nimbulan und strich sich durch den neuen Bart. »Ihr macht eure eigene Kardia? Unmöglich.« Obwohl er es bestritt, schlug sein Herz höher. Televarn bot ihm die Gelegenheit, an der einzigartigen Bindung zwischen den Clanmitgliedern teilzuhaben. Vielleicht würden sie endlich ein wenig ihrer Magie preisgeben.

»Nein, wir streben danach, Kardia zu werden. Alle Elemente und die vier Haupthimmelsrichtungen vereint. Wir vereinigen uns mit den blauen Kraftlinien, welche das Land durchziehen. Mit unserer Energie sind wir mit der Quelle alles Wissens, aller Magie und des gesamten Lebens verbunden. Denk darüber nach, Lan. Du könntest die intimste Beziehung teilen, die es gibt. Noch inniger, als wenn du deinen Körper mit dem Maias vereinigst. Deine Gedanken, deine Gefühle, dein ganzes Sein würde sich mit allem Leben vereinen.« Televarns Stimme klang erregt und steckte Nimbulan an. Was für Möglichkeiten!

»Wie geschieht das?«

»Mit Magie. Mit spezieller Magie.«

»Woher weißt du, ob ich über derartige Magie verfüge?«

»Du bist ein mächtiger Magier. Das habe ich im ersten Moment unserer Begegnung gespürt. Ich wusste es, seit du mir nicht deinen richtigen Namen genannt hast.«

»Du hast von mir keinerlei Beweis für meine Magie gefordert.«

»Rover wissen, wenn jemand anwesend ist, der unsere Magie wirken kann. Das ist ein Teil der Kardiagenea. Wir brauchen keinen Beweis, dass du Rover-Blut in dir hast.«

»Warum bin ich nicht schon ein Teil von Kardiagenea, wenn ich Rover-Blut in mir habe?« Ein Teil von ihm schrie empört auf. Keiner seiner Vorfahren war so tief gesunken, um Rover-Blut in die aristokratische Familie zu bringen. Er war zwar nur der zweite Sohn eines zweiten Sohns, ohne Chance, Land oder Titel zu erben, aber er war stolz auf seinen Stammbaum, der bis in die Zeit der Sternengötter zurückverfolgt werden konnte. Sein dunkelbraunes Haar – ehe es grau geworden war – bezeugte seine reine Abstammung.

»Wenn du nicht unter uns geboren wurdest und nicht vom Moment deiner Zeugung an der Kardiagenea ausgesetzt warst, musst du geweckt werden. Maia wünscht sich noch ein Kind. Unser Clan braucht mehr Kinder. Kinder sind der wahre Reichtum der Rover. Du musst ganz zu uns gehören, ehe das Kind empfangen wird.«

»Du musst jetzt schon zu viele Mäuler stopfen, Televarn.« Nimbulan wollte keineswegs die Hoffnungen des Rover zerstören und sich damit den Zugang zu der neuen Magie verscherzen. Wahre Magier zeugten selten Kinder und Frauen mit Magie konnten ein Kind nie austragen. Das war eine Tatsache des Lebens, die er durch die vielen Lehrlinge im Laufe der Jahre ausgeglichen hatte. In jedem, der zu ihm zur Ausbildung kam, hatte er einen Sohn oder eine Tochter gesucht.

Doch hatte er alle verloren, Krankheit, Unfall, Verrat. Keegans Tod war der schlimmste Verlust von allen. Die Leere in ihm wollte gefüllt werden. Televarn bot ihm eine Chance …

»Unsere Kinder werden oft krank geboren. Wir paaren uns zu sehr innerhalb des Clans. Bald müssen wir die alten Gesetze gegen Inzest wieder anwenden und alle jungen Männer zu anderen Clans verbannen, sobald sie reif sind.«

Nimbulan schmerzte die Vorstellung, wie Eltern litten, weil sie ihren Sohn fortschicken mussten, ohne Hoffnung, dass er je zurückkam.

»Dein Kind wird gesund sein und man müsste es nicht fortschicken«, flüsterte Televarn.

»Ja, ich hätte gern ein eigenes Kind.«

»Ich ebenfalls, aber alle Frauen in meiner Familie stehen mir zu nah. Viele Clans haben mir eine Braut angeboten, aber sie sind ebenfalls nahe verwandt oder liegen in Fehde mit uns. Ich muss mir woanders eine passende Braut suchen.« Televarn blickte nachdenklich in die Ferne.

Nimbulan spürte, wie die Gedanken des Rover an einen anderen Ort und zu einer anderen Zeit schwebten. Eine Frau, die ihm weggelaufen war? »Wie funktioniert diese Magie?«

Televarn schüttelte sich leicht, als wolle er seine Gedanken vertreiben. »Wir haben Rituale, die peinlich genau ausgeführt werden müssen. Jede Abweichung bricht unseren Kontakt mit Kardia ab und wir müssen von vorn anfangen. Wenn man ein Ritual unterbricht, nachdem wir damit begonnen haben, bedeutet das den Tod. Ein grauenvoller Tod, wenn die Gewalten von Sonne, Mond und Kardia gemeinsam den zerschmettern, der die Harmonie gestört hat. Bist du gewillt, heute Abend bei uns mitzumachen, wenn der volle Mond den höchsten Punkt erreicht? Wir müssen bald mit dem Ritual beginnen, um zur richtigen Zeit den Höhepunkt zu erreichen. Zeit ist ebenso wichtig wie die Form.«

»Warum geht ihr das Risiko ein, wenn das Ritual so gefährlich ist?« Sobald er es erlernt hatte, würde er es seine Schüler lehren.

»Belohnung ist die Einheit. Willst du heute mitmachen, Lan?«

Maia stand auf der anderen Seite des Feuers auf. Als sie die Flöte auf den Boden legte, sah man ihre üppigen Brüste. Sie hob den Kopf und lächelte Nimbulan vielversprechend an.

»Hinterher kannst du zu ihr gehen. Dann werden ihre

Gedanken deine sein. Du wirst fühlen, was sie fühlt, wissen, was sie weiß, und immer ihre Anwesenheit spüren«, flüsterte Televarn.

»Was muss ich tun?« Nimbulan schluckte und unterdrückte sein Verlangen nach der Frau. Dieses Ritual war vielleicht der Anfang eines völlig neuen Systems von Magie, das Magiern erlaubte, ihre Kräfte zu vereinen. Damit konnte er allen Magiern wieder Ethik und Ehre beibringen. Dann – und nur dann – konnte er Magie aus Politik und Kriegen herausholen und das natürliche Gleichgewicht der Macht würde endlich Frieden nach Coronnan bringen.

Aber sobald er die Rover-Magie erlernt hatte, musste er Maia und den Clan verlassen.

*

»Vergiss die Kälte. Die Magie wird von dir Besitz ergreifen«, erklärte ihm Maia. Sie drückte Nimbulans Hand. Ihr Duft blieb in der frostigen Luft, als sie zu ihrem Platz im Kreis des Clans außerhalb der Hütte ging.

Jeder Erwachsene des Clans bildete einen Kreis um das Winterheim herum. Es wechselte immer ein Mann und eine Frau. Televarn war der Einzige, der keine Partnerin hatte. Er schritt außen um den Kreis herum und war tief in Gedanken versunken. Dabei murmelte er etwas und atmete tief.

Nimbulan sah deutlich, dass das der Anfang einer Trance war. Die Form der Magie war vielleicht anders, aber eine Trance war eine universelle Zutat und unabdingbar für die Magie, die einen Körper ergreifen sollte.

Auch er atmete die rituellen drei Mal ein, hielt den Atem an und atmete wieder im gleichen Rhythmus aus. Bei allen entspannten sich sichtbar die Muskeln – wie auch bei ihm. Der eisige Winterabend, die Handbreit Packschnee, die glitzernden Sterne am Himmel – alles verschwand langsam aus seinem Bewusstsein.

Wieder die Atemübung. Eins, zwei, drei. Einatmen, Halten, Ausatmen. Dann hatte er Zutritt zur Leere. Die Schwärze lockte ihn zum dritten Mal tief einzuatmen und aus dem Körper herauszutreten.

»Noch nicht, Lan! Warte auf uns«, erinnerte ihn eine Stimme.

Televarn? Möglich. Es war ihm egal. Die Trance und die Leere zogen ihn in gegensätzliche Richtungen. Er hatte das Gefühl so gestreckt zu werden, dass er sich fast in Nebel auflöste.

Der Kreis der Menschen setzte sich in Bewegung. Sie schritten entgegen dem Sonnenlauf, auf der Bahn des Mondes. Jeder hielt eine Kerze in der Hand. Jede rechte Hand machte mit der Kerze komplizierte Muster. Er bemühte sich alles nachzuahmen.

Televarn trat in den Kreis, dann wieder hinaus. Er war die bindende Kraft des Ganzen.

Erda hatte die Laute geschlagen. Jetzt stimmte sie den Gesang in einer fremden uralten Sprache an, die Nimbulan nicht verstand. Diese Stickerei, die alle trugen, bedeutete dieselben Worte in Bilderschrift. Die Person neben Erda wiederholte ihre Worte, dann die nächste und die nächste im Kreis. Als die Reihe an Nimbulan kam, war es zu einem Lied mit einem Ton geworden, der in besonderem Rhythmus gesungen wurde. Dazu klatschte man in die Hände und stampfte mit den Füßen.

Ein Energienetz, weiß und glitzernd, wie Schneekristalle, folgte Televarns Schritten durch den Clan. Herein und hinaus und im Kreis.

Nimbulan spürte einen Trommelrhythmus in den Beinen, der durch den Körper bis in den Kopf stieg. Seine Hände vollführten die komplizierten Gesten der Magie. Die pulsierende Energie war im Einklang mit den Vibrationen der Kardia unter ihm. Er blickte zum klaren Himmel empor und zu den kalten weißen Sternen. Das Netz hob sich. Die Fäden schienen die Kraftlinien von Kardia Hodos zu sein. Es schwebte durch das Universum, und er war im Zentrum. Alle summten und tanzten im selben Rhythmus.

Er war gefangen im Wunder der Musik des Lebens, alles war mit allem verbunden, alle im Einklang, alle eins.

Die Magie breitete sich nach innen und nach außen aus und hüllte die Hütte ein. Eine weiße schimmernde Kuppel überdachte den Clan und sein Heim. Die Hütte wurde ein Teil des Netzes. Sie schien nicht mehr von Menschenhand gebaut, sondern wie von den Sternengöttern geschaffen.

Die Energiekuppel vergrößerte sich vor Nimbulans Augen. Er sah jeden Faden deutlich. Das Netz begann und endete in Televarns Herz. Von dort ging es zu allen im Clan und band sie zusammen. Nimbulan sah das gemeinsame Element in ihrem Blut, das ihnen erlaubte, diese herrliche Magie zu wirken. Ein winziger Teil zeigte sich auch in seiner eigenen Lebenskraft.

Plötzliches Wissen von einer Ur-Ur-Ur-Großmutter, welche einen Rover als Geliebten genommen hatte, war ihm gewährt. In der Ehe unglücklich, hatte sie ihr fünftes Kind, das der Geliebte, nicht der Gemahl, gezeugt hatte, besonders geliebt. Vier Kinder standen zwischen ihm und dem Erbe. Sie war sicher, dass die exotische Abstammung des Jungen nie den lupenreinen Stammbaum der Lords von Baathalzan beschmutzen würde, die sich direkt von den Sternengöttern herleiteten. Das Schicksal hatte sämtliche anderen Erben ausgeschaltet. Krieg und Krankheit hatten einen nach dem anderen dahingerafft. Das Rover-Kind hatte geerbt und überlebt und viele Kinder gezeugt. Die Kardiagenea war zwar arg verwässert, aber Nimbulan hatte dennoch die Fähigkeit, die Magie des Lebens im Einklang mit seinem Clan anzuzapfen.

Eine Unruhe im Netz der magischen Fäden enthüllte Unzulänglichkeiten bei dem angeborenen Talent vieler Menschen. Die mit dem reinsten Rover-Blut, die mit verminderter Intelligenz, die mit Knochenmissbildungen wegen Inzucht hatten schwaches Talent.

Der Clan brauchte die Kraft neuen Bluts von draußen, um die Magie zu stärken, welche die Inzucht schwächte.

Nimbulan nahm einen Faden dieses Lebensnetzes und verfolgte ihn bis zu Maia. In ihr war keine Schwäche zu sehen.

Seine Gedanken vermengten sich mit ihren. Er sah durch ihre Augen und spürte die vereinte Kraft des Zaubers, spürte den Boden unter ihren nackten Füßen, fühlte das Verlangen ihres Körpers nach den sexuellen Freuden mit dem Wunsch noch ein Kind zu empfangen, nachdem ihr erstes Kind entwöhnt war. Ihr weibliches Verlangen verstärkte seine eigene Begierde. Staunend erforschte er dieses Wunder.

Versuchsweise tastete er nach dem Faden zu Televarns Onkel und verspürte die Genugtuung, dass das Ritual ordnungsgemäß durchgeführt worden war. Mit der gleichen Zahl von Frauen und Männern. Nimbulans Anwesenheit im Clan wurde allein schon aus diesem Grund willkommen geheißen.

Nimbulan berührte der Reihe nach alle im Kreis, jedes Clanmitglied. Die Persönlichkeiten öffneten sich ihm wie nie zuvor. Und er wusste, dass keiner sich mehr unbemerkt an ihn anschleichen konnte.

Schließlich berührte er die letzte Person des Kreises. Televarn. Er konzentrierte sich auf ihn, doch dessen Gedanken öffneten sich nicht für ihn. Nimbulan vermochte nicht die Gefühle des Rover-Königs zu spüren. Aber er wusste, dass Televarn mit allen Mitgliedern des Clans verbunden war.

Der Rover-König beendete das Ritual, indem er sich vor der offenen Tür der Hütte drei Mal im Lauf der Sonne drehte. Das Netz fiel in sich zusammen und landete auf dem Rover, als hätte dieser an einer Schnur gezogen.

Das Winterquartier war jetzt gegen die Entdeckung von Fremden geschützt. Würde dieser Schutz Nimbulan hindern, mit dem Geheimnis des Rituals der Rover zu fliehen?

Die Verbindung zu den anderen Clanmitgliedern verflog. Aber Nimbulan vibrierte am ganzen Leib. Er konnte diese summende Musik des Lebens nicht wieder zurückrufen und auch die Einheit des Zaubers. Wenn die anderen halfen. Wenn sie es wollten. Die Abwesenheit der Gedanken der anderen hinterließ in seinem Kopf eine eigenartige Leere, aber er fühlte sich seltsam erfrischt.

Er konzentrierte sich auf seine Hand und zwang sie mit seiner Willenskraft, ihn nochmals mit Maia zu verbinden. Hauchdünne magische Fühler schossen aus seinen Fingerspitzen, aber zu Televarn, nicht zur Geliebten. Er zog die Fühler zurück und näherte sich Maia, bis seine Hand auf ihrer Schulter ruhte. Sie reagierte nicht auf seine zarte Berührung. Ihre gesamte Aufmerksamkeit galt Televarn.

Televarn, zu dessen Gedanken und Absichten Nimbulan nicht hatte vordringen können. Televarn, welcher über diesen Clan herrschte und Maia befohlen hatte, ihr Bett mit Nimbulan zu teilen. Neues Blut war für den Clan wichtiger als persönliche Gefühle oder Sehnsüchte. Televarn dirigierte Maias Liebesbeziehung mit Nimbulan, wie er alle im Clan mittels direkter Gedankenverbindung dirigierte.

Nimbulan schauderte es in der Kälte. Wenn er dieses magische System zu seinen Schülern brachte, würden diese dann ebenso total abhängig werden von einem beherrschenden Kopf? Würde das Fehlen von Rover-Blut in ihrer Abstammung verhindern, dass sie dieses Ritual durchführen konnten?

Plötzlich kam ihm ein Gedanke, und dabei lief es ihm eiskalt über den Rücken. Televarn hatte vielleicht die Samen dieser Gedankenkontrolle in Nimbulan eingepflanzt, ohne dass dieser es gemerkt hatte. Wenn ja, dann hatte Nimbulan kaum eine Chance zu fliehen oder diese Verbindung zu unterbinden.

22

»Ich mag Euch nicht besonders, Moncriith.« Lord Kammeryl lief in seiner Großen Halle auf und ab. Seine Finger zuckten, als er an dem Tuch über einem Tisch zupfte und danach einen Gobelin befingerte. »Nennt mir einen triftigen Grund, weshalb ich Eure Predigten und den Gestank von altem Blut um Euch noch einen Tag länger ertragen sollte.«

Sternengötter, kannst du nicht einen Moment lang stillstehen! Moncriith biss die Zähne zusammen, um seine Gedanken nicht laut auszusprechen. Dieses ständige Herumlaufen des Lords machte ihn schwindlig. Den Sternengöttern sei Dank, dass keine der Kröten aus dem Gefolge des Lords anwesend war, um ihm einen neuen Bettgenossen zuzuführen. Die Bewohner dieses düsteren Schlosses schienen gern alles zu opfern, um einen von Kammeryl D'Astrismos' Wutanfällen zu vermeiden. Die Ruhelosigkeit war stets das erste Warnzeichen, dass er aus dem Gleichgewicht geriet. Diese Unausgewogenheit wurde durch Selbstzweifel hervorgerufen. Nur wenn er eine Jungfrau deflorierte, kehrte sein Selbstbewusstsein zurück.

In seiner Wut war er schon auf Raubzüge gegangen und hatte jedes Dorf, auf das er traf, ausgeplündert, hatte dort vergewaltigt und es schließlich in Schutt und Asche gelegt – darunter auch Dörfer seines eigenen Grundbesitzes.

Vorige Woche hatte Kammeryl seinem Kammerdiener mitgeteilt, dass er sich »wie ein Gott fühle«, wenn er ein Mädchen oder einen Jungen entjungferte und sie in die Freuden – und Schmerzen – des sexuellen Genusses einführte.

Der Diener hatte sofort den Sergeanten der Wache informiert und dieser Moncriith. Moncriith fragte sich, ob Kammeryl seine Abstammung von den Sternengöttern erfunden hatte und unter starken Selbstzweifeln litt, wenn er sich an seine Lügen erinnerte.

Das rote Haar des Lords, sichtbares Symbol der Abstammung von den Sternengöttern, war eindeutig gefärbt. Beim letzten Mal etwas zu feurig rot. Zurzeit trug er es kurz geschnitten, damit es unter einen Helm passte.

»Ihr werdet mich ertragen, Lord Kammeryl, weil Euer Hofstaat rebellieren würde, verjagtet Ihr mich.« Moncriith blieb ruhig und gelassen, angesichts Kammeryls wachsender Ruhelosigkeit. Er hatte keine Selbstzweifel, die ihn zu unüberlegten Handlungen trieben.

Kammeryl blieb wie angewurzelt stehen. Er starrte Moncriith in die Augen. Seine Miene verriet Verblüffung, vielleicht ein wenig Angst. Dann warf er den Kopf zurück und lachte, laut und lang.

»Glaubt Ihr, meine Leute stellen Euer aufdringliches Warnen vor den Dämonen über den Treueeid zu mir?« Kammeryl wischte sich mit dem Ärmel die Tränen aus den Augen. Sobald er sich gefangen hatte, begann er wieder hin und her zu laufen. »Niemand wird seinen Eid mir gegenüber brechen, alle wissen, dass ich mich sofort und fürchterlich rächen werde.«

»Nein, Lord Kammeryl. Ich glaube nicht, dass die Leute eher mir folgen, als bei Euch zu bleiben. Ich weiß es. Die Rettung ihrer Seelen ist wichtiger als jede vorübergehende Macht. Sie wissen, dass ich ein Schaf oder eine Ziege schlachte, um meine Rituale durchführen zu können. Ich lüge nicht darüber, was ich tue. Ich verstecke mich nicht hinter Drohungen. Ein Tier ist ein geringer Preis, verglichen mit dem Verlust eines ganzen Dorfs, wenn Ihr es dem Erdboden gleichmacht. Seid

Ihr sicher, dass nicht doch ein Dämon von Euch Besitz ergriffen hat? Die Sternengötter verlassen diejenigen, die den Verlockungen der Dämonen erlegen sind.«

Moncriith setzte sich auf den Stuhl neben Lord Kammeryls Sessel, der fast einem Thron glich. Er lehnte sich zurück und genoss die weichen Kissen, die eigentlich der Herrin des Hauses Bequemlichkeit gestatten sollten.

Seit vielen Jahren war der Stuhl leer, und es sah nicht so aus, als würde je wieder eine »Herrin« darauf Platz nehmen. Kammeryl d'Astrismos hatte einen Erben von seiner vor langer Zeit verstorbenen Gemahlin. Er brauchte keine Gemahlin, solange die ständige Parade jungfräulicher Bettgenossen ihn befriedigte.

»Warum sollte jemand Euch als Führer akzeptieren, Moncriith? Ihr besitzt weder Land noch Gold. Ihr habt kein Handelsimperium. Der Tempel hat Euch schon vor Jahren hinausgeworfen. Die Magier verachten Euch. Was könnt Ihr dem Volk schon bieten? Keinen Schutz, nichts zu essen, keinerlei greifbare Macht.« Kammeryl stützte sich auf Moncriiths Armlehnen. Die Knöchel der Finger waren weiß.

»Ich habe den Menschen die Dämonen gezeigt, die sich vom Krieg ernähren – Dämonen, die in den Körpern von Magiern und Hexen wohnen, vielleicht auch in einigen Lords – und sie zwingen, die Kriege fortzuführen. Aber das Volk will von den Kriegen erlöst werden. Ich habe ihm den Weg gezeigt, wie das erreicht werden kann. Wir müssen sämtliche Magier töten.« Moncriith lehnte sich im Sessel zurück. Er war sich seiner Kontrolle über Kammeryl d'Astrismos und dessen Anhänger sicherer als je zuvor. »Mich zu unterstützen würde allen beweisen, dass Ihr nicht von Dämonen besessen seid.«

»Erlöst? Pah! Friede ist eine antiquierte Vorstellung, ein Märchen, wie Drachen und Flugflipper.« Kammeryl lief wieder auf und ab und warf dem Diener einen wütenden Blick zu, der gewagt hatte, die Große Halle zu betreten, um die abendliche Mahlzeit vorzubereiten.

»Aber bei Eurer letzten Schlacht haben viele kampferprobte Soldaten sowohl einen Drachen als auch einen Flugflipper gesehen – böse Dämonen.« Moncriith bekreuzigte sich. Er hatte von Myrilandels Flugflipper böse Kratzer davongetragen – ein klarer Beweis, dass sie Verbindung mit Dämonen hatte. »Denkt darüber nach, Lord Kammeryl. Denkt an die Macht, die Euer wäre, wenn Ihr Frieden nach Coronnan bringt. Steuereinnahmen. Vorteile für den Handel. Botschafter aus der ganzen Welt bringen Euch Geschenke – Gold, Seide und Sklaven.«

»Sklaverei ist in Coronnan illegal.« Kammeryl blieb stehen und rieb sich nachdenklich das Kinn. Die Röte in seinen Wangen wurde stärker, seine Augen funkelten. Irgendein armes Kind würde verletzt und geschlagen, wenn der Lord seinen Gefühlen im Bett freien Lauf ließ.

Moncriith spürte bereits, wie seine Magie nach den Misshandlungen des ihm unbekannten Kindes gierte. Er zog es vor, seine Magie mit dem Blut seiner Feinde zu nähren. Sein Zauber ließ sich besser konzentrieren, wenn das Blut geschwängert war von Wut und Hass. Doch jetzt gab er sich mit der Stärkung aus den Schmerzen eines Menschen zufrieden.

»Als Herrscher über ein geeintes Coronnan würdet Ihr Eure eigenen Gesetze machen. Denkt nur an die exotischen Schätze, die Ihr verlangen könntet. Junge Sklaven, die von Kindheit an gelehrt wurden, einen Mann mit Eurem Appetit zu befriedigen, selbst aber unberührt geblieben sind und nur darauf warten, dass Ihr Euch deren erotisches Wissen holt.« Moncriith unterdrückte ein hämisches Lächeln. Der Lord durfte nicht merken, dass er ihn manipulierte. Er hatte keineswegs vor, Menschen wie Lord Kammeryl lange genug leben zu lassen, um die Vorteile des Friedens nutzen zu können. Jetzt war seine vorübergehende Macht ein notwendiger Katalysator für das Volk. Sobald die Mission durchgeführt war, würden alle von Dämonen besessenen Lords und ihre üblen Magier in den Flammen vergehen. So wie Myrilandel und ihr Flugflipper.

»Coronnan hat erst dann Friede, wenn es geeint ist. Der einzige Weg dorthin ist der Sieg über die anderen Lords. Quinnault de Tanos und seine Schar kleiner Landbesitzer können gegen mich in einer Schlacht nichts ausrichten.« Kammeryl lief wieder auf und ab. Er war tief in Gedanken verloren und hatte die Hände auf dem Rücken verschränkt. Das zeigte, dass seine Ruhelosigkeit von ernsten Gedanken vertrieben worden war.

»Was wäre, wenn jeder Bauer im Land Euch als Lord anerkennen würde, eingeschlossen die Anhänger von de Tanos?« Moncriith bot dem Lord diese Möglichkeit als Köder dar.

»Die anderen Lords verfügen noch über Armeen, um ihre Abgaben und Lehnstreue zu erzwingen.«

»Aber wenn alle Soldaten damit beschäftigt sind, Steuern einzutreiben, könnten sie nicht gegen Euch und Eure Armee Krieg führen.«

»Einige der Lords von niedrigem Rang müssten mir ein Bündnis anbieten, wenn sie Ordnung wahren wollen. Mir – nicht de Tanos«, überlegte Kammeryl laut und zählte mit den Fingern. Er hielt bei acht inne – Quinnaults vier und vier weitere, deren Loyalität schwankte. Diese würden Moncriiths Meinung nach Schutz bei Lord Kammeryl suchen.

»Bündnisse führen zur Einheit. Sechs niedrige Lords befehligen mehr Soldaten und herrschen über mehr Land als einer der größeren Lords. Wenn Ihr jetzt beginnt, ehe die übliche Zeit für Schlachten gekommen und die Saat ausgebracht ist, kann Euch kein Lord Widerstand leisten.«

»Was ist, wenn sich alle gegen mich verbünden, wie de Tanos es versucht?«

»Das können sie nicht, wenn alle Bauern sie verlassen und zu Euch kommen. Nur ich kann dafür sorgen, dass das geschieht.«

»Warum sollte ich Euch trauen, diese Menschen für mich zu gewinnen?«

»Ihr müsst lernen, jemandem zu trauen, sonst wird Eure Herrschaft nie leicht sein. Traut den Sternengöttern, Kammeryl d'Astrismos. Euer Familienname bedeutet ›Sohn der drei Sterne‹. Ihr seid der einzig legale Nachkomme der Sternengötter. Vertraut mir. Vertraut der Vision, welche die Sternengötter mir offenbart haben.« Moncriith war aufgestanden und flüsterte die Worte dem Lord ins Ohr. Macht war schließlich ein ebenso starkes Aphrodisiakum wie alle Jungfrauen der Welt.

»Ihr könnt nicht die wahre Botschaft der Sternengötter kennen. Die Priester haben Euch hinausgeworfen, weil Ihr Blutmagie praktiziert habt.«

»Sie haben mich vertrieben, weil sie Angst vor mir haben. Angst, weil ich allein die Vision der Dämonen, welche tatsächlich über Coronnan herrschen, erblickt habe. Hätten sie mich behalten, hätten sie zugeben müssen, dass sie von Dämonen besessen waren, und sie hätten sich selbst umbringen müssen, um diese bösen Geister loszuwerden.«

Es ging Kammeryl nichts an, dass die Priester Moncriith aus dem Tempel gejagt hatten, weil er die traditionellen Methoden der Magie verweigerte. Er hatte gesehen, wie traditionelle Magie Tod und Zerstörung verursachte, obwohl sie Leben und Heilung versprach. Ihm erschien es ehrlicher, Magie mit Blut zu nähren, als einen Mord zu begehen, weil die Magie fehlgelaufen war.

Die Priester im Tempel waren so weit vom Leben abgehoben, dass ihr einziger Kontakt mit Magie in bedeutungslosen Ritualen bestand, wie zum Beispiel Lehrlinge der Initiation durch Tambootie-Rauch auszusetzen.

Moncriith schauderte es, wenn er sich an seine eigene Initiation erinnerte.

»Ihr verfolgt eine Vision, die ausschließlich Eurer Fantasie entsprungen ist, Moncriith.«

»Meine Vision stammt von den Sternengöttern und ihrem Wunsch nach Frieden in Coronnan. Als ganz Kardia Hodos vor so vielen Generationen einer Seuche anheimfiel, kamen die Sternengötter hierher und brachten unserem Volk die Heilung von der Seuche. Wir sind ihr auserwähltes Volk. Überlegt, wie sehr sie trauern, dass wir das Land mit den endlosen Kriegen verwüsten und uns gegenseitig töten. Denkt mit Herz und Verstand, nicht mit dem Schwanz, Lord Kammeryl. Denkt nach, dann erkennt Ihr, welche Größe des Schicksals Euch die Sternengötter durch mich bieten.«

»Was schlagt Ihr als ersten Schritt vor?«

»Als Erstes vernichten wir die Magier. Lord Quinnaults Schule für Magier ist ein günstiger Ort, um den Anfang zu machen. Sie haben keinen starken Anführer mehr und wenn Ihr Lord Quinnault gleichzeitig tötet, bricht sein Bündnis mit den anderen Lords auseinander. Dann bieten wir Lord Sauria eine Heirat für seine Allianz an. Seine Ländereien grenzen an Quinnaults. Er möchte unbedingt Zugang zur Großen Bucht. Ihr könnt die Inseln und den Profit aus dem Handel teilen.«

*

»Magie macht keinen Spaß mehr«, beklagte sich Kalen bei Powwell.

Ackerly beugte sich näher zur Tür, welche ihn von seinen

vielversprechendsten Schülern trennte. Der Ton in der Stimme des Mädchen und die Tatsache, dass es nicht lispelte, deutete auf Ärger hin. Er schärfte seine Sinne mittels ein wenig Magie, damit er das Gespräch genauer hörte.

»Magie dient nicht dem Spaß. Sie ist Arbeit. Harte Arbeit«, erklärte ihr Powwell.

Die Schüler sollten den Boden in den Schlafräumen in diesem Flügel fegen. Powwell hatte bereits entdeckt, dass Besen, die er mit Muskelkraft einsetzte, ihn weniger ermüdeten, als wenn er Magie benutzte.

»Ich habe keine Lust mehr. Ich bin müde, mir tut alles weh und mir wird schwindlig, wenn er uns diese Drogen gibt.« Dann setzte Kalen sich auf den Boden und verschränkte die Arme vor der Brust. Ihre typische Schmollhaltung. Ackerly hatte diese Schmollzeiten bei Kalen zu fürchten gelernt. Unter ihrem naiven Charme verbarg die Kleine eine Sturheit, welche die Geduld aller fünfzig Bewohner der Schule auf eine harte Probe stellte. Nicht einmal ihre liebevolle Mutter oder ihr kühl kalkulierender Vater konnten sie überreden, das Schmollen aufzugeben.

»Das Tambootie ist notwendig, um Magie zu wirken«, sagte Powwell nachdenklich.

Ackerly sah direkt, wie der Junge sich auf die Unterlippe biss, weil er sich nicht sicher war. Eine schreckliche Angewohnheit, die Powwell unbedingt ablegen musste. Zahlende Kunden würden keinen Magier mieten, der einen unentschlossenen Eindruck erweckte.

»Ich habe dieses Kraut nie gebraucht, ehe ich hierher gekommen bin, und ich habe sehr viel mehr Magie gewirkt, als er weiß. Dieses Tambootie bekommt meinem Magen nicht, und ich kann mich nicht konzentrieren, wenn ich kurz vorm Kotzen bin«, erklärte Kalen.

»Mir fällt die Magie viel leichter, wenn ich die Droge

nehme. Aber mir wird ebenfalls übel. Wie hast du das gemeint, du hast viel mehr Magie gewirkt, als Ackerly denkt? Machst du nicht alles, was er verlangt?« Ein Besen fiel laut auf den Steinboden.

»Selbstverständlich nicht. Ich habe niemandem genau erklärt, wie viel ich kann. Sieur Moncriith hat gegen mich Predigten gehalten, sodass die Leute mich mit Lehm beworfen haben, wenn ich ein Hexenlicht gezaubert habe. Manchmal haben sie auch Steine geworfen, um uns aus dem Dorf zu jagen, ehe wir um Essen oder einen Schlafplatz bitten konnten. Hätte Moncriith gewusst, dass ich Gegenstände schweben lassen kann, hätte er von den Leuten verlangt, dass sie mich verbrennen. Und das hätten sie auch gemacht.« Ein Hauch von Angst schwang in Kalens Stimme. Das musste sich Ackerly merken.

Er hatte den Blutmagier seit vielen Monaten nicht gerufen. Vielleicht war es an der Zeit. Er konnte einen vagen Hinweis wegen des Mädchens fallen lassen – als Gegenleistung für einen kleinen Betrag. Moncriith zahlte gut für Informationen. Wenn Moncriith kam und Kalen suchte, würde vielleicht die Angst sie dazu bringen, ihre vernichtenden Schlachtenzauber preiszugeben, wenn sie sich wehrte.

»Meister Nimbulan hat Ackerly völlig vertraut, ehe er gestorben ist. Wir können ihm jetzt auch trauen«, sagte Powell.

Schweigen folgte dieser Aussage. Ackerly fragte sich, was im Kopf des Mädchens vor sich ging. Er hatte nicht genug Magie, um Kalens natürlichen Panzer zu durchbrechen.

»Ich kann einem Mann nicht trauen, der mir Drogen gibt, die mich krank machen. Ich tue einfach so, als ob ich ganz langsam lerne.«

Aha! Deshalb begriff Kalen die Prinzipien der Telekommunikation so schnell wie Feuer und Telekinese. Ackerly lächelte auf seinem Lauscherposten. Was würde geschehen, wenn er die Tambootie-Dosis verringerte und den Unterricht wie ein Spiel gestaltete? Konnte er Kalen austricksen, damit sie aus Spaß in einem Spiel ihre Magie weiter herauslassen würde?

Er sah sich mit einem Haufen Kleinkinder auf dem Fußboden umherkriechen.

Nein. Diese Schüler waren zu alt für derart kindliche Spiele. Seit er mit zwölf Jahren sein Heim verlassen hatte, um Lehrling der Magie zu werden, hatte er nicht mehr mit Kindern zu tun gehabt. Keiner von Druulins Lehrlingen hatte Zeit oder Energie für Spiele, es sei denn, man bezeichnete Streiche oder den Diebstahl einer Decke als Spiel.

Welche Spiele hatte er mit zehn und zwölf gespielt? Er erinnerte sich vage an irgendwelche Wettkämpfe mit Bällen und Stöcken, an Versteckspielen. Ja, diese Spiele kannte er noch und konnte sie spielen – mit ein wenig Magie zur Unterstützung.

Wo? Nicht draußen. Die Winterstürme heulten noch in ihren Ohren und brachten Schnee. Wenn Tauwetter kam, würde die Insel ein Meer aus Schlamm werden. Er hoffte, dass diese Zeit bald anbrach. Vielleicht konnte er im Refektorium Spiele organisieren. Nach jeder Mahlzeit konnte man die Tische und Bänke an die Wände schieben und stapeln. In der langen Halle würde für Ballspiele genügend Platz sein. Die Kinder sollten lernen, die Kugeln aus Hexenlicht unter Kontrolle zu halten. Ansonsten bot die Schule unendlich viele Möglichkeiten sich zu verstecken. Ja, er würde heute Abend mit den Spielen beginnen.

Aber Tambootie würde er nicht aus dem Lehrplan streichen. Er musste erreichen, dass die Schüler von der Droge abhängig wurden. So wie Nimbulan. Dann hatte er die Macht, die Droge auszuteilen – oder nicht. Das war die Möglichkeit, seine Lieblingsmagier arbeiten zu lassen, während er grandiose Summen für deren Dienste einsteckte.

Er konnte das Gold fast schon sehen und biss geistig hinein, um die Echtheit zu prüfen. Das Gewicht der Münzen fühlte sich wunderbar in den Händen und in seinen Taschen an.

Bald. Schon bald würde die Schule sich bezahlt machen. Er musste nur noch eine Zeitlang Geduld haben.

Ackerly verließ seinen Lauschposten. Er war zufrieden, zwei so intelligente Kinder überlistet zu haben.

Kalens Stimme war wieder hörbar, aber er schenkte ihren Klagen keine Aufmerksamkeit. Er hatte herausgefunden, was sie brauchte.

*

»Er ist weg, Powwell.« Kalen legte das Ohr an die Tür.

»Bist du sicher?«

»Selbstverständlich bin ich sicher. Seine Aura hat einen Abdruck an der Tür hinterlassen. Jetzt wird sie schwächer.«

»Ich kann die Aura nicht sehen.«

»Du musst mit deiner Magie schauen, nicht mit den Augen.«

»Du klingst genau wie Nimbulan.« Tränen füllten Powwells Augen. »Ich wünschte, du hättest ihn gekannt.«

»Er scheint ehrlicher als alle anderen an dieser s'murghin Schule gewesen zu sein.«

»Wir dürfen doch nicht fluchen, Kalen.« Powwell war erschrocken.

»Es gibt kein besseres Wort, um diesen Ort zu beschreiben. Ich wünschte, Papa hätte mich nie hergebracht.« Kalen stampfte mit dem Fuß auf, setzte sich wieder auf den Boden und verschränkte die Arme vor der Brust. Sie verzog das

Gesicht, um nicht zu weinen. »Ich will heim in unser Haus in Baria. Es war das schönste Haus weit und breit. Ich möchte in die Zeit zurückgehen, ehe Lord Hanic die Stadt angezündet und ehe Moncriith mich entdeckt hat. Ehe Magier mehr als ein lustiges Spielzeug waren.«

»Seit du hergekommen bist, warst du nicht mehr hungrig. Und du musstest nicht in Kälte und Nässe im Freien schlafen«, erinnerte Powwell sie.

»Das stimmt. Aber ehe wir hergekommen sind, war mir auch nicht ständig übel von den Drogen, und wenn ich müde war, dann, weil ich meinen kleinen Bruder umhertragen habe, nicht vom Zwang, seltsame Magie zu wirken. Magie, die jemanden verletzen könnte, wenn sie außer Kontrolle gerät. Er beherrscht keine richtige Magie, daher weiß er auch nicht, wie schlecht ich mich die ganze Zeit fühle.«

»Meister Ackerly ist ein guter Lehrer. Er erklärt alles so einfach.«

»Hast du je gesehen, wie er irgendeine Magie gewirkt hat?«

»N...nein.«

»Weil sein Talent für Magie sehr klein ist. Meist bringt er nur Illusionen zustande. Er macht dir vor, dass er Magie wirkt. So wie er euch denken lässt, dass Nimbulan tot sei.«

»Aber das ist er! Ich habe gesehen, wie er gestorben ist.« Powwell blickte sie verwirrt, aber auch hoffnungsvoll an. »Wie kommst du auf den Gedanken, dass der Meister noch lebt?«

»Seine Nische in der Krypta ist leer. Der Leichnam ist weg, aber seine zeremoniellen Gewänder sind da – alle ordentlich zusammengefaltet.«

»Der Meister war immer ganz besessen von Ordentlichkeit, wenn er nicht zu tief in der Drogentrance war. Er ließ nie etwas unaufgeräumt, wenn er gut geschlafen hatte und einen

Tag ohne Droge ausgekommen war. Meinst du, die Sternengötter haben ihn in ihrer Wolke aus Silberfeuer in den Himmel geholt?«

»Nein. Ich glaube, er ist aus einer tiefen Trance aufgewacht und fortgegangen. Das jedenfalls würde ich tun.«

»Das hast du dir ausgedacht. Ich habe Meister Nimbulan sterben sehen. Ich habe geholfen, ihn in die Nische zu legen.« Powwell stand auf. Plötzlich schien ihm der Raum zu klein und die Luft zu eng zu sein. Er konnte es nicht fassen, was dieses kleine Mädchen ... diese Unruhestifterin behauptet hatte. Wenn sie Recht hatte, konnte er hier nicht bleiben. Er musste sich auf die Suche nach seinem wahren Meister, Nimbulan, machen. Er musste die Sicherheit der Schule verlassen. Hier war der erste Ort gewesen, wohin ihm der Makel seiner unehelichen Geburt nicht gefolgt war. In jedem Dorf, in das seine Mutter gezogen war, hatte immer jemand herausgefunden, dass sein Vater ein vagabundierender Tunichtgut gewesen war, der nicht zurückgekommen war und die Tochter seines Gastgebers nicht geheiratet hatte, obwohl seine Mutter sich als Witwe ausgab, was in diesen Zeiten nicht ungewöhnlich war. Er hatte versprochen zurückzukommen, aber Versprechen wurden leicht gebrochen.

»Ich zeige dir die leere Krypta, Powwell«, flüsterte Kalen, als hätte sie Angst, Ackerly könnte zurückkommen und sie belauschen.

Powwell starrte auf den Boden und fragte sich, ob er den Mut aufbrachte, mit ihr zu gehen und die Wahrheit herauszufinden.

23

Myri schüttete noch einen Eimer Wasser auf die heiße Glut im Kohlebecken. Wohlriechender Dampf füllte die kleine Hütte mit dem Duft von Kräutern und dem Öl von Tambootie. Die alte Frau, die auf dem Bett lag, hustete heftig, als der Dampf sie erreichte.

Der Hustenanfall dauerte an und schüttelte die mageren Schultern des hinfälligen alten Körpers, bis sie keine Luft mehr bekam.

Jedes Mal, wenn Karrys Großmutter nach Luft rang und sich an die schmerzende Brust fasste, empfand Myri das Gleiche. Ihre Kraft schwand beinahe so schnell wie die der Greisin.

(Widerstehe dem Drang, mit Magie zu heilen), flüsterten die Stimmen. Sie hatten sie die ganze Nacht über geleitet.

»Ich kann sie nicht sterben lassen.« Myri schluchzte. Sie hatte jede irdische Möglichkeit ausgeschöpft, die ihr eingefallen war. Großmutter Katias Fieber und Husten waren immer schlimmer geworden.

(Halte dich zurück. Verschwende nicht deine Kraft an sie. Sie wird trotz allem sterben.)

Myri biss die Zähne zusammen und bemühte sich den Mut aufzubringen, die Stimmen zu ignorieren. Entschlossen legte sie die Hand auf die Brust der alten Frau. Blaue Funken sprühten in die Luft, sobald sie Kontakt hergestellt hatte. Sie schickte ihre Energie tief in Großmutter Katia hinein, sog das Wasser aus der Lunge und bekämpfte das Fieber.

Sie wünschte sich Amaranths tröstende Anwesenheit, aber

sie wusste, dass die Dorfbewohner abergläubisch waren und glaubten, dass Katzen den Atem aus Kleinkindern und alten Menschen saugten. Sie hatten ihr verboten, ihren Gefährten ins Haus von Karrys Großmutter zu bringen.

Wieder erschütterte ein Hustenanfall den Körper der Greisin. Myri half ihr, sich aufzurichten und die Flüssigkeit aus der Lunge zu spucken.

»Trinkt jetzt ein wenig Wasser, Großmutter Katia.« Sie hielt einen kleinen Becher an die Lippen der alten Frau und stützte sie mit einer Hand im Rücken. Kraft strömte aus Myri in ihre Patientin.

Großmutter Katia wollte den Becher beiseite schieben, aber sie war viel zu schwach dazu.

(Du kannst ihr nicht helfen. Sie ist zu krank, zu schwach. Bewahre deine Kraft, sie wird anderweitig gebraucht.)

In Myris Nacken juckte es plötzlich. Das Jucken wurde schlimmer, nachdem sie sich gekratzt hatte. Die Stimmen flüsterten. Unvermittelt verspürte sie den Wunsch, ihre spärliche Habe zu packen und nach Süden zu wandern. Weiter nach Osten konnte sie nicht.

Sie verdrängte diesen Wunsch. Magie hatte sie genügend manipuliert, als sie mit Televarn zusammen gewesen war.

»Bitte, Großmutter, Ihr müsst etwas trinken.« Karry und die anderen Dorfbewohner vergeben mir nie, wenn Ihr sterbt. Sie werden mir die Schuld geben und mich fortjagen.

Oder verbrennen.

Die Leute im Dorf hatten Moncriiths Predigten gehört. Wenn Großmutter Katia starb, würde man ihr die Schuld geben.

»Ich will aber hier bleiben. Dieses Dorf ist für mich wie ein Zuhause.« Ihr habt mir ein Heim versprochen, klagte sie die Stimmen an.

Die Greisin verfiel in einen unruhigen Schlaf, ehe Myri ihr

mehr als ein paar Tropfen einflößen konnte. Myri schickte wieder Magie in Großmutter Katia und versuchte, die Flüssigkeit aus der Lunge zu saugen.

Dann wurde Myri schwindlig. Nur mit Mühe konnte sie sich auf das Heilen konzentrieren. Ihre Lunge fühlte sich schwer an, und ihr Atem kam rasselnd. Sie konnte nicht mehr scharf sehen. Die winzige Hütte drehte sich um sie. Sie senkte den Kopf und schloss die Augen.

»Wenn Ihr die Medizin nicht nehmt, werdet Ihr sterben, Großmutter. Ihr müsst trinken«, sagte sie, als ihr nicht mehr so schwindlig war.

Die Greisin hob den Kopf, trank zwei kleine Schlucke, dann verlor sie wieder das Bewusstsein.

Myri kühlte ihr die Stirn mit einem kalten Lappen. Die Haut der alten Frau war dünn und trocken, wie ein Blatt im Herbst, das gleich vom Baum fiel. Das Fieber verbrannte ihre Lebenskraft wie Feuer das Holz. Jeder rasselnde Atemzug löste sich auch aus Myris Lunge.

»Du kannst sie nicht heilen, Myri.« Karry stand mit verschränkten Armen in der Tür der niedrigen Hütte. Trauer zog ihre Mundwinkel nach unten.

»Es tut mir leid. Ich weiß nicht, was ich noch für sie tun kann.« Myri senkte den Kopf.

»Ich sehe, dass du alles versucht hast, was in deiner Macht steht.« Karry blickte auf die blaue Energieaura um Myris Hand, die auf Großmutter Katias Brust lag.

Myri wollte die Hand zurücknehmen, um den Beweis ihrer Magie zu verbergen, tat es aber nicht. Sie lenkte Karrys Blick auf den Becher mit dem Heiltrank.

»Lass mich mit deinen stinkenden Tränken in Ruhe, Kind«, flüsterte Großmutter Katia schwach. »Lass mich sterben. Ich bin zu alt, um noch eine Feier durchzustehen. Heute ist Äquinoktium. Ein guter Tag, um zu sterben. Mach Platz für ein neues Leben, das heute beginnt.« Sie lächelte und hustete wieder.

Myri half ihr sich aufzusetzen, damit sie nicht erstickte.

Karry wischte den blutigen Speichel vom Mund ihrer Großmutter. »Jetzt hustet sie Blut.« Vor Angst waren ihre Augen geweitet.

»Schon die ganze Nacht Blut«, erklärte Myri matt und wischte sich mit der Hand die Bluttropfen von den Lippen. Ihre Empathie mit der Patientin hatte bereits die gleiche Krankheit in ihren Körper gebracht. Würde sie die Kraft haben, sich selbst zu heilen?

(Lass die Frau. Ihr Tod bringt dich um!)

Plötzlich trieb starke Hitze ihre Hand von Katias Brust. Diesmal ließ Myri sich von ihrer Patientin trennen.

Karry war blass, und ihre Hände zitterten. Amaranth stieß die Tür auf, die Karry nicht geschlossen hatte, und sprang der Wirtin auf den Schoß. Dann rieb er den Kopf an ihrer Brust, um sie zu trösten. Sie schlang die Arme um den Kater und presste ihn an sich, als sei er ihre geliebte Großmutter.

Die Greisin hatte wieder einen Hustenanfall. Myri versuchte, ihre Schultern zu heben. Doch der Atem der Großmutter rasselte stark. Dann rollten ihre Augen nach oben. Noch eine heftige Zuckung des ganzen Leibs, dann wurde dieser schlaff.

Ein Teil von Myris Körper wollte der sterbenden Frau in die Leere folgen. Ihre Willenskraft war zu schwach, um ihre Patientin zurück in den Körper zu bringen. Er war zu schwach, um sie zu halten.

Totale Schwärze umgab Myri.

Plötzlich war sie mit einem Schlag wieder in ihrem Körper. Ihr war übel. Sie schloss die Augen, weil sich alles um sie drehte.

Schweigen herrschte in dem überhitzten Raum. Langsam

kam Myri wieder zu sich. Aber sie zitterte noch am ganzen Leib vor Schwäche.

Karry drückte jetzt die Hand ihrer Großmutter an die Brust.

»Es tut mir leid, Karry. Ich habe nichts mehr, was ich versuchen könnte.«

Karry schloss der Toten die Augen. »Mögest du leicht in deine nächste Existenz gehen, Großmama«, sagte Karry leise.

Beide saßen stumm eine Zeitlang da. Karry hielt Katias Hand. Amaranth schnurrte auf ihrem Schoß.

»Ich nehme an, ich sollte fortgehen. Das Dorf sieht nicht gern eine Heilerin, die ihre Lieblingspatientin verloren hat.« Myri senkte den Kopf. Sie mochte die Menschen in diesem kleinen Fischerdorf und hatte gehofft, man möge sie hier bleiben lassen, vielleicht sogar verstecken, wenn Moncriith auf der Suche nach ihr herkäme.

Magretha hatte sie oft gewarnt, dass Dorfbewohner Heiler für jedes Problem die Schuld gaben und vergaßen, wie viel Gutes diese getan hatten. Myri hatte den Großteil ihrer Kindheit auf der Flucht von einem Dorf ins nächste verbracht – oft war Moncriith ihr dicht auf den Fersen gewesen.

»Du musst nicht fortgehen, Myri.« Karry ergriff Myris Hand. »Du hast meine Katey und ihr Kind Katareena gerettet. Niemand hätte gewagt, das Kind herauszuziehen, das verkehrt herum lag. Ohne dich wären beide gestorben und die Katareenas wären mit mir ausgestorben. Und vergiss nicht Yoshis Fieber. Du hast ihn bei der letzten Sonnenwende geheilt. Wir sind dankbar für die, welche du uns gerettet hast.«

»Aber ich konnte den Fischfang nicht ertragreicher machen. Wie viele Männer geben mir daran die Schuld? Seit zwei Tagen trinken sie heftig, aus Vorfreude auf das Fest heute Abend. Einige werden ziemlich gemein, wenn sie zu tief in die Becher geschaut haben. Wir haben beide an einem

Tag im Winter ungefähr ein Dutzend Prügeleien schlichten müssen. Wenn sie sich Mut angetrunken haben, werden sie sich gegen mich wenden.«

Nach einem langen kargen Winter waren in den letzten beiden Tagen die Fische zurück in die Bucht gekommen. Aber die Männer hatten noch keine Lust zu fischen. Sie tranken lieber und beschwerten sich und prügelten sich.

Immer öfter hatte Myri gehört, wie die Männer murmelten, dass ein Fluch auf dem Dorf liege. Wenn Moncriith kam und auf Myri als Grund zeigte, würden die Männer ihm sofort glauben.

Sie zwang sich, an schöne Blumen zu denken und die Musik, die neun Frauen bei der Feier der Tagundnachtgleiche am Wendeturm machten. Ja, dieses Dorf hätte ihr Heim werden können.

(Wir werden dir ein sicheres Heim geben.)

»Wir wollen, dass du bleibst, Myri.« Karry drückte ihre Hand. »Du bist heute beim Fest willkommen. Tanz mit uns.«

Einen Moment lang spürte Myri Sehnsucht. Sie erinnerte sich an die früheren Feiern. Einschmeichelnde Musik führte ihre Füße im Reigen entgegen dem Lauf der Sonne um einen Wendeturm. Männer tanzten in der Gegenrichtung. Männer und Frauen kamen sich immer näher, bis sie einander verführerisch mit den Hüften berührten. Eine Hand löste die Verschnürung an ihrem Mieder – alle Frauen hatten sich von unten nach oben geschnürt, damit es sich leichter öffnen ließ. Am Ende des Tanzes hatten sie mehrere Hände berührt, besonders am Busen, und die sexuelle Erwartung für diesen Abend gesteigert.

Sie unterdrückte ihr Verlangen, an den uralten Fruchtbarkeitsriten der Dorfbewohner teilzunehmen.

Amaranth sprang von Karrys Schoß und strich unruhig um Myris Beine.

(Verrat!) Die Stimmen klangen hart. (Du musst fort von hier. Jetzt!)

»Miau.« Amaranth teilte die Meinung der Stimmen. Er stellte die Ohren auf und lauschte.

Myri ging zur Tür und schaute sich die Vorbereitungen für das Fest am Abend an. Sie suchte nach irgendetwas, das ungewöhnlich war und ihr vielleicht verriet, wer sie verraten wollte.

Am Fuß der Klippe brandete die Gischt. Die Kinder beobachteten die Mandelphs, die in einer warmen Strömung unter den Drachenzähnen spielten. So hieß eine gezackte Felsformation über der Höhle. Vögel flogen durch die Luft und stürzten sich ins Wasser, um mit einem Fisch im Schnabel wieder aufzutauchen. Die Fischschwärme waren deutlich zu sehen. Die Winterstürme trieben sie nicht mehr in die Tiefen der Bucht, wohin die Netze der Männer nicht hinabdringen konnten.

Kinder, Blumen und Natur sprühten an diesem ersten Tag der neuen Jahreszeit Energie. Der gesamte Planet schien sich mit einem Überschuss an Leben auf den Frühling vorzubereiten. Myri gehörte zu der fröhlichen Feier heute Abend. Vielleicht fand sie einen Partner fürs Leben unter den Fischern. Wenn nicht, musste sie weglaufen.

(Verrat!)

Sie stand da und starrte den Wendeturm an, der aus drei mal drei Stangen errichtet war, ohne den Blumenschmuck daran zu sehen. Die Gedanken an Karry und die tote Frau und das Dorf verflogen, als sie den Stimmen lauschte, die sie so oft geführt hatten.

(Geh! Jetzt!) Die Dringlichkeit, das Dorf zu verlassen, wurde ihr bewusst.

(Jetzt!) Ein Windstoß traf die Wipfel der Bäume in der Nähe. Ihre Füße folgten dem Wind.

»Ich kann nicht bleiben.« Enttäuschung zog sie zum Wendeturm. Die Stimmen zogen sie in die Gegenrichtung.

(Beeile dich!)

»Die Männer werden enttäuscht sein, wenn du deine Röcke nicht für deinen Tanzpartner lüpfst.« Karry verschränkte die Arme ihrer Großmutter über der Brust und strich ihr das schüttere Haar aus der Stirn.

Myri lauschte den Stimmen und ignorierte Karrys Einwand. Hatte sie Zeit, Proviant zu packen? Die Dringlichkeit wurde etwas schwächer. Ein wenig. Nicht viel. Proviant und zusätzliche Kleidung waren notwendig. So schnell würde sie nicht hierher zurückkehren.

*

»Schau mit deiner Fernsicht, Lan. Schau in die Vorratsschuppen, schau in die Fischnetze, schau auf die fruchtbaren Felder, die darauf warten, dass man sie pflügt und die Saat ausbringt«, flüsterte Televarn verführerisch.

Nimbulan blickte von der Klippe hinaus übers Land. Im Westen war das Dorf, die Felder warteten auf den Pflug. Im Osten schäumte und rauschte das Meer. Direkt hinter den Felszacken kreischten Möwen und holten sich Fische aus der warmen Strömung.

»Schau, wie die Frauen den Wendeturm geschmückt haben. Drei mal drei Stangen über der Stelle, wo drei Kraftlinien zusammenkommen. Drei ist eine mächtige Zahl. Sie repräsentiert die drei Sternengötter. Das Dorf ist reich und fruchtbar und hat Magie.« Televarn deutete auf den Wendeturm in der Dorfmitte. Heiraten, Beerdigungen und Gerichtssitzungen wurden dort abgehalten. Drei mal drei garantierte einen besonderen Segen für diese Handlungen. »Unsere Leute sind hungrig, Lan. Und diese Menschen verweigern uns Nahrung.«

»Noch haben wir sie nicht um ihre Gastfreundschaft gebeten. Warum glaubst du, dass sie uns diese verweigern?«

Der Rover-König verärgerte Nimbulan mit seinen starren Vorurteilen über das, was andere über Rover allgemein und seinen Clan insbesondere dachten. Jedes Thema in einer Unterhaltung führte regelmäßig zu einer Halbwahrheit, die Televarn für Worte profunder Weisheit erklärte. Die magische Kontrolle, die Televarn über die Gedanken seines Clan hatte, sorgte dafür, dass alle ihm beipflichteten.

Nur Nimbulan war von dieser Kontrolle verschont. Aber er erwischte den Rover mehrfach, dass dieser seine Gedanken belauschte.

Nimbulan wusste, dass nicht alle Frauen untreu waren. Und nicht alle Kinder unfähig, sich gut zu benehmen, und nicht alle Pferde dumm waren und nicht jeder Mann im Alter die Potenz verlor. Jedes Mal, wenn er diese Behauptung hörte, empörte er sich innerlich. Nur weil Maia noch nicht schwanger war ...

»Die Lords und die Magier lehren die dummen Dörfler uns zu misstrauen.«

»Sie haben einen triftigen Grund, wenn ihr ihnen die Hühner stehlt, ohne zuvor um Essen zu bitten oder anbietet, die Hühner zu bezahlen.«

»Rover kaufen nicht, was die Sternengötter uns zur Verfügung stellen müssen. Essen, Wagen, Pferde ... all das gehört rechtmäßig uns. Die Sternengötter haben entschieden, dass wir heimatlos durchs Land ziehen. Deshalb müssen sie für uns sorgen.«

»Dann sollten wir diese Menschen an ihre Verpflichtung, uns Gastfreundschaft zu erweisen, erinnern.«

»Die Lehren der Sternengötter wurden verfälscht.« Televarn spuckte auf den Boden. »Ich weiß aus Erfahrung, dass man uns nichts gibt.«

»Wir könnten anbieten für das Essen zu arbeiten oder zu singen und zu tanzen.«

»Heute ist das Fest. Sie machen ihre eigene Unterhaltung. Beim Äquinoktiumfest sind Fremde immer ausgeschlossen, weil sie Angst haben, ihr Samen könnte sich bei ihren Frauen ausbreiten.« Der Rover grinste. Er hatte in letzter Zeit oft erklärt, dass er gern eine Frau mit blonden Haaren und hellen Augen finden würde. Besonders eine junge Frau, die ihm weggelaufen war.

Myrilandel hatte blondes Haar und nahezu farblose Augen, welche jede Farbe reflektierten, die in ihrer Nähe war.

Eigenartig, seit vielen Monden hatte er nicht mehr an die seltsame junge Hexe gedacht. Maia war die einzige Frau, der seine Gedanken galten. Myrilandel erweckte mit ihrem wilden Talent und seltsamen Visionen seine Neugier. Maia befriedigte nur seine Lust. Er konnte sich nicht mit ihr über ein Thema unterhalten, das darüber hinausführte, wo sie abends ihr Bett machen würden. Als der Frühling gekommen war, zog der Clan der Rover wieder durchs Land.

»Heute Abend, wenn der Mond voll ist und reichlich getrunken wird, schleichen wir uns ins Dorf und holen uns so viel zu essen, wie wir tragen können. Unser Clan wird zum ersten Mal seit Wochen nicht mit leerem Magen ins Bett gehen.«

»Ich bin trotzdem der Meinung, wir sollten anbieten, für das Essen zu zahlen.«

»Feigling! Kein Rover würde auf so einen absurden Gedanken kommen. Du kannst nie wirklich einer von uns sein, bis du derartige Skrupel abgelegt hast. Du bist Maia nicht wert. Kein Wunder, dass ihr Schoß deinen Samen nicht hat aufnehmen wollen.« Televarn verzog angewidert sein hübsches Gesicht. Instinktiv griff er zum langen Dolch an seiner Seite.

»Sei kein Narr, Televarn, und leg deine Vorurteile ab!« Nimbulan hielt die Hände hoch, um zu zeigen, dass er keine Gewalttätigkeit wollte. »Die Sicherheit des Clans sollte deine Hauptsorge sein. Ein Einbruch sollte das letzte Mittel sein, nachdem wir es mit Fischen, der Jagd oder einer Bitte versucht haben. Was ist, wenn deine Männer entdeckt werden und sich das ganze Dorf auf sie stürzt? Sie haben Werkzeug und Messer, die ebenso tödlich sind wie die Piken und Lanzen einer Armee.«

Am Ende des Winters war nicht viel auf den Feldern und im Wald zu sammeln, sonst hätte Nimbulan das auch vorgeschlagen. Wenn die Winterstürme die Fische vertrieben hatten, waren die Dorfbewohner ebenso hungrig wie die Rover.

»Wenn sie uns in der Nähe sehen, bewachen sie ihre Vorräte. Jeder Versuch, Nahrungsmittel zu stehlen, endet mit Gewalt, vielleicht sogar mit dem Tod.« Televarns Augen wurden zu Schlitzen, als erwarte er von Nimbulan, den ersten Raubzug zu führen und als Erster zu sterben.

Nimbulan hatte nicht die Absicht, unschuldige, hungrige Menschen zu bestehlen.

»Tu, was du musst, Televarn. Ich gehe auf die Jagd und werde unseren Clan ehrlich ernähren.« Nimbulan drehte Televarn und dem Dorf den Rücken zu.

Er machte drei Schritte zum Wald hin, blieb dann plötzlich stehen. Er befahl seinen Füßen zu gehen, aber sie rührten sich nicht von der Stelle.

»Du gehst nicht so einfach fort von mir, Magier. Ich bin der König dieses Clans. Mein Wort ist Gesetz.«

»Dann sollte ich wohl nicht mehr ein Teil deines Clans sein.« Dieser Gedanke verlieh Nimbulan ein eigenartiges Gefühl der Befreiung. Ihm war nicht bewusst gewesen, wie sehr ihn das totale Fehlen von Intimsphäre, das ständige Umherziehen, die Ungewissheit eines jeden Tages gestört hatten. Die Neugier auf eine andere Lebensform hatte sich in Langeweile verwandelt. Nein, in Abscheu! Er mochte niemanden im Clan, vor allem nicht Televarn.

Inzwischen hatte er einige geheime Rituale gelernt. Diese Information konnte er zur Schule zurückbringen.

Seine Füße weigerten sich vorwärts zu gehen. Er drehte sich zu Televarn um.

»Du kannst nicht fortgehen, nachdem du an unseren Ritualen teilgenommen, mit einer unserer Frauen geschlafen und das Brot mit uns gebrochen hast.« Televarn schien erstaunt zu sein, dass Nimbulan das auch nur in Erwägung zog.

»Du hast selbst gesagt, dass ich für eure Art zu leben nicht geboren wurde. Ich habe mich bemüht, mich einzugliedern und eure Sitten und Gebräuche zu erlernen. Aber ich gehöre nicht zu euch. Es ist die Zeit gekommen, uns zu trennen.« Er trug die Kleidung, die er besaß, und sein Messer. An den neuen Stab hatte er sich noch nicht gewöhnt und konnte sich daher leicht einen anderen schneiden. Er hatte keinerlei Habe, die er holen musste. Am besten ging er jetzt gleich fort. Doch er vermochte sich nicht zu bewegen.

»Das kann ich nicht gestatten. Wir haben dir unsere Geheimnisse offenbart.« Televarn ließ die Augen über die Umgebung schweifen. Gab es Zuschauer, Hilfe, ein Versteck?

»Entlasse mich aus deiner Kontrolle. Ich werde euch nicht verraten.« Aber er würde es tun. Er würde die Geheimnisse sämtlichen Magiern in ganz Coronnan bringen.

»Niemand außerhalb meines Clans darf unser Wissen teilen. Du musst bei uns bleiben, wirklich einer von uns werden – oder sterben. Du hast dich mir jeden Tag verweigert und hast mich nicht deine Gedanken lesen lassen. Allein für dieses Verbrechen hast du den Tod verdient.« Televarn zückte blitzschnell den Dolch.

Nimbulan fühlte einen starken brennenden Schmerz im Bauch. Ein wunderschön verzierter Dolchgriff schien aus seinen Rippen zu wachsen. Dickes warmes Blut befleckte seine Hand. Sein Blut.

24

»Müssen wir da hinuntergehen?« Powwell beäugte die Falltür in der Krypta mit Widerwillen und ... Angst.

»Ja.« Kalen stemmte die Hände in die Hüften und funkelte ihn an.

»Ich glaube dir, dass sein Leichnam nicht mehr da ist. Du musst es mir nicht beweisen.« Powwell stemmte ebenfalls die Hände in die Hüften, um zu verbergen, wie stark seine Hände zitterten. Er war das letzte Mal in die Krypta gegangen, als sie den schlaffen Körper des Meisters in die Nische gelegt hatten. Die Dunkelheit und das Gewicht der Kardia über ihm hatten ihm die Luft abgeschnürt, dass er kaum atmen konnte. Die Lehrlinge und Meister Ackerly hatten vor der Nische einen Halbkreis gebildet, um die vorgeschriebenen Totengebete zu sprechen. Powwell hatte die Augen nicht geschlossen. Er hatte zu große Angst gehabt, die Mauern ringsum würden einstürzen, wenn er sie nicht in den Augen behielt. In den anderen Nischen lagen hauptsächlich Skelette. Er hatte gesehen, wie die Geister der anderen Bewohner der Krypta sich erhoben hatten, um Nimbulan zu begrüßen und ihn einzuladen, im uralten Kloster zu spuken.

Powwell hatte den ganzen Winter über nicht gut geschlafen. Ständig hatte er darauf gewartet, dass die Geister ihn heimsuchen würden.

Kalen beugte sich hinunter zur Falltür, die hinter dem Altar der Kapelle verborgen war. »Du brauchst den Beweis, sonst läufst du nicht mit mir weg.« Sie stöhnte, weil die Falltür so schwer war.

Powwell half ihr sofort. »Wieso bist du überhaupt hier unten herumgekrochen?«, fragte er, als sie auf die Leiter nach unten stieg, welche in die Mauern geschlagen war. Er bewunderte ihre Tapferkeit, aber fürchtete ihre Sturheit.

Mit anderen war sie nicht aggressiv oder gesprächig. Für sie trug sie die Maske kindlicher Naivität und der Ehrfurcht. Sie lispelte wie ein Kind, das viel jünger war, als sie mit ihren zehn Jahren. Offenbar war er der einzige Mensch, dem sie in Coronnan traute. Ihm schwoll die Brust vor Stolz. Er wollte sie beschützen, und jetzt musste er ihr in die Krypta folgen, um sich selbst zu beweisen, dass er ihr Vertrauen verdiente.

Wenn er die Tür offen ließ, würde die Kardia vielleicht nicht so schwer auf ihm lasten. Er zögerte dennoch und stieg erst hinunter, als er sah, wie drei magische Lichtkugeln um ihren Kopf kreisten – wie eine Krone auf Feuer.

Das Licht erhellte die kleine Krypta mehr als hundert Fackeln. Mit den Nischen glich der Raum einer Bibliothek. Doch statt Büchern waren dort Informationen gelagert, welche man nicht interpretieren konnte. Powwell fragte sich kurz, ob man die Erinnerungen der Toten so zu lesen lernen konnte wie eine neue Sprache. Drei Sprachen beherrschte er bereits. In der in Coronnan ältesten bekannten Sprache bedeutete sein Name »gescheit«. Vielleicht hatte er die Intelligenz und die Intuition, die Erinnerungen der Männer zu entschlüsseln, die vor langer Zeit im Kloster gelebt hatten.

Dann schüttelte er den Kopf, um die verrückten Gedanken zu vertreiben. Reiß dich zusammen, ermahnte er sich. Dir ist nur schwindlig, weil die Krypta so klein ist, dass du Angst hast, die Decke könnte dir auf den Kopf fallen.

Kalen winkte ihn in die hintere Ecke. Dort hatte er mit den anderen Lehrlingen Nimbulans noch warmen Leichnam vor vielen Monaten niedergelegt.

Obwohl acht Stunden zwischen Nimbulans Tod und der Bestattung vergangen waren, war der Leichnam noch warm gewesen. Weshalb die Eile?

Acht Stunden.

Nicht genügend Zeit für die übliche Trauer, ehe man den geliebten Freund und Lehrer zur ewigen Ruhe legte. Waren Rollett und die anderen so betrübt, dass sie die überhastete Bestattung nicht in Frage stellten? Vielleicht waren alle so gewohnt, die Anordnungen des Meisters blind auszuführen – zu blind. Ackerly hatte die Bestattung durchgeführt. Was hatte er zu verbergen?

Plötzlich glaubte er Kalens Geschichte. Obwohl der Meister nicht mehr zu atmen schien und auch kein Herzschlag zu fühlen war. Nimbulan war nicht tot gewesen, nur so tief in Trance, dass er mit gewöhnlichen Methoden nicht wiederbelebt werden konnte.

Im Lauf der Zeit war der Meister wohl aufgewacht. In der Dunkelheit, hungrig, der Magie und Kraft beraubt. Die in Konservierungsmittel getauchten Leinenwickel hatten ihn aber so fest zusammengebunden, dass er sich davon nicht hatte befreien können. Welches Grauen hatte er durchgemacht? Welche Geister hatten ihn gepeinigt?

Powwell suchte in den Ecken der Krypta nach Anzeichen für die Geister der Toten. Sie waren alle vor Kalens Hexenlicht geflohen. Nimbulan hatte wahrscheinlich nicht die Energie gehabt, ein Licht zu beschwören. Hatte er den Verstand verloren?

Powwell blickte dorthin, wohin Kalen deutete. Er hoffte, er würde nicht sehen, was dort seines Wissen sein musste: Nimbulans Leichnam, vor Grauen zusammengekrümmt, als er ein zweites Mal starb – allein und ohne Freunde, in einer Krypta, die so dunkel wie die Leere war.

Powwell schluckte und zwang sich hinzuschauen.

Die zweite Nische über dem Boden in der letzten Reihe auf der Südseite war leer.

*

»Wohin jetzt?«, fragte Myri die Stimmen. Sie drückte Amaranth an die Brust. Seit seiner Verletzung war er nicht mehr geflogen, und sie wusste nicht, ob er ausgeheilt war. Er hielt seine Flügel eng gefaltet und versteckt.

Der Wind drängte sie nach Süden zu einem schmalen Pfad, der nach oben auf die Klippen führte. Das alte Laub und die immerblauen Nadeln bildeten einen dicken Teppich auf dem Boden und dämpften ihre Schritte. Niemand konnte hören, wie sie fortging. Falls jemand sie verraten wollte, musste er sie mit anderen Sinnen als dem Gehör suchen.

Sie ging schnell und schaute sich nicht um, damit sie nicht Karrys Gesicht in der Menge sah. Karry, die gerade ihre geliebte Großmutter verloren hatte.

»Sternengötter«, betete Myri. »Macht Großmutter den Übergang in die nächste Existenz leicht.«

Keine Antwort, nur der Wind trieb sie fort vom Dorf, die Klippen zu den Bergen hinauf, welche eine nahezu unüberwindbare Grenze zwischen Coronnan und Rossemeyer bildeten. Irgendwo in diesen Bergen lag die Stadt Hanassa, das Heim von Gesetzlosen, Rovern, Verbannten und allen, die nicht in die drei zivilisierten Königreiche gehörten.

»Vielleicht müssen wir dorthin gehen, Amaranth. Ich gehöre nicht in dieses Königreich.« Der gnadenlose Wind wurde stärker und schob sie bergauf. Sie setzte Amaranth neben sich. Er konnte sie zu Fuß begleiten oder fliegen, wie er wollte. Er ging zu Fuß.

Der Pfad schlängelte sich nach Westen, dann wieder nach Süden und schließlich zurück nach Osten, wo sie wieder die

Brandung unterhalb der Höhle des Dorfes hörte. Sie blieb stehen, sobald es der Wind erlaubte. Durch die Bäume schaute sie hinab auf die Menschen im Dorf.

Die bunten Farben am Wendeturm fielen ihr ins Auge.

(Vorsicht!) Amaranth warnte sie. Er breitete seine Flügel ein wenig aus, bereit zu fliegen, falls Gefahr drohte.

»Also hattest du genügend Zeit, um auszuheilen.« Sie berührte die Stelle, wo der Flügel verrenkt war.

(Zeit und Liebe genug.) Er breitete die Flügel offensichtlich mit Behagen aus.

Myri trat zurück in den Wald. Niemand hatte heraufgeblickt und sie oder ihren Flugflipper gesehen.

»Warum hier? Was soll ich hier finden?«

»Oooooh ...« Sie hörte lautes Stöhnen.

Heulte der Wind in den Wipfeln der Bäume oder ...

Ihr Talent war plötzlich geweckt.

Schmerzen. Blut. Dunkelheit.

Sie begann zu dem Verletzten zu laufen. Noch nicht. Lass mich noch nicht das Bewusstsein verlieren. Nicht, bis ich ihn gefunden habe.

Amaranth biss sie leicht in den Knöchel. Der geringe Schmerz reichte aus, um ihr Bewusstsein in ihrem Körper zu halten. Ein Teil von ihr vermischte sich mit dem Mann, der blutend und verwundet weiter unten lag. Die drohende Dunkelheit um sie herum wurde schwächer. Sie war sicher, dass das Opfer ein Mann war.

Plötzlich spürte sie einen stechenden Schmerz im Oberbauch und hatte Schwierigkeiten zu atmen. Sie streckte die rechte Hand aus und suchte nach dem Ursprung der Schmerzen, die ihren Patienten und sie fast zerrissen.

Nicht schon wieder. Nicht so schnell, nachdem sie Großmutter Katia verloren hatte.

Es zog sie stärker zu ihm. Weit konnte es nicht mehr sein.

Sie lief vorwärts in Richtung der Schmerzen. Weder der Mann noch sie konnten ihnen entfliehen.

Beinahe wäre sie über den Mann gestolpert, der auf dem Boden lag. Sein Umhang war schäbig und braun mit einem Hauch von Dunkelgrün und auf dem Waldboden schwer zu erkennen.

Mit ausgestreckter Hand erforschte sie seinen Körper. Blaue magische Funken sprühten von ihren Fingerspitzen zu ihm. Sie spürte vage Vertrautheit. War sie diesem Mann schon früher einmal begegnet?

»Ooooooh ...«, stöhnte er wieder. Seine Arme verkrampften sich, als er auf den Bauch drückte.

Myri war ganz von dem Gedanken beherrscht, unbedingt das Blut daran zu hindern, auf die weiche Decke von Laub zu fließen. Sie hatte jedoch ihre Kraft und Gefühle bei dem verzweifelten Versuch, Großmutter Katia zu heilen, erschöpft. Wie viel hatte sie noch, um dem neuen Patienten zu helfen?

(Sein Schicksal hat sich noch nicht erfüllt. Du musst ihn heilen. Wir geben dir so viel Kraft, wie wir können. Zu viel von dir ist mit der alten Frau in die Leere geflossen.)

Sie berührte die Schulter des Mannes. Vor ihrem geistigen Auge sah sie zwei Männer, die durch ein fast greifbares Band miteinander verbunden waren. Sie stritten. Der eine Mann warf ein Messer, holte es heraus und ging fort. Myri bemühte sich verzweifelt, die Gesichter zu erkennen. Die Wunde füllte ihren Gesichtskreis. Blut. Zu viel Blut.

Sie hatte Messerwunden früher schon behandelt, aber nie eine, die ein Freund absichtlich dem anderen beigebracht hatte.

War das der Verrat, vor dem die Stimmen sie gewarnt hatten? Oder hatten doch die Dorfbewohner etwas gegen sie geplant? Sie würde es nie erfahren. Sie hatte keine Zukunft, bis die diesen Mann geheilt hatte, sonst würden sie beide sterben.

Sie zielte mit der Magie aus den Fingerspitzen auf die Wunde und befahl dem Blut mit ihrem Willen, dicker und langsamer zu werden. Sie spürte, wie sein Leben auf dem Weg in die Leere innehielt. Ein halber Herzschlag später raubte ihr die Schwärze die Sinne.

(Bleib wach!), befahl ihr Amaranth. Seine mentale Stimme wurde von den anonymen Stimmen unterstützt, die sie führten, aber nur ihre Liebe zu dem Flugflipper siegte über das Verlangen, in die Leere zu fliehen.

Sie blieb zur Hälfte in ihrem Körper und bemühte sich, den verwundeten Mann zu heilen. Der andere Teil ihres Seins schwebte über beiden, bereit mit seiner Seele in die Leere zu gehen. Und dann war da noch ein Wesen, das alles beobachtete, gesichtslos, aber die Gestalt vertraut. Schwärze verdunkelte die Aura. Es war die Seele des Mannes, die noch nicht bereit war, in den Körper zurückzukehren, ehe sie ihn geheilt oder in den Tod entlassen hatte.

Erinnerungen an Moncriiths Predigten erfüllten sie mit Furcht. Was, wenn sie versagte und diesen Mann zu einem seelenlosen Leben verurteilte?

»Ich kann das nicht zulassen. So leicht entkommst du meinem Heilen nicht.« Myri biss die Zähne zusammen. Tränen strömten über ihr Gesicht. Taubheit lähmte ihre Gliedmaßen. »Ich werde dich nicht ohne Kampf verlieren.« Sie rollte ihn behutsam auf den Rücken und setzte sich neben ihn. Sie bemühte sich, möglichst viel Kraft zu behalten. Dann konzentrierte sie sich auf die Wunde und legte die Hände darüber. Sie schaute nicht in sein Gesicht. Später war Zeit genug, um herauszufinden, wieso er ihr bekannt vorkam – falls er überlebte.

Im Geist sah sie, wie sich Muskeln zusammenfügten und Blutgefäße schlossen.

Aus ihrem Leben floss Stärke in ihn. Die Öffnung zur Leere weitete sich. Aber das Band zwischen ihnen wurde stärker und zog ihre letzte Lebenskraft in die Wunde.

Um ihr eigenes Leben zu retten, brach sie den Kontakt mit dem Verwundeten ab. Die Trennung versetzte ihr einen derartigen Stoß, dass sie rücklings auf den Boden fiel. Dann sammelte sich die heilende Magie in ihren Händen. Die Handflächen brannten. Sie suchte nach dem Grund der Schmerzen, die über die Arme bis in die Schultern wanderten. Ihre Hände waren gerötet und geschwollen und sprühten Funken. Gegen Myris Willen wollte die Magie wieder den Kontakt.

»Verzeih mir. Ich kann dir nichts anderes geben. Ich habe nur noch mein eigenes Leben!«, rief sie und vergrub die Hände tief im Teppich aus Laub und immergrünen Nadeln. Die Berührung mit der Kardia linderte das Brennen, nicht aber ihr brodelndes Talent. Die Magie verlangte von ihr, bei diesem Patienten zu bleiben, bis er geheilt war. Ihr Selbsterhaltungstrieb hielt sie von ihm fern.

»Ich kann dir nichts mehr geben!« Tränen flossen über ihre Wangen. Entschlossen hielt sie ihr Talent in ihrem Körper zurück. Sie weigerte sich nachzuschauen, ob der Mann noch lebte oder nicht. Sie vermochte seine über ihm schwebende Seele nicht mehr zu sehen.

»Ooooooh …«, stöhnte der Mann wieder. Die Muskelzuckungen am ganzen Körper verrieten ihr, dass er starke Schmerzen hatte, nur diesen Laut auszustoßen.

»Lebst du noch, Fremder?«

»Ich fürchte, ja«, krächzte er und rollte auf die Seite, wobei er sich immer noch den Bauch hielt.

Myri blickte ihn zum ersten Mal als Menschen, nicht als Patienten an. Ein kastanienbrauner Bart mit Silberfäden bedeckte einen Teil seines Gesichts. Sein braunes Haar mit

Silbersträhnen hing bis auf die Schultern. Behutsam strich sie eine Locke aus der Stirn. Er hatte die Augen fest geschlossen, als ein neuerlicher Schmerzanfall seinen Leib verkrampfte. Dann öffnete er sie. Er brauchte einen Moment, um sie deutlich zu sehen. Seine Augen waren tiefgrün, wie die Tambootie-Blätter im Frühling, ehe sie sich in der Mitte des Sommers schwarz färbten.

Sie hatte diese Augen schon einmal gesehen. Vor langer Zeit, im Herbst. Damals waren die Falten um die Augen Zeichen großer Erschöpfung gewesen, aber sie hatten gestrahlt. Neugier und Intelligenz hatte sie darin gelesen. Jetzt aber waren sie von den Schmerzen verschleiert.

»Hallo, Myrilandel«, sagte Nimbulan. »Ich wusste, dass wir uns eines Tagen wiedersehen würden. Aber ich habe nie geträumt, dass du mich retten würdest.«

»Ich hatte keine Wahl. Ich mag Euch nicht, Nimbulan. Ich hätte Euch nicht geholfen, weil Ihr mich und mein Talent versklaven wolltet. Aber mir bleibt keine andere Wahl. Bis Ihr geheilt seid, muss ich bei Euch bleiben.« Ein dünner glänzender Silberfaden von Magie entsprang ihrem Herzen und verband sie mit seinem. Ihr Talent weigerte sich, den Faden zu zerreißen. Solang dieser Faden existierte, hatte er Kontrolle über ihre Gedanken und ihr Talent.

*

Langsam wurde Nimbulan klar, dass er nicht mehr in der Dunkelheit verloren war. Er fror auch nicht mehr. Doch Albträume einer eisigen Hölle suchten ihn noch heim, als ihm schon bewusst war, dass er Televarns Messerstich überlebt hatte. Es schauderte ihn bei der Erinnerung, wie die scharfe Klinge in seinen Bauch gedrungen war, direkt unterhalb der Rippen.

Myrilandels Heilung war nicht so vollständig wie das Wunder, das sie bei Sergeant Kennyth im vorigen Herbst vollbracht hatte. Sie hatte die Blutung gestoppt und sein Leben gerettet, aber bei der Wunde hatte sie nicht mehr tun können.

Nimbulan lockerte mittels Willenskraft seine Muskeln. Die Schmerzen blieben, waren jedoch zu ertragen. Sehr behutsam tastete er die Körperregion mit den Fingerspitzen ab. Er hatte einen eng gebundenen Verband. So wie sich die Haut anfühlte, hatte die Hexe offenbar die Wunde genäht.

Was für eine Barbarei! Nur die wilden Stämme in den nördlichsten Gegenden von Kardia Hodos praktizierten noch derartig primitive Heilmethoden. Oder eine junge Frau, die ohne die richtige Ausbildung ihre Heiltrancen nicht kontrollieren konnte. Offenbar hatte sie sich von dem Zauber gelöst, ehe er vollendet war, um ihr Leben zu retten.

Wo war sie jetzt? Hatte sie ihn wieder verlassen?

Einsamkeit überwältigte ihn. Tränen standen in seinen Augen. Ein klares Zeichen, wie schwach er war. Ohne Magie, um den Heilungsprozess zu beschleunigen, würde er Wochen, vielleicht Monate brauchen, bis er ganz geheilt war.

Langsam drehte er den Kopf. Ein kleines Lagerfeuer, das bis auf die Glut heruntergebrannt war, gab rechts von ihm Wärme ab. Auf der anderen Seite des Feuers blinzelte ihn Myrilandels eigenartige Katze an. Ihre dunklen Augen sahen im frühen Morgenlicht fast purpurn aus.

Nachdem das Geschöpf Nimbulan mehrmals zugeblinzelt hatte, erhob es sich langsam und kam zu ihm. Ohne auf Erlaubnis zu warten, stieg es auf seinen Oberkörper und ließ sich dort nieder, um zu dösen. Mit den Pfoten knetete es behutsam den Umhang, der Nimbulan von Kopf bis Fuß bedeckte. Das leise Schnurren der Katze verbreitete sofort Wärme und Ruhe in Nimbulans Körper und Seele. Der Wunsch aufzustehen war wie weggeflogen.

»Wenn du hier bist, um mich zu pflegen, Katze, ist deine Herrin gewiss nicht weit.«

Jetzt erst sah er das silberne magische Band, das seinem Herzen entsprang, und erinnerte sich, dass es dort geblieben war, nachdem Myrilandel ihren Heilversuch abgebrochen hatte. Hatte sie ihn so schwach zurückgelassen, weil er das Band nicht zerreißen konnte? Durch das Band hatte sie beinahe die totale Kontrolle über ihn und seine Gedanken.

Panik ergriff ihn. Moncriith hatte sie alle vor den Dämonen gewarnt, welche die Seelen kontrollierten, die Myri von ihrer nächsten Existenz zurückgerissen hatte.

»Ich bin hier. Habt Ihr Hunger oder Durst?« Myrilandel war neben ihm. Sie klang unglaublich müde.

Er drehte den Kopf. Sie lag neben ihm, hatte ihm aber den Rücken zugewandt. Sein Umhang bedeckte beide. Wahrscheinlich lag er auf ihrem.

Die Panik verschwand. Er hatte gesehen, wie sie Sergeant Kennyth geheilt hatte. Nach diesem mächtigen Zauber war kein Beweis für eine Verbindung zur Magie geblieben.

»Ich habe Durst und ich muss ... ich würde gern ... äh.« Wie konnte er ihr diskret erklären, dass er sich unbedingt erleichtern musste? Manche Dinge waren wichtiger, als ob Dämonen die Seele beherrschten.

»Könnt Ihr warten, bis Ihr ein wenig Suppe gegessen habt, um Euch Kraft zu geben?« Sie erhob sich, was offensichtlich für sie anstrengender als für ihre Katze war.

Ihre Haut war so dünn, dass sie durchsichtig wirkte.

»Ist mit dir alles in Ordnung, Myrilandel?« Die Sorge um ihr Wohl verdrängte die Schmerzen. Er rollte auf die andere Seite um aufzustehen. Aber diese Bewegung bereitete ihm furchtbare Schmerzen, die von der Brust bis an seine Wirbelsäule drangen.

»Miau!«, protestierte der Kater und kletterte auf die

andere Seite. Wollte das Tier ihn zurückhalten? Nimbulan war es gleichgültig. So schnell würde er sich nicht mehr bewegen.

»Ja, alles bestens«, erklärte Myrilandel. »Aber jetzt ist meine gesamte Kraft in Euch.«

»Ich danke dir, dass du mich gerettet hast. Aber mein Leben ist nicht so viel wert wie deines. Warum hast du mich nicht sterben lassen?«

»Ich konnte nicht.« Sie drehte ihm den Rücken zu und wühlte in ihrem Bündel. »Ich bin gleich zurück. Ich hole nur Wasser und Brennholz.« Dann ging sie mit hängenden Schultern und schlurfenden Schritten in den Wald.

Als sie zurückkam, brachte sie einen Topf voll Wasser. Ihre Wangen hatten Farbe bekommen. Wahrscheinlich hatte sie sich eiskaltes Wasser ins Gesicht gespritzt, um sich zu erfrischen. Oder war Fieber der Grund für ihre roten Wangen? Ihre Augen waren trüb. Lustlos stocherte sie in der Glut. Dann stellte sie den Topf auf einen Stein neben den Flammen und hockte sich hin, um sich auszuruhen.

»Ich habe nur getrocknetes Fleisch und etwas Dörrobst. Ich koche das Fleisch für eine Brühe für Euch. Ich esse das Fleisch.«

»Das Feuer ist nicht heiß genug, um das Wasser zum Kochen zu bringen. Wir brauchen mehr Holz.«

Sie blickte auf die wenigen Äste neben ihr. Noch mehr Holz zu sammeln, ging eindeutig über ihre Kräfte. Wenn sie überleben wollten, musste er helfen.

Er wappnete sich gegen die Schmerzen, rollte sich vom Bett und ging auf allen vieren, um die Bauchmuskeln so wenig wie möglich zu bewegen. »Ich kann nicht länger warten. Ich bringe ein paar Äste auf dem Rückweg mit.« Er biss die Zähne zusammen und kroch ins Unterholz.

25

»Ich nehme an, es ist zu spät, um das Dorf zu warnen«, meinte Nimbulan und trank einen Schluck Brühe aus dem Hornbecher, den Myri aus ihrem Bündel geholt hatte.

»Wovor warnen?« Myri verspürte nicht die geringste Lust, den Pfad hinab ins Dorf zu gehen, das sie verlassen hatte ... War das erst gestern gewesen? Sie wäre zufrieden, einfach hier zu sitzen und den Vögeln zuzuschauen, wie sie durch die Zweige der immergrünen Bäume flogen. Über hundert winzige Goldhähnchen, die sich versammelt hatten, um der Welt ein Ständchen zu bringen.

»Rover. Sie hatten den Plan, gestern Abend während der Feier die Vorratshütte auszurauben«, erklärte Nimbulan.

»Sie finden dort nur zerrissene Netze und alte Reusen. Die Wintervorräte sind längst aufgebraucht und auch der Fischfang war nicht ergiebig. Wahrscheinlich haben die Leute im Dorf den Raub erst heute Morgen bemerkt. Sie wollten das Fest ausgiebig feiern, weil sie sich einen guten Sommer erhofften.« Sie brauchten ein fruchtbares Fest. Nahezu die Hälfte der Kinder vom vorigen Fest waren wenige Tage nach der Geburt gestorben. Auch etliche Mütter, obgleich sich Myri die größte Mühe gegeben hatte, sie zu retten. Wenn sie nicht als Hebamme geholfen hätte, wären wahrscheinlich alle gestorben. Erfahrung und harte Arbeit hatten oft bei Entbindungen mehr Erfolg als Magie. Aber nicht immer. Sie hatte nicht alle retten können. Vor allem nicht Großmutter Katia, die vom gesamten Dorf geliebt worden war.

Familien, die trauerten, erinnerten sich meist nur an den Verlust. Wie viele gaben ihr die Schuld für die Todesfälle?

Wenn die Dorfbewohner sie verfolgten, war auch Nimbulan in Gefahr. Sie betrachtete die dünne silberne Schnur, die ihr Herz mit seinem verband. Er war nur wenige Meter in den Wald gekrochen, als die Schnur ihn zurückziehen wollte. Ihr Gang zum Bach war viel weiter gewesen. Wahrscheinlich würden sie für lange Zeit verbunden bleiben. Ihr Geschick würde auch seines sein und umgekehrt. Die Sorge um ihn verdrängte ihre Angst vor der Kontrolle, die er durch dieses Band über sie hatte.

»Televarn hielt das Dorf für reich, mit genügend Vorräten.«

»Televarn! O Sternengötter, wir müssen sofort weg von hier.« Hektisch sammelte sie ihre paar Sachen ein. Den Topf, den Wasserkrug, ihr Messer ... Amaranth!

»Wir sind beide nicht in der Lage weiterzugehen, Myrilandel.«

»Aber noch weniger sind wir darauf vorbereitet, uns zu verteidigen, wenn er kommt und mich zurückhaben will und meinen ...« Beinahe hätte sie gesagt: »meinen Flugflipper.«

»Er glaubt, ich sei tot. Und das wäre ich auch, wenn du nicht gekommen wärst. Televarn hat keinen Grund zurückzukommen.«

»Es sei denn, er hat die Leute im Dorf befragt oder gehört, dass sie über mich gesprochen haben. Wir müssen fort! Jetzt!« Sie schob mit der Fußspitze Erde auf das kleine Feuer. Musste sie die Aschenreste verteilen und alle Spuren beseitigen?

»Woher kennst du Televarn?«, fragte Nimbulan und hielt sie am Rock fest.

»Er möchte etwas haben, das mir gehört, er aber nie bekommt.« Sie machte sich von seinem Griff frei.

In diesem Moment flatterte ein schwarzes Wesen auf die kleine Lichtung, wo sie ihr Lager hatten. Amaranth landete zwischen ihnen nahe den Resten des Feuers. Im Maul hielt er ein graues Tier. Er ließ seine Flügel halb entfaltet.

Nimbulan starrte mit offenem Mund auf den legendären Flugflipper.

»Amaranth!« Myrilandel rang nach Luft. »Du sollst dich doch Fremden nicht so zeigen.«

(Er ist kein Fremder. Wir trauen ihm.) Ihr Gefährte ließ das graue Nagetier neben der Feuerstelle fallen. Dann flatterte er mit den Flügeln und stolzierte um sie herum, wobei er bei jedem Schritt miaute.

»Er sagt, ich muss Euch trauen«, sagte Myrilandel.

(Televarn ist im Dorf. Er befragt die Leute in der Schenke. Er weiß, dass du vorgestern dort warst.)

Myri gab die Information an Nimbulan weiter. »Wir müssen fort und uns verstecken.«

»Ich begreife, weshalb Televarn dich so gnadenlos jagt. Amaranth ist ein seltener Preis. Und wohin sollen wir deiner Meinung nach gehen?« Nimbulan kam mühsam auf die Beine. Er war leichenblass, als Schwindel und Schmerzen ihn überwältigten.

Myri sah, wie er gegen einen Zusammenbruch kämpfte. Intelligent nahm er die beiden Umhänge hoch, als er sich aufrichtete, damit er sich nicht noch einmal bücken musste.

»Irgendwohin, nur fort von hier. Was schlagt Ihr vor?«, fragte sie und nahm ihren Umhang entgegen. Dann legte sie ihm seinen, der von Schlamm bedeckt war, um die Schultern.

Die silberne Schnur wurde stärker. Sie mussten gemeinsam fliehen oder gemeinsam sterben. Diese s'murghin Verbindung würde nicht brechen, bis er geheilt und kräftig war.

Sie konnte im Moment nichts tun. Sie hatte weder die Kraft noch Zeit.

»Nicht zurück auf die Straße, wenn du dich vor den Rovern verstecken willst. Allerdings glaube ich nicht, dass er so dumm ist und an den Tatort seines Mordes zurückkehren wird.«

»Nein, dumm ist er gewiss nicht.« Er ist besessen. Wenn er den Verdacht hat, dass wir in der Nähe sind, wird er mich jagen. Ich bin ihm schon ein Mal entflohen. Das wird er kein zweites Mal zulassen. Und wenn er herausfindet, dass Ihr noch lebt, wird er nicht ruhen, bis er zu Ende gebracht hat, was er sich vorgenommen hat.«

»Televarn ist besessen. Das beschreibt seinen Zustand genau. Wir sollten das Laub verteilen und alle Spuren unseres Lagers beseitigen.«

»Das mache ich. Geht Ihr schon weiter. Amaranth, bleib bei ihm«, befahl sie dem Flugflipper.

(Selbstverständlich.)

»Welchen Weg?« Nimbulan zog eine Braue hoch, wodurch viele Sorgenfalten verschwanden – was ihn jung und stark aussehen ließ.

Myri erinnerte sich an sein jungenhaftes Lächeln im vergangenen Herbst. Sie würde es gern wieder sehen.

Dann lauschte sie auf den Wind. Ein leichter Druck im Rücken war die Antwort. »Bergauf. Nach Süden. Ich bin gleich hinter Euch.« Als ob sie mit dem magischen Band eine andere Wahl hätte!

*

»Wo ist Kalen?«, fragte Ackerly ihren Vater.

Stuuvart schaute auf. Er zählte gerade die Säcke mit Getreide im Vorratsraum. »Keine Ahnung. Sie müsste doch beim Unterricht sein.« Er betrachtete einen beschädigten Sackzipfel. Beweis für Mäuse?

»Sie sollte dort sein und mit mir Kommunikationszauber üben. Aber sie fehlt. Ich dachte, vielleicht sei sie aus irgendeinem Grund bei ihrer Familie.« Ackerly mochte den Mann nicht. Stuuvart verwaltete die Schule hervorragend. Er war großartig, wenn es darum ging, Geld zu sparen. Aber seit dem Tag seiner Ankunft ignorierte er die eigene Tochter, als existierte sie nicht – oder war nicht sein Kind.

»Fragt doch ihre Mutter, wo sie ist.« Stuuvart ging in eine Speisekammer, wo Krüge mit eingelegtem saurem Gemüse und Fässern mit Pökelfleisch waren.

»Ich habe Guillia schon gefragt. Sie hat Kalen seit dem Frühstück nicht mehr gesehen und macht sich große Sorgen um das Kind.«

Alle Schüler und auch die Erwachsenen landeten jeden Tag irgendwann bei Guillia in der Küche. Kalens Mutter war eine hervorragende Köchin. Sie war mit Leckerbissen großzügig und hatte für jeden ein mitfühlendes Ohr. Sie strahlte Wärme und Liebe aus. Wie konnte eine so warmherzige Frau diesen kalten und gefühllosen Kerl heiraten?

»Offenbar habt Ihr Kalen verloren, Ackerly. Ein sehr wertvolles Kind.« Stuuvart richtete sich auf. Er nannte Kalen niemals »Tochter«. »Außerdem habt Ihr die Vorräte nicht gut genug bewacht. Die Mäuse fressen uns alles auf. Ich muss für die Schädigung meines guten Rufs Wiedergutmachung verlangen. Nager in meinem Vorratslager!«

Waren die Vorräte wichtiger als die Tochter? Kalens jüngere Geschwister hatten alle blaue Augen und blonde Haare wie ihre Mutter. Nur Kalen hatte einen Hauch von Rot in den Locken. Stuuvarts Haar war dunkelbraun wie seine Augen. Kalens dagegen grau – wie die Powwells und Ackerlys.

Plötzlich kam Ackerly eine Erkenntnis. Ein Lächeln zuckte

um seine Mundwinkel. Wie konnte er seine Blutsverbindung zu diesen Kindern nutzen, falls diese tatsächlich existierte?

»Ihr seid blind, Stuuvart. Die Löcher in den Zipfeln der Säcke wurden mit einem Messer geschnitten, nicht von Mäusen angenagt. Nur ein Magier vermochte an den Wachen vorbeizuschlüpfen. Einer unserer eigenen Leute hat gestohlen. Habt Ihr und Eure Frau unsere Schüler so knapp ernährt, dass sie stehlen müssen?« Mit dieser Beschuldigung hatte er wieder die Kontrolle über den Mann. Würde Stuuvart unter dem Druck kuschen? Seine Ehre würde noch schlimmer beschmutzt, wenn öffentlich bekannt wurde, dass er Kalen nicht gezeugt hatte – ein sehr wertvolles Hexenkind.

Ackerly verbarg seine Abscheu gegen den Mann, der ihm plötzlich so bösartig und engstirnig vorkam wie Druulin. Ihm war die Bestandsaufnahme wichtiger, als die Lehrlinge gut zu ernähren. Ackerly hatte sich geschworen, nie wieder zu hungern.

»Verzeiht, Meister Ackerly«, sagte Rollett und klopfte höflich an den Türrahmen. Dann holte er sich sofort eine Hand voll Nüsse und Dörrobst aus einem Krug und steckte sie in den Mund, ehe er fortfuhr. »Ich kann Powwell nicht finden, Meister. Ich sollte heute mit ihm gemeinsam den Rufzauber üben. Haakkon dachte, er sei vielleicht bei Euch.«

Ackerly schaute vorwurfsvoll Stuuvart an, als der Lehrling wieder in den Krug griff. Der Verwalter wies den Vorwurf, zu kleine Portionen auszugeben, weit von sich. Das hatte Druulin auch stets getan.

Ackerly hatte keine Zeit für diesen Kampf des Willens.

»Wie du siehst, ist Powwell nicht bei mir. Kalen auch nicht. Nimm Gilby und zwei andere Lehrlinge und mach dich auf die Suche nach den beiden.« Ein begabtes Kind, das den Unterricht schwänzte, bedeutete einen Streich. Aber zwei hochbegabte Lehrlinge mit Proviant versprachen Ärger. Er sah, dass sie nicht nur Nüsse und Dörrobst und Getreide mitgenommen hatten, sondern auch einen Schinken – er sah eine leere Stelle in der Reihe von Schinken, die ordentlich von der Decke herabhingen.

»Wir sprechen uns später, Stuuvart, wenn geklärt ist, wo die Kinder und die Nahrungsmittel geblieben sind. Ackerly machte auf dem Absatz kehrt und verließ den Raum, ehe der Verwalter ihn nochmal erpressen konnte.

S'murghit! Wenn Stuuvart nicht als Verwalter und Buchhalter so wertvoll wäre, würde Ackerly ihn, seine Frau, samt allen Kindern noch heute entlassen. Ich leite diese Schule, nicht er. Der Profit gehört mir, und ich kann es mir nicht leisten, ihn mit jemandem zu teilen. Sobald er Kalen gefunden hatte und wusste, dass das Mädchen mit dem enormen Talent sicher war, konnte er den Rest der Familie hinauswerfen. Das Mädchen und sein Talent waren, was wirklich zählte. Konnte der Vater das nicht begreifen? Falls er tatsächlich der Vater war. Er hielt Guillia nicht für eine Frau, die je fremdgehen würde. Aber er wusste aus Erfahrung, dass man jede Frau mit den richtigen Versprechen verführen konnte.

Vielleicht sah sie deshalb so bekannt aus. Er hatte Baria etliche Male im Lauf der Jahre besucht und erinnerte sich an die Tochter eines Schankwirts, die im heiratsfähigen Alter gewesen war und einen reichen Kaufmann zum Mann nehmen sollte, den sie nicht mochte ...

Ackerly brauchte Guillia und ihre Familie nicht, um mit Kalen Gewinn zu machen. Eine Blutverbindung würde das Mädchen an seiner Seite halten. Moncriith würde wissen, wie man das anstellte.

Vielleicht versteckte Stuuvart beide Kinder, um Lösegeld zu fordern, ein hübsches Sümmchen in Gold für beide.

Wenn dem so war, sollte Stuuvart seinen Rücken schützen. Ackerly hatte eine ganze Schule von Magiern, um die Wahrheit aus ihm herauszuholen – und sehr schmerzlich. Er würde Moncriith verständigen, nach den Kindern Ausschau zu halten.

Den Kindern durfte kein Leid geschehen. Sie waren eine zu wichtige Investition.

*

»Wir brauchen Hilfe, Myrilandel.« Zum dritten Mal sank Nimbulan vor Erschöpfung auf die Knie. Er schaute zurück. Die krumme Eberesche neben den immerblauen Bäumen am Anfang ihres Weges war immer noch zu sehen.

»Ich weiß.« Sie hielt sich an einem Baumstumpf fest und hatte das Bündel auf den Boden gelegt.

»Vielleicht besser, wenn wir hinuntergingen?« Hoffnungsvoll blickte er auf den leichteren Pfad.

Myrilandel legte den Kopf schief, als lausche sie.

»Nein!«, erklärte sie und sammelte all ihre Kraft.

Diese seltsame Art, dem Wind zu lauschen, störte ihn ungemein. Sie erinnerte ihn an jemanden, wenn sie das tat. Was sagte Amaranth?

»Sie ... ich sage nein. Wir können das Risiko nicht eingehen.«

»Televarn?«

»Er ist immer noch im Dorf.« Sie biss sich auf die zitternde Unterlippe und blickte sehnsüchtig zu dem Pfad, der nach unten führte. »Ich hoffe, er verwundet niemanden dort.« Sie hielt die Tränen zurück und warf sich entschlossen das Bündel über die Schulter. Aber sie ließ den Ast nicht los, auf den sie sich stützte.

»Ich glaube kaum, dass er geblieben ist, nachdem er die Vorratshütte geplündert hat.«

Nimbulan wollte aufstehen, überlegte aber noch. Er wollte

Myrilandel nicht verlieren. Nicht mit dem Silberband zwischen ihren Herzen. Welche Magie hatte sie bei ihm benutzt? Er hatte so etwas noch nie gehört oder gesehen.

Eigentlich sollte er über das Band, das sie geknüpft hatte, empört sein. Doch seltsamerweise gefiel es ihm. Er wollte sie seit vorigem Herbst in der Nähe haben. Jetzt konnte sie ihm nicht mehr weglaufen. Er hatte Gelegenheit zu ... wozu?

»Was macht Televarn, wenn er die Vorratshütte so leer findet, wie sie ist?« Myrilandel schaute ihn an. Sie wollte sich ebenso wenig bewegen wie er. »Er wird glauben, dass die Dorfbewohner ihn ausgestrickst haben. Sein Stolz verbietet ihm zuzulassen, dass sie den trickreichsten Mann aller Zeiten überlisten. Er wird auf die nächste Gelegenheit warten. Er wird Fragen stellen, die ihn zu einer anderen Vorratshütte führen. Aber es gibt keine andere. Der beste Ort, das Dorf zu beobachten, ist die Schenke.« Sie stieß sich vom Baumstumpf ab und ging zwei Schritte bergauf.

»Du kennst ihn gut.«

»Zu gut. Trinkt noch einen Schluck. Ihr müsst das Blut ersetzen, das Ihr verloren habt. Danach müssen wir aber weiter.«

Viel später war Nimbulan so erschöpft, dass er nur noch automatisch einen Fuß vor den anderen setzte – er war nicht sicher, ob er den rechten oder den linken Fuß bewegte. Dann prallte er gegen Myrilandels Rücken. Die Silberschnur zog an seinem Herzen, als er sich nicht bewegte. Was für ein angenehmes warmes Gefühl, sie so dicht an seinem Körper zu haben.

»Hier können wir eine Rast einlegen.« Sie klapperte mit den Zähnen. »Er sieht unser Feuer nicht von der Stelle, wo er Euch hat liegen lassen. Amaranth hat versprochen uns noch mehr frisches Fleisch zu bringen. Ich glaube, er hat in der Nähe noch einen grauen Nager gesehen.«

Nimbulan war es egal, ob sein Feind ihn fand und nochmals tötete. Er hatte weder die Kraft noch den Willen zu protestieren. Alles, um diesen Marsch zu beenden.

(Nein. Du musst für dich selbst kämpfen.)

»Wer sagt das?«

Schweigen.

Nimbulan schaute Myrilandel an. Sie stand da und hatte den Kopf nach links gelegt. Amaranth deutete mit der Schnauze bergauf, nach Süden, die Ohren gespitzt, den Schwanz aufgestellt.

»Habt Ihr sie auch gehört?«, fragte sie. Seltsame Schatten verlängerten ihr Gesicht und ihre Finger. Wo hatte er dieses überirdische Bild früher schon gesehen?

»Ja.« Er ließ den Blick über die kleine Lichtung schweifen. Niemand.

»Ihr seht sie nicht. Die Stimmen haben mich mein ganzes Leben geführt. Ich habe gelernt, ihnen zu trauen, aber ich habe nie herausgefunden, wer oder was sie sind.« Sie legte das Bündel nieder und fing an Brennholz zu sammeln.

»Haben sie gesagt, dass das hier ein sicherer Rastplatz ist?« Er griff an seine Seite, wo er normalerweise einen Dolch hatte, doch Televarn hatte ihm diesen gestohlen.

»Sie treiben mich jetzt nicht mehr vorwärts.«

»Ich würde gern wissen, wer sie sind.« Er bückte sich und sammelte die wenigen dürren Zweige ein, die er greifen konnte. Myrilandel war jetzt ganz entspannt und schien sich sicher zu fühlen. Offensichtlich konnte man den Stimmen vertrauen. Noch nie hatte er diese seltsame junge Hexe nicht misstrauisch gesehen und fast in Panik vor geschlossenen engen Räumen oder vielen Menschen.

»Ich weiß es nicht. Aber sie haben mir einen Verrat angekündigt und mich zu Euch geschickt. Ich weiß nicht, ob es bedeutet hat, dass ich oder Ihr verraten würdet. Jetzt treiben

sie mich diesen Berg hinauf. Dort oben muss etwas sein ...«
Sie machte eine Pause und schaute in die Richtung, in die sie marschiert waren. Ihre Nase zuckte und ihre Augen strahlten. »Ich glaube, ich gehe nach Hause. Aber ich bin noch nie dort gewesen.«

Drei Tage vergingen. Drei Tage mühsamen Aufstiegs auf einem Pfad, den nur Myrilandel sehen konnte. Amaranth brachte ihnen graue Nagetiere und einen jungen Hasen. Am zweiten Tag hatte Myrilandel genug Kraft, um ein paar Wurzeln auszugraben. Beide tranken aus den vielen Bächen, welche sie überquerten.

Am Ende des dritten Tags war Nimbulan sicher, dass er nicht weitergehen konnte. Er vermochte kaum die Hand zu heben, um die Äste wegzubiegen, die ihm ins Gesicht schlugen. Beide stolperten gleichzeitig und fielen aufs Gesicht. Hatte das magische Band zwischen ihnen sie stolpern lassen?

Als Nimbulan so viel Kraft gesammelt hatte, um den Kopf zu heben, begrüßte ihn ein wunderschöner Anblick.

»Eine alte Hütte der Holzfäller«, sagte er. »Das Dach scheint in Ordnung zu sein.« Endlich eine Unterkunft.

»Da sind Hühner«, rief Myrilandel und stand auf.

»Wir sollten nachschauen, ob Menschen hier leben.« Nimbulan erforschte die Lichtung mit seinen normalen Sinnen. Der Ort roch verlassen. Aber er war nicht sicher.

»Hallo!«, rief Myri.

Ein Hahn stolzierte umher. Er reckte den Hals und krähte laut.

Myri lachte und wollte den Hahn mit dem bunten Gefieder fangen. Doch er lief schnell in den niedrigen Hühnerstall. Sie folgte ihm und kam mit zwei Eiern wieder heraus. Triumphierend erklärte sie: »Legehennen! Seit Monaten hat niemand mehr die Eier eingesammelt. Freundlicherweise haben die

Hennen gerade zwei für uns gelegt. Heute Abend essen wir ordentlich.«

Hinter Nimbulan knackte etwas. Mit letzter Kraft schaute er in die Richtung des Geräusches. Er sah nichts. Seit Televarn ihm das Messer hineingerammt hatte, verspürte er zum ersten Mal wieder etwas Magie in sich. Aber es mangelte ihm an Kraft, diese Magie hinauszuschicken, um dem ungewöhnlichen Geräusch auf den Grund zu gehen. Er hatte aber das eindeutige Gefühl, dass sich etwas geschlossen hatte, so als hätte jemand eine Tür mit einem Seufzer der Erleichterung geschlossen.

»Hast du etwas gehört, Myrilandel?«

Sie blieb auf dem Weg zur Hütte stehen. Dann drehte sie sich im Kreis und schnupperte. Ein Lächeln erhellte ihr Gesicht. Freude strahlte in ihren Augen. »Ich bin daheim. Daheim! Hier soll ich sein. Hier sind wir sicher.« Sie drehte sich nochmals im Kreis und streckte die Arme aus. Dann warf sie den Kopf zurück und lachte.

Nimbulan hatte nie eine schönere Frau gesehen.

Wieder rührte sich seine Magie und zog ihn ins Zentrum der Lichtung. Er war neugierig und benutzte die Magie, um alles deutlicher zu sehen.

Blau! Blaue Kraftlinien waren vor ihm. Nicht so ausgeprägt wie die im alten Kloster, welche unter dem Innenhof unter dem Siegel lagen, aber dennoch stark und pulsierend vor Energie. Er konzentrierte sich auf die Linien. Vier, fünf, sechs. Sechs! Abgesehen von der Quelle im Kloster hatte es das noch nie gegeben. Sechs Kraftlinien, die sich an einem Punkt überschnitten, genau dort, wo Myrilandel tanzte. Dort trafen sich die Linien und trennten sich wieder.

Ein Nexus. Er hatte alte Meistermagier erzählen hören, dass es diese legendären Punkte ungewöhnlicher Kraft gäbe. Für gewöhnlich verliefen die Kraftlinien wahllos in unregelmäßigen Abständen. Selten überschnitten sich zwei oder drei Linien. Niemand hatte mehr in den letzten Jahren gesehen.

Nimbulan erinnerte sich an ein Traktat über dieses Thema in der Bibliothek der Schule. Ein großer Nexus. Sechs dieser Phänomene waren in grauer Vorzeit aufgezeichnet worden. Einer auf jedem Kontinent von Kardia Hodos. Die Quelle war nirgends erwähnt. Die genauen Ortsangaben für diese sechs Nexus waren für die modernen Magier verloren, kurz nachdem die Sternengötter sie verlassen hatten. Er hatte das Traktat nur kurz überflogen und hatte den Wälzer beiseite gelegt, um ihn später genau zu studieren. Doch das später war nie gekommen.

Dankbar stellte er sich direkt über eine Kraftlinie. Energie erfüllte ihn mit genügend Kraft, um zu Myrilandel und dem Nexus zu gehen. Sein Herz schlug kräftiger und regelmäßiger und verteilte das Blut im ganzen Körper. Wärme drang bis in seine eiskalten Fingerspitzen und Zehen. Die Wunde kribbelte und wollte schnell heilen.

Er stand auf. Ihm war nur geringfügig schwindlig, aber er hatte großen Hunger. Er wollte essen und Myri.

Unwillkürlich lächelte er und war nicht zufrieden, bis er sie in seinen Armen hielt und an die Brust presste. Dann küsste er ihren Mund. Sie tanzten weiter im Kreise auf der Lichtung. Die Silberschnur verband ihre Herzen und wurde stärker.

(Wir haben dich nach Hause gebracht. Schon bald werden wir dich treffen und dich lehren, was du wissen musst.)

26

»Was machen wir denn mit euch?«, fragte Moncriith ganz allgemein. Er schaute die beiden Kinder von seinem Thron in der Großen Halle auf Schloss Krej an. Ein Bauer hatte sie ins Schloss gebracht, nachdem er sie dabei ertappt hatte, wie sie Ziegenmilch gestohlen und sich im Stall versteckt hatten.

Der Lord war woanders beschäftigt, daher hörte sich Moncriith die Klagen des Bauern an, wie er es bei den meisten Fällen tat, welche ihren Rechtsstreit Lord Kammeryl d'Astrismos vortrugen. Der Lord saß ungern still. Ihn langweilte es, Recht zu sprechen. Daher war er begeistert, als Moncriith ihm zeigte, dass er als gebildeter Magier sehr wohl seinen Platz einnehmen konnte.

»Ihr habt aus dem Stall eines ehrbaren Bauern gestohlen. Ihr habt seine Ziege gemolken und euch Eier in die Taschen gesteckt.« Er schaute den Jungen streng an. Dieser war älter als das Mädchen. Die meisten Menschen schlugen die Augen nieder und begannen zu stammeln, wenn der Magier sie durchdringend anblickte, doch nicht dieses Kind. Der Junge hielt seinem Blick stand und schwieg. Den Arm hatte er schützend um seine Schwester gelegt.

Moncriith nahm an, dass es Bruder und Schwester seien. Beide hatten braune Haare und graue Augen mit unglaublich langen Wimpern. Auch die Sommersprossen auf den Nasen zeigten das gleiche Muster. Er hatte solch graue Augen schon früher gesehen, aber wo?

Das Mädchen hielt die Augen gesenkt, blickte nur verstohlen kurz nach rechts und links. Ihre Unschuld berührte Moncriiths Herz.

Vage erinnerte er sich, dass er die Kleine auf seinen Reisen durchs Land getroffen hatte. Wahrscheinlich auch den Jungen. Deshalb waren ihm die Augen so vertraut. Warum hatten sie seine Predigten nicht beherzigt und hatten solche Angst vor Dämonen bekommen, dass sie nie wieder Magie wirkten?

»Dieser ehrliche Bauer berichtet mir auch, dass ihr seinen Ackergaul mit einem Hexenlicht in Angst und Schrecken versetzt habt. Ich habe aber jegliche Hexerei in Lord d'Astrismos' Land verboten.« Er musste streng bleiben und für alle Hexen ein Exempel statuieren. Ihre Magie würde Dämonen anziehen. Er duldete keine anderen Magier in seiner Provinz, ganz gleich wie entzückend diese Kinder aussahen.

»Wir haben das nicht gewusst, Sssieur. Wir hatten Hunger und haben gefroren. Wir haben das nur genommen, um zu überleben«, sagte das Mädchen leise.

Eine Träne bildete sich auf den schönen Wimpern der Kleinen. Am liebsten wäre Moncriith zu ihr gestürzt und hätte ihr die Träne mit einem sauberen Taschentuch abgewischt, damit sie ihn dankbar anschauen würde. Er hielt sie jetzt für noch jünger als zuvor.

»Sei ruhig, Kalen. Er hört nicht auf uns. Er ist wie alle anderen Hexenjäger. Wir sind ihm gleichgültig. Er kennt nur seine Gesetze.« Der Junge zog das Mädchen noch näher an sich.

»Der Magiermeister Ackerly hat überall verkünden lassen, dass zwei seiner Schüler weggelaufen sind.« Moncriith verdrängte die albernen weichen Gefühle. »Hexenkinder, die von der Hexenschule fortlaufen, haben genug Magie, um zu überleben. Vielleicht haben euch Myrilandels Dämonen noch nicht gefunden und ich kann eure Seelen noch retten.«

Er hatte von den Soldaten und dem Hofstaat des Lords bereits zweihundert feste Zusagen. Im Winter hatte er hart gearbeitet, um diese Zusagen zu bekommen. Bald würde das Wetter ihm erlauben, seinen Kreuzzug weiter auszudehnen. Wenn die Felder gepflügt und bestellt waren, konnten die Männer ihr Heim verlassen. Dann hatte er die Kontrolle über die Armee des Lords – und schon bald über ganz Coronnan.

Die Kinder wechselten schnell einen Blick. Wortlose Kommunikation.

»Sprecht mit Worten, nicht mit Magie!«, schrie Moncriith sie an.

Der Bauer verließ eiligst die Halle. Moncriith ignorierte ihn und versicherte ihm nicht, dass er keine Angst zu haben brauche, da er ein ganz gewöhnlicher Sterblicher sei. Nur wer dämonische Magie wirkte, hatte Moncriith und Lord d'Astrismos' Verurteilung zu fürchten.

»Sieur?« Der Junge schaute ihn an und benutzte den respektvollen Titel, der für hohe Priester reserviert war.

Moncriith hatte das beunruhigende Gefühl, dass der Junge seine Gedanken lesen und bis in sein tiefstes Inneres schauen konnte. Kein traditioneller Magier konnte die schützende Barriere durchdringen, welche er um sich errichtet hatte, als er feststellte, wie leicht Dämonen ihn verletzen konnten. Nicht einmal die Priester im Tempel konnten sich Zugang zu seinen Gedanken erzwingen.

»Sprich ganz offen, Kind. Ich tue euch nichts«, sagte Moncriith und verstärkte seinen Schutzpanzer.

»Sieur, wir möchten eigentlich nicht bei Euch bleiben. Wir haben eine Mission, die sehr dringlich ist.«

»Nachdem Nimbulan tot ist, sterben die Schlachtenmagier aus. Und ohne sie hören die Kriege auf. Ihr müsst euch wegen eurer Mission keine Sorgen mehr machen. Ich werde euch bald zu euren Eltern zurückbringen und alle können in Frieden leben.«

Die Kinder wechselten wieder einen Blick. Moncriith trommelte frustriert mit den Fingern auf der Armlehne des Throns. Warum bezweifelten alle diese Wahrheit?

»Aber Meister Nimbulan ist nicht tot, Sssieur. Wir müssen ihn finden. Das ist wirklich sehr wichtig«, sagte Kalen. Jetzt blickte auch sie ihn an. Er sah Entschlossenheit, nicht mehr die unschuldige Naivität wie zuvor. Das Kind musste bestraft werden, nachdem es seinen Zweck für ihn erfüllt hatte.

»Ja, Nimbulan zu finden ist in der Tat sehr wichtig, falls er noch lebt.« Moncriith beugte sich vor. Er zwang sich, ruhig zu bleiben. Wie war es möglich, dass dieser Mann noch lebte und ihm Schwierigkeiten machte? Ackerly hatte ihm doch gemeldet, dass Nimbulan tot sei. Und Ackerly würde ihn nie belügen, vor allem nicht, nachdem Moncriith ihm drei Goldstücke für diese Information gezahlt hatte. Seine Pläne, alle Magier mit den Dämonen auszutilgen, würden wie weggeblasen sein, sollte Nimbulan noch leben. Kein anderer Schlachtenmagier wurde von anderen Magiern und Armeen so geachtet. Solange Nimbulan lebte und die Schlachten bestimmte und weitere Magier ausbildete, das auch zu tun, würde Moncriith ein Ausgestoßener bleiben.

Die Herrschaft über Coronnan war Moncriith verwehrt, solang Nimbulan lebte und ihn bekämpfte.

»Ich helfe euch, Nimbulan zu finden, Kinder. Doch zuvor müsst ihr baden und etwas Warmes essen. Ihr braucht auch neue Kleidung und Stiefel.« Moncriith klatschte in die Hände, um Diener zu rufen, die sich um die Kinder kümmerten. »Wir brechen bei Tagesanbruch auf.«

*

Myri erforschte die Lichtung mit den Händen und ihrer Magie. Als sie gestern mit Nimbulan hier zusammengebrochen war, hatte sie geglaubt, ein Geräusch zu hören, als würde man eine Tür zuschlagen. Jetzt suchte sie nach dieser Tür.

Sie tastete den Umkreis der Lichtung genau ab. Eine unsichtbare Wand umschloss ihr neues Heim. Es störte sie keineswegs der Gedanke, dass sie hier für immer eingeschlossen sein sollte. Innerhalb der magischen Barriere hatte sie etliche Morgen Land. Platz genug für einen großen Garten. Außerdem hatte sie Zugang zu einem Bach und einem Teich mit heißen Quellen, wo sie baden und Wäsche waschen konnte. Dort war jetzt Nimbulan, um sich das Blut und den Schmutz abzuwaschen.

Ein langes Bad in warmem Wasser würde auch den Heilungsprozess beschleunigen. Gestern hatte sie die Wunde untersucht, aber sie konnte mit ihrer Magie nichts mehr für ihn tun. Nur Zeit und gutes Essen halfen ihm.

Sie hoffte, er würde sich auch den Bart abscheren. Dann konnte sie seinen Gesichtsausdruck besser erkennen. Zu gern wollte sie das jungenhafte Lächeln wiedersehen.

Es war seltsam, dass das silberne magische Band ihn immer noch mit ihr verknüpfte. Sie hatte geglaubt, diese Verbindung sei nur wegen der unfertigen Heilung entstanden, damit sie nicht weglaufen konnte. Doch jetzt brauchte er ihre Magie nicht mehr. Etwas anderes verband sie offensichtlich. Jetzt schickte sie ihm durch das Band ihren Wunsch, er möge sich den Bart abnehmen.

Ein warmes wohliges Gefühl erfüllte sie, als ihr bewusst wurde, dass sie die Silberschnur oder Nimbulan nicht mehr ablehnte. »Wir gehören zusammen. Wir gehören hierher. Das ist unser Heim«, flüsterte sie ganz überrascht.

Sie berührte die Lippen, wo er sie gestern geküsst hatte. Ihr war immer noch ein Rätsel, welche Gefühle er in ihr ausgelöst hatte. Er sah nicht so gut aus wie Televarn, war auch nicht so bezaubernd, aber die Ehrlichkeit, die sie bei der Umarmung gespürt hatte, hatte einen Teil ihres Herzens geöffnet, den sie für immer für verschlossen geglaubt hatte.

Als die alte Magretha vor drei Jahren gestorben war, hatte Myri um ihre Lehrerin und Freundin sehr getrauert. Wenn sie jetzt Nimbulan verlieren würde, wäre sie wieder so traurig und würde sich einsam fühlen. Vielleicht sogar noch schlimmer als damals.

Televarn hatte in ihr Lust geweckt, nicht jedoch Liebe. Welche Gefühle würden zwischen ihr und Nimbulan wachsen, wenn sie ihm erlaubte, in ihrem Leben zu bleiben?

»Fühlst du das auch?« Nimbulan stand plötzlich hinter ihr, als hätte sie ihn herbeigezaubert.

»Was soll ich fühlen?« Mit Freude betrachtete sie sein bartloses Gesicht. Würde sein Kuss sie ebenso verzaubern, wenn kein Bart sie kitzelte?

Er hatte seine langen Haare hinten zu einem Zopf geflochten, ohne Schläfenlocken, wie die meisten Magier sie hatten. Jetzt sah er wie ein Landedelmann aus, wie ein Mann, der vielleicht mit ihr auf dieser abgeschiedenen Lichtung leben würde.

»Die Barriere. Am Bach konnte ich durch sie hindurchgehen und auch wieder zurück, aber es erforderte große Willenskraft. Meine Magie ist erst wieder voll da, wenn mein Körper geheilt ist. Ich bezweifle, dass jemand die Barriere ohne unsere Erlaubnis durchqueren kann.«

»Eine Art Schutzpanzer?« Vor ihrem geistigen Auge tauchte eine kleine Öffnung in der Barriere auf. Sie drückte dagegen. Die Mauer leistete so viel Widerstand wie ein Federkissen unter einem Kopf. Sie streckte die Hand durch die Öffnung. »Oh!« Überrascht zog sie die Hand zurück und betrachtete die Handfläche. Sie erwartete, dass diese kribbelte oder brannte. Nichts. Ihre Hand war vollkommen unversehrt von der Magie.

»Meinst du, die Stimmen haben dich hierher geführt? Vielleicht haben sie diesen Ort für uns geschaffen, wo wir vor Hexenjägern und Rovern sicher sind.« Er nahm ihre Hand in seine und küsste sie auf die Herzlinie.

Als er sich niederbeugte, verzog er kurz das Gesicht. Offenbar schmerzte die Wunde noch.

»Hier sind wir sicher vor denen, die uns verraten wollen. Das weiß ich so sicher, wie dass die Sonne morgen im Osten aufgeht.« Sie atmete unregelmäßig, als er ihr Gesicht liebevoll in die Hände nahm.

»Du musst mich nicht zwingen, bei dir zu bleiben, Myrilandel. Ich möchte es. Diese Silberschnur ist unnötig.« Er küsste sie lang und innig.

Vor Sehnsucht nach ihm bekam sie weiche Knie.

»Ich dachte, du kontrollierst die Schnur«, sagte sie, als sie Luft holte. Er hielt sie aber immer noch eng umschlungen.

»Vielleicht kontrolliert sie keiner von uns, sondern sie ist ein Symbol für etwas tief in unserem Inneren, das wir nicht anerkennen wollten.« Wieder küsste er sie.

»Bleib bei mir, Nimbulan. Bitte, hilf mir, diese Lichtung zu unserem Heim zu machen.«

»Wenn wir bleiben wollen, müssen wir Vorräte anlegen. Unter dem Bett in der Hütte ist ein Sack mit Saatgut und Wurzeln«, sagte Nimbulan. »Magie hat alles in Stasis gehalten, sodass nichts verdorben ist. Wir sollten einen Garten bestellen. Kannst du umgraben? Ich säe aus. Ich glaube nicht, dass ich genug Kraft für schwere Arbeiten habe.« Langsam ging er zur Hütte. Sie bestand aus einem Raum, hatte aber ein breites Bett. In der vergangenen Nacht hatten sie dort geschlafen, aber mit Amaranth zwischen ihnen. Nimbulan hatte sie nicht angefasst. Amaranth hatte zu gut aufgepasst.

Heute würde der Flugflipper woanders schlafen, beschloss Myri.

»Ich weiß nicht, ob mir gefällt, dass du ein Schlachtenmagier bist, Nimbulan. Aber bei dir fühle ich mich geborgener als bei irgendjemand zuvor. Du bist ein ganz besonderer Mann.«

*

Myri sang ein fröhliches Lied, als sie den Garten anlegten. Dann brach sie ab, als die Frühlingssonne von einer Wolke verdeckt wurde. Doch diese zog bald weiter.

Myri schaute nach Nordosten und schnupperte die feuchte Brise. Sie hatte das schöne Gefühl zu spüren, wie alles im Wald ringsum wuchs. Sie sang wieder und grub schneller.

Nimbulan steckte zwei Reihen Yamwurzeln in die Erde. Er lachte und stimmte in ihr Lied ein. Sie hatten sich gestern Nacht geliebt – und auch in den drei Nächten davor. Wunderbare, hingebungsvolle Liebe, die mit jeder Vereinigung stärker wurde. Auch davon musste sie singen.

»Wenn du so dastehst und das Gesicht in den Wind hältst, erinnerst du mich an jemanden«, sagte Nimbulan. »Aber ich vermag mich beim besten Willen nicht zu erinnern, an wen.« Er schüttelte den Kopf und steckte weiter Wurzeln in die Erde.

»Könnte es jemand von meiner Familie gewesen sein?« Wenn er ihre Familie kannte, könnte sie diese treffen, mit ihr sprechen und die fehlenden Stücke in ihrem Gedächtnis ergänzen.

»Ich kann sie nicht gut gekannt haben, sonst würde ich mich erinnern. Mach dir keine Sorgen. Ist es wichtig, fallen mir Gesicht und Name ein.«

»Ich würde gern eines Tages meine Familie finden.«

Irgendwann, wenn ihre Liebe nicht mehr so neu und zerbrechlich war.

Sie hatte gestern Nacht wieder vom Fliegen geträumt. Der Wind unter ihren ausgestreckten Armen hatte sich ganz natürlich angefühlt und so harmonisch wie das Lied, das sie mit dem Mann an ihrer Seite sang. Sie stellte sich vor, wie sie beide mühelos mit einem warmen Luftstrom über die Bucht flogen und sämtliche Sorgen und Ängste von ihnen abfielen.

Sie straffte die Schultern und streckte die Ellbogen wie Flügel aus, um den nächsten Aufwind zu erwischen ...

»Es war nur ein Traum.« Sie seufzte. »Aber es fühlte sich wie eine Erinnerung an.«

Ein Hauch von Salz in der Luft verkündete ihr einen Wetterwechsel. Hohe Bäume versperrten den Blick auf die Große Bucht. Sie blinzelte drei Mal. Diesen Trick hatte Nimbulan sie gelehrt. Dann konnte sie mit der magischen Fernsicht durch den Wald nach Norden schauen und den Horizont erspähen.

Dunkle Wolken ballten sich zusammen, wo die Bucht ins offene Meer mündete. Heute Abend würde Regen ihren kleinen Garten wässern.

Ihr stellten sich die Haare auf Armen und im Nacken auf. Plötzlich war das Gefühl der Sicherheit und Abgeschiedenheit verflogen. Sie schnupperte in alle Richtungen. Wo war der »Unterschied«?

»Wir sind nicht allein«, flüsterte Nimbulan.

»Aber die Barriere ist ungebrochen«, antwortete sie.

»Kommt jemand?« Langsam erhob er sich, wobei er immer noch die Wunde mit den Händen schützte. Dann hob er die linke Hand, mit der Handfläche nach oben und die Finger leicht gekrümmt.

»Ich spüre Müdigkeit und Angst. Jemand stolpert und ...

ich fühle ihre Angst. Sie ist fast zu müde, um die Schmerzen zu fühlen. Jemand hilft ihr. Aber er ist ebenfalls erschöpft.« Die beiden Menschen waren in ihre Empathie vorgedrungen.

»Sie brauchen dich.« Nimbulan ging zur Barriere und legte die flache Hand darauf.

Die magische Mauer vibrierte mit einem Dutzend unterschiedlicher Farben. Die Bäume hinter der Barriere schienen sich nach links zu verschieben und Platz zu machen.

Myri schloss die Augen. Dann öffnete sie sie wieder. Die Bäume bewegten sich immer noch und bildeten jetzt einen Torbogen, dessen Umrisse ein buntes Band kennzeichnete. Auf der anderen Seite der Barriere standen zwei Kinder, ein Junge und ein Mädchen. Beide hatten die gleichen braunen Haare mit einem Hauch von Rot und Sommersprossen auf der Nase. Mit großen grauen Augen schauten sie Nimbulan an.

27

Moncriith zog an der Leine eines bellenden Hundes. Das dumme Tier konnte nicht mal die eigene Scheiße finden, ganz zu schweigen die Spur einer Hexe und zweier schmutziger Kinder. Er war aber in der Nähe Myrilandels. Er konnte die Magie der Dämonen riechen. Die Dorfbewohner hatten gesagt, dass sie in der Nähe sei.

Wohin konnten diese verdammten Kinder fliehen, wenn nicht zur Hexe? Sie war die Einzige in dieser Gegend, die diesen Gören Unterschlupf gewähren würde.

Vielleicht auch noch der König der Rover. Er suchte selbst nach Myrilandel. Moncriith musste die Hexe finden, ehe der Rover sie nach Hanassa oder an einen anderen schrecklichen Ort brachte.

»Sieur, wir sind jetzt an diesem gespaltenen Baum mit dem Findling in der Mitte schon drei Mal vorbeigekommen.« Der Sergeant, der Moncriith zugeteilt war, wischte sich mit dem Ärmel den Schweiß von der Stirn.

Die anderen Soldaten scharten sich dicht hinter ihrem Sergeant und wollten am liebsten unsichtbar sein.

»Ihr Dummköpfe! Selbstverständlich gehen wir im Kreis. Die Hexe hat ein Dutzend falscher Fährten gelegt. Wir müssen ausschwärmen und nach Spuren zwischen diesen Kreisen Ausschau halten.« Moncriith verbarg seine eigene Unsicherheit hinter diesem barschen Befehlston. Er spürte das unheimliche Gefühl, dass sich in diesem Wald Magie befand. Niemand traute sich näher an den Aufenthaltsort der Hexe heran, weil alle Angst vor ihr hatten.

Magretha hatte das gleiche Miasma von drohender Gefahr im Wald um ihr Haus geschaffen. In diesem Haus hatte sie junge Männer mit dem Versprechen auf große Magie und nie endenden Sex verführt.

Moncriith war damals als junger Mann so naiv gewesen, ihr zu glauben, um das Bett mit ihr zu teilen.

Magretha war jedoch so falsch wie ihre Ziehtochter gewesen.

Moncriith hatte aus Begierde Magretha geglaubt und ihr seine Liebe geschworen. Seine Eltern hatten diese Verbindung mit Wohlwollen gesehen und ihn ermutigt, obwohl Magretha dreißig war – eine wunderschöne Dreißigjährige – und fünfzehn Jahre älter als er und über fünfzehn Jahre mehr Erfahrung als er verfügte. Ein Magier in der Familie, besonders wenn er so begabt war, dass er Schlachtenmagier werden konnte, sorgte für ein ständiges Einkommen, ohne harte Arbeit. Das ganze Dorf hoffte, dass Moncriith so mächtig würde, dass er es vor plündernden Armeen schützen konnte, welche Coronnan seit über zwei Generationen heimsuchten.

Doch Magretha hatte Moncriith verraten. Sie hatte seinen Vater und zwei Dorfälteste verführt, wie sie jeden Mann verführte, der ihren Weg kreuzte. Moncriith hatte sie in den Armen seines Vaters erwischt. Beide waren nackt und liebten sich leidenschaftlich. Er hatte beschämt und entsetzt im Wald gestanden. Die beiden Dorfältesten waren zu ihm gekommen und warteten darauf, dass sie bei Magretha an die Reihe kämen. Ihre lüsternen Scherze hatten Moncriith wütend gemacht. Er hatte seine neu erlernte Magie ungezügelt eingesetzt und eine Feuerbombe ins Strohdach von Magrethas Haus geschickt. Drei Monate ohne Regen sorgten dafür, dass das trockene Stroh und das Holz sofort Feuer fingen und die im Haus keine Chance hatten zu fliehen.

Magretha und Moncriiths Vater waren eng umschlungen in den Flammen. Damals war Myrilandel erst sechs Jahre alt gewesen. Sie hatte Magretha herausgeschleppt, nicht aber Moncriiths Vater, der starb.

Der Gestank brennenden Fleisches hatte Moncriith Übelkeit bereitet. Er war nach Hause gelaufen und hatte über die Schwere seines Verbrechens getrauert. Dann war er ins nächste Kloster gerannt und hatte gelobt, den Rest seines Lebens mit Reue zu verbringen und den Sternengöttern zu dienen. Am Eingang zum Tempel hatte er geschworen, dass er nie wieder jene Magie benutzen würde, welche Magretha ihn gelehrt hatte.

Alle Priester der Sternengötter mussten erst Magier werden. Moncriith hatte die Blutmagie gewählt, anstatt seine Magie von den blauen Kraftlinien in der Kardia zu stärken. Meist benutzte er sein eigenes Blut und genoss die Schmerzen und die Kraft, welche sie ihm verliehen. Er wollte der mächtigste Schlachtenmagier aller Zeiten werden. Ständig nährte er seine Kraft durch das Blut und den Tod in den Schlachten.

Aber die Ältesten im Tempel hatten ihn am Abend vor seiner Weihe zum Priester fortgejagt. Sie wollten ihre heiligen Hallen nicht mit Blut besudelt haben.

Aber Dämonen wohnten bei ihnen. Nur Dämonen konnten es schaffen, dass die Ältesten des Tempels Moncriith und seine Vision alles Bösen in der traditionellen Magie verurteilten.

Seine Vision trieb ihn dazu, Coronnan von der Seuche der Dämonen zu befreien, die Menschenkörper als Hüllen für ihre Seelen benutzten. Myrilandel war die Anführerin der Dämonen nach Magrethas Tod. Nachdem diese von der Besessenheit durch das heilige Feuer befreit worden war.

Wie hatte ein so kleines Kind Magretha retten können?

Warum hatte sie diese hinterlistige Hexe und nicht Moncriiths Vater aus den Flammen geholt?

*

»Meister Nimbulan!« Powwell rannte vorwärts und umfing die Knie des Magiers. Er wollte ihn umarmen, aber die Frau war im Weg. »Endlich haben wir Euch gefunden. Kalen hat behauptet, Ihr würdet noch leben. Wir sind von Meister Ackerly und ihrem Vater fortgelaufen, um Euch zurückzubringen. Sie haben nach uns gesucht, aber wir haben uns versteckt. Dann hat uns Sieur Moncriith gefunden. Er hat uns etwas zu essen und warme Kleidung gegeben. Auch er will Euch finden, aber wir sind ihm ebenfalls weggelaufen. Er plant Böses gegen Euch.«

»Powwell! Langsam. Eins nach den anderen.« Nimbulan führte ihn zur Hütte im Zentrum der Lichtung. »Wie habt ihr mich gefunden? Ich bin seit Monaten unterwegs.«

»Das ist allein Kalens Verdienst. Sie wusste, wo wir suchen mussten und dass wir Euch im Osten finden würden. Ihr müsst mit uns zurück zur Schule kommen. Ihr müsst dort alles in Ordnung bringen.«

Als Powwell vor der Feuerstelle in der Hütte stand, merkte er, wie verfroren und nass er war. Das Schlafen im Freien und die knappe Verpflegung waren auch nicht spurlos an ihm vorbeigegangen. Ihm war auch klar geworden, wie gefährlich Moncriith und seine Predigten waren. Jetzt sehnte er sich nach einem richtigen Bett und etwas warmem Essen. Kalen war gewiss noch geschwächter als er.

Sie hatte dunkle Ringe unter den Augen. Sie lächelte nicht und war bestimmt nicht zu irgendwelchen Streichen aufgelegt, wie in der Schule.

Powwell ließ Nimbulan los, straffte die Schultern und legte

schützend einen Arm um Kalens zuckende Schultern. Er musste für sie sorgen. Kein anderer würde es tun.

»Komm, erzähl mir von euren Abenteuern, Powwell. Du auch, Kalen. Danach entscheiden wir, was wir mit euch anfangen. Eure Eltern und Ackerly müssen in Panik sein.«

»Wieso seid ihr nach Osten gewandert?«, fragte die Frau. Kalen verbarg ihre zitternden Hände im Rock und schaute die Frau an. Sie hatte das Kinn entschlossen vorgeschoben. Ihre Augen zeigten keine Spur Müdigkeit mehr. »Sie haben es mir gesagt.«

»Sie?« Nimbulan tauschte mit der Frau einen besorgten Blick.

»Die Stimmen in meinem Kopf. Sie haben mir gesagt, ich soll nach Osten gehen und Euch dort finden.«

(Deine Familie ist vollständig. Komm zu uns. Folge dem Pfad, den nur Myrilandel sehen kann.)

Eine große schwarze Katze stolzierte in die Hütte und schlug dabei mit den Flügeln, was alle sehen konnten.

Powwell stand mit offenem Mund da. Ein Flugflipper! Ein echter, lebender Flugflipper! Nimbulan hatte ein Geschöpf gefunden, das nur in den Mythen existierte.

(Ich bin Amaranth, Myrilandels Gefährte), erklärte der Flugflipper direkt in Powwells Gedanken.

»Ich ... ich bin Powwell. Das ist Kalen«, stammelte er.

(Wir müssen den Kleinen trauen. Wir werden alle gebraucht. Der Pfad öffnet sich für euch bei Tagesanbruch), erklärte Amaranth.

*

Nimbulan schaute Myri nach, wie sie den Pfad hinaufging. Bei den langen Schritten kam ihr schöner Körper besonders gut zur Geltung. Er liebte sie und hätte sie gleich küssen mögen. Die schmale Silberschnur zwischen ihnen wurde jeden Tag fester. Er war sicher, dass er sie zu sich rufen konnte, wenn er an der magischen Schnur zog.

Doch vor ihnen lag ein langer Marsch durch die Berge, um die mysteriösen Stimmen zu finden, welche sie führten. Und die Kinder beäugten neugierig jede seiner Bewegungen – wenn sie nicht gerade mit Amaranth spielten.

Nimbulan beschloss, die beiden noch mehr auszufragen und nicht Myrilandel, wieso sie den Pfad sah, der immer hinter ihnen, nie jedoch vor ihnen zu sehen war.

»Wie habt ihr euch kennen gelernt?« Die Ähnlichkeit der Haare, der Augen und der Sommersprossen auf den Stupsnasen waren zu viele Zufälligkeiten. Nein, sie mussten einen gemeinsamen Großvater oder Vater haben.

Nimbulan hatte Powwells Mutter kennen gelernt, als er den Jungen für die Schule rekrutierte. Eine scheue Frau, die von einem Mann verführt worden war, der in den Kriegswirren verloren ging. Vielleicht war sie schön gewesen, als man sie geliebt hatte, aber die Jahre harter Arbeit und ausgestoßen zu werden, weil sie einen Bastard zur Welt gebracht hatte, hatte ihr Gesicht frühzeitig mit Sorgenfalten gezeichnet. Wegen des Hungers war sie ein hagerer Schatten der schönen jungen Frau geworden. Sie hatte nie wieder einen anderen Geliebten genommen.

Powwells Mutter hatte man verurteilt, weil sie mit einem Mann geschlafen hatte, der nicht ihr Ehemann gewesen war. Rover-Frauen betrachteten ihre Kinder als Reichtum, ganz gleich, wer der Vater war oder ob sie verheiratet waren. Der alte heidnische Brauch, sich beim Fest wahllos zu paaren und die Kinder als Reichtum zu betrachten, war mit der Lehre der Sternengötter nicht verschwunden.

Die Schlachten des Kriegs hatten mehr Leben gekostet als die Opfer für Simurgh in den alten Zeiten vor den Sternengöttern. Diese Leben konnten nur durch zahllose Kinder ersetzt werden. Powwell und seine Mutter hätten verdient geehrt zu werden, anstatt von der Familie und dem Dorf verstoßen zu werden.

»Kalens Eltern haben sie zur Schule gebracht«, sagte Powwell. »Ihr Da war ein Kaufmann in Baria und hat alles verloren, als die Stadt geplündert wurde. Sie waren monatelang unterwegs gewesen. Fast verhungert und mit ihren letzten Münzen waren sie im Kloster erschienen. Kalen hatte Talent, ein ungewöhnlich großes. Deshalb haben sie sie zur Schule gebracht, weil sie dann einen Mund weniger stopfen mussten. Sie sind dann geblieben und halfen, die Schule zu führen.«

»Ein Kaufmann, ja?« Wo war die Verbindung? Oder hatte ein anderer Mann beide Frauen verführt? Die Familienähnlichkeit reichte aus, dass man glauben konnte, Kalens Vater könnte auch Powwell gezeugt haben. Er hatte Versprechen gemacht, sie aber nie gehalten, weil er bereits verheiratet war. Oder heiraten wollte. Wahrscheinlich hatte Kalens Mutter eine stattliche Mitgift, die ihn mehr reizte als das kleine Erbe von Powwells Mutter. Hatte Kalens Vater graue Augen und Sommersprossen?

»Stuuvart hat für besseres Essen gesorgt, und Ackerly hat die Dienste der Schüler für Heilungen und Fruchtbarkeit der Felder angeboten. Zuweilen hat er dafür eine große Summe genommen, oft aber auch nur ein Stück Tuch, Pergament und solche Dinge. Kalens Mutter ist eine fantastische Köchin.« Powwell schaute sehnsüchtig auf das Bündel, das Nimbulan trug. Zweifellos schrie sein Körper nach Essen. Die Lektionen, die Nimbulan beiden erteilt hatte, um ihre Talente zu erproben, hatten ihre Energiereserven sehr ausgelaugt.

Kalen hatte seit gestern kaum mehr als ein paar Worte gesprochen. Nimbulan fragte sich, was hinter ihrer gespielten Naivität steckte.

»Warum war es so wichtig für euch, mich zu suchen, wenn ihr doch geglaubt habt, ich sei tot?«, sagte Nimbulan und blickte die Kinder streng an.

»Kalen hat entdeckt, dass Eure Nische in der Krypta leer war.«

Nimbulan kniete nieder, um mit dem Mädchen auf Augenhöhe zu sein. Er wollte ihr in die Augen schauen, aber sie fand plötzlich einen immerblauen Baum so faszinierend, dass sie ihn und nicht den Meistermagier anblickte.

»Warum hast du die Krypta aufgesucht, Kalen? Gewiss gibt es bessere Plätze zum Spielen«, fragte Nimbulan freundlich.

Das Mädchen schaute auf seine Füße und biss sich auf die Unterlippe. Powwell hatte die gleiche schlechte Angewohnheit.

»Du kannst ihm trauen, Kalen«, sagte Powwell zu ihr.

»Ich wollte ein Versteck suchen«, flüsterte sie.

»Wovor wolltest du dich verstecken?«, fragte Nimbulan.

Sie warf Powwell einen besorgten Blick. »Ackerly wollte, dass ich mit meiner Magie schreckliche Dinge tue.«

Myri kam zu ihnen und zog das Mädchen an sich. »Wenn sie nicht darüber reden will, zwing sie nicht. Wenn sie sich bei uns ein wenig eingewöhnt hat, wird sie uns schon alles erzählen.« Sie schaute Nimbulan an.

Dieser erwiderte liebevoll ihren Blick. Er erkannte, dass sich bei ihr Muttergefühle regten, und wünschte sich eigene Kinder. Kinder mit ihrem silbrig blondem Haar und diesen wunderbaren ausdrucksstarken Augen. Jetzt war darin ein Hauch von Purpur, wenn sie vom Sex befriedigt war, leuchteten sie blau, feurig grün, wenn sie heilte. Er sehnte sich nach Kindern, um sie so zu unterrichten, dass sie das Erbe seiner ehrenwerten Magie weitertrugen, im Reich der Politik neutral. Das Fehlen eigener Kinder schmerzte ihn tief.

Dann schüttelte er diese Wunschvorstellung ab. Wegen

ihrer Magie waren ihnen leibliche Kinder verwehrt. Sie konnten aber die lieben, welche die Sternengötter ihnen schickten. Wie Powwell und Kalen.

»Kalen, es ist wichtig, dass er weiß, was Ackerly tut«, ermutigte Powwell das Mädchen. »Wenn du es ihm nicht sagst, tue ich es.«

Kalen warf dem Jungen einen ärgerlichen Blick zu. Powwell wich einen Schritt zurück und schlug die Augen nieder. Das Mädchen hatte ganz offenbar die Kontrolle über ihn. Interessante Beziehung.

»Ackerly hat mir beigebracht, mit einem Glas und einer Flamme jemanden zu rufen. Er wollte, dass ich Hexenfeuer mit so einem Ruf hinausschicke und ganze Armeen verbrenne. Er wollte, dass ich unschuldige Menschen mit Magie umbringe und er dafür Gold einsammelte. Er ist böse, und Moncriith hat Recht, wenn er behauptet, Dämonen könnten Magier beherrschen. Ich will nicht böse sein. Ich will den Menschen kein Leid zufügen!« Kalen barg ihr Gesicht in Myris Rock und begann laut zu schluchzen.

»Wenn Moncriith Recht hat, verstehe ich nicht, dass ihr vor ihm geflohen seid«, sagte Nimbulan. Er strich Kalen tröstend über den Rücken. Ihr Schluchzen wurde leiser.

»Zwing sie nicht, Nimbulan«, sagte Myri.

»Moncriith ist ebenso böse wie Ackerly. Er will sämtliche Magier verbrennen, nicht nur die bösen. Angeblich führt er damit eine Vision der Sternengötter aus – zumindest behauptet er das. Ackerly tut es für Gold. Moncriith wollte auch mich verbrennen, nachdem wir euch gefunden hatten. Deshalb sind wir vor ihm weggelaufen. Ich will keine Magierin sein. Ich wünschte, ich wäre nie geboren.«

»Sag so etwas nicht, Kalen. Du darfst es nicht einmal denken.« Myri kniete nieder. »Moncriith hat auch mich dazu gebracht, so zu denken. Ich bin mein ganzes Leben auf der

Flucht gewesen. Jetzt habe ich ein Heim und einen Mann gefunden, der mich liebt.« Errötend nahm sie Nimbulans Hand. »Moncriith irrt sich, Kalen. Magie ist nicht böse. Entscheidend ist, wie wir sie einsetzen, zum Wohl oder zum Schaden anderer Menschen. Solange du deine Magie für gute Zwecke benutzt, bist du ein guter Mensch.«

»Ich habe die Schule gegründet, um Magier zu lehren, für das Wohl des Volkes, für den Frieden zu arbeiten, Kalen, damit wir die Kriege beenden können und Magie zu einem Werkzeug des Heilens und des Lebens machen, nicht für die Zerstörung. Magie ist eine wunderbare Gabe. Wir müssen sie benutzen, um denen zu helfen, welche diese Gabe nicht haben, nicht jedoch für unsere eigene Macht und unseren Ruhm. Moncriith hat eine magische Gabe. Er glaubt, dass er sie für das Gute benutzt, aber das stimmt nicht«, erklärte Nimbulan Myri und den Kindern.

»Moncriith glaubt, alle Magier seien wertlos, abgesehen von ihm selbst.« Powwell spuckte auf den Boden. »Er will ein Priester-König von ganz Coronnan werden, wahrscheinlich sogar Gottkönig.«

Nimbulan sah, wie schnell der Junge die Stücke zusammenfügte.

»Alle Menschen haben einen Wert, Powwell. Die, welche Magie besitzen, aber auch die, welche sie nicht besitzen. Wir wurden alle von den Sternengöttern zu einem bestimmten Zweck geschaffen. Zuweilen ist dieser Zweck schwierig zu erkennen. Aber wir müssen danach streben.« Ich muss das Ritual der Rover zurück zur Schule bringen. Ich muss meine Arbeit fortsetzen. Doch allein schaffe ich das nicht. Geht Myri mit mir, oder bleibt sie in ihrem neuen Heim?

28

Myri ergriff Kalens Hand. Ihre kleinen Finger waren eiskalt. In Kalens Augen standen Fragen. Sie brauchte Zeit, um all das hier aufzunehmen, was Nimbulan über Magie und Selbstbewusstsein gesagt hatte. Myri hoffte, das kleine Mädchen würde ihr eines Tages glauben.

Säbelfarn, verrottende Äste und Felsbrocken versperrten Myris Vision des Pfades. Kalen schaute ständig nach vorn und zurück und zur Seite. Mit halb geschlossenen Augen und aus den Augenwinkeln heraus.

Myri lachte beinahe über ihre Anstrengungen. Sie hatte keine Ahnung, weshalb keiner ihrer Gefährten den Pfad sehen konnte.

Dann öffnete sich vor ihnen eine weite herrliche Almwiese. Rechts davon waren Berge mit Schnee bedeckten Gipfeln vor strahlend blauem Himmel. Wieder wurde in Myri der Wunsch zu fliegen übermächtig.

Amaranth miaute laut, als er an ihr vorbeiflog und im üppigen grünen Gras landete. Mit der Würde einer Katze setzte er sich auf einen Felsbrocken und begann mit der längst fälligen Wäsche. Das Sonnenlicht gab seinem schwarzen Fell und den Federn einen purpurfarbenen Hauch. Eine dunklere Schattierung als jene der Wildblumen dieser Gegend.

Er hielt mit der Wäsche inne, legte den Kopf schief, als lausche er. Die Ohren hatte er flach angelegt. Dann miaute er aufgeregt.

»Was ist, mein Freund?« Myri nahm ihn in die Arme und

kraulte ihn liebevoll hinter den Ohren. »Ah! Jemand wartet auf uns.«

»Hat Amaranth dir das gesagt?«, fragte Nimbulan und drehte sich ein Mal im Kreis, um die Lichtung mit den Augen und der Magie abzusuchen. »Ja, jemand wartet und beobachtet. Dort drüben bei den Findlingen und den umgefallenen Bäumen.« Er deutete hinüber zu einer Felswand, welche die Wiese an drei Seiten umgab. Ein Wasserfall stürzte über die Klippen in einen Teich hinunter, aus dem ein Bach floss, der sich durch die Wiese schlängelte.

Amaranth flog hoch und schlug aufgeregt mit den Flügeln. »Miau! Miau!«, rief er immer wieder. Dann flog er Kreise und zeigte eine wunderbare Luftakrobatik. Als er beim dritten Mal herabstürzte, packte er mit den Krallen Myris Locken und zog daran, als wolle er sie zum Fliegen einladen.

»Lass los, du alberner Flugflipper. Ich kann nicht fliegen«, prostestierte sie lachend und entfernte die Krallen aus ihren Locken.

(Kannst du doch!), erklärte Amaranth und flog wieder fort.

Träume vom Fliegen. Mehr als Träume, Erinnerungen füllten ihre gesamten Sinne. Sie hob die Arme, als seien diese Flügel. Der Wind fing sich in ihren Ärmeln. Sie schloss die Augen und genoss das Gefühl zu fliegen. Waren Amaranths Träume in ihre Gedanken vorgedrungen.

Plötzlich verzogen sich die weißen Schäfchenwolken. Ein Sonnenstrahl traf auf die Felsen. Und dann waren Regenbogen über der Wiese.

Die Kinder quietschten vor Freude und tanzten umher. Sie wollten die bunten Farben einfangen.

»In unseren ältesten Legenden, noch vor den Sternengöttern, wird erzählt, dass Regenbogen Symbole guten Willens und des Friedens sind«, erklärte Nimbulan staunend mit großen Augen. »Aber das ist nicht möglich. Licht kann sich durch die Luft nicht so brechen. Es braucht ein Prisma. Dieser Wasserfall ist nicht groß genug, um einen Regenbogen hervorzurufen. Auf dieser Wiese muss es überall Kristalle geben. Nur eine große Menge Kristall vermag dieses Phänomen zu bewirken.«

»Schaut!« Powwell deutete zum Himmel über dem Wasserfall.

Myri schaute empor, sah jedoch nur Wasser und Felsbrocken und ein paar ganz gewöhnliche Pflanzen.

»Drachen«, flüsterte Kalen. »Ein ganzer Nimbus von Kristalldrachen.«

»Ich sehe nur Regenbogen«, meinte Nimbulan.

»Wer hat dir gesagt, dass Drachen hier sind?«, fragte Myri das kleine Mädchen und blickte es verwundert an. Erinnerungen drangen auf sie ein und wollten beachtet werden. Erinnerungen an ... jetzt waren sie verflogen. »Und woher hast du gewusst, dass es Nimbus heißt und nicht Schwarm oder Herde?« Sie wusste, dass die Gruppe junger Drachen, welche sich paarten, Nimbus genannt wurde. Die Drachen hatten das Wort erfunden.

Woher wusste Kalen das?

»Sie haben es mir gesagt.« Kalen staunte tatsächlich.

»Wer hat dir das gesagt?« In Myri stieg so etwas wie Panik auf. Sie war nicht sicher, ob sie ihren Gefühlen freien Lauf lassen sollte, um die Erinnerungen zurückzurufen, oder ob sie diese nicht lieber unterdrücken und Trost im Nichtwissen finden sollte.

»Sie haben es mir gesagt.« Kalen deutete zum Wasserfall hinauf. »Die Drachen haben es mir gesagt – so wie Euch auch.«

»Wie lange sprechen die Drachen schon mit dir?« Myri wagte kaum zu atmen. Wenn sie der Sehnsucht nachgab, mit den Drachen zu fliegen, würde sie sich an alles erinnern und alles in Frage stellen, was sie über sich wusste, darunter auch ihre neu gefundene Liebe zu Nimbulan und den Kindern.

»Sie haben mit mir gesprochen, nachdem wir herausgefunden hatten, dass Nimbulan nicht in der Krypta war. Sie haben mich zu Euch und zu Eurem Haus geführt. Die Lichtung wird auch mein Heim. Wir werden alle hier leben wie ein Nimbus aus Menschen und glücklich sein.«

Myri schluckte die Panik hinunter und schaute zu der Stelle, auf die Kalen deutete. Sie ließ ihr magisches Talent frei fließen und verfolgte Amaranths Kunststücke am Himmel. Dann sah sie die Umrisse eines riesigen Drachens. Kristallschwingen, der Körper ein Wirbel aus allen sanften Farben des Regenbogens.

Dann sah sie einen zweiten Drachen mit silbernem Körper und grünen Umrissen. Es erschienen noch weitere Drachen. Jeder hatte eine unterschiedliche Farbe an den Flügelspitzen, den Adern und den Hörnern. Nur der riesige Drache im Zentrum hatte sämtliche Farben.

Myris Herz schlug doppelt so schnell wie sonst. Sie vermochte kaum zu atmen. »Jetzt sehe ich sie«, sagte sie. Sie war voll Freude und fühlte sich so leicht, dass sie glaubte, sie könne die Kardia verlassen und mit diesen wunderschönen Drachen durch die Lüfte fliegen.

(Willkommen daheim, mein Kind! Ihr müsst alle noch viel lernen. Kommt, esst von eurem Proviant und trinkt aus dem Bach. Wenn ihr euch ausgeruht habt, werden wir euch eine neue Art der Magie lehren.)

Wärme und Liebe hüllte Myri ein, als hätten die Drachen sie unter ihre weichen Flügel genommen, wie eines ihrer eigenen Drachenkinder.

*

»Die Hunde haben etwas gefunden«, rief der Sergeant und lief durch das Unterholz zu Moncriith. »Der Pfad führt gerade durch den Wald, allerdings kann man ihn kaum einen Pfad nennen. Aber die Witterung ist stark, die Hunde sind wie verrückt.«

»Dann los! Diese Hexe und die beiden Kinder müssen vors Gericht, ehe die Frühjahrskampagne beginnt.«

»Jawohl, Sieur. Kinder, Sieur?« Der Sergeant zupfte an seiner kastanienbraunen und grünen Tunika, als sei diese plötzlich zu eng. Er wurde blass und kniff die Lippen zusammen. »Wir haben noch nie zuvor Kinder gejagt, Sieur.«

»Ich will an den beiden ein Exempel statuieren. Sie haben meine gerechte Sache verlassen, um den Obersten Dämonen zu warnen. Sie haben das Volk Coronnans verlassen, um die Freuden der dämonischen Magie zu genießen. Lang werden sie diese Macht nicht genießen. Ihr Tod wird den Lords ein für alle Mal beweisen, dass sie nicht mit Dämonen in ihrer Mitte in den Krieg ziehen können. Und ohne dämonische Magier, die ihre Truppen schützen, werden sie sich lang und genau überlegen, ob sie eine Schlacht riskierten wollen.«

»Endlich wird Coronnan geeint sein.« Der Sergeant plapperte Moncriiths Parole nach. Dabei blickte er fest auf einen Punkt hinter der Schulter des Blutmagiers. »Freiheit von Kriegen, Freiheit von Sklaverei durch dämonische Magier. Moncriith ist der Prophet der Sternengötter. Nur er kennt die Wahrheit.« Automatisch salutierte er und widmete sich wieder der Aufgabe, die Kinder und Myrilandel zu finden.

Moncriith lächelte vor sich hin. Die Wachen, die Kammeryl d'Astrismos ihm zugeteilt hatte, hatte er fest unter Kontrolle. Nie wieder würden sie einen eigenständigen Gedanken hegen. Dafür musste er sorgen, auch wenn er von ihrem Blut zur Stärkung seines Zaubers nehmen musste. Zweifellos würde sich ganz Coronnan vor ihm verneigen, noch vor Ende der Kampagnen. Schon jetzt sahen seine Anhänger in ihm mehr einen Gott als einen Priester.

*

(Die Worte, die du sprichst, sind unwichtig. Es kommt darauf an, dass du sie gleichzeitig sprichst und dass sie das Wesentliche deiner Forderung enthalten. Sprecht gemeinsam, wenn ihr die Form der Magie festlegt, die ihr durch euren Zauber gesammelt habt.) Shayla, die Drachin mit allen und keinen Farben, sprach mit Nimbulan und Powwell. Die silbrigen Jungdrachen ruhten sich auf Felsbrocken und auf den Klippen aus. Sie waren zu alt für kindische Spiele, aber sie waren noch zu jung, als dass ihre Haut kristallklar wäre. Alle vier Drachen waren männlich.

Jeder von ihnen hatte eine andere Farbe. Shayla, die einzige Drachin, hatte alle und keine Farben. Jedes ihrer Haare war so durchsichtig wie Kristall. Das Horn auf ihrer Stirn fing das Licht ein, brach es und schickte es mit einem Dutzend Regenbogen hinaus. Direkt hinter ihr endeten diese prismatischen Halbbögen. Jeder gewöhnliche Betrachter war so gebannt von der Schönheit der Regenbogen, dass er die Drachin darin nie sah. Nimbulan konnte sie nicht lange anschauen. Aber er konnte auch nicht woanders hinschauen.

Er holte tief Luft, Powwell ebenso. Sie entließen gleichzeitig die Luft und rezitierten den schlichten Zauberspruch:

»Flamme, die du so hell brennst,
Geh hinaus, weiter als ich zu sehen vermag,
Bring mir das Bild des anderen Wesens,
Sprich das Wort der mächtigen Magie.«

Nimbulan konzentrierte sich auf die kleine Kerzenflamme auf der anderen Seite von Powwells Lehrlingsglas, auf das dieser sehr stolz war. Magie vibrierte um sie im Rhythmus ihres Herzschlags. Eine sichtbare Aura der Kraft verband beide. Durch das Glas sahen sie, wie die Flamme über die Wiese flog, bis sie im Teich am Bach eintauchte.

Durch das Glas sahen sie auch Myri und Kalen aus der Perspektive des Bodens des Teichs. Ihre Züge waren durch das Wasser leicht verzerrt. Kalen legte den Kopf zurück und war erschrocken. Myri blickte neugierig in die Tiefe.

Nimbulan formte mit den Lippen die Worte: »Ich liebe dich.« Sie lächelte und erwiderte den stummen Gruß.

Die Vision wurde verschwommen, dann wieder klar. Dann sah Nimbulan nur noch eine ausgebrannte Kerze hinter dem kleinen, aber kostbaren Glas, das er in der Hand hielt.

»Eigentlich hätten wir das nicht vollbringen können, Powwell. Myri hatte keine Magie eingesetzt, um die Flamme zu lenken. Und sie schaute ins Wasser, nicht in ein Glas. Der Zauber kann nicht durchgeführt werden, wenn nur ein Magier die alte Magie benutzt.«

»Lasst es uns noch mal versuchen. Ich arbeite mit Myri. Ihr verbündet Euch mit Kalen.« Der Junge rannte über die Wiese zu den Frauen.

Es folgte ein kurzes Gespräch, das Nimbulan nicht verstehen konnte. Aber Kalens erschöpfte Haltung sprach Bände. Die neue Magie kostete sie ungemein viel Energie. Er begriff nicht, weshalb. Für ein angeborenes Talent war Magie nur ein Zusatzstoff. Nahmen Kalen und Myri tatsächlich von den Drachen Magie auf? Er hatte das schon überprüft. Es gab keine blauen Kraftlinien auf oder nahe der Wiese, welche die neue Prozedur hätten stören können.

Sie hörten auf und gingen zum Abendessen. Er musste den Zauber noch ein Mal ausprobieren, um sicher zu sein, dass er sich die Worte richtig eingeprägt hatte. Vielleicht konnten Kalen und Myri leichter Drachenmagie aufnehmen, nachdem sie etwas gegessen hatten.

Die Drachin nickte zustimmend. Nimbulan hielt Kalens Hand, als er die Kerze mit einem Fingerschnippen anzündete. Die neue Magie entströmte seinen Fingern mühelos.

Ihm knurrte vor Hunger der Magen. Drachenmagie verlangte nach mehr Nahrung bei einem angeborenen Talent als die alten Formen. Noch ein Rufzauber, dann konnten sie beide essen.

»Kannst du die Worte auswendig, Kalen?«, fragte Nimbulan.

Sie nickte und atmete tief, wie man es sie gelehrt hatte. Sie sprachen die Worte gemeinsam.

Die Magie rührte sich nicht. Die Flamme blieb ruhig auf der Kerze.

»Tauschen wir wieder, Powwell. Kalen ist zu erschöpft. Schick mir Myri herüber«, rief Nimbulan über die Wiese.

Gleich darauf legte Myri ihre Hand liebevoll in seine. Wieder rezitierten sie die Worte. Wieder geschah nichts.

»Was ist los, Shayla? Was machen wir falsch?«

Die Drachin zuckte mit beinahe menschlicher Geste mit den massigen Schultern. Dann peitschte sie ungeduldig mit dem Schwanz im Gras.

»Ich bin das Problem. Ich kann es nicht tun.« Myri wandte Nimbulan und Shayla den Rücken zu.

Nimbulan legte den Arm um Myris Taille. Sie schmiegte den Kopf an seine Schulter. »Wir ruhen uns ein Weilchen aus und versuchen es später wieder.« Er rief auch Powwell und Kalen zu sich.

Kalen war sichtbar erschöpft und enttäuscht, als sie sich zwischen die Vorderpfoten der Drachin legte. Shayla flatterte mit den Flügeln und legte sie schützend auf die Kleine, als sei diese eine ihrer Brut. Kalen war fast sofort eingeschlafen. Nur Powwell wirkte so hellwach wie immer. Er holte aus dem Bündel mit dem Proviant eine Hand voll getrocknetes Fleisch. Er verzog leicht das Gesicht, als er wieder nur Trockenessen hatte.

(Frisches Fleisch stärkt deinen Körper besser als dieses Zeug. Die Kleinen werden dir etwas bringen.) Shayla senkte den Kopf und flüsterte telepathisch, um Kalen nicht zu wecken.

»Ihr seid alle so wunderschön«, sagte Myri und blickte zu den kleineren Drachen auf. »Warum habe ich nicht schon früher gewusst, dass ihr die Stimmen wart, die mich durchs Leben geführt haben?«

»Wie lange riefen sie dich schon hierher zu ihnen?«, fragte Nimbulan und breitete eine Decke aufs Gras, außerhalb der Reichweite von Shaylas Schwanz.

»Fast ein Jahr. Ich habe immer Pausen eingelegt, weil ich Menschen helfen musste, die der Heilung bedurften.«

»Wie damals auf dem Schlachtfeld? Ich bin froh, dass ich Gelegenheit hatte, dich bei der Arbeit zu beobachten, ehe uns das Schicksal wieder zusammengeführt hat.«

»Das Schicksal oder die Drachenmagie?« Myri lachte und liebkoste seine Wange mit der Hand.

»Vielleicht beides. Ich erinnere mich an eine Stimme im Wind, die mich aufforderte, nach Osten zu gehen, weil ich im Osten finden würde, was ich suchte. Diese Drachenmagie ist besser als das Ritual der Rover.«

(Wir haben gewartet, bis ihr beide älter und reifer wart und die Vision der vereinten Magier und vereinten normalen Sterblichen begreifen konntet. Ihr musstet die Dringlichkeit erkennen, ehe ihr das Werkzeug benutzen konntet.) Shayla nickte beifällig, als sie sah, dass Nimbulan und Myri sich an der Hand hielten.

Nimbulan küsste Myri auf die Stirn und drückte sie auf die Decke.

Er lächelte in Gedanken. Myris silberblondes Haar und ihre hellen Augen erinnerten ihn an Quinnault. Auch die im Kerzenschein seltsam verlängerten Schatten auf Quinnaults Gesicht hatten ihn seltsamerweise an die Schnauze eines Drachen erinnert.

»Ihr seid hinterlistige Geschöpfe. Ihr habt uns alle für diesen Moment vorbereitet. Wie viel der Friedensbotschaft Quinnaults stammt von euch?« Er lachte. Über wie viel Vorausschau verfügten Drachen? Wie viel von der Vergangenheit und der Zukunft sahen sie?

Shayla nickte. In Gedanken hörte er ein leises Lachen.

»Was ist, wenn ich keine Magie sammeln kann?«, fragte Myri und unterbrach seine Spekulationen.

»Du wirst. Man muss nur ein wenig suchen, um sie zu finden. Die Luft ist voll von Magie. Atme tief ein, dann konzentriere dich und hole die Luft tief in dein Inneres, noch hinter das Herz.«

»Ich habe es immer wieder probiert. Aber ich kann nicht mal das Tambootie in der Luft riechen, wie du und Powwell. Kalen auch nicht. Was ist, wenn die neue Magie nur Männern gehört?«

(Sie könnte Recht haben.) Shayla durchbohrte sie mit ihren großen Kristallaugen. Als Nimbulan direkt in ihre Lichtbrechung schaute, wurde er aus seinem Körper gezogen, tief hinein in die blitzenden Farben, sehr ähnlich wie die bunten Lebensstränge, die er in der Leere gesehen hatte.

»Wir versuchen es erneut«, erklärte Nimbulan fest. »Myri muss ein Teil sein, wenn wir Magie sammeln und vereinen. Ihr Drachen habt sie von allen Menschen als das Verbindungsglied zu uns ausgewählt, und ich brauche sie. Sie muss ein Teil von allem sein, was ich tue. In diesem Leben und im nächsten.« Wieder küsste er sie lang und innig.

Die Welt versank. Nur er und Myri existierten noch. Ihre Körper, Gedanken und Seelen waren ineinander verschlungen wie eine Spirale aus strahlendem Licht, welches die Leere erhellte.

»Könnt Ihr nichts anderes tun, als zu küssen?«, fragte Powwell. Er hatte die Hände in die Hüften gestemmt und blickte sie mit einer Mischung aus Abscheu und Faszination an. »Das Abendessen ist eingetroffen. Die Drachen haben ein Reh gebracht. Sie haben es sogar ausgenommen. Wir müssen es aber häuten, dann kochen sie es für uns. Wie gern würde ich auf einem Drachen reiten, wenn er auf der Jagd ist. Ihr Feuer muss hundert Meilen weit reichen.«

(Weniger als eine Meile, Kind. Kaum zwei Drachenlängen.) Shayla lachte leise.

»Habt ihr etwas, womit man Wurzeln ausgraben kann? Die jungen Drachen rösten sie für uns. Ich habe Hunger. Kannst du wirklich so weit Flammen schicken, Shayla? Ich wette, du kannst mit einem Feuerstoß eine Schlacht beenden«, sagte Powwell.

Die Drachin schwieg und wurde fast unsichtbar.

(Drachenfeuer darf niemals als Waffe eingesetzt werden. Wir haben geschworen, euch zu lehren, wie ihr eure Magie und eure Schlachten kontrolliert, statt euch gegenseitig aus Wut und Ärger auszurotten.)

Shayla war wieder deutlicher zu sehen. Ihr Regenbogenhorn und die Flügel leuchteten stärker als zuvor. Sie senkte den Kopf, als lausche sie dem jungen Mann aufmerksam. (Nachdem du Drachenmagie sammeln kannst, brauchst du auch Drachennahrung. Genießt das Fleisch, das wir für euch herbeischaffen.)

Myri lachte und löste sich von Nimbulan. Dieser lachte

auch. Offensichtlich war Powwell jetzt in der Pubertät, wenn ihm Essen so wichtig war. Nimbulan feierte im Winter seinen fünfzigsten Geburtstag. Eigentlich sollte er nicht mehr so großen Hunger haben.

»Am Bachufer wachsen frische grüne Pflanzen, Powwell. Die kannst du pflücken und roh essen. Für Wurzeln ist es die falsche Jahreszeit«, erklärte Myri und glättete ihre Röcke.

»Rohes Gemüse! Pfui!« Powwell streckte die Zunge heraus und rümpfte die Nase. Ein junger Drache machte es ihm nach.

»Bis jetzt hast du das Grünzeug meiner Ma aber immer gern gegessen, Powwell«, sagte Kalen und reckte und streckte sich im Nest aus Drachenbeinen. »In der Schule hast du dir sogar oft Nachschlag geholt.«

»Deine Ma hat sie auch in einer Brühe gekocht und mit Essig und Gewürzen angemacht. Myri will, dass wir es roh essen! Ein Mann braucht warmes Essen.«

»Ein Mann muss essen, was er bekommt. Wir essen die Pflanzen roh.« Nimbulan bemühte sich, Powwell streng anzublicken. Erinnerungen an seine eigene Kindheit mit gutem Essen und »Weiberessen« stiegen in ihm hoch. Am liebsten hätte er schallend gelacht.

Seine gute Laune hielt während des improvisierten Mahls an. Er und Powwell aßen wie die Scheunendrescher. Myri und Kalen hielten sich zurück. »Myri, warum schaust du mit Kalen nicht eine Zeitlang zu?«, schlug Nimbulan vor. »Vielleicht lernt ihr etwas, das eure Aufgaben leichter macht.«

»Ich fühle, als sollte ich mich erinnern, wie man es macht.« Myri blickte ihn mit einem gehetzten Blick an. »Ich will mich daran erinnern, genauso, wie ich mich erinnern will, wie man fliegt. Wenn ich nichts von meiner Vergangenheit wissen will, tauchen regelmäßig Personen und Ereignisse vor meinem geistigen Auge auf. Muss ich mich aber an etwas erinnnern, kann ich keinen Teil von mir in der Vergangenheit finden.«

»Du kannst es nicht erzwingen, Myri. Das Gedächtnis ist wie Quecksilber. Es sieht fest aus, bis du es berührst. Dann bricht es auseinander und teilt sich in Hunderte glänzender nicht verbundener Kügelchen«, tröstete er sie.

(Du musst dich erinnern, mein Kind), sagte Shayla. (Ohne dich ist unser aller Mühe umsonst.)

Plötzlich hob die Drachin alarmiert das Haupt. Dampf kam aus den Nüstern. Ihre Augen, die soeben noch nahezu farblos gewesen waren, leuchteten jetzt in allen Grundfarben, die sich aber nur jeweils zwei Herzschläge hielten. Mit ohrenbetäubendem Lärm schwang sie sich in die Lüfte.

29

Endlich ging der Hund mit der Nase auf die Kardia und bellte aufgeregt. Moncriith atmete erleichtert auf. Myrilandel und die Kinder hatten ihn täuschen wollen, indem sie ein Stück im Bach gegangen waren, aber die Hunde hatten die Stelle aufgespürt, wo sie wieder ans Ufer gegangen waren. Der Hund zog ihn durch ein Brombeerdickicht. Die Dornen zerrten an seinem neuen roten Gewand – leuchtend Rot, wie das der Priester, nicht wie altes Blut.

»Simurgh soll dich in die tiefste Hölle holen!«, schrie er den Hund an, als er wieder an Dornen hängen blieb und sein Gewand einriss.

Er stolperte und hielt sich verzweifelt an der Hundeleine fest. Der nächste Busch hatte klebrige Zweige, die sich um Moncriiths Arme schlingen wollten.

Der Hund bellte wieder und rannte weiter.

Sie waren nah. Moncriith spürte Myrilandels Anwesenheit dicht vor ihm. Die Hexe war nicht allein. Die üble Magie, welche er roch, nahm gewaltige Dimensionen an. Offensichtlich versteckte sie dort eine Brutstätte der Dämonen! Nun war es nicht mehr weit. Nach den vielen Jahren, in denen er Dämonen aufgespürt hatte, würde er jetzt Coronnan von allen auf einen Schlag befreien.

Ein kleiner Zweifel meldete sich in seinem Kopf. Wie würde er mit mehreren großen Dämonen gleichzeitig fertig werden? Kannte er tatsächlich die Stärke eines Dämons? Er verdrängte diese Bedenken dorthin, wo er die Erinnerungen an Magretha und seinen Vater begraben hatte. Die Sternengötter hatten ihn auserwählt, Coronnan von den Dämonen zu befreien. Die Sternengötter würden ihn jetzt nicht im Stich lassen. Nicht so kurz vor dem Ziel.

Der Hund blieb so abrupt stehen, dass Moncriith beinahe über ihn gefallen wäre. Das Tier fing an, hektisch ein Loch in den Boden zu graben. Die Erde flog heraus und traf Moncriith.

»S'murghin, du blödes Vieh! Erst findest du keine Spur und jetzt rennst du auf einer Fährte, auf der kein Streifenhörnchen in ein Maulwurfsloch folgen kann!«

In der Nähe hörte er die anderen vier Hunde laut bellen. Auch sie hatten eine Fährte aufgenommen und rannten zu dem kleinen Loch vor ihm.

Moncriith ließ die Leine los. Fünf Hunde gruben in einem Brombeerdickicht ein Loch, das ihn nirgendwohin brachte.

»Was ist mit den Hunden los?«, fragte er den nächststehenden Soldaten.

Der junge Mann errötete und stammelte. Er konnte Moncriith nicht in die Augen schauen.

»Dann sage ich dir, was mit ihnen los ist!«, brüllte Moncriith. Hitze war ihm ins Gesicht gestiegen und ließ seine Hände zittern. »Eure Hunde ...«

Im Wald war es ganz still. Kein Vogel sang. Auch das leise Rascheln im Unterholz hatte aufgehört. Moncriith stellten sich die feinen Nackenhaare auf.

»Was?« Moncriith suchte im Wald nach Gefahr. Selbst die Hunde gruben und bellten nicht mehr. Sie standen mit aufgestellten Rückenhaaren da und hatten stumm die Zähne gefletscht.

Ein riesiger Schatten verdunkelte die Sonne.

Plötzlich kniff der Führungshund den Schwanz ein und rannte jaulend zurück. Die anderen Hunde liefen in verschiedene Richtungen, als sei Simurgh persönlich hinter ihnen her.

»Ein ... ein Drache, Sieur!« Ein Soldat deutete nach oben. Er war aschfahl und stand mit offenem Mund da. Es dauerte einen Moment, ehe er wieder sprechen konnte. »Er jagt, Sieur. Er jagt uns.«

»Unsinn!« Moncriith bemühte sich Ruhe auszustrahlen. Aber er hatte Gänsehaut und sein Mund war trocken. Als er nach oben blickte, hätte er sich beinahe in die Hosen gemacht.

Er sah deutlich die Umrisse eines Drachen über den Bäumen.

»Sternengötter, steht mir bei!« Er bekreuzigte sich mehrmals. Der Schatten wich nicht.

Ein Gefühl des Friedens überkam ihn. Die Angst war verflogen. Auch die Frustration der vergeblichen Suche während der letzten Tage war verschwunden. Er lächelte triumphierend. Er hatte alle Dämonen und Myrilandel und Nimbulan bereits getötet. Jetzt musste er zurück zum Schloss Krej und die gute Botschaft überbringen. Sofort.

*

Nimbulan suchte den Himmel nach einem Zeichen von Shayla ab. Kurz nach ihrem Abschied war die Drachin mit wildem Geschrei, das seltsam triumphierend klang, auf die Wiese zurückgefahren. In den Vorderpfoten hielt sie den Kadaver eines Spürhundes.

Nimbulan beäugte das blutige Tier misstrauisch.

(Dieses Geschöpf hat mit seiner empfindlichen Nase eure Spur verfolgt und Männer zu dieser Wiese geführt. Wir können uns keine Störung leisten, bis ihr gelernt habt, was wir euch beibringen müssen.)

»Wie nahe?«, fragte er. Televarn? Nur ein Rover so hartnäckig – besessen hatte Myri ihn genannt – wie Televarn hatte die Kühnheit, ihnen in die Wildnis zu folgen.

(Der, welcher sich als Priester ausgibt, kann dich nicht finden. Die vier Hunde sind in alle Winde gelaufen, als sie mich erblickten. Nur der Mann in Rot gibt nicht auf. Ich habe ihm einen Traum geschickt, der ihn sofort dorthin zurückgehen lässt, woher er gekommen ist.)

»Moncriith.« Myri wurde blass. »Er erinnert sich. Er hat keinen anderen Grund zu leben, als mich auf dem Scheiterhaufen zu sehen.« Sie blickte die Drachin an.

(Wenn er sich an etwas außerhalb des Drachentraums erinnert, kannst du das auch. Du musst dich daran erinnern, wie man Drachenmagie sammelt.)

»Warum ich? Ich kann es nicht, aber Nimbulan und Powwell können es. Warum ich?«

(Du bist diejenige, der wir trauen. Wir haben viele Jahre über dich gewacht und darauf gewartet, dass du einen Bund schließt zwischen einem Drachenkind und den Menschen.)

»Wenn du willst, dass sie sich erinnert, muss sie es zuvor gemacht haben«, meinte Nimbulan nachdenklich. »Dann muss es eine Erinnerung sein, aber Erinnerungen kommen und gehen, wie bei einem Zauber. Ein sehr starker Zauber, der jedes Mal erneuert wird, wenn sie sich von ihm freimachen will. Hast du diesen Zauber über sie verhängt?« Nimbulan schaute Shayla direkt an. Mit Mühe behielt er die Fassung.

(Drachen verfügen über begrenzte Magie. Wir haben uns stets gegen andere unserer Größe durch unsere Flucht und durch unser Feuer verteidigt. Das reicht aber gegen menschliche Magier nicht immer.)

Alte Trauer stieg in Nimbulan hoch. In Shaylas Augen sah er, wie Männer auf einem Weizenfeld beim Fluss Coronnan eine Schlacht kämpften. Anfangs glaubte er, die Schlacht vom vorigen Herbst zu sehen, in welcher er Keegan hatte töten müssen. Dann sah er, dass die Uniformen über zwanzig

Jahre alt waren – aus der Zeit, als ein außer Kontrolle geratener Zauber das Feld und alle darauf verbrannt hatte. Druulin, Boojlin und Caasser waren an jenem Tag in diesem Höllenfeuer umgekommen.

Nimbulan und Ackerly waren dem Tod nur entronnen, weil Nimbulan endlich Druulins Bannzauber über Ackerly am Abend vor der Schlacht gebrochen hatte. Der verschlagene alte Mann hatte gewusst, dass Nimbulan den Zauber brechen konnte, der ihn dort hielt. Aber der Zauber über einen anderen – vor allem, der den Tod beim Brechen bedeuten konnte – würde ihn lange Zeit aufhalten. Druulin wusste ferner, dass Nimbulan nie ohne Ackerly fortgehen würde. Zehn Jahre hatte Nimbulan gebraucht, um den Zauber zu erlernen. Dann waren sie am Abend vor der Schlacht davongelaufen und in die Dienste Lord Kammeryl d'Astrismos' getreten.

Seine Perspektive wechselte zu einem Blick aus der Luft. Die Kardia trug seine Füße nicht mehr. Er blickte umher und sah, wie er neben Shayla flog – die Arme wie Flügel ausgestreckt. Der Wind pfiff ihm ins Gesicht. Sein Magen verkrampfte sich beim ungewohnten Gefühl zu fliegen.

Er spürte im Bein ein Kribbeln. Er teilte Shaylas Schmerzen, als bei einer Magie etwas falsch gelaufen war und sie beide durchbohrt worden waren. Dann ein schneidender Schmerz. Bei Shayla hatten vorzeitig die Wehen eingesetzt.

Beide waren auf die verantwortungslosen Magier dort unten wütend. Sie öffneten weit die Schnauzen und schickten einen gewaltigen Feuerstoß übers Feld. Nimbulan schaute zu, wie die Flamme die Menschen erfasste, sich blitzschnell im dürren Stroh ausbreitete und auch die wenigen Bäume verzehrte. Er hörte Druulin und seine Assistenten vor Schmerzen schreien, als das Feuer sie einholte.

Die Rache bereitete ihm keine Genugtuung. Die Geister der toten Drachenkinder peinigten beide.

Plötzlich war Nimbulan frei von dem hypnotischen Kontakt. Er wusste, wer er war und weshalb er auf dieser Bergwiese stand und eine neue Form der Magie erlernte.

(Wir können dir Träume darüber schicken, was geschehen ist oder was du dir wünschst. Selten können wir dir zeigen, was tatsächlich geschehen wird. Das ist nicht in unserer Macht. Aber wir sind die Quelle der Magie für alle, die unseren Bund akzeptieren), erklärte ihm Shayla.

Nimbulan wusste, wie tieftraurig Shayla war, und wollte unbedingt bei denen sein, die den Bund zwischen Drachenkind und Menschen schlossen, um Shaylas Magie für Frieden und die Kontrolle über diejenigen zu verwenden, welche Magie willkürlich ausübten und harmlose Mitmenschen verletzten oder sogar töteten. Caasser hatte den Zauber gewirkt, der Shayla verwundet hatte – ein Zauber, der von Nimbulan stammte und den er anderen Magiern beigebracht hatte.

Nimbulan betrachtete Shayla und ihre Kinder mit neuer Sympathie. »Ich übernehme die Verantwortung für diejenigen, welche dich verwundet haben. Ich war nicht in der Schlacht, aber ich hätte es sein können. Ich hätte den Zauber schicken können, der deine Kinder das Leben gekostet hat.«

(Wirst du daran arbeiten, die Unverantwortlichkeit für den Gebrauch der Magie zu beenden?)

»Das schwöre ich bei den Sternengöttern und allem, was mir heilig ist.«

Die Drachen reagierten nicht sogleich. Nimbulan suchte in Shaylas Augen nach einem Zeichen, dass er von ihnen akzeptiert worden war.

Er versank im glitzernden Strudel von Shaylas Augen. Ihm wurde schwindlig. Als er erwachte, saß er auf einem thronähnlichen Sessel, der mit blauem und silbernem Stoff bezogen war – die Signaturfarben seiner Magie. Um ihn saßen andere Magier in ähnlichen Sesseln, jeder mit unterschiedlichen Farben bezogen. Er kannte keinen der Männer, alle waren viel jünger als er. Außer ... war das Lyman rechts von ihm? Das Gesicht lag im Schatten der Fackeln, welche in Haltern an den Wänden steckten. Im Zentrum des runden Raums stand ein Tisch, wie er noch nie zuvor einen gesehen hatte. Ein einziges solides schwarzes Glas. Auf ganz Kardia Hodos konnte so ein Tisch nicht gefertigt werden und keine Schmiede hatte ein so heißes Feuer, um die Einschlüsse aus schwarzem Sand herauszuschmelzen, damit ein so reines Glas entstand. Es gab nur eine Quelle für den sauberen Sand, aus dem die kleinen Gläser gemacht wurden, welche die Magier verwendeten.

Kein Mensch konnte sich einen Tisch aus schwarzem Glas leisten.

(Kein Mensch kann sich diesen Tisch leisten, wohl aber eine Kommune von Magiern, die bei einem Bündnis mit den Drachen diese bitten könnten, ihnen dieses einmalige Symbol ihrer vereinten Kraft zu fertigen.)

Abrupt war Nimbulan wieder auf der Wiese und stand neben Myri. Vor ihm war Shayla, eine lebendige Drachin, die ihm versprochen hatte, einen Weg zum Frieden zu schaffen. Seine Hand kribbelte noch von der Berührung des kalten schwarzen Glases ...

»Kannst du Myri einen Drachentraum über ihre Vergangenheit geben, damit sie weiß, wie man eure Magie sammelt?« Er drückte sich gegen die Schläfen, um die Erinnerung an die Magier zu verdrängen, welche vereint um den großartigen Tisch saßen. Die Größe des Zaubers, den sie wirkten, hatte ihn tief beeindruckt.

Myri schüttelte den Kopf aus Angst vor diesen Erinnerungen.

(Myrilandel ist noch nicht so weit. Wenn der Zeitpunkt gekommen ist, wird sie wissen, was wichtig ist. Ihre Herkunft und ihre Kindheit werden ihr dann klar sein.)

»Was ist mit der näheren Vergangenheit? Die Tage, die kommen und gehen, ohne dass ich es weiß? Ich lebe sie einfach.« Sie umklammerte Nimbulans Hand.

(Über die nächste Vergangenheit hast du die Kontrolle. Wenn du akzeptieren kannst, was du getan hast und was man dir angetan hat, wirst du dich erinnern.)

»Aber ich muss es wissen!«

»Denk an das Quecksilber, Myri. Die Bilder kommen, wenn du sie brauchst.« Aber sicher war Nimbulan nicht. Er hatte gesehen, wie viele Menschen von den Kriegen traumatisiert waren und unter den grässlichen Taten, die im Namen des Rechts begangen worden waren, so litten, dass sie sie verdrängt hatten. Manche wussten nicht mal mehr ihren Geburtsnamen. Manche dachten sich exotische Lebensläufe, die mit der Realität nichts zu tun hatten, sondern eine Person erschufen, welche sie lieber wären.

Wer war Myrilandel? Konnte Moncriiths Glauben an die Dämonen von seiner Meinung über Drachen stammen? Und sie führten und schützten Myri? Nur die Drachen kannten die Wahrheit. Sie glaubten an Myri und vertrauten ihr so sehr, dass sie sich auf sie für die wichtigste Mission verließen. Er versprach sich, das ebenfalls zu tun.

*

»Ich weiß immer noch nicht, ob die Drachen mich gewarnt haben, dass die Leute im Dorf mich verraten würden. Vielleicht haben sie uns Moncriith hinterher geschickt«, sagte Myri, als sie mit Nimbulan zurück zur Lichtung ging. Sie nannten die Lichtung mit der Hütte ihr jetziges Heim. Dort konnten sie sicher und abgeschieden leben und Kalen und Powwell erziehen.

»Wenn du den Dorfbewohnern nicht traust, müssen wir warten, bis wir in der Schule der Magier sind, um zu heiraten«, meinte Nimbulan. »Powwell hat gesagt, dass zwei Priester im Ruhestand dem Lehrkörper angehören.«

Myri wollte nicht mit ihm gehen. Die Drachen hatten ihr ein Heim versprochen. Dieses Heim hatte sie gefunden. Aber das Schicksal wollte nicht, dass Nimbulan Teil ihrer Familie auf der Lichtung war. Er musste größere Aufgaben an seiner Schule zu Ende bringen.

Aber wenn sie nicht mit ihm ging, war sie wieder allein.

Ich habe es satt, allein zu sein.

Amaranth landete auf einem Zweig über ihrem Kopf. Wegen des starken Windes musste er die Krallen ausfahren, um nicht weggeblasen zu werden. (Du bist nicht allein. Du hast mich. Du hast die Drachen. Wir sind deine Familie), sagte er.

Sie schaute Nimbulan an und spürte die Wärme, die von seiner Hand ausging. Kalen und Powwell hüpften und sprangen fröhlich voraus. Liebe und Freude erfüllten Myris Herz, wenn sie die beiden sah. Das körperliche Wohlgefühl, einen anderen Menschen zu berühren, nur weil man ihn berühren will, überwältigte sie. Sie hob die Hand hoch und küsste ihre ineinander verschlungenen Finger.

Nimbulan lächelte sie an und küsste ebenfalls ihre Hand. »Wir heiraten bei der ersten Gelegenheit, Myri. Das verspreche ich dir.«

Ich brauche ihn, Amaranth. So wie ich ohne dich und die Drachen nicht vollständig bin. Ich muss mit ihm gehen. Wir müssen diese neue Magie zu den Magiern bringen. Das haben die Drachen so viele Jahre für uns geplant. Ich muss mein Heim verlassen.

(Du wirst zurückkommen.)

Ja, Amaranth, ich komme zurück. Wir kommen alle wieder hierher, wenn wir unsere Mission erfüllt haben. Sie streckte einen Arm aus, damit Amaranth einen neuen Sitzplatz hatte. Der Flugflipper breitete die Flügel aus und glitt zu ihr hinunter. Im letzten Moment zog er die Krallen ein und landete sicher auf ihrem Unterarm. Dann schmiegte er sich an sie und legte den Schwanz um ihren Hals und schnurrte. Myri fühlte sich wohl, als sie das Schnurren hörte.

»Wir sind da!«, rief Powwell.

»Ich kann das Dach sehen!«, fügte Kalen hinzu.

»Ich habe Hunger!« Das war Powwell.

»Du hast immer Hunger!« Kalen kniff ihn in den Arm.

Myri schaute zum bewölkten Himmel hinauf. »Es wird bald regnen. Das rieche ich im Wind. Wir müssen uns beeilen.«

(Du wirst gebraucht.) Drachenstimmen in ihrem Kopf.

Sie legte einen Arm um Amaranths Körper, um den Kontakt noch enger zu machen. Nimbulan wartete neben ihr auf den Rest der Drachenbotschaft.

(Fischer haben Probleme.)

»Werden die Dorfbewohner meine Hilfe annehmen oder mich verraten?«, fragte sie den Himmel. Sie konnte keinen Drachen vor den schnell aufziehenden Sturmwolken sehen. Das Frühjahr brachte oft plötzliche Stürme, die nicht lang andauerten, aber oft verheerend wüteten.

Das Gefühl, dringend gebraucht zu werden, verjagte Zweifel und Angst. Männer steckten in Schwierigkeiten. Sie musste den steilen Pfad hinab ins Dorf fliegen. Jetzt. Ohne Zögern.

Welche Vorräte an Kräutern und Salben hatte sie noch in der Hütte? Sie überlegte angestrengt. War sie kräftig genug, um zu helfen? Der Heilzauber für Nimbulan hatte ihre Kräfte sehr geschwächt.

»Ich pflege dich hinterher, Myri. Ich habe die Botschaft genauso deutlich wie du vernommen. Geh! Ich pflücke ein paar Kräuter und packe Verbandszeug zusammen. Mach dir keine Sorgen, ich komme so schnell ich kann«, versprach er. »Erinnere dich an das, was ich dir über Kraftlinien gesagt habe. Stell dich nahe zum Wendeturm, wo sich die Linien kreuzen, und nutze die Kraft der Linien, um deine Heilung zu stärken.«

»Folge mir, Amaranth.« Sie wollte, dass er flog, und sie schneller ins Dorf laufen konnte.

(Geh. Jetzt. Du darfst dich nicht verspäten.)

Amaranth schwang sich in die Lüfte. (Wir kommen!), verkündete er.

Der Wind flüsterte von kleinen Booten, die von starken Wellen auf Felsen getrieben wurden. Das Meer verlangte nach weiteren Opfern.

30

Myris bloße Füße fanden den Pfad ins Dorf, ohne dass sie richtig wusste, wohin sie rannte. Im Geist war sie bei dem Sturm, der die Wellen aufpeitschte. Myri spürte keinerlei Lebensenergien bei den Männern in Seenot. Sie hob die Arme, sodass der Wind sich in ihren Ärmeln fing. Das Gefühl, beinahe zu fliegen, verlieh ihr größere Schnelligkeit.

Vor einigen Woche hatte dieser Weg Tage gedauert, aber da waren Nimbulan und sie am Ende ihrer Kräfte gewesen. Jetzt brauchte sie weniger als eine Stunde für denselben Weg.

Ihr magisches Band zu Nimbulan dehnte sich, zerriss aber nicht. Zum ersten Mal seit einer Woche war sie von ihm getrennt. Doch sie fühlte sich schon schmerzlich einsam.

Ihr Talent zog sie vorwärts. Sie musste mitlaufen.

Das Dutzend Hütten am Rand der Klippen über dem schmalen Sandstrand wirkte kleiner und schäbiger als beim letzten Mal. Das Dorf schien verlassen zu sein.

Sie schaute auf die Bucht. Wo waren die Männer in Gefahr? Regen und tiefe Wolken erschwerten die Sicht aufs Wasser. Die Wellen waren zu hoch und zu schnell, um zu erkennen, was sie in den Tälern verbargen. Nur kleine Boote mit drei oder vier Männern konnten durch die Drachenzähne fahren, die Felszacken, die aus dem Boden der Bucht herausragten und die Strömung unvorhersehbar beeinflussten und Tiefen nicht erkennen ließen.

Myri lief zur dunklen verrauchten Schenke. Dort würde sich das ganze Dorf versammeln, um eine Rettungsaktion zu organisieren oder die Toten zu betrauern.

In der vollen Schenke herrschte bedrückendes Schweigen. Die Türen waren gegen den Sturm geschlossen, wodurch die Luft drinnen noch stickiger war als sonst. Ein paar Männer tranken Dünnbier. Verängstigte Frauen starrten in ihre Becher. Keiner erzählte eine Geschichte über tollkühne Taten oder Monsterfische, die sich in den Netzen vor der Höhle verfangen hatten. Keine derben Scherze.

Yoshi, der etwas einfältige Bursche, stocherte im Feuer herum und beobachtete stumm die Glut. Er war Anfang zwanzig, groß und stark, aber sein Verstand war nicht gewachsen, seit er mit zehn Jahren ein Fieber im Hirn gehabt hatte. Das gleiche Fieber hatte ihn beinahe im letzten Winter das Leben gekostet. Er befolgte Anordnungen, dachte aber fast nie selbstständig. Yoshi blickte nicht auf, als Myri eintrat.

»Wer fehlt?«, fragte Myri von der Türschwelle aus. Die Angst der Männer und Frauen drang ihr ins Herz. Sie ließ den Blick über die Gruppe schweifen und zählte stumm die Köpfe.

»Rorys Boot mit vier Männern«, antwortete Karry. »Kelly hat drei in seinem.« Sonst übertönte ihre Stimme den Lärm in der Schenke. Jetzt flüsterte sie nur.

Amaranth schlich durch Myris Beine um sich beim Feuer zusammenzurollen. Sein schwarzpurpurnes Fell schien das Licht der Feuerstelle aufzusaugen. Ein grauhaariger alter Mann wechselte den Platz, um nicht zu nah beim Flugflipper zu sitzen. Er bekreuzte sich aus Verehrung der Sternengötter und legte dann die Handgelenke über einander und flatterte mit den Händen.

Yoshi war nicht gescheit genug, um vor dem Haustier der Hexe Angst zu haben. Er streichelte Amaranth, aber dieser schnurrte nicht.

»Rory ist klug«, sagte Yoshi zu Amaranth. »Er versucht in dem Wetter nicht heimzukommen. Er weiß, die Drachenzähne lassen ihn nicht ans Land, bis der Wind schwächer wird und die Flut sinkt.«

Karry gab noch eine Runde Dünnbier aus. Sie rang sich ein Lächeln ab, als sie die Humpen und Becher füllte, aber es war nicht echt.

»Etwas stimmt doch nicht.« Myri lehnte an der Tür und zögerte, mit der Rettung der Männer zu beginnen. Sie bekämpfte den Drang zu heilen. Der Sturm und die trügerischen Strömungen bedrohten ihr Leben. Sie würde nicht nur Kraft verlieren, wie bei einer üblichen Heilung.

»Sie kommen jetzt durch!«, rief Nimbulan und rannte den Pfad zum Strand hinunter.

»Holt Seile und Decken«, befahl Karry den Männern. »Yoshi, noch mehr Holz ins Feuer und suche Verbandszeug!« Dann fragte sie Myri. »Wer ist er?«

»Mein Freund.« Myri lächelte. Dann lief sie ihrem geliebten Nimbulan hinterher. Karry organisierte die Dorfbewohner in der Schenke. Dann würden sich aber alle in die Fluten stürzen wollen. Konnte einer von ihnen schwimmen? Wahrscheinlich nicht.

Das Ufer war kalt und nass. Sie war immer noch barfuß. Der Frühling hatte kaum begonnen. Der Sturm konnte noch die Kälte des Winters in sich tragen. Myri wünschte sich ihre Holzpantinen und Wollsocken, aber die hätten ihre Bewegungsfreiheit eingeschränkt. Sie musste frei sein, um die Männer in dem auf den Wellen tanzenden Boot zu retten, das sie zwischen zwei hohen Wellen sehen konnte. Ein Boot, nicht zwei.

Würde dieser wahnwitzige Versuch heimzufahren ihnen den Tod oder die Rettung bringen?

Myri spähte angestrengt durch die niedrig hängenden Wolken und den Regen. Das tosende Meer schien den dunklen Punkt, der das Boot war, nicht ans Ufer, sondern hinauszutragen.

Plötzlich ein Riss in den Wolken. Myri sah, dass sieben Männer im Boot waren, das viel zu nah an den Drachenzähnen schwamm. Es war total überladen. Das Heck lag tief im Wasser.

Nimbulan erschien an ihrer Seite und zog sie an sich. Seine Körperwärme fühlte sich gut an. »Du denkst doch nicht etwa daran, sie hereinzuholen?«

»Ich muss, sonst sterben sie. Ich muss ihnen in die Leere folgen, wenn sie sterben, ehe ich ihnen helfe.« Sie schloss die Augen und wollte die Vision des Todes in den Wellen zwischen den Drachenzähnen nicht sehen.

»Dann lass mich dir helfen, so gut ich kann. Ich kann nicht schwimmen.« Er blickte bedauernd zum Boot. »Ich schicke ihnen mittels meiner Magie ein Seil. Das können sie am Bug befestigen und wir können sie hereinziehen.« Er deutete auf die Männer, die zögernd am Rand der Klippe standen. Powwell und Kalen standen vor den Dorfbewohnern und waren bereit, sofort Nimbulans und Myris Befehle auszuführen.

Powwell lief zu ihnen an den Strand.

»Das Seil verfängt sich in den Felsen«, sagte Myri und betrachtete den schmalen Kanal.

»Vielleicht kann ich das Boot hochheben.«

»Bist du kräftig genug dazu?«, schrie sie, um den Wind zu übertönen. »Kannst du mit Powwell den Zauber so lange halten?«

Nimbulan hob die Schultern. »Wir müssen es versuchen – wie du.«

Dann atmeten die beiden drei Mal tief ein, hielten den Atem und atmeten langsam wieder aus. Nimbulans Augen wurden leer und rollten etwas nach oben. Dann hob er die Hand hoch über den Kopf. Das Seil, das die Männer auf den Klippen hielten, entrollte sich und schoss zum Boot hinaus.

Myri folgte dem Seilende mit ihrer Magie und forderte die Fischer mit ihrer Willenskraft auf, das Seil am Bug des überladenen Boots zu befestigen. Als sie spürte, dass das Seil festgezurrt war, gab sie den Männern, die inzwischen an den Strand gekommen waren, das Zeichen. Als hätten sie alle denselben Gedanken, zogen sie am Seil. Sie legten ihre gesamte Kraft hinein.

Myri dachte jetzt an die Männer im Boot. Eine hohe Welle überspülte sie. Sie hielten sich fest, aber direkt vor ihnen ragte eine Felsspitze auf.

»Schnell, Lan. Heb sie hoch – nach rechts!«

Er schloss die Augen und konzentrierte sich. Die Hälfte von Myris Konzentration blieb in ihm. Die andere war bei den in Panik geratenen Fischern.

Flogen die Drachen in der Nähe und verliehen der Magie zusätzliche Kraft, welche Nimbulan und Powwell brauchten, damit der Zauber anhielt?

Myri sah, wie das Boot an der Felsspitze vorbeiglitt. Die Erleichterung der Männer traf sie wie eine starke Welle.

Nimbulan wurde müde. Bei dieser Anstrengung vertieften sich die Fältchen um die Augen. Viel länger konnte er das Boot nicht hochhalten. Und Powwell war zu unerfahren, um den Zauber zu übernehmen.

Die nächste schwere Welle traf das Boot und riss es aus dem schwächer werdenden Zauber Nimbulans direkt auf den Felsen zu. Er sank erschöpft auf die Knie und verschränkte die Arme über der Bauchwunde.

Sieben Männer gingen unter. Ihre verzweifelten Schreie trafen Myri ins Herz. In Gedanken erlitt auch sie den Schock der Kälte und schluckte Salzwasser. Das Wasser lag schwer auf ihr. Die Drachenzähne waren bereit, alle zu verschlingen.

Myri zog das Mieder und die Röcke aus und stürzte sich ins

kalte Meer. Mit kräftigen Stößen schwamm sie zu den ertrinkenden Männern.

Eine Riesenwoge nahte. Myri konnte die Männer nicht mehr sehen. Das eiskalte Wasser betäubte ihre Gliedmaßen und auch ihren Verstand.

Aber die Angst der Männer zog sie vorwärts.

*

Nimbulan schlug das Herz in der Kehle, als Myri sich in die tosenden Wellen stürzte. Ihre schlanke Gestalt im dünnen Hemd wirkte wie ein im Wasser geborenes Wesen. Sie schien länger zu werden und glänzte wie Silber mit einem Hauch von Purpurrot. Anmutig teilte sie die Wellen. Einen Moment lang sah er sie nicht. Wie konnte ein Mensch diese Strudel überleben, welche alles gegen die Felsen schmetterten!

Verzweifelt befürchtete er, Myri nie wieder zu sehen, nie wieder ihre Anwesenheit zu spüren, wenn er mitten in der Nacht aufwachte. Nie wieder ihr glockenhelles Lachen zu hören, wenn er dumme Witze erzählte. Sie fand immer die richtigen Töne, wenn sie seinen Zauber mit Gesang begleitete. Ohne Myri war seine Welt ohne jedes Gefühl. Doch jetzt konnte er noch nicht trauern. Er musste bereit sein, ihr zu helfen, sobald sie in Schwierigkeiten geriet.

Falls er sie je wieder sah.

Dort, fast unsichtbar, erblickte er ihr Gesicht, das sich hell gegen das dunkle Wasser abzeichnete. Dann ein weiteres Gesicht in der Gischt, das nach Luft rang. Myris langer weißer Arm tauchte neben ihm auf. Er sah fast wie ein silberner Flügel aus und umfing den Hals des Mannes. Dieser wehrte sich kurz, verlor aber das Bewusstsein.

Gleich darauf schleifte Myri den Mann auf den Strand. Ihr Körper war wieder der, den er gesehen hatte, als sie sich in die

Wellen stürzte. Eine schlanke Frau in einem Hemd, das so dünn war, dass es auch ein durchsichtiger Drachenflügel hätte sein können. Winzige Felssplitter ritzten ihre Fußsohlen. Das gierige Meer sog die Blutstropfen sogleich auf.

Er lief zu ihr und fing sie auf, als ihr die Knie weich wurden. Dann presste er sie an die Brust und versuchte sie zu wärmen. Andere brachten den Mann fort.

»Die anderen«, sagte Myri. »Ich muss die anderen retten.«

»Atme tief durch. Kläre deine Lunge«, befahl er.

»Mir geht es gut, solang ich weiß, dass du hier am Strand in Sicherheit bist. Im Wasser ist es … ich … ich kann es nicht erklären. Es ist, als wäre ich selbst das Wasser. Die Drachen sind bei mir und sagen mir, was ich tun muss, wie ich die Felsen vermeide und die Wirbel. Ich frage mich, ob ich zum Teil Drache bin, weil ich sie so gut verstehe.«

»Miau. Miau!«, schrie Amaranth und sprang in die nächste Riesenwelle. Die Flügel hatte er eng angelegt und die Krallen ausgefahren.

Als Nimbulan den springenden Kater sah, löste das eine Erinnerung aus. Er sah das schwarze Geschöpf in eine Flammensäule hineinfliegen, welche das verlassene Kloster bewachte.

Sternengötter! Amaranth hatte sich mit dem Wächtergeist verbündet, um Nimbulan und Quinnault auf die Probe zu stellen. Amaranth? Warum war er nicht bei Myri gewesen?

Der Geist war verschwunden. Kurz überlegte er, ob Amaranth der Wächter war oder diesen in sich aufgenommen hatte.

»Ich muss wieder hinein. Amaranth kann sich nicht lange über Wasser halten.« Myri löste sich aus Nimbulans Armen und stürzte sich wieder ins Meer.

In einem Wellental entdeckte sie ein weißes Gesicht und

daneben einen schwarzen Punkt. Wahrscheinlich schwamm Amaranth neben dem Mann und hatte den Hemdkragen im Maul.

Vor Nimbulans Augen wurde der Flugflipper größer und durchsichtig. Seine Flügel streckten sich so weit aus, dass sie Rettungsinseln wurden.

Ein Dutzend Herzschläge später erreichte Myri den bewusstlosen Fischer und schleppte ihn ans Ufer.

Blitze zuckten über den Himmel und blendeten Nimbulan. Als er wieder sehen konnte, vermochte er Myri nicht von Amaranth zu unterscheiden. Beide schienen im eigenartigen Licht halbe Drachen zu sein. Dann zog Amaranth die durchsichtigen Flügel ein und tauchte als schwarzer Flugflipper in die nächste Welle.

Myri blieb silbern, bis sie das flache Wasser erreichte. Als sie den Fischer ans Ufer zerrte, war sie wieder ganz Frau.

Nimbulan schüttelte den Kopf, um die Halluzinationen zu vertreiben. Dann rannte er zu ihr, um ihr zu helfen.

Noch drei Mal retteten Myri und Amaranth Männer aus dem Rachen der Drachenzähne. Noch drei Mal musste Nimbulan hilflos zuschauen, wie die beiden diese unglaublichen Taten vollbrachten und die Fischer aus den tückischen Strudeln retteten. Jedes Mal befürchtete er, Myri für immer verloren zu haben. Die Leere eines Lebens ohne die Hexe und ihr Haustier drohte ihn zu ersticken.

Als Myri zum fünften Mal einen Fischer an Land schleppte, schlich Amaranth völlig erschöpft neben ihr auf den Strand. Dann brachen beide zusammen. Nimbulan nahm den Flugflipper auf den Arm, der jetzt wie eine nasse Katze aussah, den anderen Arm legte er um Myri und wollte sie hochheben. Seine halb geheilte Wunde schmerzte furchtbar.

Yoshi und Powwell kamen herbeigelaufen und fingen Myri auf, als Nimbulan sie nicht mehr halten konnte.

»Es reicht, Myri. Du gehst nicht noch einmal ins Wasser«, sagte Yoshi, als er sie ans sichere Ufer trug.

Powwell wickelte sie in eine Decke. Er blickte zu Nimbulan zurück. Achtung und Besorgnis wechselten auf seinem Gesicht.

»Noch zwei Männer sind da draußen!«, rief Myri.

»Du kannst die letzten beiden nicht mehr retten«, sagte Nimbulan und drückte Amaranth an die Brust. Kalen warf ihnen eine Decke über.

Myri wehrte sich gegen Yoshis Griff, gab aber schnell auf.

»Sie sind tot. Es ist zu spät«, sagte sie und schaute traurig hinaus aufs Meer und die wütenden Wellen.

»Du hast getan, was du konntest. Du hast fünf Männer gerettet, die ohne dich ertrunken wären.« Nimbulan strich ihr die nassen Locken aus dem Gesicht. Er wäre gern an Yoshis Stelle gewesen und hätte sie selbst getragen, aber er war keineswegs in der Verfassung. Er hatte Glück, wenn er ohne fremde Hilfe den steilen Weg zum Dorf schaffte.

»Fünf. Nur fünf.« Myri stöhnte.

Die Leute aus dem Dorf liefen mit Decken herbei und redeten besorgt auf sie ein. Nimbulan erlaubte einer kräftigen Frau, Amaranth zu nehmen. Sie wickelte die Katze in ein raues Wolltuch und rieb sie trocken. Dabei sprach sie lobend und liebevoll zu ihr.

Yoshi stellte Myri auf die Beine, als Kalen und Powwell ihr eine zweite Decke umlegten. Dann rieben sie ihr Arme, Rücken und Beine, um die natürliche Körperwärme anzuregen.

Eine andere Frau gab Nimbulan eine trockene Decke und führte alle in die warme Schenke. Der Duft von heißer Suppe und Most zog sie fast magisch an.

»Danke.« Myri küsste ihn auf die Wange und legte den Kopf an seine Schulter. »Die Gewissheit, dass du auf mich wartest, hat mir Kraft verliehen und mir geholfen, weniger Angst zu haben. Noch nie hat jemand so auf mich gewartet.« Sie blickte nach oben, als erwarte sie, an der Decke der Schenke Drachen zu sehen. Die hätten ihr auch geholfen, fügte sie noch hinzu.

»Ich werde immer da sein, um dir zu helfen, Myri.« Nimbulan machte eine Pause. Ihnen knurrte beiden der Magen.

Unwillkürlich mussten sie lachen. Liebevoll drückte er sie an sich.

»Heißt das, dass Ihr mit ihr ins reinigende Feuer geht?«, ertönte Moncriiths Stimme hinter ihnen.

31

Powwell zitterte, als er Moncriiths Worte hörte. Wie hatte der Blutmagier sie gefunden? Die Drachen hatten einen Traum geschickt, der ihn zurück auf Schloss Krej bringen sollte.

Er spürte, wie Kalen hinter ihm vor Wut fast platzte. Aber sie riss die Augen auf und spielte das unschuldige kleine Mädchen – was sie nicht getan hatte, seit sie Nimbulan und Myri gefunden hatten.

»Die Kinder haben mich zu Euch geführt, Nimbulan, damit ich die Vision vollenden kann, welche die Sternengötter mir offenbart haben. Als ich aus dem Zauber aufwachte, den Ihr und die Hexe über mich verhängt habt, und feststellte, dass meine Männer und Hunde völlig verwirrt umherliefen, wurde mir klar, dass ich noch keine Dämonen getötet habe. Deshalb beschloss ich, die Kinder zu suchen statt der Hexe. Ich erinnerte mich daran, dass ich von ihrer alten Kleidung noch etwas aufbewahrt hatte, weil sie ihr Blut aufgesogen hatte, das von kleinen Verletzungen stammte. Dann musste ich nur noch Blut mit Blut verknüpfen. So habe ich sie gefunden.«

Der Blutmagier lachte über seine Gerissenheit.

Powwell fühlte sich schuldig. Er hätte wissen müssen, dass Moncriith sie über die Kleidung, die sie auf Schloss Krej gelassen hatten, würde aufspüren können.

»Die Hexe und ihr Begleiter müssen brennen, um dieses Land von Dämonen zu befreien.« Moncriith streckte mit einer dramatischen Geste die Powwell schon zu oft gesehen hatte, die Arme zur Höhlendecke empor. Auf ihn machte das weniger Eindruck, als hätte sich ein Mann den Rücken gekratzt. Aber die Menschen in der Schenke schauten mit großen Augen, still und stumm, den Blutmagier an.

Als Powwell die Decke sah, wurde ihm bewusst, dass er in einer Höhle war. Der Rauch und der Geruch so vieler Körper, die dicht gedrängt standen, raubten ihm die Luft. Er spürte das Gewicht von ganz Kardia Hodos auf Kopf und Brust. Er geriet in Panik, und jegliche Spur von Magie entwich seinem Körper.

Er war hilflos und nicht imstand, seine Magie mit der Nimbulans zu vereinen, um den Blutmagier hinauszujagen.

Kalen nahm seine Hand. Sie schickte ihm mental das Bild einer sonnenbeschienenen Wiese mit vielen bunten Blumen. Er entspannte sich etwas und lauschte.

»Seid nicht albern«, erklärte Nimbulan. Dann drehte er dem Priester den Rücken zu und ging mit Myri auf den Armen nach hinten. Powwell bemerkte, dass er die Schultern gestrafft hatte und Myri noch fester an sich drückte. Flüstern wurde in der Schenke laut.

»Nimbulan weiß sicher, was zu tun ist. Wir sollten in seiner Nähe bleiben«, flüsterte Powwell Kalen zu. Immer noch war die Decke sehr niedrig und zu dicht über seinem Kopf.

Kalen warf Moncriith einen Blick zu, den Powwell nicht verstand. »Du musst bei der Tür stehen, damit du atmen kannst, Powwell«, sagte sie. Resolut schob sie ihn zum Eingang.

Er wollte zu Nimbulan laufen, aber auch die Höhle verlassen. Moncriith stand ihm im Weg und versperrte den Eingang.

»Ihr könnt mich nicht mehr ignorieren, Nimbulan. Ich habe die Autorität von Lord Kammeryl d'Astrismos«, rief Moncriith und betrat die Schenke.

Seinen Worten folgte leises Getuschel. Niemand bewegte sich. Man hörte in der Höhle nur das Prasseln des Feuers.

»Was wollt Ihr von uns, Moncriith?« Eine kräftige Frau trat aus der Menge vor. Sie stemmte die Hände in die Hüften und blickte den Blutmagier herausfordernd an.

»Aus dem Weg, Hure! Ich habe den Dämon gestellt, welcher ganz Coronnan verdirbt. Meine Vision wird sich erfüllen. Die Hexe muss brennen.«

»Bestimmt nicht!« Ein Fischer meldete sich. »Myri hat fünf Männer vor dem sicheren Tod gerettet. Sie hat uns gerettet, als es kein anderer konnte. Jeder im Dorf wird sie bis auf den Tod verteidigen.« Er hustete stark. Seine Haare waren noch nass, und Wasser tropfte ihm in die Augen. Seine Hände zitterten vor Kälte, mit denen er eine Decke zusammenhielt. Er war noch ganz blass vom Schock. Powwell hatte Männer nach einer Schlacht in ähnlichem Zustand gesehen.

Zustimmendes Raunen ging durch die Schenke. Ein alter Mann drohte sogar Moncriith mit der Faust.

»Ich habe Soldaten unter meinem Befehl. Diese Soldaten können das ganze Dorf niederbrennen, samt euch allen. Wollt ihr eure Leben opfern und mit der Hexe sterben? Wollt ihr ihretwegen eure Seelen opfern? Sie hat bereits die Seelen von fünf Männern gestohlen, die hätten sterben und zu den Sternengöttern gehen sollen. Ihr glaubt, sie hat euer Leben gerettet, aber sie hat es euch gestohlen. Ihr werdet bis in alle Ewigkeit ihre Sklaven sein und nie sterben und nie Willensfreiheit kennen lernen.«

»Pferdescheiße!«, rief die kräftige Frau. »Lord d'Astrismos hat hart gekämpft, um dieses Dorf von Lord Baathalzan und dem Kaaliphen von Hanassa zurückzubekommen. Wir versorgen Lord Kammeryls Tafel mit Krebsen und seine Soldaten mit Riesenhaien. Kein anderes Dorf wagt es, diese Mörderfische zu fangen, obwohl ein Fisch viele Männer ernährt.« Die Frau erwiderte Moncriiths durchdringenden Blick trotzig.

Kalen zupfte am Rock der Frau, um ihre Aufmerksamkeit zu erlangen. »Er lügt. Die sechs Soldaten sind weggelaufen. Sie kommen aus Schloss Krej nicht zurück, es sei denn, der Lord zwingt sie mit Magie dazu.« Sie sprach so laut, dass alle sie hörten. Dann ging sie zurück zur Tür und hielt wieder Powwells Hand.

»Holt Eure Soldaten, Moncriith«, sagte Nimbulan. Seine Stimme klang trügerisch ruhig. »Myrilandel und ich werden längst fort sein, wenn Ihr zurückkommt.« Er nahm den Arm von Myris Schultern und massierte kurz die Finger. Dann streckte er die linke Hand mit der Handfläche nach oben und leicht gekrümmten Fingern aus, bereit einen Zauber zu wirken, sollte es nötig sein.

Powwell ging tapfer zu seinem Lehrer und stellte sich neben ihn. Die Sicherheit der frischen Luft an der Tür war ihm längst nicht so wichtig, wie Nimbulan zur Seite zu stehen. Er legte die Hand auf die Schulter seines Meisters, um seine Magie mit der Nimbulans zu kombinieren. Kraft stieg in ihm auf. Er war für jeden Zauber bereit, den Nimbulan auswählte.

Myrilandel stand kerzengerade und entschlossen da. Sie schien aus ihrem Inneren heraus zu leuchten, wie die Drachen. Amaranth verließ seinen Platz am Feuer und kam zu ihnen. Sein schwarzes Fell schien das Licht aufzusaugen, wohingegen Myri es reflektierte.

Moncriith hob die Faust und drohte Nimbulan. Er hielt drei Strähnen von Myris silberblondem Haar, blutige Strähnen. Außerdem noch einen Holzsplitter, der ebenfalls Blutspuren aufwies. »Ich habe etwas von jedem von euch, ihr vier Dämonen. Ich binde euch mittels meiner Magie. Ihr könnt meinen Befehlen nicht widerstehen!«

Aus Moncriiths geballter Faust stieg eine Welle roter Energie. Plötzlich fühlte sich Powwell schwer und schläfrig. Er musste die Hand von Nimbulans Schulter nehmen, um seinen Kopf zu stützen. Aber die Entscheidung, einen Muskel zu bewegen, war zu anstrengend.

Plötzlich schoss ein Lichtnetz aus Nimbulans Hand. Ein riesiges Netz aus magischer Kraft wickelte sich um Moncriith, sodass seine Magie nicht durch das Netz nach außen dringen konnte. Die Wellen der roten Energie ebbten ab. Powwell war mit einem Schlag nicht mehr schläfrig.

»Das könnt Ihr nicht tun! Kardiamagie kann Blutmagie niemals besiegen!«, protestierte Moncriith.

»Wir haben eine neue Magie gefunden, die es uns ermöglicht, unsere Kraft zu vereinen. So können wir jeden anderen Magier besiegen, ganz gleich, welche Kraftquelle er benutzt, um sein angeborenes Talent zu fördern«, erklärte Nimbulan.

»Nie werdet Ihr die Magier dazu überreden, zusammenzuarbeiten. Dieser Kampf ist noch nicht vorbei, Nimbulan.«

»Geht zurück zu Lord Kammeryl d'Astrismos, Moncriith, und sagt ihm, falls er in diesem Sommer wieder in den Krieg zieht – in jedem Sommer –, muss er gegen die geballte Kraft vieler Magier und vieler Lords kämpfen.« Nimbulan machte eine Geste, als verscheuche er ein lästiges Insekt. Das magische Netz zog Moncriith zum Eingang. Wind und Regen peitschte dem Blutmagier ins Gesicht, als er sich am Türknauf festhielt, um nicht ins Freie gezerrt zu werden.

»Ihr habt mich nicht zum letzten Mal gesehen. Keiner von euch. Ich werde wiederkommen. Dann aber mit einer Armee und Lord d'Astrismos. Ihr werdet alle für die Sünde sterben, einer Hexe ein Obdach gegeben zu haben. Sie ist ein Dämon. Ich sage es euch. Sie ist böse. Ihr müsst aber jetzt bereuen und dem Pfad der Sternengötter folgen«, schrie Moncriith so laut, dass Powwell sich am liebsten die Ohren zugehalten hätte. Die Knöchel des Blutmagiers waren weiß, so fest klammerte er sich an die Türkante. Aber seine Füße zogen ihn hinaus.

»Wenn der Pfad der Sternengötter bedeutet, Eurem krankhaften Hass zu folgen, bete ich lieber zu Simurgh.« Ein weißhaariger alter Mann überkreuzte die Handgelenke und flatterte mit den Händen. Damit machte er den geflügelten Gott aus grauer Vorzeit nach, welcher Menschenopfer verlangte. Diese Abwehrgeste sollte ihn gegen die Rückkehr dieses Dämons schützen.

»Verlasst auf der Stelle unser Dorf und kommt nie wieder her.« Die kräftige Frau drohte mit der Faust. »Myrilandel ist unsere Hexe, eine von uns. Sie gehört zu uns und wir sorgen für sie. Mischt Euch woanders ins Leben anderer Leute, Moncriith.«

»Das werdet ihr bitter bereuen. Ihr alle.« Moncriith drehte sich um und schritt aufrecht langsam davon, als seien seine Ehre und Würde nie angetastet worden.

Mit dem werden wir weiterhin kämpfen müssen, dachte Powwell. Hoffentlich sind wir dann mehr Magier und wissen, wie man diese Drachenmagie einsetzt.

*

»Danke. Ich danke euch allen«, sagte Myrilandel mit zittriger Stimme. Tränen strömten über ihr Gesicht. »Ich war sicher, ihr würdet zu Moncriith halten und mich in die Flammen werfen. Das letzte Dorf, in dem ich mit meiner Ziehmutter lebte, hat sich gegen uns gewendet. Sie haben Magretha verbrannt, und Moncriith hat laut gelacht. Ich bin fortgelaufen, aber Magretha war zu alt und zu krank, um weit zu kommen. Ich musste aus der Ferne zuschauen, wie sie verbrannt wurde, und ich konnte nichts tun, um sie zu retten. Ich habe es versucht, ehrlich, aber ich konnte nicht gegen Moncriith und das ganze Dorf kämpfen. Verzeiht mir, weil ich an euch gezweifelt habe.« Sie warf sich Karry in die Arme und schluchzte hemmungslos. Die Angst und die Anspannung der letzten Stunden entluden sich.

»Wir müssen dir danken, Myri. Du hast fünf gute Männer gerettet. Männer, die leben werden und wieder fischen können, um den Lebensunterhalt für ihre Familien und das Dorf zu verdienen. Aber jetzt genug geredet. Du brauchst eine heiße Suppe.« Karry führte sie zu einem Polstersessel am Feuer.

Myri blickte zu Nimbulan zurück. Sie wollte ihn in die liebevolle Wärme des Dorfes hineinziehen. Sie sah, wie Powwells Augen strahlten. Kalen hielt wieder seine Hand. Ihr Kinn zitterte etwas.

Nimbulan stand abseits der Menge. Er nickte ihr zu und ging zu Powwell und Kalen. Myri spürte einen leichten Ruck an der Silberschnur, die sie mit Nimbulan in Liebe verknüpfte. Sie sehnte sich danach, in seinen Armen zu liegen. Doch das kam später. Sie war ganz sicher. Jetzt musste sie eine neue Verbindung mit den Dorfbewohnern eingehen, die ihr den ganzen Winter Obdach gewährt hatten und die sie jetzt als eine der ihren willkommen hießen.

Als die Stimmen von Verrat geflüstert hatten, mussten sie Televarn gemeint haben, der Nimbulan niedergestochen hatte. Diese Leute hier würden sie nie verraten.

»Wo ist Televarn?«, fragte sie Karry leise. »Ich weiß, dass er hier war.«

»Er hatte es sehr eilig wegzukommen, nachdem wir ihm klargemacht haben, dass wir ihm nie sagen würden, wo du bist. Ich glaube, er ist nach Hanassa gegangen. Ein guter Platz für Diebe wie ihn.« Karry spuckte ins Feuer.

»Danke, Karry. Ihr habt mich vor ihm ebenso wie vor Moncriith gerettet. Ich bin glücklich, euer Dorf mein Heim nennen zu dürfen.«

(Du hast woanders wichtige Aufgaben, Kind. Gefährliche Aufgaben, die nur du durchführen kannst. Wir helfen dir im bevorstehenden Kampf. Eine schreckliche Schlacht, in welcher du vielleicht jemanden verlierst, den du liebst. Nur du kannst ihn retten, aber dein Talent ist dabei nutzlos.)

*

Myri strich das neue Gewand glatt, das Busen und Taille eng umschloss, dann weit und lose ihre Beine umschmeichelte. Sie hatte den Stoff in Karrys Laden ausgesucht, weil er die gleiche Farbe wie Nimbulans Augen hatte. Das sanfte Grün junger Eichenblätter. Sie kannte jede Schattierung seiner Augen auswendig. Sie hatte ständig Angst, ihn zu verlieren. Die Drachen hatten sie gewarnt.

»Nachdem ihr zurück zu Lord Quinnaults Trutzburg geht, könntet ihr doch warten und euch dort von einem richtigen Priester trauen lassen.« Karry lächelte und zupfte am Saum von Myris neuem Kleid. »Aber eigentlich möchte ich die Feier nicht verpassen.«

Amaranth spielte Verstecken mit dem weiten Rock.

»Ich möchte, dass Myri und die Kinder den Schutz meines Namens und Rangs haben, ehe wir uns auf den weiten Weg machen«, erklärte Nimbulan. Er lehnte an der Theke der im Moment leeren Schenke und hatte die Arme verschränkt. Aus seinen wunderschönen Augen strömte Bewunderung und Liebe. Kurz huschte ein Schatten über sein Gesicht, doch sogleich bewunderte er wieder Myri in ihrem Hochzeitsgewand.

»Ich bin allein durch die Hälfte Coronnans gewandert, Lan. Die Kinder ebenfalls. Ich muss nicht zu meinem Schutz deinen Namen annehmen. Wenn du auf einen richtigen Priester warten willst, können wir das tun.« Sie fing seinen

Blick auf und versank fast in seinen Augen. Immer noch konnte sie es nicht glauben, dass er sie tatsächlich gefragt hatte, ihn zu heiraten. Mit Freude würde sie mit ihm leben, ihm überallhin folgen, auch durch den Kontinent. Solang sie ihn hatte, würde sie ihn nie verlassen.

Amaranth verließ sein Versteck unter Myris Rock und rollte sich auf Nimbulans Stiefel zusammen, um ein Schläfchen zu halten. Ein deutliches Zeichen, dass er den Magier ebenso liebte wie Myri. Und diese sah nur, dass der Flugflipper nicht von ihm getrennt werden wollte.

Ihr tat das Herz weh, weil sie erfahren hatte, dass sie ihn vielleicht in der nächsten Schlacht verlieren würde. Wie konnte sie ohne ihn leben?

Sie vertrieb diesen grauenvollen Gedanken. Sie wollte sich diesen schönen Tag nicht verleiden lassen. Ihr Hochzeitstag.

»Die Ehe wird nur ein Jahr dauern, wenn ihr keinen Priester vor der nächsten Tagundnachtgleiche im Frühjahr findet«, erinnerte Karry sie und nähte den letzten Stich am Saum.

Myri betete, dass sie zumindest dieses eine Jahr haben würden.

»Ich habe noch keine hübschere Braut gesehen, Myri. Die Farbe steht dir wirklich, obwohl sie eine der am meisten verbreiteten Farben ist. Die meisten Bräute wollen für ihr Hochzeitskleid etwas Ausgefallenes.« Karry trat einen Schritt zurück und betrachtete lächelnd Braut und Kleid.

»Ich möchte diese Heirat, Myri. Ich möchte, dass die Gesetze der Sterblichen und der Sternengötter das anerkennen, was wir bereits lieben.« Nimbulan trat neben sie und führte ihre Hand an seine Lippen. Stumm standen beide da. Er richtete die Augen auf ihre Handfläche.

Amaranth umkreiste die beiden laut schnurrend. Er wob

einen unnötigen Zauber inniger Bindung um sie – oder war es ein Schutzzauber? Myri berührte die Silberschnur, welche ihr Herz mit dem Nimbulans verband. Vitalität pulsierte darin. Amaranth bekräftigte nur die Bindung, welche bereits bestand.

Myri streichelte Nimbulans Gesicht mit der freien Hand und genoss das warme Kribbeln seines Kusses, das sich von ihrer Hand in den ganzen Körper ausbreitete. Ihr wurden die Knie weich. Es war immer dasselbe. Wenn er sie berührte, hatte sie keine Kontrolle mehr über sich. Wenn sie jetzt nicht zur schlichten Zeremonie im Dorf gehen müssten, würde sie ihm seine neue Tunika vom Leib reißen und sich ihm in der Schenke hingeben. Sie schwor sich, dass nicht ein einziger Tag vergehen solle, ohne dass sie sich liebten und sie ihm sagte, wie glücklich sie sei.

»Was für skandalöse Gedanken, Liebste«, flüsterte er und zog eine Braue hoch, als überlege er auch, wie er sich am schnellsten der neuen Kleidung entledigen könne, welche die Dorfbewohner ihnen aus Dank für die Rettung Rorys, Kellys und der anderen Fischer geschenkt hatten.

»Du liest meine Gedanken?«, flüsterte sie zurück. Das tat er nicht oft. Er hatte erklärt, er hasse es, die Privatsphäre eines anderen Menschen zu verletzen, aber gelegentlich war ihre Verbindung so innig, dass er ihre Gedanken las, ohne es zu wollen. Sie war immer noch voll Staunen über diese einzigartige Beziehung und die Größe seines Talents. Schnell unterdrückte sie ihre Ängste, damit er diese nicht auch lesen konnte.

Sie verdiente es nicht, ihn ganz allein für sich zu haben. Ganz Coronnan brauchte ihn und die neue Drachenmagie. Er musste die Schlacht schlagen. Verzweifelt hoffte sie, dass sie die Kraft hatte, ihn danach zu retten.

»Ich könnte deine Gedanken lesen«, sagte Karry und

unterdrückte ein Lachen. »Ihr haltet euch für junge Leute, die gerade erst die Freuden des Festes entdeckt haben.« Sie reichte Myri ein Sträußchen aus wilden Blumen. Nimbulan setzte ihr eine Blumenkrone auf. Dann küsste er sie schnell, ein Versprechen auf mehr.

»Karry, irgendwie ist es auch, als würden wir zum ersten Mal das Fest feiern. Unsere erste gemeinsame Tagundnachtgleiche.« Nimbulan bot Myri seinen Arm.

Sie klammerte sich an ihn.

»Spart euch die schönen Sprüche für den Priester auf, der euch für immer und ewig trauen wird. Ihn müsst ihr überzeugen, dass ihr auch nach den ersten Liebesnächten zusammenbleiben wollt.« Karry ging zum Eingang, öffnete die Tür und ließ die Morgensonne herein. »Vergesst nicht, die Zeremonie nach Dorfrecht gilt nur ein Jahr.«

»Sie ist für die meisten Menschen in Coronnan ausreichend, die nur einmal im Jahr einen Priester sehen«, erwiderte Nimbulan. »Ich habe früher nie darüber nachgedacht, was Dorfbewohner tun, wenn sie ein heiliges Sakrament oder Heilung brauchen. Wir müssen die Magie von den Schlachtfeldern entfernen und sie wieder dem Volk zur Verfügung stellen.«

»Ihr stellt euch da eine große und überaus schwierige Aufgabe«, sagte Karry. »Ausgebildeten Magiern traut das Volk nicht. Uns sind unsere Hexen lieber. Die gehören zu uns, nicht irgendeinem Lord. Großmutter Katia hat uns von einer Zeit erzählt, als wir noch einen Priester hatten. Dieses Dorf war wegen des Wendeturms aus drei Mal drei Stangen wichtig. Aber dann kamen die Kriege und die Lords haben unseren Priester weggeholt, um in ihren Armeen zu dienen, weil sie ihn für eine Art Magier hielten.«

»Das muss sich ändern. Magier müssen für alle Menschen in Coronnan da sein, nicht nur für die Lords. Aber wir müssen bei den Lords mit den Veränderungen anfangen und diese schrecklichen Bürgerkriege beenden. Wir gehen nach der Zeremonie mit den Kindern zu Lord Quinnault. Er hat einen Priester in seiner Trutzburg.« Nimbulan führte Myri zum Wendeturm, wo das gesamte Dorf, auch Powwell und Kalen, wartete. Amaranth begleitete sie ebenfalls.

Plötzlich verdunkelte eine große dunkle Wolke die Sonne, sodass alle im Schatten standen. Am hellen Morgen senkte sich kalte Dunkelheit auf sie herab. Myri schauderte es bei diesem schrecklichen Omen.

32

»Mylord Quinnault, ich verlange Genugtuung für den Verlust meiner Tochter. Diese Inseln unterstehen Eurer Gerichtsbarkeit. Nur Ihr könnt mir Gerechtigkeit zuteil werden lassen.« Stuuvart schritt in der Großen Halle auf und ab und sprach so laut, dass er Aufmerksamkeit erregte.

Ackerly lief mit seinen kurzen Beinen dem Verwalter hinterher. Er war erpicht darauf, dass auch seine Version der Geschichte gehört wurde. Der Lord, sein Haushofmeister, drei Diener und fünf Hunde waren im größten Raum der Burg versammelt. Die zahllosen anderen Angehörigen seines Hofstaats und die Pächter waren auf den Feldern und pflügten. Sie nutzten die erste Frühlingssonne aus. Ackerly konnte seine Argumente vorbringen und hoffen, dass es sich nicht beim gemeinen Volk verbreitete.

Ackerly notierte sich geistig, den Lord zu erinnern, wie sehr diese Schule für Magier sein Prestige erhöhte und den gegenseitigen Verteidigungspakt zusammenhielt. Die beiden Lords, die vor kurzem Quinnaults Vertrag unterschrieben hatten, hatten das nur getan, weil Ackerly sich bereit erklärt hatte, seine Magier für jede nötige Verteidigungsaktion zur Verfügung zu stellen. Er suchte immer noch nach einem Weg, wie er die Lords dazu bringen konnte, für diese Dienste zu zahlen. Aber Quinnault hatte ihm vorgehalten, dass die Schule auf einer seiner Inseln stand und keine Miete zahlen musste.

Quinnault de Tanos blickte von den Pergamenten auf, die er mit seinem Haushofmeister gelesen hatte. Um seine hellen Augen lag ein Netz aus Sorgenfalten. Sein langes schmales Gesicht schien noch länger zu werden, als er mit der linken Hand sein Kinn massierte. Keine Spur eines blonden Barts.

»Eine meiner Schülerinnen ist vor über zwei Wochen meinem Verwalter weggelaufen«, erklärte Ackerly seinem Lord. Er sagte nicht, dass es Stuuvarts Tochter war. »Sie war eigensinnig und hasste den Unterricht. Erst jetzt sucht Stuuvart nach ihr. Jetzt, weil er mehr Geld von mir haben will. Aber ich muss ihm nicht mehr Geld geben. Viel größere Sorge bereitet uns Lord Kammeryl d'Astrismos. Er hat sich zum König gemacht und marschiert mit seiner Armee nach Norden, um jeden zu besiegen, der sich ihm in den Weg stellt. Einem Gerücht nach soll Moncriith, der Blutmagier, bei ihm sein.« Ackerly senkte demütig den Kopf. Hoffentlich konnte er damit den Lord von dem verdammten Kind ablenken.

Hätte er Gelegenheit gehabt, Kalen richtig auszubilden, hätte sie ihm mindestens ein Goldstück pro Schlacht eingebracht. Zusammen mit Rollett und Maalin könnte er den Preis pro Schlacht auf sechs Goldstücke erhöhen. Ohne die Genialität des Mädchens waren die beiden Gesellen höchstens mittelmäßige Schlachtenmagier.

»Ich weiß Bescheid über Lord Kammeryls Anmaßung«, sagte Quinnault.

Selbstverständlich wusste er Bescheid. Ackerly hatte es ihm nach einem kurzen Gespräch mit Moncriith gemeldet.

»D'Astrismos leitet das Recht auf sein Königtum von seiner Genealogie ab«, fuhr Quinnault fort. »Ich habe immer vermutet, dass es ein Schwindel ist, dass er die Sternengötter ganz oben bei seinem Stammbaum nennt, aber das ist jetzt unwichtig. Die Anwesenheit eines Blutmagiers muss noch bestätigt werden. Niemand hat bis jetzt gemeldet, dass Vieh, Gefangene oder Haustiere diesem schurkischen Magier geopfert wurden. Wie kann ein Mensch nur Kraft aus den Schmerzen anderer saugen?« Quinnault schauderte es. Schweigen verbreitete sich im Raum, als er die Anwesenden fragend anschaute.

Dann widmete er sich wieder den Pergamenten auf dem Tisch. »Habt Ihr schon früher nach dem Kind gesucht? Hatte sie einen Grund wegzulaufen?«

Quinnault blickte Stuuvart durchbohrend an. Selbst hartgesottene Verbrecher hatten angeblich bei diesem Blick alles ausgeplaudert, was sie wussten – falls sie sich an ihren Namen erinnerten oder an das, was der Lord gefragt hatte, da er blitzschnell das Thema wechselte. Ackerly vermied diesen Blick tunlichst.

»Das Kind war brav, eine liebevolle und zärtliche Tochter, bis wir sie in die Schule für Magier dieses Mannes brachten.« Stuuvart deutete anklagend auf Ackerly. »Beinahe sofort hat sie rebelliert und sich gegen die Ausnutzung ihres Talents empört. Sie hat Ackerly gehasst, aber an ihrer Mutter und ihren Geschwistern hat sie gehangen. Sie wäre nie weggelaufen, wenn man sie nicht provoziert hätte. Ich frage mich, ob Ackerly vielleicht einen Weg gefunden hat, sie zu verstecken und Lösegeld zu fordern. Er hat nie ernsthaft nach ihr gesucht.«

Ackerly warf Stuuvart einen wütenden Blick zu. Ihm war die Sache mit Kalen egal gewesen, bis es um Geld ging. Jetzt benutzte er ihre Abwesenheit, um Entschädigung zu verlangen, dabei sollte er eigentlich eine Prämie anbieten für den, der sie zurückbrachte.

»Mylord«, sagte Ackerly und streckte die Hände aus in einer Geste, die seine Ehrlichkeit beteuern sollte. »Kalen war ein hochintelligentes Kind mit großem Talent. Ich habe versucht, ihr beizubringen, dass man dieses Talent kontrollieren muss. Dieser Schwindler Moncriith hatte ihr furchtbare

Angst eingejagt, ehe sie zu mir in die Schule kam. Stuuvart hatte sie misshandelt. Er behauptet, ihr Vater zu sein, doch stimmt das nicht. Sie hatte keinen triftigen Grund fortzulaufen, nachdem sie in meine Obhut kam. Zugegeben, sie war schweigsam und gewann nicht leicht Freunde. Aber sie hatte furchtbare Angst vor ihrem Talent und Stuuvart. Im Grund war sie nicht aufsässig. Wenn Moncriith tatsächlich mit d'Astrismos marschiert, ist es möglich, dass er Kalen entführt hat. Wir kennen beide seine Einstellung traditionellen Magiern gegenüber – besonders Frauen.«

Der einzige Unterschied zwischen einem Magier und einer Magierin oder Hexe war, dass Magier eine vorschriftsmäßige Ausbildung bekamen, um ihr Talent zu kontrollieren. Moncriith wollte diese Kontrolle nicht als Unterschied sehen. Er wollte alle verbrennen.

»In dem Punkt habt Ihr Recht, Ackerly. Ich werde eine entsprechende Botschaft zu Lord Kammeryl schicken. Einer Eurer Gesellen könnte diese ehrenvolle Aufgabe übernehmen. Wisst Ihr, ob Moncriith sich der traditionellen Methode bedient, jemanden mit der Flamme durch ein Glas zu rufen?«

»Ich habe gehört, dass Lord Kammeryl d'Astrismos alle Magier ablehnt und die Krone ohne Schlachtenmagier gewinnen will«, sagte Stuuvart. »Ihr müsst schon Eure Botschaft mit einem Reiter senden. Es dauert Wochen, bis eine Antwort kommt. Ich gehe selbst. Mit Eurer gnädigen Erlaubnis, Mylord.«

»Seid nicht albern. Niemand kann eine Schlacht ohne einen Magier gewinnen, der die Truppen vor anderen Magiern beschützt«, protestierte Ackerly.

»Wenn nur Nimbulan nicht gestorben wäre. Er wusste stets Bescheid, was sich in allen Ecken Coronnans tat.« Lord Quinnault schüttelte traurig den Kopf. »Er würde wissen, wer mit d'Astrismos marschiert. Er würde auch wissen, weshalb das kleine Mädchen verschwunden ist.«

»Aber Nimbulan ist tot«, erklärte Ackerly. »Er wäre nie imstande gewesen, die Schule so wie Ihr und ich aufzubauen – sie groß genug zu machen, um eine Verteidigung für Eure vereinten Lords zu sein. Er hätte nie so viele Pächter ins Land geholt, die sich hier niedergelassen haben und Eure Inseln verteidigen können. Er wäre so in der Tambootie-Trance gewesen, dass er vergessen hätte zu essen oder zu unterrichten oder in sein Glas zu schauen, um die Informationen zu erhalten, welche wir brauchen. Ihn hat die Sucht nach der Droge beherrscht, Mylord. Vielleicht ist es am besten, dass das Kraut ihn getötet hat.« Ackerly machte eine kurze Pause und täuschte Trauer vor, ehe er fortfuhr. »Ich selbst werde die Botschaft senden. Ich brauche nicht die genaue Adresse eines Magiers.« Er wusste bereits, wie und wo er Moncriith erreichte und dass Moncriith Powwell und Kalen gefunden hatte. Aber diese Neuigkeit würde er Stuuvart nicht mitteilen.

»Das ist nicht nötig, Ackerly«, erklärte eine fremde Stimme. Eine Stimme aus der Vergangenheit, die eigentlich nie wieder hätte sprechen können.

»Mit meinem Kopf, meinem Herzen und der Stärke meiner Schultern verneine ich die Anwesenheit dieses Geistes!« Ackerly bekreuzigte sich schnell und murmelte ein Gebet. Dann blickte er in die Richtung, woher die Stimme gekommen war und bekreuzigte sich nochmal. »Nimbulan!«

Der Tote war zurückgekommen, um ihn heimzusuchen. Schäbig gekleidet, unrasiert und etwas schmuddelig. Der lebende Nimbulan wäre nie und nimmer so herumgelaufen, es sei denn, er wäre seiner Sucht zu sehr verfallen. Er musste doch tot sein! Die Überdosis Timboor im Tambootie musste ihn getötet haben!

Vielleicht war es ein Scharlatan, der sich als Magier verkleidet hatte?

»Nimbulan!« Quinnault sprang so schnell aus seinem Sessel auf, dass dieser umfiel.

»Du kannst nicht hier sein! Du bist tot! Ich habe dich selbst bestattet!« Ackerly ging rücklings zur Tür, welche ins Innere der Burg führte. Die Tür zum Innenhof war verstopft, weil so viele Magier und Lehrlinge mit Nimbulan gekommen waren. Und rechts von ihm standen Myrilandel und die beiden vermissten Kinder.

»Offensichtlich hast du mich zu früh bestattet, Ackerly, und nicht tief genug«, antwortete Nimbulan. Ein listiges Lächeln huschte über sein ernstes Gesicht.

»Wo habt Ihr gesteckt, mein Freund? Weshalb wart Ihr so lang fort? Was bringt Euch zurück? Wie? Aber ...« Quinnault umfasste Nimbulans Hand mit beiden Händen.

Nie hatte er Ackerly so begeistert begrüßt. Ihn auch nie Freund genannt. Nie hatte er Ackerlys Hilfe anerkannt.

»Eine Frage nach der anderen, Lord Quinnault.« Nimbulan erwiderte die herzliche Begrüßung des Lords. »Meine Abenteuer waren lang und zahlreich. Sagen wir nur so viel: Es ist mir gelungen herauszufinden, wie zwei oder mehr Magier ihre Magie bündeln können, um einen Zauber zu verstärken. Und ganz ohne Tambootie. Ich brauche die Droge nicht mehr, um meine Magie zu steigern. Ich habe eine bessere Methode. Von nun an hat kein einzelner Magier, der sich jenen stellt, die an meiner Seite kämpfen, eine Chance. Wir werden die Magier aus der Politik und den Schlachten herausziehen. Dann haben wir eine echte Chance für den Frieden.« Nimbulan hob sie linke Hand, offen, die Finger leicht gekrümmt, als nähme er Fäden der Kardia auf, um sie zu einem Zauber zu verarbeiten. Diese vertraute Geste bestätigte, dass er tatsächlich Nimbulan und kein Scharlatan war.

Die perfekt proportionierte Hand, die ungewöhnlich anmutig war, konnte nicht nachgemacht werden.

»Stuuvart, Kalen steht vor Euch, aber Ihr heißt sie nicht willkommen. Noch vor wenigen Minuten habt Ihr eine Entschädigung für ihr Verschwinden verlangt«, erinnerte Ackerly seinen Verwalter an den eigentlichen Grund, weshalb sie in Lord Quinnaults Halle gekommen waren. Er musste unbedingt das Thema wechseln, während seine Gedanken fieberhaft arbeiteten. Warum war Nimbulan nicht tot? Das Timboor, das in die Tinte des Briefs gemischt war, hätte ihn auf alle Fälle umbringen müssen, selbst wenn die zusätzliche Dosis im Becher es nicht schaffte.

»Meine Tochter klammert sich an eine andere Frau, als sei diese ihre Mutter. Sie versteckt sich vor mir, ihrem geliebten Vater.« Stuuvart schaute Ackerly herausfordernd an. »Was geschieht hier? Wer sind diese Menschen?« Er ballte eine Faust und schlug sich damit gegen die Stirn. Dabei verbarg er seinen Gesichtsausdruck.

»Ja, Nimbulan, stellt uns Eure Freunde vor. Dann berichtet bei einer guten Mahlzeit und einem Schluck mehr über Eure Abenteuer. Ihr müsst Euch erquicken.« Quinnault gab einem Diener ein Handzeichen. Dann schlug er dem Magier auf die Schulter und lächelte.

»Mylord, darf ich Euch meine Gemahlin vorstellen, Myrilandel. Meinen Lehrling Powwell kennt Ihr schon – und das ist Kalen, Ackerlys Lehrling, welche entdeckte, dass ich aus der Krypta verschwunden war, und auszog, um mich zu finden.« Nimbulan nahm die drei in die Arme, als seien es seine leiblichen Kinder. »Und das ist Amaranth, der treue Gefährte meiner Gemahlin.« Jetzt hob die Hexe den Kopf über den Kater, den sie eng an sich gepresst hielt.

»Meine Schwester hieß auch Myrilandel«, sagte Quinnault und küsste der Frau die Hand. »Leider starb sie schon mit zwei Jahren. Ich glaube, sie war die Einzige mit diesem Namen in meiner Familie.«

»Ich trauere mit Euch um diesen schweren Verlust, Mylord. Ich war eine Waise und weiß überhaupt nichts über meine Eltern oder weshalb ich Myrilandel genannt wurde. Aber mit diesem Namen bin ich zu meiner Ziehmutter gekommen.«

Ihre Stimme klang so melodisch. Ackerly erinnerte sich noch gut daran, sie im Lazarettzelt im vergangenen Herbst gehört zu haben. Er wäre gern näher zu ihr gegangen, um keine Nuance ihrer Sprache zu verpassen. Am liebsten hätte er sie berührt, um sicher zu sein, dass sie tatsächlich da war. Er wollte ihren blumigen Duft riechen, ihr überallhin folgen ...

Kein Wunder, dass Moncriith sie für eine Dämonin hielt. Sie konnte das hartgesottenste Herz verzaubern.

»Ehe wir uns auf eine ernsthafte Diskusssion über unsere gemeinsamen Ziele einlassen, solltet Ihr wissen, dass diese Inseln schon bald hohen Besuch bekommen«, sagte Nimbulan mit der Stimme, die er nur auf den Schlachtfeldern benutzte. Die Augen aller hingen wie gebannt an seinen Lippen.

»Wenn wir Gäste bekommen, würde ich gern meine Tochter mit nach Hause nehmen zu ihrer Mutter, damit sie gut isst und ein Bad nimmt. Wir müssen in der Schule viel vorbereiten, ehe wir Unterkünfte und Mahlzeiten anbieten können. Für wie viele müssen wir planen?« Stuuvart trat vor und legte Kalen die Hand auf die Schulter. Das Mädchen wich vor ihm zurück und versteckte sich hinter Myrilandels Röcken.

»Unsere Besucher werden von Euch nichts brauchen, Stuuvart.« Nimbulan legte beschützend den Arm um Kalen. Das kleine Mädchen entspannte sich etwas, blieb aber von ihrem Vater weg.

»Wollen sie bei mir wohnen?« Lord Quinnault schien die Vorräte in seinem Keller zu zählen.

»Nein, Mylord. Unsere Besucher brauchen von uns keinerlei derartige Gastfreundschaft. Ich bezweifle auch, dass sie in eines unserer Gebäude passen würden.« Er lächelte listig. Myrilandel auch.

Was hatte Nimbulan vor? In den vielen Jahren kannte Ackerly eigentlich alle Pläne seines Meisters. Aber jetzt war er abgemeldet und wurde ignoriert. Das hatte er nicht verdient. Schließlich hatte er es geschafft, dass die Schule Profit abwarf und gute Geschäfte machte. Nimbulan hätte niemals fünfzig Lehrlinge und fünfzehn neue Lehrer rekrutiert. Er hätte auch nie die finanziellen Mittel gefunden, dass die Schule sich selbst trug.

»Morgen früh werden fünf Drachen uns die Ehre ihrer Anwesenheit erweisen. Sie sind das Geheimnis, wie man Magie bündelt.«

Im Raum herrschte andächtiges Schweigen.

»Drachen?« Ackerly stellte die Frage, die allen auf der Seele brannte.

»Drachen, Ackerly. Ich habe Mythen gesucht und meine Zukunft gefunden. Die Drachen sind bereit, mit uns einen Pakt zu schließen.«

»Wenn das nicht irgendeine Wahnvorstellung ist, welche das Tambootie hervorgerufen hat, dann ist es viel wahrscheinlicher, dass sie uns alle verspeisen werden. Lord Quinnault, ich schlage vor, dass Ihr Nimbulan und seine Gemahlin ins tiefste Verlies werfen lasst, um sie zu schützen. Ich bitte Euch nur, dass Ihr mir meine Kinder überlasst. Ich bin ihr Meister und habe mehr Recht, sie zu erziehen, als ihre Mütter.« Ackerly verließ den Raum, um zu seiner Schule zu gehen. Er erwartete im Grunde nicht, dass seine Kinder ihm folgen würden.

33

Bei Tagesanbruch trat Nimbulan aus dem zentralen Portal des alten Klosters. Er gähnte. Myri hing an seinem Arm und vermochte ihre Aufregung nur schlecht zu verbergen. Er suchte den Himmel nach Spuren der Drachen ab. Selbstverständlich erwartete er nicht, die unsichtbaren Wesen zu sehen. Wenn er Glück hatte, würde er einen flüchtigen Blick auf die Regenbogen erhaschen, wenn die Sonne im richtigen Winkel auf ihre Flügel traf.

»Ich nehme an, wir müssen noch etwas warten«, sagte er und unterdrückte das nächste Gähnen.

»Ich glaube nicht«, widersprach Myrilandel und deutete zum Himmel.

Er folgte ihrem ausgestreckten Finger. Auf dem Flügel, wo sich die Wohnräume für ihn und Myri befanden, saß Shayla auf dem Dachfirst.

Die Drachin schaute ihn mit ihrem facettenreichen Kristallauge an. Dann legte sie den Kopf schief, um zu lauschen, so wie auch Myri es tat.

Nimbulan brach den mesmerisierenden Augenkontakt. Er brauchte heute einen klaren Kopf, keinen Drachentraum.

Vier kleinere Drachen – die einundzwanzigjährigen Jungdrachen – schwammen silbrig wie Mondlicht im Fluss und bewachten den Damm. Dabei beäugten sie die fetten Kühe in der Nähe von Quinnaults Burg. Fünf ausgewachsene männliche Drachen saßen rundum verteilt und bewachten die Insel. Seltsam, keiner dieser Drachen war bei den Übungsstunden auf der Wiese dabei gewesen.

»Deine Partner sind auch mitgekommen, Shayla!«, rief Myri und winkte.

(Die Notwendigkeit, Magie zu kontrollieren, hat sie aus ihrer Abgeschiedenheit hergeführt. Wir werden sehen, ob der Pakt, den wir geschlossen haben, ausreicht, um sie bei mir zu halten. Es ist für Drachen nicht natürlich, zusammen zu sein. Wir ändern unsere Gesellschaftsordnung nur, wenn auch ihr die eure ändert.)

Quinnault lief zu Nimbulan und den Drachen über den Damm, durch die Priele, welche die zurückgehende Flut hinterlassen hatte. Dabei steckte er sein Hemd in die Beinkleider. Hinter ihm rannte ein Diener und bot seinem Lord Brot und Käse an.

»Ich begreife es immer noch nicht, weshalb sich Eure Drachen plötzlich um die Belange der Menschen kümmern, nachdem sie sich jahrhundertelang verborgen gehalten haben.« Lord Quinnault blieb vor Nimbulan stehen und starrte mit großen Augen und offenem Mund ehrfürchtig Shayla an.

»Das sind nicht meine Drachen. Sie hören nur auf Myri und sagen mir nur, was sie mir mitteilen wollen. Aber mit ihr reden sie ganz offen über alles.« Gemeinsam schauten sie zu, wie Myri die Wange des jungen Drachen mit den roten Flügelspitzen streichelte, als würde sie ein Pferd streicheln – ein Pferd, das so groß wie eine Hütte war.

»Er sagt, er heiße Tssonnin«, erklärte Myri. »Sie ehren immer einen anderen, indem sie seinen Namen annehmen.«

»Habe ich Euch erzählt, dass wir auf dem Rücken der Drachen zurück von den Bergen im Süden geritten sind?«, fragte Nimbulan Lord Quinnault. »Shayla hat die ganze Zeit über mit Myri geredet. Über alle möglichen Themen, von Drachen und Menschen, Frauengeschichten und ganz allgemeine Fragen. Myri hat direkt vor mir gesessen, und ich habe nur ihre Worte gehört. Nichts von der Drachin. Ich glaube, die jungen Drachen haben auch geredet. Aber ich wurde nicht für würdig gehalten, ihre Bemerkungen zu hören.«

Quinnault zuckte zusammen, als Tssonnin den Kopf senkte, um sich mit der Flügelspitze hinter dem Ohr zu kratzen. Das spiralförmige Horn mit der roten Spitze auf seiner Stirn kam gefährlich nahe, Kalen aufzuspießen, die zum Drachen gekrochen war.

»Sie werden ihr wehtun.« Quinnault wollte das Kind wegziehen.

»Das bezweifle ich.« Nimbulan hielt den Lord zurück. »Sie beten Kinder an. Und Myri hat Kalen und Powwell als eigene Kinder angenommen. Myri trauen die Drachen. Sie haben sie erwählt, auf sie haben sie gewartet.«

»Aber warum jetzt? Warum nicht, als die Kriege angefangen haben?« Der Lord hätte Myri und Kalen am liebsten aus der Reichweite der Drachen gerettet.

Amaranth kam zu den Frauen und kletterte über Tssonnins Vorderbein auf seine Schulter. Seine langen Krallen drangen nicht durch die zähe Drachenhaut. Ein paar Kristallhaare fielen hinter dem Flugflipper herunter. Sie schimmerten im frühen Sonnenlicht. Drei Lehrlinge rannten sogleich hin und sammelten die Haare als Souvenirs ein.

»Seht nur, Mylord. Die Kinder haben keine Angst vor den Drachen. Sie scheinen instinktiv zu wissen, wie sehr diese Wesen sie lieben. Doch jetzt müssen wir uns an die Arbeit machen. Wünscht Ihr bei der Übung, Drachenmagie zu sammeln, mitmachen? Vielleicht habt Ihr dafür Talent.«

»Ich verfüge über so wenig Magie, dass meine Bemühungen gewiss nichts beitragen können.«

»Vielleicht nicht, vielleicht aber doch. Das ist eine völlig andere Methode. Für mich ist sie viel anstrengender, als Energie aus den Kraftlinien zu ziehen. Aber da Ihr diese Linien nicht sehen könnt, ist es für Euch vielleicht leicht, Drachenmagie zu sammeln. Versucht es doch wenigstens. Magie zu teilen ist eine ungemein erfrischende Erfahrung. Ich wünschte, Myri wäre imstand mitzumachen.«

»Nimbulan?« Myri drehte sich abrupt um. Sie sah aus, als wolle sie sofort fliehen. »Lan, Shayla sagt, eine Armee nähert sich aus dem Süden. Ein Tagesmarsch entfernt. Sie rücken nur nachts vor und halten sich bei Tag versteckt, damit Lord Quinnault sich nicht auf sie vorbereiten kann. Moncriith ist bei ihnen.«

*

»Kleines Flämmchen, leuchte hell,
Flieg dorthin, wo ich nicht bin.
Zeig mir genau, was ich nicht seh,
Verkünde die Magie und geh!«

Nimbulan hörte zu, wie die Meister und Lehrlinge die Worte dieses einfachen Rufzaubers sangen.

Warum brauchten sie so lang, einen so leichten Zauber auswendig zu lernen? Er würde nie die Methode der Bündelung ihrer Magie perfektionieren können, wenn sie für die einfachen Zauberworte Stunden brauchten. Kammeryl d'Astrismos und sein Heer kamen mit jedem Atemzug näher.

Er hoffte, Rollett war imstand, sich in die feindliche Armee so früh einzuschleichen, um wichtige taktische Informationen zu erfahren, die Quinnault in der bevorstehenden Schlacht helfen würden. Der junge Geselle der Magie musste aber vorsichtig sein, dass Moncriith ihn nicht entdeckte.

Geduld, sagte er sich. Du hast die Magie auch nicht in einem Tag gelernt.

Er erinnerte sich an die Jahre, in denen er mühsam seine Zaubersprüche verfasst hatte. Der alte Druulin hatte ihn gezwungen, diese Zaubersprüche vor allen anderen, selbst vor seinem besten Freund Ackerly, geheim zu halten. Druulin hatte ihm einen schlichten Zauber, unsichtbar zu werden, gestohlen und sich damit an Nimbulan herangeschlichen. Der alte Mann hatte seinem jungen Lehrling eine harte Lektion erteilt: Erlaube nie einem anderen Magier, deine Sprüche zu lernen.

Diese Geheimhaltung unter Magiern war eine äußerst schwierige Barriere, die er überwinden musste. Das Misstrauen bei den älteren Magiern, die zur Schule gekommen waren, könnte der Grund sein, weshalb dieser einfache Rufzauber so schlecht funktionierte. Nur Ackerly schien sofort die Prinzipien der neuen Magie zu begreifen.

Wenn Nimbulan Ackerly doch nur trauen könnte! Der Mann war den Fragen über die Überdosis Tambootie und Timboor, welche ihn fast umgebracht hatte, begegnet, indem er fast alle anderen hinterhältig beschuldigte. Er hatte sogar Nimbulan Vorwürfe gemacht, mit seinen Experimenten die Lehrlinge zu gefährden.

Ackerly war erstaunlich gut im Sammeln von Drachenmagie. Nimbulan hatte nicht erwartet, dass sein Assistent mit dem neuen System erfolgreicher als mit dem alten sein würde. Doch Ackerly hatte das Prinzip, Magie zu sammeln, verblüffend schnell begriffen und die Methode den Jüngeren hervorragend beigebracht – was die älteren Magier nicht konnten – oder tun wollten.

Sie mussten unbedingt schneller werden. Kammeryl d'Astrismos' Armee kam mit jeder Minute näher.

Nimbulan hätte gern seinen Assistenten von dieser Übung ferngehalten, bis er sicher wusste, wer ihn im vergangenen Winter vergiftet hatte, aber er brauchte Ackerlys Hilfe.

Der Geselle Gilby verhedderte sich in den Worten des Zaubers. Der ganze Kreis der Magier und Lehrlinge kam aus dem Konzept und hörte auf.

»Nochmal von vorn!«, rief Nimbulan ungeduldig.

Als alle im Wettstreit gegeneinander gewesen waren, war es lebensrettend, die Zaubersprüche geheim zu halten. Jetzt aber mussten sie denselben Zauberspruch gleichzeitig sprechen und alle dasselbe Ziel ansteuern.

In Nimbulans Vision der Zukunft gab es keinerlei Grenzen mehr zwischen den Magiern. Mit den gemeinsamen Sprüchen würden sie viel mehr Macht haben. Sie würden ihr Wissen jeweils der nächsten Generation weitergeben.

Endlich schafften es die Magier, den Zauber drei Mal fehlerlos zu sprechen. »Jetzt haltet euch an den Händen, Männer. Die Magie funktioniert nur, wenn alle Magier, die diesen Zauber wirken, Körperkontakt haben«, befahl er.

Zwanzig Männer schwiegen betreten. In dieser Kultur berührten Männer sich nicht. Noch eine Sitte, welche Nimbulan abschaffen musste. Schließlich bildeten sie alle einen Kreis, Alte und Junge, Ausgebildete und Neulinge. Ackerly legte als Letzter die Hand auf Lymans Schulter und schloss so den Kreis. Lyman hielt sein Meisterglas vor die Flammen der Feuerstelle.

»Gemeinsam einatmen, halten, ausatmen. Dabei jedes Mal bis drei zählen.« Energie kribbelte in Nimbulans Armen. Der mit Magie gefüllte Raum forderte ihn auf mitzumachen. Er sah, wie sich die Auren der Männer vereinigten. Unterschiedliche Farbenkreise wirbelten durcheinander, bis alle eine leuchtende Kuppel aus lavendelfarbener und weißer Energie bildeten. Lavendel, die Farbe von Lymans magischer Signatur. Würde Ackerlys Farbe leuchten, wenn er die Gruppe führte, würde seine gelbe Aura dominieren?

Sie wussten so wenig darüber, warum Drachenmagie gemeinsame Arbeit verlangte und die Kraftlinien nicht. Magie war doch nichts als Brennstoff, oder? Doch hatten sie jetzt keine Zeit, nach Antworten zu suchen.

Nimbulan trat zurück, körperlich und magisch. Er hatte keinen Anteil an diesem Zauber. Er musste die Wirkung aus der Entfernung beobachten. Er sah die Aura als Reflexion möglicher Kraft. Die vereinte Aura wuchs, bis sie den Raum füllte, dann schob sie sich durch die dicken Mauern nach draußen.

»Nochmal, einatmen, halten, ausatmen.« Die vereinte Aura pulsierte und erweiterte sich.

»Noch ein einziges Mal. Einatmen, halten, ausatmen, halten.« Die Kraft im Raum wuchs und wurde wie ein lebendes Wesen größer und größer. Sie vervielfachte sich schneller, als er denken konnte. Dann verschwand jegliche Farbe und die vereinte Aura wurde so transparent, mit allen und keinen Farben, wie die Haut der Drachen.

»Sprecht jetzt die Worte des Zaubers und schickt die Flamme zu Naabbon, Lord Hanics neuem Magier. Schickt die Flamme über die Insel, schaut zu, wie sie über den Fluss fliegt, und leitet sie nach West, dann Südwest, über die Weiden durch die Äcker und Felder bis zum Vorgebirge.« Nimbulan schloss die Augen und stellte sich den Weg der Flamme vor. Eine Woche vor jener schicksalshaften Schlacht hatte er im vergangenen Herbst genau auf diesem Weg eine Botschaft geschickt. Darin hatte er Keegan angefleht, zurückzukommen und seine Ausbildung zu beenden. Damals war seine Botschaft ignoriert worden. Würde es heute wieder so sein?

Er streckte die linke Hand mit der Handfläche nach oben und leicht gekrümmten Fingern aus, als wolle er die vereinte Magie in sich aufnehmen. Er zwang sich, eine Hand zu ballen. Er konnte nicht teilnehmen, er musste beobachten.

Endlich hörte er, wie Lyman den Text der Botschaft verlas, die Quinnault ausgearbeitet hatte. Es war eine Bitte an Hanic, sich den Lords anzuschließen, welche sich gemeinsam gegen Kammeryl d'Astrismos verteidigten. Vereinte Kampfstärke, um gegen die zu kämpfen, welche Krieg um des Kriegs willen führten. Wenn alle zusammenstanden, würden sie Kammeryl besiegen und eine neue Regierung mit einer neuen Monarchie aushandeln.

Absichtlich war der Punkt der Monarchie vage gelassen. Hanic musste glauben, dass auch er für die Krone in Frage kam, obwohl die Verbündeten Lords bereits Quinnault gefragt hatten, ob er, der Herr der Inseln, herrschen würde.

Lymans Worte verklangen. Nimbulan öffnete die Augen, um zu sehen, welche Reaktion durch das Glas zurückkam. Da er nicht mit den anderen Magiern an dem Zauber teilgenommen hatte, sah er durch das Glas nur die vergrößerten Flammen. Er konnte die Reaktion Naabbons nur von Lymans Gesicht ablesen. Die Runzeln um die Augen des alten Greises verzogen sich. Ein Lächeln umspielte die Lippen. Er zeigte erstaunlich gute Zähne.

»Einverstanden, Naabbon. Euer Lord wird heute losmarschieren, um Lord Quinnault bei der Verteidigung seines Landes gegen Kammeryl d'Astrismos und den Blutmagier beizustehen.«

Ackerly nahm die Hand von Lymans Schulter. Der Zauber löste sich auf.

»Wir haben es geschafft, Meister Nimbulan.« Der alte Lyman richtete sich auf. »Wir haben den jungen Naabbon mit so viel Magie beschossen, dass wir ihn aus dem Bad geholt haben. Er hat gespuckt und nach Luft gerungen, aber er konnte dem Ruf nicht widerstehen. Er musste an seinem Glas bleiben und ist damit den Korridor hinuntergegangen, nackt wie ein Lumvogel und tropfnass, direkt in Hanics Schlafgemach. Er hat den Lord geweckt und sein Einverständnis erwirkt. Er konnte gegen unseren Zauber nichts ausrichten!«

*

Moncriith betrachtete die Armee Lord Kammeryl d'Astrismos'. Weit weniger als tausend Mann befehligte der Lord. Mehr brauchte er auch nicht. Moncriith wurde mit jedem Magier fertig, den Quinnault de Tanos gefunden hatte.

Dann kam ihm ein leichter Zweifel. Nimbulan und der Junge hatten ihn geschlagen. Er besaß ein paar Fäden von Powwells Umhang, eine Strähne von Myrilandels Locken und einen Splitter von Nimbulans altem Stab – gekauft von Televarn, dem König der Rover, ehe dieser nach Hanassa verschwand. An allen diesen Souvenirs klebte das Blut ihrer Besitzer. Sein Zauber müsste mächtiger sein als alles, was sie gegen ihn aufzubieten hatten.

Abgesehen von diesem Mädchen – Kalen. Sie hatte ihre alte Kleidung ins Feuer geworfen und nicht Moncriith überlassen. Sie war von seinem Zauber ausgeschlossen und konnte Nimbulan irgendwie helfen. Entweder das oder das Stück von Nimbulans Stab war falsch. Rover logen schließlich immer. Aber Moncriith vermutete, dass der Rover Nimbulan hasste und ihn gern tot gesehen hätte.

Wenn Moncriith Nimbulan und Myrilandel wiedersah, würde er ein ganzes Schlachtfeld von Blut und Schmerzen haben, das seine Energie nährte. Seinen nächsten Angriff würden sie nicht überleben. Auch nicht lang genug, um ihre Ehe in einem Tempel der Sternengötter gesegnet zu bekommen. Dämonen durfte man nicht gestatten, die Sakramente zu schänden.

Sobald Nimbulan und Myrilandel aus dem Weg waren, würde der Rest der Magier und der Dämonen, welche sie beherrschten, ebenfalls beseitigt sein. Dann war Moncriith der einzige überlebende Magier in ganz Coronnan. Er würde durch seine Marionette, Kammeryl d'Astrismos, eine Zeitlang regieren. Dann würde auch der selbst ernannte König sterben, wenn Moncriith ihn nicht länger brauchte.

Seine Vision war so real, dass er bereits die Hand nach dem Bild ausstreckte, wo er der gesalbte Priesterkönig von ganz Coronnan war. Niemand würde es wagen, sich ihm zu widersetzen, nachdem er herrschte.

Er lächelte die Armee an, welche seine Befehle erwartete. Einer darin war Nimbulans Spion. Der junge Mann von der Schule trug in sich den Geist eines Dämonen verborgen, welcher sich als magisches Talent getarnt hatte. Moncriith roch diese üble Kreatur im Wind.

Moncriith brauchte Menschenblut, um seinen Schlachtenzauber zu beginnen.

Ein Exempel musste statuiert werden, für alle Magier, um ihnen zu zeigen, dass ihre Macht und ihre Einmischung nicht geduldet wurde. Seine Armee würde den vernichten, welcher sich darin versteckte. Sein Tod würde ihm ungeheure Macht verleihen, Nimbulan auszuschalten, ehe dieser Dämonen zu Hilfe rufen konnte.

»Bring mir die Dämonenschnüffler!«, befahl er einem jungen Sergeant, der neben ihm stand. Die beiden Frauen und der alte Mann konnten Magie in einer Person erschnüffeln, hatten aber sonst kein magisches Talent. Man nannte sie offiziell »Hexenschnüffler«. Moncriith gab ihnen eine wichtigere Rolle in dieser Armee – sie sollten Spione und feindliche Magier erschnüffeln. Dafür genossen sie das Privileg an der Front der Armee zu marschieren, welche sich für die Schlacht morgen früh versammelte. Doch nur, wenn sie ihm den Spion herbeischafften. Nur, wenn die aufgeheizte Menge diesem Magier die Gliedmaßen einzeln aus dem Leib gerissen hatte.

34

»Meister, kommt schnell! Wir brauchen Euch!« Geselle Gilby rannte, ohne anzuklopfen, in Nimbulans Arbeitszimmer. Er rutschte aus und suchte am Türrahmen Halt.

»Kann ich denn den Arbeitsraum nicht einmal für fünf Minuten verlassen, ohne dass ihr in Panik geratet?«

Nimbulan schaute von dem Stapel alter Tagebücher auf, die er durchsehen wollte. Während seiner Lebensjahre hatte er gewissenhaft Tagebuch geführt und sämtliche Zaubersprüche aufgezeichnet, die er benutzt hatte.

»Was ist denn los, Gilby? Hol tief Atem und beruhige dich. Dann erklärst du mir alles in schlichten Worten.« Er bedeutete dem Gesellen, auf dem Sessel neben ihm Platz zu nehmen. Das war der Sessel, auf dem eigentlich Myri sitzen sollte. Sie fehlte ihm jede Minute des Tages. Sie war mit ein paar weiblichen Lehrlingen auf dem Festland, da keiner von ihnen Drachenmagie sammeln konnte.

Gilby schüttelte den Kopf und rang nach Luft. »Ein Ruf, Meister. Ein verzweifelter Hilferuf von Rollett. Er hat ein winziges Hexenlicht benutzt und einen Becher mit Wasser. Mehr hatte er nicht, als er Moncriith ausspionierte. Er sagt, er werde von Hexenschnüfflern verfolgt und eine Menge Menschen riefen nach Blut. Seinem Blut.«

»Schnell zurück in den Arbeitsraum. Das wird nicht einfach. Ich hoffe, wir haben genug gelernt, um dem Jungen aus der Ferne zu helfen.« Nimbulan schloss sein Tagebuch und holte ein älteres heraus, das noch aus seiner eigenen Gesellenzeit stammte.

Wo waren die Aufzeichnungen über Trugbilder? Er hatte gestern noch die Verse gelesen. Wo waren sie? Drei Bücher fielen vom Tisch und hatten sich mit Sicherheit den Bücherrücken gebrochen. Er ignorierte es.

Kein Buch war so wertvoll wie Rolletts Leben.

Warum bloß hatte er den Jungen als Spion zu Moncriith geschickt? Er hätte einen normalen Sterblichen schicken sollen, jemanden, der nicht das Misstrauen des Blutmagiers erweckte – oder er hätte selbst gehen sollen.

So kurz nach Keegans Tod konnte er nicht schon wieder einen Lehrling verlieren. Er durfte sich vom Krieg nicht noch einen geliebten Menschen rauben lassen.

»Hier!« Er hatte das gesuchte Buch gefunden und überflog die Seiten, während er den Korridor hinunterlief. »Wir haben keine Zeit, den Zauberspruch auswendig zu lernen. Ich lese ihn laut vor, Satz für Satz, und die Gruppe wiederholt ihn. Ich hoffe, es funktioniert. Ich bete, dass wir noch rechtzeitig kommen.« Er blickte aus einem Fenster. Von den Drachen war nichts zu sehen. Aber sie waren in der Nähe, er spürte ihre Anwesenheit, da ständig die magische Energie genährt wurde. Aber er konnte sie nicht sehen. Würde der Zauber stärker sein, besser kontrolliert, wenn die Magier sich um einen Drachen im Kreis aufstellten?

Es blieb keine Zeit, das herauszufinden.

Im Arbeitsraum waren Magier, Gesellen und Lehrlinge versammelt. Alle waren völlig verwirrt.

»Schnell, bildet einen Kreis. Fasst euch an den Händen. Lehrlinge, ihr bleibt draußen und schaut zu. Dringt nur in den Kreis ein, wenn etwas falsch läuft. Ein Feuer und ein Glas. Wo ist mein Glas?« Nimbulan gab die Befehle.

»Lan, einen Aufguss stärkender Kräuter, ehe du beginnst. Er wird dir helfen, die Nerven zu beruhigen und deine Magie zu konzentrieren.« Ackerly stand neben Nimbulans Ellbogen mit einem Becher dampfenden Gebräus. Nimbulan nahm den Becher dankbar entgegen. Typisch Ackerly! Er denkt an so eine Kleinigkeit, die vielleicht den ganzen Zauber rettet.

Der Dampf stieg ihm in die Nase, als er den Becher an die Lippen setzte. Doch dann ließ der Moschusduft seine Muskeln erstarren. »Du hast Tambootie hineingetan.«

»Ja, Lan, wie immer. Du brauchst die Droge, um deine Magie zu verstärken und zu lenken.« Ackerly sah ihn erstaunt an. Die großen grauen Augen enthüllten keines seiner Gefühle. Er hatte einen Schutzpanzer um sich gelegt, um seine Gedanken vor Nimbulan zu verbergen.

»Nein. Ich brauche diesen Dämonentrank nicht. Ich habe mich von der verfluchten Droge frei gemacht. Ich brauche nur die Drachen. Mehr brauchen wir alle nicht, um unsere Magie zu stärken.« Unwirsch reichte er den Becher Ackerly zurück. Dann überflog er mit einem Blick die Gruppe, um sich zu vergewissern, dass sie für diese wichtige Rettungsmission bereit war. Beim Anblick der verschleierten Augen und ausdruckslosen Mienen wurde ihm das Herz schwer.

»Wie viele haben von deinem üblen Gebräu getrunken, Ackerly?« Er packte seinen Assistenten an der Tunika und schüttelte ihn heftig vor Wut. »So sind sie nutzlos! Wir verlieren Rollett an Moncriiths Pöbel, weil du ihnen allen Tambootie gegeben hast.«

»Wir haben stets Tambootie benutzt«, verteidigte sich Ackerly. Er betrachtete den Fleck auf der Tunika, wo der Trank hingeflossen war. Ein dunkelbrauner Fleck mit einem Anflug von Grün und Rosa, wie die frischen Blätter des magischen Baums, breitete sich auf seiner Brust aus.

»Diese Flecken in dem Aufguss stammen von Timboor. Das ist Timboor. Gift!« Nimbulan wich vor Ackerly zurück, als sei die Berührung des nassen Flecks so gefährlich wie der Trank. »Du hast uns alle vergiften wollen, genau wie du ... Ja, du warst es, der mich im vergangenen Winter vergiftet und dann in die Krypta gelegt hat, weil du mich für tot hieltest. Du hast versucht mich zu ermorden!«

Die Gewissheit von Ackerlys Schuld traf ihn schwer. Er konnte es nicht glauben. Er wollte es nicht glauben. Doch der Beweis war vor ihm, der Fleck auf Ackerlys Tunika.

»Unsinn, Meister, deine Gemahlin hat mir die Kräuter für diesen Trank gegeben!« Ackerly schob sich zur Tür, hielt aber den belastenden Becher noch in der Hand.

»Meine Frau hat diese Insel schon vor Sonnenaufgang verlassen. Ich befasse mich später mit dir, Ackerly. Gilby, du und Powwell, Haakkon, Zane ...« Nein, Zane nicht. Er konnte noch keine Drachenmagie sammeln. »Jaanus und Bessel, ihr habt noch nicht von dem Gift getrunken. Kommt zu mir. Schiebt die anderen beiseite. Wir helfen ihnen, sobald wir Rollett gerettet haben. Maalin, du bleibst draußen, als Kontrolle und Führer.

Drei tiefe Atemzüge, dann waren ihre Talente vereinigt, wie sie es geübt hatten.

»Schatten und Nebel sammeln sich wie ein Schild,
Verhüllen vor fremden Augen, bieten kein klares Bild,
Unsichtbar für alle, welche durch den Rauch spähen,
Wegen der Magie werden sie nichts sehen.«

Keine großartige Poesie, aber die Absicht war klar. Nimbulan rezitierte den Spruch Zeile für Zeile. Seine fünf Begleiter wiederholten die Worte gleichzeitig. Die Magie vereinigte sich zu einem Wirbel, der hinausstürmen wollte. Er spürte die Kraft der Lehrlinge, welche Gilby sofort kontrollierte.

»Ruhig, Männer. Ganz ruhig. Mit mir durchs Glas zu Rollett.« Gemeinsam flogen ihre Gedanken mit dem Bild der

Flamme auf der anderen Seite von Nimbulans großem Meisterglas. Wie ein Pfeil schossen sie mit der Flamme über die rollenden Hügel nach Süden, zu ihrem Ziel. Sie kamen an den wohl geordneten Lagerfeuern von Lord Kammeryl vorbei zum Rand, wo die Feuer wahllos verteilt brannten.

Sie hörten Hunderte wütender Stimmen. Ein Magier wurde ohnmächtig, aber ein anderer holte ihn zurück ins Bewusstsein der Gruppe. Gedanken, Träume, Aspirationen – alles stand jedem in der Gruppe zur Verfügung, der tiefer eindringen wollte – genau wie beim Ritual der Rover. Doch blieb jetzt weder Zeit noch gab es die böse Absicht, ins Privatleben eines Menschen einzudringen.

Rollett?, flüsterten sie körperlich und mental. Wo bist du, Junge?

Die Schreie der Wut und der Empörung wurden lauter und kamen näher. Ihr pfeilgleicher Zauber explodierte beim Aufprall. Rolletts Persönlichkeit, seine Seele, seine Magie brach aus der Begrenzung seines Körpers aus und verteilte sich in die vier Winde.

*

Ackerly stopfte seine Sachen wahllos in ein Reisebündel. Ehe Nimbulan nach ihm suchte, würde er schon auf halbem Weg zum Festland sein. Aufgeregt warf er das Bündel aufs Bett und kniete sich auf den Boden beim hohen schmalen Fenster seiner Zelle. Dann löste er mit dem Messer aus dem Gürtel eine Schieferplatte. Darunter hatte Ackerly eine Vertiefung aus dem Granit herausgemeißelt, um ein sicheres Versteck zu schaffen. Er steckte den Arm bis zum Ellbogen hinein und packte einen Jutesack.

Mit beiden Händen zerrte er den schweren Sack auf den Fußboden. Hastig löste er den Knoten mit einem kleinen

Zauber. Mittels der Drachenmagie war so etwas ein Kinderspiel. Seit er Magie aus der Luft sammeln konnte, war er ebenso mächtig wie jeder andere an der Schule.

Niemals wieder würde er im Schlepptau eines berühmten Mannes gehen, sich nie wieder im Hintergrund verstecken und alle niedrigen Arbeiten leisten, die eigentlich Diener verrichten mussten. In den letzten dreißig Jahren hatte er ein Goldstück nach dem anderen gehortet. Mit dem Goldschatz und der Drachenmagie kontrollierte er ebenso viel Macht wie irgendein anderer Mann in Coronnan. Womöglich sogar mehr.

Mehr. Denn er wusste, wie man die Drachenmagie unwirksam machen konnte. Damit machte er Nimbulan und seine kostbare Kommune sinnlos.

Kammeryl d'Astrismos würde für dieses Wissen sehr viel bezahlen. Ebenso Moncriith. Er würde den Blutmagier mit dem gleichen Zauber erreichen, der Rollett retten sollte. Doch zuvor musste er sicher das Festland erreichen.

Ackerly warf die Kleidung, die er schon eingepackt hatte, heraus und steckte stattdessen den Sack voller Goldmünzen ins Bündel.

Sollte er Kalen mitnehmen? Sie war von der Schule ausgeschlossen, weil sie keine Drachenmagie sammeln konnte. Stuuvart hatte sie schon immer ausgeschlossen. Ganz kurz verspürte er Sehnsucht nach dem Kind, das er vielleicht gezeugt hatte, und beinahe hätte er sich auf die Suche nach dem Mädchen gemacht.

Nein. Sie konnte keine Drachenmagie sammeln und daher auch nicht seine eigene Kraft verstärken. Außerdem würde Moncriith sie bestimmt verfolgen. Er war allein besser dran.

Er spähte mit all seinen Sinnen auf den Korridor vor seiner Zelle, dann schlich er sich aus dem alten Kloster zu der Höhle, wo er ein Boot versteckt hatte. Morgen um diese Zeit war er der mächtigste und geachtetste Magier von ganz Coronnan.

*

Myri blickte auf. Sie suchte nach Fenchel. Sie brauchte nur einen einzigen Zweig, um Nimbulan in der bevorstehenden Schlacht zu beschützen. Angst stellte ihr die Nackenhaare auf.

»Schau nur, die Leute rennen alle im Kreis herum!«, flüsterte Kalen zu Myri. Mit zwei anderen Mädchen lagen sie flach auf einer Anhöhe und blickten auf das Armeelager hinunter. Ihre Körbe quollen über von Heilblumen und Kräutern – aber kein seltener Fenchel. Myri hatte die Mädchen Lieder gelehrt, wie man der Kardia für das Geschenk einer jeden Pflanze dankte. Als sie Blumen und Kräuter pflückten, versiegelte ein anderes Lied die Heilfunktion darin, die erst wieder zum Vorschein kam, wenn man die Pflanze aufbrühte, als Salbe oder als Umschlag verwendete.

Myri machte Moncriiths auffallende Erscheinung mühelos aus. Er drehte ihnen den Rücken zu und blickte aufs Lager. Immer stand er auf dem höchsten Punkt und umgab sich mit Menschen, welche zu ihm aufschauten, als sei er die Inkarnation aller dreier Sternengötter.

»Was tun die nur?«, fragte Kalen.

Myri suchte nach einem Muster, wonach sich die Menge hinter drei Gestalten drängte, die sich an den Händen hielten und schnupperten.

»Hexenschnüffler!« Myri erstickte fast an ihrer Angst. Ihr wurde schwindlig. Sie hatte diese Szene schon einmal gesehen. Ein Stück Erinnerung stieg vor ihr auf. Sie und Magretha, die alte Frau mit den Narben, hatten eine ähnliche Szene aus dem Schutz eines Baumwipfels beobachtet. Die Menge unter ihnen hatte immer nur geradeaus geschaut, nie nach oben. Nach einer ungemütlichen Nacht mit wenig Schlaf auf einer Astgabel war sie mit ihrer Ziehmutter schweigend in ein fernes Dorf geflohen – eines, das eine Hexe brauchte und noch nicht gelernt hatte, einer alten hässlichen Frau mit Brandnarben auf einer Gesichtshälfte die Schuld für jegliche Krankheit zu geben, die einen dort plagte.

»Wir sollten weglaufen. Sie finden uns früh genug.« Kalen schob sich auf dem Bauch zurück.

»Noch nicht. Sie suchen dort in der Nähe. Seht ihr, wie sie die Hände direkt vor die Nasen ausstrecken. Wenn sie jemanden außerhalb des Lagers suchten, würden sie in Kreisen ausschwärmen, bis sie den Duft im Wind erschnüffeln.« Myri hielt die Mädchen zurück.

Amaranth stieß einen schrillen Entsetzensschrei über ihr aus. Seine Umrisse glichen einem schwarzen Habicht, und sein Schrei klang mehr nach einem Vogel als dem eines Katers, allerdings melodischer als ein Vogelschrei.

Myri entdeckte über ihm den Schimmer eines durchsichtigen Drachenflügels. Dieser Drache schickte ihr besorgte Gedanken.

(Shayla), meldete sich die Drachin. (Sie suchen einen, der zu Nimbulan gehört. Wir können nicht zulassen, dass dieser arrogante Kerl wieder Erfolg hat.)

Die Drachin würdigte den Blutmagier nicht, indem sie seinen wahren Namen nannte. Der arrogante Kerl. Eine zutreffende Beschreibung von Moncriith.

»Wen immer sie jagen, er braucht unsere Hilfe. Wir müssen einen Plan schmieden«, sagte Myri zu ihren Zöglingen. Dann wandte sie die Aufmerksamkeit wieder Moncriith und den Hexenschnüfflern zu.

»Sie gehen immer wieder zum selben Zelt. Jedes Mal

machen sie den Kreis etwas enger.« Kalen deutete auf ein winziges Zelt, kaum groß genug für einen Mann.

Es war nicht das letzte Zeit am Rand des Lagers, aber ziemlich nah, als sei der Bewohner zu spät gekommen oder wollte sich einen schnellen Rückzug freihalten.

»Und schaut euch Moncriith an!« Das kleine Mädchen stand mit den Händen in die Hüften gestemmt da und machte ein wütendes Gesicht. »Er betrügt. Seht euch seine Aura an. Er steigert die Gefühle der Menge, die den Schnüfflern folgen. Er schreit nach Blut und bringt die anderen dazu zu glauben, dass sie es wollen.«

»Rollett ist da unten.« Myri erinnerte sich genau, dass Nimbulan den jungen Mann, seinen vertrauenswürdigsten Gesellen, gestern Nachmittag ins feindliche Lager geschickt hatte, um Moncriith auszuspionieren. Rollett war erpicht gewesen, sein Talent als Beobachter auszuprobieren und seine Verkleidungskunst. Aber selbst ein schlichter Illusionszauber, mit dem nur Haare und Augenfarbe verändert wurden, verwendete genug Magie, um Hexenschnüffler zu alarmieren.

»Wie können wir ihm helfen, Shayla?«

Das Prickeln in ihrem Nacken warnte sie vor Gefahr. Sie duckte sich und zog Kalen und ein anderes Mädchen zurück aufs Gras. Ein magischer Pfeil zischte an ihnen vorbei. Er flog direkt auf das Zelt zu, in dem wohl Rollett war.

Der glitzernde Zauberpfeil drehte sich beim Fliegen und bildete kleine Regenbogen. Er hielt kurz inne, wechselte abrupt die Richtung und sauste dann auf das Zelt zu. Beim Aufprall entstanden farbige Funken, die wie bunte Schneeflocken auf die Erde sanken. Dann war das Zelt verschwunden. Innerhalb eines Wimpernschlags.

Shayla über ihnen atmete erleichtert aus.

Myri schickte ihre Sinne aus. Eine Kuppel aus durchsichtiger Magie bedeckte jetzt die Stelle, wo das Zelt gewesen war. Nur die Ablenkung des Lichts verriet, dass es die Kuppel gab – sie sah wie ein Drachen aus.

Die Hexenschnüffler blieben verblüfft stehen. Dann begannen sie einen neuen Tanz und schwenkten wild die Arme. Sie hatten ihre Beute verloren und suchten jetzt eine neue Richtung. Sie folgten einer ähnlichen durchsichtigen Kuppel aus Magie, welche im Lager nach Osten hin trieb.

»Wir müssen für eine Ablenkung sorgen, sonst finden sie ihn.« Kalen sprang wieder auf. Sie schloss die Augen und konzentrierte sich, während sie Energie aus der Kardia sog.

Myri spürte, wie eine Kraftlinie nördlich von ihnen sie anzog. Auch sie holte sich Energie für einen Zauber. Lande im nächsten Tal, Shayla, und nimm Rollett auf dem Rücken mit. Niemand im Lager wird dich sehen. Alle schauen auf uns, erklärte sie der Drachin.

(Einverstanden. Amaranth wird dich beschützen, bis ich zurückkomme und euch hole.)

Kalen arbeitete neben Myri an einem Schutzzauber um sich. Bei jedem Herzschlag wurde sie größer und breiter. Ihre schlichte Ledertunika und die Beinkleider färbten sich rot und wurden zu einem blutroten Gewand. Ihre Gesichtszüge wurden männlich. Im nächsten Moment stand eine Kopie Moncriiths auf der Anhöhe. Dann hob die verwandelte Kalen die Hände zur traditionellen Geste der Segnung. Nur die leicht nach oben gekrümmten kleinen und Mittelfinger verrieten, dass sie Fäden der Kardia gesammelt und daraus ihre Verkleidung gewebt hatte.

Die Hexenschnüffler schauten herauf und ließen die kreisenden Arme sinken. Dann zeigten sie auf den neuen Moncriith auf der Anhöhe, in direkter Linie hinter dem Original. Vom Gesichtspunkt der Menge zeigten die Schnüffler auf ihren Anführer als den Ursprung der Magie, welche sie erschnüffeln und ermorden sollten.

»Oh, du boshaftes Kind!« Myri lachte.

»Lange vermag ich das nicht zu halten. Ich weiß nicht, wie ...« Das Trugbild brach in sich zusammen. Nur ein kleines Mädchen in Ledersachen stand da, senkte den Kopf und keuchte vor Anstrengung.

Wieder hatten die Hexenschnüffler bei ihrer Suche versagt.

»Wenn du das Trugbild nicht lange aufrechterhalten kannst, muss ich es versuchen.« Myri sammelte die Energiefäden in den Fingern und webte das Gewand. Aus der Erinnerung gestaltete sie das Porträt ihres schlimmsten Feindes auf ihrem Gesicht, samt langem Haar und Bart.

Jetzt nahmen die Schnüffler die Fährte wieder auf und marschieren leicht verwirrt weiter. Die Menge folgte ihnen. Sie umrundeten den Baumstumpf, auf dem Moncriith stand. Mit stummer Bitte streckte er ihnen die Hände entgegen. Dann schrie er seinen Anhängern etwas zu. Angst war in seiner Stimme zu hören.

Myri musste kämpfen, um den Zauber zu halten. Die Erschöpfung drohte, das Trugbild zurück in die Kardia zu ziehen, wo es herstammte. Nur noch ein bisschen. Eine kleine Weile länger. Sie musste den Zauber halten, bis Rollett geflohen war.

Ihr Kontakt mit der Kraftlinie wurde schwächer. Die magischen Fäden, die sie in den Fingern hielt, begannen sich zu verwirren. Sie biss die Zähne zusammen und fand die Kraft, den Zauber zu halten. Schweiß stand ihr auf der Stirn und lief ihr über den Rücken.

Sie betrachtete die Szene unter sich. Moncriith und die drei Hexenschnüffler liefen den Hügel zu ihr empor und stießen dabei wüste Drohungen aus. Mord glitzerte in ihren Augen.

35

»Haben wir das getan?«, fragte Nimbulan die Magier, die neben ihm zu Boden gesunken waren. Sie hielten sich noch an den Händen, aber das Feuer war ausgegangen und die Magie war verflogen.

»Ich weiß es nicht«, stieß Gilby durch die zusammengebissenen Zähne hervor.

Die anderen schüttelten bestätigend die Köpfe. Dann knurrte allen gleichzeitig der Magen. Sie hatten ungeheure Mengen von Energie benutzt, um diese Magie zu wirken.

»Wir müssen es noch einmal versuchen«, sagte Nimbulan. »Wir müssen uns überzeugen, dass Rollett in Sicherheit ist.« Seine noch nicht ausgeheilte Wunde tat sehr weh. Er ignorierte die Schmerzen und entzündete mit einem Fingerschnippen wieder das Feuer und hielt das Glas vor die Flammen. Er sah nur das Feuer, etwas vergrößert. Hektisch suchte er nach mehr Drachenmagie. Doch er spürte keine in der Luft um ihn herum. Hatten sie den gesamten Vorrat aufgebraucht?

Rollett war noch immer in Gefahr. Nimbulan musste alles tun, um ihn zu retten. Nach wie vor durchzogen Kraftlinien die Gegend. Er streckte die Hände nach der nächsten aus, prallte aber gegen eine feste Barriere.

»Nein, Nimbulan.« Der alte Lyman umfasste sein Handgelenk mit erstaunlich kräftigem Griff. »Wir müssen die Kraftlinien völlig vergessen. Deshalb hat der Geisterwächter hier die Quelle der Kardiamagie versiegelt. Wenn gebündelte Magie Erfolg haben soll, dürfen wir nie wieder auf die individuelle Sammlung von Energie zurückgreifen, ganz gleich, wie verzweifelt wir sie brauchen.«

Nimbulan blinzelte, um den alten Mann deutlich zu sehen. »Rollett ist noch in Gefahr. Ich kann ihn nicht wie Keegan sterben lassen.«

Lyman wurde verschwommen, dann wieder deutlich und wieder verschwommen. Nebel oder Rauch verwischte seine Umrisse. Schließlich sah Nimbulan ihn langsam wieder scharf. Es fiel ihm schwer. Als er die Augen wieder weit öffnete, saß Lyman auf seinem Platz auf der anderen Seite des Kreises. Hatte der alte Mann kurzfristig die Gestalt des Wächtergeistes angenommen? Oder hatten Erschöpfung und Schmerzen Nimbulan einen Trick gespielt?

»Rolletts Leben liegt in den Händen der Sternengötter. Wir haben getan, was wir konnten«, erklärte Lyman.

»Ihr könntet die Drachen auch auf die Danksagungsliste setzen, vor allem Shayla.« Rollett trat in den Raum. Er wirkte leicht benommen und hinkte und hielt mit der rechten Hand den linken Arm fest. Seine dunklen Locken standen vom Kopf ab, als sei er in einen Sturm geraten.

»Rollett!« Nimbulan lief zu dem jungen Mann. Jaanus folgte ihm und umarmte den Klassenkameraden und den Meister. »Jetzt bist du in Sicherheit, mein Junge. In Sicherheit«, wiederholten sie immer wieder.

»Ja, ja, bin ich«, meinte Rollett, der sein Glück noch gar nicht fassen konnte.

»Wie? Erzähl. Wir müssen die Details erfahren, falls wir diese Methode wieder anwenden müssen.« Lyman übernahm und dämpfte die allgemeine Begeisterung etwas.

»Ich habe euren Ruf gespürt. Das Wasser in meinem Becher hat sich so stark bewegt, dass ich befürchtete, ihr würdet ihn zerbrechen mit eurem heftigen Befehl, bei eurem Zauber mitzuwirken. Ich hielt ihn zu meinem winzigen

Hexenlicht, und plötzlich schien die Welt in ein Feuerwerk aus Farben zu explodieren. Aber es reichte nicht weit. Als ich wieder scharf sehen konnte, schimmerte alles in meinem kleinen Zelt so irisierend, es war, als ob man einen Drachen betrachtet.« Er schaute in die Runde, um sich zu vergewissern, dass sie ihn verstanden.

Lautes Lachen löste die fast unerträgliche Spannung.

»Nun, dann habe ich einen Blick aus dem Zelt riskiert«, fuhr Rollett fort. »Die Hexenschnüffler und ihre Anhängerschar schwenkten plötzlich in eine andere Richtung. Ich schlich mich aus dem Zelt und lief so schnell ich konnte in die andere Richtung. Aber als ich zurückblickte, war mein Zelt unsichtbar. Ich stand völlig verblüfft da, als einer von Moncriiths Schergen an mir vorbeilief. Er war höchstens eine Armlänge von mir entfernt, konnte mich aber nicht sehen.

Nimbulan wurde das Herz leichter. Sie hatten es mit der Drachenmagie geschafft, den Jungen so unsichtbar wie einen Drachen zu machen.

»Und was ist dann geschehen?«, fragte Nimbulan. Er wollte wissen, weshalb Rollett den Drachen so besonderen Dank sagen wollte, abgesehen von dem wunderbaren Geschenk der vereinten Magie.

»Ich bin losgerannt. So schnell ich konnte, bin ich über den nächsten Hügel gelaufen. Dann bin ich gestolpert und hingefallen. Ich bin aber schnell aufgestanden und weiter gerannt.« Er zuckte zusammen und verlegte das Gewicht auf den rechten Fuß.

Jaanus holte ihm schnell einen Stuhl. Rollett ließ sich dankbar darauf sinken, hielt aber immer noch den linken Arm fest. Er streckte die langen Beine von sich. Sein Oberkörper sank etwas in sich zusammen, als merke er jetzt erst, wie erschöpft er war.

»Dann bin ich bergab wieder gefallen und gerollt. Dabei

muss ich mir die Schulter verrenkt haben. Ich habe die Menschenmenge brüllen gehört. Sie wollten Blut und nichts würde sie aufhalten. Jetzt kamen sie wieder in meine Richtung. Ich habe keine Ahnung, ob sie mich gerochen haben oder nicht. Ich dachte schon, jetzt ist alles aus, da hörte ich auf zu rollen. Ich war gegen etwas Großes geprallt. Das war Shayla.«

Alle im Raum nickten. Sie wussten, wie groß Shayla war. So breit und mindestens so hoch wie zwei Pferde. Etliche Tonnen Drachen waren schon eine eindrucksvolle Masse, wenn man dagegen prallte.

»Sie hat nicht mit mir gesprochen, aber ich spürte den Zwang, auf ihren Rücken zu klettern. Mit dem Arm und dem Knöchel war es schwierig, aber ich habe mich an ihren Zacken festgehalten. Einen halben Herzschlag später waren wir schon in der Luft.«

Nimbulan spürte wieder, wie sich die Drachenmuskeln unter seinen Beinen zusammenzogen. Und den starken Windstoß, als die mächtigen Schwingen zum ersten Mal nach unten schlugen. Das Gefühl, wie sein Hals auf den Bauch gepresst wurde, als die Kardia unter ihm versank und sie deren Schwerkraft verließen. Shayla hatte darauf bestanden, dass sie und ihre Partner ihn, Myri und die Kinder zurück zur Insel brachten. Er hoffte, diese unwahrscheinlich aufregenden Momente des Fliegens eines Tages erneut zu erleben.

»Wir haben auf der anderen Seite von Moncriiths Lager gehalten und Myrilandel und die Mädchen von der Anhöhe aufgenommen. Die Menge schien auf sie zu zeigen und wollte sich auf sie stürzen. Aber ein Blick auf die Drachin und sie zogen den Schwanz ein und rannten weg. Alle, bis auf Moncriith. Ich habe gesehen, wie er ein Messer herausriss, in seinen Unterarm schnitt und einen Zauber begann.« Rollett schwankte kurz vor Erleichterung. »Shayla flog hoch und schnell. Wir waren schneller als der Zauber, mit dem er uns aufhalten wollte.«

»Ich möchte, dass Myri sich deine Verletzung anschaut.« Nimbulan drückte den jungen Mann auf die unversehrte Schulter.

»Tut mir leid, aber sie ist nicht hier«, sagte Rollett. »Auf dem Rückweg sind wir über Lord Hanics Armee geflogen. Sie sind auf dem Weg hierher, aber ich weiß nicht, ob sie eher hier ankommen als Lord Kammeryl. Shayla hat Myri dorthin zurückgeflogen. Vielleicht kann sie sie zur Eile antreiben. Ich muss Ackerly finden. Der soll sich die Schulter ansehen. Vielleicht kann mir Guillia einen Umschlag für den Fußknöchel machen.«

»Ackerly!« In Nimbulan stockten jeder Gedanke und jede Bewegung. Bei dem Wirbel um Rolletts Rückkehr hatte er Ackerly ganz vergessen. Einen Moment lang hatte er ein schlechtes Gewissen wegen seiner harschen Worte. Ackerly konnte ihn nicht verraten und versucht haben, ihn mit einer Überdosis Timboor zu ermorden. Sie waren zu lange Freunde und Kollegen. Sie hingen viel zu sehr voneinander ab. Sie hatten sich gegenseitig oft das Leben gerettet. Einen zu großen Teil ihres Lebens miteinander verbracht.

»Sollen wir den Mann für die Gerichtsverhandlung ins Refektorium bringen oder zu Lord Quinnault?«, fragte Jaanus zögernd.

»Ich glaube, wir sollten ihn in die Halle des Lords bringen. Diese Inseln gehören ihm. Er hat das Recht der Gerichtsbarkeit. Aber es widerstrebt mir, einen Magier einem normalen Sterblichen zu übergeben«, sagte Nimbulan.

»Er ist Quinnault der Friedensstifter, nicht Kammeryl der Zerstörer«, erinnerte ihn Lyman. »Er versteht, dass Ackerly ein Mensch ist, mit menschlichen Motiven und Schwächen, und kein Dämon. Wir müssen die Gesetze befolgen, wenn wir dem Rest des Königreichs ein Beispiel für ein friedliches Leben unter dem Gesetz geben wollen.«

»Wir dürfen keine persönlichen Gefühle über das Gesetz stellen.« Nimbulan senkte traurig den Kopf. »Es gibt klare Beweise, dass der Mann mich ermorden wollte. Er muss sich vor dem Gesetz verantworten, welches durch Lord Quinnault de Tanos repräsentiert wird.«

*

»Ich wünschte, ich könnte fliegen«, sagte Myri. Sie zwirbelte einen langen Grashalm in der Hand, während sie sich gegen Shaylas Flanke lehnte. Das Gras ähnelte Fenchel, war aber nicht die kostbare Schutzpflanze, welche sie suchte. Vielleicht würde sie im Norden, in einem wärmeren und trockeneren Klima finden, was sie brauchte.

Unterhalb des Hügels, wo sie lagen, eilte Lord Hanics Armee auf der Handelsstraße dahin. Wenn sie Tag und Nacht marschierten, konnten sie vielleicht noch rechtzeitig eintreffen, um Lord Quinnaults kleine Verteidigungstruppe zu verstärken. Aber dann waren sie zu müde, um zu kämpfen.

Myri überlegte, was sie tun könne, um die Schlacht zu verhindern, während sie Amaranths schwarzes seidiges Fell streichelte. Er döste im Nest aus Shaylas Vorderbeinen. Der Flugflipper schien sich dort seit geraumer Zeit wohler zu fühlen als in Myris Schoß.

»Ich träume vom Fliegen.« Myri kehrte zu ihrem ursprünglichen Gedanken zurück. Wenn sie hundert Drachen hätten, könnten sie eine Armee auf die Inseln fliegen. Bei einem derartig gewaltigen Aufgebot wäre Kammeryl d'Astrismos zum Rückzug gezwungen und müsste seine Schlachtpläne überdenken.

(Du musst deine Träume vom Fliegen vergessen, mein Kind. Dein Schicksal liegt nicht länger bei den Drachen), antwortete Shayla. (Du bist mit deinem Lebensgefährten glücklich. Bei ihm musst du bleiben, nicht mit deinem Drachennimbus fliegen.)

»Ich liebe Lan von ganzem Herzen und weiß nicht, was ich tue, wenn er in dieser Schlacht stirbt.«

(Du wirst überleben. Wir haben dir ein Heim und eine Familie versprochen. Du darfst keine Magie mehr wirken, um die zu retten, die du liebst.)

»Der Zauber, mit dem ich die Menge von Rollett abgelenkt habe, war nur ein Trugbild. Ein ganz einfacher Zauber«, verteidigte sie sich.

(Nicht die Stärke des Zaubers schadet deinem ungeborenen Kind. Jeder Zauber wird sein Schicksal verändern, ehe es die Chance hatte, sich ein eigenes zu machen. Du warst das Opfer eines Zaubers, der einer zu viel war. Tu das deinem Kind nicht an.)

»Meinem Kind?«

Myri richtete sich auf, sodass ihr Rücken die Drachin nicht mehr berührte. Shaylas Behauptung, dass sie ein Kind unter dem Herzen trage, war wichtiger als ein flüchtiger Blick in ihre Vergangenheit. »Hexen können nicht schwanger werden und Magier sind zeugungsunfähig.«

(Mag sein, dass diese Gnade ganz selten einer deiner Art gewährt wird. Magier haben ihre Körper seit vielen Generationen mit Tambootie vergiftet. Aber du bist anders als die meisten Hexen, und Nimbulan hat seinen Körper vom Tambootie gereinigt. Gemeinsam habt ihr ein neues Leben begonnen. Streite nicht ab, was dein Herz und dein Körper dir als wahr bestätigen.)

»Aber du und deine Partner, ihr fresst sehr viel von den Tambootie-Bäumen und ihr bekommt viele Kinder.«

(Tambootie ist ein Teil der Drachennatur – für Kardia Hodos ein natürlicher Bestandteil. Menschen kamen vor langer Zeit aus einer fernen Welt. Wir können ohne Tambootie nicht leben. Aber so wie Tambootie sich in uns zu magischer Energie verwandelt, ist es für Männer und Frauen ein langsames Gift, wenn sie es regelmäßig essen.)

»Ich habe nie Tambootie genommen, aber trotzdem bin ich früher nie schwanger geworden. Warum jetzt?« Behutsam berührte sie ihren Bauch mit den Fingerspitzen. Noch zu früh, um ein Anschwellen zu entdecken. Sie versuchte nicht mittels Magie nach dem werdenden Leben zu suchen, nachdem Shayla sie eindringlich gewarnt hatte, keinerlei Zauber mehr zu wirken.

(Hexen haben zu viel Kontrolle über den eigenen Körper und werden nicht willkürlich schwanger. Sie haben starke Instinkte, die ihnen sagen, wer ein guter Vater sein wird und wer nicht. Magie und Abgeschiedenheit, um ihr Talent zu studieren und zu vervollkommnen, sind ihnen wichtiger als Ehemänner und Familie. Du hast diese Kontrolle, mein Kind, und hast gespürt, dass der richtige Zeitpunkt da war. Und dass dieser Mann der richtige ist. Dein Herz hat deinen Verstand überstimmt, und so bist du schwanger geworden. Eine neue Ära beginnt für die Menschen in diesem Reich. Dein Kind wird unter denen sein, welche die Wohltaten der Drachenmagie verbreiten und die Blutbäder verhindern, unter welchen Menschen und Drachen seit viel zu vielen Jahren gelitten haben.)

»Männer werden immer Krieg führen.«

(Aber sie werden nicht mit Magie kämpfen. Eine letzte Schlacht wird den Platz der Magie in deinem Reich festlegen. Nach der letzten Schlacht werden Magier und Drachen die gesamte Magie kontrollieren. Normale Sterbliche werden die Schlachten führen, aber Magier nur um weise Ratschläge bitten.)

»Eine letzte Schlacht«, meinte Myri nachdenklich. Sie wollte aufstehen, tat es jedoch nicht und lehnte sich wieder an die Drachin. »Ich weiß nicht, wie ich mit den Folgen einer Schlacht fertig werden soll. Ich darf aus Sorge um das Kind keine heilenden Zauber mehr wirken. Wie kann ich leidende Männer nicht heilen?«

Amaranth wachte auf, miaute und sprang auf ihren Schoß. Dann rieb er den Kopf an ihrer Hand und wollte gestreichelt werden, aber auch sie trösten.

»Ich muss vorher den Fenchel finden. Das ist das einzige Mittel, das ich kenne, um Lan zu beschützen, wenn ich meine Magie nicht einsetzen darf, um sein Leben zu retten.«

(Vertraue Lyman. Er ist einer von uns. Amaranth wird dir zeigen, was du tun musst, wenn die Zeit da ist.)

»Ich wünschte, es gäbe eine Möglichkeit, das zu vermeiden.«

(Es ist zu spät, um einzuschreiten. Siehst du den Mann im Südosten von unserem Platz aus?)

Myri legte die Hand über die Augen, um in der tief stehenden Sonne besser zu sehen. Auf dem Hügel wurde die Silhouette eines Mannes, der ein schweres Bündel trug, sichtbar. »Ja, ich sehe ihn.«

(Das ist der Goldmann.) Shayla gab ihm keinen Namen. Das bedeutete, dass die Drachen ihn entweder fürchteten oder verachteten. (Der Mann liebt Gold mehr als sein Leben.)

Myri erkannte jetzt Ackerly an Gang und Haltung.

(Er flieht vor Nimbulans Zorn ins Lager des Feindes der Drachen. Er wird dafür sorgen, dass es zu einer Schlacht kommt. Jetzt musst du dieses Gelände studieren und vorausplanen. Komm, ich bringe dich zum Schlachtfeld.)

Ein kurzer Drachenflug brachte sie in ein anderes hügeliges Gelände, vor dem sich eine weite Ebene über eine Meile weit zum Fluss erstreckte.

»Hier?« Myri betrachtete die Ebene, welche auf drei Seiten von Hügeln begrenzt war. Die Anhöhen im Osten und Westen stiegen sanfter an als dort, wo sie stand. Sie drehte sich langsam im Kreis und blieb stehen, um nach Süden zu blicken, wo eine Hügelkette sich im üblichen Muster dahinzog.

»Hier.« Sie ergab sich ins Unausweichliche. »Hier haben sie die letzte Schlacht geschlagen. Das war im vergangenen Herbst. Dabei habe ich zum ersten Mal meinen Gemahl gesehen.«

(Hier haben sie die gleiche Schlacht schon vor zwanzig Jahren gekämpft. Das war die Schlacht, welche unkontrollierte Magie zum Himmel schoss und mich beinahe getötet hätte. Aber diese Schlacht wird die letzte sein, die auf diesem Land geführt wird.)

»Eigenartig, hier finde ich einen Stengel Fenchel.« Myri pflückte die seltene Pflanze und hielt sie wie ein lebendes kleines Kind in den Händen.

*

Nimbulan beäugte misstrauisch einen kräftigen Leutnant, der die Farben Kammeryl d'Astrismos' Leibgarde trug. Der Mann marschierte zu dem Podium, wo Quinnault bei einem Festmahl saß. Der Tag ging schon zur Neige, und sie hatten abgesehen von Rolletts Rettung wenig erreicht. Jetzt standen die unterschiedlichen Kräfte, welche die Macht und Kontrolle über Coronnan anstrebten, für die unausweichliche Entscheidung bereit. Ein grauenvolles Zusammentreffen.

Heute hatten sich Magier und normale Sterbliche zur Feier der erfolgreichen Rettung versammelt im letzten Versuch, ein Fest zu feiern, ehe sie morgen in der Schlacht dem Tod ins Angesicht sehen würden.

»Im Namen Seiner Majestät, Kammeryl des Ersten, Nachkomme der Sternengötter, König von Coronnan, Herr von Hanassa und Lord der Großen Bucht, verlange ich die Übergabe dieser Trutzburg, aller sie umgebenden Inseln, sämtlicher Pächter und Diener sowie der Boote und Gebäude«, verkündete der Soldat so lautstark, dass alle in der Großen Halle Quinnault de Tanos' ihn hörten. Er hielt ein Pergament in Armeslänge, als würde er das Dokument lesen. Dieses rollte sich aber bereits wieder zusammen, obgleich er mit seiner Verkündigung noch nicht fertig war. Das war für Nimbulan ein Beweis, dass dieser Mann – wie alle normalen Sterblichen – nicht lesen oder schreiben gelernt hatte.

»Aber ich erkenne Lord Kammeryls Autorität als König nicht an. Und diese sieben Lords, welche meinen gegenseitigen Verteidigungsvertrag unterschrieben haben, ebenfalls nicht«, erklärte Quinnault. Er blickte den Soldaten kurz an, aß dann weiter, als sei das Essen viel wichtiger als das Gebrüll des Soldaten. Nur das Zucken der Finger am Messer verriet seine Gefühle.

Nimbulan applaudierte stumm dem Lord, weil er so ruhig und beherrscht blieb. Der Soldat müsste eigentlich wissen, dass sämtliche Lords dieses Bündnisses zu weit entfernt waren, um Quinnault zu Hilfe zu kommen. Seine einzige Hoffnung auf einen Sieg in der Schlacht lag bei Lord Hanic, falls er rechtzeitig eintraf. Und wenn er sich entschied, Quinnault zu helfen und nicht Kammeryl.

Das Gesicht des Soldaten lief rot an. Er straffte die Schultern. »Verweigerung der Forderungen Seiner Majestät wird schnelle und schreckliche Repressalien nach sich ziehen.«

»Meldet Lord Kammeryl, dass die Allianz der Lords diese Angelegenheit mit ihm direkt besprechen wird und nicht durch einen Untergebenen.« Quinnault winkte dem Soldaten, sich zu entfernen. Mit seinen langen schlanken Fingern wirkte diese Geste anmutig, aber sehr bestimmt.

Myri benutzte die gleiche Geste, wenn sie die Hühner auf der Lichtung gefüttert hatte. Nimbulan umfasste das Säckchen mit Fenchelsamen, den Myri ihm gegeben hatte und den er an einer Lederschnur um den Hals trug. Dann drückte er ihr die Schulter. Ihre Liebe beschützte ihn mehr als jede Pflanze.

Der Soldat wich aber nicht von der Stelle. »Keine Diskussion oder Verzögerung ist gestattet. Entweder akzeptiert Ihr die Befehle Eures rechtmäßigen Königs oder nicht.«

»Ehe wir Kammeryl d'Astrismos für rechtmäßig für irgendetwas anerkennen, muss seine Lordschaft den Verbrecher Ackerly an Lord Quinnault ausliefern, damit dieser nach Recht und Gesetz über ihn zu Gericht sitzt«, sagte Nimbulan. Er erhob sich von dem Sessel zu Quinnaults Rechten und presste die Fäuste auf den Tisch, dass die Knöchel weiß wurden. Die Empörung über den Verrat seines Assistenten und seine eigene Vertrauensseligkeit schnürten ihm die Kehle zu.

Myri legte die Hand auf die ihres Gemahls und flößte ihm Ruhe ein.

Der Soldat senkte den Kopf und befingerte sein rechtes Ohrläppchen mit dem rechten Mittelfinger.

»Man hat ihm das alles eingetrichtert«, flüsterte Nimbulan Quinnault zu. »Jedes Wort, das er sagt, hört ein Magier in Kammeryls Lager. Jetzt geben sie ihm Instruktionen. Jedes Mal, wenn er sein Ohr berührt, aktiviert er den Kommunikationszauber.«

»Wir müssen diesen Unterhändler loswerden.« Ein Hauch von Angst huschte über Quinnaults Miene.

»Wie? Wenn wir ihn einsperren, stellen wir damit Kammeryls Autorität in Frage und lösen sofortige Repressalien aus.

Wenn wir seinen Kontakt zu Kammeryl unterbrechen, fordern wir ihn ebenfalls heraus. Wenn wir Zeit schinden und ihn fortschicken, bestreiten wir offen sein Recht zu herrschen. Es ist Eure Wahl, Lord Quinnault de Tanos«, erklärte Nimbulan ruhig. »Jede Entscheidung führt unweigerlich zu einer Schlacht, welche über unsere Zukunft entscheidet.«

Quinnault wandte dem Soldaten absichtlich den Rücken zu. »Ich habe noch nie eine Schlacht geschlagen. Ich halte keine Armee. Ich habe keine Waffen. Aber verflucht will ich sein, wenn ich einen Kerl, der nur den Krieg als Lösung sämtlicher Probleme sieht, als meinen König anerkenne.«

»Dann müssen wir die Schlacht schlagen. Aber zu unseren Bedingungen. Kammeryl hat den Fehler begangen, uns nicht hinterhältig schnell anzugreifen.«

»Die Inseln können leicht verteidigt werden. Da kommt er nicht weit.«

»Dann muss er Euch in eine offene Feldschlacht ziehen. Wir müssen Zeit und Ort bestimmen. Entlasst den Boten«, sagte Nimbulan traurig. Der Druck von Myris Hand auf seiner Schulter verstärkte sich. Ihre magische Gabe zu heilen würden sie dringend brauchen, wenn die Kommune der Magier versagte. Er machte sich jetzt schon Sorgen, dass sie sich bei dem Versuch, Quinnaults Leute zu heilen, umbringen würde.

Quinnault drehte sich um und schaute den Unterhändler an, der jetzt grinste. Wieder berührte er mit dem Mittelfinger das Ohrläppchen.

»Ich glaube, du kennst bereits unsere Antwort. Geh sofort zurück zu Lord Kammeryl.« Quinnault hob die Hand mit offener Handfläche, als eine Geste guten Willens.

Der Soldat war über die freundliche Haltung des Lords so verblüfft, dass er sich ein wenig verbeugte und rücklings die Halle verließ. Kammeryl d'Astrismos hätte einen Boten, der so unangenehme Neuigkeiten überbrachte, mit Sicherheit hinrichten lassen.

»Also, wie kämpfen wir diese Schlacht, Nimbulan?« Quinnault starrte auf seinen halb vollen Teller. »Ich habe keine Armee. Hanic ist noch nicht hier und wäre auch dann kein sicherer Verbündeter, falls er rechtzeitig einträfe. Meine anderen Verbündeten sind über ganz Coronnan verteilt und können nicht rechtzeitig kommen. Wie soll ich mich Kammeryl d'Astrismos und dem Blutmagier stellen?«

36

Die Sonne war noch nicht über den Horizont gestiegen, als Myri das Rauschen der Drachenflügel hörte, als sich die riesigen Tiere in den Himmel schwangen. Sie kreisten über dem Schlachtfeld, wo zwei Armeen kurz davor standen, sich mit Waffen und Magiern zu bekämpfen. Myri und die drei weiblichen Lehrlinge warteten auf der Anhöhe hinter dem ausgesuchten Schlachtfeld.

Wo blieb die dritte Armee? Lord Hanic hätte hier sein können, wenn er wirklich gewollt hätte.

Sie wandte das Gesicht in den Wind und genoss den Luftstrom. Sie breitete die Arme aus, um die Freiheit des Fliegens vorzutäuschen. Wenn sie mit den Drachen flog, konnte sie jede Bewegung auf dem Schlachtfeld beobachten und Nimbulan durch die Silberschnur warnen, welche immer noch ihr Herz mit seinem verband.

(Wir beobachten alles für dich. Flieg nicht. Denk an dein ungeborenes Kind), warnte Shayla.

Sie nahm Amaranth auf die Arme. Sie brauchte sein Schnurren, seine Wärme, um den Wunsch zu fliegen zu ersetzen. »Warum, Amaranth? Warum ist der Wunsch zu fliegen so stark in mir?«, flüsterte sie dem Flugflipper zu.

Nimbulan hatte ihr befohlen, sich vom bevorstehenden Kampf weit entfernt zu halten. Beim ersten Zeichen von Gefahr für die Kommune und für Quinnaults Truppen sollte sie mit den Mädchen so schnell und so weit fliehen, wie sie konnte. Sie dagegen wäre lieber bei jedem seiner möglicherweise letzten Momente an seiner Seite gewesen.

»Ich muss das Kind und meine Magie vor der Schlacht schützen. Vielleicht ist das Kind alles, was mir nach dem heutigen Tag von ihm bleibt.« Sie hatte Nimbulan von der Schwangerschaft noch nichts gesagt. Es war noch zu früh. Ihr Körper bot noch keinen Beweis, dass sie tatsächlich neues Leben in sich trug. Wer würde glauben, dass einer Hexe und einem Magier das Unmögliche gelungen war?

Sie presste Amaranth an sich und barg ihr Gesicht in seinem Fell. Er miaute und wehrte sich gegen den Druck. Auch er wollte mit den Drachen fliegen. Er fuhr sogar die Krallen aus und kratzte sie. Myri musste ihn loslassen, in die Freiheit der Lüfte, nach der sie sich beide so sehnten.

Der schwarze Flugflipper schraubte sich höher und höher in immer größeren Kreisen. Sein Hals und die Flügel wurden länger und breiter.

Myri blinzelte im stärker werdenden Tageslicht. Amaranth verblasste. Sie verlor ihn aus den Augen, aber sie hörte ihn vor Freude kreischen. Sie folgte dem Klang seiner Stimme. Ein Sonnenstrahl fiel auf das schwarzpurpurne Fell, ehe es sich in silbernes Kristall mit einem Hauch von Lavendel verwandelte.

Erinnerungen überfluteten sie. Erinnerungen an das Fliegen, den Sturzflug in die Große Bucht, um die riesigen Fische zu jagen, welche Seeleute in Angst und Schrecken versetzten, die über Bord gespült worden waren, aber ein ganzes Dorf eine Woche lang ernährten, wenn man sie fing. Sie erinnerte sich, wie sie gesehen hatte, wie ihre Mutter, Shayla, sie und Amaranth, ihren Zwillingsbruder, in der dunklen Nacht an den Rand eines Gräberfelds gebracht hatte – zu einem menschlichen Grab.

Shayla war ihre Mutter! Ihre lebenslange Suche war zu Ende. Die Stücke ergaben jetzt Sinn. Tränen strömten über ihre Wangen. Die Mischung aus Angst und Freude, endlich die Wahrheit zu kennen, ließen sie auf die Knie sinken, als sie den Moment noch einmal durchlebte, in dem sie ihre Mutter in Drachengestalt gesehen hatte.

(Einer von euch muss wählen, den Körper dieses Menschenkindes zu beziehen. Es darf immer nur ein Purpurdrache zur selben Zeit leben. Einer von euch kann nicht länger mit dem Nimbus leben.)

Das hatte Shayla in jener langen Nacht vor langer Zeit erklärt.

Myrilandel – damals Amethyst – und Amaranth hatten über die große Ehre gestritten, ein Mensch zu werden. Zu wachsen und zu lernen, andere Menschen anzuleiten, in Harmonie mit den Drachen zu leben.

Am Ende war es Amethyst gelungen, schneller die Gestalt zu wandeln als ihr Bruder. Amaranth war so einsam und so tieftraurig ohne seinen Zwilling, sein zweites Ich, dass er die Gestalt eines Flugflippers angenommen hatte und Haustier und Gefährte des Menschenkindes geworden war. Shayla hatte beide in der Nähe von Magretha abgesetzt, einer Hexe, die sich nach einem Kind sehnte und die über genügend Magie verfügte, um Amethyst alles zu lehren, was sie brauchte.

Aber Bruchstücke von Myrilandels Geist waren in ihrem nicht-ganz-toten Körper zurückgeblieben. Drachenerinnerungen verflogen angesichts der sehr starken Menschenerinnerungen von Name und Persönlichkeit. Die beiden Seelen im selben Körper einigten sich auf den Kompromiss des Vergessens.

»Jetzt erinnere ich mich, wie man fliegt, Amaranth. Warte auf mich!« Wieder hob sie die Arme und war bereit, die Gestalt zu wandeln.

(Nein, mein Kind! Amaranth ist jetzt der einzige Drache mit purpurnen Flügelspitzen. Du musst ein Mensch bleiben.

Du musst Nimbulans Frau bleiben und seine Gehilfin), sagte Shayla.

»Warum? Warum darf es nur einen Drachen mit Purpur an den Flügelspitzen geben, wenn wir doch als Zwillinge geboren wurden?« Myri weinte fast, weil sie nicht fliegen konnte. Aber sie spürte auch ein bisschen Genugtuung. Sie konnte Nimbulan nicht verlassen. Sie musste für ihn Mensch bleiben – und für ihr Kind.

(So ist es nun mal Brauch bei den Drachen. Solange Drachen diesen Planeten in Besitz genommen haben, wurden die mit purpurnen Flügelspitzen als Zwillinge geboren. Ihre Schicksale sind getrennt. Einer darf beim Nimbus bleiben, der andere muss einen freien Platz in der Welt ausfüllen – einen freien Platz, der alle Drachen in Gefahr bringen würde, wenn er nicht besetzt wäre.)

Der Drang zu fliegen, wenn auch nur für kurze Zeit, war stärker als ihre Gefühlsbindung an Nimbulan. Sie würde später in diesen Menschenkörper zurückkehren. Aber jetzt musste sie fliegen! Als Drachin konnte sie Nimbulan beschützen. Sie breitete wieder die Arme aus und versuchte, sie mit Willenskraft in Flügel zu verwandeln. Nein, die Flügel mussten aus dem Rücken wachsen! Ihre Wirbelsäule musste verändert werden. Purpurrote Zacken mussten herauswachsen.

(Vergiss nicht dein Kind, Myrilandel. Purpurdrachen sind sehr selten und etwas ganz Besonderes, aber sie sind weder männlich noch weiblich. Wenn du jetzt die Gestalt wandelst, wird dein Kind für immer verloren sein. Nie wird es ein anderes geben. Willst du Nimbulans Kind töten, nur um zu fliegen?), fragte Shayla.

Myri ließ die Arme sinken und legte die Hände schützend um den immer noch flachen Bauch. »Ich kann kein Drache mehr werden und meinem Gemahl mit Drachenmagie helfen. Ich kann mein Talent, Verletzte zu heilen, nicht benutzen.

Was soll ich tun? Ich kann doch nicht einfach warten und zuschauen, während Männer sterben!«

Kalen ergriff ihre Hand und hielt sie schweigend fest.

(Du wirst gebraucht werden. Amaranth wird dir alles zeigen. Jeder, selbst ein normaler Sterblicher, kann von einem Purpurdrachen Magie schöpfen. Aber du musst ihn berühren, wenn die Zeit da ist. Und du musst sehr vorsichtig sein. Lyman wird dir helfen.) Shaylas Stimme verklang, als die Drachin ihre Aufmerksamkeit den Zaubersprüchen zuwandte, welche Nimbulan und seine Feinde vorbereiteten.

*

Nimbulan stand auf einer Anhöhe am Ostende des Schlachtfelds. Er hatte den Fuß auf den von Magie verbrannten Baumstumpf gestellt. Ein Ellbogen ruhte auf dem Knie. Ihm bot sich fast der gleiche Anblick wie im vergangenen Herbst – so wie Druulin vor zwanzig Jahren.

Zwei Armeen standen sich von Angesicht zu Angesicht gegenüber, jeweils um eine Anhöhe geschart, wo ihre Schlachtenmagier sich darauf vorbereiteten, den Verlauf der Schlacht zu dirigieren. Hinter den Magiern, ihren Assistenten und Lehrlingen warteten Boten.

Er brauchte keine Empathie, um die Spannung zu fühlen, die in der Luft lag. Auf beiden Seiten liefen Männer rastlos hin und her, überprüften immer wieder ihre Waffen und Sättel und Zaumzeug der Pferde. Einige flüsterten, andere brüllten sich wegen Kleinigkeiten an.

Nimbulan hatte das alles schon früher gesehen – mit und ohne magische Verstärkung seines Sehvermögens, welches ihm gestattete, sämtliche Einzelheiten auf der gesamten Ebene genau zu beobachten. Mit Glück und Hilfe der Drachen würde er so etwas nie wieder sehen müssen.

Diesmal hatte Nimbulan seinen ältesten Freund und ehemaligen Assistenten, Ackerly, als Gegner statt eines geliebten Lehrlings. Diesmal hatte er einen Nimbus von Drachen im Himmel über sich. Diesmal hatte er Myri, zu der er am Ende eines langen Tages zurückgehen konnte.

Er richtete sich von seiner komtemplativen Stellung auf. Sofort standen seine Assistenten, Meistermagier, Gesellen und Lehrlinge bereit. Vor Erwartung hatte er Schmetterlinge im Bauch, während sein Wahrnehmungs- und Geruchssinn aufs äußerste geschärft waren. Von den Bauern und Arbeitern, die sich hinter einem Trugbild von Rüstungen und schwerer Bewaffnung verbargen, drang der Geruch von Angst zu ihm. Nur wenige hatten schon einmal in einer Schlacht gekämpft. Sehr wenige, verglichen mit der Armee des Angreifers.

Ein Lichttrick vervierfachte die Schemen in Quinnaults Armee. Kammeryl d'Astrismos würde es schwerfallen, die genaue Zahl und Stärke der gegnerischen Truppen einzuschätzen. Aber würde der Trick auch Ackerly und den Blutmagier täuschen?

»Das muss die letzte Schlacht sein!«, erklärte er sich selbst.

Dann sah Nimbulan um Ackerlys Gestalt in feierlichem Gewand Bewegung. Heute trug er leuchtendes Gelb, die Farbe der Signatur seiner Magie, nicht das Blau Nimbulans.

Ein zweiter Magier in zeremoniellem Gewand, scharlachrot, trat an die Front. Er hielt eine geschlachtete Ziege hoch, damit alle sie sahen. Von seinem Ritualmesser tropfte rotes Blut. Moncriith, der Blutmagier. Angst, Schmerzen und weiteres Blutvergießen auf dem Schlachtfeld würden seine Magie in einem Grad verstärken, dass kein einzelner Magier etwas dagegen tun konnte.

Würde die geeinte Magie der Kommune ausreichen, um ihn zu besiegen?

»Nie wieder, Blutmagier. Nie wieder wird einer deiner Art seine schurkische Magie in Coronnan wirken«, gelobte er.

Nimbulan hob die Hand, mit der Handfläche nach oben, die Finger leicht gekrümmt und den kleinen Finger im Halbkreis gebogen. Die Versuchung, die Fäden der Kardia zu spinnen, überwältigte ihn beinahe. »Zwang der Gewohnheit.« Er schüttelte die Hand frei von den kribbelnden Kraftlinien, welche über die gesamte Oberfläche des Planeten liefen.

»Ruft die Drachen,
Ruft die Beschützer,
Deren Magie, hell ist und rein.
Sammelt Kraft,
Damit alle vereint
Verwirklichen die Vision.«

Das befahl er den Männern und Jungen, die hinter ihm versammelt waren. Er hörte das Füßescharren und wusste, dass sie sich alle an den Händen hielten. Rollett und Lyman legten jeweils eine Hand auf seine Schulter, um ihn in die Kette der wachsenden Kraft einzubeziehen. Seine Hände waren frei, die Zauber zu wirken, welche er im Laufe der Schlacht für erforderlich hielt.

Auf der anderen Seite machte Ackerly die uralten Gesten, um Feuerbomben heraufzubeschwören. Der Blutmagier zeichnete mit dem blutigen Ritualmesser ein geheimes Muster ins Gras zu seinen Füßen.

Einen Moment lang überfiel Nimbulan das Gefühl der Unzulänglichkeit. Er hatte das als Oberster Schlachtenmagier für einen mächtigen Kriegslord schon getan, aber noch nie hatte so viel davon abgehangen, wie er seine Arbeit tat.

»Friede«, sagte er sich. »Mit dieser letzten Schlacht erwerben wir uns Frieden für immer.«

Hinter ihm stieg ein Dache zum Himmel empor. Die aufgehende Sonne fing sich im Kristallkörper und überschüttete das Schlachtfeld mit Regenbogen. Nimbulan schaute nach den Flügeln. Rot. Rouussin. Nimbulan hatte am gestrigen Abend die Namen der Drachen und ihre Lebensgeschichten gelernt und ihnen im Gegenzug seine erzählt. An diesem Tag arbeiteten Drachen und Magier wirklich vereint.

Der große Drache streckte den Hals und schaute Ackerly und den Blutmagier an.

Der Blutmagier wich zurück und hielt den rechten Arm, mit dem er immer noch das blutige Messer hielt, über die Augen, um sich vor dem Licht zu schützen.

Ackerly lachte über die Angst des Manns. Der treulose Assistent pumpte die Brust auf, als er die ungeheure Menge Drachenmagie in der Luft in sich aufnahm.

Zwischen den beiden Anhöhen drängte die Armee Kammeryl d'Astrismos' in ungeordneten Haufen zurück. Sie hatten Angst vor dem Drachen und blickten zu den Offizieren, welche an den Flanken hoch zu Ross saßen, und warteten auf Befehle.

Gut! Der Raum zwischen den beiden Armeen wurde sehr viel größer, sodass Nimbulan leichter seine Zauber wirken konnte.

»Du willst mit dem Feuer spielen, Ackerly? Ich schicke dir mehr Feuer, als du erwartest.« Er wünschte, er hätte Zeit, sich eine genaue Taktik auszudenken, statt nur auf die Angriffe des Feindes reagieren zu müssen.

Lyman begann als Erster mit dem Zauberspruch. Dann wiederholte die gesamte Kommune gleichzeitig seine Worte. Magische Kraft baute sich in ihnen auf. Nimbulan sprach die Worte auswendig und schenkte ihrer Bedeutung wenig

Beachtung. Er konzentrierte sich ganz darauf, die angesammelte Energie in Pfeile zu verwandeln, welche die Feuerbomben so zersprengten, dass die winzigen Teile nicht mehr heiß genug waren, um etwas anzuzünden.

Ackerly schickte seine Flammenkugeln los. Sie zischten in hohem Bogen über Kammeryls Armee und fielen auf die Bauern und Handwerker, aus denen Quinnaults Armee bestand.

Nimbulan schoss seine Pfeile gegen die Bomben. Winzige Lichtpfeile gegen das Dutzend riesiger Flammenkugeln.

Moncriith sang laut einen misstönenden Zauberspruch.

Nimbulans Pfeile prallten gegen eine feste magische Mauer, eine Fingerlänge vor dem Ziel. Die Flammenkugeln flogen weiter. Quinnaults Männer duckten sich und hielten die Schilde über den Kopf.

Dann schickte Nimbulan einen weiteren Pfeilhagel los. Diesmal war die Flugbahn kürzer. Ein greller Lichtblitz zuckte direkt vor Nimbulans Augen, als Zauber auf Zauber traf. Er blinzelte und schüttelte den Kopf, um die Blendung zu überwinden. Unter ihm war auch Quinnaults Armee vom Lichtblitz geblendet, doch wich sie nicht zurück. Nimbulan atmete erleichtert auf. Die Männer waren loyal und würden nicht so leicht aufgeben.

Moncriith lächelte kurz anerkennend, weil Nimbulan so schnell reagiert hatte. Doch nun schickte er wieder einen Zauber los. Über dem Zentrum des Schlachtfeldes formte sich eine dicke dunkle Wolke. Blitze zuckten in der Finsternis. Nebelschwaden streckten ihre Fühler nach Quinnaults Männern aus. Jeder schwarze Fühler hatte eine grüne Spitze, die glühend heiß war.

Kammeryls Armee rückte im Schutz der Wolke vor. Quinnaults Männer hoben die Arme und Schilde, um die Köpfe vor dem Feuer zu schützen, und wichen zurück.

Nimbulan reagierte auf die Wolke mit einem Schwall Wasser, das er aus dem Fluss in der Nähe geholt hatte. Die Wolke löste sich auf. Aber er musste etwas gegen die erfahrenen feindlichen Soldaten unternehmen, welche mit gezückten Waffen und lautem Kampfgeschrei vorwärts stürmten.

In Windeseile holte er aus einem geheimen Waffenversteck Wurfsterne aus Metall und schoss diese auf die Angreifer. Die rasiermesserscharfen Waffen änderten jedoch die Flugbahn und fielen harmlos auf den Boden. Weder Ackerly noch Moncriith hatten diesen Zauber abgewehrt.

Wer? Wer mischt sich in diese Schlacht ein?

*

Kammeryls Armee kam immer näher.

Nimbulan versuchte, die Wurfsterne mit schnellen Handbewegungen wieder hochzuwerfen. Er musste sie zurückholen, ehe sie sich tief in die Kardia bohrten und nie wieder benutzt werden konnten.

Doch die Wurfsterne rührten sich nicht von der Stelle.

»Schnell, Nimbulan, zerstöre ihre Waffen, ehe sie damit jemanden töten«, rief Myri und zerrte an seinem Arm.

Er fragte sich nicht, wieso sie so plötzlich neben ihm stand. Er wagte nicht, an die Gefahr zu denken, in der sie sich befand.

Die vorderste Reihe traf in diesem Moment auf Quinnaults unerfahrene Männer.

»Brüchig werde das Metall.
In kleine Teile es zerfall.
Versinkt ganz tief in der Erde,
Damit kein Schaden angerichtet werde.«

Schnell schleuderte er das eilig erfundene Gedicht gegen die kämpfenden Armeen.

Schwerter und Piken, Lanzen und Schilde, alles zerbröckelte in tausend Stücke. Wie befohlen bohrten sich die Metallteile tief in den Boden – wie zuvor die Wurfsterne.

Die Männer beider Armeen blickten entsetzt zu ihren Schlachtenmagiern, als sie plötzlich waffenlos dastanden, auch ohne Rüstung. Unentschlossen blieben sie stehen.

»Shayla sagt, du darfst die Magie nur zur Verteidigung benutzen. Du darfst damit nicht angreifen«, erklärte Myri. »Die Wurfsterne konnten deinem Zauber nicht gehorchen.«

»Zur Verteidigung?« Er blickte sie etwas verwirrt an. Er hatte immer für starke Kriegsherren gearbeitet, welche den Angriff für die beste Verteidigung gehalten hatten.

»Schaut nach oben, Männer!«, rief Moncriith über das Schlachtfeld. »Schaut auf die Dämonen, welche diese Schlacht führen. Wollt ihr Sklaven dieser Dämonen sein? Wollt ihr eure Seelen zusammen mit eurem Leben an sie verlieren? Meine Magie ist stärker als ihre. Ich habe Nimbulan ausgeschaltet, den größten Schlachtenmagier unserer Zeit. Ich habe seine Macht beendet und eure Waffen zerstört! Jetzt werde ich die Seelen all derjenigen befreien, die in der Vergangenheit auf diesem Schlachtfeld gestorben sind. Sie sollen nicht länger Werkzeuge der Dämonen sein.«

»Er benutzt Magie, um alle dazu zu bringen, seine Lügen zu glauben«, flüsterte Lyman Nimbulan ins Ohr. »Wenn wir den Menschen zeigen können, wie er lügt ... Sternengötter! Er tut es wirklich!«

Nimbulan schaute in die Richtung, in die der alte Mann zeigte. Nebel ballte sich am Flussufer zusammen. Dieser dichte Nebel rollte landeinwärts zu schnell, um natürlich zu sein. Innerhalb weniger Herzschläge hüllte der erstickende Schleier Nimbulan und seine Kommune ein.

Sich drehende Nebelschwaden gaukelten Nimbulan Gestalten direkt vor seiner Nase vor. Bäume wuchsen ins Unendliche. Sie schienen sich zu bewegen. Entfernung und Zeit verloren ihre Bedeutung.

Der graue Nebel wurde zu grünem Rauch. Man hätte glauben können, er stamme von einem natürlichen Feuer. Spiralformige Fühler streckten sich aus und glichen Gesichtern.

»Armeen der Toten. Sie marschieren durch den Nebel auf uns zu«, schrie ein junger Lehrling. Er riss sich von den Magiern rechts und links los und unterbrach die Kette. Die Macht der vereinten Magie verflog im Nebel.

Die Geistergesichter verfestigten sich. Die Gestalten trugen Rüstungen wie vor zwanzig Jahren. Grauenvolle Wunden von Lanzen und Feuer sah man durch die zerfetzten Tuniken in den Farben der einstigen längst verstorbenen Lords.

Druulin war im Gesicht und an den Händen schrecklich verbrannt und starrte Nimbulan direkt an. Anklagend. Er verlangte Vergeltung für Verrat und Desertion.

Nimbulans Körper und Wille erstarrten angesichts seines Meisters. Er war mit Druulin vor zwanzig Jahren nicht gestorben, weil er mit Ackerly den Meister heimlich verlassen hatte. Sie waren feige und nicht loyal gewesen. Jetzt verdienten sie den Tod. Sie mussten so schrecklich sterben wie Druulin ...

»Sternengötter, er hat die Toten ehemaliger Schlachten auf diesem Feld herbeibeschworen.« Lyman schlug Nimbulan auf die Schulter und schlug das Kreuz, das Zeichen der Sternengötter.

Diese Geste unterbrach den hypnotisierenden Blick von Druulins Geist. Nimbulan verschloss Augen und Gedanken gegen die schreckliche Anklage seines Mentors.

»Bleibt mit den Händen verbunden!«, befahl Nimbulan. »Einzeln können wir den Blutmagier nicht besiegen. Wir müssen zusammenhalten.«

Über ihm schlugen die Drachenschwingen in der stillstehenden Luft. Der Nebel löste sich auf, doch die Toten marschierten weiter vorwärts, mit der Absicht, jeden zu töten, der sich ihnen in den Weg stellte.

»Nebelhafte Gestalten, verloren in der Zeit,
Sucht euer Geschick in wahrer Liebe.
Ziehet von dannen, euer Leben ist erfüllt.
Die Leere gibt euch zurück die toten Seelen.«

Nimbulan sprach die Einladung an die verirrten Seelen aus, den Weg zurück in die Leere und ihre nächste Existenz zu nehmen. Die Magier hinter ihm wiederholten seine Beschwörung.

Dann rezitierten sie den Zauber ein drittes Mal, mit wachsender Zuversicht.

Die Geistergesichter lösten sich auf. Die Schreckensschreie der Soldaten, welche zwischen den Schlachtenmagiern steckten, verstummten.

»Seht die verlorenen Seelen, welche die Dämonen verraten und daran gehindert haben, ihre nächste Existenz zu finden. Ich schicke sie in Frieden fort«, rief Moncriith.

»Etwas zu spät, Moncriith«, sagte Nimbulan und wappnete sich geistig gegen den nächsten Angriff des Blutmagiers.

Die leichte Brise vom Fluss, die den Nebel fortgeweht hatte, roch plötzlich süßlich und nach Moschus. Echter Rauch nahm die Stelle des Nebels ein. Es war der Rauch brennenden grünen Tambootie, vermischt mit Timboor.

Nimbulan hob die Hände, um eine Schutzmauer zwischen sich und dem tödlichen Rauch zu errichten. In seinen Handflächen kribbelte keine Kraft. Er hatte keine Magie mehr, um seine Truppen oder die Magier zu beschützen. Er rang nach Luft und atmete einen tiefen Zug des giftigen Rauchs ein. Im nächsten Moment würde er anfangen zu halluzinieren.

Er schob Myri hinter sich um sie – so gut er konnte – zu beschützen.

37

Ackerly fachte die Flammen seines Feuers aus frischen und alten Tambootie-Zweigen an. Die grünen Flammen leckten gierig am Holz. Der Rauch stieg wie eine Spirale zum Himmel empor. Der Wind kam aus den kalten Bergen im Westen und suchte gern die wärmeren Ebenen Coronnans auf. Ackerly brauchte keine Magie, um den Rauch direkt in Nimbulans Gesicht zu schicken.

Mit jedem brennenden Ast wuchs seine Wut auf den Jugendfreund, die er so viele Jahre unterdrückt hatte. »Deine Achtung für mich hast du an der Größe meines Talents gemessen, Nimbulan.« Er stocherte mit einem frischen Ast im Feuer, sodass die Flammen noch höher loderten und auch die grünen Äste erfasste, in denen noch der tödliche Saft war.

»Du hast alle an deinem eigenen magischen Talent gemessen, und keiner konnte dir das Wasser reichen. Du warst uns allen überlegen. Du hast jeden, mit dem du in Kontakt gekommen bist, benutzt – die anderen mussten immer die Schweinerei wegmachen, die du hinterlassen hast. Du musstest immer der Beste sein, deshalb waren nur deine Wünsche, dein Talent und deine Weisheit wichtig. Aber wo wärst du, wenn ich mich nicht um deine Geschäfte gekümmert, die Lehrlinge unterrichtet, dafür gesorgt hätte, dass du zu essen und ein Zelt zum Schlafen hast? Lass mich dir sagen, Nimbulan, dass ich jetzt auch Magie sammeln kann – genauso leicht wie einer aus deiner Kommune. Ich kann fast mühelos jeden Zauber wirken, den ich will. Ich bin genauso gut wie du. Nein, besser, weil ich auch Gold besitze. Gold, um Menschen, Luxus und Achtung zu kaufen. Das wirst du nie haben. Niemand achtet dich, wenn du kein Gold hast und nicht willig bist, mehr Gold zu verdienen. Für gewöhnliche Sterbliche ist nur Gold wichtig.«

Er warf noch einen Ast in die gierigen Flammen. Das Feuer brannte zu heiß. Der Rauch stieg zu hoch, ehe er sich ausbreitete und die feindlichen Magier einhüllte. Ackerly rief nach mehr Wind. Doch das fiel ihm schwer. Warum?

Die Drachen, die man über dem Schlachtfeld kaum noch sehen konnte, zogen sich zurück. Mit ihnen verschwand auch die Magie. Ackerly griff auf die Magie in seinem Körper zurück. Wie man das machte, hatte die Kommune noch nicht herausgefunden. Er war rein zufällig darauf gestoßen. Nur er wusste, dass diese neue Energie für spätere Nutzung gespeichert werden konnte, im Gegensatz zur alten Magie. Die Drachen mussten für ihn nicht da sein, um Magie zur Verfügung zu haben.

»Ich sehe dich in Ketten, noch ehe dieser Tag zur Neige geht, Nimbulan. Und ich werde jauchzen vor Freude, wenn du mein Sklave bist und deine Drachen mir helfen. Drachen mögen Gold. Sie horten und schätzen es. Mein Gold macht mich zu einem der ihren. Nur mich!« Er tanzte lachend ums Feuer und klatschte dabei in die Hände.

Moncriith musterte ihn befremdet.

»Ihr habt Eure Rituale, ich die meinen«, rief Ackerly dem Mann mit den Narben der Messerschnitte im Gesicht, an den Händen und dem Körper zu.

Moncriith hatte ebenfalls keine Ahnung von der wahren Macht. Seine Narben wiesen ihn als mächtigen Blutmagier aus. Wohin er ging, verbreitete er Angst und Schrecken. Aber er besaß kein Gold. Nur Gold kaufte Macht.

Ackerly lachte schallend, doch da drehte sich der Wind. Er

atmete selbst den Rauch ein. Ihm wurde schwindlig und er vermochte nicht mehr deutlich zu sehen. Schnell bedeckte er den Mund mit dem Ärmel und atmete durch den Stoff.

Doch etwas von dem Gift im Rauch drang hindurch. Tränen strömten über seine Wangen. Er hustete und versuchte, den Rauch aus dem Körper zu bringen. Er hatte das Gefühl, er sei in Lord Kammeryls Folterkammer geraten. Eiserne Fesseln schnürten ihm die Brust ein und drückten immer mehr. Sie pressten ihm das Leben aus dem Leib.

Verzweifelt versuchte Ackerly eine Barriere zwischen sich und dem tödlichen Rauch zu errichten. Sein Vorrat an Magie war leer, und er konnte keine Magier mehr aus der Luft sammeln.

Seine Lungen erstarrten im tödlichen Rauch.

(Wir verweigern dir die Magie. Du arbeitest nicht für Einheit und Frieden), hörte er eine tadelnde Stimme im Kopf.

»Helft mir!«

(Du musst dir selbst helfen.)

Um Ackerly wurde es Nacht, aber die Schmerzen hielten ihn wach. Der Rauch wurde dicker. Schmutz verstopfte seinen Mund und die Nase. Luft. Ich brauche Luft ...

Wenigstens ist mein Gold sicher. Niemand findet es die nächsten dreihundert Jahre.

*

Moncriith atmete ein wenig der vergifteten Luft ein. Erinnerungen an seine Initiation bei Tambootie-Rauch wirbelten um ihn wie die alles erstickenden Rauchschwaden. Seine Vision der Dämonen war prophetisch gewesen. Sie zeigte ihm Frauengestalten, von der Taille nach oben nackt, üppig mit blasser Haut und silbrigem Haar. Magretha, seine erste Liebe mit ihrem prallen einladenden Busen. Dann waren da andere Geliebte. Alles Huren. Sämtliche Dämonen, die er im Rauch sah, hatten widerliche Unterkörper mit zahllosen schlangenartigen Gliedmaßen, welche sich um Hals und Herz legten und ihn beinahe erdrosselten, während sein Glied zu schmerzhafter Größe gereizt war. Damals hatte er um seine Seele gebangt. Jetzt mit der Weisheit der Jahre und seiner Lebenserfahrung wusste er, was diese Ungeheuer tatsächlich waren. Es waren Dämonen, die Coronnan heimsuchten und Magier zu ihren Sklaven machten.

Myrilandel war ihre Anführerin. Ihr Gesicht hatte er, umgeben von hellem, fast farblosem Haar, in diesen Rauchdämonen gesehen. Sie hatte menschliche Gestalt angenommen, aber er kannte sie, und sein fleischliches Verlangen nach ihr konnte nur durch Feuer gereinigt werden.

Moncriith sah sie neben Nimbulan stehen, schlank und wunderschön, das Haar silbrig wie Mondlicht. Ihre Schönheit und vorgetäuschte Unschuld diente dazu, den Männern das Herz zu rauben. Es war Myrilandels dämonischer Einfluss, der Magretha dazu gebracht hatte, Moncriith mit anderen Männern zu betrügen – und seinem eigenen Vater. Es war Myrilandels dämonischer Geist, der seine Wut und seine Schmerzen über diesen Betrug so angestachelt hatte, dass er töten musste. Wäre sie nicht gewesen, wäre er von Magretha und seinem Vater einfach fortgelaufen. Myrilandel hatte ihn dazu getrieben, die beiden mittels Magie zu ermorden.

Aber dieser Dämon hatte Magretha aus der brennenden Hütte geschleppt und Moncriiths Vater so schrecklich sterben lassen. Myrilandel musste den gleichen Tod durch das Feuer erleiden. Wie auch Magretha. Nach einiger Zeit hatte er sie aufgespürt und dem heiligen Feuer übergeben. Jetzt war Myrilandel an der Reihe. Sie trug die Schuld. Sie war die Ursache all seines Leids. Myrilandel hatte ihn in Versuchung geführt. Ihn gezwungen. Ihn betrogen ... Er hätte seinen Vater nie so grauenvoll ermorden können. Er würde nie ...

Aber er hatte es getan.

»Keine falschen Erinnerungen mehr!« Er hielt sich mit beiden Händen den Kopf und vertrieb die Schuldgefühle und Selbstzweifel, die ihn jedes Mal überfielen, wenn er Myrilandel sah.

Er hielt den Atem an. Wenn die Dämonen sich seines Körpers und seines Verstands bemächtigten, würde er seinen großen Plan nicht ausführen können, den er für heute, für morgen und für hundert Morgen hatte. Die Sternengötter hatten ihm eine Vision geschickt. Die Ältesten im Tempel hatten sich geirrt.

Dann wurde alles undeutlich. Er blinzelte schnell, um den giftigen Rauch zu entfernen. Vor seinen Augen vervielfachten sich die Drachen am Himmel und wurden zu Dutzenden kleiner Dämonen, welche sich mit ausgestreckten Klauen direkt auf sein Gesicht stürzten. Die farbigen Zacken und Adern in den Flügeln wurden schwarz. Dann öffneten die kleineren Dämonen das Maul und spuckten ihm Gift in die Augen.

Eine eigenartige Betäubung breitete sich von seiner Lunge in die Finger, in die Knie und zurück zum Herz aus. Instinktiv schluckte er Luft. Mehr giftiger Rauch drang in seine Lunge. Die Dämonen seiner Halluzination zerfetzten seine Augen und Lunge in blutige Streifen. Wo immer sie ihn berührten, wurde er zu Eis.

Er keuchte und spuckte. Nicht genug Luft! Er fasste sich an Hals und Brust, um die Wesen loszuwerden, die ihre eiskalten Finger um sein Herz und die Lunge legten und zudrückten. Sie pressten sein Leben und seine Magie aus ihm heraus.

Er sog die Schmerzen tiefer in den Körper, um seine Sinne zu schärfen und sein angeborenes magisches Talent zu verstärken. Mit fast übermenschlicher Anstrengung schaffte er es, dass aus seinem Finger eine Spirale kam, die beim Mund begann und sich nach draußen wand. Glühende rote Linien folgten dem Pfad seiner Finger. Mit Willenskraft brachte er seine Magie dazu, den tödlichen Rauch aus seiner Lunge zu ziehen. Beim nächsten Atemzug entwichen zwei winzige graue Rauchwölkchen aus seinem Körper.

Er brauchte mehr Luft. Luft! Der Rauch nahm auch die Luft aus seiner Lunge.

Dunkelheit umgab ihn. Dann raubte ihm ein Tunnel aus grellem Licht fast aller Sinne. Er schloss die Augen, um sich gegen die Dämonen zu schützen. Die Welt wurde wieder richtig. Die Drachen nahmen wieder normale Größe und Zahl an. Dann wurde ihm bewusst, dass Ackerlys Tambootie-Rauch die Dämonen heraufbeschworen hatte, nicht die Drachen.

Luft und Rauch explodierten in einem plötzlichen Durchbruch der Sonne, die alles andere überstrahlte.

*

Nimbulan hielt den Arm um Myri, als er zuschaute, wie Shayla und Rouussin ihre großen Schwingen auf- und abbewegten. Sie setzten die Luft in Bewegung und schickten den Tambootie-Rauch zurück zu Ackerly, wo er sich mit reiner Luft vom Fluss und den Bergen mischte und langsam auflöste.

Myri rieb sich die Augen und wischte die Tränen mit dem Ärmel weg. Nimbulan tat das auch. Gemeinsam ließen sie den Blick über das Schlachtfeld schweifen.

Dort regierte das Chaos. Hunderte lebloser Körper lagen auf dem zertrampelten Gras, wo immer der Rauch sie erwischt hatte. Nur Kammeryls Armee hielt noch die Stellung. Die Männer lehnten an Lanzen- und Pikenstielen, da das Metall zerfallen war. Ihre Augen tränten, sie husteten, aber sie standen. Quinnaults Bauern, die Soldaten spielten, erhoben sich langsam. Sie hatten sich vom giftigen Rauch schneller erholt. Mit Mistgabeln und Schaufelstielen stützten sie sich, während sie die Lunge frei husteten. Keiner der Männer aus beiden Armeen war imstande zu kämpfen.

Auf dem Hügel im Süden sah man die Umrisse von Soldaten. Doch keiner kam einer der beiden Armeen zu Hilfe oder griff an.

Lord Hanic war eingetroffen, aber er wartete ab, wie die Schlacht sich entwickelte. Er wollte seine Truppen nur dem Sieger zuführen.

Nimbulan sah von Kammeryl d'Astrismos, der Anspruch auf die Krone erhob, und seinen berittenen Offizieren keine Spur.

Seine Aufmerksamkeit galt dem langsam verlöschenden Feuer auf der Anhöhe gegenüber. Ackerly lag neben der Glut und hatte die Hände um die Kehle gelegt. Seine Aura schwebte über ihm, im Abstand von mehreren Armlängen.

Die aufsteigende Aura war der Beweis dafür, dass der Mann tot war. Nimbulan empfand Trauer. Trauer wegen der vielen Jahre der Kameradschaft in der Jugend und der Freundschaft. Doch durfte er sich von seinen Gefühlen nicht den Blick auf das Debakel trüben lassen. Ackerly hatte ihn verraten und war ein Opfer seiner eigenen Torheit geworden. Die Winde waren zu launenhaft, um sie als Waffen einzusetzen. Zu viele nicht zu kontrollierende Faktoren beeinflussten die Richtung und Dichte des Rauchs.

Der Blutmagier fehlte auf der Anhöhe. Nimbulan suchte die Ebene nach Moncriith ab. Sein Herz schlug schneller. Moncriith, möglicherweise vom Rauch um den Verstand gebracht, war gefährlich, wenn er frei umherlief. Nimbulan musste den Blutmagier finden.

Tambootie setzte alle außer Gefecht, Magier und normale

Sterbliche. Sein Feind war zumindest vorübergehend unschädlich gemacht. Aber wohin war er gegangen?

»Ich danke euch, dass ihr mit euren Flügeln die Luft gereinigt habt«, rief er zu den Drachen empor. Dann wandte er sich an die drei Lehrlinge, welche er als Melder zum Kommando der Armee bestimmt hatte. »Schnell, eine Botschaft an Lord Quinnault. Er muss vor seinen Truppen reiten. Wenn sie sehen, dass er ruhig handelt, haben sie Vertrauen in ihn. Sagt dem Lord, er muss die Truppen daran erinnern, dass sie keinesfalls angreifen dürfen. Wir sind hier nur um uns zu verteidigen.«

»Eine Barriere. Wenn du eine Barriere errichten kannst, um die Armeen getrennt zu halten, dann können sie sich nicht gegenseitig umbringen«, sagte Myri. Ihre Augen leuchteten bei dieser Idee auf.

»Selbstverständlich. Aber Kammeryl dürfte trotzdem eine Möglichkeit suchen, zu beweisen, dass er der bessere Krieger ist. Das ist die einzige Art zu herrschen, die er kennt.« Nimbulan schloss die Augen und formte in Gedanken das Bild einer unsichtbaren Wand, welche sich über das gesamte Schlachtfeld von Norden nach Süden erstreckte. Zu seiner Überraschung reagierte sein Körper mit einem Stoß Magie, welche es ihm ermöglichte, die Barriere zu errichten. Er hatte die Magie noch gespeichert gehabt und nicht mit dem letzten Zauber aufgebraucht. Unwillkürlich lächelte er, als die Wand stand.

Einige alte Kämpfer in vorderster Linie liefen gegen die Barriere und zogen sich mit verdutzten Gesichtern wieder zurück. Ein Offizier hoch zu Ross preschte links aus einem Wäldchen zur Front. Die Hufe des Pferdes wirbelten Grasklumpen auf. Das Ross blieb rutschend kurz vor der Wand stehen. Der Reiter wäre beinahe über den Kopf des Tiers geflogen. Er richtete sich auf und berührte mit den Fingern die beinahe unsichtbare Wand. Dann zog er die Hand zurück, als hätte er sich verbrannt.

Dann tauchte Lord Kammeryl d'Astrismos aus dem Wäldchen auf. Er ritt ein herrliches weißes Kriegsross, das kräftiger gebaut war als die üblichen Kavalleriepferde. Ein Goldreif über dem Helm verkündete allen, dass er sich zum König von Coronnan erklärt hatte.

»Ah, dort hatte er sich also versteckt!«, meinte Nimbulan leise.

»Ich glaube, das nennt man einen strategischen Standplatz, um die Schlacht zu lenken«, kommentierte Lyman und lächelte hinter vorgehaltener Hand. Dann hielt er seine überlangen Finger ans Ohr. »Außerdem kann er leichter fliehen, sollte das nötig sein.«

Kammeryl d'Astrismos drückte ebenfalls gegen die Wand. Er ließ die Hand länger dort, um zu beweisen, dass er Schmerzen ertragen konnte.

»Kämpft gegen mich!«, rief Kammeryl so laut er konnte. »Aber fair! Bekämpft mich mit Waffen und einer Taktik, gegen die ich mich wehren kann.«

»Wir greifen nicht an. Wir verteidigen uns nur«, antwortete Nimbulan mit einer Stimme, die alle hören konnten.

»Dann verteidigt euch gegen mich! Ich fordere Lord Quinnault de Tanos, diesen Verräter, oder seinen Champion zu einem Zweikampf heraus!«

»Ich bin Friedensstifter.« Quinnault nahm die Herausforderung des Lords an. »Ich kann meine Leute nicht bitten, für mich zu kämpfen. Der Streit betrifft nur uns beide, Kammeryl d'Astrismos. Lasst die unschuldigen Männer Coronnans ungeschoren.« Er trat vor seinen Feind, ohne Helm oder Rüstung, nur ein uraltes Schwert in der linken Hand. Sein helles Haar glänzte in der Sonne. Es war so fein und hell wie Myrilandels.

Plötzlich sah Nimbulan die Ähnlichkeit zwischen Myrilandels Profil und Haltung mit Quinnaults. Konnte Myri tatsächlich die vor langer Zeit verlorene Schwester des Lords sein? Wann? Wie? Er wollte nicht an die unglaublich dunklen Mächte denken, die nötig waren, um einen Leichnam wiederzubeleben.

Jetzt war keine Zeit für Fragen. Er musste Quinnault helfen und ihn leiten, ehe er den ganzen Krieg in einem Zweikampf mit Kammeryl d'Astrismos verlor.

Nimbulan zog die Barriere zurück.

*

Myri schaute zu, wie Quinnault mit dem Schwert in der Hand vor seine Truppen marschierte. Das Sonnenlicht glänzte auf seinem feinen hellen Haar. Sein Profil mit dem langen Gesicht und der stolzen Nase glich ihrem, das sie in dem Metallspiegel betrachtet hatte, den Nimbulan ihr geschenkt hatte.

»Er ist mein Bruder. Wir haben den Leichnam seiner Schwester gestohlen, um mir Leben zu schenken, weil immer nur ein Drache mit purpurnen Flügelspitzen leben darf«, flüsterte sie ihrer Mutter zu, die am Himmel über ihr flog. Sie wusste nicht, ob Nimbulan ihre Worte gehört hatte. Es war ihr auch gleichgültig. Er war ihr Gemahl und hatte das Recht, alles zu wissen.

(Ja. Myrilandel stand an der Schwelle des Todes. Von einer Verletzung bei der Geburt hatte sie eine Gehirnblutung), antwortete Shayla. (Ihr Koma war so tief, dass ihre Familie sie für tot hielt und sie in das steinerne Grabmal legte. Hätten sie sie begraben, hätten wir sie nicht rechtzeitig herausholen können. Deine Drachenvitalität weckte das angeborene Talent des Menschenkindes. Gemeinsam heilten wir sie und beseitigten die Blutung im Hirn.)

»Weil sie aber nicht ganz tot war, lebt ihre Seele in mir. Deshalb konnte ich mich nicht erinnern. Die beiden Seelen kämpften um die Herrschaft und einigten sich schließlich auf den Kompromiss zu vergessen.«

(Ja.)

»Ich kann meinen Bruder nicht sterben lassen, Shayla. Ich muss ihn aufhalten.« Plötzlich war sie sich ganz sicher, dass ihre Befürchtung, Nimbulan würde an diesem Tag sterben, falsch war. Quinnault de Tanos, ihr einziger Blutsverwandter, war dem Tod geweiht.

(Er hat sein Schicksal in der Hand.)

»Ich muss ihn aufhalten. Er ist meine Familie. Die einzige menschliche Familie, die ich habe.«

(Du hast deinen Mann und dein Kind. Kalen und Powwell sehen in dir mehr eine Mutter als in ihren eigenen Müttern. Rette dich selbst, Amethyst.)

»Ich bin Myrilandel. Amethyst muss sterben und vergessen werden. Ich kann kein Drache mehr sein. Amaranth ist der einzige Purpurdrache in allen Nimbi Coronnans. Für mich ist ab jetzt Quinnault meine Familie.« Myri lief den Hügel hinunter. Sie wusste nur, dass sie ihrem Bruder bei der wichtigsten Tat seines Lebens zur Seite stehen musste. Und wenn die Zeit kam, würde sie alle ihr zur Verfügung stehenden Möglichkeiten ausschöpfen, um ihn zu retten, auch ihr magisches Talent.

Nimbulan holte sie ein. Gemeinsam eilten sie dem Lord zu Hilfe, der mit seinem alten, leicht rostigen Schwert das Geschick Coronnans in der Hand hielt.

38

»Seid kein Narr, Quinnault!« Nimbulan packte den Lord am Arm, um ihn zurückzuhalten, sich auf den Zweikampf einzulassen. »Ihr versteht doch nichts von Waffen und einem Schwertkampf. In wenigen Momenten macht er Hackfleisch aus Euch. Wählt einen Champion. Vielleicht einen von Hanics Männern.« Er deutete auf die Männer auf dem Hügel.

Quinnault verzog den Mund zu einem listigen Lächeln. »Ich bin der Sohn eines Lords. Ich war nie für das Priesteramt bestimmt. Ich bin im Umgang mit Waffen sehr gut ausgebildet. Allerdings gebe ich zu, dass es lange her ist, seit ich ein Schwert gehalten habe. Und nie ein so hervorragendes wie das meines Vaters.« Er betrachtete die lange Klinge, welche von Nimbulans Metall zerstörendem Zauber verschont geblieben war. Seine Magie hatte nur das Metall der Männer auf dem Schlachtfeld zerstört, nicht derer, die hinten gewartet hatten.

Feine Runen waren in Quinnaults schlanke Klinge eingeritzt. Am Griff schimmerte ein Mondstein. Obwohl die Waffe so verziert war, diente sie durchaus dem Gebrauch. Ein Rostring am Griff verriet, wie lange sie nicht benutzt worden war. Die Runen glänzten nur deswegen im Sonnenlicht, weil das Schwert gerade poliert worden war.

»Er ist fünfzig Pfund schwerer als Ihr, hat eine längere Reichweite und er ist ein erfahrener Kämpfer«, fügte Myri hinzu.

»Früher war er ein Kämpfer. Jetzt ist er ein General. Er hat jahrelang keine Schlacht geschlagen, sondern in Saus und Braus gelebt, mit feinen Weinen und gutem Essen. Ich habe den ganzen Winter Brücken gebaut und das gleiche herzhafte Essen wie meine Bauern gegessen.« Wieder lächelte Quinnault listig. Diesmal erreichte das Lächeln fast die Augen.

»Mylord, ich bin Eure Schwester.« Myri umklammerte Quinnaults Hand auf dem Schwertgriff. »Ich war nicht ganz tot, als die Familie mich bestattet hat.«

»Ich habe mir schon so etwas Ähnliches gedacht. Wir sprechen später, Myrilandel – wenn ich überlebe.« Liebevoll tätschelte er ihre Hand. Wieder lächelte er, doch nicht mit den Augen.

»Ihr wisst etwas, Quinnault. Sagt uns, weshalb Ihr keinen Champion wählen wollt, um diesen Kampf für Euch auszutragen. Lügt uns nicht an.«

Die Ruhe des Lords erschütterte Nimbulan mehr als die Enthüllung Myris. Er legte den Arm um Myris Mitte. Er dankte den Sternengöttern, dass sie mit ihm gekommen war, aber er hatte schreckliche Angst, weil sie so nah an der Front stand, wo es jederzeit zu einer Schlacht kommen konnte.

»Ich weiß, dass ich erklärt habe, es ginge mir um den Frieden, nicht um Eroberungen. Wenn ich siege, werden alle Familien, die im Krieg Männer, Land, Ernte und den Lebensmut verloren haben, auf meine Seite überlaufen. Die Menschen sind für den Frieden bereit. Sie werden danach greifen, wenn sie können. Kammeryl hat sich erst vor kurzem zum König erklärt. Er bietet den Menschen nur Kriege. Wenn er siegt, wird man ihn absetzen und ich werde dennoch gesiegt haben.«

»Aber dann bis du tot.« Myri klammerte sich an Quinnault und wischte sich nicht die Tränen ab. »Ich habe dir so viel zu erzählen, Bruder.«

»Ich weiß schon einiges, Myrilandel. Ich bete, dass wir die Zeit haben, um unsere Vergangenheit wieder zu entdecken.« Quinnault strich ihr liebevoll übers Haar, als sei sie ein kleines Kind. Das Kind, als das er sich an seine Schwester erinnerte? »Aber wenn Kammeryl mich tötet, werde ich ein Märtyrer für den Frieden sein. Wir wissen alle, dass ein toter Märtyrer hundert lebende Aufrührer wert ist. Wichtig ist, dass das Volk sich an mich erinnert und nicht an Moncriith und seine Dämonen.«

Abrupt wandte er sich ab und marschierte zum Zentrum des Schlachtfelds. Seine Truppen folgten ihm. Vor ihm stand Kammeryls Armee. Neugierige Nachbarn und Marketenderinnen standen auf den Hügeln. Dann bildeten die Soldaten einen Kreis für die Zweikämpfer, der ungefähr hundert Armlängen im Durchmesser hatte.

Kammeryl ritt mit seinem prächtigen Ross auf die eine Seite des Kreises. Er zog das Helmvisier herab und lockerte sein Schwert. Kein König trug einen Kampf mit Lanze, Pike oder Streitaxt aus. Nur ein Schwert symbolisierte die Ehre eines Herrschers.

Ein gemeiner Soldat aus Kammeryls Reihen lief zu Quinnault und bot diesem seinen verbeulten Lederhelm an. Nicht viel Schutz, aber besser als nichts – das Angebot war wertvoll, wenn man bedachte, woher es stammte.

»Nimm den Helm, Quinnault! Bitte. Und den Brustharnisch, den der nächste Soldat bringt«, flüsterte Myri.

»Interessant, dass dieses Hilfsangebot aus der Armee meines Feindes kommt«, sagte Quinnault. Ein Lächeln zuckte um seine Mundwinkel. Er setzte den Helm auf. Drei Mann eilten herbei und halfen ihm, den Brustharnisch anzulegen und festzuschnallen.

Auch Myri wollte helfen, doch Nimbulan hielt sie zurück.

»Die Sternengötter regeln den Ausgang dieses Zweikampfs, Myri. Wir können nur zuschauen«, sagte er und streichelte ihre Finger, die sich in seinen Arm krallten. Irgendwie brauchte er diesen leichten Schmerz, der ihn daran erinnerte, wofür diese Männer kämpften.

»Du kannst ihm mit Magie einen Schutzpanzer geben, Nimbulan. Eine dünne Blase, die niemand sehen kann«, flehte Myri. Sie ließ ihren Bruder nicht aus den Augen.

»Wenn ich es könnte, würde ich es tun. Aber das muss ein Zweikampf zwischen Lords sein. Einer von ihnen muss sein Anrecht auf die Herrschaft beweisen, indem er aus diesem Kampf als Sieger hervorgeht. Wenn ich jetzt helfe, wäre Quinnaults Sieg oder Niederlage meine Tat, nicht seine. Niemand darf sich einmischen.« Traurig zog Nimbulan Myri an die Brust. »Du musst nicht zuschauen.«

Sie drehte sich in dem schützenden Kreis seiner Arme, sodass sie den Kampfplatz sehen konnte. »Ich muss zuschauen. Ich muss den Moment seines Todes wissen, falls er nicht überlebt.«

»Ihr tut alles, um zu siegen, Kammeryl d'Astrismos. Sogar zu einem Zweikampf hoch zu Ross reiten, während Euer Gegner weder ein Pferd noch eine Rüstung hat«, höhnte Quinnault. »Eure Ehre wird angezweifelt, solange Ihr lebt. Ebenso Euer Geschick, mit Waffen umzugehen. Jeder Lord mit einem starken Gefährten wird wissen, dass Ihr Angst hattet, gegen mich, einen ungeübten Krieger und ehemaligen Priester, unter gleichen Bedingungen anzutreten.«

Kammeryl stieß wutentbrannt einen unverständlichen tierischen Laut aus und trat seinem Pferd in die Flanken. Das Visier engte seine Sicht ein. Quinnault tat einen Schritt zur Seite und wich dem weißen Ross aus. Im letzten Moment senkte er sein Schwert und schnitt den Sattelgurt durch. Die Spitze der gehämmerten Klinge ritzte die Flanke des Pferds.

Das Tier stieg hoch und wieherte laut. Kammeryl verlor im Sattel das Gleichgewicht, und die Schwerkraft zog ihn zur Kardia. Er war ein zu geübter Reiter, um auf den Boden zu stürzen. Geschickt sprang er ab. Das Schwert kampfbereit schob er das Visier zurück, um besser zu sehen.

Quinnault nahm das Schwert in beide Hände. Die Klinge schwankte nicht. Aber Nimbulan sah die Anspannung an seinem Hals und zwischen den Augen.

Der erste Schlag von Kammeryl kam blitzschnell und ohne Warnung. Er wollte mit dem kraftvollen Hieb den dünnen Lederhelm des Gegners und den Schädel darunter spalten. Quinnault parierte den Schlag und auch den nächsten. Aber ihm blieb keine Zeit, um einen eigenen Hieb zu führen.

Schlag, Stoß, Parade. Quinnault verleitete Kammeryl zu einem kräftezehrenden und gefährlichen Tanz im Kreis. Schlag, Stoß, seitlich ausweichen, springen, rollen. Schlag auf Schlag. Ein Mal im Kreis, ein zweites und ein drittes Mal.

Der ältere und beleibtere Kriegslord atmete schwer, forderte aber immer noch den jüngeren und beweglicheren Lord bis an die Grenzen heraus.

Quinnault parierte einen Hieb und zog sich näher an die stummen Zuschauer zurück. Seine Aura blieb verschlossen. Nimbulan vermochte nicht die Gefühle oder den körperlichen Zustand des Mannes zu lesen. Das hatte er allerdings noch nie gekonnt. Kammeryl rückte vor und hob das Schwert zum nächsten Hieb. Seine Aura leuchtete vor roter und orangefarbener Wut. Schwarze Punkte stiegen darin auf und verblassten wieder.

Da verzog Quinnault wieder den Mund zu seinem besonderen Lächeln. Offenbar sah auch er die Aura und wusste, dass Kammeryl kurz vor einem Wutanfall stand. Das innere Gleichgewicht des Gegners war stark gestört.

Quinnault war nicht stark genug, um die schnelle Klinge

abzuwehren, welche auf seinen Bauch zielte. Blut färbte seine Tunika in der Mitte rot. Er taumelte und presste die freie Hand auf die Wunde. Die schnell schwächer werdende linke Hand vermochte das Schwert kaum noch zu halten.

Kammeryl kam näher, um ihm den Todesstoß zu versetzen. Selbstvertrauen machte ihn langsamer. Er wollte den Moment des Todes seines Gegners auskosten.

Nimbulan wollte die Augen schließen, weil er wusste, dass der Zweikampf vorüber war. Aber er zwang sich hinzusehen. Sofort nach Quinnaults Tod musste er beginnen, ihn einen Heiligen und Märtyrer im Namen des Friedens zu nennen.

Quinnault warf sich auf die Seite und rollte. Kammeryls Hieb berührte kaum seine Schulter. Als Kammeryl wieder das Schwert an sich brachte und zum nächsten Schlag ausholte, sah man unter dem erhobenen Arm eine Lücke im Brustharnisch, wo er verwundbar war. Quinnault stieß die Klinge dorthin, aber seine Kräfte versagten rapide. Die Klinge erreichte nicht das Ziel. Kammeryl lachte höhnisch und schwang sein Schwert noch höher.

»Jetzt bist du so gut wie tot, Friedensstifter. Ich sehe, wie das Licht aus deinen Augen schwindet. Ich könnte hier stehen bleiben und zuschauen, wie du langsam verblutest. Aber ich bin gnädig und bereite dir ein schnelles Ende.« Er beugte sich vor, um dem auf dem Boden liegenden Gegner den Todesstoß zu versetzen. Da stieß Quinnault mit letzter Kraft zu.

Beide Männer brachen zusammen. Ihr Blut vermischte sich und befleckte das Gras unter ihnen.

*

Myri löste sich aus Nimbulans enger Umarmung. Der Anblick des Bluts ihres Bruders rief ihr Talent wach. Sie musste etwas tun.

(Nein, Myrilandel. Gefährde nicht dein Kind!), mahnte Shayla.

»Ich muss ihn retten. Ich kann nicht zusehen, wie er stirbt«, rief Myri.

(Dann lass dir von Amaranth helfen. Sammle seine Magie für deinen Heilzauber.)

»Frauen können keine Drachenmagie sammeln.« Sie riss Quinnaults Tunika auf und legte die Wunde offen. Dann drückte sie einen Streifen, den sie von ihrem Rock abgerissen hatte, darauf und betete, der Druck möge das Blut stillen.

»Jeder vermag die Magie eines Purpurdrachens zu sammeln, sogar Frauen und normale Sterbliche, vorausgesetzt der Drache ist willig.« Der alte Lyman, der mysteriöse Magier, der mehr über Drachen zu wissen schien als Myri, lachte leise und drückte mit seinen blassen Händen ebenfalls auf die Wunde. »In einer anderen Existenz hieß ich Ianthe – der letzte Drache mit purpurnen Flügelspitzen, ehe Amaranth und Amethyst vorzeitig auf die Welt kamen. Danach habe ich viele Jahre als Wächtergeist des beginnenden Orts verbracht, bis Nimbulan mich im Namen des Friedens rief. Amaranth ist bereit, diesem Zauber seine Magie zu geben. Ich werde euch beide führen.«

Flügel schlugen wie Fächer in der Luft, ehe Myri den alten Mann weiter fragen konnte, dessen Fingernägel einen Hauch von Lavendel zeigten, wenn das Blut darunter pulsierte. Die Menge drängte sich näher, Myri und ihr Patient wichen zurück. Doch da hörte sie das vertraute Rauschen. Dann landete ihr Gefährte, der jetzt die Gestalt eines voll ausgeprägten Drachens hatte.

»Ich bin kein Heiler, aber ich werde den Fluss der Magie durch dich so leiten, dass deinem ungeborenen Kind kein Leid geschieht«, flüsterte Lyman.

(Gib mir deine Hand, Myrilandel.) Sie hörte Amaranths

mentale Stimme. Sie klang tiefer und erwachsener als zuvor, sehr ähnlich wie Lymans.

Sie hatte jedoch keine Zeit, über diese Merkwürdigkeit nachzudenken. Unter ihren Händen hing Quinnaults Leben am seidenen Faden.

»Amaranth, du bist zu groß, um dich bei mir auf den Schoß zu setzen wie früher, wenn ich heilte.« Sie streckte die Hand aus und ergriff sein Vorderbein. »Ich brauche beide Hände.« Sie betrachtete den mit Blut getränkten Stoffstreifen, den sie immer noch auf die Wunde presste. Sie spürte, wie Quinnaults Leben aus ihm wich. Ihnen blieb nicht viel Zeit.

Amaranth watschelte näher. Auf dem Boden bewegte er sich keineswegs so anmutig wie in der Luft. Vorsichtig streckte er einen Flügel aus und bedeckte sie damit wie ein irisierender Schleier. Seine Schnauze legte er auf ihre Schulter. Den anderen Flügel streckte er Lyman entgegen.

Energie kribbelte in Myris Rückgrat und den Armen. Stärker als die aus den Kraftlinien. Diese Magie forderte sie ungestüm auf, Gutes zu tun.

Jetzt hatte sie beide Hände frei, um sie auf die Wunde zu legen. Sie ließ die Energie in ihren Bruder fließen. Vor ihrem geistigen Auge schlossen sich die Wundränder, die Muskeln darunter und die zertrennten Blutgefäße wuchsen wieder zusammen. Sie begriff nicht genau, was sie sang. Sie hörte nur die eindringliche Melodie nahe ihren Ohren.

Sie spürte, wie andere Menschen noch mehr magische Kraft sammelten und die Magie steigerten. Die Soldaten und anderen Menschen berührten wohl Amaranth und holten sich so die Magie. Es war nicht wie bei Nimbulan. Ihr Gemahl benutzte Sprüche, um die Magier beim Zauber zu leiten. Sie kannte keine Sprüche oder Verse, die den Zweck ihres Zaubers beschrieben.

Was? Womit konnte sie alle Menschen dazu bringen, gemeinsam zu heilen, ihre Magie zu bündeln?

Plötzlich fiel ihr eine alte Ballade ein. Sie machte daraus das Lied des Heilens.

Ein Dutzend Stimmen griffen die Melodie auf und sangen mit ihr. Die Harmonie verstärkte die Energie, welche vom Drachen durch sie in ihren Bruder floss. Menschen berührten sie an Schultern, Rücken und Haar. Damit war sie mit dem einfachen Volk von Coronnan ebenso verbunden wie mit dem Purpurdrachen.

Plötzlich war sie ein Teil jeder einzelnen Person, die den Drachen berührte. Die Herzen aller schlugen wie eins. Ihre Gedanken vermischten sich. Sie teilten Hoffnungen und Pläne für die Zukunft. Alles drehte sich um den Mann, der unter Myris Händen langsam verblutete.

Myri wiederholte die Melodie, ohne auf die Worte zu achten. Sie wusste nur, dass die Töne so fließen mussten, dass alle sie mit Liebe und Hoffnung gemeinsam singen konnten. Als die Melodie anschwoll, wurden alle ein Teil Quinnault de Tanos' und seines schnell heilenden Körpers. Sie gaben ihm nicht nur das bisschen Magie, das sie aufgenommen hatten, sondern auch ihre Liebe.

Mit dem Lied und der heilenden Magie wuchs auch Myris Liebe zu allen um sie.

Mit einem hohen Ton lenkte sie alle zum Kern der Wunde. Gemeinsam schauten sie, ob Knochen, Muskeln und Blutgefäße der inneren Organe zusammengewachsen waren, und zogen sich langsam zurück.

Jetzt klang das Lied voll Freude.

Lord Quinnault öffnete die Augen.

»Unser König lebt. Lang lebe König Quinnault!« Der Jubelschrei stieg aus der Menge auf, welche diesem Mann das Leben zurückgegeben hatte.

»Ich hatte befürchtet, dass sie mich zum König machen, wenn ich überlebe. Vielleicht solltest du mich lieber sterben lassen«, meinte Quinnault lächelnd.

»Nie und nimmer, Bruder. Du musst für diese Menschen leben. Du gehörst jetzt uns allen«, erklärte Myri. Freudentränen strömten über ihr Gesicht.

Dann lösten sich die Hände und unterbrachen die Verbindung mit Myri und Amaranth. Die Magie wurde schwächer und verließ sie dann ganz. Die Menschen um sie herum tanzten vor Freude. Alle erkannten Quinnault als ihren König an.

Die Kriege waren vorüber. Friede hatte gesiegt.

Irgendwo im Hintergrund hörte sie, dass auch Lord Hanic mit seinen Männern mitfeierte.

»Tut mir leid, dass wir so spät kommen. Die Furt hat uns aufgehalten. Ich habe etliche Männer verloren, die vor einer dunklen Wolke davonliefen und schworen, es sei ein Drache.«

Danach sank Myri erschöpft zu Boden. Sie hatte ein eigenartiges Gefühl im Bauch. Verzweifelt hielt sie die Hände darauf und betete, dass sie nicht ihr Kind verloren hatte, als sie ihrem Bruder das Leben rettete.

39

Nimbulan legte Myri in ihr Bett im alten Kloster und deckte sie liebevoll zu. Langsam hörte sie auf zu zittern, als er ihr übers Haar strich und ihre Hand hielt. Er überprüfte die Silberschnur, welche sein Herz mit ihrem verband. Sie pulsierte kräftiger als je zuvor.

Erleichtert atmete er auf. Einen Moment lang hatte er befürchtet, dass ihr Talent bei der Heilung das Band zu ihm zugunsten ihres neuen Patienten und Bruders Quinnault zerschneiden würde.

In diesem Augenblick wurde der Lord der Inseln, nein, er war jetzt König von Coronnan, von Heilern und Dienern aus allen Schichten der Bevölkerung behandelt. Eilmeldungen über die Tagesereignisse, besonders über die Ausrufung Quinnaults zum König durch das Volk, waren zu allen Lords geschickt worden. Er hoffte sehr, dass die Nachricht über Ackerlys Tod und die Unfähigkeit des Blutmagiers, die Verteidigung der Kommune zu durchdringen, mehr für die Sache tun würden als der Tod Kammeryl d'Astrismos'. Innerhalb von einem oder zwei Tagen würden sämtliche Führer Coronnans – Adlige und Magier – bei der kleinen Trutzburg im Herzen des Deltas mit seinen Inseln eintreffen, um sich zu überzeugen, dass die Kriege tatsächlich beendet waren. Die Lords würden gewiss das Königtum Quinnaults bestätigen, da er jetzt nicht nur die Loyalität der Inselbewohner, sondern auch die von Kammeryls Armee hatte. Auch die meisten von Hanics Männern hatten Quinnault als ihrem König die Treue geschworen.

Hanic schwankte noch und wartete auf die Billigung der Lords.

Während um Quinnault, den Friedensstifter, viel Aufhebens gemacht wurde, dachte nur Nimbulan an Myrilandel, die Hexe, die den neuen König vor dem sicheren Tod bewahrt hatte. Zugegeben, es hatten viele Menschen bei dem Heilzauber geholfen. Aber nur Myrilandel hatte gewusst, was zu tun war.

»Sorge dafür, dass Quinnault viel Wasser trinkt und nur wenig Bier. Wir haben die Wunden geheilt, aber Magie kann nicht das verlorene Blut ersetzen. Er braucht viel Flüssigkeit«, flüsterte Myri.

»Sei still, Liebste. Er ist in den Händen der besten Heiler des Landes. Sie sorgen für ihn. Du musst jetzt selbst zu Kräften kommen, Myri. Kalen bringt dir gleich ein wenig Brühe. Versprich mir, sie ganz auszutrinken. Du musst schnell wieder gesund werden, denn ich kann ohne dich nicht leben. Sobald ich es arrangieren kann, wird uns ein Priester trauen. Eine Ehe für immer, gesegnet von den Sternengöttern.« Liebevoll streichelte er ihre Wange.

Sie küsste seine Handfläche und schloss zufrieden lächelnd die Augen.

»Sag mir, was mit den anderen geschehen ist, Ackerly und ... Moncriith.« Sie nahm seine Hand. Er war erstaunt. Sie hatte mehr Kraft in sich, als er geglaubt hatte.

»Ackerly ist tot. Im Tambootie-Rauch erstickt und von eigener Hand erdrosselt«, antwortete er traurig.

»Übergib seinen Leichnam mit Ehre und Achtung dem Scheiterhaufen. Bitte, Nimbulan.«

»Ackerly hat mich und seine Schüler betrogen. Zwei Mal hat er versucht mich zu ermorden. Er hat den Zauber zerstört, mit dem wir Rollett vor Moncriiths Hexenschnüfflern retten wollten. Er ...« Ihm versagten die Worte. Die Erinnerungen an die vielen gemeinsamen Jahre waren stärker als seine Wut.

»Erweise dem toten Mann den Respekt, den du für dich selbst wünschen würdest. So wie du dich seiner erinnerst.« Ihre großen beinahe farblosen Augen flehten ihn an.

»Ich verspreche es. Er soll auf dem Scheiterhaufen seine zeremoniellen Gewänder tragen und seinen Stab halten – das Symbol seines Status als Magier.« Nimbulan senkte den Kopf und trauerte um den alten Freund.

»Und Moncriith?« Myri steckte beide Hände unter die Decke, weil es sie schauderte.

»Wir wissen es nicht. Niemand hat ihn gesehen, auch nicht seine Leiche.«

»Ich fürchte, dass er lebt und zurückkommt, um uns alle zu quälen.«

»Wenn er das wagt, wird die gesamte Kommune der Magier dich und alle anderen unschuldigen Menschen beschützen, die er verfolgt.«

Sie schaute ihn mit einer Mischung aus Vertrauen und Skeptik an. »Männer wie Moncriith finden immer ein Schlupfloch, um die Obrigkeit zu hintergehen.«

»Schlaf jetzt, Myri, und mach dir keine Sorgen wegen der Zukunft. Oder wegen der Vergangenheit. Schlaf und komm wieder zu Kräften. Es gibt Grund zu feiern. Ich möchte die Freude mit dir als meiner gesetzmäßigen Gemahlin teilen.« Er küsste sie auf die Stirn und betrachtete sie, als sie die Augen schloss und langsam einschlief.

Stumm betete er, sie möge diesmal nicht Recht haben. Coronnan hatte genügend Probleme, ohne Sorgen wegen Moncriith. Er musste dafür sorgen, dass die neue Regierung starke und gerechte Gesetze für alle Menschen bekam, damit Unruhestifter wie Moncriith keine Ungerechtigkeit als Sprungbrett zur Macht verwenden konnten.

*

»Wenn Ihr es verlangt, beginne ich eine neue Dynastie mit einem neuen Namen. Dann werde ich nicht Schloss Krej – benannt nach angeblichen Vorfahren Kammeryls – zu meiner Hauptstadt machen«, sagte Quinnault. Die Milde seiner Stimme war trügerisch, denn seine Fingerknöchel waren weiß, wo er die Armlehnen des Sessels umklammerte.

Nimbulan betrachtete den neuen König von Coronnan mit einem Hauch von magischem Sehen. Quinnaults normalerweise blassrosa Haut zeigte einen Anflug von Blau. Sein feines Haar hing stumpf herunter, wo es sich aus dem Zopf gelöst hatte. Ansonsten sah er keinerlei weitere Anzeichen von Schwäche oder Krankheit.

»Schloss Krej ist eine Festung, die gut zu verteidigen ist, Majestät«, sagte Lord Hanic. »Es gehört rechtmäßig Euch. Ihr habt es erobert. Um Eurer Sicherheit willen müsst Ihr Euch dorthin mit einer Armee unserer vereinigten Streitkräfte zurückziehen. Als General der vereinigten Armee garantiere ich Euch, dass Ihr geschützt seid.«

Niemand hatte Hanic zu einem Führer oder General über irgendwelche Streitkräfte ernannt.

»Nein.« Quinnault durchbohrte den Lord mit seinem Blick. »Ich werde nicht länger von einer Armee abhängig sein, damit sie mich schützt. Friede und Gerechtigkeit werden mein Schutz sein. Wir bauen hier auf den Inseln an der Großen Bucht eine Hauptstadt.«

»Aber hier ist es nicht sicher. Man kann die Inseln nicht verteidigen«, meinte Lord Sauria.

»Ich plane das Land friedlich zu regieren. Verteidigung ist nicht länger meine Hauptsorge. Wir brauchen eine neue Stadt. Hier wird das Zentrum des Handels sein, wenn wir die Schiffsanlagen in der Großen Bucht wieder öffnen. Mein Heim wird ein Palast sein, offen für Lords, Kaufleute und Bittsteller. Ich habe genug von Festungen und Kriegen.«

»Vielleicht sollten wir die neue Stadt zur Ehre der Drachen, welche uns die Möglichkeit geschenkt haben, Frieden ohne Armeen durchzusetzen, ›Drachenstadt‹ nennen«, schlug Nimbulan vor.

»Ich würde sie lieber Stadt Coronnan nennen. Der Monarch und die Hauptstadt müssen allen gehören, nicht dass der König alles besitzt.« Quinnault stand auf, legte die Hände auf den Rücken, streckte den Kopf vor und begann im Raum umherzugehen. Sichere Zeichen seiner zurückkehrenden Vitalität. Keine Spur eines Drachenschattens lag auf seinem Gesicht. Diese Gedanken waren seine eigenen. »Begreift es keiner von Euch? Wir wollen ein geeintes Land mit Gesetzen und Gerechtigkeit aufbauen. Kein Lord wird mehr Macht haben als ein anderer. Kein König wird ein Despot sein, sondern eher ein Erster unter gleichgestellten Lords. Und das ganze Volk, Adlige, Magier und einfache Bürger unterstehen dem Gesetz. Daher kann der König nicht mehr besitzen als ein anderer Lord, lieber weniger, um ein Gleichgewicht zu wahren.« Er machte eine Pause und blickte jedem anwesenden Lord tief in die Augen. Jetzt waren nur zwölf übrig. Vor einem Jahrhundert waren es über zwanzig gewesen.

»Ich erkläre mich bereit als Nachnamen Draconis anzunehmen und diesen an die zukünftigen Generationen der Könige weiterzugeben. Doch bestehe ich darauf, dass die Hauptstadt Coronnan heißt. Es ist die Stadt des Volkes, desselben Volks, das sich an meiner Heilung beteiligt hat. Diese Menschen machen Coronnan groß – nicht ich.«

Betretenes Schweigen breitete sich in der Großen Halle von Quinnaults Burg aus. Kein Adliger hatte je von einer so wahnwitzigen Idee gehört. Adel hatte immer Privilegien und Besitz bedeutet. Nimbulan spendete stumm diesem kühnen Plan Beifall.

»Verantwortung muss der Grundlehrsatz des Königtums

und des Adels sein.« Quinnault holte ein kleines Buch aus den Stapeln von Karten, Pergamenten und Büchern auf dem Tisch. »Diese Idee wurde zuerst von den Sternengöttern in diesem Traktat geäußert, das ein gewisser Kimmer aufgezeichnet hat. Er nennt sich der Schreiber aus dem Süden.« Der neue König ließ den Blick über die verblüfften Gesichter der anwesenden Lords schweifen.

»Ich will Euch nicht mit dem gesamten Text langweilen. Es genügt zu erklären, dass ich plane, mit Euch gemeinsam zu regieren und dass wir alle für jedes Lebewesen innerhalb unserer Grenzen verantwortlich sind.«

»Schließt das auch die Drachen ein?«, fragte Nimbulan. Er wollte auf jene Punkte zu sprechen kommen, die laut Myri die Geschöpfe betrafen, welche all das ermöglicht hatten.

»Ja, gewiss«, antwortete Quinnault. »Wenn wir uns auf die vereinte Magie der Kommune stützen, um unsere Gesetze durchzusetzen und individuelle Magier zu kontrollieren, müssen wir für die Sicherheit der Drachen und ihre weitere Anwesenheit innerhalb unserer Grenzen sorgen. Dämonenjäger wie Moncriith dürfen ihnen unter keinen Umständen ein Leid antun.«

»Zurzeit sind im Nimbus nur sechs ausgewachsene Drachen und fünf Junge. Diese Zahl schließt Amaranth, den Purpurdrachen, mit ein.« Nimbulan gab die Statistik weiter, die Myri ihm gesagt hatte. »Die Drachen im übrigen Kardia Hodos sind Einzelgänger und womöglich nicht einverstanden, ein Teil des Nimbus zu werden. Unser Nimbus muss aber größer werden, um uns jederzeit mit genügend Magie versorgen zu können, ganz gleich, wo die Drachen gerade fliegen. Shayla hat um ein gewisses Kontingent an Vieh gebeten und um Tambootie-Plantagen, die Quelle ihrer Magie.« Nimbulan wartete und hielt den Atem an, ob die Lords bereitwillig einen Teil ihres Besitzes abgeben würden, damit die Drachen sich wohl fühlten und Nahrung hatten. Bis jetzt hatten sie Drachen für gefährliche Raubtiere oder Dämonen gehalten – falls Drachen überhaupt existierten.

»Wird der Zehnte eines jeden Lords genügen?«, fragte Quinnault, ehe jemand Einwände vorbringen konnte.

»Ich glaube schon. Solange die Herden und Plantagen verstreut sind. Die Drachen brauchen viel Platz, um ihre Flügel auszubreiten.« Nimbulan verbarg mit einem Hüsteln, dass ihm die nächste Frage peinlich war. »Ach ja, die Drachen haben noch eine Bedingung, um den Pakt zu besiegeln.«

Quinnault schaute ihn verwundert an, als erwarte er eine schockierende Forderung.

Nimbulan gab dem Diener am Eingang ein Zeichen, die drei Magier einzulassen, die draußen gewartet hatten. Sie schritten würdevoll herein. Lyman trug ein kostbares Kunstwerk auf einem Kissen mit einem Bezug aus feuergrüner Seide. Ein Tuch aus Goldstoff bedeckte den schweren Gegenstand. Sie blieben neben Nimbulans Stuhl stehen. Er stand auf und trat an ihre Spitze.

»Da man mich vor kurzem zum Obersten Magier der Kommune gewählt hat, hat mich der Nimbus der Drachen, welche sich zurzeit in Coronnan aufhalten, beauftragt, dem Volk von Coronnan diese Krone anzubieten.« Nimbulan nahm das goldene Tuch fort und enthüllte eine Krone aus teurem klarem Glas, welches von Drachenfeuer in Form eines Drachenkopfs gefertigt und mit Edelsteinen besetzt war – Rubine, Smaragde, Saphire, Topase und Amethyste – die Farben der Flügelspitzen der Drachen.

»Sie ist wunderschön.« Quinnault verschlug es den Atem.

»Mehr als wunderschön. Sie ist einzigartig und etwas ganz Besonderes. Kein anderer Monarch auf Kardia Hodos hat eine so wertvolle Krone, aber auch keine ist mit mehr Verantwortung verbunden. Die Drachen werden bei Eurer Krönung dabei sein und der Krönung eines jeden Eurer Nachfolger. Ihr und Eure Nachkommen werden dank der Gnade der Drachen regieren. Sollte ein Mann den Pakt mit den Drachen brechen, werden sie ihre Gunst entziehen und die Krone – die Coraurlia – mit sich nehmen.«

»Diesen Namen kenne ich nicht.« Quinnault konnte die Augen nicht von der glänzenden Krone wenden. Das Sonnenlicht fiel durch das hohe Fenster auf das Glas und zauberte Regenbogen in der ganzen Großen Halle.

»Die Coraurlia ist von ganz besonderer Magie durchdrungen«, sagte der alte Lyman und befingerte das goldene Tuch. Es war eine Art Sack. Diesen öffnete er, und die beiden anderen Magier legten die Krone vorsichtig hinein. Dann zog Lyman den Sack zu.

»Ihr, König Quinnault de Draconis, müsst die Coraurlia die nächsten drei Tage am Leib tragen, bis zur offiziellen Krönung. Während dieser Zeit wird sich Eure Aura in die Krone einprägen. Bis zum Tag Eures Todes oder falls Ihr von den Drachen und der Kommune abgesetzt werdet, kann Euch keine Magie etwas antun – nichts Gutes und nichts Böses. Normale Waffen können den Zauber durchdringen, aber nur schwierig. Das ist der beste Schutz, den wir Euch geben können.«

»Was ist mit dem Rest Coronnans? Was ist unser magischer Schutz gegen einen Angriff? Eure Kommune kann nicht überall sein. In den vergangenen Jahrzehnten haben wir zahllose Schlachtenmagier und deren Assistenten mehr als gut bezahlt. Jetzt, da wir sie nicht mehr brauchen, werden sie sich rächen wollen, ehe die Kommune Gelegenheit hat, die neuen Gesetze durchzusetzen.« Lord Hanic war aufgesprungen, um diesen Punkt vorzutragen. Angst stand auf seinem Gesicht.

»Alle Magier werden eingeladen, in die Kommune einzutreten«, antwortete Nimbulan.

»Aber was ist mit den Magiern, welche Drachenmagie nicht sammeln können oder wollen?«, fragte Lord Baathalzan, der ebenfalls aufgestanden war.

Nimbulan hatte keine Antwort. Er hatte angenommen, alle Magier würden mit Freuden zu ihm kommen und mit ihm in der Kommune arbeiten.

»Jeder Magier, der außerhalb der Kommune arbeitet, hat in dem Coronnan, das wir aufbauen, keinen Platz«, erklärte Quinnault.

»Majestät.« Der Lord von Sambol verneigte sich aus Achtung vor dem neuen König. »Wir zwölf Lords Eures Kronrats empfehlen ein Gesetz, wonach alle Magier, welche nicht in die Kommune der Magier eintreten wollen oder können, aus dem Land verbannt werden. Nur Drachenmagie werden wir künftig als einzige legale Magie anerkennen. Dieses Gesetz muss auch alle ehemaligen Schlachtenmagier betreffen, ebenso Hexen und andere Magier mit wenig Talent und keiner ordentlichen Ausbildung. Und sie müssen Coronnan bis zum Tag Eurer Krönung verlassen.«

Allgemein zustimmendes Gemurmel im Raum. Es wurde lauter und brach sich an den dicken Mauern und dröhnte in Nimbulans Ohren.

Er setzte sich wie betäubt auf seinen Stuhl. Myrilandel, seine geliebte Frau, konnte keine Drachenmagie sammeln.

»Was ist mit dem Purpurdrachen?«, fragte Nimbulan und griff nach der einzigen Möglichkeit, die er noch sah. »Jeder kann von einem Drachen mit purpurnen Flügelspitzen Magie sammeln.«

»Aber in ganz Kardia Hodos gibt es nur einen einzigen Purpurdrachen«, sagte Hanic. »Wenn ich mich nicht irre, muss man körperlichen Kontakt zu ihm haben, um Magie zu wirken. Er kann nicht überall sein, und ich habe auch gehört, dass er die Gestalt eines Flugflippers bevorzugt, welcher keine Magie abgibt, die man sammeln könnte. Nein. Unsere Definition von Drachenmagie schließt den Purpurdrachen nicht ein. Verbannung oder Tod für alle Magier, welche allein Magie betreiben.« Baathalzan setzte sich und war sehr zufrieden, seine Hauptsorge vorgetragen zu haben.

Sie hatten Recht. Für das Wohl von ganz Coronnan mussten individuelle Magier verbannt werden.

Nimbulan starrte ins Nichts. Myri, ach, Myri, was soll ich ohne dich anfangen?

*

»Hiermit erkläre ich euch zu Mann und Frau für den Rest eures Lebens. Die Sternengötter akzeptieren eure Gelübde der Treue. Mögen auch die Menschen diese respektieren«, sprach ein Priester in rotem Gewand die Eheformel und segnete das Paar mit gewisser Hast. Er blickte auf die lange Karawane, welche sich vor der Schule der Magier aufgestellt hatte, ehe er die Zeremonie mit dem Kreuz der Sternengötter abschloss.

Um sie herum stampften Pferde, Menschen riefen, Wagen waren hoch beladen. Mitten in diesem Chaos hatte der Priester in aller Eile die Trauung vollzogen. Jetzt machte er auf dem Absatz kehrt und ließ das Paar stehen, ohne darauf zu warten, dass die beiden die Gelübde mit dem traditionellen Kuss besiegelten.

Myri verspürte ein tiefes Gefühl der Enttäuschung. Eigentlich sollte es der glücklichste Tag ihres Lebens sein, nicht der traurigste.

»Komm mit uns, Nimbulan. Bitte!« Myri flehte Nimbulan noch ein letztes Mal an, obwohl sie wusste, dass er in der Stadt bleiben musste. Er musste helfen, Coronnan aufzubauen und die Kommune leiten. Ihr Bruder, König Quinnault, konnte nicht alles allein schaffen.

Sie würde ohne Nimbulan überleben. Sie war nicht sicher, ob das die neue Kommune, der neue König und der Rat der Provinzen auch schaffen würden.

»Die Lichtung wird dich schützen, Myri, bis ich zu dir kommen kann. Ich habe ein paar Linien auf der neuen Karte umgesetzt, sodass du praktisch außerhalb der Grenzen Coronnans bist. Ich werde so schnell ich kann zu dir kommen. Ich wünschte, ich hätte einen sicheren Zufluchtsort für dich, der näher bei der Stadt liegt«, sagte er und hielt ihre Hände in seinen. Dann schaute er sie an, als wolle er sich jeden Gesichtszug für immer ins Gedächtnis einprägen.

»Ich weiß, dass du kommen wirst, Liebster.« Sie wandte den Kopf ab, um die Tränen zu verbergen. Und ihr schlechtes Gewissen. Sie hatte ihm von dem Kind noch nichts gesagt. Es musste ganz sicher sein, dass sie keine Fehlgeburt haben würde – wie so viele Hexen. Shayla hatte es Lyman erzählt – er war fast ebenso ein Drache wie Myri –, aber niemand Nimbulan. Anfangs hatte sie auf den richtigen Zeitpunkt gewartet. Auf einen ruhigen Moment, wo niemand sie störte. Danach hatte der Rat das Gesetz der Verbannung erlassen.

Wenn sie ihm jetzt von dem Kind erzählte, würde sie seine Loyalitäten für sie und die neue Regierung noch stärker belasten. Sein Traum vom Frieden war zu wichtig für ganz Coronnan. Jetzt musste sie schweigen. Sie musste warten, bis sie ganz sicher war. Sie würde es ihm sagen, wenn er zu ihr auf die Lichtung kam. Diese Trennung war zu schmerzlich für beide.

Ihr Kinn zitterte, und der Schmerz in der Brust schnürte ihr die Kehle zusammen.

»Verbirg deine Tränen nicht, Myri.« Nimbulan nahm Myris

Gesicht in die Hände. »Ich liebe dich. Ich komme bald. Kalen wird dir Gesellschaft leisten.« Er küsste ihr die Tränen von den Wangen und Augen.

Stuuvart hatte mit Freuden jeden Anspruch auf Kalen als seine Tochter aufgegeben, als das Edikt der Verbannung bekannt wurde. Guillia hatte das Mädchen während der kurzen Trauung tränenreich in den Armen gehalten. Jetzt ließ sie die Tochter nur widerwillig gehen, um das Bündel auf den Wagen zu laden. Myri bemühte sich durch den Ärger auf Stuuvart, der sich nicht die Mühe machte, seine Tochter zu verabschieden, ihren tiefen Abschiedsschmerz zu übertönen.

»Ich gehe auch mit«, erklärte Powwell und marschierte zum letzten Wagen der langen Karawane, welche nach Süden und Osten fuhr. Er trug ein pralles Bündel mit Büchern, Kleidung und Proviant.

»Dein Platz ist hier, Powwell«, sagte Myri. »Die Kommune braucht jeden Magier, der Drachenmagie sammeln kann, um die Gesetze durchzusetzen.«

»Blöde Gesetze. Ich will nicht in einem Land leben, das dich und Kalen in die Verbannung schickt. Ich komme mit euch.« Er schob trotzig das Kinn vor. »Ihr braucht einen Mann, der euch bei den schweren Arbeiten hilft.«

»Dann beauftrage ich dich, Powwell, auf Myri und Kalen aufzupassen und beide zu beschützen. Du musst den Rufzauber sehr schnell perfektionieren, damit du mit mir Verbindung halten kannst«, befahl Nimbulan dem Jungen. »Du bist jetzt fast vierzehn. Ein Mann. Und ich vertraue dir.«

»Ja, alles klar.« Powwell sprang auf den Wagen neben Kalen, verschränkte die Arme vor der Brust und blickte seinen ehemaligen Meister dankbar an.

»Ich wünschte, es wäre anders, Myrilandel. Ich wünschte, wir könnten zusammen sein.« Nimbulan hielt sie fest in den Armen, bis ihre Herzen im selben Rhythmus schlugen.

»Ich auch, Liebster. Ich wünschte, wir könnten immer zusammen sein, in unserem eigenen Heim mit unserer Familie.« Sie küsste ihn lang und innig. Sie schmeckte salzige Tränen. Seine oder ihre. Das spielte keine Rolle. Wenn sie ihn doch nur ein wenig länger halten könnte, seine Wärme spüren und sich mit ihm noch ein Mal lieben …

Rufe und Pfiffe. Dann setzte sich die Karawane in Bewegung und begann die lange Fahrt. Kaufleute und Verbannte setzten sich in Marsch.

Myri schlang die Arme um Nimbulans Hals. Doch dann löste er sie behutsam. Sie genoss seine Berührung so ausgiebig wie möglich.

»Ich liebe dich, Myrilandel. Ich komme bald zu dir«, flüsterte Nimbulan.

»Ich liebe dich, Nimbulan.« Die Silberschnur, welche beide verband, streckte sich und wurde dünner, riss jedoch nicht.

Epilog

(Der Pakt ist gebrochen!)

Shaylas letzte Worte hallten in Nimbulans Ohren noch drei Tage, nachdem sie und ihr Nimbus die Stadt Coronnan abrupt verlassen hatten.

Im selben Moment, in dem die Drachin mit Nimbulan sprach, zerriss die Silberschnur, die ihn mit Myrilandel verband.

Jetzt marschierte er den Pfad vom Dorf hinauf zur Lichtung. Die Füße taten ihm weh, aber auch der Hintern, von dem langen Ritt von der Hauptstadt Coronnan. Er war mit mörderischem Tempo geritten. Fünf Pferde waren unter ihm zusammengebrochen, als er sie zu größerer Eile antrieb. Das letzte Tier hatte zwei Meilen vor dem Dorf angefangen zu lahmen.

Die magische Barriere, welche die Lichtung schützte, sollte jetzt zu sehen sein – falls sie zu sehen war. Der Wintermorast erschwerte den Marsch. Über ein halbes Jahr war vergangen, seit er sich von seiner Gemahlin verabschiedet hatte. Zu lang. Er hatte sich von den Sorgen und Problemen des Königs und der Kommune viel zu lang in der Stadt festhalten lassen.

Hastig fuhr er sich mit den Fingern durch die Haare, um sich etwas präsentabler zu machen. Dann trat er zur Barriere, schloss die Augen und drückte mit der linken Hand dagegen. Er traf auf keinerlei Widerstand.

Verblüfft ging er über die Stelle, welche die Schwelle zur Lichtung sein musste. Keine magische Energie kribbelte in ihm. Kein Widerstand. Nichts.

Er spähte durch die Bäume der Lichtung. Nichts hatte sich verändert, seit dem ersten Mal, als er diesen Ort gesehen hatte. Das Stroh auf dem Dach hatte sich in der Mitte leicht gesenkt. Die Tür hing immer noch etwas schief. Im Küchengarten wucherte Unkraut. Zwei Hühner scharrten mitten auf der Lichtung und suchten nach Futter.

»Myri?«, rief er. Seine Stimme hallte über die leere Lichtung. »Myrilandel!«, rief er lauter, diesmal magisch verstärkt.

Keine Antwort.

(Der Pakt ist gebrochen.)

Die Drachen waren verschwunden. Er war nicht mehr mit seiner Frau verbunden.

Aber noch hing Drachenmagie in der Luft. Was geschah?

Warum nur hatte er nicht dafür gesorgt, dass Powwell und Kalen den Rufzauber richtig beherrschten, ehe sie die Stadt Coronnan verlassen hatten? Keiner der beiden hatte in den letzten drei Jahreszeiten den Zauber richtig gelernt. Myri ebenso wenig. Die Verständigung war sporadisch und bestenfalls unvollständig gewesen.

»Myri!«, schrie er. Er war verzweifelt. Er wollte sie unbedingt sehen und sich davon überzeugen, dass sie in Sicherheit war. »Myri, Kalen, Powwell! Bitte, antwortet mir!«

Nichts.

»Wo seid ihr? Ihr könnt doch nicht weg sein!« Er rannte zur Hütte und riss die Tür so heftig auf, dass er sie fast aus den Angeln hob. »Myrilandel!«

Leer. Die Hütte war ebenso leer wie die Lichtung. Kein Zeichen, dass sie im letzten Jahr überhaupt bewohnt gewesen war.

»Wo seid ihr?«, flüsterte er in die Leere. »Wart ihr je hier?«

Die Einsamkeit senkte sich wie Blei auf seine Schultern. Er hatte plötzlich heftige Kopfschmerzen. Er bemühte sich, sich an Myris Gesicht zu erinnern, an ihren schlanken Körper und das feine Haar, das so farblos war, dass es wie die Haut der Drachen aussah. Die leicht purpurne Färbung unter ihren Fingernägeln. Wie sie das Gesicht ins Fell des schwarzen Flugflippers steckte.

Alle Bilder verschwanden aus seinem Kopf. Er zwang sie zurück und hielt mit der Verzweiflung eines verlassenen Liebhabers an ihnen fest. Aber die Erinnerungen entglitten ihm, als hätte es sie nie gegeben.

Sein Herz tat ihm weh, Tränen strömten über sein Gesicht. Er vermochte kaum noch zu atmen.

»Hat es dich wirklich gegeben, Myrilandel, oder warst du nur ein Drachentraum?«